周中明文集 三

中国的小说艺术
戏曲曲艺民歌寓言研究

周中明 著

北京联合出版公司
Beijing United Publishing Co.,Ltd.

目 录

下篇 戏曲曲艺民歌寓言研究

上篇　中国的小说艺术

论中国古代小说的民族特色

有的同志认为，提倡文艺民族化，会"无形中成为一根棍子或一顶帽子，禁锢了创作"①。断言"话剧艺术进一步发展的关键，主要不是什么'民族化'，而是在于能'现代化'"②。主张"在文学变革的时期不要过多强调继承"③。这种把民族化与现代化、继承与变革对立起来的观点，是不符合文学发展的历史规律的。曹雪芹的《红楼梦》和鲁迅的小说，都是打破了传统的思想和写法，④实行文学变革的杰作，同时它们又恰恰都是在批判地继承民族传统的基础上，达到高度民族化的典范。

我们"向古人学习是为了现在的活人，向外国人学习是为了今天的中国人"⑤。为了发展富有民族特色的社会主义文艺，无论向古人学习或向外国人学习，无论继承或革新，都有必要探讨和了解一下什么是中国古典小说的民族特色。

---

① 见《文艺报》1980 年第 7 期，第 13、14 页。
② 见《人民戏剧》1982 年第 2 期。
③ 见《文艺报》1980 年第 9 期，第 52 页。
④ 鲁迅在《中国小说的历史的变迁》一文中指出："自有《红楼梦》出来以后，传统的思想和写法都打破了。"拙著《红楼梦的语言艺术》中有《〈红楼梦〉是怎样打破传统的思想和写法的》专文论述，可参阅。
⑤ 毛泽东：《同音乐工作者的谈话》，见《人民日报》1979 年 9 月 8 日。

一、民族精神的智勇之性和高尚情操之美

中华民族是个有着悠久的历史和灿烂的文化传统的伟大民族。智勇之性和高尚情操之美，既是我们中华民族的民族性格和民族精神的集中体现，也是中国古典小说民族特色的核心。

中国的古典小说如《三国演义》《水浒传》《西游记》等，都是在经过五六百年千百万群众口头创作的基础上加工而成的；即使属于作家创作的，如《聊斋志异》《儒林外史》《红楼梦》等，它们的作者也都是从未做过官，在旧社会很不得志，对于封建黑暗统治抱着强烈不满，而对于广大被压迫人民则寄予热烈同情的人。因此，中国古典小说中的杰作，尽管也不免有封建的糟粕，有历史的和阶级的局限性，但它们却是非常突出地反映了中华民族的民族性格和民族精神，热烈地讴歌了中国的筋骨和脊梁，因而一直被排斥在封建正统文学之外。

因此，中国古典小说的传统，也与西方的大不相同。当恩格斯于1844年1月指出："近十年来，在小说的性质方面发生了一个彻底的革命，先前在这类著作中充当主人公的是国王和王子，现在却是穷人和受轻视的阶级了，而构成小说内容的，则是这些人的生活和命运、欢乐和痛苦。"[1]在中国古典小说中，"国王和王子"则极少充当过主人公，"穷人和受轻视的阶级"，则始终是中国古典小说描写和歌颂的主要对象。由于中国古典小说一向富有民主性的民族传统，反映了中华民族的民族性格和民族精神，所以它们不仅世代流传，家喻户晓，成为我们民族不可缺少的精神食粮，而且还直接鼓舞和推动了广大人民的反抗斗争。如《三国演义》《水浒传》中所描写的英雄人物的名字，往往成了许多农民起义领袖的绰号；书中所描写的战略战术，则成了农民战争的军

---

[1] 恩格斯：《大陆上的运动》，《马克思恩格斯全集》第1卷，第594页。

事教科书，"凡埋伏攻袭皆效之"①。

　　说实话，像《隋唐演义》《说岳全传》《杨家将》等英雄传奇小说，在艺术上并不高明。然而它们却很受群众欢迎，至今它的读者之多，连当代某些获奖小说都望尘莫及。难道是由于当代获奖小说的思想和艺术质量赶不上这些古典小说中的二三流作品么？我看不能这么说。关键就在于这些古典小说表现了我们中华民族的智勇之性和高尚情操之美。广大群众是最公正的评判家。在当代小说中，能够表现我们伟大民族精神的作品，如《红旗谱》《林海雪原》《青春之歌》《红岩》，跟其他不足以表现出我们伟大民族精神的作品相比，它们受读者欢迎的程度也大不一样。这些事实，难道还不值得我们深思么？

　　我这绝不是说，要反映中华民族的民族精神，就非得写英雄传奇小说不可。不论作家写什么和怎么写，只要作品真正是表现我们民族的智勇之性和高尚情操之美的，就必然会受到广大读者的欢迎。如《聊斋志异》《儒林外史》《红楼梦》，它们皆不属于英雄传奇小说，虽然有的以浪漫主义手法见长，有的以讽刺批判出色，有的以现实主义的真实描绘取胜，但它们却是足以代表我们的民族精神，非常富有民族特色的作品。反之，即使塑造的是英雄形象，采用的也是英雄传奇小说的写作手法，如《儿女英雄传》《荡寇志》，由于它们灌输的是封建说教，是为维护反动的封建统治效劳的，便遭到了广大群众的唾弃。

　　由此可见，是否反映了民族精神和民族特色，问题不在于写的是否属于英雄传奇小说，而是要看它是否表现了我们民族的智勇之性和高尚情操之美，做到如鲁迅所说："文艺是国民精神所发的火光，同时也是引导国民精神的前途

---

① 清·刘銮：《五石瓠》。见孔另境辑录：《中国小说史料》，第23页。

的灯火。"①鲁迅自己也正是这么做的，因此，"鲁迅是民族化的"②，被誉为"民族魂"。而这也正是中国古典小说民族特色最核心的表现。

俗话说：旁观者清。日本井坂锦江在1942年写的《水浒传与中华民族·序言》中说："要了解中国和中华民族，就必须很好地阅读中国小说。""阅读象《水浒传》这样的富有中华民族特色的小说。"③什么是"中华民族特色"呢？日本盐谷温举出《鲁提辖拳打镇关西》《吴用智取生辰纲》等篇章为例，说明《水浒传》人物描写中富有"智勇两方面的情节"，可"供研究中国国民性及风俗"④。这"智勇两方面"，正是中华民族"国民精神所发的火光"，"引导国民精神的前途的灯火"。《红楼梦》中贾宝玉对封建的人生道路深恶痛绝的叛逆精神，林黛玉为追求高尚纯洁的人生理想而不惜献身的精神，晴雯"身为下贱，心比天高"⑤的反抗斗争精神，他们虽不是英雄人物，而是真实的普通人的形象，但是在他们身上却同样表现了为一般普通人所缺乏的那种智勇兼备和富有高尚情操的民族精神。这和西方小说是大不相同的。西方批判现实主义作家，"他们塑造的正面人物多数是脱离人民的个人主义'英雄'、忏悔的贵族、'改好了的'资产者、好心肠的资产阶级知识分子、社会上的'多余的人'，以及温和驯良的'小人物'等。"⑥这些人物形象，跟中国古典小说依据中国的民族精神所塑造出来的人物形象是迥然有别，大异其趣的。

德国的伟大诗人歌德在谈到中国小说《好逑传》时指出："我看贝朗瑞的诗歌和这部中国传奇形成了极可注意的对比。贝朗瑞的诗歌几乎每一首都根据一种不道德的淫荡题材"，而"在他们那里（指《好逑传》等中国小说——引

① 鲁迅：《坟·论睁了眼看》。
② 毛泽东：《同音乐工作者的谈话》，见《人民日报》1979年9月8日。
③④ 转引自公盾、冯其利：《〈水浒传〉在日本》，见《世界图书》1983年第9期。
⑤ 这是曹雪芹在《红楼梦》第五回"金陵十二钗又副册"上给晴雯写的判词。
⑥ 杨周翰等主编：《欧洲文学史》下卷，第118页。

者注）一切都比我们这里更明朗，更纯洁，也更合乎道德"。^①其实，《好逑传》在中国算不上是第一流的作品，但由于它反映了中国的民族精神，便成为具有中国民族特色的作品而受到歌德的热烈欢迎和崇高评价。

许多事实都证明，"真正的民族性不在于描写农妇的无袖长衣，而在于具有民族的精神"^②。反映在中国古典小说中，就突出地表现为它所塑造的主要人物形象具有不屈不挠地进行反抗斗争的智勇之性和高尚的情操之美。这种智勇之性和情操之美，虽然不能说是每部中国古典小说都具备，但它确实是中国古典小说的主流；虽然不能说是中国古典小说所独有，但跟世界各国的古典小说相比，它却最为突出地反映了中国古典小说的民族特色。

二、人物形象塑造的曲致之情和传神之美

中国古典小说人物形象塑造上的民族特色，是由中国的民族性格决定的。离开民族的性格特征所决定的小说艺术欣赏习惯和心理爱好，仅从中国古典小说人物形象塑造的具体艺术手法本身是难以说明真正的民族特色的。因为具体的艺术手法是受时代、作家、题材和创作方法等多方面因素制约的，是不断发展、变化的；同时，艺术手法本身如同科学技术一样没有民族的或国家的界限，各个国家、民族之间在艺术手法上必然有一些相同或相似之处。因此，有人对于仅从艺术手法上来强调我们的民族特色，早就提出过非难："有人说，我国古典小说中塑造人物形象的特点是不依靠于对其心理活动的描写，而只是通过生动紧凑的故事情节来表现的；可是，若就《红楼梦》说，却分明有细致的内心刻画。又比如有人说，我们不同于外国作品之处在于我们惯用白描手法，故事情节有头有尾等；其实，塞万提斯的《堂·吉诃德》和薄伽丘的《十

---

① 见《歌德谈话录》，人民文学出版社 1982 年版，第 112、113 页。

② 见《别林斯基论文学》，第 73 页。

日谈》都有与此类似的艺术特点。"①

还有人把鲁迅说的"要极省俭地画出一个人的特点，最好是画他的眼睛"②，与我国古代画家"画龙点睛"的故事相印证，说明善画眼睛是我国文学艺术的民族特色之一。其实，15世纪的意大利文艺复兴时期的艺术家达·芬奇也说过："眼睛叫做心灵的窗子。""画家就是通过眼睛来服务于知解力，而眼睛是更高贵的感官。"③列夫·托尔斯泰写渥伦斯基在火车上第一次见到安娜时，不仅把全部笔墨集中写了安娜的眼睛，而且简直把她写活了：

> 当他回过头来看的时候，她也掉过头来了。她那双在浓密的睫毛下面显得阴暗了的闪耀着的灰色眼睛亲切而注意地盯在他的脸上，好像她在辨认他一样，随后又立刻转向走过的人群，像是寻找什么人似的。在那短促的一瞥中，渥伦斯基已经注意到了有一股被压抑的生气在她的脸上流露，在她那亮晶晶的眼睛和把她的朱唇弄弯曲了的轻微的笑容之间掠过。仿佛有一种过剩的生命力洋溢在她的全身心，违反她的意志，时而在她的眼睛的闪光里，时而在她的微笑中显现出来。她故意地竭力隐藏住她眼睛里的光辉，但它却违反她的意志在隐约可辨的微笑里闪烁着。④

可见仅从"生动紧凑的故事情节""白描""画眼睛"等具体的艺术手法，来区分中外文艺的民族特色，如同要从科学技术上找出中外的民族区别来一样，那是徒劳的。

那么，究竟什么是中国古典小说人物形象塑造上的民族特色呢？我认为，

---

① 凡夫：《总结我国文学的民族传统和民族特点》，见1961年6月4日《光明日报》。
② 鲁迅：《南腔北调集·我怎么做起小说来》。
③ 达·芬奇：《笔记》，朱光潜译。见《世界文学》1961年8—9月号。
④ 列夫·托尔斯泰：《安娜·卡列尼娜》，周扬译，人民文学出版社1956年版上卷，第90页。

这不能孤立地从具体的艺术手法上去说明，而应从中国的民族特性出发，去研究中国古典小说的人物形象塑造在艺术手法上是如何适应和表现出中华民族的欣赏习惯和心理爱好的。据此，我认为中国古典小说艺术的民族特色，主要表现为"中国艺术的理性精神"，"并不去逼真地创造幻觉的真实，而更多诉之于理解、想象的真实"①的那种曲致之情和传神之美。

譬如同样是画眼睛，前面举的列夫·托尔斯泰对安娜·卡列尼娜的眼睛的描绘，就是属于作家"逼真地创造幻觉的真实"，它使我们从作者所描写的渥伦斯基的幻觉之中，仿佛看到了安娜的眼睛中真有她那掩饰不住的内心对渥伦斯基的爱慕与钟情。而曹雪芹的《红楼梦》对于林黛玉的眼睛的描绘，则与此迥然有别。它的描画不是属于这种"逼真地创造幻觉的真实"，而是体现了中国艺术的理性精神所特有的以形传神——"更多诉之于理解、想象的真实"。如贾宝玉被贾政毒打致伤，林黛玉去探望他，作者写林黛玉仅用了一句话："只见他两个眼睛肿的桃儿一般，满面泪光。"他俩正在说话之间，忽然听到院外有人说凤姐来了，林黛玉连忙立起身来要从后院子走出去。"宝玉一把拉住道：'这又奇了。好好的怎么怕起他来？'林黛玉急的跺脚，悄悄的说道：'你瞧瞧我的眼睛，又该他取笑开心呢。'宝玉听说，赶忙的放了手。黛玉三步两步，转过床后，出后院而去。"这里作者对于黛玉为什么那么伤心地哭得"两个眼睛肿的桃儿一般"，只字未作具体的说明，更未详尽描绘和大肆渲染在她那"肿的桃儿一般"的眼睛里"压抑"着什么，"洋溢"着什么，有什么样的"闪光"和"光辉"。它只是极其质朴地描绘出林黛玉那"两个眼睛肿的桃儿一般"的形象和神情，就足以使我们理解和想象她对贾宝玉该是有着一种多么浓烈的、特殊的、形同生死与共、呼吸相通的炽热感情啊！她的内心又该是激荡着多少担忧与怜爱、悲愤与期望、哀伤与凄苦的血和泪啊！难怪清

---

① 李泽厚：《美的历程》，第 193 页。

代的"桐花凤阁"陈其泰忍不住地下笔批道:"读此一段,真令人心酸骨楚,双泪如雨。"[①]这就是以中国艺术的理性精神,通过以形传神的描绘,着重启发读者的"理解、想象",所产生的一种特别强大的艺术感染力。

我们拿曹雪芹对林黛玉的眼睛的描绘,与列夫·托尔斯泰对安娜·卡列尼娜眼睛的描绘加以比较,绝非要扬此抑彼。它们同样都是出自大作家的手笔,都各有各的妙处,各有各的独特艺术魅力。我们只是意在说明,通过启发读者的理解、想象,追求曲致之情和以形传神之美,这是具有理性精神的中国古典小说艺术的民族特色。

中国艺术的这种理性精神,是在中华民族几千年的历史中形成的。由于长期受封建礼教的束缚,我们养成了一种内向的民族性格,不像西方的民族性格那样外露和奔放。因此,中国古典小说的人物形象塑造在表现传神之美的同时,着力追求的不是显露、奔放之情,而是含蓄、曲致之情。如拿16世纪西班牙的伟大作家塞万提斯的《堂·吉诃德》、14世纪意大利作家薄伽丘的《十日谈》,与中国的《三国演义》《水浒传》《西游记》等从民间艺人说话的基础上加工创作的伟大作品相比,虽然同样都是通过生动有趣的故事情节,在人物的行动中塑造人物的形象,然而它们之间却依然表现了不同的民族特色:《堂·吉诃德》通过主仆漫游的故事情节,所描写的是把风车当巨人,羊群当军队,修士当蒙面强盗,酒囊当恶魔,那种完全凭主观幻想行事的堂·吉诃德式的典型形象;中国古典小说中的故事情节和人物的行动,却不是这般极端离奇的主观幻觉的真实,而是注重"写极骇人之事,却尽用极近人之笔"[②]。

《水浒传》中的鲁达三拳竟然打死了号称"镇关西"的恶霸郑屠,第一拳正打在郑屠的鼻子上,"打得鲜血迸流,鼻子歪在半边,却便似开了个油酱铺:咸的、酸的、辣的,一发都滚出来"。第二拳"打得眼棱缝裂,乌珠迸出,也

---

① 见刘操南辑:《桐花凤阁评〈红楼梦〉辑录》,第131页。
② 金圣叹对《水浒传》的评语。见贯华堂刻本《第五才子书施耐庵水浒传》第22回开头总评。

似开了个彩帛铺：红的、黑的、紫的，都绽将出来"。第三拳"太阳上正着，却似做了一个全堂水陆的道场：磬儿、钹儿、铙儿，一齐响。鲁达看时，只见郑屠挺在地下，口里只有出的气，没了入的气，动弹不得"。这里显然也用了夸张和幻觉的手法，但这种夸张不是"无限的"，而是有现实可能的；这种幻觉（如咸的、酸的、辣的……）既是主观的，却又是对客观景象的加倍形容，它主观而不空幻。同此，尽管它与《堂·吉诃德》通过离奇曲折的故事情节来塑造人物形象的艺术手法是相似的，但它们所塑造出来的典型形象却各具特色。拿鲁达与堂·吉诃德相比，他高大而不畸形，离奇而不荒诞；所表现出来的特色不是"逼真地创造幻觉的真实"，不是堂·吉诃德式的那种畸形的主观性格美，而是高大与真实相结合，以真实地描绘人物性格的曲致之情——通过描写他打得狠，打得痛快，曲折地反映出他对压迫者的恨之入骨，他为被压迫者报仇雪恨而极为淋漓酣畅之情——表现了中国小说艺术形象的高大、含蓄、传神之美。作者没有直接写鲁达对郑屠的霸道肆虐，欺压金氏父女，如何恨得怒气冲天，而只是通过他三拳打死郑屠的行动之"形"，就生动如画地刻画出了他嫉恶如仇、英豪阔绰的"神"。所谓"咸的、酸的、辣的"，"红的、黑的、紫的"，"磬儿、钹儿、铙儿"，这不仅是从味觉、视觉、听觉三个方面对郑屠被打的脓包相作了夸张、生动的描绘，更重要的，它还曲折地活画出了鲁达拳打郑屠时那种无比痛快、欢畅、解恨的神情。它不是由作家直接道破，一览无余，而是由此及彼，曲径通幽，给读者留有理解和想象的余地，耐人咀嚼，引人回味，使你感到领略不尽其中的曲致之情和传神之美。

即使像《西游记》这样以充满浪漫主义的神奇幻想为主要艺术特色的小说，它跟《堂·吉诃德》《十日谈》的神奇幻想所表现出来的民族特色，也是别出机杼，各具风采的。"《西游记》的幽默滑稽中仍然充满了智慧的美。正如今天中国人民喜爱的相声艺术，是以智慧（理解）而不是单纯以动作形体的夸张（如外国丑角）来取悦一样，中国的浪漫主义仍然不脱古典的理性色彩和传统。"①

如果说我们中国人对中国小说艺术不免有所偏爱的话，那么，外国第三者的感受和评价应该是比较客观和公正的了。日本的盐谷温在他的《中国小说概论》中，便称赞《水浒传》"其描写人物活跃之状，泼辣陆离，如龙飞天，如虎啸地。其结构之雄大，文字之刚健，描写人物之精细，不独在中国小说中首屈一指，且亦雄飞世界之文坛"！他还赞赏《西游记》"比读以奇幻谲怪见称的《天方夜谭》，更发有趣多了"。这也许是因为日本和中国同属于世界的东方，对于东方民族的艺术美有着共同或近似的爱好，但它至少说明我国古典小说艺术是有鲜明、独特的民族特色，而与西方小说的民族特色是别具一格，足可争雄、媲美的。那种因为要学习和吸取西方小说的艺术经验，就要抛弃或轻视中国小说艺术的民族特色，岂不是妄自菲薄么？

三、艺术表现上的虚实相生和飞腾想象之美

由于中国古典小说的人物形象塑造追求的是曲致之情和传神之美，具有中国艺术的理性精神，因此它在艺术表现上也跟西方小说擅长浓墨重彩地油画式的刻意写实不同。中国古典小说的艺术表现特色跟中国的国画相似，它讲究虚实相生，尺幅千里，以少少许胜多多许，不是着力于再现生活的真实，而是着意于创造一个艺术真实的优美意境，引人遐想，令人陶醉，给人以飞腾想象的美感。

我国"律诗重在对偶，妙在虚实"②。这种"妙在虚实"，用之于小说创作，正如金圣叹所说："须知文到入妙处，纯是虚中有实，实中有虚，联绵激射。"③例如《三国演义》第六十回写益州牧刘璋的别驾张松，因嫌刘璋"禀性

---

① 李泽厚：《美的历程》，第199页。
② 明·谢榛：《四溟诗话》卷一。
③ 见金圣叹评点的贯华堂刻本《水浒传》第二十六回开头总评。

暗弱，不能任贤用能；加之张鲁在北，时思侵犯；人心离散，思得明主"，便"暗画西川地理图本"，去许都见曹操，作为"进献之物"。当张松赴许都时，作者只虚写了一句："早有人报入荆州。孔明便使人入许都打探消息。"至于如何"打探消息"，探得消息之后，孔明又如何布置对策，作者皆一概未予实写。只是一路实写张松到许都后，如何见曹操"傲睨得志"，"傲贤慢士"，使张松不得不改变主意，带着地理图本到荆州来见刘备。刘备早已派赵云领五百余骑在郢州界口迎接，并设宴款待，使张松深感："人言刘玄德宽仁爱客，今果如此。"李渔于此处批道："皆在孔明算中。"接着，张松又受到关羽、孔明、刘备的热情接待。"饮酒间，玄德只说闲话，并不提起西川之事。"李渔于此处又批道："孔明教法妙绝。"[1] 最后由于张松深受感动，不但把西川地图本献给刘备，而且披沥肝胆，竭诚表示："明公果有取西川之意，松愿施犬马之劳，以为内应。"这里实写的是张松、曹操、赵云、刘备，而虚写的却是孔明。只写他"使人入许都打探消息"一句话，却使这个善于为刘备出谋划策的军师形象，给人留下了极为美好、深刻的印象。正如毛宗岗的批语所指出的：

> 文有隐而愈现者。张松之至荆州，凡子龙、云长接待之礼与玄德对答之言，明系孔明所教，篇中只写子龙，只写云长，只写玄德，更不叙孔明如何打点，如何指教，而令读者心头眼底处处有一孔明在焉，真神妙之笔。[2]

这就是中国艺术重于理解和想象的理性精神在古典小说艺术表现上的民族特色。

过去人们常把故事性强，在行动中描写人物，缺乏心理刻画，惯用白描手

---

① 见李渔批语。据北京大学出版社《三国演义》会评本第六十回之评。
② 清·毛宗岗对《三国演义》描写关羽"温酒斩华雄"的夹批。

法等，作为中国古典小说的民族特色。应该承认这些具体的艺术手法，中国古典小说确实用得多一些，显得较为突出，虽然外国有的小说也用。重要的不在于用的次数多寡，而在于中国古典小说对这些艺术手法的运用都贯穿了中国艺术虚实相生的特色。

中国小说的故事性强，不是像《堂·吉诃德》的故事情节那样荒诞、离奇，而是采用虚实相生的写法，使故事情节既曲折紧张，如磁石一般富有吸引力，又留有想象的余地，令人心旷神怡，浮想联翩。如毛宗岗在《三国演义》第五十一回批语中所指出的："当周瑜战曹仁之时，正孔明遣将取三城之时，妙在周瑜一边实写，孔明一边虚写。又妙在赵子龙在周瑜眼中实写，云长、翼德两边在周瑜耳中虚写。"这种虚实之妙，不仅增加了故事情节的曲折性和诱惑性，更重要的，它是为塑造人物形象服务的，是在虚实映照、对比衬托之下，使人物形象显得分外增姿添韵，发人深思，耐人寻味。如通过实写周瑜与曹仁的大战，显示了周瑜的雄才大略，同时通过虚写赵子龙、关云长、张翼德在诸葛亮的策划下，已乘机抢先一步夺取了周瑜大败曹仁所想夺得的胜利果实——南郡和荆州"两处城池，全不费力，皆属刘玄德矣"。它虽只虚写，却更加有力地突出了"周瑜力战而任其劳，孔明安坐而享其利"[①]两个既饶有韵致，又高标独树的英雄形象。

人们常说中国古典小说擅长在行动中描写人物，缺乏细致的心理刻画。实际上它并不是没有心理刻画，只不过它不是把人物的心理活动实写出来，而是通过实写人物的行动，来虚写人物的心理；它不由作家直接出面对人物说三道四，作静态的心理剖析，而只是通过对人物自身的语言、行动的白描，来暗示、启发和诱导读者去理解和想象人物极其复杂微妙的内心世界。如林冲深受高俅的迫害，对高俅极为怀恨在心，但是作者不是采用对林冲直接作心理刻画

---

① 清·毛宗岗对《三国演义》第五十一回批语。

的手法来表现，而是在第五十一回宋江率人马打高廉时，写林冲跃马出阵，对高廉喝道："你这个害民的强盗，我早晚杀到京师，把你那厮欺君贼臣高俅碎尸万段，方是愿足。"明明是面对与高廉作战，林冲为什么却在高廉面前骂起高俅来了呢？为什么他非要将"高俅碎尸万段，方是愿足"呢？读到这里，读者就不能不引起深思和遐想，从而对林冲由于身受高俅的迫害而满怀积愤和怨毒的内心，必然有更为深切的感受和理解。正如金圣叹所说的：

> 对高廉骂高俅，各人心中自有怨毒，妙极。
> 此等意思又确是林武师，宋江不尔，武松不尔，鲁达不尔，李逵不尔，石秀近之矣，而犹不尔。[1]

可见通过"实"写人物的行动来"虚"写人物的心理，调动读者的理解力和想象力，不仅足以使人了解林冲"心中自有怨毒"，而且找到了与宋江、武松、鲁达、李逵、石秀皆不同的林冲所特有的性格化的表达方式，给读者留下了更为深刻和奇妙的印象。

又如《红楼梦》第八回写贾宝玉在薛姨妈处喝酒，宝玉听从了宝钗的劝告，不喝冷酒喝热酒。作者没有直接写林黛玉的心里如何嫉妒，而是写她借小丫鬟雪雁听从紫鹃的吩咐给她送手炉的机会，指桑骂槐地"笑道：'也亏你倒听他的话。我平日和你说的，全当耳旁风。怎么他说了你就依，比圣旨还快些！'"这样不仅把林黛玉那嫉妒的心理表现得惟妙惟肖，而且活现了她那机智灵巧，"说出一句话来比刀子还尖"的鲜明性格。

这种通过人物的语言、行动来表现人物心理的虚实相生，它跟我们中华民族不是外露而是内向，不是浅薄而是深沉的民族性格是一致的，是由长期的

---

[1] 见金圣叹评点的贯华堂刻本《水浒传》第五十一回开头总评。

社会历史形成的我们民族的性格和我们民族的欣赏习惯在古典小说艺术上的反映。它跟西方的小说艺术各有千秋，我们不必强调它们的高下之分，只是指出我国古典小说艺术的民族特色自有它不容忽视的根据和不可低估的长处。

如果我们把外国小说和中国古典小说的艺术表现加以具体的比较，我国古典小说艺术擅长虚实相生的民族特色，就更加显而易见了。被马克思称为"对于各色各样的悭吝作过认真的研究"[①]的巴尔扎克，在他的《欧也妮·葛朗台》中，描写了一个以悭吝为性格特征的葛朗台形象，写他在临死前，要女儿把黄金摆在桌面上，他一直用眼睛盯着，说："这样好教我心里暖和！"神甫来给他做临终法事，把一个镀金的十字架送到他唇边亲吻，葛朗台见到金子，便做出一个骇人的姿势，想把它抓到手。这一下用力过度，便送了他的命。他唤欧也妮前来，嘱咐她说："把一切照顾得好好的，到那边来向我交账！"这种描写显然是以具体写实、一览无余见长。作者把葛朗台这个吝啬鬼的形象刻画得可谓精彩纷呈，跃然纸上。

在我国吴敬梓的《儒林外史》中，也写了个吝啬鬼严监生的形象：

> 严监生临死之时，伸着两个指头，总不肯断气；几个侄儿和些家人来讧乱着问，有说为两个人的，有说为两件事的，有说为两处田地的，纷纷不一，只管摇头不是。赵氏分开众人，走上前道："爷，只有我能知道你的心事。你是为那灯盏里点的是两茎灯草，不放心，恐费了油。我如今挑掉一茎就是了。"
>
> 说罢，忙走去挑掉一茎。众人看严监生时，点一点头，把手垂下，登时就没了气。[②]

---

① 见《马克思恩格斯论艺术》，人民文学出版社 1963 年版，第 395 页。
② 见《儒林外史》第六回。

巴尔扎克对葛朗台形象的描写自然是极为强烈的、鲜明的，但是就他艺术表现的特征来说，则完全是写实的、客观的；而吴敬梓对严监生形象的刻画自然也是极为深刻的、动人的，但是就他艺术表现的特征来看，却不完全是重在客观地写实、绘形，而是重在以实见虚、以形传神。通过以实写"严监生临死之时，伸着两个指头，总不肯断气"这一个"形"，来引导读者思考他这举动究竟是什么意思，"有说为两个人的，有说为两件事的，有说为两处田地的"，对于这一切，他皆"只管摇头不是"，最后才由他最知心的妻妾赵氏点出是为了灯盏里不该点两茎灯草。由于他调动了读者经过这一番想象和思考，这就不仅更加强烈地传达出严监生那极端悭吝的灵魂和神情，给人们留下了过目难忘的印象，而且使读者由不得不激起一股对严监生如此悭吝、卑下的灵魂嗤之以鼻的感情波澜，给人以一种经过想象、理解达到恍然大悟的美感和快感。

四、语言艺术的画工之笔和化工之美

"语言是文艺作品的第一个要素，也是民族形式的第一个标帜。"[1]"鲁迅的作品即使是形式上和外国小说接近的，也依然有它自己的民族形式。这就是他的文学语言，也就是这个民族形式构成了鲁迅的个人风格。"[2]

我国的汉语言用的是象形文字，非常形象、精练、生动。如英、法、俄语皆须掌握数以万计的词汇量，而汉语只要掌握一千几百个常用字，就可以千变万化，组成无数的词汇。根据我国汉语言文字的特点，我国古典小说语言非常富有形象性，其精练、生动，犹如画工之笔。它不用作者作长篇大论的叙述、介绍，往往只通过人物自身的语言和行动，就能够把人物的性格和形象生动如画地活现出来。如《水浒传》中的潘金莲，因勾引武松未成，受到武松的严正

---

[1] 周扬：《新的人民的文艺》，《中华全国文学艺术工作者代表大会纪念文集》，新华书店1950年版，第76页。

[2] 见《茅盾评论文集》上册，第291、292页。

警告。作者接着写道：

> 那妇人被武松说了这一篇。一点红从耳朵边起，紫涨了面皮，指着武大便骂道："你这个腌脏混沌！有什么言语，在外人处说来，欺负老娘！我是一个不戴头巾男子汉，叮叮当当响的婆娘！拳头上立得人，胳膊上走得马，人面上行得人，不是那等搠不出的鳖老婆。自从嫁了武大，真个蝼蚁也不敢入屋里来，有什么篱笆不牢，犬儿钻得入来！你胡言乱语，一句句都要下落；丢下砖头瓦儿，一个个要着地。"①

这里作者未向我们介绍潘金莲如何恼羞成怒，如何泼辣刁顽，但是我们从她的表情和言语中却非常形象而深刻地感受到了这一点。明明是武松向她正言劝告，她却指着她的丈夫武大臭骂；明明是她认定武大懦弱可欺，她反而以责备武大为名，行骂武松"欺负老娘"之实；明明是她图谋不轨，偷鸡摸狗，她却偏要把自己说得那么堂皇正大；明明是她自己心口不一，言行卑劣，而她却要人家说话"一句句都要下落"，"一个个要着地"，以要挟、恐吓、说大话来既为自己壮胆、辩护，又把武松的正告拒之千里之外。明万历容与堂刻本《李卓吾先生批评忠义水浒传》在这段话中，先后夹批了十一个"画"字。明清间芥子园刻本《忠义水浒传》对这段话的眉批，也盛赞其"许多话在纸上有声有气，如见如闻"。在我国古典小说中，像这般生动如画的语言，是屡见不鲜的。

精练传神，富有化工之美，这是我国古典小说语言的基本特色。如《水浒传》作者写武松杀了官僚恶霸张都监之后，"便去死尸身上割下一片衣襟来，

---

① 见《水浒传》第二十三回。

蘸着血，去白粉壁上，大写下八个字道：'杀人者打虎武松也。'"这八个字，掷地当作金石声，真是如有打虎之力。杀了人还不赶快逃跑，竟然在墙壁上留下姓名。不用作者多啰唆，仅用武松写的这八个字，就使读者仿佛如见武松打虎之威武，打虎之勇敢，打虎之胆识；武松不只是自然界的打虎英雄，更是人类社会的打"虎"英雄。临走时，作者不说武松如何满怀着胜利的喜悦，而只是写他"拽开脚步，倒提朴刀便走"。这"拽开脚步"的动作，这"倒提朴刀"的身影，便把武松那粗豪阔绰的神态和心满意足的气色，都非常自然、逼真地活画出来了。

我国古典小说语言的精练，使它具有思想容量大、含蓄有味的特点。用金圣叹的话来说，它是"一笔作百十来笔用"[1]。用曹雪芹在《红楼梦》中的话来说，它"念在嘴里倒象有几千斤重的一个橄榄"[2]，经久耐嚼。如《水浒传》第十五回写梁中书的老都管在押送生辰纲的途中向杨志要威风，说："我在东京太师府做奶公时，门下军官，见了无千无万，都向着我嗟嗟连声……"这"都向着我嗟嗟连声"一句，不仅表现了老都管作为狗腿子意满志得、骄横放肆的神情，同时还反映了东京太师的威焰逼人和门下众军官的诌佞丑态。一句平常的人物语言，就这么传神地刻画出人物的性格，反映出如此丰富的社会内容，实在是精练无比、其味无穷！

我国古典小说语言的精练，有时甚至可以达到"不著一字，尽得风流"[3]的妙境。在水浒英雄中，要数李逵形象最惹人喜爱了。为什么李逵形象被塑造得这么生动可爱呢？金圣叹说："李逵传，妙处都在无字句处，要细玩。"[4]确实，对李逵的性格作者几乎未作一字介绍，全凭对他自身的语言、行动的白描，就栩栩如生地刻画出来了。如宋江初次见到李逵，请李逵上酒店喝酒，酒保刚

---

① 金圣叹对《西厢记》的批语。
② 《红楼梦》第四十八回香菱语。
③ 唐·司空图：《诗品》。
④ 见金圣叹评点的贯华堂刻本《水浒传》第三十七回夹批。

刚取过菜肴、酒壶，作者即写："李逵便道：'酒把大碗来筛，不耐烦小盏价吃。'"身为初次相会的客人，理应客随主便，殷勤客套一番。可李逵绝不是个会客套的人，作者通过写李逵反客为主，径直提出"酒把大碗来筛"，这该是多么巧妙、自然、生动地画出了李逵那朴实、豪爽、憨厚，与世俗习气格格不入，令人可亲可爱的英雄性格啊！

所谓画工之笔和化工之美，就是既行文如画，又不见人工穿凿的痕迹，而如《红楼梦》中贾宝玉所赞赏的"天然图画"①一般。它突出地表现在我国古典小说人物形象的描写上，可以达到使人"不知有所谓语言文字"的境界。正如容与堂刻本《李卓吾先生批评忠义水浒传》第二十四回回末总评所指出的："说淫妇便象个淫妇，说烈汉便象个烈汉，说呆子便象个呆子，说马泊六便象个马泊六，说小猴子便象个小猴子，但觉读一过，分明淫妇、烈汉、呆子、马泊六、小猴子光景在眼，淫妇、烈汉、呆子、马泊六、小猴子声音在耳，不知有所谓语言文字也。何物文人有此肺肠，有此手眼？！若令天地间无此等文字，天地亦寂寞了。"同书第十三回回末总批也说："《水浒传》文字形容既妙，转换又神，如此回文字形容刻画周瑾、杨志、索超处，已胜太史公一筹；至其转换到刘唐处来，真有出神入化手段，此岂人力可到？定是画工文字，可先天地始，后天地终也。不妄不妄！"这种使人"不知有所谓语言文字"的"画工文字"，在我国古典小说中就是使语言形式恰到好处、天衣无缝地融化于人物性格之中，使读者进入了一个得意而忘形、得人而忘言的绝妙境界。语言文字为刻画人物性格服务，竟然达到了如此巧夺天工的地步，叫人真不能不拍案叫绝！

---

① 见《红楼梦》第十七回。

五、艺术风格的朴实无华和阳刚阴柔之美

"我们民族的文学艺术，经过数千年来无数天才的祖先们的努力，创造了自己独特的、卓越的、表现了人民的心理和风习的，因而为人民所习惯和喜爱的风格。"① 我们中华民族的风格是高洁耿直，忠厚纯朴，不像欧美民族那样狂放炽热，强悍激越。因此，朴实无华，不是刻意追求外表的华美，而是竭力表现出内在的阳刚阴柔之美，这就是我国古典小说艺术的民族风格。早在元末明初，以《三国演义》《水浒传》为代表，我国古典小说已经具有这种鲜明独特的民族风格，这是我国小说艺术初步成熟的重要标志。当然，民族风格并不是一成不变的，至于各个时代、各个流派、各个作家的艺术风格，则更是变化万千、多彩多姿的；但是，它们对于民族风格来说，只是同中之异，是对于我国整个古典小说艺术民族风格的丰富和发展。

这种朴实无华的民族风格，不仅在《三国演义》《水浒传》等由民间说话基础上加工创作的小说中表现得非常突出，而且在后来由文人独立创作的小说中也反映得十分明显。如曹雪芹的《红楼梦》，以贾府那样一个豪华的封建贵族大家庭和老爷、太太、公子、小姐为主要的描写对象，他们过的是富丽堂皇、锦衣玉食、插金戴银、异常奢侈靡费的贵族生活，按理，作品的艺术风格也应词彩华茂，粲溢今古，典雅繁缛，卓尔不群。可是曹雪芹却深知"文尚华者日落，尚实者日茂"② 的我国文学发展规律，继承并发扬了直接在民间说话基础上发展起来的我国小说艺术的民族风格。你看，他写大观园，不是去铺陈渲染它那"天上人间诸景备"的旖旎景色，而是通过"大观园试才题对额"，着意刻画了贾宝玉、贾政等人不同的思想性格。贾宝玉的才思敏捷，见解精辟，跟贾政的迂腐古板，只会动辄无理训人，形成了鲜明的对照。鲁迅说，我国年

---

① 周扬：《为创造更多的优秀的文学艺术作品而奋斗》，见《人民文学》1953 年 11 月号，第 12 页。

② 清·刘熙载：《艺概·文概》。

画和旧戏上只有人物，没有背景。^①我国古典小说也不像外国小说那样，喜欢孤立地、长篇累牍地对风景、环境、人物肖像和心理作翔实的、静止的、铺张的描写。《红楼梦》中即使有几句景色描写，也像素描一样质朴，且都与人物性格交相辉映。如潇湘馆的"千百竿翠竹"，是潇湘妃子林黛玉的高风亮节的象征；蘅芜院的"蘅芜满院泣斜晖"，是蘅芜君薛宝钗悲剧命运的延伸；怡红院那"其势若伞，丝垂翠缕，葩吐丹砂"的"女儿棠"，则是怡红公子贾宝玉具有女性美的性格写照。它所写的人物性格是瑰丽沉厚的，而所用的语言文词却是朴实无华的。如它通过兴儿的口介绍探春的"浑名是玫瑰花"，"玫瑰花又红又香，无人不爱的，只是有刺戳手。也是一位神道，可惜不是太太养的，老鸹窝里出凤凰"。介绍林黛玉"面庞身段和三姨不差什么，一肚子文章，只是一身多病。这样的天，还穿夹的，出来风儿一吹就倒了。我们这起没王法的嘴都悄悄的叫他'多病西施'"。那薛宝钗，"竟是雪堆出来的"。兴儿说她俩"真是天上少有，地下无双"，小厮们见了她俩"那正经大礼，自然远远的藏开，自不必说；就藏开了，自己不敢出气。生怕这气大了，吹倒了林姑娘；气暖了，吹化了薛姑娘"。你看，作者所用的这些语言是多么生动、朴素，又是多么切合人物的思想性格和神情声态；它独具自然浑厚之质，妙趣横生，情流字外，而绝无文人学士珠萦翠绕、蓄意藻饰之弊。

因此，中国古典小说艺术风格的朴实无华，既不是信手拈来，更非刻意雕饰，而是大匠运斤，斧凿无痕，如行云流水，舒卷自如，粗看似平淡无奇，细嚼则深感其味无穷。它是得之艰辛，出之舒徐；所追求的不是外表形式的华丽，而是中华民族的内向性格所独具的阳刚阴柔之美。在中国古典小说中，这种阳刚与阴柔之美，并不是彼此割裂、互相分离的，而是错综交织，统一于朴实无华的民族风格之中的，或者更准确地说，它本身表现了我国古典小说在朴

---

① 见鲁迅《且介亭杂文·连环图画琐谈》。

实无华之中兼备阳刚阴柔之美的民族风格。

中国古典小说的这种民族风格，突出地表现在人物性格的刻画上，它不是只写出某一面，而总是同时要写出阳刚阴柔这两个方面。如《水浒传》中的鲁智深，是个三拳打死镇关西的烈性汉子，他那种恨不得要杀尽天下不平之人的浑身阳刚之气，实在轩昂夺人。然而他对受害的金氏父女，对落难的林冲，则完全是一副救人须救彻的慈爱心肠。为了防止店小二拦截回乡的金氏父女，他这么个急性子的人，竟然"且向店里掇条凳子坐了两个时辰，约莫金公去得远了，方才起身"。林冲被高俅陷害，断配沧州，他"放心不下"，"恐这厮们路上害你，俺特地跟将来。""你五更里出门时，洒家先投奔这林子里来，等杀这厮两个撮鸟，他到这里害你，正好杀这厮两个。"使林冲在野猪林得以绝处逢生。他这种竭尽全力拯救被迫害者的一片阴柔之情，实在感人肺腑。恰如金圣叹所指出的："写鲁达为人处，一片热血直喷出来，令人读之深愧虚生世上，不曾为人出力。"[①]

《红楼梦》中的林黛玉是个多愁善感、容易流泪的不幸女子的典型。她"无事闷坐，不是愁眉，便是长叹，且好端端的，不知为了什么常常的便自泪道不干的"。泪水，就是她那感情波涛的汹涌，是她那满腔阴柔之情的宣泄。然而林黛玉的性格却不只是有着阴柔之美，生活在那个污浊的封建社会中，她誓不随波逐流，同流合污，而是针锋相对，"说出一句话来，比刀子还尖"。面对着封建统治"一年三百六十日，风刀霜剑严相逼"的险恶处境，她抱定"质本洁来还洁去，强于污淖陷渠沟"的宗旨，死不屈服。她执着地追求自己的人生理想："愿奴胁下生双翼，随花飞到天尽头。"她竭尽自己的全部血泪和整个青春在呼唤着、探求着："天尽头，何处有香丘？"因此，她那流不尽的眼泪，不只是她那命运悲哀，满腔阴柔之情的表现，同时也是她那顽强不屈

---

① 见金圣叹评点的贯华堂刻本《水浒传》第二回开头总评。

的悲壮性格满怀阳刚之气的反映。悲哀与悲壮的结合，这就是林黛玉性格中阴柔与阳刚之美的统一和兼备。

阳刚之气是属于壮美，阴柔之情是属于优美。"这种壮美和优美的互相连接，互相渗透，反映了中国传统艺术在美学上的一个重要特色。在西方美学中，崇高（Suhlime）和美是对立的。美是内容和形式的和谐的统一，崇高则是理性内容压倒和冲破感性形式。而中国传统艺术中的壮美，却并不破坏感性形式的和谐。它仍然是美的一种，是阳刚之美。它和优美（阴柔之美）并不那么绝对对立，也并不相互隔绝。相反，它们常常互相连接，互相渗透，融合成统一的艺术形象。在中国传统艺术中，壮美的形象是雄伟的，劲健的，但它同时又表现出内在的韵味；优美的形象是秀丽的，柔婉的，但它同时又表现出内在的骨力。中国古典美学论书时讲究'书要兼备阴阳二气'，讲究'力'和'韵'的互相渗透，论画时讲究'寓刚健于婀娜之中，行遒劲于婉媚之内'，论词时讲究'壮语要有韵，秀语要有骨'，讲究'豪放'和'妩媚'的互相渗透，等等，都反映了中国传统艺术的这个美学特色。"① 我国古典小说在朴实无华之中兼备阳刚阴柔之美的民族风格，与中国传统艺术的这个美学特色是完全一致的。

由于中国长期停滞于封建社会的状态，近代中国又累遭外国帝国主义的奴役，中国资产阶级对民族文化又一直采取虚无主义的态度，因此，在不少人中滋长了民族自卑感。鲁迅在谈到吴敬梓的《儒林外史》时，曾经愤愤不平地指出："伟大也要有人懂。"② 不只是对于《儒林外史》，对于我们整个的中国古典小说的伟大及其所以伟大之处，至今我们还不能说已经认识清楚了，完全懂了。本文对中国古典小说民族特色的探讨，只不过是抛砖引玉，意在破除妄自菲薄，为认清中国古典小说的伟大，继承和发扬我们的民族特色而尽一点绵薄

① 叶朗：《中国小说美学》，第148页。着重号为原有。
② 鲁迅：《且介亭杂文二集》《叶紫作〈丰收〉序》。

之力。

我们要继承和发扬中国古典小说的民族特色，绝不意味着不要学习外国小说于我们有用的艺术经验。毛泽东同志早就说过："近代文化，外国比我们高，要承认这一点。艺术是不是这样呢？中国某一点有独特之处，在另一点上外国比我们高明。小说，外国是后起之秀，我们落后了。"[①]因此，绝不是不要学外国，而是要记取历史上的经验教训："艺术离不了人民的习惯、感情以至语言，离不了民族的历史发展。"[②] "形式主义地吸收外国的东西，在中国过去是吃过大亏的。"[③] "艺术上'全盘西化'被接受的可能性很少，还是以中国艺术为基础，吸收一些外国的东西进行自己的创造为好"[④]。

历史必将"证明我们不但是文艺上的遗产的保存者，而且也是开拓者和建设者"[⑤]。

（原载中国社科院文学所《文学评论》丛刊第 31 辑，文化艺术出版社 1989年 8 月出版，收入拙著《中国的小说艺术》；台北贯雅文化事业有限公司 1990 年1 月出版，1994 年 1 月重印；广西教育出版社 1992 年 11 月出版。）

---

①②④　毛泽东：《同音乐工作者的谈话》，见《人民日报》1979 年 9 月 8 日。
③　毛泽东：《新民主主义论》，《毛泽东选集》第 2 卷，1952 年版第 699、700 页。
⑤　鲁迅：《集外集拾遗·〈引玉集〉后记》。

情节趋向淡化，人物要求强化

——试论我国古典小说发展的历史轨迹之一

中国古典小说，可谓"汗牛充栋，然佳者实不及千分之一"[①]。为什么真正流传不朽、脍炙人口、令人百读不厌的，只有《三国演义》《水浒传》《西游记》《聊斋志异》《儒林外史》《红楼梦》等几部名著？这当中奥秘很多，有着丰富的历史经验，值得我们加以总结和发掘，借鉴和吸取；情节趋向淡化，人物要求强化，便是其中重要的历史轨迹之一。

一

人们常说："中国传统小说美学是注重情节化的。"这只是说对了一半，还有一半应该看到中国传统小说美学的注重情节化，也是由浓向淡发展的，是在逐步趋向淡化的。

"谈论故事，正就是小说的起源。"我国唐以前的古小说，基本上是只有故事情节的叙述，而缺乏人物性格的刻画。像《搜神记》《虞初新志》之类，"实在不能算真正的小说，不过具体而微的琐碎的故事集而已"[②]。有故事情节而无人物形象，或者说故事情节浓化到完全淹没了人物，使人物仅是充当故事情节的承担者，根本谈不上有什么鲜明的性格，这是我国唐以前古小说的一个基

---

① 管达如：《说小说》，《小说月报》1912 年第 10 期。
② 见《郑振铎古典文学论文集》。

本特征。

从唐传奇开始到宋元话本，"虽尚不离于搜奇记逸，然叙述宛转，文辞华艳，与六朝之粗陈梗概者较，演进之迹甚明，而尤显者乃在是时则始有意为小说。"这个时期中国古典小说的特点，已由单纯故事情节的记叙，演变为故事与人物并重，把故事情节的叙述和人物性格的刻画结合起来。如李卓吾评论《莺莺传》说："尝言吴道子、顾虎头只画得有形象的，至如相思情状，无形无象，微之画来，的的欲真，跃跃欲有，吴道子、顾虎头又退数十舍矣。"宋元话木也大体上是一人一事，以一个或几个故事来塑造一个人物形象。苏东坡的《志林》记载："王彭尝云：'涂巷中小儿薄劣，其家所厌苦，辄与钱，令聚坐听说古话。至说三国事，闻刘玄德败，频蹙眉，有出涕者；闻曹操败，即喜唱快。'"说明其对人物形象的刻画已达到相当动人的地步，而不只是满足于记叙故事或琐事总集中几段比较隽妙的片段了。

元末明初，《三国演义》《水浒传》的出现，标志着我国古典小说已经发展到十分成熟的阶段。它们所刻画的人物性格，已经强化到使故事情节相对地显得淡化了。因此，读者不只是为其中的故事情节所吸引，更主要的是为它所塑造的人物形象而入迷。如毛宗岗说，他之所以喜欢读《三国演义》，就因为它写了"三奇"，即"古今来贤相中第一奇人"诸葛亮，"古今来名将中第一奇人"关羽，"古今来奸雄中第一奇人"曹操，"有此三奇，乃前后史之所绝无者，故读遍诸史，而愈不得不喜读《三国志演义》也。"金圣叹说得更明确："别一部书，看一遍即休；独有《水浒传》，只是看不厌，无非为他把一百八个人性格，都写出来。"不只是在故事之中附带介绍人物，而完全是把故事情节作为刻画人物性格的手段，这两者之间的演变和发展，我们只要把《三国志平话》《宣和遗事》话本和小说《三国演义》《水浒传》作一比较，就看得很清楚了。"吴用智取生辰纲"，是《水浒传》中最精彩之处，然而《宣和遗事》在写这个故事的时候，只笼统地写了"八个大汉"劫生辰纲，连吴用的名字都未出现，更不用说通过这个故事来刻画出吴用的"智多星"性格了。

从明代中叶以后产生的《金瓶梅》，到清代的《儒林外史》《红楼梦》，我国古典小说人物形象的塑造，已经无须像《三国演义》《水浒传》那样依赖于曲折紧张的故事情节，而完全以普通的日常生活作为塑造人物形象的主要手段，使作品中的故事情节、结构、细节，甚至一字一句，一切皆服从于人物形象塑造的需要。正如苏曼殊所说："至于《金瓶梅》，吾固不能谓非淫书，然其奥妙，绝非在写淫之笔，盖此书的是描写下等妇人社会之书也。"试观书中之人物，一启口，则下等妇人之言论也；一举足，则下等妇人之行动也。① 不必借助于曲折离奇的故事情节，而是通过"一启口""一举足"，皆能做到性格化，使人"掩卷读之，但道数语，便能默会为何人"②。这是《金瓶梅》作者对我国古典小说艺术的重大发展。《儒林外史》的情节结构，尽管"全书无主干"，"虽云长篇，颇同短制"，然而由于它的人物描写"皆现身纸上，声态并作，使彼世相，如在目前"，它便以"足称讽刺之书"在我国小说史上树立了丰碑。《红楼梦》作者曹雪芹，更是把我国古典小说艺术推上了光辉灿烂的峰巅。他公然把《红楼梦》中所描写的说成是"假语村言"，"第一件，无朝代年纪可考；第二件，并无大贤大忠理朝廷治风俗的善政，其中只不过几个异样女子，或情或痴，或小才微善，亦无班姑、蔡女之德能。"这就是说，作者很自觉地认识到，他不是靠离奇的故事情节吸引人，而是靠人物形象"强似前代书中所有之人"，足以令"世人换新眼目"。因此，他不是在如何巧妙地编撰故事上见功夫，而是着力于把人物性格刻画得丰满生动，"写尽宝黛无限心曲"。"文有数千言写一琐事者，如一吃茶，偏能于未吃以前既吃以后，细细描写；如一拿银，偏能于开柜时先生无数波折，拿银时又生无数波折，心细如发。"而这一切又皆以人物性格为指归，"非阿颦无是目（佳）吟，非石兄断

---

① 见《金瓶梅资料汇编》。

② 见《中国历代小说论著选》。

无是章法行文，愧杀古今小说家也"。

在我国小说史上，虽然从故事情节本身来看，是由略而详、由粗而细地发展的，但是从故事情节与人物性格描写的关系来看，故事情节的发展却是趋向于由繁而简，由浓而淡，而人物性格的描写，却是趋向于由浅到深，由弱到强。也就是说，故事情节趋向淡化，人物性格要求强化，这不仅是我国古典小说发展的总的趋势，而且是我国古典小说中那些不朽的伟大作品之所以不朽的一条重要的历史经验。

二

那么，我国古典小说又是怎么做到淡化情节、强化人物的呢？其中又有什么具体的经验呢？

把塑造典型的人物形象作为小说创作的根本任务，使故事情节完全服从于人物形象的塑造，是我国古典小说淡化情节、强化人物的一条重要途径。单纯追求故事情节的离奇怪异，是绝不可能成为伟大作品的。这在我国小说史上是有很多惨重的教训可以记取的。如在我国几乎每个朝代都有历史演义小说，明代可观道人在《新列国志叙》中说："自罗贯中《三国演义》一书，以国史演为通俗演义，汪洋百余回，为世所尚。嗣是效颦日众，因而有《夏书》《商书》《列国》《两汉》《唐书》《残唐》《南北宋》诸刻，其浩瀚几与正史分签并架。……"这些历史演义小说，虽然对普及历史知识起了一定的作用，然而它们中却没有一部可以与《三国演义》并传不朽的。这当中的原因可能是多方面的，但作者不懂得小说必须塑造典型人物，把创造典型的小说与记事的历史混为一谈，不能不被认为是一个重要的原因。如《东周列国志》的作者蔡元放说："稗官固亦史之支流"，"盖稗官不过纪事而已"。满足于历史故事的叙述，忽视典型形象的创造，我认为这是许多历史演义小说所以远远赶不上《三国演义》的一个重要教训。

其他写实小说，也同样有这个问题。如吴趼人的《二十年目睹之怪现状》等作品，"似与讽刺小说同伦"，为什么"其度量技术"与讽刺小说却又"相去亦远矣"，而只能"别谓之谴责小说"呢？我看主要也就在于它只满足于种种"怪现状"的揭露，而未能创造出什么成功的典型形象。因此，它充其量"终不过连篇'话柄'，仅足供闲散者谈笑之资而已"。

伟大的作品绝不是不要故事情节，而是使故事情节服从于和服务于典型形象塑造这个根本任务。如草船借箭，这在历史上本属子虚乌有，在《三国志平话》中写成是周瑜干的事情，罗贯中把它改写成是诸葛亮的杰作。这对于突出诸葛亮的典型性格——既有军事家的谋略，又有政治家的风度，无疑地是起了积极作用的。由于故事情节不是淹没而是凸显了人物性格，这就很自然地使读者产生人物强化而情节淡化的艺术效果。

扩大故事情节表现人物性格的容量，使一个故事能塑造众多的人物形象，是我国古典小说淡化情节、强化人物的又一条重要途径。在我国古典小说中，即使同样属于伟大的作品，由于其产生的时代有先后，艺术技巧成熟的程度相对地说有高有低，因而也同样存在着情节淡化、人物强化的程度有深浅之别。在《三国演义》《水浒传》中，一个故事情节往往只能刻画一个人物形象，其容量是很有限的。如鲁智深拳打镇关西、武松打虎，这些故事情节都只能分别刻画鲁智深、武松一个人物的性格。当众多英雄汇聚到梁山泊之后，以一个故事情节来同时表现众多人物的性格，就显得捉襟见肘了。《红楼梦》作者则惯于通过一个故事情节，甚至一件生活琐事，就使众多人物的性格皆一一活现纸上。如第七回通过周端家的替薛姨妈送宫花这件小事，就刻画出了一系列的人物性格。恰如脂批所指出的："余问送花一回，薛姨妈云，宝丫头不喜这些花儿粉儿，则谓是宝钗正传；又生阿凤、惜春一段，则又知是阿凤正传；今又到颦儿一段，却又将颦儿之天性从骨中一写，方知亦系颦儿而传。小说中一笔作两三笔者有之，一事启两事者有之，未有如此恒河沙数之笔也。"

不只是通过故事情节，而且还借助于细节、场景、诗词、语言、结构等等，多方面地塑造人物形象，是我国古典小说淡化情节、强化人物的又一重要途径。如西门庆《水浒传》中是配角，在《金瓶梅》中是主角，《金瓶梅》作者在借用《水浒传》故事时，仅仅给他增加了手握一把金扇的细节，就突出了西门庆的主角地位和浪荡公子的性格。当西门庆出场时，与潘金莲挑帘时相遇，"只用将金扇一幌，则作者不言而本文亦不与《水浒》更改一事，乃看官眼底自知为《金瓶》内之西门，不是《水浒》之西门。见将半日叙金莲之笔，武大、武二之笔，皆放入客位内，依旧现出西门庆是正经香火，不是《水浒》中为武松写出金莲，为金莲写出西门，却明明是为西门方写金莲，为金莲方写武松。一如讲西门庆连日不自在，因卓二姐死，而今日帘下撞着的妇人，其姓名来历乃如此如此，说话者恐临时事冗难叙，乃为之预先倒算出来，使读者心亮，不致说话者临时费唇舌。是写一小小金扇物事，便使千言万语，一篇上下两半回文字，既明明写出，皆化为乌有，而半日不置一语，不提一事之西门庆，乃复活跳出来。且不但此时活跳出来，适才不置一语、不提一事之时，无非是西门氏账簿上开原委，罪案上写情由，与武大、武二绝不相干。""此是作者异样心力写出来。"① 至于《红楼梦》中运用诗词刻画人物性格，那更是有目共睹，有口皆碑，毋庸赘说的了。

　　打破时空界限，直接对人物深层意识领域进行开掘，这也是我国古典小说淡化情节、强化人物的重要途径之一。如《红楼梦》第五回写贾宝玉梦游太虚幻境，一会儿写他遍游仙境，翻阅金陵十二钗正副册，聆听《红楼梦》十二支曲，一会儿又写他领教警幻"秘授以云雨之事"。名为写"梦"，实际上既表现了贾宝玉钟情女子的性格，又预示了全书主要人物的性格特征和前途命运。这种写法，按正常的故事情节发展来说，是不真实的，前后颠倒的，然而从对

---

　　① 见张竹坡《金瓶梅第三回回首总评》。

于刻画众多人物的需要和贾宝玉的深层意识来说，却又是恰到好处，非如此写不可的。正如有正本于该回回末总批中指出的："将一部全盘点出几个，以陪衬宝玉，使宝玉从此倍偏，倍痴，倍聪明，倍潇洒，亦非突如其来，作者真妙心妙口，妙笔妙人。"对于贾宝玉和林黛玉之间的爱情纠葛，从故事情节来看是十分简单的，然而作者所描绘出来的人物内心世界却又是极为复杂的。他们不只是有对自由爱情热烈追求的一面，还有封建意识对自己的思想性格禁锢的一面；不仅有对封建家长叛逆的一面，还有对封建家长寄予希望的一面；不仅有进步的民主思想萌芽的一面，还有消极厌世的没落阶级情绪的一面。总之，作者把人物性格的全部复杂性和丰富性，把人物细微的心灵颤动和深沉的感情波澜以及复杂的心理过程，都惟妙惟肖地活现出来了。如果不深入到人物的深层意识领域，仅停留在故事情节的叙述上，那是写不出来的。

故事情节尽管是时空错乱、荒谬、虚幻的，然而只要它所塑造的人物性格是真实的，便照样可以引人入迷，流传不息。如《西游记》的故事情节，一会儿天宫，一会儿地府，孙悟空能上天、入地、下海，毫不受时空的限制，荒诞不经，读者皆知其谬，然而它所刻画的唐僧、孙悟空等"师弟四人，各一性情，试摘取其一言一事，遂使暗中摩索，亦知其出自何人"[1]。因而它便照样赢得了世世代代广大读者的喜爱。

由此可见，决定作品思想和艺术价值的关键，是取决于典型形象塑造得成功与否；我们所说的情节趋向淡化，人物要求强化，绝不是要把情节和人物对立起来，而是要正确处理人物和情节的主次及辩证关系。

三

情节趋向淡化，人物要求强化，这不仅是我国古典小说发展的历史轨迹之

---

[1] 见睡乡居士《二刻拍案惊奇序》。

一，而且看来它也是跟世界小说的发展取同一历史趋势的。

有人把故事情节的离奇曲折，看作是中国古典小说独有的民族特色。其实，外国小说如《堂·吉诃德》等作品的故事情节，也是很离奇曲折的。单纯追求的故事情节的离奇曲折，这并不是我国古典小说成功的经验，而恰恰是许多古典小说终被群众唾弃、历史淘汰的一个沉痛教训。到明中叶以后，《金瓶梅》《儒林外史》《红楼梦》等著名小说的故事情节已经十分简单，除了日常生活的白描，没有错综复杂的情节，没有惊心动魂的奇遇，其故事性比《三国演义》《水浒传》已经大大地淡化了，即使从《三国演义》《水浒传》来说，它们也不只是以故事取胜，更重要的是靠勾魂摄魄的典型形象感人。金圣叹说得好，它"写鲁达为人处，一片热血直喷出来。令人读之，深愧虚生世上，不曾为人出力"。"阮小七是上上人物，写得另是一样气色。一百八人中，真要算作第一个快人，心快口快，使人对之，龌龊销尽。""写李逵遇焦挺，令人读之，油然有好善之心，有谦抑之心，有不欺人之心，有不自薄之心。真好铁牛，有此风流。真好耐庵，有此笔墨矣。"中国古典小说不仅有说书人讲故事的传统，更有以《史记》为代表的史传文学擅长于写人物传记的传统。《水浒传》中的鲁十回、武十回、宋十回，就显然是一种人物传记的写法。

外国小说也经历过故事情节由浓化向淡化演变的过程。在这方面，中国古典小说不是始终落在外国后面，而是曾经走在世界前列的。郑振铎早就说过："《水浒》在中国小说史上是一部划时代的著作，其人物刻画，生动活泼，十四世纪在世界各国还都在写故事的时候，我们的祖先就能创作出这样不朽的作品，实在是我国的光荣与骄傲。"[1]

为什么小说发展的趋势是淡化情节、强化人物呢？从中外小说发展的历史经验来看，这绝不是偶然的。

---

[1] 见《郑振铎古典文学论文集》。

文学的主体是人。小说要靠典型形象感动人、教育人。因此，"艺术家的使命就是创造伟大的典型。"作家胸中有了典型形象，可以根据典型性格发展的需要设计故事情节。如果戈理的《死魂灵》的情节，就是普希金给他的。反之，如果作家胸中尚未形成所要创造的典型形象，那么，即使有再好的故事情节也写不出好作品来。如托尔斯泰听科尼谈到罗萨丽雅·奥尼的案件，非常激动，他请求科尼"让出这个情节"，认为"情节妙极，好得很，我很想写"。可是当他"试着写科尼的故事"，却"写不好"，甚至感到"根本写不出来"。经过长达五年的酝酿、试写，最后终于"决定不再写下去了。我把小说的艺术基础全部重新检查了一遍，整个要不得。如果要写的话，必须全部从头来过，写得更真实点，不要杜撰"。在我国古典小说中，那些被历史湮没的大量的末流作品，其要害也正在于作者醉心于故事情节的编撰，而忽略了典型形象的创造。

故事情节是由人物性格决定，并为刻画人物性格服务的。这是中外许多作家共同的经验。莱辛就说过："诗人之喜欢选择这个事件而不喜欢选择另外的事件，是由纯粹的事实、时间和地点决定的呢，还是由能使事实变得更真实的人物性格决定的呢？如果决定于人物性格，那么诗人究竟可以离开历史的真实多远这个问题就迎刃而解了。对那一切与人物性格无关的事实，他愿意离开多远就离开多远。只有性格对他说来是神圣不可侵犯的；他的职责就是加强这些性格，以最明确地表现这些性格。"[①]世界上有不少伟大的作家，为忠实于人物性格，而不得不违背自己的主观意愿来改变情节的发展。如普希金对米歇尔斯基说："你知道，我的达吉亚娜竟拒绝了奥涅金而完全放弃了他。这是我对他从未想到的事。"有人说托尔斯泰对安娜·卡列尼娜太残忍——逼她卧轨自杀，托尔斯泰笑了，他说："我小说中的人物所做的，完全……是现实生活中

---

① 见《汉堡剧评》。

所应该做和现实生活中所存在而不是我希望有的事。"①

真实是艺术的生命。像《剪灯新话》作者那样，只满足于"编辑古今怪奇之事"就难免要影响故事情节和人物性格的真实性。对此，我国古代有识之士也看出来了。如睡乡居士《二刻拍案惊奇序》称："今小说行世者，无虑百种。然而失真之病，起于好奇。"左拉曾经指出："小说的妙趣不在于新鲜奇怪的故事；相反，故事愈是普通一般，便愈有典型性。"契诃夫也说："情节越单纯，那就越逼真，越诚恳，因而也就越好。"这些说法，跟我国《金瓶梅》《儒林外史》《红楼梦》的创作经验，是不谋而合的。

中国古典小说的创作，无论在作品的数量和成熟的时间上，都曾经在世界上处于领先的地位。正如歌德所说的："中国人有成千上万的小说。当他们已拥有小说的时候，我们的祖先还正在树林里生活呢！"②但是，现在我们却不能不承认："小说，外国是后起之秀，我们落后了。"因此，对于外国小说不只是通过故事情节，而且从多方面、多角度、多层次、多途径、多方法塑造人物形象的艺术经验，我们应该努力借鉴和吸取。我们的原则是："外国有用的东西，都要学到，用来改进和发扬中国的东西，创造中国独特的新东西。搬要搬一些，但要以自己的东西为主。"我们对于中国古典小说淡化情节、强化人物的历史轨迹的探讨，我想是有助于推动我们的文学创作界，既继承我们民族的传统，又吸取"外国有用的东西"，"用来改进和发扬中国的东西"的。

1986 年 8 月于合肥。

（原载《艺谭》1989 年第 3 期）

---

① 见《西方古典作家谈文艺创作》。
② 见潘吉星《中国古典小说在欧洲》。

两位古代文言小说家评传

张华

张华（232—300），字茂先，范阳方城（今河北固安县）人。西晋文学家。据《晋书·张华传》，"华少孤贫，自牧羊"。"学业优博，辞藻温丽"。因著《鹪鹩赋》自喻，被阮籍誉为"王佐之才也"。由此成名，进入仕途。魏末被荐为太常博士，转佐著作郎。不久，迁长史，兼中书郎。入晋，拜黄门侍郎，封关内侯。因"强记默识，四海之内，若指诸掌"，深得晋武帝的器重，被升任中书令，加散骑常侍。晋武帝伐吴受挫，"大臣皆以为未可轻进，华独坚执，以为必克"。结果灭吴，华因功"进封为广武县侯，增邑万户"。由此"华名重一世，众所推服"。修订晋史和礼仪宪章，皇帝的诏诰，皆出于其手。"声誉益盛"，因遭权臣嫉恨，又因廷对不合帝意，遂出为持节，都督幽州诸军事，领护乌桓校尉、安北将军。尽管他把边疆治理得"远夷宾服，四境无虞，频岁丰稔，士马强盛"，但在权臣的离间下，他竟"以太庙屋栋折，免官"。直到晋惠帝即位，才起用他任太子少傅。谋诛楚王司马玮有功，拜右光禄大夫、开府仪同三司、侍中、中书监。数年后，官至司空，领著作郎，封壮武郡公。永康元年（300），赵王司马伦与孙秀废贾后为庶人，意欲篡权，要求与华"共匡朝廷，为霸者之事"，而华不顾"刃将加颈"，予以拒绝，结果被"夷三族"，时年六十九岁。为他的"勇于赴义"，陆机特作诔及《咏德赋》痛悼之。两年后，伦、秀伏诛，齐王司马冏辅政，华被平反昭雪，恢复爵位。

张华"雅爱书籍，身死之日，家无余财，惟有文史溢于机箧，尝徙居，载书三十乘。秘书监挚虞撰定官书，皆资华之本以取正焉。天下奇秘，世所希有者，悉在华所。由是博物洽闻，世无与比"。《晋书·张华传》说他"著《博物志》十篇及文章，并行于世"。《隋志》称其注《神异经》，并著录《张公杂记》《杂记》各十一卷，《晋司空张华集》十一卷，皆已佚。今存明人张溥辑《张司空集》一卷。

他以"朗赡多通，图纬方伎之书莫不详览""器识弘旷，时人罕能测之"著称于世。《博物志》是他的代表作。世传有《士礼居丛书》本和《古今逸史》本两种版本系统。黄丕烈翻宋本、指海本、龙溪精舍丛书本所收属前者；广汉魏丛书本、格致丛书本、稗海本、快阁藏书二十种本、秘书二十一种本、增订汉魏丛书本、百子全书本等属后者。两者内容全同，差别只在前者仅分卷次，后者在各卷下有细目。今人范宁《博物志校证》（中华书局 1980 年版），除原文三百二十三则外，又据《三国志》裴松之注等三十九种典籍所引，辑出佚文二百一十二则。全书十卷。卷一至卷三，记地理风俗和动植物；卷四、卷五，记药物和方士；卷六为杂考；卷七、卷八记异闻和史遗；卷九、卷一〇为杂说。其中以后四卷最具志怪小说的特色。全书内容虽然包罗很杂，但仔细研究，颇有许多可取之处：

（一）宣扬博物知识，满足人们求知的欲望。如卷四"物性"称："鸟雌雄不可别，翼右掩左，雄；左掩右，雌。二足而翼谓之禽，四足而毛谓之兽。"教人认识鸟的雌雄和区分禽与兽的不同特征。又称"积艾草，三年而后烧，津液下流成锡，已试，有验"。"煎麻油，水气尽，无烟，不复沸则还冷，可内手搅之。得水则焰起，散卒而灭。此亦试之有验。"可见他不只搜集、记录奇说异闻，且亲自进行科学实验。更有趣的是，他把宣扬博物知识与人民想象中的美好愿望相结合，如卷三"异草木"写道："尧时有屈佚草，生于庭，佞人入朝，则屈而指之。一名指佞草。"这种草竟然能识别谁是奸佞之人，不只构思神奇，形象优美，有点小说意味，且强烈地表现出反奸佞的思想倾向，颇具进步性。

（二）总结人类战胜自然困难的经验，歌颂不畏艰险的英雄主义精神。如卷八"史补"写"齐桓公出，因与管仲故道，自敦煌西涉流沙往外国。沙石千余里，中无水，时则有伏流处，人莫能知，皆乘骆驼。骆驼知水脉，过其处辄停不肯行，以足蹴地，人于其蹴处掘之，辄得水"。利用"骆驼知水脉"的特性，足以战胜沙漠地区缺水的困难，这是人类实践经验的总结，纯属现实主义的写法，令人感到确凿无疑，可信可行。而卷一〇"杂说下"写"人有山行坠深涧者，无出路，饥饿欲死。左右见龟蛇甚多，朝暮引颈向东方，人因伏地学之，遂不饥，体殊轻便，能登岩岸。经数年后，辣身举臂，遂超出涧上，即得还家。颜色悦怿，颇更黠慧胜故。还食谷，啖滋味，百余日中复本质"。这里不仅写出了人由"饥饿欲死"到"遂不饥"，由"坠深涧"到"遂超出涧上"的曲折发展，而且故事情节的发展寓有发人深省的意义：人与龟蛇的关系，不是饥而食之，而是和平共处，学习龟蛇谋生的手段，不只可适应和战胜困境，且可使人变得更聪明——"颇更黠慧胜故"。这颇具浪漫主义的创作特色。

（三）揭露昏君的荒淫暴虐，歌颂反暴政的英雄人物。如卷七"异闻"写"夏桀之时，为长夜宫于深谷之中，男女杂处，十旬不出听政，天乃大风扬沙，一夕填此宫谷。又为石室瑶台，关龙逢谏，桀言曰：'吾之有民，如天之有日，日亡则我亡。'以为龙逢妖言而杀之。其后复于山谷下及作宫，耆老相与谏，桀又以为妖言而杀之"。又写："武王伐纣至盟津，渡河，大风波。武王操钺秉旄麾之，风波立济。"前者不仅揭露了桀纣的荒淫、不听劝谏，反以"妖言而杀之"，显得暴虐至极，且以桀纣自认为其江山"如天之有日"一样不可动摇，活现出一副既愚昧无知又蛮横专断、可憎可笑的昏君嘴脸！后者写武王伐纣，竟能使阻碍他渡河的"大风波"立刻停息，这种浪漫主义的优美想象，既突出了武王伐纣的正义性，又歌颂了武王那"操钺秉旄"所向披靡的英雄气概和大无畏的精神。

（四）揭穿"飞仙"的虚妄，歌颂依靠集体力量战胜自然灾害的斗争精神。如卷一〇"杂说下"写："天门郡有幽山峻谷，而其上人有从下经过者，忽然踊出林表，状如飞仙，遂绝迹。年中如此甚数，遂名此处为仙谷。有乐道好事者，入此谷中洗沐，以求飞仙，往往得去。有智能者，疑必以妖怪，乃以大石自坠，牵一犬入谷中，犬复飞去。其人还告乡里，募数十人，执杖揭山草伐木至山顶观之，遥见一物长数十丈，其高隐人，耳如簸箕，格射刺杀之。所吞人骨积在左右如阜。蟒开口广丈余，前后失人，皆此蟒气所噏上。于是此地遂安稳无患。"作者用确凿的事实揭穿了所谓"仙谷"原来是吃人的陷阱，所谓"求飞仙，往往得去"，实际上不过是去送死，充当蟒蛇口中的美味佳肴罢了；经过"募数十人执杖"上山打死蟒蛇，"此地遂安稳无患"。

上述种种皆可见张华的世界观中并非只有宣扬方士之术的唯心论和陈腐性，而是也有重实验、重实际、反暴虐、反虚妄的朴素唯物论和进步性。

从艺术上看，《博物志》对我国小说的形成和发展，也起到了多方面的积极作用。

其一，它开阔了作家的视野和作品的题材内容。不是只局限于人间世界或鬼神世界，而是扩大到动物世界、植物世界、四方人物的海外世界以及日月天地等浩瀚的宇宙。恰如明代嘉靖年间崔世节的《博物志跋》所说：其"天地之高厚，日月之晦明，四方人物之不同，昆虫草木之淑妙者，无不备载。其昔物理之难究者尽在胸中，开豁无碍，正如披云雾睹青天，可乐也"。

其二，它足以启发作家想象的丰富性和构思的灵活性。如卷一〇"杂说下"："旧说云天河与海通。近世有人居海渚者，年年八月有浮槎去来，不失期，人有奇志，立飞阁于槎上，多赍粮，乘槎而去。十余日中犹观星月日辰，自后茫茫忽忽亦不觉昼夜。去十余日，奄至一处，有城郭状，屋舍甚严。遥望宫中多织女，见一丈夫牵牛渚次饮之。牵牛人乃惊问曰：'何由至此？'此人具说来意，并问：'此是何处？'答曰：'君还至蜀郡访严君平则知之。'竟不上岸，因还如期。后至蜀，问君平，曰：'某年月日有客星犯牵牛宿。'计年月，正是此人到天河时也。"此篇写"天河与海通"，人只要有"奇志"，即可"乘槎而去"，充满探索宇宙奥秘的想象。牛郎织女的神话传说，虽然早已流传，但它只说天上的牛郎与织女七夕相会，却未如此把人间与天上相联，人既可"乘槎"往返，又可预知天上的星宿相犯和"人到天河"的时间。如此突出人的智慧和力量，说明其想象之丰富和构思之灵活绝不是偶然的，而是反映了人对自身智慧和力量的空前自信和觉醒，体现出作者有放眼宇宙的大视角，有掌握宇宙的大气度。

其三，它为小说创作提供了多种叙事模式。有作者的叙述，有人物的对话；有按时间顺序的正叙，也有倒叙；有严格的写实，有荒诞神奇的想象，也有写实与虚构的结合；如此等等，不一而足。就其本身来说，虽谈不上完美和成熟，但它为后代的小说创作开了先河。

其四，它拓展和丰富了对人物形象的刻画。如有的把神鬼、禽兽、花草、山石等加以拟人化。有的不但写现实生活中的人物，且写人的梦境，写人能死而复生，写人的外形和内在的性格特征。有的写人物的技巧已达到相当高超的地步，如卷八"史补"写："君山有道与吴包山潜通，上有美酒数斗，得饮者不死。汉武帝斋七日，遣男女数十人至君山，得酒欲饮之。东方朔曰：'臣识此酒，请视之。'因一饮至尽。帝欲杀之，朔乃曰：'杀朔若死，此为不验。以其有验，杀亦不死。'乃赦之。"寥寥几笔便把汉武帝的凶残和蒙昧，东方朔的机智和诙谐，皆刻画得如跃眼前。

可见，那种断言张华《博物志》"没有多大价值，只能在志怪小说的发展过程中聊备一格而已"①，从而抹杀或贬低它对我国小说发展所起的开拓性的巨大作用，是与事实不符的。

郭璞

郭璞（276—324），晋代诗人、小说家。字景纯，河东闻喜（今山西闻喜县）人。据《晋书·郭璞传》，他少年生活于家乡，从精于卜筮的郭公受业，"由是遂洞五行、天文、卜筮之术"。西晋末年，河东一带爆发"五胡"之乱，他避难到今安徽的庐江、宣城，沿途写下了《盐池赋》《登百尺楼赋》《巫咸山赋》《流寓赋》等名篇，展露出卓越的文学才华。宣城太守殷祐遂留他在其幕下任参军。后沿江东下，定居于暨阳（今江苏江阴东）。此时中原正值东海王越擅权，刘渊、石勒起兵作乱，琅珃王司马睿镇守建邺，王导任丹阳太守，器重他的才能，任为参军。不久西晋被灭，司马睿在王导等人扶持下，在建康（即建邺，今南京市）建立东晋王朝，郭璞因献《南郊赋》，被任为著作佐郎，后升任尚书郎。他对当时国土沦丧和民族灾难，颇感悲愤。在《答贾九州愁诗》中，他写道："顾瞻中宇，一朝分崩。天网既紊，浮鲵横腾。运首北眷，邈者华恒。"在《与王使君》中，他希望王导辅佐司马睿收复中原，"方恢神邑，天衢再廓"，恢复国家的统一。他对人民的疾苦颇为同情，曾屡次上书元帝司马睿，建言减轻刑罚，甚至乘元帝皇孙诞育之机，上疏要求"因皇孙之庆大赦天下"。他侈谈阴阳，玩弄卜筮之术，实际上是借此作为既保护自己又规劝他人的一种手段。郭璞被割据荆州的王敦辟为记室参军，王敦有背叛朝廷的阴谋，时任朝廷大臣的温峤、庾亮对王敦的阴谋有所觉察，叫郭璞占卜讨伐王敦的成败，郭以"大吉"二字予以鼓励，而当王敦于叛乱前叫他占卜，他即以"无成"二字警告其必败，他因此而被王敦杀害，时年仅四十九岁。在处

---

① 刘叶秋：《古典小说论丛》，中华书局1959年版，第10页。

死他之前，王敦问他占卜过自己的寿限没有，他说："命尽今日日中。"①他清楚地知道冒犯王敦，必死无疑，足见他是为反对叛乱、维护统一而不惜献身的。王敦乱平，他被追赠弘农太守，故世称郭弘农。

他是个精于古文字和训诂学的学者，曾对《周易》《尔雅》《山海经》《楚辞》等古书作过注释。其中《尔雅注》《山海经注》一直流传至今，成为人们研究这两部书的重要依据。

他是个著名的辞赋家和诗人。《隋书·经籍志》著录有《弘农太守郭璞集》十七卷，已佚。今存明人张溥辑《郭弘农集》二卷。前述他早期作的四篇赋，全文已佚，只见类书中有摘引的片段。后期作品以《江赋》最为著名，被收入《昭明文选》。他作的诗多以游仙为题，今存《游仙诗》十四首。《晋书·郭璞传》称他"词赋为中兴之冠"，刘勰的《文心雕龙·才略》篇也称："景纯艳逸，足冠中兴。"他的游仙诗写道："朱门何足荣，未若托蓬莱。""啸傲遗世罗，纵情有独往。""时变感人思，已秋复愿夏。"可见他虽幻想得道飞升，遗世独立，实则不过是蔑视富贵，不满现实，爱慕自由。因此钟嵘的《诗品》说他"乃是坎壈咏怀，非列仙之趣也"。

他更以博物类志怪小说家著称于世。为"令逸文不坠于世，奇言不绝于今，夏后之迹靡刊于将来，八荒之事有闻于后裔"②，他在注释《山海经》和《穆天子传》的同时，撰写了《玄中记》。此书始著录于《太平御览经史图书纲目》和《太平广记引用书目》，并称《郭氏玄中记》。《崇文总目》和《通志·艺文略》地理类有《玄中记》一卷，未题撰人。南宋罗章苹据郭璞《山海经注》注狗封氏事与《玄中记》所记相同，断定为晋郭璞所作。原书已佚，今有清马国翰《玉函山房辑佚书》本、茆泮林《十种古逸书》本、黄奭《汉学堂

---

① 见《晋书·郭璞传》。
② 郭璞：《山海经注叙》。

<u>丛书</u>》本、叶德辉《观古堂所著书》本、鲁迅《古小说钩沉》本。其中以《古小说钩沉》本较为完备，凡七十一条。但尚未收尽，杨升庵《丹铅总录》卷四引"黄帝臣"即被遗漏。

从小说创作的角度来看，《玄中记》现有的佚文可分为四类：

第一类，纯属知识性的记录。如称："玄菟北有山，山有花，人取纺织为布。""马瑙出大月氏。""尹寿作镜。""旬始作冠。""飞路之民，地寒，穴居，食木根。""天下之多者水也，浮天载地；高下无所不至，万物无所不润。"这些显然纯属博物，毫不具备小说性质，但有益于人们扩大知识面，开阔眼界。

第二类，把动物、植物等加以精灵化、人性化。如称："千岁树精为青羊，万岁树精为青牛，多出游人间。""百岁鼠化为神。""千岁之龟能与人语。""伏羲龙身，女娲蛇躯。""狐五十岁，能变化为妇人。百岁为美女，为神巫；或为丈夫，与女人交接，能知千里外事，善蛊魅，使人迷惑失智。千岁即与天通，为天狐。""东方之东海，有大鱼焉；行海者一日逢鱼头，七日逢鱼尾，其产则三百里水为血。""北方有钟山焉，山上有石首如人首，左目为日，右目为月；开左目为昼，开右目为夜；开口为春夏，闭口为秋冬。"这些虽缺乏曲折的故事情节和生动的形象描绘，但都被赋予了人的优美想象和神奇夸张，已略具志怪小说的雏形。

第三类，把动植物加以拟人化，写人与动植物相结合的故事。如称："姑获鸟夜飞昼藏，盖鬼神类。衣毛为飞鸟，脱毛为女人。一名天帝少女，一名夜行游女，一名钩星，一名隐飞。鸟无子，喜取人子养之，以为子。今时小儿之衣不欲夜露者，为此物爱以血点其衣为志，即取小儿也。故世人名为鬼鸟，荆州为多。昔豫章男子，见田中有六七女人，不知是鸟，匍匐往，先得其毛衣，取藏之，即往就诸鸟。诸鸟各去就毛衣，衣之飞去。一鸟独不得去，男子取以为妇，生三女。其母后使女问父，知衣在积稻下，得之，衣而飞去。后以衣迎三女，三女儿得衣，亦飞去。"这种所谓"鬼鸟"，它为害于人之处，只是

"喜取人子养之"，对人来说，失去儿子虽属灾难，但对姑获鸟来说，却是出于"以为子"——做母亲的愿望，不只没有坏心，反而显得很有人性。后来它果真"脱毛为女人"，与豫章男子为妻，还生了三个女儿。这是我国最早见于文字的人与鸟结为夫妻的故事，成为《聊斋志异·青鸟》一类作品的先导。

第四类，以描绘人物形象为中心的神话传说。如称："奇肱氏，善奇巧，能为飞车，从风远行。"歌颂奇肱氏的技能，"奇巧"得能创造"飞车"，足以"从风远行"。这对人们充分发挥自己的创造能力，有其积极的鼓舞作用。"刑天与帝争神；帝断其首，葬之常羊山，乃以乳为目，以脐为口。"则讴歌了刑天宁死不屈，死后也要抗争到底的精神。如果说奇肱氏、刑天皆属神话人物的话，那么，"丈夫民：殷帝太戊，使王英采药于西王母。至此绝粮，不能进，乃食木实，衣以木皮。终身无妻，产子二人，从背胁出，其父则死。是为丈夫民，去玉门二万里。"则属于直接歌颂人依靠自己的智慧和力量，战胜"绝粮"、缺衣、无妻的困难，不惜以自己死亡为代价，"从背胁出""产子二人"，使后代继续繁衍。其故事情节虽不免荒诞，但它所描绘和讴歌的"丈夫民"这种坚韧不拔的精神，却是有一定的感染力的。

以上第一、第二类篇数较多，小说因素甚少；第三、第四类篇数虽少，但堪称相当精彩的志怪小说。它不但有曲折的故事情节，有生动的人物形象，有的还写了人物的个性和语言。只是故事情节尚属粗陈梗概，有许多重要关节交代不清，诸如"鬼鸟"为什么有那么多名字？既做了豫章男的妻子，又生了三个女儿，为什么又要"衣而飞去"？"丈夫民""采药于西王母"干什么？究竟采到了药没有？为什么能"从背胁"产子？这些问题不但使读者莫名其妙，且使人物形象的刻画亦显得单薄，使作品的教育和审美功能也为之削弱。不过，这都是由于志怪小说本身的不成熟性，还处于我国小说发展的萌芽阶段所致。它那优美丰富的想象，怪诞有趣的故事，神奇瑰丽的形象，为后代小说、戏曲的创作提供了许多有益的借鉴；在我国小说发展史上所起的承前启后的杰出作用和不可磨灭的历史地位，还是应予以充分肯定的。其影响之大，以致连郭璞其人都成了志怪的对象。臧荣绪《晋书》说："有人见其睡形变鼍精。"[①]葛洪《神仙传》卷九说他死后"开棺无尸"，"得兵解之道，今为水仙伯"。

（原载《中国文言小说家评传》，中州古籍出版社 2004 年 4 月出版）

---

① 见《文选·江赋》注引。

虚实相生，精妙传神

——论《三国演义》的人物形象塑造

《三国演义》的人物形象，在我国世代相传，家喻户晓。它的人物形象塑造为什么具有这么永久的艺术魅力呢？这当中究竟有哪些艺术经验值得我们加以借鉴呢？虚实相生，精妙传神，我认为，这就是《三国演义》人物形象塑造的特点和取得成功的奥秘之一。

一

我国诗话注重"有从虚处实写，实处虚写；有从此写彼，有从彼写此"①。这也是《三国演义》人物形象塑造做到虚实相生、精妙传神的具体表现之一。如关羽温酒斩华雄，目的是要刻画关羽的英雄形象，按理应该实写关羽如何斩华雄的经过。可是作者在这里对关羽的描写却是实处虚写，从彼写此。以实写关羽的对手华雄及其周围人的种种表现，来虚写关羽。目的在于运用虚实相生的手法，来烘托和突出关羽过人的英雄气概，有力地启发和充分地调动读者的想象力。

写关羽英勇，却不实写关羽，而通过实写华雄英勇来虚写关羽，这就使关

---

① 清·薛雪：《一瓢诗话》，《清诗话》下册。

羽温酒斩华雄显得特别气贯长虹，引人入胜。

你看，他实写华雄"虎体狼腰，豹头猿臂"，"斩众诸侯首级，如探囊取物"。鲍忠率"马步军三千，迳抄小路，直到关下搦战。华雄引铁骑五百，飞下关来，大喝：'贼将休走！'鲍忠急待退，被华雄手起刀落，斩鲍忠于马下。生擒将校极多"。[①]

接着号称"江东猛虎"的孙坚迎战华雄，又被华雄将其部将祖茂"一刀砍于马下"。孙坚突围逃命，"为折了乡人祖茂，伤感不已"。星夜遣人报告袁绍，绍大惊，说："谁想孙文台折于华雄之手！"

不久袁绍又派他的骁将迎战华雄，结果："俞涉与华雄交战不到三合，被华雄斩了。"

太守韩馥对袁绍说："吾有上将潘凤，可斩华雄。"结果，"潘凤手提大斧上马，去不多时，飞马来报，潘凤又被华雄斩了。"

作者写华雄连斩四将，四战四捷，真是勇猛无比，赛过虎狼豹猿。面对如此强敌，谁还能战而胜之呢？这种局面不能不紧紧地吸引住每个读者。

同时，作者又对袁绍方面众诸侯的表现，竭力加以渲染：

当鲍忠、祖茂被杀，孙坚败于华雄之手后，袁绍"便聚众诸侯商议"："挫动锐气，为之奈何？""诸侯并皆不语。"

骁将俞涉被华雄斩后，"众诸侯大惊"。

上将潘凤又被华雄斩后，"众诸侯皆失色"。

在这种情况下，谁能出来挽救这再三再四失败的局面？这种紧张的气氛必然更增强了作品的吸引力。

但是，作者这一切实写，却都是为了虚写关羽服务的，是以此写彼。因此，在袁绍和众诸侯急得无可奈何的情况下，作者写道：

---

① 本文所引《三国演义》原文，皆据《明弘治本三国志通俗演义》。

阶下一人大呼出曰："小将愿往，斩华雄头献于帐下！"众视之，见其人身长九尺五寸，髯长一尺八寸，丹凤眼，卧蚕眉，面如重枣，声似巨钟，立于帐前。绍问："何人？"公孙瓒曰："此刘玄德之弟关某也。"绍问："见居何职？"瓒曰："跟随玄德充马弓手。"帐上袁术大喝曰："汝欺吾众诸侯无大将耶？量一弓手，安敢乱言，与我乱棒打出！"曹操急止之，曰："公路息怒。此人既出大言，必有广学。试教出马，如其不胜，诛亦未迟。"袁绍曰："不然。使一弓手出战，必被华雄耻笑。吾等如何见人？"曹操曰："据此人仪表非俗，华雄安知他是弓手？"关某曰："如不胜，请斩我头。"

　　这就更增加了读者对关羽此举成败的担心，使读者不能不把注意力集中在关羽身上。可是作者对关羽如何勇敢地战胜华雄，却只有极简略的几笔虚写：

　　操教酾热酒一杯，与关某饮了上马。关某曰："酒且酌下，某去便来。"出帐提刀，飞身上马。众诸侯听得寨外鼓声大震，喊声大举，如天摧地塌，岳撼山崩。众皆失惊，却欲探听，鸾铃响处，马到中军，云长提华雄之头，掷于地上。其酒尚温。

　　这里，作者只写"众诸侯听得寨外鼓声大震，喊声大举"，至于关羽"飞身上马"之后，如何跟华雄血战，作者完全用虚笔略过，只字未提。但作者从他斩华雄头之速——其酒尚温，就已"写得百倍声势"①。从实写华雄连斩四将，而虚写关羽一举战胜华雄，就把关羽的英勇写得"威震乾坤"②。作者通过上述虚实相生的笔法，就使关羽的英雄形象一下子矗立起来了，使整个气氛整个局

---

　　① 清·毛宗岗批语。
　　② 清·毛宗岗批语。

势，顷刻为之一变，令人不能不刮目相看，留下刻骨铭心的印象。

如果作者写关羽就直接对关羽如何英勇斩华雄进行详写实写，或者仅有后面关羽温酒斩华雄的虚写，而不是通过实写华雄来虚写关羽，那么，关羽的形象就绝不可能收到如此震撼人心的艺术效果。这里作者之所以能把关羽的英雄形象描写得如此颖异不凡，光彩照人，不能不归功于作者运用虚处实写，实处虚写，从彼写此，从此写彼的艺术手法，既着力于虚实相生，又着眼于精妙传神。如果作者着力于具体实写关羽有多么超人的本领，那么，他即使把关羽的本领写得再大，也不可能使他显得那么神彩奕奕。由于作者着眼于传神——突出地表现关羽无畏的英雄气概：众诸侯皆为华雄的连斩四将而吓得"大惊失色"，唯有关羽敢主动请战，众人瞧不起他是马弓手，而他却不因为自己处于马弓手的卑贱地位便自暴自弃，他竟敢当众保证"如不胜，请斩我头"，别人需要以酒壮胆，而他却说："酒且酌下，某去便来。"其酒尚温的顷刻之间，他果真便把华雄的头斩了。他以自己的行动证明，小人物是不可藐视的，只有勇于冲破以等级取人的封建陈腐观念，真正的人才才能脱颖而出。曹操之所以比袁绍、袁术高明，就在于他能不拘一格用人。作者对于关羽的这一切描写，不仅完全达到了传神的效果，而且具有深刻的思想性。它使人们感到，尽管我们不可能人人皆有关羽那种非凡的本领，但是关羽所有的这种敢于藐视强敌，冲破封建等级观念，脱颖而出的英雄气概，却是我们民族很可宝贵的精神财富，是永远鼓舞人心，值得学习的。

这种以实写华雄，来虚写关羽，以虚写关羽的英雄行为，来实写关羽的英雄气概，以此写彼，虚实相生的笔法，在《三国演义》的人物描写中，是屡见不鲜的。如刘备三顾茅庐，按理应该实写孔明如何一次又一次地拒绝刘备的顾盼，可是作者却一次又一次地不让孔明直接出场。他采用的是实写孔明的居住环境和亲友，虚写孔明其人的笔法。正如毛宗岗在第三十七回总批中所指出的："此卷极写孔明，而篇中却无孔明。……且孔明虽未得一遇，而见孔明之居，则极其幽秀；见孔明之童，则极其古淡；见孔明之友，则极其高超；见孔明之弟，则极其旷逸；见孔明之丈人，则极其清韵；见孔明之题咏，则极其俊妙。不待接席言欢，而孔明之为孔明，于此领略过半矣。"按照毛余岗的说法，这叫做"盖善写妙人者，不于有处写，正于无处写"。所谓"于有处写"，也就是实写；所谓"于无处写"，也就是虚写。毛宗岗在这里极力推崇虚写，是有艺术眼力的。然而他不懂得虚写与实写之间相反相成、相映相生的辩证关系，看不到虚写的妙处正在于它是建立在虚实相生的基础之上的，这就未免失之片面了。如果没有作者对于孔明居住环境和亲友的实写，人们又怎么能够获得对孔明"极其幽秀""极其古淡""极其高超""极其旷逸""极其清韵""极其俊妙"的深刻印象呢？可见妙处不在于以虚胜实，而在于虚实相生，以实处虚写，虚处实写，来以此写彼，以彼写此；以虚实映照，极力渲染，来烘云托月，寓直于曲。如曲径通幽，渺无穷境，既使人物形神活现，又给读者留下了美好想象的余地。

二

虚则实之，实则虚之，虚中见实，实中见虚，这是《三国演义》人物形象塑造，以虚实相生，达到精妙传神的又一重要表现。

人物形象要达到传神的效果，就必须突出人物的精神气质。而人物的精神气质是无形的，往往只能用虚笔。但又必须虚则实之，虚中见实。否则，如果虚则虚之，虚中见虚，那就不能使人物形象达到传神的境界，而只能把人物形象虚假地神化。如《三国志平话》写张飞率领二十骑在当阳长坂，面对曹操统率的三十万大军——

便叫："吾乃燕人张翼德，谁敢共吾决死！"叫声如雷灌耳，桥梁皆断。曹军倒退三十余里。有翼德庙赞：

先生图王，三分鼎沸。

拒桥退卒，威声断水。

诸侯恐惧，兵行九地。

凛凛如神，霸者之气。

张飞"如雷灌耳"的一声大叫，竟能吓得"曹军倒退三十里"，这是对张飞勇猛神威的极力夸张，是属于传神的虚笔。然而《平话》作者不是用虚则实之的写法，而是一味地虚则虚之，把张飞的这一声大叫，写成能"威声断水""桥梁皆断"；"凛凛如神"，把张飞完全神化。这就使他失去了真实的生命力，叫人感到一点也不可信。

《三国演义》作者采用虚则实之，虚中见实的笔法，把《平话》的这段描写改为：

　　却说张飞睁圆环眼，隐隐见后军青罗伞盖招飘之势，白旄黄钺，戈戟旌幢来到，料得是曹操其心生疑，亲自来看。张飞厉声大叫曰："吾乃燕人张翼德在此！谁敢与吾决一死战？"声如巨雷。曹军闻之，尽皆战栗。曹操急令去其伞盖，回顾左右曰："吾曾闻云长旧日所言，翼德于百万军中，取上将之首级，如探囊取物耳。"张飞见他去其伞盖，睁目又叫曰："吾乃燕人张翼德！谁敢与吾决一死战？"曹操闻之，乃有退去之心。飞见操后军阵脚挪动，飞挺枪大叫曰："战又不战，退又不退！"说声未绝，曹操身边夏侯霸惊得肝胆碎裂，倒撞于马下。操便回马，诸军众将一齐望西奔走。正是黄口孺子，怎闻霹雳之声；病体樵夫，难听虎豹之吼。弃枪掷地者不计其数。人如潮退，马似山崩，自相踏践者大半逃命而走。后史官有诗一首赞曰：

　　长坂桥头杀气生，横枪立马眼圆睁。

一声好似轰雷吼，独退曹公百万兵。

这段描写同样突出了张飞的神威，然而它却没有过分地把张飞神化，仿佛张飞"一声好似轰雷吼，独退曹公百万兵"，不是作者的虚夸，而是有充分的事实根据，是逼真可信的。因为小说作者采用的是虚则实之，虚中见实的笔法：

第一，在这之前，作者先写张飞设疑兵，教所从二十余骑兵，都砍下树枝，拴在马尾上，在树林内往来驰骋，冲起尘土。因此，曹操的部将"文聘引一支军到长坂桥，撞见张飞，飞取盔挂于马鞍前，横枪立马于桥上，倒竖虎须，睁圆环眼。又见桥东树木背后尘头大起，又见树影里有精兵来往，文聘勒住马，不敢近前"。这就是说，张飞之所以敢"横枪立马于桥上"，是以树林里有大量伏兵作后盾的。尽管这种伏兵是虚张声势，但给曹军的感觉却是实有埋伏，使之不敢冒险进犯。

第二，在这之前，作者还写"俄尔魏将曹仁、李典、夏侯惇、夏侯渊、乐进、张辽、张郃、许褚等都至，见飞睁目横枪独立在桥上，又恐是诸葛亮之计，皆不敢近前，扎住阵脚，一字儿摆在桥西，使人飞报曹操。操闻之，火急上马，从阵后来"。这就是说，张飞的勇敢不只是靠他个人及其所从二十余骑的力量，还有以诸葛亮为军师的整个刘备集团作他的后盾。曹操的性格多疑，他吃过"诸葛亮之计"的苦头，因此当听到曹仁等八位部将皆"又恐是诸葛亮之计"的报告，这使曹操怎么能不心生疑窦呢？

第三，张飞的"厉声大叫"，不是盲目冒险逞雄，而是"料得是曹操其心生疑，亲自来看"，故以他的大无畏的英雄气概，来使曹操更加心生疑惧。结果"曹操急令去其伞盖"，生怕自己暴露目标，又想起"云长旧日所言，翼德于百万军中，取上将之首级，如探囊取物耳"，这就必然使他疑惧之心倍增。"张飞见他去其伞盖，睁目又叫曰……"这就必然使"曹操闻之，乃有退去之心"。"飞见操后军阵脚挪动"，又"挺枪大叫曰……"由《平话》写张飞的一声大叫，小说改为张飞三次大叫，皆以细心观察曹军的动向，针对曹操的心理变化为根据，这就使张飞的神威虚中有实，显得合情合理，令人信服。

第四，张飞之所以能吓退曹军，还跟曹操及其部将自身的判断错误有直接的关系。小说把"桥梁皆断""威声断水"等对张飞的神威夸张得过于玄虚的描写删去了，而写曹操听信部将的报告及亲自观察，误认为敌方有伏兵，有孔明的妙计，又有"百万军中，取上将之首级，如探囊取物"的猛将张飞，在张飞咄咄逼人"要决一死战"的呐喊声中，"曹操身边夏侯霸惊得肝胆碎裂，倒撞于马下"，这不仅使曹操由"心疑"发展为"颇有退心"，而且既然自己身边的部将夏侯霸已吓倒了，军心士气已经不振，进攻的主客观条件皆已完全丧失，这就必然促使"操便回马，诸军众将一齐望西奔走"。至于"人如潮退，马似山崩，自相踏践者大半逃命而走"，那更是曹军在匆忙撤退之中自相惊扰的结果。

这样一改写，就不是张飞一个人吓退曹兵百万，而是以上四种因素在起作用的结果。而这四种因素，又皆取决于张飞有胆有识、英勇无畏的气概。如果缺了这一最重要的因素，其他的因素便会失去奏效的条件。所以小说写了这四个因素是虚中有实，使事情变得合乎情理，真实可信，使张飞这个英雄形象的神威，既得到了竭力的夸张，同时却又使它具有无可置疑的魅力。

由于《三国志平话》采取的是虚中见虚的写法，因此它把张飞的大喝一声，写成能"声威断水""桥梁皆断"。而《三国演义》采取的则是虚中见实的写法，因此它不仅把张飞的大喝三声所起的作用，写得既合情理，又有分寸，而且把"声威断水"改成张飞"拆断桥梁"，为此刘备批评张飞说："兄弟勇则勇矣，但可惜失于计较。""飞问其故"，刘备说："曹操深通兵法，……若不断桥，彼将恐有埋伏，持疑而不敢进追；今若拆之，彼必料我无军，怯而断桥矣。彼有百万之众，虽涉江、汉，可填而过，何惧一桥而不能过耶？彼必追赶矣。"不久，曹操果然派张辽等来探长坂桥消息，汇报说："路已拆桥梁。"这就使曹操断定："吾失计较矣！他既拆桥梁，乃心怯也。可差一万军，速搭三座桥，只今要过。"这一改写，说明小说作者既不是一味地用虚笔，也不是一味地用实笔，而是虚中见实，实中见虚，虚实相生。它不仅抹去了原来"声威断水"的神话色彩，而且它还一石三鸟，突出了张飞、刘备、曹操三个人物的性格：张飞的多勇少谋，刘备的明察秋毫，曹操的老奸巨猾。它使人们不只看到张飞性格中英勇无畏，取得胜利的一面，同时还看到了他缺少谋略，在胜利中潜伏着失败的一面；也不只是看到了曹操性格中多疑失策的一面，同时还看到了他毕竟奸险狡黠，难以对付的一面。

又如赤壁之战，曹操遭到了惨败，这是实写。如果仅有此实写，那就未免把曹操的形象简单化，使他显得有点脓包相了。然而作者写了曹操在危难之中竟能"以信义为重"的"昔日之情"，打动了关羽的心，使关羽在华容道义释曹操。这一虚写，就使曹操和关羽的性格都得到了极大的丰富和发展。

虚则实之，实则虚之，虚中见实，实中见虚，不仅如上所述，能大大增强人物性格的真实性和传神性，丰富性和复杂性，而且足以把人物性格刻画得更加生动有趣，富有艺术魅力。如"群英会瑜智蒋干"，写蒋干利用自己与周瑜同窗好友的身份，奉命到周瑜处充当曹操的说客。蒋干一到，周瑜就知这是"说客至矣"！并当面向蒋干指出："子翼良苦，远涉江湖，生受为曹操作说客耶？"这显然是实笔。而当蒋干说："足下视人如此，吾告退。"周瑜又"笑而抚其臂曰：'吾但嫌兄与曹氏作说客。既无此心，何去速也？'"于是设宴招待，"瑜告诸将曰：'此吾同窗友兄也。虽从江北到此，却非是曹操家说客，众等勿疑。'"明知他是说客，却又当众宣布他非说客，这又显然是虚笔，是故意说给蒋干听的。酒后，"瑜挟干臂曰：'日久不与子翼同榻，今宵抵足而眠。'"周瑜借酒醉大睡，"鼻息如雷"。这是虚笔，目的是骗蒋干好乘他大睡之机偷看他放在桌上的信件。结果蒋干果真上当受骗，把放在桌上伪造的张允、蔡瑁勾结东吴的信信以为真，中了周瑜的离间计。如此虚则实之，实则虚之，虚虚实实，"写来真是好看"①。它既增强了情节的曲折性、生动性和趣味性，又使人物性格闪烁出活泼多姿、璀璨夺目的奇光异彩。

三

表虚里实，表实里虚，这是《三国演义》的人物形象塑造做到虚实相生、精妙传神的又一具体表现。如诸葛亮那智慧的结晶的性格之所以光彩迷人，就具有这个特点。

诸葛亮的"空城计"，便是表虚里实的写法。从外表看，空城计是虚笔。面对"司马懿引大军十五万，望西城蜂拥而来"，诸葛亮仅有二千五百军在城内，他却传令"大开四门，每一门上用二十军士，扮作百姓洒扫街道"。"孔明乃披鹤氅戴纶巾，引二小童携琴一张，于城上敌楼前，凭栏而坐，焚香操琴。"结果，使"司马懿前军哨到城下，见了如此模样，皆不敢进。急报与司马懿，懿笑而不信"。经过亲自察看，"懿看毕大疑"，不得不下令退兵。诸葛亮的"空城计"为什么能使敌人不战自退呢？就因为这是表虚里实。从外表看，空城计是虚的，而在内里却是有充足的事实根据的。用司马懿的话来说："亮平生谨慎，不会弄险。今大开城门，必有埋伏，我兵若进，中其计也。"故"宜速退"。孔明之所以采用空城计，也是由于他认为："此人料吾平生谨慎，必不弄险，见如此规模，疑有伏兵，所以退去。吾非行险，盖不得已而用之。……吾兵也有二千五百，若弃城而走，必不能远遁，得不为司马懿所擒乎？"由于里实——有诸葛亮"平生谨慎"的性格为根据，所以外虚——空城计，才能收到出乎敌人意料之外的效果。这里"实"和"虚"两者如果缺一，就绝不可能奏效。正是借助于这种表虚里实、寓实于虚、虚实相生的笔法，才

---

① 清·毛宗岗批语。

能把诸葛亮的智谋和胆识刻画得如此传神入化，出奇制胜，也才能通过"焚香操琴"的弄险方式，把他那料事如神、沉着镇定的政治家、军事家的胸怀、气魄、风度，均表现得神采飞扬，令人啧啧赞叹！

如果说"空城计"的特点是表虚里实的话，那么，"草船借箭"的特征，则是属于表实里虚。诸葛亮的进攻是"虚"，而欲使"借箭"的计策取得成功，就必须在外表上做得很真实，使曹操深信不疑，确信敌船忽至，必须射击。为了这外表的"实"，《三国演义》作者作了一系列极为周密翔实的描写：

第一，他把自然环境写成有大雾，以作"借箭"的掩护。"是夜大雾迷江，长江之中，雾气更甚，对面不相见。"使曹操看不清真相，摸不透底细。

第二，他造成进攻的声势。"当夜五更时候，船已近曹操水寨，孔明教把船只头西尾东，一带摆开，就船上擂鼓呐喊。"使曹操误认为敌军果然大举进攻。

第三，他迫使曹操只能作出错误的决策。"操传令曰：'重雾迷江，彼军忽至，必有埋伏，切不可轻动，可拨水军弓弩手乱箭射之。'"

第四，他写诸葛亮有"轻快船二十只"，来回行动方便，等"日高雾散"，曹操发觉，船"已放回二十余里，追之不及"。

第五，他写曹操寨内"约一万余人，尽皆向江中放箭"，"每船上箭约五六千"，二十只船共应十一万余箭。除去未射中船上的，作者说"已得十万余箭"，完全恰如其分，一点也不显得夸张失实。

以上所写，只能属于"表实"，是为掩盖"里虚"——诸葛亮虚设的草船借箭这个计谋服务的。正因为它外表显得很真实，它才能不被曹操等人所识破，也才能使广大读者对这个计谋得以实现确信无疑，同时也正因为它这种"表实"是为"里虚"——诸葛亮虚设的妙计服务的，它才能把诸葛亮那高超的智慧，必胜的信念，非凡的风度，幽默的神态，皆表现得传神出彩，轩昂夺人。如在"借箭"前，诸葛亮说："吾料曹操于重雾中必不敢出，吾等只顾酌酒取乐，待雾散便回。""借箭"之后，"孔明令各船上军士齐声叫曰：'谢丞相箭！'比及曹军寨内报知曹操时，这里船轻水急，已放回二十余里，追之不及，曹操懊悔不已。"这样，"不费江东半分之力，已得十万余箭，明日即将来射曹军，岂不甚便！"难怪鲁肃十分钦佩地说："先生真神人也！何以知今日如此大雾？"把诸葛亮说成"真神人也"，这该是彻头彻尾的虚笔，可是作者接着写诸葛亮对鲁肃的回答，却又化虚为实。他说："为将而不通天文，不识地理，不知奇门，不晓阴阳，不看阵图，不明兵势，是庸才也。亮于三日前已算定今日有大雾，因此敢任三日之限。"这又说明诸葛亮的智慧不是神授的，而是他通天文、识地理，具有真才实学的表现。如此表实里虚，表虚里实，"实"则有根有据，不容置疑，"虚"则合情合理，纵情恣意，虚实相生，精妙传神，真是精彩绝伦，妙不可言。

如果我们把《三国演义》的上述描写，跟《三国志平话》对"草船借箭"的写法作一比较，我们对表实里虚的妙处，就看得更清楚了。《三国志平话》是这样写的：

> 却说周瑜用帐幕船只，曹操一发箭，周瑜船射了左面，令扮棹人回船，却射右边。移时，箭满于船。周瑜回，约得数百万支箭。周瑜喜道："丞相，谢箭！"曹公听的大怒，传令："明日再战。依周瑜船只，却索将箭来！"

这段描写，我们不用仔细推敲，就可发现它从外表到内里都是虚假的。有虚无实，就必然矛盾百出，令人难以相信。例如：

第一，"周瑜用帐幕船只"，曹操怎么会不发觉而盲目发箭？

第二，"移时，箭满于船"，"约得数百万支箭"。这谈何容易？未免夸张失实，毫不可信。

第三，更奇怪的是，周瑜说"丞相，谢箭！"曹操竟然能"听见"，可见他俩相距之近。既然如此近在咫尺，曹操怎么会白送"数百万支箭"给周瑜，并且在"听的大怒"的情况下，仍不当场还击，却"传令：'明日再战'"呢?

因此，《平话》的这段描写，外表一看，即不真实。至于它把"里虚"——草船借箭的计谋，用在周瑜身上，也缺乏内在的性格依据。因为尽管周瑜也有智谋，但是周瑜的智谋毕竟缺乏诸葛亮那种神奇的色彩和政治家的风度。《三国演义》作者把这个情节移植到诸葛亮身上，这就使"里虚"——草船借箭的妙计，显得更加恰如其人，同时又在"外实"方面写得非常真实可信。如此表实里虚，虚实相生，就更使诸葛亮这个形象显得潇洒恣肆，超凡入圣。

"虚"，必须以"实"为基础。如果背离了"实"，就必然给人以虚假或"近妖"的感觉。《三国演义》在这方面的败笔也是有的。如诸葛亮在五擒孟获时，要"掘地取水，令军士掘下二十余丈，不得其水，军心惊慌。凡掘十余处，皆是如此。孔明夜半焚香告天曰：'臣亮不才，仰承大汉之福，受命平蛮。今途中乏水，军马枯渴，倘上天不绝于大汉，赐与甘泉；若气运已终，臣亮等愿死于此处！'是夜祝罢，平明视之，皆得满井甘泉"。这种虚笔，就纯属毫无事实基础的虚假、荒诞、宿命、迷信，不仅不能起到虚实相生，精妙传神的效果，相反，只能给人造成"状诸葛之多智而近妖"[①]的恶劣印象。

"实"，必须以"虚"为灵魂。如果有"实"无"虚"，就不能使人物形象的塑造收到传神的效果。《三国演义》对"草船借箭"的改写之所以显得十分精彩，就在于它真实地表现了诸葛亮卓越的智慧和非凡的风度。如果它不是以诸葛亮的智慧和风度取胜，而是实实在在的军事进攻，那么，作者即使写得

---

① 鲁迅：《中国小说史略》第 14 篇。

再真实，也不可能把诸葛亮写得这样虚实互映，光彩逼人。

四

从《三国演义》人物形象塑造的光辉成就来看，虚实相生，精妙传神的笔法，确实其妙无穷。

首先，它不是用"虚"或"实"一副笔墨，而是可同时运用并充分发挥虚与实两副笔墨的作用。这不只是一副笔墨与两副笔墨的区别，更重要的是足以收到相反相成、相映生辉的艺术效果。如同碳原子组成的不同排列，不只是量的变化，更重要的可以是石墨和金刚钻等质的分野。实笔描写是有限的，虚笔描写则是无限的。实笔描写给人以形象具体的真实感受，虚笔描写则借以启发和调动读者的想象力。虚实相生，这就把艺术描写的有限与无限结合起来，把作者和读者两个方面的积极性都调动起来了，使人物形象塑造既给人以真实生动的感受，又在虚实相生之中精妙传神，给人以深情回味和美好想象的广阔空间，便人物形象不但能在读者的面前跃然纸上，而且能在读者的脑海中扎下根，留下令人神往的奇妙印象。

其次，不是用虚或实一副笔墨，而是用虚和实两副笔墨来描写人物，可以增强人物形象的真实性和传神性，曲折性和复杂性，生动性和趣味性，使人物形象显得更加丰姿绰约，活脱可喜，具有无穷的艺术魅力。如张飞的形象，如果只有大喝一声吓退曹军百万的虚写，而无制造种种假象迫使曹军疑惧的实写，那就使张飞的神勇显得虚假无力，毫无足信。诸葛亮的形象如果只有屡出奇谋的虚写，而无对敌我形势了如指掌的实写作基础，那么，他就不成其为人人向往的智慧的典型，而只能是神的化身或妖的再现了。曹操的形象如果只有愚蠢上当的实写，而无狡黠多智的虚写，那么，他也就不成其为奸雄的典型了。我们只要不怀任何偏见，就不难发现虚实相生、精妙传神的笔法，该是给《三国演义》人物形象的塑造带来了多么生动的活力和巨大的魅力啊！

最后，我们还必须看到，虚实相生，精妙传神，不只是《三国演义》人物描写的特点，它同时也是我国各种传统艺术的民族特色，如我国古典诗歌，一向讲究"诗有虚有实，有虚虚，有实实，有虚而实，有实而虚"①。古文，如"庄子文字善用虚，以其虚而虚天下之实；太史公文字善用实，以其实而实天下之虚"②。"戏剧之道，出之贵实，而用之贵虚"③。金圣叹评《水浒》，也说："须知文到入妙处，纯是虚中有实，实中有虚，联绾激射。"④ "实者虚之，虚者实之，真神掀鬼踢之文也。"⑤ 音乐也要做到"此时无声胜有声"。绘画更是提倡"虚实相生，无画处皆成妙境"⑥。所谓"神在像外"，"像在言外"，"言在意外"，"言有尽而意无穷"，甚至"不著一字，尽得风流"。我国古代一向为人们所啧啧赞赏的这些艺术境界，皆离不开虚实相生，精妙传神的笔法。我们绝无意于要今天的作家照搬《三国演义》人物描写的方法，但是文学艺术既然要扎根于本民族的土壤之中，总不免要具有自己的民族特色。文学艺术的继承性是不可抗拒的客观规律之一。在《三国演义》人物描写中所体现的上述虚实相生、精妙传神的笔法，是代表我们民族特色和民族欣赏习惯的艺术经验之一，是值得我们加以珍视并创造性地发扬光大的。

（原载拙著《中国的小说艺术》，台北贯雅文化事业有限公司 1990 年 1 月出版，1994 年 1 月重印。广西教育出版社 1992 年 11 月出版。）

---

① 清·吴景旭：《历代诗话·录品》己集八，中华书局出版。
② 宋·李涂：《文章精义》，清刻本。
③ 明·王骥德：《曲律》卷三《杂论》，《中国古典戏曲论著集成》四，中国戏剧出版社。
④ 清·金圣叹：《第五才子书施耐庵水浒传》第二十六回总批。
⑤ 清·金圣叹：《第五才子书施耐庵水浒传》第五十五回总批。
⑥ 清·笪重光：《画筌》，《画论丛刊》上册，第 171 页。

真实和伟大相结合

——论《水浒传》作者对原有题材的加工、提炼

在我们的文学创作中，有时一味强调要塑造高大的英雄形象，结果往往把英雄人物神化，搞成"假、大、空"；有时又一味强调揭露生活中的阴暗面，把人们搞得灰溜溜的。这两种倾向，反映了古今中外文学创作中带有普遍性的问题。诚如雨果所说的："真实的暗疾是渺小，而伟大的暗疾则是虚伪。"① 正确的应该是："同时达到伟大和真实，像莎士比亚一样，真实之中有伟大，伟大之中有真实。"②

真实和伟大的结合，我觉得这不仅是莎士比亚具有，也是《水浒传》等许多优秀作品共同的经验。下面我想从《水浒传》作者对原有题材的加工、提炼，看它是怎样成为一部真实和伟大相结合的杰作的。

一

将"乱自下生"改为"乱自上作"，描写出"逼上梁山"的典型社会环境，这是《水浒传》作者通过对原有题材的加工、提炼，达到真实和伟大相结合的一个重要表现。

《大宋宣和遗事》（以下简称《遗事》）中的梁山泊的故事，被鲁迅称为

---

① ② 雨果：《〈玛丽·都铎〉序》，《古典文艺理论译丛》第二册。

"是《水浒传》之先声"①，被郑振铎称为"最初的《水浒传》雏形"②。其中写到三十六位英雄先后分作五批上梁山，究其造反的原因，不外乎都是属于"乱自下生"。请看：

第一批，杨志、李进义（即后来的卢俊义）、林冲、王雄（即后来的杨雄）、花荣、柴进、张青、徐宁、李应、穆横、关胜、孙立等十二人上山落草，是因为杨志杀了一个恶少后生而被刺配卫州，孙立、李进义等为救杨志而杀了防送军人。

第二批，晁盖、吴加亮、刘唐、秦明、阮进、阮通、阮小七、燕青等八人参加造反，是因为他们劫取了生辰纲，为逃避追捕，而"前往太行山梁山泊去落草为寇"。

第三批，杜千、张岑、索超、董平，因"做了几项歹事勾当，不得已而落草"。

第四批，宋江杀惜，为逃避追捕，"只得带领朱同、雷横，并李逵、戴宗、李海等九人，直奔梁山泊上，寻那哥哥晁盖"。

第五批，呼延绰奉命"收捕宋江等，屡战屡败；朝廷督责严切"，因而带领李横"反叛朝廷，亦来投宋江为寇。那时有僧人鲁智深反叛，亦来投奔宋江。这三人来后，恰好是三十六人数足"。

从《遗事》所描写的这五批人上山造反的原因来看，都是属于个人的过失；从中我们很难看出阶级压迫、社会黑暗之类的本质问题。

《水浒传》作者在这个"雏形"的基础上，吸取其他有关水浒的传说、话本和戏曲等材料，对水浒英雄之所以上梁山参加造反的原因作了根本的改造和加工。

林冲，在《遗事》中仅有一个名字，而在《水浒传》中却有五回对他被逼

---

① 鲁迅：《中国小说的历史的变迁》。
② 郑振铎：《水浒传的演化》。

上梁山的过程和思想性格的发展，作了淋漓尽致的描写。林冲身为八十万禁军教头，他安分守己，甚至逆来顺受，压根儿也没想到要造反。可是，封建统治阶级的荒淫腐朽，陷害忠良，却一步一步地把他非逼上梁山不可。

书中用种种阴险毒辣的手段对林冲进行政治陷害、必欲置之于死地的高太尉高俅，此人在《遗事》等《水浒传》以前的任何有关水浒的材料中都从未提到过。《水浒传》作者写此人，似取材于宋王明清的《挥麈后录》，其中写到高俅仅仅因为会踢球，就成为端王的"亲信"。端王登上皇帝宝座后，便"优宠之"，加以提拔重用。这段情节跟《水浒传》作者的描写是一致的。但是《挥麈后录》只字没有提到高俅与林冲有何瓜葛，《水浒传》作者却把他写成是个迫害林冲的罪魁，并通过徽宗皇帝对这个泼皮无赖的赏识、重用，以及高俅的倚官仗势，利用职权陷害好人，给水浒英雄描绘了一个"逼上梁山"的典型社会环境。正如金圣叹所指出的：

> 开书未写一百八人，而先写高俅者，盖不写高俅，便写一百八人，则是乱自下生也；不写一百八人，先写高俅，则是乱自上作也。[①]

所谓"乱自上作"，"逼上梁山"，实际上反映了"哪里有压迫，哪里就有反抗"的阶级斗争规律，说明被压迫阶级的犯上作乱，是由反动统治阶级的残酷剥削压迫造成的。尽管《水浒传》作者不可能是个阶级论者，但这在客观上却作出了符合阶级斗争规律的艺术加工。

《水浒传》作者不仅通过揭露高俅、蔡京、童贯、杨戬等人的恃强凌弱，作恶多端，通过描绘鲁智深、林冲、武松、宋江等人的身世遭遇和性格发展，给我们描绘了"逼上梁山"的典型社会环境，而且在一系列具体情节上，也都

---

① 见贯华堂本《水浒传》第一回批语。

揭示了社会政治的腐朽黑暗，是导致被压迫阶级乃至统治阶级内部的一些人走上造反道路的根本原因。

杨志卖刀，《遗事》上说是"那杨志为等孙立不来，又值雪天，旅途贫困"所致。《水浒传》作者把它改写成是由于受到高俅的迫害，使杨志这个世代将门之子，由"指望把一身本事，边庭上一枪一刀，博个封妻荫子，也与祖宗争口气"，结果却被逼不得不靠出卖祖传宝刀，"好作盘缠，投往他处安身"。正如书中杨志所说的："高太尉，你忒毒害，恁地刻薄！"作者接着还在一首诗中写道：

> 花石纲原没纪纲，奸邪到底困忠良。
> 早知廊庙当权重，不若山林聚义长。（第十二回）

由"雪天，旅途贫困"的自然原因，改造成为"奸邪到底困忠良"的社会政治原因，这显然更深刻地反映了"山林聚义"的发生和发展的本质。

杨志卖刀的地点，《遗事》写的是颍州。《水浒传》把它改为京城开封，并且写出被杨志杀死的恶少后生，"原来这人是京师有名的破落户泼皮，叫做'没毛大虫'牛二，专在街上撒泼、行凶、撞闹，连为几头官司，开封府也治他不下，以此满城人见那厮来都躲了。"在他跟杨志无理纠缠被杀后，群众皆称颂杨志"又与东京街上除了一害"（第十二回）。堂堂的京城，竟然连牛二这个泼皮都"治他不下"，可见那个社会吏治腐朽黑暗到了何等程度！杨志杀牛二，既然是为民除害，何罪之有！

晁盖等智取生辰纲，《遗事》上强调的是"劫"，《水浒传》作者突出的是"智取"，写他们在事前说誓道："梁中书在北京害民，诈得钱物，却把去东京与蔡太师庆生辰，此一等正是不义之财，我等六人中但有私意者，天地诛灭，神明鉴察。"（第十五回）参加智取生辰纲的白胜还唱了支山歌：

赤日炎炎似火烧，野田禾稻半枯焦。

农夫心内如汤煮，公子王孙把扇摇。

在阶级压迫、剥削如此严重的情况下，"在北京害民"的梁中书，竟然榨取十万贯金珠宝贝与他丈人蔡太师祝寿，"诛求膏血庆生辰，不顾民生与死邻"（第十六回）。作者以"只因不义金珠去，致使群雄聚义来"，表明了晁盖等智取生辰纲的正义性和抗拒反动政府的追捕而投奔梁山的合理性。

董平上梁山，《遗事》上称是"为捕捉晁盖不获"。索超上梁山，《遗事》上称因"做了几项歹事勾当"。《水浒传》作者将他们改为在与梁山义军的作战中被俘，在宋江的感召下，参加义军，反戈一击。这样一改，便突出了梁山义军实行正确的俘虏政策，收到了瓦解敌人，壮大自己的效果。

宋江杀惜，在《遗事》中是因为他看到她与吴伟两个"正在偎倚"，便争风吃醋，把他俩都杀了。《水浒传》作者把它改写成是由于阎婆惜抓住了宋江私通梁山的信件，硬要到县衙门去告宋江，才迫使宋江不得不杀惜。这一改，就使宋江杀惜由男女三角关系之间的吃醋火拼，变为捍卫梁山起义事业和保全自己而不得不采取的自卫措施。尽管如此，《水浒传》中的宋江杀惜后，并未如《遗事》所描写的那样立即就上梁山，而是写出了宋江这样的官吏出身的人投身革命，必须经历一个十分艰难曲折的过程。

呼延绰的走上"反叛朝廷"的道路，《遗事》上说他是由于"屡战屡败"和"朝廷督责严切"。《水浒传》写他是由于被义军俘虏。"僧人鲁智深反叛"，《遗事》是把他放在三十六人末尾，《水浒传》却把他放在最前头。《遗事》只说他是个"反叛"到革命营垒中来的人物，而《水浒传》却把他描写成是个无私无畏的造反者，他路见不平，就要拔刀相助，"直教禅杖打开危险路，戒刀杀尽不平人"（第三回）。金圣叹说他"遇酒便吃，遇事便做，遇弱便扶，遇硬便打"①。一点不假，他碰见郑屠欺压金氏父女，就打死郑屠；他碰见周通要强娶民女，就打周通；他碰见崔道成、邱小乙欺压瓦官寺僧众，就和崔、邱二人相斗；他知道董超、薛霸要谋害林冲，就预先埋伏在野猪林进行救护。他在上梁山之前，早已在二龙山落草，"累次拒敌官军"（第五十七回）。经过"三山聚义打青州"，他才"众虎同心归水泊"的（第五十八回）。

上述事实说明，《遗事》所描写的五批英雄造反的原因，是为着个人卑下的、渺小的或偶然的事故，咎由自取，权且避难。而《水浒传》作者却把他们改造成为为着反抗剥削压迫这个崇高的、伟大的政治目的，它更深刻、更本质地揭露了封建统治阶级的罪恶，反映了阶级斗争的客观规律；"逼上梁山"这句话之所以成为人们的口头禅，也就在于此。

但是，《水浒传》作者在这方面的加工、改造，也并不都是很成功的。如卢俊义（在《遗事》中叫李进义）原来是跟杨志等一起第一批上山落草的十二人之一，在宋江上梁山之前，他早已做了梁山泊的副头领。《水浒传》作者把他改成在宋江等上山之后很久，才由宋江、吴用等用圈套硬把他拉上山，其目的完全是为了加强争取招安的势力。卢俊义等人的被拉上梁山，跟前面由于封建统治阶级的罪恶造成的"乱自上作""逼上梁山"相比，就显然既不够真实，也不够伟大，而露出作者故意杜撰的痕迹来了。

二

从就事论事地陈述故事梗概，发展到使情节成为"各种不同性格、典型的成长和构成的历史"②，这是《水浒传》作者通过对原有题材的加工、提炼，达到真实和伟大相结合的又一表现。

《遗事》作为《水浒传》之"先声"和"雏形"，它对《水浒传》成书的

---

① 见贯华堂本《水浒传》第四回批语。
② 高尔基：《和青年作家谈话》，见《论写作》，人民文学出版社1955年版，第6页。

功绩是不可抹杀的。但它主要的只是为《水浒传》提供了一个故事梗概，并未能通过这些故事情节，刻画出生动的人物性格和高大的英雄形象来。这个任务是由《水浒传》作者在吸取其他有关水浒的传说、话本和戏曲等材料的基础上创造性地完成的。

拿杨志的故事来说，在《遗事》中杨志等押运花石纲之后就往太行山"落草为寇"去了，直到晁盖等智取生辰纲之后，才又提起晁盖等八人"不免邀约杨志等十二人，共有二十人，结为兄弟，前往太行山梁山泊去落草为寇"。这里显然存在着破绽，不能自圆其说：第一，杨志等十二人既然已经去太行山落草，怎么还要晁盖等人的"邀约"，才又"前往太行山梁山泊落草为寇"呢？第二，太行山在山西、河北一带，梁山泊在山东寿张县境内，地理位置相距甚远，《遗事》作者怎么能把梁山泊搬上太行山去呢？这显然是说书艺人由于缺乏地理常识而闹出来的笑话。第三，杨志的故事和晁盖的故事，既缺乏内在的联系，更不足以反映出杨志和晁盖等人各自的性格特征。

经过《水浒传》作者的加工、改造，不仅人物的性格鲜明突出，形象高大迷人，而且故事情节本身也更加曲折复杂，鞭辟入里，别开生面，引人入胜。

那么，《水浒传》作者对《遗事》中的杨志故事究竟是怎样进行加工、改造的呢？

首先，《水浒传》作者把故事情节的发展和人物性格的刻画统一起来了。在《遗事》中，押送生辰纲的是县尉马安国，《水浒传》作者把他改为杨志。这样在杨志押运花石纲失意后，就使他又得到了一次得志的机会。这是失意后的得志，是决定杨志一生的前途命运——能否"博个荫妻封子"的关键一着，杨志自然是要拿出全身的解数来了。你看，他是那样地深谋远虑，对于完成此项任务所面临的困难了如指掌："今岁途中盗贼又多，此去东京，又无水路，都是旱路。经过的是紫金山、二龙山、桃花山、伞盖山、黄泥岗、白沙坞、野云渡、赤松林：这几处都是强人出没的去处。更兼单身客人亦不敢独自经过，他知道是金银宝物，如何不来抢劫？"为此，他建议："把礼物都装做十余条担子，只做客人的打扮行货；也点十个壮健的厢禁军，却装做脚夫挑着；只消一个人和小人去，却打扮做客人，悄悄连夜上东京交付。"杨志的这套计谋，表现出他不愧是个"英雄精细的人"（第十六回）。可是他如此精明，终究还是失败了。这种失败，不是由于杨志的无能，而是由于他所处的阶级地位决定的。——挑担子的厢禁军不肯为主子卖命：途中不听杨志指挥，又加上梁中书用人不专，派个监视杨志的老都管从中作梗，使晁盖等人的智取生辰纲有机可乘，这就注定了杨志以此邀功达到向上爬的美梦的幻灭。由此可见，杨志走上梁山的道路，绝不是轻而易举的，而是在他的思想性格上经历了从失意、得志到幻灭的艰难历程，从而使这个人物形象达到了典型环境中的典型性格的高度。

其次，《水浒传》作者把杨志押送生辰纲和晁盖等智取生辰纲的矛盾，杨志与老都管以及众厢军的矛盾，几条线有机结合，交叉发展，使故事情节的安排，更具有思想的深刻性和情节的生动性。《遗事》是按时间顺序，先写马县尉押送生辰纲；然后写途中遇到八个大汉卖酒，马县尉等吃酒中毒，生辰纲被劫；最后是对晁盖等人进行追捕。《水浒传》除了把马县尉换成杨志以外，故事情节大致也是这么回事。然而《水浒传》作者却不是像《遗事》这样按时间顺序来平铺直叙，而是采取一正一反、纵横开合的办法，先写晁盖等如何下决心要夺取这一笔不义之财，至于是"硬取"还是"软取"则留作悬念，按下不表；然后便写杨志早就料到途中必有人劫取，而精明地设计了一套对策，使读者更急于要知道：晁盖等的"智取"，究竟是怎么个"智取"法？能否识破并战胜杨志那一套狡猾的诡计？在展开杨志的押送与晁盖等人的智取这一对主要矛盾的同时，杨志在押送的途中要求紧急赶路，又遇到了天气炎热，挑担的众厢禁军极度疲劳、口渴，要求休息、解渴的矛盾，再加上老都管又跟杨志采取不合作的态度，使杨志与厢禁军、老都管的矛盾更加激化，迫使杨志不得不让大家在黄泥岗休息。晁盖等也不同于《遗事》写的那样"八个大汉，担着一对酒桶"，而是由七人扮作贩枣子的客商，一人挑担卖酒。杨志更不像《遗事》中的马县尉那样，一见到酒就"买了两瓶，令一行人都吃些个"，而是写他深知："路途上的勾当艰难，多少好汉，被蒙汗药麻翻了。"（第十六回）他根本不准买酒喝。扮作客商的晁盖等亲自喝了一桶酒，又在另一桶里也喝了一瓢，杨志始信酒里没有蒙汗药。老都管又来向杨志说情，杨志只好表示："既然老都管说了，教这厮们买吃了便起身。"喝酒后，杨志等皆"一个个面面厮觑，都软倒了。""十五人眼睁睁地看着那七个人都把这金宝装了去，只是起不来，挣不动，说不的。"直到最后作者才交代晁盖等人如何利用喝酒兜瓢的机会，把药倾在酒桶里的经过，点明"这个便是计策"，"这个唤做'智取生辰纲'"（第十六回）。作者通过如此正反错综，纵横捭阖，使故事情节既反映了深刻的错综复杂的社会矛盾，又给人以惝恍迷离、曲径通幽的无穷魅力，难分轩轾而后恍然大悟的极大快感。

最后，更重要的是《水浒传》作者通过如此对故事情节的加工、改造，使之达到了创造典型环境中的典型性格的高度。作者既不是孤立地追求故事情节的曲折复杂，也不是以贬低反面人物来抬高正面人物，而是使故事情节既反映了人物的性格，又合乎客观事物本身所固有的矛盾规律。如晁盖等人智取的是不义之财，目的是为了惩罚梁中书"在北京害民"，反抗统治阶级的剥削压迫。正因为他们所从事的斗争是正义的，他们便能同心协力，契合无间。而杨志尽管刁钻谲诈，凶狠残暴，然而他跟他的上司毕竟是奴才与主子的关系，他跟众厢禁军又是压迫与被压迫的关系，这矛盾重重的阶级地位，必然使他上下受掣，难于招架。处于他那种地位，叫谁也难操胜券。这就叫不以个人意志为转移，乃是客观规律使然。当杨志一旦摆脱了这种阶级地位，投身于革命斗争之后，他的聪明才智和武功技能，便都得到了充分施展的机会。《水浒传》作者尽管在主观上不会懂得什么叫典型环境中的典型性格，更不可能懂得什么叫阶级和阶级斗争的客观规律，但他对现实的深刻观察，他的现实主义艺术方法，却使他在客观上创造了在他以前的任何关于水浒故事的传说、话本和戏曲所难以企及的思想和艺术境界。

像《遗事》那样安排杨志的故事情节，我们自然也不能说它不真实，然而那种真实，毕竟未脱生活实录的形态，故事情节显得十分简单、直接，人物形象显得非常幼稚、渺小，使人读之如同嚼蜡，平淡无味。经过《水浒传》作者的加工、提炼，把真实和伟大结合起来，则使故事情节蕴藉深邃，人物形象也增姿添彩，使人读之意酣如饴，韵味无穷；从中仿佛可以听到时代脉搏的强烈搏动，看到绚丽的火花在闪耀、升腾。

当然，《水浒传》作者对故事情节的加工、提炼，也绝不是无可非议的。如《遗事》中的宋江，在官军"跟捕不获，只得将宋江的父亲拿去"时，并未动摇宋江上梁山的决心，而《水浒传》在宋江上了梁山之后，为什么却还要写他忽然只身下山去取父亲？即使要取父亲，只消差几个喽啰就行了；就是亲自去，也不必独自一人去。这显然因为早在《遗事》以前，就有一个"遇九天玄女"的故事，舍不得丢掉，只好节外生枝地来这么一下。李逵私自下山到凌州去找魏定国、单廷珪，在酒店里碰到正待正式入伙的韩伯龙，彼此不相识，李逵便把韩伯龙杀了，这有什么必要？诸如此类的故事情节，便显得既不够真实，也谈不上伟大，而只能表明《水浒传》毕竟不同于作家个人的创作，它是出于对许多材料的加工、提炼，因此，"有不少的牵合、增补的显然痕迹"[1]，难免给它在思想和艺术上带来了一些精芜杂沓的缺憾。

三

从塑造江湖侠义英雄，到塑造"反抗政府"[2]的革命英雄，这是《水浒传》

---

① 叶德均：《〈水浒传〉和宋元风习》，见《戏曲小说丛考》，中华书局1979年版。
② 鲁迅：《中国小说的历史的变迁》。

作者通过对原有题材的加工、提炼，达到真实和伟大相结合的又一特点。

南宋龚开的《宋江三十六赞》序言说："余年少时，壮其人，欲存之画赞。"但他赞吴用是"惜哉所予，酒色粗人"。赞武松是"酒色财气，更要杀人"。赞石秀是"石秀拼命，志在金宝"。可见，他心目中的宋江三十六人，还谈不上有什么革命的品质。

在《遗事》中，杨志等"结义为兄弟，誓有灾厄，各相救援"。杨志所以穷困到卖刀的地步，就是途中等候孙立的结果；而孙立等人之所以冒险救杨志，也正是为了"誓在厄难相救"。尽管这种侠义思想有着积极意义，但有时这种思想，也容易被阶级敌人所利用。如水浒戏《争报恩三虎下山》，在歌颂水浒英雄打击封建官僚的同时，却又因"结义""报恩"而为另一个封建官僚效劳。

《水浒传》中的武松，他为报答施恩的知遇之恩，竟替他去打蒋门神。蒋门神又去贿赂张都监以抬举武松"做亲随梯己人"为由，使武松感恩戴德。夜间武松闻都监后堂有贼，心想："都监相公如此爱我，他后堂内里有贼，我如何不去救护。"（第三十回）因此被埋伏的军汉当作贼捆绑起来了。这次他差一点连性命都被送掉。这显然是作者对武松不分敌我的江湖侠义行径的批判。

在林冲被逼上梁山的时候，"白衣秀士"王伦只图个人霸山称王，作者便写林冲骂他："你这嫉贤妒能的贼，不杀了，要你何用？！"又大叫道："我今日只为众豪杰义气为重上头，火并了这不仁之贼，实无心要谋此位。"（第十九回）林冲随即推举"仗义疏财，智勇足备"的晁盖为山寨之主。在《遗事》等早期的梁山泊故事中，并没有王伦这个人物，他很可能属于《水浒传》作者的创造。其目的显然是要强调：谁妨碍了正义事业的发展，谁就应该被清除出去；谁为个人而不是为革命的大义，谁就活该"惹天下英雄耻笑"。

《水浒传》第七十三回还吸取元杂剧《李逵负荆》的进步题材，突出地说明李逵等以人民群众的利益为最高准则，不管是谁，侵犯了人民的利益，就要给予应得的惩罚；后来事实证明是他自己弄错了，他就毫无保留地负荆请罪。

这种思想境界是江湖侠义不可能具备的。

是仅仅惩办个别坏人，还是反抗政府，是掳掠人民，还是保护人民，这是江湖侠义和水浒英雄的又一本质区别。

元代水浒戏《争报恩三虎下山》《黑旋风双献功》中的英雄形象，便基本上还停留在既惩办个别坏人，有时又不免还要骚扰人民的江湖侠义英雄的水平上。

《遗事》写宋江等三十六人的斗争，已经发展到"略州劫县"，"攻夺淮阳、京西、河北三路二十四州八十余县"。但又强调他们"劫掠子女玉帛，掳掠甚众"。这显然又把梁山英雄写成一群强盗土匪了。

《水浒传》所塑造的形象，就大不相同。水浒英雄有明确的政治纲领，有坚强的组织领导，有严格的纪律。他们攻州夺县，是为了打击贪赃枉法、无恶不作的反动官僚，并不掳掠百姓。这就把水浒英雄为民除害、为民谋利的革命本质写出来了。《水浒传》作者对题材的这种加工、提炼，犹如廓清了天空中的滚滚乌云，而使灿烂的群星放射出了它所蕴藉的光彩，使挣扎在黑暗中的广大人民看到了光明，尽管这种光明还不足以完全驱除黑暗，但却能给他们以鼓舞。

《水浒传》作者不仅摈除了水浒英雄掳掠民众的污点，而且使他们的斗争目标，从打击个别坏人，发展到武装反抗政府。

《遗事》上宋江吟的反诗是：

> 杀了阎婆惜，寰中显姓名。
> 要捉凶身者，梁山泊上寻。

这是把杀惜看成"寰中显姓名"的英雄行为，而实际上不过是个背着"凶身"的罪名上山避难的渺小的形象。

《水浒传》作者则把宋江吟的反诗改为:

　　心在山东身在吴,飘蓬江海漫嗟吁。

　　他时若遂凌云志,敢笑黄巢不丈夫!(第三十九回)

　　这显然反映了《水浒传》作者是有意要把宋江塑造成为以反抗政府为己任的高大的造反英雄形象。

　　在《水浒传》作者的主观思想上,确有"只反贪官,不反皇帝"的倾向。然而它实际描写的却不限于反对贪官,而是反抗整个封建统治,甚至把矛头也指向了皇帝。如在全书一开头就写宋徽宗仅因为高俅踢得一脚好球,就对这个"浮浪破落户子弟"十分赏识,委以殿帅府太尉的重任;后来又写他跟妓女李师师鬼混,这不是揭露徽宗的昏庸和腐朽么?而朝廷重臣高俅、蔡京、童贯、杨戬,更是贪婪诡谲,猖狂肆虐。王进私走延安府,林冲刺配沧州道,杨志汴京城卖刀,莫不都是由于他们的迫害。在地方,草菅人命的赃官酷吏,更比比皆是。有"在东京倚势豪强,专一爱姤人家妻女"的花花太岁高衙内,有被林冲斥为"害民强盗"的高唐州知府高廉,有"为官贪滥,作事骄奢"的江州知府蔡得章,有"在北京害民,诈得钱物"的梁中书,有"为官贪滥,非理害民"的华州贺太守。作为这些封建官僚的阶级基础,有西门庆那样的暴发户财主,"专在县里管些公事,与人放刁把滥,说事过钞,排陷官吏",霸占了潘金莲,还毒死了她的丈夫武大郎;还有郑屠那样的恶霸,用虚钞实契骗娶了流落的女子金翠莲为妾,过后还要勒索三千贯典身钱把她赶出去。这是在城市里。在农村,则有毛太公那样的地主,用欺骗的伎俩,藏过了中箭的老虎,还要把猎虎的解氏兄弟抓住,加上"抢掳财物"的罪名,送往官府;还有祝朝奉那样拥有强大武装的恶霸地主,顽固地与梁山泊起义大军为敌,在庄门上竖起两面写着"填平水泊擒晁盖,踏破梁山捉宋江"的白旗。这些大大小小的统治者及其爪牙，上下勾结，狼狈为奸，形成了一个庞大的封建统治罗网。这就是水浒英雄所要打击的主要对象。他们事实上代表了整个封建阶级的反动统治。虽然宋江一再说大宋皇帝"至圣至明"，但那只不过是他愚忠思想的反映。作者所描绘的徽宗皇帝的实际表现，却毫无圣明之处可言。即使有个别好官吏、好地主，也终究要遭到那些奸臣和赃官酷吏的迫害。只有水浒英雄才是人间之希望所在。《水浒传》作者确实是"无恶不归朝廷，无美不归绿林"①。

当然，在水浒英雄身上，江湖侠义英雄的气味并未汰尽。如宋江每俘虏朝廷一个军官，总是纳头便拜，装模作样地祈求他们要"不弃鄙处，为山寨之主"。李逵、武松为报仇雪恨，有时乱砍乱杀，以致伤害无辜好人。作者对诸如此类不讲革命原则的江湖侠义行为，也不加批判地作了描绘。但是，总的来看，《水浒传》作者对原有题材却作了点铁成金般的加工、提炼，他使水浒英雄形象既真实，又伟大，像灿烂的群星那样，惊世骇俗，光照千古；他使水浒英雄不同于江湖侠客，如同一个人的身躯和他的影子，看上去模样似乎相同，但却一高一低，一明一暗，一实一虚，一个站在大地之上，一个匍匐于尘埃之中。

四

从歌颂英雄个人，到歌颂梁山义军英雄集体，这是《水浒传》作者通过对原有题材的加工、提炼，达到真实和伟大相结合的又一特色。

南宋罗烨的《醉翁谈录》中记载有"石头孙立""青面兽""花和尚""武行者"等水浒英雄的话本。但他把"石头孙立"列于公案类，把"青面兽"列于朴刀类，把"花和尚""武行者"列于杆棒类。可见他们之间没有什么联系，不可能是同属于一个集体之中的革命英雄。

到了《遗事》和元代水浒戏中，已经有了梁山义军集体。然而还是停留在

①　金圣叹：《水浒·序二》。

描写水浒英雄个人传记的格局，这就难免有夸大英雄个人的作用，宣扬英雄造时势的倾向。如在《遗事》中写九天玄女娘娘赐的天书上的四句诗是：

　　破国因山木，兵刀点水工；

　　一朝统将领，海内耸威风。

这里突出的是宋江个人的力量和作用。在《水浒传》中便把这四句诗改为：

　　耗国因家木，刀兵点水工。

　　纵横三十六，播乱在山东。（第四十一回）

经《水浒传》作者这么一改，就由崇拜宋江个人的力量，变为强调革命英雄集体造反的强大威力。

英雄个人的反抗，如同鲁智深三拳打死镇关西、杨志卖刀杀死泼皮牛二那样，虽然给了封建社会中的个别坏人以狠狠的打击，但却说不上是自觉反抗封建统治的正确道路。《水浒传》作者则把这些属于个人的自发的反抗，跟参加梁山义军的集体的自觉的斗争联系在一起了。《水浒传》开头写了鲁智深、武松等个人的反抗活动，尽管鲁智深的力气之大能舞六十二斤重的大刀，可以倒拔垂杨柳，武松的勇力能只身赤手空拳打死老虎，但他们仅凭个人力量的反抗斗争终究找不到出路，不能不东奔西走，四处逃命。只有"仗义疏财归水泊，报仇雪恨上梁山"（第七十一回），英雄才有了用武之地。

即使在上了梁山之后，《水浒传》作者还力求写出，英雄个人的本领再大，也不能脱离集体。如有一次，史进被华州贺太守捉住了，鲁智深要采取个人谋刺的手段去救出史进，武松竭力劝阻他："哥哥不得造次！我和你星夜回梁山泊去报知，请宋公明领大队人马来打华州，方可救出史大官人。"鲁智深迷信个人的力量，说："只俺两个拳头，也打碎了那厮脑袋。"（第五十八回）他硬要只身前往，结果不但未达目的，反而连自己也当了俘虏，差点儿连性命都送掉。后来还是幸亏宋江闻讯，领大队人马赶到，才打下华州，把史进和鲁智深一起救了出来。

《水浒传》作者即使在突出英雄个人的场合，宣扬的也不是把英雄神化的唯心史观，而是忠于生活的真实，体现了集体英雄主义的伟大精神。如当卢俊义被绑赴刑场的危急关头，作者写石秀冒着生命危险，只身跳楼搏斗，"手举钢刀"，"杀翻十余个"。他为什么能这么英勇无畏呢？作者写他跳楼时"应声大叫：'梁山泊好汉全伙在此！'"（第六十二回）原来是梁山义军的集体力量在给他壮胆、撑腰，作他的强大后盾。但"梁山泊好汉"事实上只有石秀一人在此，因而即使他有只身"杀翻十余个"的本领，作者也没有把他神化，还是写石秀当场被捕了。这时作者写石秀"睁圆怪眼，高声大骂：'你这败坏国家百姓的贼，你这与奴才做奴才的奴才，我听着哥哥将令，早晚便引军来打你城子，踏为平地，把你砍为三截！先教老爷来和你们说知。'"（第六十三回）后来果真是梁山大军来收拾了这帮"奴才"，救出了石秀和卢俊义。从这里，作者不仅使我们看到了石秀这个英雄浩气凛然，同时也使我们深深地感受到了梁山义军英雄集体的威力无穷；个人与集体，如珠联璧合，相映生辉。

不是把英雄个人神化，宣扬英雄造时势的唯心史观，而是强调逼上梁山的社会环境，使"众虎同心归水泊"；依靠集体的力量，团结战斗，才是唯一的出路。这是《水浒传》作者极为可贵的创作思想。继王伦之后的梁山泊领袖晁盖、宋江，最突出的一个长处就是能够团结一切可以团结的力量。他们使原来许多小股分散的武装反抗力量，都纷纷汇集到梁山泊。如宋江第一次从清风寨带领花荣、秦明、燕顺等人投奔梁山泊的途中，就在对影山将互斗的吕方、郭盛两位英雄和解好了，叫他们一起上梁山。宋江打青州时，又"请三山头领同归大寨"，即二龙山的鲁智深、武松、杨志、施恩、曹正、张青、孙二娘；桃花山的李忠、周通；白虎山的孔明、孔亮等。后由鲁智深建议，又请少华山的史进、朱武、陈达、杨春等"同来入伙"。芒砀山的樊瑞、项充、李衮聚集着三千人马，要和梁山作对，宋江出兵俘虏了他们，便"拜请上山，同聚大义"。使许多小股分散的甚至不团结的起义队伍，联合成梁山起义大军；只有走团结、联合的道路，才能形成不可战胜、无坚不摧的革命力量。这既是《水浒传》作者对历史上无数英雄豪杰和广大群众反抗斗争的经验总结，也是《水浒传》作者把原题材从着重歌颂英雄个人，加工、提炼成着力歌颂梁山革命英雄集体，既无比真实，又无比伟大的突出表现。

《宋史》中关于宋江的记载，共有三处：《徽宗记》《侯蒙传》《张叔夜传》。但没有一处提到梁山泊。南宋龚开的《宋江三十六赞》中五次提到太行山，却没有一次提到梁山泊。《遗事》中虽然提到梁山泊，但却把梁山泊与太行山拉扯在一起。《宋史·张叔夜传》说宋江"起河朔，转略十郡"。说明宋江最早的起义地点是在黄河以北，而梁山泊却在黄河以南。宋江起义的时间很短，从宣和元年末到三年初，总共不过一年多，而转战千里，马不停蹄，似乎不可能有梁山泊这样一个革命的根据地。

在文学上创造梁山泊这样一个革命根据地的，是元杂剧。在今天我们能见到的几本元代水浒戏中，都对梁山泊有所描绘。如高文秀的《黑旋风双献功》写梁山泊：

寨名水浒，泊号梁山。纵横河港一千条，四下方圆八百里。东连大海，西接济阳，南通巨野、金乡，北靠青、齐、兖、郓。有七十二道深河港，屯数百只战舰艨艟；三十六座宴楼台，聚百万军粮马草。

这样一个规模浩大的梁山泊根据地，在宋江起义的历史上是查无实据的。它只是农民革命理想的反映。《水浒传》作者吸取、继承并大大发展了这种理想，他不只是像水浒戏那样，从地域之广大，地势之险要，军粮马草之众多，杀人放火之胆大，来写梁山泊，更重要的，他是着重从政治思想上来"单道梁山泊的好处"：

> 八方共域，异姓一家。天地显罡煞之精，人境合杰灵之美。……心情肝胆，忠诚信义并无差。其人则有帝子神孙，富豪将吏，并三教九流，乃至猎户渔人，屠儿刽子，都一般儿哥弟称呼，不分贵贱；……皆一样的酒筵欢乐，无问亲疏。……真是随才器使。……（第七十一回）

在这里，作者提出了：第一，要团结战斗，"八方共域，异姓一家"，摆脱封建宗法观念，做到"一寸心死生可同"；第二，要"不分贵贱"，"都一般儿哥弟称呼"，这是一种政治上平等的要求；第三，要有福同享，"无问亲疏"，实际上是要求实行经济上的平均主义；第四，要不问"精灵""粗卤""村朴""风流"，"识性同居"，尊重各人的个性自由；第五，要"随才器使"，人尽其才。

梁山泊的这些好处，实际上反映了广大劳动人民的理想、愿望和要求。如渔民阮小五在未上梁山之前就很羡慕地说过："他们不怕天，不怕地，不怕官司；论秤分金银，异样穿绸锦，成瓮吃酒，大块吃肉，如何不快活？我们弟兄三个空有一身本事，怎地学得他们！"阮小七也说："人生一世，草生一秋，我们只管打鱼营生，学得他们过一日也好！"（第十五回）正是这种美好的理想和共同的愿望，在水浒英雄之间建立了崭新的关系，形成了一个比较民主平等、团结战斗的英雄集体。它仿佛使现实的阳光，通过了艺术的三棱镜，不再还原为阳光，却被映照为美丽的色彩，使水浒英雄集体，比之任何个别的英雄传记，都要显得无比的光彩夺目。

当然，我们也不能不看到，水浒英雄集体并不是个理想的天国，它依然存在着历史的和阶级的严重局限。这主要是由于《水浒传》作者看不到封建制度腐朽反动的本质，仅仅认为"自古权奸害忠良，不容忠义立家邦"（第一百二十回）。因此，他把本来是属于被压迫阶级反抗封建压迫阶级的阶级斗争，竭力要纳入到忠奸斗争的主观模式里去，把封建统治的种种罪恶，一概说成仅仅是权奸和贪官的不忠不义。这就导致水浒英雄集体受招安，被以忠君为核心的反动的封建主义思想体系所桎梏，落了个"可怜忠义难容世，鸩酒奸谗竟莫逃"的悲剧结局。这虽然比《遗事》上写的："宋江和那三十六人归顺朝廷，各受武功大夫诰敕"，"后遣宋江收方腊有功，封节度使"的喜剧结局要好，不失为也是历史真实的一种反映，有其一定的教育意义，但从水浒英雄集体形象的塑造来看，不能不说是个莫大的政治污点。

综上所述，我们可以清楚地看出，《水浒传》作者对原有题材的加工、提炼，确实"比他们的前辈提供了新的东西"[①]，体现了真实和伟大的结合。真实，有伟大的（如勇于斗争，为民除害），也有渺小的（如乱砍乱杀，江湖义气）；伟大，有真实的（如梁山义军攻州夺县，劫富济贫），也有虚伪的（如宋江歌颂大宋皇帝"至圣至明"）。"真实的暗疾是渺小，而伟大的暗疾则是虚伪。"《水浒传》作者既没有受唯真实论的影响，不分伟大与渺小，把垃圾当作珠宝去赞美，也没有受必须写"高、大、全"的毒害，不管真实与虚伪，把神话当作现实去骗人。他所追求的是"既有真实的伟大，也有伟大的真实"。真实和伟大相结合，使他的加工、提炼达到了比较完美的境界，为他的前辈所望尘莫及。这是《水浒传》所以具有永久而巨大的艺术魅力的一个重要原因。

（原载《水浒争鸣》第 2 辑，长江文艺出版社 1983 年 8 月出版。后收入拙著《中国的小说艺术》。）

---

① 列宁说："判断历史的功绩，不是根据历史活动家没有提供现代要求的东西，而是根据他们比他们的前辈提供了新的东西。"见《列宁全集》第 2 卷，第 150 页。

要让人物性格闪出金子般的光彩

——论《水浒传》和《李逵负荆》对李逵形象的塑造

　　"写真实"已经成为时髦的口号。这对于克服"四人帮"搞的"假、大、空"来说，是十分必要的。但是，正如老舍所指出的："真实中往往有金子，也有泥土，我们须取精去粗，详加选择与提炼。"①从杂剧《李逵负荆》和小说《水浒传》对李逵形象的塑造，很能说明这个问题。

　　"《李逵负荆》是现传元人水浒戏里最优秀的作品。"②也是与《水浒传》中有关的故事情节"基本相同"③的唯一的元代水浒戏。它的作者康进之被元人钟嗣成的《录鬼簿》列为"前辈名公"，可见他是元代初年的人。他的家乡就在产生水浒故事的梁山泊附近的棣州。在他的《李逵负荆》中，还保留了民间传说的一些非常可贵的特色，而《水浒传》作者却又在思想和艺术上对它作了许多加工和改造。有的是"金子"上的"泥土"被拭去，充分闪现出"金子"的光泽；也有的是误把"金子"换成了"泥土"。因此，他们在李逵形象塑造上各有成败得失，很值得我们从中探寻和汲取有益的创作经验。

---

　　① 老舍：《一点小经验》，《北京文艺》1962 年第 1 期。

　　② 游国恩等：《中国文学史》第三册，第 213 页。

　　③ 鲁迅：《中国小说史略》。

一

真实，是艺术的生命。人物形象的真实性，必然要求人物的性格特征具有合理性和统一性。康进之的《李逵负荆》对于李逵形象的塑造，虽然基本上是成功的，但跟《水浒传》第七十三回相比，《李逵负荆》对于李逵性格特征的描写，非常突出地存在着三个矛盾：

一是莽撞与细腻的矛盾。李逵之所以要负荆请罪，就是由于他的鲁莽性格造成的。他一听到王林说宋江抢了他的女儿，不调查研究，便信以为真，大闹山寨。结果查明却是"贼汉"冒名宋江干的罪恶勾当。因此宋江批评："你这铁牛，有什么事，也不查个明白，就提起板斧来，要砍倒我杏黄旗。"吴学究也批评："山儿，你也忒口快心直哩！"后来李逵在事实的教育下，负荆请罪，自称："我说的明白，道莽撞的廉颇请罪来，死也应该。"说明莽撞既是李逵性格的特点，也是李逵犯错误的内因。可是剧作者康进之在写出李逵这个性格特点的同时，却又把自己身为封建文人的风雅的性格特色，强加到李逵这个"铁牛"的形象上去了。如李逵一上场，剧作者就写他如何欣赏桃花瓣。他唱道：

【醉中天】俺这里雾锁着青山秀，烟罩定绿杨洲。（云）那桃树上一个黄莺儿，将那桃花瓣儿唵阿唵阿，唵的下来，落在水中，是好看也。我曾听的谁说来，我试想咱：哦！想起来了也，俺学究哥哥道来。（唱）他道是轻薄桃花逐水流。（云）俺绰起这桃花瓣儿来，我试看咱。好红红的桃花瓣儿！（作笑科，云）你看我好黑指头也！（唱）恰便是粉衬的这胭脂透。（云）可惜了你这瓣儿，俺放你趁那一般的瓣儿去。我与你赶，与你赶，贪赶桃花瓣儿。（唱）早来到这草桥店垂杨的渡口。（云）不中，则怕误了俺哥哥的将令，我索回去也。（唱）待不吃呵，又被这酒旗儿将我来相迤逗。他他他，舞东风在曲律杆头。

剧作者如此描写，使人不能不怀疑"李逵怎能有那么纤细的情感，那么风雅的欣赏力？"[1]这样使李逵"成为细腻风流的词人，都与后来鲁莽的黑爷爷不同"[2]。性格前后有不同，如果是必然的发展，那不仅是无可非议的，而且是值得赞赏的。问题在于作者未能写出这种发展的必然性，使读者不能不心生疑窦：李逵的作风既然如此细腻，那么他后来又怎么那样莽撞地去砍杏黄旗呢？剧作者没能够写出同一剧中李逵这种性格前后矛盾的统一性，因而就不能不令人怀疑其真实性。

康进之所以这样写，可能是受了元代其他李逵戏的影响。如写了八个李逵戏的高文秀，便是把黑旋风李逵当作"秀才"来描写的，所以他能够"乔教学"，还能够"诗酒丽春园"。他写的《黑旋风穷风月》，又作《黑秀才穷风月》，可以为证。《水浒传》作者则完全摈弃了上述与李逵莽撞性格极不协调的细腻风雅的秀才特征，突出了李逵作为农民英雄的"铁牛"的性格本色。

二是为民与害民的矛盾。《李逵负荆》本是歌颂李逵勇于为人民锄奸除害，既坚决捍卫人民的利益，又知错必改的高贵品质。"杏黄旗上七个字：替天行道救生民"[3]，这就是整个梁山义军的行动纲领。李逵一听说宋江抢了民女，便立即赶回梁山，当着宋江的面指责说："元来个梁山泊有天无日，就恨不斫倒这一面黄旗！"说着便拔斧斫旗。他捍卫的绝不只是一个民女，而是整个梁山"救生民"的正义事业。他感到怒不可遏的，不只是王林的女儿被抢，更重要的是梁山"救生民"的正义事业因此而受到了玷污："他道俺梁山泊，水不甜，人不义。"这是他所最最不能容忍的。剧作者极其自然地把李逵的心胸由捍卫王林的女儿上升到捍卫整个梁山"救生民"的正义事业的高度，使人们由李逵的一心为民，进而看到了整个梁山义军英雄集体的革命本质和高大形象。这是

---

① 黄裳：《谈水浒戏及其他》，平明出版社出版，第 2 页。

② 赵景深：《〈水浒传〉简说》，《中国小说丛考》，齐鲁书社出版，第 145 页。

③ 此据明代崇祯年间的醉江集本《李逵负荆》，《元曲选》本"救生民"作"宋公明"。

剧作者非常难能可贵的艺术创造。

可是与此同时,剧作者却写了李逵对待老百姓极其粗暴恶劣的态度。当王林认定抢他女儿的,既不是真的宋江,也不是真的鲁智深,这时李逵考虑的不是如何进一步寻找王林女儿的下落,为王林救出被抢的女儿,惩办真正作恶的"贼汉",也不是检查自己粗心莽撞犯了错误,而是竟然粗暴地把坚持说真话的王林毒打一顿,使王林直叫唤:"可怜见,打杀老汉也!"打了王林,还不罢休,又"偏不的我敦葫芦摔马杓","恰便似牵驴上板桥。恼的我怒难消,踹匾了盛浆铁落,辘轳上截井索,芭棚下溻副槽。掷碎了舀酒瓢,砍折了切菜刀。""就恨不一把火,刮刮拶拶烧了你这草团瓢。"没有给人家讨还女儿,却打了人家,还把人家赖以谋生的铁落、井索、副槽、酒瓢、菜刀等生产和生活用具,"踹匾""掷碎""砍折",甚至发狠要放火烧掉人家的草房子,天下竟有如此蛮不讲理的人,不惜这般肆意践踏民众的生命财产,以给自己出气。这跟李逵赤胆忠心捍卫人民利益的高贵品质和英雄性格,是多么的不相容啊!

《水浒传》作者便把李逵这些损害人民利益、也有损他自己形象的描写全部改掉了。他写经过当面对质,肯定抢民女的不是梁山泊的宋江之后,接着就写:

> 燕青道:"李大哥,怎地好?"
> 李逵道:"只是我性紧上错做了事。既然输了这颗头,我自一刀割将下来,你把去献与哥哥便了。"

这里李逵丝毫没有抱怨别人,更没有拿老百姓出气。他只是赤诚地坦率地承认自己"错做了事",不惜以"既然输了这颗头,我自一刀割将下来",来履行自己的诺言。

负荆请罪的办法,在小说中是燕青教给他的。李逵作为一个质朴的"铁牛"性格，他不可能像剧本中所描写的那样，既粗暴莽撞，又满腹经纶，懂得学习廉颇负荆请罪的历史掌故。小说作者还特地写李逵问燕青："怎地是负荆？"燕青教给他负荆请罪的具体办法后，李逵还说："好却好，只是有些惶恐，不如割了头去干净。"这是一个多么刚直而憨厚、朴实而无私的革命英雄形象啊！

小说中的李逵这种坦率承认错误、勇于引咎自责的态度，跟他一听说宋江抢了民女就要跟宋江拼命的那种嫉恶如仇、勇于捍卫人民利益的高贵品质，是前呼后应、完全一致的。小说作者写李逵的缺点，不是给这个英雄形象抹黑，相反，他是把李逵内心性格的光彩刻画得更加璀璨夺目，令人感到，他虽莽撞，但绝不暴虐，从莽撞之中表现出来的是他那颗纯朴、憨厚的赤子之心。

三是一心为公与个人患得患失的矛盾。李逵为宋江抢了民女而感到"怒气如雷"，剧作者写他唱道：

【正宫端正好】抖擞着黑精神，扎煞开黄髭髯，则今番不许收拾，俺可也磨拳擦掌，行行里，按不住莽撞心头气。

【滚绣球】宋江唻，这是甚所为，甚道理？不知他主着何意，激的我怒气如雷。可不道他是谁，我是谁，俺两个半生来，岂有些嫌隙；到今日却做了日月交食。……如果证实抢民女的果真就是梁山泊这个宋江，李逵便要"阔脚板踏住胸脯，举起我那板斧来，觑着脖子上，可叉！"一刀将他砍死。他是那样铁面无私，不讲情面，尽管他跟宋江是"八拜之交"的结义兄弟，可是一旦发现他侵犯了人民的利益，他就绝不饶恕。"便跳出你那七代先灵，也将我来劝不得。"

这都是剧作者把李逵的英雄品格写得极为光辉、可爱之处。它使人读着，就像有一种香甜美妙的蜜汁，在滋润着自己的心田。

可是与此同时，剧作者却又写李逵充满着个人患得患失的情绪。他听王林向他诉说贼汉抢了民女，便责怪自己"是非只为多开口"；在答应要为王林讨还女儿时，却又提出了要王林报恩的条件："老王，你做下一瓮好酒，宰下一个好牛犊儿……"见到宋江后，他一方面是"怒气如雷"，一方面却又"我则怕恶识多年旧面皮，展转猜疑"。经过当面对质，证明自己错了之后，他又把自己的过错说成是"为着别人，输了自己"，"则这三寸舌是俺斩身刀"。他甚至想自杀，说："这碧湛湛石崖，不得底的深涧，我待跳下去，休说一个，便是十个黑旋风，也不见了。""两三番自投碧湛崖"。他犯了错误，一点没有勇于改正错误的气概，却成了怕死的胆小鬼："敬临山寨，行一步如上吓魂台。"他考虑的不是如何改正错误，而是"我死后，墓顶谁定远乡牌？灵位边谁呪生天界？怎擘划，但得个完全尸首，便是十分采"。这些都反映了市井细民的那种明哲保身、个人患得患失的思想，它跟李逵见义勇为、刚烈豪爽的英雄性格是水火不相容的，叫人看了，就像吞下一只苍蝇似的感到非常恶心。

《水浒传》中的李逵则没有上述个人患得患失的情绪。他一听说刘太公的女儿被宋江抢去，便毫不犹豫地表示："既是宋江夺了你的女儿，我去讨来还你。"当他一旦获悉"俺哥哥原来口是心非，不是好人了也"，便毫无顾虑地"拿了双斧，抢上堂来，迳奔宋江"。关胜、林冲等"慌忙拦住，夺了大斧"。宋江要他"你且说我的过失"时，作者写道："李逵气做一团，那里说得出。"后来还是燕青代他说了原委。"宋江听罢，便道：'这般屈事，怎地得知？如何不说？'李逵道：'我闲常把你做好汉，你原来却是畜生！你做得这等好事！'"当事实一旦证明，是李逵自己弄错了之后，他又是那么胸怀坦荡地承认自己"错做了事"，即使要受到"输了这颗头"的处罚，他也无所畏惧。小说作者不仅在语言、行动上，而且在思想感情和性格特征上，都把李逵的心灵刻画得如此高尚、纯洁、无私、无畏。他对于民众利益的爱护，就像海浪勇往直前地抚爱和忠实地守卫着金色的沙滩；他对于危害人民利益的"畜生"，则又像海浪对于险恶的礁石那样，奋不顾身地猛扑上去，发出愤怒的轰鸣；他对于自己的错误，则又像海浪那样既坦荡自若，又无情地把一切泛起的沉渣冲刷干净。小说中的李逵这个英雄形象，也就像海浪那样心地洁白，以不可阻挡之势，在人们的心灵里激起滚滚波涛，它使人们不能不为之震动，不能不受到它的冲刷、陶冶，乃至净化。

二

《水浒传》和杂剧《李逵负荆》相比，不仅摈弃了跟李逵的英雄性格相抵牾的一些描写，使李逵的形象显得更加光彩照人，晶莹可爱，同时还表现在它更增加了情节的合理性和李逵性格特征的典型性。

李逵为什么会相信宋江抢了民女？杂剧中的王林说："俺这里靠着这梁山较近，但是山上头领，都在俺家买酒吃。今日烧的旋锅儿热着，看有什么人来。"正在此时，两个贼汉宋刚、鲁智恩便假冒宋江、鲁智深来买酒喝。既然梁山头领都是在这个酒店喝酒的常客，王林怎么连宋江、鲁智深这样著名的头领都不认识呢？剧作者以"老汉眼花"为由，实际上这个理由是搪塞不过去的，当后来宋江、鲁智深来跟王林当面对质时，王林说："那两个：一个是青眼儿长子，如今这个是黑矮的；那一个是稀头发蜡梨，如今这个是剃头发的和尚。"他对真假宋江、鲁智深的外貌特征，不是看得很清楚、说得很具体吗？当初他怎么会以假当真、受骗上当的呢？如果说他根本不认识宋江和鲁智深，那么，这与王林早先所说的"山上头领，都在俺家买酒吃"，"老汉在这里，多亏了头领哥哥，照顾老汉"，岂不又是自相矛盾的么？李逵尽管莽撞，却并不痴呆，他怎么会毫不觉察这种矛盾而对王林的话一听就信呢？这种故事情节的不合理性，就必然会使人们对人物形象的真实性不能不打个问号。

《水浒传》作者便弥补了这个矛盾，他把这个故事发生的地点，从梁山脚下转移到"梁山泊北，到寨尚有七八十里，巴不到山，离荆门镇不远"的刘家庄,不是梁山好汉经常喝酒的酒店,而是在刘太公家里。这样刘太公不认识宋江,两个贼汉冒充宋江抢劫民女,就显得完全可信了。

李逵之所以相信宋江会抢民女,《水浒传》作者还写了李逵的思想认识过程:"我当初敬你是个不贪色欲的好汉,你原来是酒色之徒:杀了阎婆惜,便是小样;去东京养李师师,便是大样……"这说明李逵对宋江的怀疑,不只是对他人的话一听就信,还有宋江过去的行为作根据。因此,李逵听说宋江抢了民女,便赶回梁山,要跟宋江拼命。

可是,在李逵"怒气如雷"的情况下,剧作者却写李逵油腔滑调地说:"学究哥哥,喏!帽儿光光,今日做个新郎;袖儿窄窄,今日做个娇客。俺宋公明在那里?请出来和俺拜两拜。俺有些零碎金银在这里,送与嫂嫂做拜见钱。"这里虽然语含讽刺,但是在那个气愤填膺的情况下,李逵竟有闲情逸致能说出这种调侃的话儿来么?其真实性,显然也是大可怀疑的。

既然李逵的目的是要为王林讨还女儿,又已经对宋江说要拜见嫂嫂,那么,当宋江矢口否认抢了民女的情况下,李逵为什么不在宋江的住处察看一下虚实,就坚信宋江抢了民女呢?宋江明知自己未抢民女,却主动提出要与李逵赌头,这岂不是有意要置李逵于死地么?

《水浒传》则堵塞了这些有悖于人物性格真实的漏洞。它写李逵一上山,就"睁圆怪眼,拔出大斧,先砍倒了杏黄旗,把'替天行道'四个字扯做粉碎"。见到宋江,他就"拿了双斧,抢上堂来,迳奔宋江"。"宋江喝道:'你且听我说!我和三二千军马回来,两匹马落路时,须瞒不得众人。若还抢得一个妇人,必然只在寨里,你却去我房里搜看。"李逵认为"山寨里都是你手下的人,护你的多,那里不藏过了"。在这种情况下,宋江才提出:"你且不要闹嚷,那刘太公不死,庄客都在,俺们同去面对。若还对翻了,就那里拿着脖子,受你板斧;如若对不翻,你这厮没上下,当得何罪?"在这种情况下,不是宋江,而是李逵本人先提出:"我若还拿你不着,便输这个头与你!"这样一改写，就把李逵那憨直无私而不惜献身的性格活现出来了。

那个被抢的王林的女儿叫满堂娇。她是个直接受害者，可是剧作者却写王林"但愁他（指李逵）一涌性杀了假宋江，连累我满堂娇要带前夫孝"。当满堂娇被李逵等人救出来之后，剧作者又写这个满堂娇竟然对贼汉留恋不舍，需要王林劝说："我儿，不要哭，这样贼汉有什么好处？等我慢慢的拣一个好的嫁他便了。"既然满堂娇如此舍不得贼汉，那么，李逵救她还有什么必要呢？

《水浒传》作者为了突出李逵拯救民女于火坑之中的真实性，便改写为被抢的刘太公女儿向李逵等诉苦："奴家在十数日之前，被这两个贼掳在这里，每夜轮一个将奴家奸宿。奴家昼夜泪雨成行，要寻死处，被他监看得紧。"她感谢李逵等人的搭救，犹如"重生父母，再养爹娘"。

尽管《李逵负荆》中的李逵性格基本上也是真实的，然而它在上述某些具体情节上的不够合理，就像在那和谐悦耳、优美动人的李逵英雄乐曲中，突然跳出了几个极不协调的音符，这就或多或少地损害了这部英雄乐曲的完美性。

《李逵负荆》的故事情节安排，是按着时间的顺序，写了三部曲：矛盾的发生、发展和解决。先写矛盾的发生，宋刚、鲁智恩冒充宋江、鲁智深抢了王林的女儿。然后再写矛盾的发展，李逵来喝酒，听到王林的申诉，便信以为真，立即上山去要砍倒杏黄旗，砍死宋江，双方以头相赌，经过下山当面对质，证明宋江没有抢民女，李逵输了头，负荆请罪。最后矛盾的解决，是李逵以杀死假宋江、假鲁智深来将功补过。

《水浒传》则不是按照上述时间顺序，而是"用保留故事中的种种关节来吸引读者"[①]。如它不先写贼汉抢了民女，而先写李逵投宿刘太公家，"只听得太公太婆在里面哽哽咽咽的哭"，使李逵一夜未睡着。经过询问，才获悉原来是刘太公的女儿被宋江抢了。李逵上山砍杏黄旗，向宋江讨还刘太公女儿，宋江

---

① 赵树理：《〈三里湾〉写作前后》，《作家谈创作经验》，中国青年出版社 1959 年出版。

不承认，经过与刘太公及庄客们当面对质，证明抢刘太公女儿的确实不是梁山泊的宋江。李逵负荆请罪，宋江要他捉拿冒充宋江抢夺民女的贼汉，"方才饶你"。一直到李逵捉拿住贼汉之后，我们才知道冒充宋江抢民女的原来是牛头山上的"两个强人：一个姓王名江，一个姓董名海"。这里故事情节的发展，就像剥竹笋一样，一层一层地剥到最后，大功告成，方真相大白。

《水浒传》这样结构故事的好处，一是把谜底放在最后，富有吸引力；二是前后勾联，一步紧一步，层层深入，别开生面；三是善于错综变化，波澜起伏，避免平铺直叙。这不仅在艺术上能收到生动有趣、故事性强的效果，而且有助于我们认识客观事物的复杂性和李逵在主观上犯错误的必然性，使作品更增添了真实感人的力量和思想教育意义。

人物形象的真实性，归根结底还要取决于这种真实是否具有充分的典型性。实际生活中的李逵，也许确有如《李逵负荆》中所描写的那样，嗜酒成性，动辄打人，但如果不加取舍地把它统统写进文学作品中，则不一定合乎李逵性格特征的真实性和典型性。《水浒传》作者加以取精去粗，就如同在金子上拭去了污垢，使李逵那金子一般美好的心灵，便更加闪烁出了动人的光彩。

李逵是宋江领导下的梁山义军中的一员，是以宋江为首的整个梁山义军集体这个典型环境中的典型人物。因此，人物的典型性和环境的典型性是相辅相成的。在《李逵负荆》第二折，开场便写："宋江诗云：旗帜无非人血染，灯油尽是脑浆熬。鸦嗛肝肺扎煞尾，狗咽骷髅抖搜毛。"看了真叫人毛骨悚然，仿佛以宋江为首的梁山义军都是一群杀人不眨眼的魔王。当李逵等擒获冒充宋江、鲁智深的贼汉，送给宋江"发落"时，剧作者也是写宋江命令"小喽罗，将他绑在那花标树上，取这两副心肝，与咱配酒，枭他首级，悬挂通衢警众"。这虽然杀的是坏人，但作为义军领袖宋江用坏人的心肝配酒，也未免过分野蛮，叫人看了不寒而栗。它有损于这个义军集体形象的光彩。

《水浒传》则删去了宋江的这首诗，在李逵等提了两个贼汉的人头，"迳到忠义堂上，拜见宋江"。宋江"叫把人头埋了"，"次日，设宴与燕青、李逵作贺"。《李逵负荆》所描写的宴席，完全是一副目不忍睹的惨状："涎邓邓眼睛剜，滴屑屑手脚卸，磣可可心肝摘。"这种自然主义的描写，简直是蓄意在渲染恐怖。《水浒传》则通过现实主义的典型化，把真实中的泥土和金子区分开来，使宋江为首的水浒英雄形象不仅所从事的事业是正义的，而且所采取的手段也是有节制的，适当的。显示出英雄们锄奸除恶，是为了捍卫人民的利益，而决不是由于他们本人也有嗜食人肉心肝的习性。

《水浒传》作者不仅摒弃了原剧作中某些自然主义的污垢，而且更加突出了以宋江为首的水浒英雄一心为民的光辉品质。如剧本写宋江、李逵等与王林当面对质时，宋江首先强调："我与山儿赌着六阳会首哩。"王林认定抢他女儿的不是这个宋江，李逵也是强调："兀的老王，只为你那女孩儿，俺弟兄两个赌着头哩。"王林再次认定不是，宋江便要回山去，而李逵则说："老王，我的儿，你再认去！"大有要强迫王林认定是的架势。这里剧作者过分突出了宋江与李逵赌头谁胜谁负的矛盾，而把他俩以及王林父女与贼汉这个主要矛盾，则丢到一边去了。

《水浒传》作者在写他们当面对质时，宋江与李逵在刘太公面前皆根本不提赌头的事。李逵只是要求刘太公"只管实说，不要怕他，我自替你做主"。经过刘太公及众庄客的仔细辨认，都说抢刘太公女儿的不是这个宋江。这时，小说作者不是写宋江只顾自己回山了事，更不是对李逵输了头便幸灾乐祸，而是写他以梁山义军的集体荣誉和民众的利益为重，当着众人指出："刘太公，我便是梁山泊宋江，这位兄弟便是柴进（按：小说把鲁智深改为柴进）。你的女儿都是吃假名托姓的骗将去了。你若打听得出来，报上山寨，我与你做主。"刚才李逵对刘太公说："我自替你做主"，这里宋江也说："我与你做主"，可见他们在为民做主这个根本立足点上是完全一致的。他们所最最关心的是讨还被抢的民女，惩罚贼汉，而不是义军兄弟之间赌头的谁胜谁负。

因此，当李逵负荆请罪时，小说也不像剧本所描写的那样，宋江坚持要杀李逵的头，李逵说："罢罢罢，他杀不如自杀，借哥哥剑来，待我自刎而亡。"宋江也果真叫"小喽罗将剑来递与他"。正在李逵"自刎而亡"的紧急关头，王林冲上来喊："刀下留人！"李逵的头才幸免落地。剧本在这里为了取得戏剧性的效果，未免把宋江与李逵兄弟的内部矛盾，夸大到了过分的地步。《水浒传》以宋江在回梁山前就对刘太公当面说过："我与你做主"，为他以后要派李逵等继续替刘太公讨还女儿埋下了伏笔。当李逵负荆请罪时，小说不是写宋江要真的"把刀来割这颗头去"，而是写"当众人都替李逵陪话"时，宋江便主动提出："若要我饶他，只教他捉得那两个假宋江，讨得刘太公女儿来还他，这等方才饶你。"李逵听了，便高兴得"跳将起来"，欣然从命。宋江又说："他是两个好汉，又有两副鞍马，你只独自一个，如何近傍得他？再叫燕青和你同去。"（剧本中是吴学究提出派鲁智深同去）这不仅突出了宋江的领袖风度，对下级既坚持原则，严格要求，又热忱爱护，关怀备至，不愧是个胸怀宽广、英俊睿智的义军领袖形象，而且进一步把李逵和以宋江为首的整个水浒义军竭诚爱民的高贵品质，都刻画得更加真实可信，深刻感人，具有极为丰富、重大的典型意义。

三

《水浒传》作者对于李逵形象的塑造，也不是处处都胜过杂剧《李逵负荆》的。杂剧《李逵负荆》中的李逵形象，从政治倾向上来看，仍带有较多的民间水浒英雄所特有的人民性，而《水浒传》作者则力图按照自己的立场、观点，对民间水浒英雄进行改造，尽管其在思想和艺术上有相当大的提高，但在思想性质和政治倾向上，则对李逵形象的人民性改造得比原作逊色了。

《李逵负荆》中的"聚义堂"，《水浒传》把它改为"忠义堂"。《李逵负荆》强调的是"聚义"，因此，当吴学究叫鲁智深帮助李逵一起去擒那两个贼汉，鲁智深不肯去，剧作者写吴学究说道："你只看'聚义'两个字，不要因这小忿，坏了大体面。"当两个贼汉被杀后，宋江说："今日聚义堂上，设下赏功筵席，与李山儿、鲁智深庆喜者。"剧本最后的四句"诗云：宋公明行道替天，众英雄聚义林泉。李山儿拔刀相助，老王林父子团圆"。这跟剧本开头的"杏黄旗上七个字，替天行道救生民"是相呼应的。他们"聚义林泉"，"替天行道"，其目的就是要拯救生民。剧本通过李逵负荆的故事，揭示了梁山义军的这个阶级本质。

义军为人民，人民爱义军，声息相通，心连着心。《李逵负荆》杂剧就是这样强烈地表现了它的人民性。当两个贼汉冒充宋江、鲁智深对王林说："俺那山上头领，多有来你这里打搅，若有欺负你的，你上梁山来告我。"王林说："你山上头领，都是替天行道的好汉，并没有这事。"正因为出于对梁山好汉的敬仰和信任，并表示对他们"照顾老汉"的感激之情，王林才特地叫他女儿出来给他们斟酒，以"表老汉一点心"。这虽然是两个贼汉冒充宋江、鲁智深，但它却生动地反映了梁山义军和人民群众之间血肉相连的深厚感情，说明了梁山义军的深得人心。《李逵负荆》所歌颂的不只是李逵等个别的英雄人物，更重要的它反映了整个梁山义军"救生民"的本质。杀宋江，不只是为了一个民女，更重要的是由此他认为："这便是你替天行道，则俺那无情板斧肯担饶！"

正因为水浒英雄"替天行道救生民"，所以人民也热烈拥戴水浒英雄。后来当两个贼汉又来到王林酒店，王林便"只可惜那李逵哥哥，一片热心，赌着头来，这须不是要处。我如今将酒冷一碗，热一碗，劝那两个贼汉吃的烂醉。到晚间，等他睡了，我悄悄蓦上梁山，报与宋公明知道，搭救李逵"。作者接着还写了"诗云"："做甚么老王林夜走梁山道，也则为李山儿恩义须当报。"剧作者竭力说明，水浒英雄与人民群众的关系，是互救互助、恩义相报的关系。这种恩义思想虽然带有小生产者的局限性，但它在这里所反映的毕竟是作为被压迫者团结反抗的思想武器。《大宋宣和遗事》上所说的梁山义军"劫掠子女玉帛，掳掠甚众"，如果不是封建统治阶级蓄意造谣诬蔑，那就是贼汉冒名顶替，嫁罪于水浒英雄的结果。杂剧《李逵负荆》则有力地揭穿了封建统治阶级的这种卑劣伎俩，把水浒英雄与"贼汉""强人"作了鲜明的区分：前者是不愧为行道救民的英雄，后者则委实是残害人民的蟊贼。

《水浒传》作者之所以要把"聚义堂"改为"忠义堂"，其目的看来是要把本来属于被压迫阶级反抗封建统治阶级的阶级斗争，扭曲为封建统治阶级内部的忠奸斗争。因此，他把杂剧中强调"聚义"的话全部阉割了，把《李逵负荆》中开小酒铺的王林，改为有众多庄客的地主刘太公，把杂剧中"替天行道救生民"七个字，改成"替天行道"四个字。作者并写了一首诗称：

> 梁山泊里无奸佞，忠义堂前有诤臣。
> 留得李逵双斧在，世间直气尚能伸。

《水浒传》作者正是以这种忠奸斗争为指导思想来改造《李逵负荆》中的李逵形象的。他赞颂的不是水浒英雄与劳动人民之间互救互爱的恩义关系，而是以"梁山泊里无奸佞"，来反衬朝廷的奸佞当道，褒扬李逵敢于直谏和伸张直气的一片忠义之心。

尽管《水浒传》赋予李逵形象以反奸佞为主要内容的忠义思想，在当时也有一定的进步意义，但它跟杂剧《李逵负荆》强调李逵以"救生民"为主要目的的聚义思想，毕竟是属于两个不同的思想范畴。前者是属于封建主义思想体系内的进步思想，后者则基本上是属于被压迫阶级反抗封建主义统治的民主思想，尽管聚义本身也带有小生产者的狭隘性，剧作者又在李逵身上不适当地加进了封建文人的细腻风流和市井流氓的嗜酒烂醉、随便动手打人等癖性，但这一切毕竟瑕不掩瑜。"救生民"，这终究是李逵形象最激动人心的主旋律。

当然，我们也应看到，《水浒传》作者的主观倾向和作品的客观效果之间，并不是完全一致的。李逵负荆，这个题材本身所体现的客观思想，绝不是《水浒传》作者用忠奸斗争所能完全概括得了的。王林的身份，虽然被小说改成地主刘太公，但在作品中刘太公也是处于受害者的地位，李逵救助的是被贼汉抢劫的民女，这个基本事实改变不了水浒英雄"救生民"的本质。只不过我们对于《水浒传》作者在主观思想、立场上的严重局限，却必须有足够的认识。

四

综上所述，杂剧《李逵负荆》和小说《水浒传》对于李逵形象的塑造各有成败得失。《水浒传》以李逵性格特征的统一性和真实性取胜，《李逵负荆》则以李逵思想的人民性见长。这里面有丰富、深刻的经验教训，值得我们加以研究和记取。

真实，是人物形象的生命。而人物形象的真实性，主要取决于其性格的合理性和逻辑性。正如杜勃罗留波夫所指出的："在历史性质的作品中，真实的特征当然应当是事实的真实；而在艺术文学中，其中的事件是想象出来的，事实的真实就为逻辑的真实所取而代之，也就是用合理的可能以及和事件主要进程的一致来代替。"[1]因此，在逻辑上是否合理，是否和事件的主要进程相一致，就成为我们衡量人物性格是否真实的重要标尺。如上述我们所指出的，杂剧《李逵负荆》对李逵形象塑造所存在的种种矛盾，它既违反了李逵性格的"合理的可能"，又跟李逵负荆事件主要进程不一致，这就给人以不够真实之感。说明作家对于创作素材的取舍，不能完全以是否符合生活真实为标准，而必须从刻画人物性格的需要出发。用高尔基的话来说，作家必须"学会从事实身上拔去非本质的羽毛"[2]。如同《水浒传》作者把《李逵负荆》中的李逵会诗

---

[1] 《杜勃罗留波夫选集》第 2 卷，辛未艾译，上海译文出版社 1983 年版，第 362 页。
[2] 高尔基：《给青年作者》，第 119 页。

酒风雅和动辄行凶的流氓习气，芟除殆尽，不但毫不足惜，反而使李逵的形象更加熠熠生辉。

李逵的形象塑造还证明，是否可以写英雄人物的缺点？答案是肯定的。无论杂剧《李逵负荆》或小说《水浒传》都写了李逵莽撞的缺点，这不但没有损害李逵这个英雄形象的光辉，相反，作者从李逵之所以莽撞的动机是为了维护水浒义军"救生民"的宗旨，接着又从李逵一旦证明自己错了便勇于引咎自责的态度，更加真实、生动地表现了他那纯洁、高尚的品质和质朴憨厚的性格。因此，这种真实的有缺点的英雄，比虚假的神化的完人，令人感到更加崇高、可爱。

问题在于写英雄人物什么样的缺点和怎样写。这跟写英雄人物的优点一样，都必须坚持典型化的原则。没有典型化，就没有艺术。如杂剧《李逵负荆》写李逵醉酒欣赏桃花瓣，那种风流优雅的气质，就如同油不能溶于水一样，跟李逵作为"铁牛"的典型性格便格格不入。又如《李逵负荆》写李逵无理动手打王林，肆意砸烂王林酒铺的生产和生活用具，表现出十足的市井无赖的流氓习气，这显然也是既不符合李逵憨厚的典型性格，又严重地玷污了这个英雄形象的高贵品质。《水浒传》作者在这些方面的艺术改造是极为成功的。他懂得，只有有利于表现李逵英雄性格的缺点，才应该写；而对那些只能玷污或歪曲李逵的英雄性格，给英雄形象抹黑的缺点，他则坚决不写。也就是说，什么样的缺点可以写，要取决于它对刻画英雄性格是有利还是有害。作家不是为写缺点而写缺点，更不是为了用写缺点来丑化英雄人物，而是写缺点也必须服从于和服务于塑造英雄人物性格的需要，写得要符合人物性格的统一性和典型性。绝不应借口生活的真实，而对真实中的金子和泥土不加区分。须知，"真实是必要的条件，还不是作品的价值。说到价值，我们要根据作者看法的广度，对于他所接触到的那些现象的理解是否正确，描写是否生动来判断。"①

李逵的形象塑造还告诉我们，作家对于人物性格把握和刻画的艺术技巧，固然是重要的，在这方面，小说《水浒传》作者明显地高出杂剧《李逵负荆》的作者，然而作家的立场、世界观对于人物形象塑造的制约作用，也是毋庸置疑的。《水浒传》作者为什么要把《李逵负荆》中的"聚义堂"改为"忠义堂"呢？为什么要把开小酒铺的王林改为地主刘太公呢？为什么要把突出聚义的语言和情节竭力加以阉割呢？这一切显然是由于《水浒传》作者要把本来反映阶级斗争的题材，扭曲成封建统治阶级内部忠奸斗争的政治态度所决定的。《李逵负荆》的题材，本来与忠奸斗争毫不搭界，可是《水浒传》作者却硬要把它与忠奸斗争拉扯在一起。尽管《水浒传》作者站在反奸佞的正义立场上，这在腐朽黑暗的封建社会，也有一定的进步性，但它本身并没有超出封建主义的思想范畴。从追求故事情节的合理性和人物性格的真实性、典型性来看，《水浒传》作者的世界观基本上是属于唯物主义、现实主义的，但作者力求要把压迫者与被压迫者的阶级斗争，纳入到封建统治阶级内部忠奸斗争的模式里去，则显然又是属于主观唯心主义的。《水浒传》作者立场、世界观上的进步性和局限性，都在他对杂剧《李逵负荆》的艺术改造中得到了充分的顽强的表现。艺术创作是属于意识形态活动，尽管也有形象大于思想、人物性格自身的发展有不以作家的主观意志为转移的情况，但它总不可能毫不受作家立场、世界观的制约或影响。因此，作家要真正彻底地区分真实中的金子和泥土，取精去粕，让人物性格闪出金子般的光彩，不仅要掌握圆熟的艺术技巧，而且要有跟广大被压迫人民保持一致的先进的立场、世界观。这两者相辅相成，缺一不可。

（原载《南通师专学报》1988 年第 1 期，后收入拙著《中国的小说艺术》。）

---

① 《杜勃罗留波夫选集》第 2 卷，辛未艾译，上海译文出版社 1983 年版，第 362、363 页。

性格化、个性化是人物形象的核心和灵魂

——论《水浒传》人物描写的特点

《水浒传》所描写的那众多的人物形象，就像一颗颗晶莹、透明、活脱、可喜的玛瑙。虽久经时代的沧桑，岁月的磨炼，却依然放射着夺目的光华。它是那样地阳刚遒劲，天然浑成，生动传神，令人总是越看越感觉赏心悦目，越看越引起沉思、惊叹，越看越得到振奋、鼓舞，就像有一种正义、雄壮、豪迈的旋律在心灵里久久地回荡。

那么，究竟有什么奥秘使《水浒传》的人物描写这般成功、这样出色呢？

"处处都扣紧了他们的阶级成分"，"善于从阶级意识去描写人物的立身行事，是《水浒传》人物描写的最大一个特点。"[①] 这是茅盾在《谈〈水浒传〉的人物和结构》一文中提出的观点。

茅盾的这篇文章影响很大，不但被列为中学课文，而且被一些小说史和研究《水浒传》的论文当作权威的正确论断加以传播。如北京大学 1955 级编的《中国小说史稿》说："紧紧地扣住他们的阶级出身和社会地位，来描写各个不同的性格"，是《水浒传》"人物塑造上最主要特色"[②]。李希凡在《〈水浒全传〉的思想、情节和人物》一文中说："使得每一个人物首先从阶级性格中获得了鲜明的艺术形象的生命力。应该说，这是《水浒传》这部小说独有的最大

---

① 见《茅盾文艺评论集》上册，文化艺术出版社 1981 年版，第 44～46 页。
② 北京大学中文系 1955 级编：《中国小说史稿》，人民文学出版社 1960 年版，第 215 页。

成就。"①

上述关于"《水浒传》人物描写的最大一个特点"的论断,究竟是否正确呢?我认为,它既不符合《水浒传》人物描写的实际,也有悖于文艺创作的客观规律;它的提出并得到广泛的传播,绝不是偶然的,而是机械的阶级论的一种反映,是导致文学研究上庸俗社会学和文艺创作上的公式化、概念化倾向的一个有害的论点。因此,我们有必要提出讨论,以辨明是非。

一

实事求是,是毛泽东思想的精髓,也是我们探讨包括《水浒传》在内的一切问题的指针。如果我们不是带着机械的阶级论的主观成见,而是从《水浒传》人物描写的客观实际出发,我们就不难发现,在《水浒传》中有不少英雄人物的"立身行事",跟他们的"阶级成分""阶级意识",不但没有"处处都扣紧",而且是恰恰相反的。

号称"柴大官人"的柴进,是个"大财主","大周柴世宗子孙",家有"太祖武德皇帝敕赐与他誓书铁券",因此"无人敢欺负他"(第九回)。这样一个大地主、大贵族,作者却是把他作为农民革命的保护人来描写的。在梁山好汉中,作者唯有把他和宋江的名字说得同样响亮。如石勇对燕顺说:"老爷天下只让得两个人,其余的都把来做脚底下的泥!""老爷只除了这两个,便是大宋皇帝也不怕他!"(第三十五回)石勇说的"这两个"就是指柴进和宋江。这位"柴大官人"的"立身行事",谁能说作者"处处都扣紧"了他的"阶级成分"和"阶级意识"呢?

作为梁山泊的寨主晁盖,原来也是地主,作者说他"祖是本县本乡富户",他本人还担任着"东溪村保正"的职务。可是作者偏偏不写他剥削、欺

---

① 李希凡:《论中国古典小说的艺术形象》,上海文艺出版社 1962 年版,第 228 页。

压乡民的阶级本性，却说他"平生仗义疏财，专爱结识天下好汉，但有人来投奔他的，不论好歹，便留在庄上住；若要去时，又将银两赍助他起身"。他不仅"是天下闻名的义士好汉"，而且竟然自称"托塔天王"（第十四回），主动发起"智取生辰纲"，一上山就被推举为梁山泊聚义英雄的领袖，作者夸他"仗义疏财，智勇足备，方今天下人，闻其名无有不伏"（第二十回）。他也果真不负众望，一上任，"便教取出打劫得的生辰纲——金珠宝贝，并自家庄上过活的金银财帛，就当厅赏赐众小头目并众多小喽罗"，使大家"竭力同心，共聚大义"（第二十回）。作为农民革命领袖晁盖的"立身行事，"跟他地主、保正出身的"阶级成分""阶级意识"，难道不是完全背忤，而是"处处都扣紧"的么？

阶级论是资产阶级才发明的，我们怎么可能要求处在封建社会的《水浒传》作者就"处处都扣紧""阶级成分""阶级意识"来描写他的人物呢？好在《水浒传》是部文学作品，它要描写的是活生生的人物形象，而不是社会学图解。因此，柴进、晁盖他们的"立身行事"，尽管跟他们的贵族、地主的"阶级成分""阶级意识"是大相径庭的，但是这种出身于贵族地主而后来参加了农民起义，乃至当了领袖的人物，在历史上和文学上却是真实的，有其典型意义的。"在中国历史上，大小数百次的农民起义，不曾也不会有过一次没有农民阶级之外的人参加，这是当然的。这些非农民阶级中人，自然就包括着地主分子、贵族分子、官吏和野心家们；他们参加，有好处，也有坏处。"[1]他们的"立身行事"，并非由他们自身的阶级成分、阶级意识所决定的，而是由当时广大人民与统治者之间的阶级矛盾和统治阶级内部矛盾尖锐化所造成的。《水浒传》人物描写的成功，恰恰正在于它的作者对当时这种阶级矛盾和阶级分化日益激烈的社会生活作了真实的反映。如果硬要说作者是"处处都扣紧""阶

---

① 见《冯雪峰论文集》下册，人民文学出版社 1981 年版，第 119 页。

级成分""阶级意识"来描写柴进、晁盖等人的"立身行事"的，那岂不等于说作者是把贵族、地主阶级分子当作农民革命英雄来美化了么？

对于柴进、晁盖等出身于贵族、地主的农民革命英雄，我们固然不可能也不应该"处处"都从他们的阶级成分、阶级意识，去说明和描写他们的"立身行事"，即使对于描写那些出身劳动人民的英雄形象来说，作者也不是如此。阶级的存在是以社会的存在为前提的。各个阶级的人都必须生活在社会之中，他们不是彼此隔绝，而是处在密切交往和互相影响的社会关系之中的。因此，处处都按阶级成分、阶级意识立身行事的标准阶级化的人，在现实生活中是不存在的，因而我们也就不能要求在文学作品中作这样的描写。《水浒传》人物描写的成功，正在于它不是从抽象的阶级成分、阶级意识出发，而是从实际生活出发的，生活是极为复杂、十分丰富、无比生动的，因此，只有深入生活，作家才能够深刻地掌握并着力地写出同一阶级内部各种各样具有鲜明个性的典型形象。

李逵是个深受广大读者喜爱的梁山英雄好汉，明代就有首民歌称颂他："面如铁，性如火，打东京，只两斧。"他"有个哥哥唤做李达"，"只是在人家做长工，止博得些饭食吃，养娘全不济事。"（第四十三回）这个受尽财主剥削，生活在封建社会最底层的李达，论阶级成分、阶级意识，他该是个最有革命性的人物了。可是我们从他身上，不但看不到一点像李逵那样的革命性，而且当李逵回家接老娘到梁山泊过几天快活日子时，李达却把李逵痛骂了一顿，李逵劝"哥哥不要焦躁，一发和你同上山去快活，多少是好！"李达不但不愿跟李逵走革命的道路，而且竟然奔去财主家报告，"领着十来个庄客，飞也似赶到家里"来捉拿李逵。因为李逵料到"他这一去，必报人来捉我"，他便立即留些银子在家，背着老娘"只奔乱山深处僻静小路而走了"。李达因"心中忖道：铁牛留下银子，背老娘去那里藏了。必是梁山泊有人和他来，我若赶去，倒吃他坏了性命"。因此，他以"这里小路甚杂"为由，不再追赶，众庄客也就各自回去了。（第四十三回）李达就是这么一个胆小怕事、奴性十足的典型。他虽然出身于雇农，但在他身上却一点也没有他弟弟李逵那种革命的气质。李达这种为地主阶级效劳，以自己的革命的兄弟为敌的"立身行事"，显然是深受封建统治阶级奴化思想毒害的反映，它跟雇农阶级的阶级意识本身自然不是"处处都扣紧"，而是完全针锋相对的。

同样，武松和他那"挑卖炊饼"为生的"嫡亲哥哥武大郎"，一个刚强，一个懦弱，性格也完全相反。作者介绍他俩："原来武大与武松，是一母所生两个。武松身长八尺，一貌堂堂，浑身上下，有千百斤气力，不怎地，如何打得那个猛虎？！这武大郎，身不满五尺，面目丑陋，头脑可笑，清河县人见他生得短矮，起他一个诨名，叫做'三寸丁谷树皮'。""那武大是个懦弱本分人。"（第二十四回）他不但没有武松那种敢于斗争的打虎精神，而且连自己的老婆被西门庆霸占了也不敢吭气，最后把自己的性命都送在恶霸西门庆和老婆潘金莲的手里。刚强的武松却敢作敢为，他宁愿自己坐牢，也要杀死西门庆和潘金莲，为哥哥武大报仇雪恨。

李逵和李达，都是出身于贫雇农。武松和武大，都是出身于城市贫民。论阶级成分，他们兄弟之间难分轩轾；论思想性格，则迥然有别。如果作者只是"处处都扣紧"了他们的"阶级成分""阶级意识"来描写的话，又怎么能创造出李逵和李达，武松和武大这样一些各自富有性格生命和典型意义的艺术形象来呢？就拿茅盾所列举的杨志、林冲、鲁智深这三个人物形象来说，事实也并不能支持"处处都扣紧了他们的阶级成分"的立论。鲁智深身为"经略府提辖"，"做到关西路廉访使"（第三回），是个在统治阶级中具有相当地位的官吏。论阶级成分，他应属于封建统治阶级中的一员，起码也算不上是个被压迫者。可是《水浒传》作者却不写他们作为封建官吏如何欺压人民的阶级本性，而写他一听到金氏父女哭诉他们如何遭到镇关西的欺压，他便怒不可遏，一方面赠银让金氏父女逃跑，另一方面为惩罚欺压良民的镇关西而三拳失手将他打死，从而犯下了人命案，不得不去当和尚，以逃避官府的追捕。当了和尚后，他生性又受不了佛家的清规戒律，于是又"大闹五台山"，从而落魄江湖，走上了落草造反的道路。"杀人须见血，救人须救彻"（第九回），这就是他的人生信条。他的这种思想性格，跟他作为封建官吏的阶级成分、阶级意识，难道是"处处都扣紧"，而不是水火不相容的么？

至于杨志和林冲的不同，事实也并非阶级成分的不同。杨志虽然自称是"三代将门之后，五侯杨令公之孙"（第十二回），但是他本人并没有"将门""令公"的阶级地位，因此，在失陷花石纲之后，他不得不落到出卖祖传宝刀谋生，极为艰难悲凉的地步；在失陷生辰纲之后，他更是"有家难奔，有国难投"（第十六回），不得不落草求生。林冲身为八十万禁军教头，官阶并不小于杨志。他父亲也是军官，岳父也是教头。杨志一心想升官，"博个封妻荫子"。林冲又何尝不是如此呢？他的"男子汉空有一身本事，不遇明主，屈沉在小人之下，受这般腌臜的气"（第七回）的牢骚，岂不表明他本来也有向上爬的欲望吗？其实，杨志和林冲都同样是从封建统治阶级内部中上层被排挤和分化出来的人物，想向上爬，不但爬不上去，而且被逼得走投无路，这是他们共同的命运。他们的不同，主要的不在于他们的阶级成分或阶级意识（在这方面他们倒是基本上相同的），而是在于他们代表了同一阶级的不同典型。

林冲"因恶了高太尉，生事陷害"。反映了封建阶级的腐朽堕落。高太尉为了霸占林冲的妻子，竟然要尽阴谋诡计，必欲把逆来顺受，一心一意为统治阶级效劳的林冲置之死地而后快，逼得林冲只有投奔梁山造反，才是唯一的生路。林冲的反抗性格和反抗道路，完全是腐朽反动的封建统治阶级"逼"出来的。他具有极为深广的历史的和社会的典型意义。

杨志以自己高超的武艺才智，博得了梁中书的赏识，委以押送生辰纲的重任。就在这种杨志愿意卖命，当权的统治者也赏识的两相情愿的情况下，由于生辰纲是属于剥削人民的"不义之财"，必定要遭到人民的"智取"，又由于梁中书对杨志的不够信任，在派杨志押送生辰纲的同时，加派老都管从中监督，杨志与老都管之间的矛盾，使杨志的指挥失灵，统治阶级的内部矛盾给造反者要劫取生辰纲的阶级矛盾以可乘之机，使杨志押送的生辰纲终于在黄泥岗被晁盖一伙劫取，杨志无法交差，不得不落草。

鲁智深、林冲、杨志这三个人物形象塑造的成功，并非由于"处处都扣紧"了他们的"阶级成分"和"阶级意识"，而是在于他们具有各自不可替代的个性特色和典型意义。他们从不同的方面，深刻地表现了封建统治阶级对人民群众的欺压，以及他们自身的腐化堕落，阶级矛盾和统治阶级内部矛盾的尖锐化，不可避免地要引起阶级分化，要从统治阶级内部以各种不同的途径殊途同归，把一部分有本领、有才能的人"逼上梁山"。

在《水浒传》中，不但同样阶级成分的人有不同的阶级意识，同样阶级成分、同样阶级意识的人有不同的典型，而且即使在同样的成分、同样的意识、同样的典型中，也能创造出性格不同的人物形象来。阮氏三雄就是个突出的例证。他们既是同样出身于打鱼为生的亲兄弟，又是同时参加梁山义军的革命英雄典型。无论是拿阶级成分、阶级意识，或者是拿典型意义来看，都很难说他们有什么不同。但是他们仍旧是互不重复、不可替代的英雄形象。这里的关键就在于作者细致入微地刻画了人物的个性。

老大阮小二的个性特征是老成持重，多谋善断。智取生辰纲后，官军飞奔石碣村来追捕，"那时阮小二已把老小搬入湖泊里"，早做好了应变的准备，使官军"到阮小二家，一齐呐喊，人兵并起，扑将入去，早是一所空房"。大队官军飞奔来到，别人不免惊慌，而他却胸有成竹地说："不妨！我自对付他。叫那厮大半下水里去死，小半都搠杀他。"说着，他便"吩咐阮小五、阮小七撑驾小船，如此迎敌"（第十九回）。

老二阮小五显得特别胆大机灵，智勇双全。他看到追捕的官军来了，却悠闲自在地在芦苇中间独棹一只小船儿唱将起来："打鱼一世蓼儿洼，不种青苗不种麻。酷吏赃官都杀尽，忠心报答赵官家。"唱得那些官军听了"尽吃一惊"。当官军"各执器械，挺着迎将去"时，他却大笑，骂道："你这等虏害百姓的贼，直如此大胆！敢来引老爷做甚么！却不是来捋虎须！"官军向他"一齐放箭"，他已经"翻筋斗钻下水里去"了，使"众人赶到跟前，拿个空"。不久，阮氏三雄果真"把这伙官兵，都搠死在芦苇荡里"（第十九回）。

老三阮小七是个心直口快、性情豪爽的人。当吴用试探三阮对待梁山泊造反的态度时，他立即回答说："若是有识我们的，水里水里去，火里火里去！若能够只用得一日，便死了开眉展眼！"当吴用进一步问对智取生辰纲一事"你们心意如何？"阮小七马上"跳起来道"："正是搔着我痒处！我们几时去？"（第十五回）正如金圣叹于此处的批语所指出的："五字天生是小七语，小二、小五不说。"[1]

阮氏三兄弟，虽然同样都被吴用称赞为"义胆包身，武艺出众，敢赴汤蹈火，同死同生"（第十五回）的英雄好汉，但是作者从他们各自具有个性特征的行动、语言中，却给我们塑造了三个具有不同艺术生命的英雄形象。

柴进和晁盖，李逵和李达，武松和武大、鲁智深、林冲和杨志、阮氏三雄，这一系列不同的人物形象都证明，把"处处都扣紧了他们的阶级成分"，"善于从阶级意识去描写人物的立身行事"，说成是"《水浒》人物描写的最大一个特点"，这根本不符合《水浒传》人物描写的实际。

二

恩格斯说："每个人都是典型，但同时又是一定的单个人，正如黑格尔所说的，是一个'这个'，而且应当是如此。"[2]又说："人物的性格不仅表现在

---

① 见贯华堂刻本《第五才子书施耐庵水浒传》第十四回。
② 恩格斯:《致敏·考茨基》，见《马克思恩格斯书信选集》，第434页。

他做什么，而且表现在他怎样做。"①我认为，《水浒传》人物描写的成功，就在于作者能抓住典型和个性的统一，能抓住"这个"，从"做什么"和"怎样做"等多方面来刻画人物的性格。因此，一部《水浒传》才能描写出那么众多的性格鲜明、栩栩如生的人物形象。清人金圣叹也提出："别一部书，看过一遍即休。独有《水浒传》，只是看不厌。无非为他把一百八个人性格，都写出来。"②说它"把一百八个人性格，都写出来"，虽然未免言过其实，但非常注重人物性格的描写，这确实是《水浒传》人物描写的最大一个特色，也是它所以叫人"看不厌"的根本原因。

　　说它成功地刻画了众多的人物性格，这还不过是一句笼统的评语。我们要借鉴和继承《水浒传》人物描写的艺术经验，则还必须进一步探讨它在人物描写上的具体特点。

　　"用极近人之笔"，"写极骇人之事"。使人物形象做到高大与真实的统一。这是《水浒传》人物描写的特点之一。

　　《水浒传》所描写的大多属于英雄人物，他们不同于凡人、庸人，是出类拔萃的勇士，超凡出众的豪杰，因此他们所干的事情往往是骇人听闻的英雄壮举，带有一定的传奇性。但他们又是令人感到可亲可近、可钦可佩的真人，而不是令人望而生畏、敬而远之的神仙。它的可贵之处就在于，高大而又真实，理想化而又不神化；在骇人听闻的传奇性情节之中，活跃着极近人情的逼真的人物性格。

　　如武松打虎这样的事情，绝不是一般的凡人、庸人所敢于做并且能够做的。在上景阳冈打虎之前，作者就写他酒量之大，不同凡人。山冈下有家酒店门前的一面招旗上写着："三碗不过冈"。意谓最多喝三碗，便醉了，过不得

---

　　① 恩格斯：《给斐·拉萨尔的信》，见《马克思恩格斯论艺术》第 1 卷，第 38 页。着重号为原有。

　　② 金圣叹：《读第五才子书》，见贯华堂刻本《第五才子书施耐庵水浒传》卷首。

前面的山冈去。武松却连喝了十八碗，仍不醉，要连夜过冈。酒家劝阻他，说前面景阳冈上有只老虎，晚上出来伤人，害了三二十条大汉性命。因此冈子路口，都有官司榜文，要"往来客人，结伙成队，于己、午、未三个时辰过冈，其余寅卯申酉戌亥六个时辰不许过冈。更兼单身客人，务要等伴结伙而过"。可是武松不听劝阻，以为酒家留他住宿是要谋财害命，"却把鸟大虫唬吓我"，"便有大虫，我也不怕"，执意单身过冈。走了四五里路，看到山神庙门上贴着一张印信榜文，他才相信"端的有虎"。欲待转身再回酒店，又怕人家耻笑他不是好汉，便决定继续过冈，明知山有虎，偏向虎山行，其胆量之大，不愧为好汉。

可他毕竟还是个真实的人，当夜晚走进乱树林，果真遇见一只老虎向他猛扑过来，作者便写"武松被那一惊，酒都做冷汗出了"。他双手抡起哨棒，尽平生气力只一棒，从半空劈将下来，不料打急了，正打在枯树上，把那条哨棒折作两截。当他真的打死老虎后，寻思要拖死虎下山，作者又写他"就血泊里双手来提时，那里提得动？原来使尽了气力，手脚都酥软了"。他想到"天色看看黑了，倘或又跳出一只大虫来时，却怎地斗得他过？"于是便决定"且挣扎下岗子去，明早却来理会"。下冈子"走不到半里多路，只见枯草中又钻出两只大虫来（实际上是猎人伪装的——引者注）。武松道：阿呀！我今番罢了！"（第二十三回）这些描写，正如金圣叹所说："皆是写极骇人之事，却尽用极近人之笔。"[1] 他既写出了武松打虎不愧为非凡的英雄壮举，同时却又写出他跟凡人一样有紧张的心理，有惊慌的神态，有使尽了气力的时候，把他的心理和表现都写得极近人情。作者既未把老虎写得不堪一击，也未把打虎的武松加以神化，使我们只觉得活虎活人，俱在眼前，既对虎威惊煞吓煞，更对打虎的武松敬煞爱煞，恨不得也跟作品中的众人一起，哄将起来，把那被打死的老

---

① 见贯华堂刻本《第五才子书施耐庵水浒传》第二十二回回首总评。

虎和打虎的英雄武松都抬将起来，游行欢呼，热烈庆贺！这就是作者"用极近人之笔"，"写极骇人之事"，描写出来的英雄形象所具有的非凡的艺术魔力。

"全在同而不同处有辨"，使人物性格充分个性化。这是《水浒传》人物描写的特点之二。

明代李卓吾早就指出："《水浒传》文字，妙绝千古，全在同而不同处有辨。如鲁智深、李逵、武松、阮小七、石秀、呼延灼、刘唐等众人，都是急性的，渠形容刻画出来，各有派头，各有光景，各有家数，各有身份，一毫不差，半些不混，读去自有分辨，不必见其姓名，一睹事实，就知某人某人也。"[1]这话说得在理。如鲁智深、武松和李逵，都是很粗鲁勇猛的，而且也都粗中有细，但作者却从他们的"同而不同处"，活现了各个不同的人物性格。

鲁智深粗中有细，显得成熟老练。他在三拳打死镇关西后，"假意道：'你这厮诈死，洒家再打'。"说着，"只见面皮渐渐的变了"，他便"寻思道：'俺只指望痛打这厮一顿，不想三拳真个打死了他。洒家须吃官司，又没人送饭，不如及早撒开。'拔步便走。回头指着郑屠户道：'你诈死！洒家和你慢慢理会！'一头骂，一头大踏步去了"（第三回）。作者写他在失手打死镇关西后，不是惊慌失措，畏惧潜逃，而是以攻为守，以进为退，把他那成熟老练的性格，描写得虚虚实实，应付自如。

武松的粗中有细，显得精明强干。他的哥哥武大被嫂嫂潘余莲伙同其奸夫西门庆谋害后，他为了替哥哥报仇雪恨，先是到官府告状，官府因受了西门庆的贿赂，借口证据不足，不予受理。他便请了四家邻舍并王婆和嫂嫂喝酒，说："众高邻休怪小人粗鲁，胡乱请些个。"（第二十六回）众人入席后，他叫士兵把住前后门，要王婆和潘金莲当众招出谋害武大的口供，由众邻做见证人。他杀死潘金莲，又去杀了西门庆，然后他带着人证物证去衙门自首。经过

---

① 见《明容与堂本水浒传》第十三回批语。批者李卓吾，亦说是叶昼的托名。以下提到李卓吾批语均同此，不再注明。

这番筹划，武松不仅达到了报仇雪恨的目的，而且做得光明磊落，无懈可击。如此粗中有细，只有精明强干的武松才能做得出来。

李逵的粗中有细，则表现为老实质朴。他初次见到宋江，便当着宋江的面问戴宗："这黑汉子是谁？"戴宗批评他"恁么粗鲁，全不识些体面"。他却说："我问大哥，怎地是粗鲁？"连"怎地是粗鲁"都不懂，不懂则当场就问，可见其老实质朴到何等地步。戴宗向他介绍"这位仁兄，便是闲常你要去投奔他的义士哥哥"，叫他赶快拜见。李逵道："若真个是宋公明，我便下拜。若是闲人，我却拜甚鸟！节级哥哥，不要赚我拜了，你却笑我。"（第三十八回）这种李逵式的粗中有细，既不是出于老练，也不是出于精明，而是出于老实。他是个老实人，生怕人家捉弄他。

由于作者能抓住"同而不同处有辨"，着力于人物性格的个性化，因此，他虽然同样写了鲁智深、武松、李逵等众多人物的粗中有细，但却把他们各人的性格特色辨得一清二楚，给人以传神写照，恰如其人，适性随趣，千古若活的艺术感受。

把人物的行动性格化，把人物的性格外射化，在行动中刻画人物的性格，做到以形传神，形神活现。这是《水浒传》人物描写的特点之三。

《水浒传》作者几乎为每个主要人物的性格都设计了一套故事情节，使某个故事情节为突出某个人物的性格服务，使人物性格在特定的故事情节中得到突出的表现。如拳打镇关西、大闹桃花村、大闹五台山、火烧瓦官寺、大闹野猪林，是为了描写鲁智深的性格；风雪山神庙、雪夜上梁山、火拼王伦，是为了描写林冲的性格；景阳冈打虎、杀潘金莲、醉打蒋门神、血溅鸳鸯楼，是为了描写武松的性格。这样既使故事情节性格化，富有引人入胜、耐人寻味的艺术魅力，又使人物性格外射化，如立体浮雕一般，给人以惊心骇目、深刻难忘的印象。

如鲁达为了救金氏父女，不仅把自己身上仅有的五两银子全部摸出来，而且又向史进借了十两银子，送给他们作盘缠。金氏父女还清了旅店的房钱，店小二又向他们要"欠郑大官人的典身钱"。鲁达道："郑屠的钱，洒家自还他，你放这老儿还乡去。"那店小二不肯放，"鲁达大怒，揸开五指，去那小二脸上只一掌，打得那店小二口中吐血；再复一拳，打落两个当门牙齿。小二扒将起来，一道烟跑向店里去躲了。"作者通过写鲁达"揸开五指"，"只一掌"，"再复一拳"，仅用如此几笔勾勒，就把他那仗义阔绰的气质，愤怒剽悍的神情，见义勇为的性格，都肝胆照人地刻画出来了。接着作者写鲁达在金氏父女走后，又"恐怕店小二赶去拦截他，且向店里摄条凳子坐了两个时辰，约莫金公去得远了，方才起身，迳到状元楼来"（第三回），找郑屠算账。鲁达本是个急性的汉子，为了防止店小二出来拦截金氏父女，他竟然在店门口坐了两个时辰，这对于鲁达来说，该是需要多大的耐心啊！鲁达是个粗人，为了救金氏父女，他偏偏这么细心，想得这么周到！作者通过描写鲁达的这一行动，把他那救人救彻底的侠义精神表现得实在感人至深，仿佛就像一阵春风吹化了冰冻，使人心头感到热气腾腾。

又如林冲与洪教头比武，洪教头为人骄横，作者写他比武的棒势亦骄横之极，"唤做把火烧天势"。林冲为人谨小慎微，作者写他的棒势亦敏慎之至，"唤做拨草寻蛇之势"（第九回）。正如李卓吾批评本于此处的眉批所说："只使棒势名，亦见一骄一慎。"这是《水浒传》作者把人物的性格外射化，把人物的行动性格化的突出一例。

《水浒传》作者不仅善于通过行动对主要英雄人物的性格作了生动的刻画，而且往往在一举一动之间，就把次要人物的性格也描写得非常出色。如何九叔的胆小怕事，不敢作正面的反抗，而又要为日后惩罚凶手留下罪证，作者通过写他以给武大送丧，"小人自替你照顾"为名，支开潘金莲和王婆，偷下两块火化过的骨头，往池内一浸，看那骨头酥黑，便"将骨头归到家中，把幅纸都写了年、月、日期、送丧人的名字，和这银子（指请何九叔殓尸的十两银子——引者注）一处包了，做一个布袋儿盛着，放在房里"（第二十六回）。后来武松找他查问武大的死因，何九叔便把这证据交给了武松。仅此几笔，作者以何九叔自己的行动，就把他那老练而又怯弱的复杂性格，令人惊异地活画了出来。王婆是个说风情、拉皮条的媒婆，作者通过写她善于对潘金莲、西门庆察言观色、得心应手的行动，把这个人物也写得有声有色。其他如押送生辰纲的那个没有本事而又倚老卖老的老都管，比狐狸还要狡猾，识破了戴宗假信的黄文炳，要以杀人试刀、耍无赖强夺杨志宝刀的泼皮牛二，妒贤忌能、霸山称王的王伦，嘴甜心狠、奸险刁猾的阎婆惜，等等，作者通过几笔勾画人物自身的行动，都无不写得有血有肉，使我们永远不会忘记。

声情神理同一，表现形态相反，在人物性格的一贯性、确定性之中，反映出人物性格的变异性和丰富性。这是《水浒传》人物描写的特点之四。

《水浒传》中有个李鬼，冒充李逵拦路抢劫。有一次恰好被李逵碰上了，李逵要杀他，他便谎称："爷爷杀我一人，便是杀我两个。"说他是为了养活家中九十岁的老母，才被迫抢劫的，"如今爷爷杀了孩儿，家中老母必是饿杀。"（第四十三回）李逵一听说他是为了养活老母，马上便饶了他的性命，并送十两银子给他做本钱改业谋生。容与堂本《水浒传》于此回回末批道："李卓老曰：只有假李逵，再无李逵假。"真诚质朴，老实憨厚，这确实是李逵性格的一贯性和确定性。但是李逵的这种一贯真诚、质朴、老实、憨厚的性格，并不是统统径直通过"再无李逵假"的形式表现出来的，而是正如金圣叹所指出的："写李逵粗直不难，莫难于写粗直人处处使乖说谎也。"如李逵回家接他母亲到梁山泊过几天快活日子，他想"我若说在梁山泊落草，娘定不肯去"。于是他便谎称"铁牛如今做了官，上路特来取娘"。可是他的哥哥李达一听就说："娘呀，休信他放屁。"因为他早已"听得他和梁山泊贼人通同，劫了法场，闹了江州……见今出榜赏三千钱捉他"（第四十三回）。在这种情况下，李逵竟谎称"铁牛如今做了官"，这岂不是愈写李逵说谎，愈活画出其真诚、质朴、老实、憨厚的性格么？

鲁达是个嗜酒如命，不受桎梏，敢作敢为的烈性好汉。当他在五台山做和尚时，因为受不了佛家禁喝酒的戒律，见到一个挑担卖酒的，他便强行"只顾舀冷酒吃，无移时，两桶酒吃了一桶"（第四回）。他不仅酒量过人，而且因酒醉受责，演出了一场"鲁智深大闹五台山"的闹剧。可是当后来他加入梁山泊起义大军，奉命来到少华山，劝在少华山落草的史进、朱武、陈达、杨春同往梁山泊聚义，获悉此时史进因刺杀强夺民女的贺太守不成，已被监在牢里，鲁智深一听便火冒三丈，说："这撮鸟敢如此无礼，倒怎么利害！洒家便去结果了那厮！"朱武请他到寨里商议，杀牛宰羊，备酒款待鲁智深。鲁智深道："史家兄弟不在这里，酒是一滴不吃！要便睡一夜，明日却去州里打死那厮罢！"朱武等劝他一边喝酒一边细细商量，他却焦躁起来，骂道："都是你这般性慢直娘贼，送了俺史家兄弟！只今性命在他人手里，还要饮酒细商！"众人再劝，他也未呷一口半盏。"当晚和衣歇宿，明早起个四更，提了禅杖，带了戒刀"（第五十八回），他便到华州去刺贺太守、救史进了。

这里写鲁达的语言和行动，真是"句句使人洒出热泪，字字使人增长义气，非鲁达定说不出此语，非此语定写不出鲁达，妙绝妙绝！"[1]"和血和泪之墨，带哭带骂之笔，读之纸上炭炭震动，妙绝之文。"[2]

为什么能收到如此"妙绝"的艺术效果呢？因为人物的个性爱好是随着环境的变化而变化的，就像一条河流由于地势的差异而必然不断变化着自己的方向和速度一样。但是万变不离其宗。俗话说："江山好改，本性难移。"《水浒传》作者正是通过写鲁达由嗜酒如命到一滴不饮，以截然相反的表现形态，更深一层地刻画出他的性格所决定的同一声情神理。正如金圣叹所指出的："四十九回之前，写鲁达嗜酒如命；乃四十九回之后，写鲁达涓滴不饮，然而

---

①② 金圣叹批语，均见贯华堂刻本《第五才子书施耐庵水浒传》第五十七回。

声情神理无有非鲁达者。夫而后知今日之鲁达涓滴不饮，与昔日之鲁达以酒为命，正是一副事也。"^①这里所谓"一副事"，实际上就是作者巧妙地写出了鲁达性格中确定性与变异性、一贯性与丰富性的统一，使鲁达的形象既分外鲜明突出，生动感人，又更加多姿多彩，活脱可爱，令人无限神往，交口称誉，赞叹不已！

"一样人，便还他一样说话"，使语言做到充分地性格化。这是《水浒传》人物描写的特点之五。

文学是语言的艺术。语言的性格化，是《水浒传》人物形象所以能够做到跃然纸上、呼之欲出的一个重要原因。正如金圣叹所说："《水浒传》并无之乎者也等字，一样人，便还他一样说话，真是绝奇本事。"^②鲁迅也说："高尔基很惊服巴尔扎克小说里写对话的巧妙，以为并不描写人物的模样，却能使读者看了对话，便好象目睹了说话的那些人。中国还没有那样好手段的小说家，但《水浒传》和《红楼梦》的有些地方，是能使读者由说话看出人来的。"^③在第七十一回水浒英雄排座次以后，重阳设宴赏菊，宋江乘着酒兴，作《满江红》词一首，声称"望天王降诏，早招安，心方足"。这时作者写道：

> 乐和唱这个词，正唱到"望天王降诏，早招安"，只见武松叫道："今日也要招安明日也要招安，去冷了兄弟们的心！"黑旋风便睁圆怪眼，大叫道："招安，招安，招甚鸟安！"只一脚，把桌子踢起撅做粉碎。……鲁智深便道："只今满朝文武，多是奸邪，蒙蔽圣聪，就比俺的直裰染做皂了，洗杀怎得干净？招安不济事，便拜辞了，明日一个个各去寻趁罢。"

① 金圣叹批语，均见贯华堂刻本《第五才子书施耐庵水浒传》第五十七回。
② 金圣叹：《读第五才子书》，见贯华堂刻本《第五才子书施耐庵水浒传》卷首。
③ 鲁迅：《看书琐记》，《鲁迅论文学》，第172页。

这里，武松、李逵、鲁智深三人，虽然说的都同样是反对招安的话，但却各自表现了各自的性格特征：武松说得非常直爽而恳切；李逵只会愤极而莽撞，却讲不出道理来；鲁智深则沉着而老练，看得很深刻，从话语中不仅流露出悲愤、凄凉的情绪，而且使我们仿佛就看到了他那穿着黑色直裰的和尚的形象。在这一段里，不但人物的语言反映了人物的性格，就是作者描写人物动作的叙述语言，也都画龙点睛地揭示了人物的内心和外表神情。武松是未等人家一句唱完，就按捺不住地"叫道"，这一个"叫"字，便突出了武松那豪爽的性格。李逵不仅"睁圆怪眼，大叫道"，而且说着又"只一脚，把桌子踢起，撷做粉碎"，这就把他那愤极的心情和鲁莽的性格，描写得活跳纸上，如闻其声，如见其形。鲁智深则是不慌不忙地在他们"闹"了之后，说出了他的看法，态度虽然十分平和，但话语却极其尖锐，以铮铮风骨，睥睨浊世，如稽颡泣血，催人泪下。

《水浒传》人物描写的这些具体特点，反映了我国小说在人物描写上的民族传统、民族风格和丰富经验。这是一宗极可宝贵的民族文学遗产。我们要创造富有中国风格、中国气派，为中国老百姓所喜闻乐见的社会主义新文学，对于《水浒传》人物描写的这些宝贵经验，就不能不引起足够的重视。

三

从以上各个方面，我们可以列举无数的事例证明，《水浒传》人物描写的特点，绝不是处处都扣紧了阶级成分、阶级意识，而是从多方面紧紧抓住了人物的性格化、个性化。这不仅是个对《水浒传》人物描写特点的认识问题，更重要的它必然还直接影响到作家的创作道路和对人物描写的艺术规律的正确把握。

跟科学和其他社会意识形态不同，艺术反映现实的规律是要创造生动感人的形象，是要用具体的独特的感性的形式，以个别来体现一般。形象的真实性、独创性、生动性、感染性，是艺术的要素和灵魂。因此，必须以丰富多彩的社会生活，以人物个性的多样性，作为人物描写的出发点，至于阶级成分、阶级意识，那只能作为作家认识生活的指导线索，绝不能仅仅"处处都扣紧"它来描写人物形象。否则，便会导致图解模式和理念，使"个性就更多地消融到原则里去了"①。

事实上，像"阶级成分""阶级意识"之类"一般的东西，只在个别的东西之中，通过个别的东西才能存在"②。毛泽东同志说："对于物质的每一种运动形式，必须注意它和其他各种运动形式的共同点。但是，尤其重要的，成为我们认识事物的基础的东西，则是必须注意它的特殊点，就是说，注意它和其他运动形式的质的区别。只有注意了这一点，才有可能区别事物。"③我们对于事物的认识是如此，对于作家的人物描写来说，认识、把握和着力刻画人物的个性，也同样是"尤其重要的""基础"的工作。

因此，正如列宁所说的："在小说里全部的关键在于个别的环节，在于分析这些典型的性格和心理。"④高尔基也说："主人公的性格是好多个别的特点作成的。"⑤"只有一种阶级的特征，还不会提供出一个活生生的、完整的人，一个艺术地形成了的性格。""在每个被描写的人物身上，除了一般阶级的要点外，还必须找出个人的要点，这要点可作为他最大的特征，而且最后会决定他的社会行为。"⑥人物描写的关键就在于作家能否发掘出形象的个性特征。正如歌德所指出的："要达到艺术的真正高尚困难的地点，你必须努力把握个性，以期从理念中解放出来。""把握和描写特殊的东西是艺术的真正的生命，共

---

① 恩格斯：《致敏·考茨基》，见《马克思恩格斯书信选集》，第 435 页。
② 列宁：《黑格尔〈逻辑学〉一书摘要》，第 216 页。
③ 毛泽东：《矛盾论》。
④ 列宁：《给印涅萨·阿尔曼德》，见列宁《论文学与艺术》第 2 卷，第 710 页。着重号为原有。
⑤ 高尔基：《我的创作经验》，见《苏联作家谈创作经验》，第 5 页。着重号为原有。
⑥ 高尔基：《论剧本》，见《剧本》1953 年 9 月号。

性的描写谁都可以模仿，而特殊的东西是不能模仿的。为什么呢？因为别人未经验过的缘故。"[①]

从人物的特殊性——个性出发，这就要求作家必须走深入生活的道路，必须把握他所描写的每个人物性格的特殊性——包括特殊的气质、神理、声情、口吻，特殊的爱好、见识、才能，特殊的思想感情及其行动方式和语言表达方式，等等，只有充分地具体把握住人物的个性，才能把人物细微的心灵颤动、深沉的感情波澜和独特的精神气质惟妙惟肖地描写出来，才能如《水浒传》那样，创造出众多的生动逼真的人物形象。

我们强调指出，《水浒传》人物描写的特点在于从各方面抓住了人物的性格化、个性化，反对把阶级成分、阶级意识作为《水浒传》人物描写的最大一个特点，这绝不意味着否认《水浒传》"主要的人物事实上代表了一定的阶级和倾向。"[②]阶级成分、阶级意识是人物的共性，它必然存在于个性之中。从各方面抓住人物的性格化、个性化，事实上也就深刻地反映了阶级性，这是《水浒传》人物描写成功的经验，也是文艺创作的普遍规律。愿我们的文艺打破从阶级成分、阶级意识出发的模式化、理念化的桎梏，让作家的心灵与人民的脉搏更加和谐地产生共振，描写出无愧于时代的众多的活跃着个性生命的人物形象，那将比玛瑙更加晶莹、透明、活脱、可喜，比《水浒传》更加富有永久的艺术魅力。

（原载拙著《中国的小说艺术》）

---

① 段宝林编：《西方古典作家谈文艺创作》，春风文艺出版社 1980 年版，第 152 页。

② 恩格斯：《给斐·拉萨尔的信》，见《马克思恩格斯论艺术》第 1 卷，第 37 页。着重号为原有。

论《水浒传》在典型形象塑造上的
历史性突破

在如花似锦的我国古典小说园圃中,《水浒传》的典型形象塑造堪称一束吐芳溢彩的奇葩。其绚丽灿烂,别开生面,令人不能不流连忘返,探根寻由,以给予恰当的历史的和美学的评价,吸取其宝贵的艺术经验。

一

作品的主人公,是塑造和歌颂帝王将相、老爷太太、少爷小姐,还是塑造和歌颂反抗黑暗统治的被压迫者? 这是个决定小说的性质问题。

恩格斯在看了欧仁·苏的著名小说《巴黎的秘密》"以显明的笔调描写了大城市的'下层等级'所遭受的贫困和道德败坏"以后,欣喜地说:"近十年来,在小说的性质方面发生了一个彻底的革命,先前在这类著作中充当主人公的是国王和王子,现在却是穷人和受轻视的阶级了,而构成小说内容的,则是这些人的生活和命运、欢乐和痛苦。"他认为"作家当中的这个新流派——乔治·桑、欧仁·苏和查·狄更斯就属于这一派——无疑地是时代的旗帜"。①

在经过了四十年之后,恩格斯给哈克奈斯的信中,又再次指出:"工人阶级对他们四周的压迫环境所进行的叛逆的反抗,他们为恢复自己做人的地位所作的剧烈的努力——半自觉的或自觉的,都属于历史,因而也应当在现实主义

---

① 恩格斯:《大陆上的运动》,《马克思恩格斯全集》第1卷,第594页。

领域内占有自己的地位。"①

《水浒传》的典型形象塑造，就是为"穷人和受轻视的阶级""在现实主义领域内占有自己的地位"，而在中国和世界文学史上所作的一次具有革命性质的历史性突破。它比欧仁·苏、乔治·桑等人的作品要早三四个世纪。如果说"中国历史上的农民起义和农民战争的规模之大，是世界历史上所仅见的"②，那么，像《水浒传》这样率先而成功地塑造农民革命英雄形象，这在世界文学史上更属罕见。

从《水浒传》对《三国演义》明显地存在着继承与发展的关系之中，可以更清楚地看出这种历史性的变革。两者的主要人物性格特征相像，而典型本质却迥异。如宋江和刘备仁义的性格非常相似，李逵与张飞莽撞、急躁的个性如出一辙，"智多星"吴用，号加亮，更显然是师承智慧的化身诸葛亮而来的。但是，刘备是仁君的典型，宋江则是农民起义领袖的形象，张飞是封建统治集团的将领，李逵则是草莽英雄，诸葛亮是报刘备知遇之恩，为仁君竭忠尽智的贤相，而吴用则是农民义军的军师。值得注意的是，在《三国志平话》中，刘备、关羽、张飞等也曾被民间说书艺人描绘成是出身卑贱并且落过草的草莽英雄，而到了《三国演义》作者手中，却把话本小说里他们身上草莽英雄的特色芟弃殆尽，竭力把刘备帝王化，关羽忠臣化，张飞名将化。这固然跟《三国演义》作者要忠实于历史事实有关系，但也不能不看作是作者典型观的反映。《水浒传》中的柴进、晁盖、宋江、林冲、杨志、卢俊义等，皆出身于地主、官僚，然而作者却突出他们如何被"逼上梁山"，力求使他们平民化，至于李逵、阮氏三雄、武松等出身于农民、渔民、城市平民的下层人物，作者更是把他们放在历史主人公的地位，对他们竭尽歌颂之能事。《三国演义》和《水浒传》都同是在民间话本的基础上加工创作的，然而两者对典型形象的塑造却背

---

① 见《马克思恩格斯选集》第4卷，第462页。
② 毛泽东：《中国革命与中国共产党》，《毛泽东选集》第2卷，第595页。

道而驰，前者是使民间草莽英雄君臣化、高贵化、神圣化，而后者却使民间草莽英雄平民化、革命化、现实化。这确实是反映了作家两种根本不同的典型观，是在小说的典型性质方面的"一个彻底的革命"。

因此，直到1944年初，毛泽东同志看了延安平剧院杨绍萱、齐燕铭编导的京剧《逼上梁山》后，还热烈地称赞说："历史是人民创造的，但在旧戏舞台上（一切离开人民的旧文学旧艺术上）人民却成了渣滓，由老爷太太少爷小姐们统治着舞台，这种历史的颠倒，现在由你们再颠倒过来，恢复了历史的面目，从此旧剧开了新生面，所以值得庆贺。"并且指出："这个开端将是旧剧革命的划时期的开端"。[1]《水浒传》比《逼上梁山》京剧要早五六个世纪，就已经在小说的典型形象塑造上作出了这种"革命的划时期的开端"。这种历史性的突破，该是需要作家多么非凡的眼力和超人的勇气啊！它是多么难能可贵啊！想到这一点，就不能不使我们的心头油然生起一种民族的自豪感，激励我们继续发扬民族的伟大创造力。

《水浒传》在典型形象塑造上的历史性突破，不仅表现在塑造和歌颂什么主人公上，同时还表现在对典型性格描写的各个方面。

二

典型性格的形成是先天的，还是一定的典型环境造就的？这关系到是唯心论的先验论，还是唯物论的反映论，是典型性格决定典型环境，还是典型环境决定典型性格，是英雄造时势，还是时势造英雄的问题。

把典型性格的形成写成是先天的，这是《水浒传》以前的作品普遍存在的特点。如鲁迅所指出的："从神话演进，故事渐近于人性，出现的大抵是'半神'，如说古来建大功的英雄，其才能在凡人以上，由于天授的就是。"[2]

---

① 见《毛泽东书信选集》，第222页。
② 鲁迅：《中国小说的历史的变迁》第一讲。

《三国演义》所刻画的典型性格，仍然明显地带有先天生成的倾向。如作者写刘备之所以当皇帝，是因为他家房屋的"东南角上有一桑树，高五丈余，遥望童童如小车盖，往来者皆言此树非凡。相者李定云：'此家必出贵人。'玄德年幼时，与乡中小儿戏于树下，曰：'我为天子，当乘此羽葆车盖。'"①曹操之所以是奸雄，乃因他从小就"机警，有权数"。在作品一开头，就写他的叔父因见其"游荡无度"，便告诉他的父亲曹嵩，"嵩每鞭挞操。操忽心生一计：一日见叔父来，诈倒于地，败面喎口。叔父慌问之。操曰：'卒中风耳。'叔父归，告于嵩。操潜地归家。嵩惊而问曰：'汝中风已瘥乎？'操曰：'自来无此疾病，但失爱于叔父，故见罔耳。'嵩乃信其言。后叔父但言操过失，嵩并不听，因此操得恣意放荡，不务行业。……汝南许劭有高名，操往见之，问曰：'我何如人耶？'劭不答。又问，劭曰：'子治世之能臣，乱世之奸雄也。'"仿佛曹操从小生来就是奸雄的性格。诸葛亮出山时不过是个二十七岁的毛头小伙子，隐居在深山僻壤，他的神奇智慧更仿佛是先天的。用他自己的话来说："大梦谁先觉？平生我自知。"作者也说："孔明未出茅庐，已知三分天下，万古之人不及也！"

我们并不否认人类历史上有杰出的天才。我们所要指出的，只是像《三国演义》那样，没有充分写出典型性格形成的社会原因，没有充分反映天才产生的主客观条件，这不能不说是作者唯心史观的反映，是文学创作上现实主义不够充分的表现。

近代现实主义的文学要求："人物的性格要根据他们的处境来决定。"②《水浒传》的典型形象塑造便基本上突破了先天论的局限。它写了一百零八个水浒英雄，没有一个是天生的造反者，都是由于那黑暗的社会环境把他们"逼上梁山"的。这不仅完全符合"哪里有压迫，哪里就有反抗"的唯物史观，而且显

---

① 本文所引《三国演义》原文，皆依据《明弘治本三国志通俗演义》。
② 狄德罗：《论戏剧艺术》，见《文艺理论译丛》1958年第一册，第184页。

示了"近代文学中的人物不再是一种抽象心理的体现，而象一株植物一样，是空气和土壤的产物"①。用恩格斯的话来说，他是"典型环境中的典型人物"②。

就各个水浒英雄的智慧、才能来说，《水浒传》作者也不是把他们写成天赋的，而是写出他们是从实践中得来的。如吴用智取生辰纲，他首先"说三阮撞筹"——动员群众，组织队伍，然后又通过公孙胜打听到杨志押送生辰纲的路线——"只是黄泥岗大路上来"。刘唐提出："此处黄泥岗较远，何处可以容身？"晁盖说："黄泥岗东十里路，地名安乐村，有一个闲汉，叫做白日鼠白胜，也曾来投奔我，我曾赍助他盘缠。"这才使吴用想到："只这个白胜家便是我们安身处，亦还要用了白胜。"（即用他担任卖酒的角色）吴用智取生辰冈的计策正是在这种群策群力的基础上产生的。对于吴用的计谋，作者写"晁盖听了大喜，攧着脚道：'好妙计！不枉了称你做智多星！果然赛过诸葛亮！好计策！'""果然赛过诸葛亮"，这句话很值得我们注意，它反映了作者的创作意图，吴用之所以号称吴加亮，也就是要赛过诸葛亮的意思；然而若论诸葛亮那神机妙算的本领，吴用是赛不过的，若论典型环境中的典型性格——从群众的实践中吸取智慧，从反抗剥削压迫的斗争中成长英雄，吴用的形象确实足以"赛过诸葛亮"。

典型环境实实在在，是真的；典型形象扎扎实实，是活的。不是以神奇莫测的天赋才能惊人、喜人，而是以典型环境造就的典型性格感人、动人。这是《水浒传》对现实主义的一个重大发展。

三

典型性格的表现是神奇化的，还是现实化的？这是区别唯心论的宿命论和唯物论的反映论以及文学上的现实主义是否充分的一个重要标志。

---

① 左拉：《论小说》，见《古典文艺理论译丛》第八册。
② 恩格斯：《致玛格丽特·哈克奈斯》，见《马克思恩格斯全集》第37卷，第41页。

现实主义除了要求典型环境中的典型性格以外，还必须要有细节的真实。把典型性格的表现作神奇化的描写，缺乏细节的真实，这是《水浒传》以前许多作品中的一个通病。如《三国演义》对诸葛亮等典型人物的描写，作者就是竭力加以神奇化的。诸葛亮一出场，作者就写他"眉聚江山之秀，胸藏天地之机，飘飘然当世之神仙也"。周瑜焦虑得"口吐鲜血，不省人事"，连周瑜身边的鲁肃皆"心中疑惑不定"，而诸葛亮却说："公谨之病，亮极能医，手到安全也。"可是实际上诸葛亮开给周瑜的并不是药方，而是对付曹操的秘诀，使周瑜"见了大惊，暗想：'孔明真神人也！早已知吾心间之事！'"诸葛亮懂得天文地理，能够观察气象，预测天气变化，这本是很正常、很现实的事，可是作者却偏要作神奇化的描写，写他如何筑台登坛，"沐浴清斋，身披道衣，散发跣足"，"焚香于炉，注水于盂，仰天暗祝"，果然在隆冬之际，向老天爷借得东南风。以致周瑜"骇然曰：'此人有夺天地造化之功，有鬼神不测之术！'"

　　又如关羽死后，作者竟写他显圣附体骂孙权，以致孙权惧其复仇，便将关羽的英灵用木匣装了送给曹操，而曹操"则见关公神眉急动，须发皆张。操忽然惊倒。众将急救，良久方醒，吁气一口，乃顾文武曰：'关将军真天神也！'"后世关羽被尊为神，到处建关帝庙，这固然是封建统治者竭力提倡所致，但它跟《三国演义》作者对关羽的描写有所神化，也不能说没有关系。

　　过分夸大个人的作用，也是导致神奇化的一个重要表现。如《三国志平话》作者写张飞在当阳长坂，面对曹操统率的三十万大军，张飞的一声大叫，竟能使"桥梁皆断"，吓得三十万曹军倒退三十余里，这般"凛凛如神"，未免令人难以信服。

　　恩格斯说得很透辟："历史的'有神性'越大，它的非人性和牲畜性也就越大；不管怎么说，有神的中世纪确实使人彻底兽化，产生农奴制和 Jus prlmae noctis〔初夜权〕等。"① 在小说中把人物形象加以神化，正是这种人类历史早期"非人性和牲畜性"的社会现实的反映。因此，恩格斯非常赞赏"歌德很不喜欢跟'神'打交道；他很不愿意听'神'这个字眼，他只喜欢人的事物，而这种人性，使艺术摆脱宗教桎梏的这种解放，正是他的伟大之处"②。

《水浒传》作者不是把水浒英雄加以神化，而是强调人们共聚大义、团结对敌、群策群力的集体力量。如鲁智深尽管有三拳打死镇关西的武功，有倒拔杨柳的力气，武松有赤手空拳打虎的勇力，有醉打蒋门神的本领，然而他们个人的力量再大，终究摆脱不了四处逃命、走投无路的困境，只有投奔梁山，参加义军集体的武装斗争，才使他们有用武之地。跟《三国演义》鼓吹依靠诸葛亮个人的神机妙算，呼风唤雨，撒豆成兵，取得赤壁之战、七擒孟获、四出祁山等等的胜利截然不同，晁盖、宋江、吴用等智取生辰纲、三打祝家庄、两赢童贯、三败高俅等一系列的胜利，无一不是依靠集体的智慧和力量取得的。即使"劫法场石秀跳楼"，明明只有石秀一个人在场，然而作者却突出石秀的勇敢是来源于梁山义军集体，写石秀在跳楼时，"掣着腰刀在手，应声大叫：'梁山泊好汉全伙在此！'"依仗"梁山泊好汉全伙"的声威，吓得"蔡福、蔡庆撇了卢员外，扯了绳索先走，石秀从楼上跳将下来，手举钢刀，杀人似砍瓜切菜，走不迭的，杀翻十数个；一只手拖住卢俊义，投南便走"。这跟在长坂桥"张飞厉声大叫曰：'吾乃燕人张翼德在此！谁敢与吾决一死战？'"便吓退曹兵百万；一个突出集体的力量，一个夸大个人的神威。这两种典型观和两种塑造典型性格的方法，岂不如人和神之间存在着巨大的差别么？

强调现实化，突出集体的力量，绝不是不要理想，否定英雄个人的作用。问题在于怎样描写。武松打虎，就完全是表现武松个人的勇力，然而《水浒

---

① 恩格斯：《英国现状——评托马斯·卡莱尔的〈过去和现在〉》，见《马克思恩格斯全集》第1卷，第651页。

② 恩格斯：《英国现状——评托马斯·卡莱尔的〈过去和现在〉》，见《马克思恩格斯全集》第1卷，第652页。

传》作者却一点也没有把武松个人的力量加以神化，而是把打虎这件本来很神奇的事情尽量加以现实化，写出了他在打虎前后的整个过程中具有跟常人一样的心理和表情。如读庙门榜文后，要转身回来；风过虎来时，吓得叫声"阿呀"翻下青石来；老虎第一扑从半空里窜将下来时，被那一惊，酒都做冷汗出了；打虎时又慌张得一棒打在树上，把手中的哨棒打折成两截；寻思要拖死虎下山，原来使尽气力手脚都酥软了，却提不动，只得坐在青石板上喘气；看看天色黑了，唯恐再跳出一只老虎来，不得不挣扎下山；下山走到半路，枯草丛中钻出猎人伪装的两只老虎，吓得他叫声："阿呀！我今番罢了！"作者在对武松打虎的勇力热烈歌颂的同时，却如此不厌其烦地从细节的真实上写武松如何胆怯、紧张、无力、惊恐、泄气，用金圣叹的话来说，这是"写极骇人之事，却尽用极近人之笔"①。作者不是要把武松写成超凡入圣的"神"，而只是要把他写成一个勇力杰出的"人"。这跟《三国演义》作者把诸葛亮懂天文地理，能作天气预报，本来是现实化的事情却硬要加以神奇化，写成他有什么"夺天地造化之功"，"鬼神不测之术"，能够"借东风"，以宣扬诸葛亮"真神人也"，岂不是两种塑造典型方法的鲜明对照么？

由此可见，《三国演义》是尽量使英雄人物理想化、神奇化、崇高化，给人以光辉伟大、神乎其神、高不可攀、可敬而不可亲的印象；《水浒传》虽然仍存在着这方面的严重影响，但它毕竟是朝着力求使英雄人物现实化、平凡化、质朴化的方向发展，给人以既理想又真实，既高大又平凡，既夸张又可信，既可敬又可亲的深切感受。这是《水浒传》在典型形象塑造上的又一重大突破。

---

① 见贯华堂本《水浒传》第二十二回前面金圣叹批语。

四

典型性格的特征是凝固的、静止的，还是随着客观环境的变化而不断地演变、发展的？这是区别古典主义和现实主义的一个重要标志。

以贺拉斯和布瓦罗为代表的西方古典主义文学所主张的"类型说"，"就是把典型看成定型"。"类型说和定型说不但反对个性，而且反对变化，都要求规范化和稳定化。"[①]

在《三国演义》中，曹操的奸诈，刘备的仁爱，关羽的义重如山，诸葛亮的竭忠尽智，所有这些性格特征，都是一以贯之，如同黑格尔所说："他在开场时是什么样的人，在收场时还是那样的人。"[②]

《水浒传》中一百零八个水浒英雄被逼上梁山的过程，实际上都反映了他们各自性格的变化、发展的过程。如鲁智深由个人反抗，被逼得走投无路，最后只有走上武装集体反抗的道路，不但思想性格发生了质的飞跃，而且连个性特色也前后迥然有别。从第四回在五台山以酒为命，醉打山门，到第五十八回，他听说史进被华州贺太守拘捕，便焦躁不安地说："史家兄弟不在这里，酒是一滴不吃！"还责怪劝他饮酒细商对策的朱武、武松说："'都是你这般性慢直娘贼，送了俺史家兄弟！只如今性命在他人手里，还要饮酒细商！'众人那里劝他呷一杯半盏，当晚和衣歇宿，明早起个四更，提了禅杖，带了戒刀"，便上华州救史进去了。以酒为命与涓滴不饮，在表现形式上是矛盾的，然而它却生动地说明鲁智深性格的发展、变化：当初以酒为命，反映他酷爱个性自由，不惜借醉酒来冲破佛教清规戒律的桎梏；后来涓滴不饮，则活画出他对阶级兄弟史进的被捕，忧心如焚，对阶级敌人迫害史进，怒不可遏，这时他拼命追求的已经不只是个人的自由，更重要的是史进兄弟的命运，是各个山头

---

① 朱光潜：《西方美学史》下册，第 332 页。
② 黑格尔：《美学》第 2 卷，第 347 页。

的义军之间如何团结互助，完成"众虎同心归水泊"的政治使命。

《水浒传》不仅写出了人物性格的发展，而且还通过典型环境的决定作用，写出了人物性格发展的曲折性，从而赋予典型性格以极为深广的社会典型意义。如杨志思想性格的曲折发展过程，就是对那个社会政治黑暗的深刻揭露。起初，他死心塌地地为统治阶级效劳，一心一意想往上爬，自恃"是三代将门之后，五侯杨令公之孙"，"年纪小时，曾应过武举，做到殿司制使官"。虽然因为押送花石纲，"遭风打翻了船"，"不能回京赴任，逃去他处避难"，但他还想得到统治者的谅解和重用，因此当王伦要留他在梁山泊"同做好汉"，他断然拒绝。然而当他回京"买上告下，再要补殿司府制使职役"时，却被高俅认为"难以委用"，"将杨志赶出殿帅府来"。这使杨志"闷闷不已，回到客中，思量：'王伦劝俺，也见得是。只为洒家清白姓字，不肯将父母遗体来玷污了。指望把一身本事，边庭上一枪一刀，博个封妻荫子，也与祖宗争口气；不想又吃这一闪。高太尉，你忒毒害，恁地刻薄！'"这是杨志思想性格上的第一个曲折变化——从效忠到不满。接着，杨志在穷愁潦倒的情况下，被迫出卖祖传宝刀，遭到泼皮牛二的无理纠缠，他便一时性起，将牛二杀了。然而这时他对于当权的统治者却仍然抱有幻想，因此当他杀了牛二之后，便主动向官府自首，甘受充军的刑罚。在充军途中，幸遇北京大名府梁中书，"见他勤谨，有心要抬举他"。他便感恩戴德，对梁中书说："今日蒙恩相抬举，如拨云见日一般，杨志若得寸进，当效衔环背鞍之报。"经过在梁中书面前当场比武，证明杨志确实武艺不凡，被任命为提辖，并委以往东京押送生辰纲的重任，杨志欣然从命。这是杨志思想性格的第二个曲折变化——由走投无路到得到统治者的赏识、重用。结果，由于梁中书与广大被压迫人民的矛盾，杨志与挑担的众军汉之间的矛盾，杨志与老都管、虞候之间的矛盾，使杨志的精明强悍，在晁盖等智取生辰纲的斗争面前无能为力，不得不以完全失败而告终。这又一次逼得杨志"有家难奔，有国难投"。在当权的统治者诬陷"杨志和七个贼人通同"窃取了生辰纲，梁中书下令要捉拿杨志"碎尸万段"的情况下，杨志不得不彻底打消对于当权的统治者的幻想。但这时候的杨志还只是要找个安身立命之处，仍然谈不上有什么革命的觉悟，因此他不愿上梁山，而与鲁智深一起做了二龙山的山寨之主。这是杨志思想性格的第三个曲折变化——由为统治者卖命变为落草逃命。杨志上山落草之后，在与鲁智深、武松等一起从事武装反抗统治者的斗争实践中，思想觉悟终于有了很大提高，后来他主动向鲁智深建议，跟以宋江为首的梁山义军联合起来，实现"三山聚义打青州，众虎同心归水泊"。他还对宋江说："杨志旧日经过梁山泊，多蒙山寨重义相留；是为洒家愚迷，不曾肯往，今日幸得义士壮观山寨，此是天下第一件好事。"这是杨志思想性格的第四个曲折变化——由被迫逃命到自觉反抗。杨志思想性格的曲折发展，深刻变化，说明那个社会政治黑暗到何等程度！

不只是杨志，林冲、宋江等人的思想性格也都经历了曲折的发展过程。他们本来都是竭忠尽力为统治阶级效劳，并且又是极有才干的人物，然而在阶级矛盾和统治阶级内部矛盾的制约下，却不得不从统治阶级内部分化出来，走上造反的道路；是黑暗的社会，造就了他们的反抗性格，这该是具有多么深广的社会典型意义啊！

不是把人物性格特征定型化、单一化、刻板化，像凝固的水晶那样精美绝伦，而是把人物放在尖锐的矛盾中，使其性格特征的发展曲折化、丰富化、生动化，如滚动的水珠那样，在阳光的照射下，仿佛能呈现出整个大千世界的多彩多姿，这是《水浒传》在典型形象塑造上的又一重大突破。

五

是写好人事事全好，坏人事事全坏，还是写出人物性格的多面性和复杂性？这直接关系到典型形象的真实性和丰富性。

英国现实主义小说的奠基人菲尔丁说得好："不要因为某某人物并非十全

十美，便骂他是坏人。例如你喜欢十全十美的标准人物，有的是能够满足你这种嗜好的书，但是在我们一生交际之中从未遇到过这样的人，因此我们就没有决定在本书里写这种人。说实话，我有点怀疑，人不过是个人，怎能达到那样完美的地步呢？正如世界不可能存在过朱文纳尔（按：2世纪初罗马讽刺诗人）所描写过的那种怪物：纯是罪恶，毫无半点美德。"[1]

在我国，《三国演义》所描写的刘备、关羽、张飞就是属于这种"十全十美的标准人物"，曹操则属于"纯是罪恶，毫无半点美德"的坏人。正如鲁迅所指出的，《三国演义》"写好的人，简直一点坏处都没有；而写不好的人，又是一点好处都没有。其实这在事实上是不对的，因为一个人不能事事全好，也不能事事全坏。譬如曹操他在政治上也有他的好处；而刘备、关羽等，也不能说毫无可议，但是作者并不管它，只是任主观方面写去，往往成为出乎情理之外的人"[2]。如关羽在土山被围，当了曹操的俘虏，可是作者却通过写关羽提出"降汉不降曹"，把投降的俘虏写成比受降的统帅还要光荣体面；关羽奉命在华容道堵击曹操，为了报个人的恩义，竟擅自将曹操放跑，私释敌魁的政治错误，却被颂扬作"义重如山"的英雄壮举。这就是写好人事事全好的突出例证。

有的同志以"在《水浒传》里，好人与坏人更可以明显地排成两列纵队，以梁山英雄为一纵队，基本上都是好的（只极个别的除外），以蔡京、童贯、高俅等为另一纵队，都是坏的"[3]为由，把《水浒传》也说成是写好人全好、坏人全坏的作品。其实，现实主义者反对写好人全好、坏人全坏，绝不是要混淆好人坏人的界限；《水浒传》作者也绝不是按照好坏"两列纵队"来塑造人物形象的。在梁山英雄中有很多人本来都是死心塌地站在"蔡京、童贯、高俅等

---

① 菲尔丁：《汤姆·琼斯》第十卷第一章，见《文艺理论译丛》1958年第一册，第218页。
② 鲁迅：《中国小说的历史的变迁》第四讲。
③ 吴柏樵：《试论〈红楼梦〉对"传统写法"的打破》，见《红楼梦学刊》1984年第三辑。

为一纵队"里的，只是由于种种社会矛盾才把他们逼到与"梁山英雄为一纵队"里去的；在"梁山泊全伙受招安"之后，梁山英雄充当了统治者镇压方腊农民起义的打手，这岂不又站错队了么？尽管他们是属于好人犯错误，跟蔡京、童贯、高俅等奸臣仍有区别，但这已属对写好人事事全好的突破，则是显而易见的。

在《水浒传》中，可以说所有的英雄人物没有一个是完美无缺的完人。拿梁山泊领袖来说，第一个领袖王伦，他所领导的梁山义军既有"不怕天，不怕地，不怕官司；论秤分金银，异样穿绸锦，成瓮吃酒，大块吃肉"的好处，令阮氏三雄等被压迫者羡慕不已，他本人又有"心胸狭隘，嫉贤妒能"，"安不得人"的缺点，结果因其阻碍梁山事业的发展，而被林冲他们火拼了。第二个领袖晁盖"做事宽洪，疏财仗义"，有图王霸业的壮志，却有点刚愎自用，终因不听宋江、吴用、林冲等人的劝告，执意亲自率兵攻打曾头市而中箭身亡。这固然是作品情节的发展和表现主题思想的需要，但从其身亡的原因来看，不能不认为也是作者对晁盖存在的缺点的一种批判。第三个领袖宋江，被称为是"仗义疏财"的"及时雨"，可是作者却写出了在他身上存在着严重的妥协性，他一当上梁山泊寨主，就把聚义厅改为忠义堂，并在这种忠义思想的支配下，把梁山义军领上了接受招安、自取灭亡的绝路。

《水浒传》作者写好人的缺点、错误，不是为了给好人脸上抹黑，更不是把好人也要写成坏人，而是为了更加真实生动地刻画典型性格本身的需要。如鲁智深是个号称"杀人须见血，救人须救彻"，令人非常崇敬的英雄，如金圣叹所说："写鲁达为人处，一片热血直喷出来，令人读之深愧虚生世上，不曾为人出力。"[①]可是作者写他的英雄行为，恰恰是伴随着写他的缺点，而使他的英雄性格得到了极为逼真、生动、感人的表现。如他在三拳打死镇关西后，

---

① 见贯华堂本《水浒传》第二回前面金圣叹批语。

"寻思道：'俺只指望痛打这厮一顿，不期三拳真个打死了他。'"作者正是通过写他性格粗鲁的这个缺点，既突出了他有非凡的武功，又活画出他之所以打死镇关西并非出于有意，而是激于对镇关西迫害金氏父女的强烈义愤之情。"鲁智深大闹五台山"，他不仅打塌了亭子，打坏了金刚，而且还打伤了正在念经的许多无辜的和尚。他这种不受佛家清规戒律约束的反抗性格，作者正是通过他醉酒失态的缺点而强烈地表现出来的。

俗话说得好："金无足赤，人无完人。"人们宁可爱有缺点的真人，绝不会爱虚假的完人。恩格斯在给敏娜·考茨基的信中，就曾批评她的小说《旧和新》把阿尔诺德这个人写得"太完美无缺了"，"在阿尔诺德身上，个性就更多地消融到原则里去了。"①"四人帮"所提倡的写"高、大、全"式的英雄，实际上就要写恩格斯早就反对过的"完美无缺"的人物，就是要现实主义文学倒退到早已为《水浒传》所突破的那种写好人事事全好，坏人事事全坏的古老狭窄的死胡同里去。

事实上，问题不在于能否写英雄人物的缺点，而在于怎么写；《水浒传》在这方面早已为我们提供了成功的经验。具体地说，一是如写鲁智深、李逵那样，通过写他们粗鲁、急躁、莽撞的缺点，以便强烈地渲染和衬托他们那嫉恶如仇、豪放不羁的反抗性格，或者如写王伦那样，写他心胸狭隘的缺点，是为了突出只有晁盖、宋江那样广纳贤才的人，才有资格当义军的领袖。二是如写林冲、杨志那样，写他们软弱、想向上爬的缺点，是为了说明在逼上梁山的社会环境下，他们性格的巨大发展。三是如写宋江那样，通过写他存在严重的妥协性和浓厚的忠君思想等缺点，揭示了农民革命由于缺乏正确的领导而终于导致失败的历史教训。因此，《水浒传》如此写英雄人物的缺点，其结果，不是歪曲或贬低了英雄形象，而是使英雄形象具备了真实感人的生动性、多彩多姿

---

① 见《马克思恩格斯选集》第4卷，第453、454页。

的复杂性和极为深广的典型性。

六

是从理念出发，还是从实际生活出发，这是作家以什么为根本依据来塑造典型性格的问题。

从理念出发，就势必要把人物形象作为某种理念的传声筒。如鲁迅所指出的："宋时理学极盛一时，因之把小说也多理学化了，以为小说非含有教训，便不足道。但文艺之所以为文艺，并不贵在教训，若把小说变成修身教科书，还说什么文艺。"①

我们虽然不能说《三国演义》的典型形象完全是理念化的，也不能说《水浒传》的典型形象已完全摆脱了理念化的影响，但是我们却可以断言，《三国演义》典型形象的塑造基本上是受封建主义传统思想所支配的，而《水浒传》典型形象塑造的成功，则在很大程度上是由于它从实际生活出发，从而突破了封建主义思想的桎梏。

在《三国演义》中，不仅每个典型人物的性格特征，几乎都可以用封建伦理道德观念中的某个字来加以概括，如刘备的"仁"，诸葛亮的"忠"，关羽的"义"，曹操的"奸"，而且支配他们行动的思想动机和力量源泉，也被作者写成仿佛都是由于封建伦理道德观念推动的结果。如刘备三顾茅庐，请诸葛亮"开备愚鲁，而赐教之"，遭到拒绝，刘备便说："夫大贤学成文武之业，可立身行道于当时，扬名于后世，以显父母，此为孝也。救民于水火之中，致君于尧舜之道，此乃忠也。先生抱经世之奇才，而甘老于林泉之下，恐非忠孝之道。"经过这一番封建忠孝的说教，诸葛亮立即表示"当尽剖露于衷"。此后诸葛亮一生的行动，便是履行这种封建伦理道德的典范。直至他病危，自

---

① 鲁迅：《中国小说的历史的变迁》第四讲。

130

知"死之将至"，仍在卧榻上写遗表，为刘后主出谋划策，竭力表示"愿尽愚忠"。

由于刘备的"仁"，诸葛亮的"忠"，关羽的"义"，曹操的"奸"，与当时广大人民的爱憎感情基本上是相通的，因而这些形象大体上还是塑造得很成功的，深受广大群众喜爱的。但是，我们必须看到，这几个典型的思想实质没有越出封建主义思想体系的范畴。姑且不论他们在思想上起了宣扬和美化封建伦理道德的作用，即从艺术描写上来看，在某些地方也损害了这些典型形象的真实性。如作者为表现刘备的仁义得到人民的爱戴，便写他在被吕布打败逃难途中，"忽到一家投宿，其家一后生出拜，问之，乃猎户刘安也。闻是同宗豫州牧至，遍寻野味不得，杀其妻以食之"。用杀妻来招待刘备，这真是违情悖理，荒唐透顶，残忍至极！还有一次在战乱中，赵子龙冒着生命危险，身突重围，救出了刘备的公子阿斗。当他怀抱阿斗交给刘备时，"阿斗方才睡着未醒"，刘备接过，竟"掷之于地，指阿斗而言曰：'为汝这孺子，几乎损吾一员大将。'"作者的本意是要以此说明刘备对部下的仁义，而其客观效果却是如民间谚语所说的，"刘备掷阿斗——收买人心。"完全成了一种虚伪的权术。强使典型形象充当封建伦理道德观念的化身，就难免造成这种适得其反的效果。

《水浒传》的思想倾向，虽然也存在着封建道德观念的严重影响，如农民起义本来是反对整个封建统治的严重的阶级斗争，作者却硬要把它纳入反对高俅等少数奸臣的忠奸斗争的轨道，等等。但是，就《水浒传》的典型形象塑造来看，其典型性格的思想性质不但不能用"忠""奸""仁""义"等封建伦理道德观念来概括，而且他们的成功恰恰是由于在一定程度上对封建伦理道德观念的突破。如宋江的忠孝观念本来是很突出的，在他被发配江州途中，刘唐等奉晁盖之命，要杀了两个公人，迎接宋江上山，可是宋江却说："这个不是你们弟兄抬举宋江，到要陷我于不忠不孝之地，万劫沈埋。若是如此来挟我，只是逼宋江性命，我自不如死了。"他是如此坚决地恪守封建的忠孝之道，可是黑暗的封建统治却终于把他逼上了梁山，成了梁山义军的领袖。这时他虽然说是"暂居水泊，专待朝廷招安，尽忠竭力报国"，但是他的实际行动已是领导梁山义军"替天行道"，以武装斗争来反对"朝廷不明，纵容滥官当道，污吏专权，酷害良民"。后来尽管他接受了招安，为国家建功立业，却仍旧得不到当权的统治者的信任，而被毒害致死。不管作者主观上是否意识到这一点，但他实际上却是以宋江的一生说明了那个社会已经黑暗到这种地步：讲忠孝，只有惨遭迫害；要生存，只有打破忠孝等封建道德观念的束缚，起来作殊死的反抗斗争。用金圣叹的话来说，"若使忠义而在水浒，忠义为天下之凶物、恶物乎哉！"如果"妄以忠义予之"，那就是"豺狼虎豹而有祥麟威凤之目，杀人夺货而有伯夷、颜渊之誉，剿削之余而有上流清节之荣，揭竿斩木而有忠顺不失之称"，是"名实抵牾，是非乖错"。① 金圣叹的话不失为是《水浒传》作者塑造典型形象能够突破封建道德观念的一个有力的反证。

由于《水浒传》作者对典型性格的刻画不是从封建道德观念出发，而是从实际生活中人物的个性化出发的，因此他就不是像《三国演义》那样，只是忠、奸、仁、义等几个主要类型的人物形象塑造得很成功，而是能够比较充分地写出各个典型性格个性的多样性和复杂性。如果说"《水浒传》所叙，叙一百零八人，人有其性情，人有其气质，人有其形状，人有其声口"②，这话未免有点夸大其词，那么，说它非常注重人物个性的刻画，全书至少塑造了几十个性格非常鲜明的典型形象，则是谁也无法否认的。从人物个性化来看，"《水浒传》只是写人粗鲁处，便有许多写法。如鲁达粗鲁是性急，史进粗鲁是少年任气，李逵粗鲁是蛮，武松粗鲁是豪杰不受羁勒，阮小七粗鲁是悲愤无说处，焦挺粗鲁是气质不好。"③

---

① 见贯华堂本《水浒传》金圣叹序二。
② 见贯华堂本《水浒传》金圣叹序三。
③ 见贯华堂本《水浒传》金圣叹《读第五才子书》。

水浒人物不仅个性表现是多样化的，而且性格本身也不像《三国演义》中的人物忠就是忠，奸就是奸，壁垒分明，而是相当丰富、复杂的。如宋江的性格既有反抗性的一面，又有妥协性的一面；李逵的性格既有刚烈的一面，又有柔情的一面（如对待李鬼的态度）；武松的性格既有勇猛的一面，又有谨慎的一面；鲁智深的性格既有粗鲁的一面，又有细心的一面。《水浒传》人物的性格表现，除了跟《三国演义》一样主要从事政治军事斗争以外，还有个人的七情六欲。如鲁智深好喝酒，林冲上梁山后仍然"思念妻子在京师，存亡未保"，向晁盖要求"搬取妻子上山来"；宋江也"只为父亲这一事悬肠挂肚，坐卧不安"；公孙胜则因"老母生平只爱清幽，吃不得惊吓，因此不敢出来"，他只要回去"省亲一遭，便来再得聚义"；李逵这个"性如火、心如铁"的硬汉子，却因"这个也去取爷，那个也去望娘"，而"放声大哭起来"，他说："我也要去取他（指老娘）来这里快乐几时也好。"

　　歌德曾经指出："要达到艺术的真正高尚困难的地点，你必须努力把握个性，以期从理念中解放出来。"①《水浒传》的典型形象塑造虽然不能说已经完全"从理念中解放出来"，但它毕竟在这方面取得了突破性的进展。以写日常实际生活中的人物性格见长的《金瓶梅》，它之所以从《水浒传》中的人物和故事生发开去，绝不是偶然的，而是表明《水浒传》在这方面已开其先河。

　　如同世界上的任何事物一样，典型形象的塑造也必然有个发展的过程。如"古希腊、罗马时期，典型主要强调的是艺术的概括和集中，也即典型化的概括；文艺复兴时期，人们对典型的理解有了发展，开始强调个性化，注意普遍性与个性的结合；到了十七、十八世纪，则注意到环境与性格的关系，并更多地注意人物形象的个性特征"②。相比之下，我国《三国演义》的典型形象塑造，不仅突出了"艺术的概括和集中"，并已"注意普遍性与个性的结合"，而

---

①　见《歌德谈话录》。

②　缪俊杰：《典型的规律与文学的探索——关于文学创新问题的思考》，《十月》1985年第1期。

《水浒传》的典型形象塑造，"则注意到环境与性格的关系，并更多地注意人物形象的个性特征"。从典型性格形成的先天性到典型环境的决定性，从典型性格特征的凝固化到不断地发展、变化，从典型性格的表现神奇化到细节描写的真实化，从写好人全好坏人全坏的绝对化到人物性格的丰富化和复杂化，从理念出发到从实际生活中的人物个性出发，看来这都是现实主义文学发展带有一定普遍性的客观规律。《水浒传》虽不能说已经十全十美地完成了上述过渡，它还存在着古典现实主义的种种痕迹和影响，在塑造日常现实生活中的普通人等方面，与近代现实主义尚有一定的距离，但它无论在中国或在世界现实主义文学的发展史上，都属率先做出了上述种种历史性的重大突破，则是确凿无疑的。它是 14、15 世纪的作品，比西方 17、18 世纪的作品要早三四个世纪。

这种突破之所以是"历史性"的，不仅因为它在中国和世界同类作品中最早出现，更重要的是因为它符合历史的本质，反映了现实主义文学发展的客观规律，代表了文学历史发展的正确方向，具有划时代的历史意义。这是我们伟大的祖先对世界文学所作的一个杰出贡献，是我们民族的光荣和骄傲，是激励我们今天的社会主义文学再作历史性新突破的宝贵传统和鼓舞力量。

最后需要说明的是，本文以《水浒传》与《三国演义》等作品对比，其目的只在于说明那种把《水浒传》和《三国演义》都同样说成是类型化的作品是不符合实际的，《水浒传》在典型形象塑造上作出了历史性的突破，我们必须还它以本来面目，给予它在中国乃至世界文学史上以应有的地位，而绝无贬低《三国演义》或其他作品之意，正像人们肯定十七、十八世纪西欧文学的发展，绝无意于抹杀古希腊、罗马和文艺复兴时期作品的伟大一样。

（原载《中国古典文学论丛》，人民文学出版社 1987 年 9 月出版，后收入拙著《中国的小说艺术》。）

《水浒传》的叙事艺术

随着中国的崛起，世界人民急需更广泛、更准确、更深入地了解中国。因此，如何讲好中国故事，已成为时代的迫切需要，成为我们必须认真加以研究解决的重要课题。

为此，我们不妨借鉴和吸取我们民族的优良传统和历史经验。在我国五千余年的文明史上，有着擅长讲故事的民族传统。早在唐、宋时期，民间即流传有说经、说三国、水浒、西游故事的，宋元话本就是当时说故事的底本，仅据宋代罗烨《醉翁谈录》的统计，就有话本 115 种之多。有一批专业的艺人，在城镇有若干固定的场所，专供说唱之用。《三国演义》《水浒传》《西游记》等古典小说名著，都是在经过几百年的民间故事传说和话本创作的基础上，然后才由伟大作家罗贯中、施耐庵、吴承恩加工创作成功的。因此在某种意义上可以说，这些古典小说名著的卓越成就，实质上都是我们中华民族集体智慧的结晶，其中所塑造的英雄人物形象，在很大程度上都集中体现了我们的民族性格，体现了我们的中国作风和中国气派，其所积淀的历史经验极为丰富和宝贵，非常值得我们予以传承和发扬。

故事性强，是我国古典小说名著的显著特色之一。它不是用长篇累牍的心理剖析或空洞抽象的说教，来令人生厌生畏，而是以曲折紧张的故事情节来引人入胜，使人感到津津有味，喜闻乐道，于潜移默化之中受到感染和影响。这是完全合乎艺术规律要求的，合乎恩格斯所说的："作者的观点愈隐蔽，对于艺术作品就愈好些。"①"倾向应当是不要特别地说出，而要让它自己从场面和情节中流露出来。"②

《水浒传》的叙事，不是满足于以故事情节的曲折紧张取胜，而是以故事情节为载体，塑造出生动感人的人物形象，"真实地再现典型环境中的典型性格"。③如"林冲受辱"的故事，反动统治者那样肆无忌惮地迫害无辜，使善良懦弱、一再忍辱退让的林冲，忍无可忍，让无可让，不反抗只有被置于死地，迫使他最终不得不奋起反抗。塑造出如林冲这样"典型环境中的典型性格"，令读者的心灵深受震撼，这是《水浒传》叙事艺术的卓越成就和宝贵经验。

《水浒传》的叙事，既不是完全理想化，把人物写成无所不能，无比高大，神乎其神，也不是一味地追求真实，把人物写得寡廉鲜耻，卑鄙龌龊，猥琐不堪，而是坚持理想与真实相结合，使人物形象显得既高大光辉，又真实感人。如"武松打虎"的故事，景阳冈上的老虎累累伤人、吃人，为害已久。为此一般人避之唯恐不及，更不敢只身过冈，而武松却明知山有虎偏向虎山行，不仅敢于只身过冈，而且竟然赤手空拳将猛扑过来的老虎打死了。武松这种大无畏的胆识和赤手空拳打死老虎的威力，显然是带有理想性的。好在作者并没有把他完全理想化，而是写他跟普通人一样，遇见老虎也有紧张、惊慌的心理，以致一棒下去未打到老虎，却把棒子打断了；打完虎也感到筋疲力尽，见到披着虎皮的猎人，他误以为又有老虎出现了，不禁惊呼："阿呀！我今番罢了！"诸如此类的细节描写，皆具有强烈的真实性，令人感到他既可敬可佩，又可亲可信。由此可见，理想与真实相结合，塑造出像武松这样成为我们民族性格和民族精神典范的英雄形象，是《水浒传》叙事艺术的又一卓越成就和宝贵经验。

---

① ③　恩格斯给哈克纳斯的信，见《马克思恩格斯列宁斯大林论文艺》，人民文学出版社 1959 年版，第 19 页。

②　恩格斯给明娜·考茨基的信，见《马克思恩格斯列宁斯大林论文艺》，人民文学出版社 1959 年版，第 25 页。

《水浒传》的叙事，不是把英雄人物写得完美无缺，而是歌颂其英雄行为的同时，要写出其存在的局限性和缺点。如写武松在获悉西门庆、潘金莲狼狈为奸，毒死其兄武大之后，他义无反顾，立即为兄报仇，杀死了西门庆和潘金莲。接着又写他主动向官府投案自首，在表现出他光明磊落、敢作敢当的英雄本色的同时，又表明他对封建官府的本质认识不清，对官府还抱有幻想的思想局限性。在血溅鸳鸯楼时，他在报仇雪恨的同时，甚至滥杀无辜，连丫鬟、侍女都杀了。作者这样写他的局限和缺点，不仅没有给英雄形象抹黑，反而为武松性格的发展作了铺垫，使其形象显得更加丰满、复杂，发人深省。这是《水浒传》叙事艺术的又一卓越成就和宝贵经验。

《水浒传》的叙事，不是突出纯属个人的或偶然的性质，而是从社会的政治的高度使故事情节具有典型意义。如宋江杀惜的故事，在宋元话本和元代水浒戏中，宋江之所以杀惜，是由于他与酒色之徒张文远争风吃醋，也有说是"因带酒杀惜"。这样的杀惜，宋江岂不成了胡乱杀人的罪犯？还有什么正当性可言！《水浒传》把它改成是由于阎婆惜执意要向官府状告宋江私通梁山义军，宋江为保护农民革命的机密，才不得不杀惜。这一对原有故事的改造，不仅使宋江杀惜具有充分的正当性、必要性，而且足以为宋江形象增光添彩——为了农民革命的利益，他不惜忍痛割爱，牺牲个人的情感和情人。可见从社会的、政治的高度追求故事的典型性和典型意义，这是《水浒传》叙事艺术的又一卓越成就和宝贵经验。

《水浒传》的叙事，尽管有虚构、有夸张、有想象，但它绝不任意杜撰、胡编乱造，而是以生活真实和艺术真实为基础，做到合情合理，令人信服。如李逵负荆的故事，起因是李逵听信酒店老板的话，误以为宋江抢了民女，因而他气得"睁圆怪眼，拔出大斧，先砍倒了杏黄旗，把'替天行道'四个字扯得粉碎"，又直奔宋江，要砍宋江。然而为什么会发生这场误会？在元代水浒戏中是写那酒店就在梁山脚下，"山上头领，都在俺家买酒吃"。既然如此，酒店老板为什么连真假宋江都分不清而以假当真呢?《水浒传》便避免了这个破绽,把故事发生的地点由梁山脚下改成七八十里之外的"梁山泊北",也不是在梁山好汉经常喝酒的酒店,而是在刘家庄的刘太公家里。因此使故事情节具有无可置疑的合理性和真实性,这是《水浒传》叙事艺术的又一卓越成就和宝贵经验。

《水浒传》的叙事,不是平铺直叙,或一个套路,而是变化莫测,别开生面,既有曲折紧张,也有舒缓抒情,既给人以张弛相间、抑扬交错的节奏感和旋律美,又巧妙地运用由"大惊"而达到"大喜"的心理规律,收到寓教于乐的艺术效果。如果说《水浒传》中武松打虎的故事是以曲折紧张、令人惊心动魄取胜的话,那么花荣大闹清风寨的故事,则是舒缓多变、令人赏心悦目见长,使故事不是千篇一律,人物不是千人一面,而是处处自出机变,人人各有性情,形成强烈的对比、衬托、反差效应,给读者留下刻骨铭心的印象。这是《水浒传》叙事艺术的又一卓越成就和宝贵经验。

《水浒传》的叙事,不是听信于封建统治者的造谣诬蔑,也不是从世俗之见出发,而是超凡脱俗,从农民起义发生、发展到以悲剧结局为视角。如以高俅发迹的故事开头,提示了农民起义的发生是由于乱自上作——以皇帝为首的封建统治阶级极其腐朽黑暗,造成官逼民反,民不得不反。封建统治者造谣诬蔑农民起义军是盗贼寇匪,而《水浒传》则把"劫取生辰纲"改成"智取生辰纲",改"劫取"为"智取",这一字之差即足以彰显这场斗争的不同性质:他们不是"落草为寇",而是"共聚大义",不是"打家劫舍",而是"反抗政府"(鲁迅《中国小说的历史的变迁》对水浒英雄的评语)。"闹江州""三打祝家庄""众虎同心归水泊"等故事,无不显示了义军反抗政府、除暴安良、同心协力、所向无敌,形成历史潮流不可阻挡之势。最后之所以失败,不只是由于统治者的势力强大,更重要的是由于义军内部缺乏正确的领导,对皇帝和清官抱有幻想,走上接受招安投降的绝路。在那个封建时代,《水浒传》作者能有如此正面肯定和歌颂农民起义的先进思想和非凡的视角，使整个故事情节的安排足以体现为农民起义的史诗，这是《水浒传》叙事艺术最为卓越的成就和最可宝贵的经验。

总之，《水浒传》的叙事艺术精彩纷呈，成就卓著，经验丰富，别说一言难尽，即使千万言也说不尽，至少以我个人的才能来说是如此。下面我们不妨撷取《水浒传》中若干精彩篇章，一一对其作较为具体、深入的剖析，这对于我们进一步认识《水浒传》的叙事艺术，也许不无裨益。

一、高俅发迹——重用奸人，乱自上作

高俅这个人物不仅有其自身的典型意义，而且对于《水浒传》全书所要描写的典型环境、情节结构和主题思想，皆具有十分突出的作用。

高俅是个什么样的人物？作品介绍他是"一个流浪破落户子弟"，从小就不学正道，不务正业，是个"只在东京城里城外帮闲"——受官僚富豪豢养，帮共消闲作东的无赖，"每日三瓦四舍，风花雪月"中鬼混的流氓，是个毫不懂"仁、义、礼、智、信、行、忠、良"的小人。因踢得一脚好球，京师人顺口叫他"高毬"，后来发迹，便把"毬"字"毛"旁去掉，添作立人，叫做"高俅"。汉字毛旁写作"犭"，属于"犬"部，也就是说"后来发迹"才使他由犬变人，实则是衣冠禽兽。对于这样一个为人所不齿的败类，连他的父亲都不能容他，要去开封府里告他的状。"东京城里人民更不容许他在家宿食"，如同他身上散发着瘟疫病毒一样，人人都怕受他的传染。就是这样一个为人们所唾弃的家伙，却被哲宗皇帝的妹夫神宗皇帝的附马小王都太尉收留"在府内做个亲随"，并因此使高俅有机会跟他的小舅端王——后来的宋徽宗皇帝接近，被宋徽宗所看中和重用。没半年之间，直抬举高俅做到殿帅府太尉职事，也就是成为军队的总指挥。

作者不只是把揭露批判的矛头指向宋徽宗，而且指向整个封建社会的腐

朽统治。如果说高俅得到徽宗的提拔重用,主要是揭露了封建最高统治者昏庸的话,那么高俅发迹上任之后,立即迫使"八十万禁军教头王进"出走延安府,就进一步揭示出由于昏君的不善用人,而必然造成奸臣当道,朝廷政治腐败,忠臣良将遭受排挤、迫害。高俅到任第一天点名,就借口王进半月前患病未痊,未来参拜,而"随即着人到王进家来,捉拿王进"。因先时高俅曾学使棒,被王进的父亲王升一棒打翻,三四个月将息不起。有此之仇,他便恣意对王进实行报复。在王进抱病参见高俅时,他一见面迫不及待地就查问:"你那厮便是都军教头王升的儿子?"又"喝道:'这厮,你爷是街市上使花棒卖药的,你省的甚么武艺?前官没眼,着你做个教头,如何敢小觑我,不伏俺点视!你把谁的势要?推病在家,安闲快乐!'"他自己是个游手好闲的浮浪子弟,根本不懂什么武艺,但他却有脸讥笑和斥责王进"你爷是街市上使花棒卖药的,你省的甚么武艺?"他自己是托宋徽宗的势爬上殿帅府太尉的宝座的,而他却斥责王进"你托谁的势要"?如同金圣叹在这段话后面的批语所指出的,这是"句句骂王进,句句映高俅,妙绝!"李卓吾的眉批也指出:"小人开口便是托势,因自家惯托势之故也。"高俅已"喝令左右:'拿下,加力与我打这厮!'"只因"众多牙将都是和王进好的",以"今日太尉上任,好日头,权免此人这一次",才免遭此刑。但已使王进清楚地认识到:"俺的性命,今番难保了。""回到家中,闷闷不已。对娘说知此事,母子二人,抱头而哭。"商议:"三十六计,走为上着",只有私逃到"延安府去和经略相公镇守边庭",安身立命。母子被迫外逃,在路上一月有余,由于鞍马劳累,老母心痛病发,暂住在史太公庄上。史太公的儿子史进习学武艺,王进要教他,他起先还瞧不起王进,经过实际较量,终于使他拜王进为师,"每日求王进点拨十八般武艺,一一从头指教"。作者说这是"只有胸中真本事,能令顽劣拜先生"。这段描写,显然也是对高俅说王进"你省的甚么武艺"的驳斥。王进确有十八般武艺,般般高明,而腐败的封建朝廷却硬要逼他逃命,使他的武艺得以传给史进，而史进后来又成为梁山的水浒英雄一百零八将之一。用作者的话来说，这叫"彼处得贤，此间失重。若驱若引，可惜可痛"。作者写王进故事的目的完全是为了揭露受宋徽宗重用的小人高俅如何狠毒地迫害贤良。如作者所说："只为衣冠无义侠，遂令草泽见奇雄。"

由揭露一个高俅来进一步揭示出封建最高统治者的昏庸、封建朝政的腐朽，为水浒英雄的武装反抗政府，描绘出一幅"乱自上作""逼上梁山"的典型社会环境，这正是《水浒传》在思想上的深刻之处和在艺术上的高超之处。

这只要把《水浒传》和被鲁迅称之为"《水浒》之先声"①，被郑振铎称之为"最初的《水浒》雏形"②的《大宋宣和遗事》加以比较，就可以看出高下。《宣和遗事》所写的三十六位英雄先后分作五批上梁山，究其造反的原因，不外乎都是属于"乱自下生"。

从《大宋宣和遗事》所描写的这五批人上山造反的原因来看，都是属于个人的过失，都未提到宋徽宗皇帝昏庸、高俅等奸臣陷害的问题。

《水浒传》作者在这个"雏形"的基础上，吸取其他有关水浒的传说、话本和戏曲等材料，对水浒英雄之所以上梁山造反的原因作了根本的改造和加工，其最突出的表现就是改"乱自下生"为"乱自上作"。如林冲受高俅的政治陷害，必欲置他于死地，终于把本来安分守己、甚至逆来顺受的林冲逼上了梁山。而这在《大宋宣和遗事》和《水浒传》以前的任何有关水浒的故事中都是从未提到过的。《水浒传》写高俅其人，似取材于宋代王明清的《挥麈后录》，其中写到高俅仅仅因为会踢球，就成为端王的亲信。端王登上皇帝宝座后，便"优宠之"，加以提拔重用。这段情节跟《水浒传》的描写是一致的。但是《挥麈后录》只字没有提到高俅迫害王进、林冲等人，《水浒传》作者却把他写成是个迫害王进、林冲等人的罪魁，并通过徽宗皇帝对这个泼皮无赖的

---

① 鲁迅：《中国小说的历史的变迁》。
② 郑振铎：《水浒传的演化》。

赏识、重用，以及高俅的倚官仗势，利用职权陷害好人，这就给水浒英雄描绘了一个"乱自上作""逼上梁山"的典型社会环境。它说明统治阶级内部人物的反叛和被压迫阶级的犯上作乱，都是由于反动统治阶级自身的腐败造成的；高俅发迹和他的倒行逆施，就是个典型例证。

二、鲁提辖拳打镇关西——爱憎强烈，痛快淋漓

"鲁提辖拳打镇关西"，是《水浒传》中脍炙人口的精彩篇章之一。

首先在于它生动地表现了一种为了主持正义舍己为人的精神。鲁达与镇关西之间既无个人的冤仇，也无个人的利害冲突。他之所以要打镇关西，完全是由于镇关西仗势欺人。镇关西乘由东京来的金氏父女流落之危，"使强媒硬保"，"写了三千贯文书，虚钱实契"，要金女翠莲给他做妾。未及三个月，金翠莲不但被他家大娘子打出门，而且还"着落店主人家追要原典身钱三千贯"。金女向鲁达等人解释其啼哭的原因："父亲懦弱，和他争执不得，他又有钱有势。当初不曾得他一文，如今那讨钱来还他？没计奈何，父亲自小教得奴家些小曲儿，来这酒楼上赶座子。每日但得些钱来，将大半还他，留些少子父们盘缠。这两日酒客稀少，违了他钱限，怕他来讨时，受他羞耻。子父们想起这苦楚来，无处告诉，因此啼哭。"鲁达和金氏父女虽然素昧平生，可是他一听金翠莲的哭诉，便立即追问："你姓什么？在那个客店里歇？那个镇关西郑大官人？在那里住？"这不但表明鲁达无论跟金氏父女，或"镇关西"郑大官人，皆毫无个人的恩怨，而且更重要的，鲁达那种急欲给金氏父女以有效的帮助，急欲给欺压小民的镇关西以有力惩罚的侠义心肠，无需特别形容，仅从这连问四句的字里行间就活跳出来了。

当鲁达进一步问明情况后，为了解救金氏父女，"便去身边摸出五两来银子，放在桌上"。又跟一起喝酒的史进说："洒家今日不曾多带些出来，你有银子，借些与俺，洒家明日便送还你。"史进拿出一锭十两银子。鲁达又叫李

忠"也借些出来与洒家"。因李忠小气，只"摸出二两来银子"，鲁达见他"是个不爽利的人"，便"把这二两银子丢还了李忠"。"只把这十五两银子与了金老"，并嘱咐"你父女两个将去做盘缠，一面收拾行李，俺明日清早来发付你两个起身，看那个店主人敢留你！"把卖唱行乞的金氏父女的困难，就当作他自己的困难，如此不遗余力地热心帮助，把遭受有钱有势的镇关西欺压的金氏父女的气愤，就当作他自己受欺压一样愤愤不平。当夜回到住处，"晚饭也不吃，气愤愤地睡了"。他这种一腔热血、义愤填膺、舍己为人的思想感情，精神品格，该是多么高尚、可贵、感人至深啊！诚如金圣叹在该回前面的评语中所指出的："写鲁达为人处，一片热血直喷出来，令人读之深愧虚生世上，不曾为人出力。"

其次，还在于它极为传神地写出了鲁智深的智勇性格。他的"智"，突出地表现在为使金氏父女顺利逃出虎口，他用尽了心机，作了万无一失的安排，在金氏父女要动身的那一天，"天色微明"，他就"大脚步走入"金氏父女住的客店里来，当"金老引了女儿，挑了担儿，作谢提辖，便待出门"时，店小二拦住不让走，鲁达便问道："他少你房钱？"小二道："小人房钱，昨夜都算还了；须欠郑大官人典身钱，着落在小人身上看管他哩。"鲁达对他说："郑屠的钱，洒家的还他，你放这老儿还乡去！"在这种情况下，店小二依然拉住金氏父女，不肯放行，引起"鲁达大怒，揸开五指"打了店小二一掌再复一拳，使他只得"一道烟跑向店里去躲了"，再也不敢出来阻拦。这样才使金氏父女顺利地走出了旅店。鲁达之所以一大早就大脚步赶到金氏父女住的店里来，乃因他已经预料到店小二可能会充当镇关西的帮凶，不让金氏父女离店。

鲁达本是个性急焦躁的粗人。急性粗鲁到他叫人家一起去喝酒，人家叫他先行一步，他也要大骂一顿，说"不走洒家须打"。可是他在对金氏父女的帮助上却偏偏表现得特别的细心。他"恐怕店小二赶去拦截"走在途中的金氏父女，又特地"向店里掇条凳子坐了两个时辰，约莫金公走得远了，方才起身"。性急焦躁的鲁达，为了保护金氏父女，竟然干坐两个时辰，看住店小二。

如果说鲁达对付店小二是智中有勇的话，那么描写他对付镇关西郑屠却是勇中有智，离开客店之后，鲁达便"径到状元桥来"找郑屠。他一见到郑屠，不是急于为金氏父女报仇，动手就打，而是以他在经略相公处任提辖的身份，诡称："奉着经略相公钧旨：要十斤精肉，切做臊子，不要半点肥的在上面。"郑屠叫他手下的刀手去切，鲁达要他"自与我切"。这郑屠"整整的切了半个时辰"切完，鲁达又"再要十斤都是肥的，不要见些精的在上面，也要切做臊子"。这时那店小二已经赶来要向郑屠报告金氏父女出走之事，只因看到鲁达在场，不敢过来。切完后，鲁达又"再要十斤寸金软骨，也要细细的剁做臊子，不要见些肉在上面"。这时郑屠方恍然大悟，看出鲁达"是特地来消遣我"。鲁达也坦然承认："洒家特地要消遣你！"一边说，一边将他手里拿着的"两包臊子劈面打将去，却似下了一阵肉雨"。鲁达为什么要如此作弄郑屠呢？主要目的也是为了拖延时间，使金氏父女可以远走高飞，等到郑屠发觉，再也追不上。因此它看似在写鲁达消遣郑屠，实则表现了鲁达救金氏父女的一腔热血和一片苦心。郑屠不过是一个杀猪卖肉的屠夫，为什么敢于那样横行霸道呢？对此作者写得很清楚，说他"投托着俺小种经略相公门下"，倚官仗势，以三千贯"虚钱实契"在霸占金翠莲为妾三个月以后，既把人家打出了门，又还要向金氏父女"追要原典身钱三千贯"。当初本不曾得他一文钱，现在却迫使金氏父女在酒楼卖唱行乞来偿还。正由于这种超经济剥削，使他如今已成为雇佣"十来个刀手卖肉"的财主。因此，他实际上是那个社会黑暗政治的产物。对于郑屠个人，鲁达最初的主要的目的只是要救金氏父女，并没有想要把他打死。因此当他听郑屠说："却不是特地来消遣我？"他只是把手中两包肉臊子劈面打将去，"却似下了一阵肉雨"。这显然表明他只是以此泄愤。是首先"郑屠大怒"，"从肉案上抢了一把剔骨尖刀，托地跳将下来"，冲向鲁达。面对郑屠这种杀气腾腾的架势，"那店小二也惊得呆了"，而鲁达却机智勇敢，沉着应战。他"早拔步在当街上"，"郑屠右手拿刀，左手便来要揪鲁达；被这鲁提辖就势按住左手，赶将入去，望小腹上只一脚，腾地踢倒在当街上。鲁达再入一步，踏住胸脯，提着那醋钵儿大小拳头"，一面骂他是"狗一般的人，也叫做镇关西！你如何诈骗了金翠莲？"一面"扑的只一拳，正打在鼻子上"，接着第二拳打在眼眶眉梢，第三拳打在"太阳上正着"。鲁达打这三拳，并没有准备把他打死，"只见郑屠挺在地下，口里只有出的气，没了入的气，动弹不得"，鲁达才感到事情不妙，他寻思道："俺只指望痛打这厮一顿，不想三拳真个打死了他。洒家须吃官司，又没人送饭，不如及早撒开。"这时他又急中生智，一面假意道："你这厮诈死，洒家再打。"一头骂"你诈死，洒家和你慢慢理会"，"一头大踏步去了"。事先没有准备把郑屠打死，结果却三拳打死了他。接着以骂"你诈死"来掩护自己"大踏步"脱身，又表现出很细心。如此粗中有细，就使鲁达的性格表现不是简单、刻板，而是多姿多彩，灵活生动。一般人逃亡未免现出一副仓皇惊恐的狼狈相，可是作者却写鲁达走得如此机智从容，更显出其英雄本色。

最后，"拳打镇关西"在艺术表现手法上，也充分显示出中国小说的民族特色。鲁达竟然三拳就打死了镇关西，而且第一拳"打得鲜血迸流，鼻子歪在半边，却便似开了个油酱铺，咸的、酸的、辣的，一发都滚出来"。第二拳又"打得眼棱缝裂，乌珠迸出，也似开了个彩帛铺的，红的、黑的、绛的，都绽将出来"。第三拳"太阳上正着，却似做了一个全堂水陆的道场，磬儿、钹儿、铙儿，一齐响"。这三拳分别打在鼻、眼、耳三处，以味、色、声形容，既把郑屠挨打的形象竭力加以形象化的夸张描写，又从感觉、视觉、听觉三个方面，充分调动人的主观感觉。这里显然是用了夸张和幻想的手法，但是这种夸张不是"无限的"，而是有现实可能的；这种感觉（如咸的、酸的、辣的……）既是主观的，却又是对客观景象的加倍形容，它主观而不虚幻。

我们拿它来与16世纪西班牙伟大作家塞万提斯的《堂·吉诃德》加以比较，其在表现手法上的民族特色就更为显而易见了。《堂·吉诃德》所采用的是把风车当巨人，羊群当军队，修士当蒙面强盗，酒囊当恶魔，完全凭主观幻想行事的堂·吉诃德式的艺术手法，是属于无限夸张的主观幻觉的真实。而《水浒传》作者描写鲁达，则是把夸张和幻觉建立在有现实可能的基础上。拿鲁达与堂·吉诃德相比，他高大而不畸形，离奇而不荒诞。作者对鲁达形象的塑造，不是创造幻觉的真实，不是堂·吉诃德式的那种畸形的主观性格美，而是高大与真实相结合，以真实地描绘人物的智勇之性和曲致之情——通过描写他打得狠，打得痛快，更加突出地表现出他的机智勇敢，曲折地反映出他对以金氏父女为代表的被压迫者无比强烈深厚的爱，对郑屠之流压迫者的恨之入骨，他为被压迫者报仇雪恨而极为怒火中烧，气势磅礴、淋漓酣畅之情——表现了中国小说艺术形象的高大、含蓄、传神之美。作者没有直接叙述鲁达对"镇关西"的霸道肆虐、欺压金氏父女，如何恨得咬牙切齿，怒不可遏，而只是通过他三拳打死郑屠的行动之"形"，就生动如画地刻画出了他嫉恶如仇、英勇豪迈的"神"。所谓"咸的、酸的、辣的"，"红的、黑的、绛的"，"磬儿、钹儿、铙儿一齐响"，这不仅是对郑屠被打的脓包相作了极为生动形象的夸张，更重要的，它还曲折地活画出了鲁达拳打郑屠时那种无比痛快、酣畅、解恨的神情。它不是由作家直接道破，一览无余，而是由此及彼，给读者留有理解和想象的余地，耐人咀嚼。

三、林冲受辱——欺人太甚，忍无可忍

《水浒传》第七回写林冲受辱，不只是反衬了林冲后来性格的发展，而且对于全书的艺术构思——写出"逼上梁山"的典型社会环境，更有着举足轻重的意义。正如作者在该回回末所指出的："不因此等，有分教：大闹中原，纵横海内。直教：农夫背上添心号，渔父舟中插认旗。"这就是说，在《水浒

传》作者看来，农夫渔父造反，皆因此而起。

在林冲的妻子被高衙内调戏之后，作者写他愤愤不平地说："男子汉空有一身本事，不遇明主，屈沉在小人之下，受这般腌臜气！"金圣叹的批语也指出，这是"发愤作书之故，其号耐庵，不虚也"。明万历袁无涯刻本《水浒传》于此处眉批曰："可悲可痛，可感可恨。"为什么林冲受辱在全书中占有这么重要的地位？有这么大的艺术感染力呢？

因为作者不是就事论事地写林冲妻子被人调戏，而是采用以小见大、由此及彼的艺术手法，揭露了当时社会政治的黑暗。调戏林冲妻子的人，不是一般的恶少，而是八十万禁军枪棒教头林冲的顶头上司——高太尉的养子高衙内。"那厮在东京倚势豪强，专一爱淫垢人家妻女。京师人惧怕他权势，谁敢与他争口？叫他做'花花太岁'"，被称为"凶神"。因此，当他调戏林冲妻子时，林冲把他的"肩胛只一扳过来，喝道：'调戏良人妻子，当得何罪！'恰待下拳打时，认的是本管高太尉螟蛉之子高衙内"，便"先自手软了"，只得"双眼睁着瞅那高衙内"，让他走了。表面上看，他忍让的是高衙内，实质上他惧怕的只是高衙内可倚仗其养父高俅的权势。因为他有权势，便有许多小人趋炎附势，为虎作伥，帮他恣意行凶作恶。他在岳庙调戏林冲妻子，被林冲撞散，林冲忍让了他，他仍不肯罢休，唤作"干鸟头"的帮闲富安又给他献计，叫担任虞候官职的将帅侍从陆谦，利用其与林冲是好友的身份，把林冲骗到酒楼喝酒解闷，然后又以林冲在陆家喝酒晕倒的谎言，骗林冲妻子到陆家来供高衙内玩弄。陆谦"只要小衙内欢喜，却顾不得朋友交情"，干下这等伤天害理之事。后因使女锦儿喊林冲从酒楼及时赶到陆家解救，才使高衙内未能得手。富安、陆谦又通过老都管将此事报告高俅，为满足其养子高衙内霸占林冲妻子的淫欲，又由高俅直接出面，利用其太尉职权，以要看林冲新买的宝刀为名，派人召林冲带刀入太尉府。结果以林冲带刀擅入白虎节堂妄图谋刺高太尉的罪名，当场将林冲拿下。这就由调戏林冲妻子发展为对林冲本人进行政治陷害。

在高衙内两次调戏林冲妻子时，作者两次皆写林冲妻呼唤："清平世界，是何道理，把良人调戏！""清平世界，为何把我良人妻子关在这里！"这两次提到"清平世界"，绝不是无意的重复，它表明作者不是就事论事来写林冲妻子被人调戏，而是由小见大，以整个世界为着眼点，由此来描写所谓"清平世界"，实际已经变成黑暗世界；并由此及彼，从高衙内而涉及到富安、陆谦、老都管和高太尉，说明这不只是个别恶少肆虐，而是整个封建统治已经腐败透顶，如此黑暗世界的腐败统治，怎能不使人"可感可恨"呢？又怎能不逼得人们起来造反呢？

如果说采用以小见大、由此及彼的手法，有力地揭露了整个社会政治黑暗的话，那么通过反差奇恣的衬托手法，则使鲁智深、林冲等正面形象显得分外可悲可怜。如林冲妻子受辱，本应林冲气愤，可是作者却偏写林冲忍辱退让，反而劝鲁智深"权且让他"。当鲁智深"大踏步抢入庙来"，对林冲说："我来帮你厮打！"林冲却说："原来是本管高太尉的衙内，不认得荆妇，一时间无礼。林冲本待要痛打那厮一顿，太尉面上得不好看。自古道：'不怕官，只怕管。'林冲又合吃着他的请受（即薪金），权且让他这一次。"智深道："你却怕他本官太尉，洒家怕他甚鸟！俺若撞见那撮鸟时，且教他吃洒家三百禅杖了去！"一个要让，一个要打，妻子受辱的林冲，反而劝旁观者鲁智深"权且让他"。这种强烈的反差烘托，既出人意料之外，又入乎情理之中。它使读者既更强烈地感受到鲁智深那种为朋友披肝沥胆，一腔热血直喷出来的英雄气概和侠义心肠，同时又更深切地体会到林冲"在人屋檐下不得不低头"的那种无可奈何的痛苦心情和可怜光景。

又如陆谦是平日"和林冲最好"的老朋友，他为了讨衙内喜欢，竟不惜出卖朋友，以诓骗林冲一起喝酒为由，给高衙内以再次调戏林冲娘子之机，事后林冲气愤地说："叵耐这陆谦畜生，厮赶着称兄称弟，你也来骗我！"而鲁智深与林冲虽然是刚刚结识的新朋友，但由于彼此赏识对方的武艺才能，嫉恶如仇，却能肝胆相照，患难相助，每日陪林冲一起上街喝酒解闷，使林冲的气闷心情稍得缓解，"把这件事都放慢了"。这种新老朋友的反差烘托，就更加突出了陆谦卖友求荣的可耻可恨，鲁智深为朋友分忧解闷的可喜可爱。

　　林冲与鲁智深在街上边走边说闲话，遇到一个大汉在街上卖刀，自言自语地说："不遇识者，屈沉了我这口宝刀。"林冲与鲁智深只顾"说着话走"，等到"那汉又跟在背后道：'好口宝刀！可惜不遇识者！'"林冲还"只顾和智深走着，说得入港"，直到"那汉又在背后说道：'偌大一个东京，没有一个识得军器的！'"林冲才"听得说，回过头来"，看见那把"明晃晃的夺人眼目"的宝刀。作者通过卖刀的大汉这般三次烘托，不仅突出了林冲与鲁智深边走边说那种全神贯注，亲密无间的神情，而且说明林冲买宝刀完全是在无意之中碰上的，绝无蓄意买刀行刺的预谋。买下刀，那汉便可去了，可是作者却偏写林冲又问："你这口刀那里得来的？"那汉道："小人祖上留下。因为家道消乏，没奈何，将出来卖了。"林冲又问："你祖上是谁？"那汉道："若说时，辱没杀人！"这不仅表明林冲爱刀之至，也不仅是为壮士失时而悲愤同情，更重要的是要为后来高俅借要看林冲新买的宝刀为名，对林冲进行政治陷害作反衬，说明像林冲这样识宝刀、爱宝刀的将才，在那个黑暗的时代不但英雄无用武之地，而且只有落得个"辱没杀人"的绝境。因此这种奇姿反衬的手法就更增加了林冲这个形象悲壮的色彩和可爱的气质，使读者预感到，林冲的忍辱退让终将必然被挤压出反抗的怒火！他是个忍辱的英雄，而绝非驯服的奴才。

四、花和尚大闹野猪林——救人求彻，惊喜交加

　　"鲁智深大闹野猪林"，只是《水浒传》第八回下半回的回目。而这一回鲁智深并未正式出场，只写到薛霸、董超正要在野猪林谋害林冲，"薛霸便提起水火棍来，望着林冲脑袋上劈将来，可怜豪杰束手就死"时，便突然刹住，

"毕竟林冲性命如何"，读者须要"且听下回分解"了。因此，"鲁智深大闹野猪林"，实际上是在第九回上半回才作了正面描写。为什么要把一个故事放在两回之间加以隔开呢？一般认为，这是由于《水浒传》来源于宋元话本，说书人需要靠卖关子来吸引观众，下回继续来听。而说书人之所以这样做，正是由于抓住了听众对艺术欣赏的心理规律。如明万历袁无涯刻本《绣像评点忠义水浒传》于第八回末尾的眉批所指出的："须绝险处住，使人一毫不知下韵，方急杀人。若说到下回雷鸣一声，便泄漏春光，惊不深，喜不剧矣。""惊不深，喜不剧"，是艺术欣赏的心理规律之一。清代著名小说评点家毛宗岗也指出："文章之妙，妙在猜不着。""读书之乐，不大惊则不大喜，不大疑则不大快，不大急则不大慰。"①

那么，"鲁智深大闹野猪林"，究竟是怎样写得由大惊而大喜的呢？

为了造成"大惊"的艺术氛围，作者从以下五个方面竭力进行渲染：第一，通过开封府的孙孔目渲染了太尉的权势和凶恶，说："谁不知高太尉当权倚势豪强，更兼他府里无般不做，但有人小小触犯，便发来开封府，要杀便杀，要剐便剐。"第二，在林冲被开封府"判配远恶军州"后，渲染林冲对于此去的前途十分忧虑，说："今小人遭这场横事，配去沧州，生死存亡未保。"为此他特地给妻子写下休书，"万请娘子休等小人，有好头脑，自行招嫁，莫为林冲误了贤妻。"并对他的岳丈说："泰山可怜见林冲，依允小人，便死也瞑目。"大有准备赴死的气概。第三，又写高太尉派心腹陆虞候以"奉着太尉钧旨"的名义，用十两金子收买押送林冲的董超、薛霸，要他们"只就前面僻静去处把林冲结果了"，"揭取林冲脸上金印回来做表证"。起初董超还顾虑"倘有些兜搭，恐不方便"，薛霸则说得很干脆："高太尉便叫你我死，也只得依他，莫说这官人又送金子与俺。你不要多说，和你分了罢，落得做人

---

① 《三国演义》第四十二回回评。

情，日后也有照顾俺处。"二人商议已定，并"将金子分受入己"。第四，再从押送林冲的董超、薛霸之凶恶加以渲染。途中夜宿客店，薛霸竟"烧一锅百沸滚汤"，以给林冲洗脚为名，把林冲的脚烫伤。次日行路，董超又要他穿上一双新草鞋，使他"走不到三二里，脚上泡被新草鞋打破了，鲜血淋漓，正走不动，声唤不止"。这样好借口到野猪林歇一歇，乘机将林冲谋害。第五，又从野猪林本身的险恶来加以渲染，说那是"烟笼雾锁，一座猛恶林子，有名唤做野猪林，此是东京去沧州路上第一个险峻去处。宋时这座林子内，但有些冤仇的，使用些钱与公人，带到这里，不知结果了多少好汉"。如今董超、薛霸把林冲带到这个林子里来，并以"俺两个正要睡一睡，这里又无关锁，只怕你走了，我们放心不下，在此睡不稳"为名，"把林冲连手带脚和枷紧紧的绑在树上"。然后"薛霸便提起水火棍来，望着林冲脑袋上劈将来"，这岂不是使林冲"束手就死"么？经过上述层层渲染，读到这里，谁能不感到惊险万分、惊心动魄？谁能不为林冲的命运捏一把汗呢？就在这个紧急关头，鲁智深到来了，不禁令人拍手称快。叙述方法上，也令人不能不为其诡谲变幻而叹服不已。它不是平铺直叙，而是第一段单写飞出禅杖，却未见其人；第二段单写跳出和尚，却未曾看得仔细；第三段，方看清衣着打扮，却未知和尚是谁；第四段，认得是鲁智深，林冲却喊："师兄不可下手"；第五段，要谋害林冲的董超、薛霸已被吓得"动弹不得"，而林冲却还要为他俩说情。明末清初著名的《水浒传》评点家金圣叹，只是惊叹"其叙述之法，又何其诡谲变幻，一至于是乎！"他知其然，却不知其所以然。今天我们可以看得更清楚了，原来这是由于作者采用了多视角的描写方法。第一段，是从叙述者的视角，既看到薛霸恰举起来的水火棍，又听到"雷鸣也似一声"，看到飞将来的那条铁禅杖。第二段是从两个公人和鲁智深的双重视角，看到"把这水火棍一隔，丢到九霄云外，跳出一个胖大和尚"；第三段，是从两个公人的视角看清那和尚的衣着打扮；第四段是从林冲的视角"认得是鲁智深"；第五段又从鲁智深和林冲的双重视角，看到两个公人被吓得呆在那里，林冲向鲁智深说明，高太尉才是"要害我性命"的罪魁，这两个公人也是不得不依他，"你若打杀他两个，也是冤屈"。这不仅为两个公人说情，更重要的是为高俅杀林冲映衬，表明林冲既深明事理，又善良得不免迂腐，以致到了姑息养奸的地步。正是这多视角的灵活转换，才使上述描写显得诡谲变幻，精彩纷呈。它胜似一架多棱镜，进行全方位的立体扫描，以极为精练传神的文笔，收到奇幻的艺术效果，使读者从中看清了在场的所有人的声态神情。

读者感到大喜大乐大慰大快的，不只是林冲在束手就死的危难时刻，性命得救了，更重要的是鲁智深的思想品格显得光彩逼人。可见以创造令人大惊的艺术氛围来收到令人大喜的艺术效果，这不只是个在叙述方法上追求诡谲变幻的问题，更重要的它是为塑造鲁智深、林冲等人物形象服务的；真正感人的并不是诡谲变幻的故事情节，而是由此所表现出来的鲁智深那种披肝沥胆的英雄性格。林冲之所以性命得救，表面上看，救他的鲁智深是从天而降，来得极其突然，而正因为他来得极其突然，这就使读者更为迫切地想弄清楚鲁智深为什么会如此突然从天而降？原来这看似突然，而实则有其必然性。接着作者就详细地写了鲁智深救林冲的一片火热心肠：自从和林冲买刀那日相别之后，他就为林冲"忧得你苦"，听说林冲受官司，断配沧州，他又多方设法寻救；看见陆虞候请两个公人在酒家密谈，他就"放你不下，恐这厮们路上害你"。为此他一直在暗中跟着林冲加以保护，夜间住在客店内，那厮把滚汤烫林冲的脚，他也住在同一客店，"见这厮仍不怀好心，越放你不下"；当两个公人押着林冲五更出门时，他早已"先投奔这林子里来"，若"他到这里来害你，正好杀这厮两个"。在野猪林救了林冲的性命之后，他仍一路护送林冲。"杀人须见血，救人须救彻。洒家放你不下，直送兄弟到沧州。"鲁达这种"放你不下"的火热心肠和"救人须救彻"的品格，确是感人至深。

五、林教头风雪山神庙——艺林绝奇，当之无愧

金圣叹在"林教头风雪山神庙"这一回的回评中，称赞它"为艺林之绝奇也"。在今天看来，这一回的描写也可以称作中国古代小说中"绝奇"的篇章。

首先，它写出了人物性格的发展变化。在《水浒传》以前的我国小说中，人物性格特征往往是凝固、静止的。如在《三国演义》中，曹操的奸诈，刘备的仁爱，关羽的义重如山，诸葛亮的竭忠尽智，所有这些性格特征，一般都是一以贯之，定型化的。不仅中国的《三国演义》是如此，外国的古典主义作品也统统如此。用黑格尔的话来说："他在开场时是什么样的人，在收场时还是那样的人。"[①] 然而，在《水浒传》中便开始逐渐打破了这种人物性格的定型化，最突出最鲜明的例证，便是林冲性格的发展和变化，由忍辱退让发展为奋起反抗。在前，当他发现自己妻子被人调戏时，他已经举起给予迎头痛击的手，一看是高太尉的养子高衙内，他便"先自手软了"。高太尉收买押送他的两个公人董超、薛霸要在野猪林谋害他，当鲁智深救了他的性命，要惩罚这两个公人时，他还替这两个公人向鲁智深说情。只有当他亲眼看到草料场遭火焚烧，亲耳听到陆谦、富安、差拨在一起兴高采烈地议论，要拾得他一两块被烧的骨头回去向太尉和衙内邀功请赏时，他才燃起一腔反抗的烈火，从山神庙跳出来一举把陆谦、富安、差拨三人统统杀死。在野猪林当鲁智深要打死谋害林冲的董超、薛霸时，林冲为他俩开脱说："非干他两个事，尽是高太尉使陆虞候分付他两个公人，要害我性命，他两个怎不依他？"这次当陆虞候向他求饶说："不干小人事，太尉差遣，不敢不来。"林冲不但不因此而对他有丝毫的原谅，反而当即"骂道：'奸贼！我与你自幼相交，今日倒来害我，怎不干你事？且吃我一刀！'"

---

① 见黑格尔《美学》第 2 卷，第 347 页。

其次，它写出了林冲性格的发展完全是由那个腐朽黑暗的社会环境"逼"出来的。把典型性格的形成写成是先天的，这是《水浒传》以前的作品普遍存在的特点。如鲁迅所指出的："从神话演进，故事渐近于人性，出现的大抵是'半神'，如说古来建大功的英雄，其才能在凡人以上，由于天授的就是。"①《三国演义》刻画的典型性格，便仍然明显地带有先天生成的倾向。作者写曹操七岁时就以奸诈的手段愚弄他的父亲和叔父，被目为是"乱世之奸雄"。诸葛亮出山时不过是个二十七岁的毛头小伙子，隐居在深山僻壤，他的神奇智慧仿佛就是天生的。作者也说，"孔明未出茅庐，已知三分天下，万古之人不及也！"而《水浒传》中林冲性格的描写，就充分体现了环境对于人物性格的作用。当客观环境还允许林冲有退让的余地时，他是决不会采取激烈的反抗行动的，只有当他看清高太尉一再非要置他于死地不可，逼得他欲苟且偷生也毫无可能时，他的性格才被撞击出反抗的火花。这就不仅体现了"哪里有压迫，哪里就有反抗"的阶级斗争规律，而且显示了"人物的性格要根据他们的处境来决定"的艺术规律②，用恩格斯的话来说，他达到了"典型环境中的典型人物"③的高度。

　　例如在他碰到李小二时，李小二问他因何来到沧州，"林冲摸着脸上道：'我因恶了高太尉，生事陷害，受了一场官司，刺配到这里。如今叫我管天王堂，未知久后如何。不想今日在此见你。'"从这句话里可见他尽管对高太尉的"生事陷害"有所不满，但说话的口吻却颇为平静，缺乏李逵、鲁智深那种对坏人坏事强烈愤恨的感情和反抗的意识。对"久后如何"虽有担忧，但也只是怕再遭迫害，可见这时他的性格特征依然是忍辱退让，逆来顺受。

　　李小二夫妇在沧州正没个亲眷，要和林冲常来常往，林冲还说："我是罪

---

① 鲁迅：《中国小说的历史的变迁》。
② 狄德罗：《论戏剧艺术》。
③ 恩格斯：《致玛格丽特·哈克奈斯》。

犯，恐怕玷辱你夫妻两个！"更可见其既安于"罪犯"的处境，又处处为他人着想的软弱而善良的性格。

直到李小二告诉他，有官人在他的酒店里找牢城的管营、差拨出谋，送了一包金银与管营、差拨，隐隐约约"只听差拨口里呐出一句高太尉三个字来"，又"只听差拨口里说道：'都在我身上，好歹要结果他性命。'"从李小二所介绍的那官人的身材、长相，林冲已经断定那是陆虞候又来谋害他的性命。这时他才怒气冲冲，发誓要"教他骨肉为泥"，并去街上买了把解腕尖刀带在身上，可是找了几天没找到陆虞候，他也就"心下慢了"。

林冲这种软弱而善良的性格，是由他的出身和所处的环境决定的，用他自己的话来说："自古道：'不怕官，只怕管。'林冲不合吃着他的请受"，只有"权且让他"。直到"风雪山神庙"，由于他所处的环境已发生了根本变化，高俅又一次派陆虞候来谋害他的性命，使他已经到了丝毫无法退让的境地。即使在这种情况下，作者不仅写出他的性格由软弱转为反抗，而且还令人叹服地写出了他这种性格转变的过程。他虽然已听到李小二说陆虞候要谋害他，并在盛怒之下买了尖刀，但作者并没有让他马上跟陆虞候厮杀，而是写他在大风雪的寒冷日子里，接连喝了两次酒；写他接受看管草料场的任务，因草料场正厅被雪压倒，使他无处安身，不得不把铺盖卷到附近一座破庙里暂宿一夜，这时他又亲眼看到草料场被人放火烧掉，又亲耳听到陆虞候等在庙门外得意忘形地笑谈他们乘机烧死林冲的阴谋得逞，这才逼得他忍无可忍，燃起一腔复仇的怒火，把陆虞候等一个个杀掉。这样就使读者感到林冲性格的转变极为真实、自然。尽管作者写他在杀陆虞候时，"把尖刀向心窝里只一剜，七窍迸出血来，将心肝提在手里"，其手段不可谓不残忍，然而它给读者的感受却不是恐怖、残暴，而是"杀得快活，杀得快活"①。因为作者所创造的艺术氛围，已经使读

---

① 容与堂刻本《水浒传》的眉批。

者对林冲有强烈的"哀其不幸，怒其不争"之感，如今林冲的性格终于发展到采取强烈的复仇反抗行动，这使读者怎么能不感到痛快无比呢？

最后，它对风雪等自然景物的描写也极为出色。我国本是诗的国度，在诗歌创作中有融情于景的丰富经验和优良传统。如明代谢榛的《四溟诗话》所指出的："景乃诗之媒，情乃诗之胚，合而为诗，以数言而统万形，元气浑成，其浩无涯矣。"如何把诗词中写景的创作经验运用到小说创作中来，这个问题在《水浒传》以前的我国小说创作中始终未获解决，因此它们往往避而不写自然景物，或者把诗词韵文直接引进小说当中，代替小说对自然景物的独特描写。《水浒传》作者对"风雪山神庙"的自然景物描写，可谓是我国小说史上的一个新鲜的艺术创造，其成功之处在于：

第一，它不再是借助于诗词韵文的形式来写景，而是采用小说的手法，以散文的形式来写景。如它写林冲和差拨"两个取路投草料场来"时，"正是严冬天气，彤云密布，朔风渐起，却早纷纷扬扬卷下一天大雪来。"彤云，即阴云。朔风，即北风。几句话就写出了一片阴冷的景象。尤其是它写下雪，不用"落下""飘下"，而用"卷下"，这就既吸取了我国诗词创作炼字的功夫，又毫无人工雕琢的痕迹，而充分发挥了散文描写真实、自然的长处。

第二，它不是孤立地偶然地插几句写景，而是随着故事情节的发展，始终不忘以雪景来渲染小说所描写的环境气氛。如写林冲一到草料场，就看到那草屋"四下里崩坏了，又被朔风吹撼，摇振得动。林冲道：'这屋如何过得一冬？待雪晴了，去城中唤个泥水匠来修理。'向了一回火，觉得身上寒冷"，需要喝酒御寒，可见风雪之大。写林冲去沽酒时，又写他在"雪地踏着碎琼乱玉，迤逦背着北风而行"。沽酒后，又写他"仍旧迎着朔风回来，看那雪，到晚越下得紧了"。他"踏着那瑞雪，迎着北风，飞也似奔到草场门口"，发现"那两间草厅，已被雪压倒了"，屋里"火盆内火种都被雪水浸灭了"。他卷起铺盖搬到附近一个破庙里，"把身上雪都抖了，把上盖白布衫脱将下来，早有五分湿了”，他赶紧就喝酒取暖。直到杀陆虞候等三人时，作者仍不忘写雪，说他把陆虞候“劈胸只一提，丢翻在雪地上”。作者按照时间发展顺序，在多种不同的场合，皆随时以风雪的景色来渲染那阴森寒冷的环境气氛，这就收到了层层点染、逐步加深读者的印象，使读者终生难忘的艺术效果。这是那种单纯、孤立地正面描写风雪景色的文字所达不到的。

所有这一切，皆为《水浒传》在我国小说史上的独特创造，因此称之为“艺林之绝奇”，堪称当之无愧。

六、智取生辰纲——改“劫”为“智”，光辉夺目

高尔基说，作品的故事情节应该成为“各种不同性格、典型的成长和构成的历史”[1]。而我国早期的小说却只着重于故事情节的编撰，缺乏人物性格的刻画。作为《水浒传》之“先声”和“雏形”的《大宋宣和遗事》，对于《水浒传》成书的功绩是不可抹杀的。但它主要的也只是为《水浒传》提供了一个故事梗概，并未能通过这些故事情节，刻画出生动的人物性格和英雄形象来。这个任务是由《水浒传》作者在吸取其他有关水浒故事的传说、话本和戏曲等材料的基础上创造性地完成的。由着重于编故事，到通过编故事来为刻画人物性格服务，这在小说史上是一个巨大的变化和发展。我们不妨拿《水浒传》和《大宋宣和遗事》中有关智取生辰纲的故事作一比较。

在《大宋宣和遗事》里，写杨志在失陷了花石纲之后，即跟李进义、孙立等“同往太行山落草为寇去也”，押送生辰纲的不是杨志，而是县尉马安国。我们把《大宋宣和遗事》与《水浒传》中有关“智取生辰纲”的描写加以对照、比较，看看《水浒传》跟它有哪些不同？《水浒传》在思想和艺术上究竟又作了哪些加工和提高？《水浒传》又是怎样把“智取生辰纲”的故事情节和

---

[1] 高尔基：《和青年作家谈话》。

刻画杨志、晁盖、吴用、阮氏三雄等人物性格结合起来的呢？

　　首先，思想高度是人物性格的灵魂。晁盖等智取生辰纲，在《大宋宣和遗事》里强调的是"劫"，而在《水浒传》中突出的却是"智取"。它不仅是"劫取"和"智取"的一字之差，更重要的是由此表现出人物的思想高度，对取生辰纲这场斗争性质的认识，以及一系列故事情节的安排上。由于《大宋宣和遗事》作者把它看成是"劫取"，又写晁盖等人上梁山泊是去"落草为寇"，因此晁盖等取生辰纲完全是属于匪寇抢劫的行径。这样，岂不是往晁盖等正面人物身上泼污水么？其人物性格还有什么光彩、高尚之处可言呢？而《水浒传》作者则通过晁盖等智取生辰纲的描写，竭力要写出他们采取"智取"行动的正义性。在这之前，无论是少华山的陈达、朱武，桃花山的史进、周通，梁山泊的王伦、杜迁，他们的落草都不外乎是"打家劫舍"，对过往客商谋财害命，而只有晁盖等智取生辰纲才第一次跟盗贼寇匪的行径划清界限，因此智取生辰纲的描写对于《水浒传》全书皆具有极为重要的意义，自智取生辰纲开始，才使水浒英雄与盗贼寇匪划清了界限，走上了"反抗政府"的道路。

　　刘唐对晁盖等人说："小弟打听得北京大名府梁中书收买十万贯金珠、宝贝、玩器等物，送上东京，与他丈人蔡太师庆生辰。去年也曾送十万贯金珠宝贝，来到半路上，不知被谁人打劫去了，至今也无捉处。今年又收买十万贯金珠宝贝，早晚安排起程，要赶这六月十五日生辰。小弟想此一套是不义之财，取之何碍！便可商议个道理去半路上取了，天理知之，也不为罪。"作者写刘唐强调"此一套是不义之财"，这是很有见地的。梁中书哪来十万贯金钱，收买金珠宝贝？这还不是搜刮民脂民膏得来的么？他为什么要以这么巨额的礼品送给蔡太师庆寿呢？还不就是以送礼之名行贿赂之实，捞取更大的好处么？做官的手段不是靠才干，而是靠货财，做官的目的就是为了搜刮货财。这正是那个社会政治腐败的突出表现。揭露其为"不义之财"，诚如袁天涯刻本《水浒传》在刘唐这段话上的眉批所指出的："有此论头，才是义士，不是劫盗。此等处是作诗人大关目。"

后来晁盖和吴用等人商议此事,作者又写晁盖对吴用说:"此等不义之财,取之何碍!"这绝不是无意的重复,而是反映了作者的匠心。当吴用去动员阮氏三雄参加之时,吴用说道:"如今打听得他有一套富贵待取,特地来和你们商议,我等就那半路里拦住取了,如何?"阮小五还误以为这是拦路抢劫,说:"这个却使不得,他(指晁盖)既是仗义疏财的好男子,我们却去坏他的道路,须吃江湖上好汉们知时笑话。"吴用说:"我只道你们弟兄心志不坚,原来真个惜客好义!我对你们实说,如有协助之心,我教你们如此一事。"然后他说明这十万贯金珠宝贝是"一套不义之财",领他们到晁盖那儿,晁盖"去后堂前面列了金钱、纸马、香花、灯烛,摆了夜来煮的猪羊、烧纸。众人见晁盖如此志诚,尽皆欢喜,个个说誓道:'梁中书在北京害民,诈得钱物,却把去东京与蔡太师庆生辰,此一等正是不义之财。我等六人中但有私意者,天地诛灭,神明鉴察。'六人都说誓了,烧化纸钱"。作者强调这些英雄好汉的行为不是"有私意",不是爱财,而是"群雄聚义",来跟封建官吏的不义行为作斗争。这就不仅指明了这场斗争的正义性质,而且使智取生辰纲的英雄们的思想性格得到了升华。

其次,《水浒传》作者还把《大宋宣和遗事》中押送生辰纲的人由"县尉马安国",改为杨志。这样不仅使人物更集中了,而且使智取生辰纲的故事情节和刻画杨志的复杂性格统一起来了。杨志为名将之后,应过武举,做到殿司制使官,因失陷花石纲丢官,到东京谋事不成,反因卖刀杀了泼皮牛二,刺配大名府。杨志受到梁中书的赏识,被派押送生辰纲。对于一心要"博个封妻荫子"的杨志来说,生辰纲之得失自然是马虎不得的。而且他对完成此项任务所面临的困难了如指掌:"今岁途中盗贼又多,此去东京,又无水路,都是旱路。经过的是紫金山、二龙山、桃花山、伞盖山、黄泥岗、白沙坞、野云渡、赤松林:这几处都是强人出没的去处。更兼单身客人亦不敢独自经过,他知道是金银宝物，如何不来抢劫？"为此，他建议："把礼物都装做十余条担子，只做客人的打扮行货；也点十个壮健的厢禁军，却装做脚夫挑着；只消一个人和小人去，却打扮做客人，悄悄连夜上东京交付。"杨志的这套计谋，表现出他不愧是个"英雄精细的人"。可是他如此精明，终究还是失败了。这种失败，不是由于杨志的无能，而是由于他所处的阶级地位决定的。——挑担子的厢禁军不肯为主子卖命，途中不听杨志指挥，又加上梁中书用人不专，派个监视杨志的老都管从中作梗，使晁盖等人的智取生辰纲有机可乘，这就注定了杨志以此邀功达到向上爬的美梦的幻灭。

再次，《水浒传》作者把杨志押送生辰纲和晁盖等智取生辰纲的矛盾，杨志与老都管及众厢军的矛盾，几条线有机结合，交叉发展，使故事情节的安排，更具有思想的深刻性和情节的生动性。《大宋宣和遗事》是按时间顺序，先写马县尉押送生辰纲；然后写途中遇到八个大汉卖酒，马县尉等吃酒中毒，生辰纲被劫；最后是对晁盖等人进行追捕。《水浒传》除了把马县尉换成杨志以外，故事情节大致也是这么回事。然而《水浒传》作者却不是像《大宋宣和遗事》这样按时间顺序来平铺直叙，而是采取一正一反、纵横开合的办法，先写晁盖等如何下决心要夺取这一套不义之财，至于是"硬取"还是"软取"，则留作悬念，按下不表，然后便写杨志早就料到途中必有人劫取，而精明地设计了一套对策，使读者更加急于要知道晁盖等的智取，究竟是怎么个"智取"法？能否识破并战胜杨志那一套狡猾的诡计？在展开杨志的押送与晁盖等人的智取这一主要矛盾的同时，杨志在途中要求紧急赶路，又遇到了天气炎热，挑担的众厢军极度疲劳、口渴，要求休息、解渴的矛盾，再加上老都管又跟杨志采取不合作的态度，使杨志与厢禁军、老都管的矛盾更加激化，迫使杨志不得不让大家在黄泥岗休息。晁盖等也不同于《大宋宣和遗事》写的那样，"八个大汉，担着一对酒桶"，而是由七人扮作贩枣子的客商，一人挑担卖酒。杨志更不像《大宋宣和遗事》中的马县尉那样，一见到酒就"买了两瓶，令一行人都吃些个"，而是写他深知："路途上的勾当艰难，多少好汉被蒙汗药麻翻了。"他根本不准买酒喝。扮作客商的晁盖等亲自喝了一桶酒，又在另一桶里也喝了一瓢，杨志始信酒里没有蒙汗药。老都管又来向杨志说情，杨志这才表示："既然老都管说了，教这厮们买吃了便起身。"喝酒后，杨志等皆"一个个面面相觑，都软倒了"，"十五人眼睁睁地看着那七个人都把这金宝装了去，只是起不来，挣不动，说不的"。直到最后作者才交代晁盖等人如何利用喝酒兜瓢的机会，把药倾在酒桶里的经过，点明"这个便是计谋"，"这个唤做'智取生辰纲'"。作者通过如此正反错综，纵横捭阖，使故事情节既反映了深刻的错综复杂的社会矛盾，又给人以惝恍迷离、曲径通幽的无穷魅力，使读者得到久思不得而后恍然大悟的极大快感。

最后，更重要的是《水浒传》作者通过如此对故事情节的加工、改造，使之达到了创造典型环境中的典型性格的高度。作者既不是孤立地追求故事情节的曲折复杂，也不是以贬低反面人物来抬高正面人物，而是使故事情节既反映了人物性格，又合乎客观事物本身所固有的矛盾规律。如晁盖等人智取的是不义之财，目的是为了对梁中书"在北京害民"进行惩罚，反抗统治阶级的剥削、压迫。正因为他们所从事的斗争是正义的，他们便能同心协力，契合无间。而杨志尽管刁钻谲诈，凶狠残暴，然而他跟他的上司毕竟是奴才与主子的关系，他跟众厢军又是压迫与被压迫的关系，这种矛盾重重的阶级地位，必然使他上下受掣，难以招架。

像《大宋宣和遗事》那样安排智取生辰纲和杨志的故事情节，我们自然也不能说它不真实，然而那种真实，毕竟未脱生活实录的形态，故事情节显得十分简单、直接，人物形象显得非常幼稚、渺小，使人读之如同嚼蜡，平淡无味。经过《水浒传》作者的加工、提炼，把真实和伟大结合起来，则使故事情节蕴藉深邃，人物形象也增姿添彩，使人读之意酣如饴，韵味无穷。

七、火并王伦——历史潮流，逆之者亡

晁盖智取生辰纲之后，遭到官军的追捕。在与追捕官军的战斗中，晁盖、公孙胜和阮氏三雄等"五位好汉，引着十数个打鱼的庄家，把这伙官兵都搠死在芦苇荡里。单单只剩得一个何观察，捆做粽子也似，丢在船舱里"。这不但是《水浒传》中描写水浒英雄第一次与官兵发生正面的激战，而且写明这场激战的性质不只是为了拒捕，更重要的是自觉地以武装反抗"诈害百姓"的官府。为此，作者特地写阮小二指着被俘的何观察骂道："你这厮，是济州一个诈害百姓的蠢虫！我本待把你碎尸万段，却要你回去对那济州府管事的贼驴说：'俺这石碣村阮氏三雄，东溪村天王晁盖，都不是好撩拨的！……休道你是一个小小州尹，也莫说蔡太师差干人来要拿我们，便是蔡太师亲自来时，我也搠他三二十个透明的窟窿。'"于是他便割下何观察的两只耳朵，放他回去："传与你的那个鸟官人，教他休要讨死！"这说明晁盖等已经从智取贪官污吏勒索的十万贯财物，发展到武装反抗上自朝廷蔡太师下至州县官等整个政府的地步。因此晁盖等人上梁山泊入伙，不同于一般的占山为王，打家劫舍，明显地带着武装起义、分庭抗礼的性质。

林冲为什么要火并王伦呢？直接的原因就是王伦拒绝接纳晁盖等人入伙，如林冲对吴用等人所说的："小可只恐众豪杰生退去之意。特来早早说知，今日看他如何相待。若这厮语言有理，不似昨日，万事罢论；倘若这厮今朝有半句话参差时，尽在林冲身上。"可见关键是取决于王伦对晁盖等人入伙的态度。

林冲之所以要火并王伦，根本的原因不是林冲要为个人争地位，嫌"位次低微"，而是在于王伦不配做梁山泊的领袖。对此，作者写得很清楚。他生怕读者会产生这种误解，先特地写吴用对林冲说，教头武艺超群，"理合王伦让这第一位头领坐，此天下公论，也不负了柴大官人之书信"。而林冲的回答很

162

干脆:"非在位次低微,且王伦只心术不定,语言不准,难以相聚。"在林冲火并王伦之后,作者又写"吴用就血泊里曳过头把交椅来,便纳林冲坐地,叫道:'如有不伏者,将王伦为例,今日扶林教头为山寨之主!'林冲大叫道:'先生差矣!我今日只为众豪杰义气为重上头,火并了这不仁之贼,全无心要谋此位。今日吴兄却让此第一位与林冲坐,岂不惹天下英雄耻笑?若欲相逼,宁死而已!弟存片言,不知众位肯依我么?'"林冲这话说得是多么恳切,态度又是多么坚决,他哪有一点为个人泄怨气、争地位的想法呢?他说:"今日为众豪杰至此相聚,争奈王伦心胸狭隘,嫉贤妒能,推故不纳,因此火并了这厮,非林冲要图此位。"他并不是故作谦虚,而是颇有自知之明,他说:"据着我胸襟胆气,焉敢拒敌官军,剪除君侧元凶首恶?""小可林冲,只是个粗鲁匹夫,不过只会些枪棒而已;无学无才,无智无术。"他不但推举晁盖为山寨之主,而且还推举吴用、公孙胜坐了第二、三把交椅,他本人则仍居第四位。不是为个人"怨毒",争地位,而是"只为众豪杰义气为重上头",这便使林冲的思想性格发出了夺目的光彩。

《水浒传》作者不仅从林冲这一面写出了他火并王伦的正义性,而且还从王伦自身写出了他不配做梁山泊领袖的种种表现。早在第十一回林冲前去入伙时,作者即写王伦"蓦然寻思道:'我却是个不及第的秀才。因鸟气,合着杜迁来这里落草;续后宋万来,聚集这许多人马伴当,我又没十分本事,杜迁、宋万武艺也只平常。如今不争添了这个人,他是京师禁军教头,必然好武艺,倘若被他认破我们手段,他须占强,我们如何迎敌?不若只是一怪,推却事故,发付他下山去便了,免致后患'"。后经林冲恳切要求和朱贵、杜迁的说情,王伦又限他三天之内"下山杀得一个人,将头献纳"作"投名状"方容入伙,加以刁难。这次晁盖等人来入伙,王伦一听晁盖"说出杀了许多官兵捕盗巡检,放了何涛,阮氏三雄如此豪杰,他便颜色有些变了。虽是口中应答动静规模,心里好生不然"。然后便借口"敝山小寨,是一洼之水,如何安得许多真龙"？打发晁盖等人另"投大寨歇马"。正如林冲在火并王伦时所说的："你是一个村野穷儒，亏了杜迁得到这里。柴大官人这等资助你，赒给盘缠，与你相交，举荐我来，尚且许多推却。今日众豪杰特来相聚，又要发付他下山去。这梁山泊便是你的！你这嫉贤妒能的贼，不杀了，要你何用！你也无大量大才，也做不得山寨之主！"这就是说，王伦至少有四点不配做梁山泊领袖。第一，他胸无大志，只是占山为王，打家劫舍，原无聚大义，共同推翻封建腐朽统治的志向；第二，他本人"没十分本事"，其才能甚至在"武艺也是平常"的杜迁、宋万之下；第三，他嫉贤妒能，对于武艺、本事超过他的人就不敢收留，生怕人家"占强"；第四，他从维护个人的地位出发，把梁山泊的事业看成是他个人的事业，直接妨碍了梁山泊起义队伍的发展、壮大。

王伦把梁山泊看成是他个人的事业，拒绝接纳真正的豪杰义士。而林冲火并王伦，则完全是为了聚大义，绝非为个人的怨毒。对于王伦嫉妒他个人，他可以忍气吞声；对于王伦嫉妒晁盖等众豪杰，他绝不能容忍。这一切，对于王伦和林冲这两个人物形象都具有相互对照，彼此烘托的作用。通过这种对照和烘托，便更加显得王伦的卑鄙和渺小，林冲的光明正大和心地高尚。

除了王伦和林冲有对照、烘托的作用，王伦与晁盖也有对照、烘托的作用。作者写林冲说："今有晁兄，仗义疏财，智勇皆备，方今天下人闻其名，无有不伏。我今日以义气为重，立他为山寨之主。"这不但说明晁盖具备领袖的条件，而且也表明林冲不是出于私心，写得豪杰有泰山一般雄伟之象。"又着人去山前山后唤众多小头目，都来大寨里聚义"，"众人扶晁天王去正中第一位交椅上坐定"，庆贺"今日山寨，天幸得众豪杰相聚，大义既明，非比往日苟且"。袁无涯刻本《水浒传》于此处的眉批指出："与众多头领聚义，便一洗王伦狭隘，才结得人心。"金圣叹的夹批也说："连日读《水浒》，已得十九回矣，直至此时，方是开部第一句，看官都要重添眼色。"这种要"重添眼色"，正是在"一洗王伦狭隘"的对照、烘托之下，读者所获得的新的艺术感受。

　　还必须指出，晁盖与吴用也有对照、烘托的作用。当晁盖等到梁山泊与王伦初次接触，被送到"客馆内安歇"之后，作者写"晁盖心中欢喜，对吴用等人说道：'我们造下这等弥天大罪，那里去安身？不是这王头领如此错爱，我等皆已失所，此恩不可忘报！'"而吴用则指出："兄长性直，你道王伦肯收留我们？兄长不看他的心，只观他的颜色动静规模。"又指出："若是他存心收留我们，只就早上便认定了坐位。……早间见林冲看王伦答应兄长模样，便自有些不平之气，频频把眼瞅这王伦，内心自己踌躇。看这人倒有顾盼之心，只是不得已。小生略放片言，教他本寨自相火并。"晁盖道："全仗先生妙策。"在这种对照、烘托之下，既更加突出了晁盖对王伦的感恩之情，绝无取而代之的私心，又充分表现了吴用作为军师的杰出作用。

　　林冲与吴用显然都看到了王伦有拒绝接纳晁盖等人的私心，虽然都有必要时须把王伦这个"嫉贤妒能的贼"火并掉的意图，但作者对他俩的表现手法又迥然有别：对林冲用的是明写，对吴用则是暗写。写林冲是明火执仗，"把桌子只一脚，踢在一边；抢起身来，衣襟底下掣出一把明晃晃刀来，搭的火杂杂。"所谓"搭的火杂杂"，即把刀握得火辣辣的。这五个字既是写林冲其人，又是写林冲之刀，写得感情迸发，人刀俱活。这就有直刺王伦，锐不可当之势。写吴用等人则是暗中配合，表面上"假意扯林冲道：'头领不可造次！'"实际上他早已吩咐各人身上皆藏了暗器，以他"手来捻须为号"，乘林冲要火并王伦之机，晁盖、刘唐上前拦住王伦，"阮小二便去帮住杜迁，阮小五帮住宋万，阮小七帮住朱贵"，使他们皆"被这几个紧紧帮着，那里敢动"。而林冲之所以发火踢开桌子，要火并王伦，又因吴用摸透了林冲的心理："只恐众豪杰生退去之意"，他便火上加油，以退为进，说："头领息怒。自是我等来的不是，倒坏了你山寨情分。今日王头领以礼发付我们下山，送与盘缠，又不曾热赶将去，请头领息怒，我等自去罢休。"这是以反言当正言，

165

表面上是赞许"王头领以礼发付我们下山",实际上是引发林冲雪夜上梁山遭王伦刁难的积愤,促使林冲进一步当众揭露王伦"是笑里藏刀,言清行浊的人"。使王伦恼羞成怒,大骂林冲为"反失上下"。此时吴用又以"只因我等上山相投,反坏了头领的面皮。只今办了船只,便当告退"相激,终于激起林冲火并王伦。这一明一暗两条线的描写,不仅大大增强了情节的曲折性和生动性,更重要的还是突出了林冲火并王伦,绝非出于个人私怨,也并非他一个人的功劳,而是完全出于壮大梁山事业的需要,是吴用蓄意用智相激,以及包括晁盖、阮氏三雄等众豪杰在内共同配合的结果。

因此,无论是对照、烘托也好,明写、暗写也好,它们都是为刻画人物性格、深化作品的主题服务的。通过火并王伦,不但使几个主要人物的性格,如林冲的仗义无私,王伦的私心嫉妒,吴用的多谋善断,晁盖的宽宏大量,皆得到了鲜明生动的刻画。而且以晁盖取代王伦的领袖地位,使众人"竭力同心,共聚大义",这就与占山为王的盗贼寇匪行径进一步划清了界限,为梁山泊起义事业的发展、壮大奠定了坚实可靠的基础,为水浒英雄的反抗斗争指明了前进的道路,使作品的主题思想由讴歌个人的反抗斗争发展到歌颂集体武装起义的高度。

八、宋江杀惜——迫不得已,忍痛割爱

《水浒传》作者对宋江杀惜的原因和经过作了根本的改造,使宋江杀惜不仅由个人的偶然的原因,变为社会的政治的原因,具有令人同情的正义性,而且在艺术上显得极为高超。如容与堂刻本《水浒传》第二十一回末李卓吾的批语所指出的:"此回文字逼真,化工肖物。摩写宋江、阎婆惜并阎婆处,不惟能画眼前,且画心上;不惟能画心上,且并画意外。……余谓断有鬼神助之也。"

为了使读者对宋江杀惜的正义性有深刻的印象和充分的理解,《水浒传》

作者在宋江杀惜之前作了大量的铺垫。

首先，是以宋江对阎婆及阎婆惜母女的有恩有义，与阎婆惜对宋江的忘恩负义，加以烘托、对照，使读者的同情完全倾向于宋江一边。宋江跟阎婆惜素昧平生，只是在路上偶然碰见她跟王婆在一起，听王婆说，昨日阎婆的"家公因害时疫死了"，"正在这里走投没路的，只见押司打从这里过，以此老身与这阎婆赶来，望押司可怜见他则个，作成一具棺材"。宋江一听，二话没说，就叫"你两个跟我来，去巷口酒店里，借笔砚写个帖子，与你去县东陈三娘家，取具棺材"。接着宋江又主动给她十两银子，"做使用钱"，使阎婆感激不尽地说："便是重生的父母，再长的爹娘，做驴做马，报答押司。"后来阎婆打听到宋江没有娘子，主动请王婆做媒，要把女儿阎婆惜嫁给宋江，说："亏了宋押司救济，无可报答他，与他做个亲眷来往。""宋江初时不肯，怎当这婆子撮合山的嘴揎掇，宋江依允了，就在县西巷内，讨了一所楼房，置办些家火什物，安顿了阎婆惜娘儿两个，在那里居住。没半月之间，打扮得阎婆惜满头珠翠，遍体绫罗。又过几日，连那婆子也有若干头面衣服，端的养的婆惜丰衣足食。"尽管宋江对阎婆母女如此有恩有义，而因"这婆惜是个酒色猖妓"，一见酒色之徒张文远，便臭味相投，"打得火块一般热"。"这宋江是个好汉，不以这女色为念，因此半月十日，去走得一遭。那张文远和这婆惜，如胶似漆，夜去明来，街坊上人也都知了。"宋江也听到了这个风声，他不但不像《大宋宣和遗事》所描写的那样，一见婆惜在与别的男人"偎倚"，"便一条忿气，怒发冲冠"，即拿刀杀人，而且相反，写他连一点争风吃醋的想法都没有，只是"自肚里寻思道：'又不是我父母匹配的妻室，他若无心恋我，我没来由惹气做甚么？我只不上门便了。'自此有几个月不去。阎婆累使人来请，宋江只推事故不上门去"。可见宋江确是不以"女色为念"的"好汉"，他绝不会为个人争风吃醋而杀惜；这显然是跟《大宋宣和遗事》作了完全相反的艺术处理。

其次，作者又从宋江杀惜前夕，宋江在街上碰见阎婆，以阎婆如何一再要宋江跟阎婆惜和好，宋江如何一再推辞不肯去，进行烘托、对照，既生动地写出了一个巧舌如簧的阎婆形象，又使人清晰地看到宋江事先绝无杀惜的预谋。如阎婆两次要宋江到她家去，宋江两次推辞之后，作者又写阎婆"便把宋江衣袖扯住了，发话道：'是谁挑拨你？我娘儿两个，下半世过活，都靠着押司，外人说的闲是闲非，都不要听他，押司自做个张主。我女儿但有差错，都在老身身上。押司胡乱去走一遭。'"请看，她这话说得多么巧妙，又是多么内涵丰富！首先，她不是直接为自己女儿辩护，而是以攻为守，反过来责问宋江"是谁挑拨你"？这就首先使宋江怀疑阎婆惜与张文远勾搭成奸的根据发生动摇。然后，他又动之以情，说"我娘儿两个，下半世过活，都靠着押司"。这既表明她那势利心肠和她之所以缠住宋江的真实动机，又促使宋江对她娘儿两个的生活产生不能不顾的怜悯之心。在此基础上，她再劝宋江不要听"外人说的闲是闲非"，要"自做个张主"，其言外之意，仿佛指宋江是个缺乏主见的人。然而她又并没有如此直说，这就使宋江听了既不会有反感，又足以激起他"自做个张主"。最后，她生怕宋江对她女儿的过错还耿耿于怀，又加上一句，"我女儿但有差错，都在老身身上"。这句话像是承认她女儿有差错，又以"都在老身身上"为女儿开脱了差错。仅从这段话，就把阎婆性格的世故、圆滑，写得可谓栩栩如生，活脱可见。宋江仍以"我的事务分拨不开"，作第三次推辞。阎婆又以"押司便误了些公事，知县相公不到得便责罚你"，来奉承宋江在知县眼中受青睐，即使误了公事也不要紧，这就使宋江不好再推辞，再推辞的话，就等于他自失自尊自重，无异于承认自己在知县相公面前不受重视。接着阎婆又说："这回错过，后次难逢。押司只得和老身去走一遭，到家里自有告诉。"究竟要"告诉"他什么，她故意含糊其词，这就既活现了阎婆性格的精明、诡谲，又更增加了对宋江的诱惑力和吸引力，使宋江非跟她去不可。在这种情况下，作者写道："宋江是个快性的人，吃那婆子缠不过，便道：

'你放了手，我去便了。'"宋江是在被阎婆如此被动、勉强的情况下，才来到阎婆惜身边的。他哪有一丝一毫要主动杀惜的念头呢？

再次，作者又从阎婆惜对宋江如何怠慢无礼，与宋江如何忍让要走进行烘托、对照，既生动地刻画出了婆惜无情与傲慢、狠毒与邪恶的性格，又更有力地表明宋江本来绝无杀惜的动机。如阎婆竭力撺掇婆惜和宋江二人喝酒和好，可是婆惜却躺在床上对宋江不理不睬，阎婆备好了酒菜，喊："我儿起来把盏酒"，婆惜却说："你们自吃，我不耐烦！"阎婆说她这样"使不得"，婆惜却说"不把盏便怎地我？终不成飞剑来取了我头！"字字句句，皆将其傲慢与无情之态活现了出来。在这种情况下，宋江对婆惜仍然采取忍让的态度，"勉意吃了一盏"。经过阎婆的再三劝导，作者写"婆惜一头听了，一面肚里寻思：'我只心在张三身上，兀谁耐烦相伴这厮！若不把他灌得醉了，他必来缠我。'"而这时"宋江正没做道理处，口里只不做声，肚里好生进退不得"。恰好这时有个"卖糟醃的唐二哥，叫做唐牛儿"的来找宋江，宋江便向唐牛儿努嘴，示意唐牛儿叫他走。"唐牛儿是个乖的人"，一瞧便知宋江的心意，说是为"早间那件公事，知县相公在厅上发作，着四五个替公人来下处寻押司"，要宋江赶快回去。可是阎婆比唐牛儿更乖，她说："放你娘狗屁！老娘一双眼，却是琉璃葫芦儿一般，却才见押司努嘴过来，叫你发科，你倒不撺掇押司来我屋里，颠倒打抹他去，常言道：'杀人可恕，情理难容。'"说着这婆子就打了唐牛儿一巴掌，把他赶出门去了。接着阎婆又责备"押司没事睬那乞丐做甚么"？"宋江是个真实人，吃这婆子一篇道着了真病，倒抽身不得。"在这种"进退不得""抽身不得"的情况下，作者写宋江"自肚里寻思说：'这婆子女儿，和张三两个有事，我心里半信不信，眼里不曾见真实。况且夜深了，我只得权睡一睡，且看这婆娘怎地，今夜与我情分如何。'"不料婆惜不脱衣裳，扭过身，朝里壁自睡了。宋江对"这贱人全不睬我些个"，仍然一让再让，自脱下衣服，把随身带的一把解衣刀和招文袋挂在床边栏杆上，"便上床去那婆娘后脚睡了"。作者特地写出睡到"交四更"，宋江"酒却醒了"。这显然是针对元代水浒戏说宋江"因带酒"杀惜，而特地写明他四更早已酒醒，五更便起床匆匆离开阎家。既否定了宋江杀惜是因为争风吃醋，又排斥了宋江"因带酒"杀惜。那么，《水浒传》作者又究竟要把宋江杀惜的原因写成是为了什么呢？《水浒传》所描写的是只因宋江清早五更天匆忙离开婆惜家，忘了带解衣刀和招文袋。等到路上遇见赶早市卖汤药的王公，才想起要把晁盖送来的金子送给他买一具棺材，抵还时常吃他的汤药钱，于是急忙回去取招文袋，因为晁盖给宋江的信和金子皆放在招文袋内。原来宋江去后，阎婆惜发现他留下的招文袋内有"黄黄的一条金子"，便认为这是"天教我和张三买物事吃"，又看到那信"上面写着晁盖并许多事务"，她便欣喜万分地说："好呀！我只道'吊桶落在井里'，原来也有'井落在吊桶里'。""我正要和张三两个做夫妻。单单只多你这厮，今日也撞在我手里！原来你和梁山泊强贼通同往来，送一百两金子与你。且不要慌，老娘慢慢地消遣你。"只有"吊桶落在井里"，哪有"井落在吊桶里"，仅这两句话，就既表现了婆惜那喜出望外的神情，又画出了她那异想天开的心理。从这种心理出发，她为了达到和张三做夫妻的目的，便不惜要抓住宋江"和梁山泊强贼通同往来"的把柄，欲置他于死地，所谓"今日也撞在我手里！""老娘慢慢地消遣你！"这该是多么邪恶的心理，多么狠毒的口吻啊！不用作者另加描述，仅通过人物自身逼真的语言，就能同时做到如李卓吾所说的"画眼前""画心上""画意外"，这也就是李卓吾所赞誉的"化工肖物"。当宋江返回来取招文袋时，婆惜便"只做躺躺假睡着"，宋江一看床头栏杆上没有招文袋，便"心内自慌，只得忍了昨夜的气，把手去摇那妇人道：'你看我日前的面，还我招文袋。'那婆借假装睡着，只不应。宋江又摇道：'你不要急躁，我自明日与你陪话。'婆惜道：'老娘正睡哩，是谁搅我？'宋江道：'你情知是我，假做甚么了？'婆惜扭过身道：'黑三，你说甚么？'宋江道：'你还了我招文袋。'"婆惜不但不肯还，还大骂宋江是"见鬼"。尽管婆惜这样凶恶，宋江还是苦口婆心地说：'夜来是我不是了，明日与你陪话。你只还了我罢，休要作耍。"她还是矢口否认，当宋江指出她"一定是起来铺被时拿了"，她却"柳眉竖踢，星眼圆睁，说道：'老娘拿是拿了，只是不还你！你使官府的人，便拿去做贼断。'宋江道：'我须不曾冤你做贼。'婆惜道：'可知老娘不是贼里！'"这话该是多么阴毒、凶狠呀，其言外之意很明显，就是她要到官府告宋江通梁山泊贼。因此作者说"宋江见这话，心里越慌"。虽然如此，但他仍是好言相劝："我须不曾歹看承你娘儿两个，还了我罢，我还要去干事。"可是婆惜却公然招出她的姘夫张三，说他"强似你和打劫贼通同"。在这种情况下，宋江仍是以哀求的口吻说："好姐姐，不要叫，邻舍听得，不是耍处。"可见宋江这时根本无暇顾及个人的争风吃醋，他唯一担心的只是一定要保守他私通梁山泊寨主晁盖的秘密。因此，当婆惜提出"若要饶你时，只依我三件事便罢！"宋江当即满口答应："休说三件事，便是三十件事也依你。"哪三件事呢？"第一件，你可从今日便将原典我的文书来还我，再写一纸，任从我改嫁张三，并不敢再来争执的文书。"宋江当即答应："这个依得。""第二件，我头上带的，我身上穿的，家里使用的，虽都是你办的，也委一纸文书，不许你日后来讨。"宋江道："这个也依得。"第三件，婆惜提出"有那梁山泊晁盖送与你的一百两金子，快把来与我，我便饶你这一场天字第一号官司，还你这招文袋里的款状"。宋江向她说明晁盖信上写的这一百两金子"果然送来与我，我不肯受他的，依前教他把了回去。若端的有时，双手便送与你"。婆惜不信，说："这话却似放屁！"宋江答应："你若不信，限我三日，我将家私变卖一百两金子与你。你还了我招文袋。"婆惜仍然不肯，并扬言"明朝到公府上，你也说不曾有这金子！"又说："不还！再饶你一百个不还！若要还时，在郓城县还你！"这就是说，她已执意要向官府告发宋江。在这种情况下，宋将只有动手去夺，"婆惜死也不放，宋江恨命一拽，倒拽出那把压衣刀子在席上，宋江便抢在手里。那婆娘见宋江抢刀在手，叫："黑三郎杀人也！'只这一声，提起宋江这个念头来。那一肚皮气，正没出处。婆惜却叫第二声时，宋江左手早按住那婆娘，右手却早刀落。"把那婆惜当场杀死之后，他就"连忙取过招文袋，抽出那封书来，便就残灯下烧了"。可见宋江杀惜实在是出于迫不得已，是婆惜的叫喊声才"提起宋江这个念头来"。为了保守他私通梁山泊的秘密，他舍此别无他法。

宋江杀惜后，还下楼告诉阎婆说："你女儿忒无礼，被我杀了！"阎婆以为是"押司取笑老身"，而宋江却说："你不信时，去房里看，我真个杀了。"阎婆还说："我不信"，推开房门看见血泊里挺着尸首，才大叫："苦也！却是怎地好？"宋江说："我是烈汉，一世也不走，随你要怎地。"这都极为有力地说明，宋江确实不愧是个胸怀坦荡、敢作敢当的"烈汉"。相比之下，阎婆则极为世故、圆滑，她看到自己一个人对付不了宋江，只好假意说："这贱人果是不好，押司不错杀了，只是老身无人养赡。"如袁无涯刻本《水浒传》于此处的眉批所指出的，这话既表现出"婆子智"，又反映了"婆子毒"。可是宋江却信以为真，说："这个不妨，既是你如此说时，你却不用忧心，我颇有家计，只教你丰衣足食便了，快活过半世。"这话既表现了宋江的好心好意，又说明了他的诚笃老实。可是阎婆却一面"深谢押司"，一面假装要宋江领他去买口棺材给婆惜入殓，当她和宋江走到县衙门口时，她便"把宋江一把结住，发喊叫道：'有杀人贼在这里！'吓得宋江慌做一团，连忙掩住口道：'不要叫。'那里掩得住，县前有几个做公的走将拢来看时，认得是宋江，便劝道：'婆子闭嘴！押司不是这般的人，有事只消得好说。'"这时作者又写道："原来宋江为人最好，上下爱敬，满县人没一个不让他。因此做公的都不肯下手拿他，又不信这婆子说。"这里作者以阎婆对宋江前后态度的剧变，使她那翻手为云，覆手为雨，极为诡谲、狠毒的性格真如活跳眼前。同时，又以宋江对阎婆的态度和满县人都"上下爱敬"宋江，连做公的都"不信这婆子"，这就更加烘托出宋江是"好人有难皆怜惜"，连唐牛儿这时也恰好赶来，要报阎婆头天夜晚打他一巴掌、把他赶出门的仇恨。在他们相互拉扯的慌乱之中，使宋江终于"往闹里一直走了"。这里作者以唐牛儿穿插其间，不仅增加了故事情节的曲折性和传奇性，而且也更加突出了阎婆的面目可恶可憎，宋江的为人可敬可爱。

排除为色念而争风吃醋或"因带酒"而杀惜，写成是因保住私通梁山泊机密的需要，这就不仅把宋江杀惜由个人的偶然的原因，改造成为社会的政治的原因，而且通过阎婆与宋江、婆惜与宋江等人物性格之间的烘托、对照，既使这些人物性格个个鲜明活跳，又通过阎婆和婆惜的性格刻画，揭露了那个社会的人心叵测，世情险恶。通过宋江性格的刻画，讴歌了他那忠诚老实、仗义疏财、刚烈性直的美好品格。这一切，显然皆应归功于《水浒传》作者高明的见解，强烈的爱憎情感和反复铺垫、烘托、对照等艺术手法，而绝非如李卓吾所说的"有鬼神助之也"。

九、武松打虎——英勇无畏，为民除害

"武松打虎"好在哪里？有人单纯从艺术技巧上讲它的故事情节如何险象丛生，罗列了"六险"，险到要"惊死读者"的地步。这种分析，固然足以从一个重要的侧面揭示出"武松打虎"的艺术特色。但是，艺术的技巧不同于生产技术，它属于意识形态范畴，是跟思想内容结合在一起的，为表达某种思想意识服务的。如果把小说创作的艺术技巧混同于生产技术一样可以离开它所表达的思想内容，孤立地从艺术技巧上加以鉴赏，那就对"武松打虎"的艺术成就也可以得出相反的看法。如夏曾佑《小说原理》中便指出："武松打虎，以一手按虎之头于地，一手握拳击杀之。夫虎为食肉类动物，腰长而软，若人力按其头，彼之四爪均可上攫，与牛不同耳。若不信，可以一猫为虎之代表，以武松打虎之方法打之，则其事之能不能自见矣。盖虎本无可打之理，故无论如

何写之，皆不工也。"①在这之前，清代的刘玉书在《常谈》卷一中也提出过类似的看法。这两种看法，都各有偏颇：前者是把艺术与生活割裂开来，后者是把艺术与生活等同起来。正确的艺术鉴赏，必须坚持艺术源于生活，而又高于生活的原则，把艺术与生活辩证地结合起来。对"武松打虎"的艺术鉴赏，最足以说明坚持这个原则的必要性和重要性。

如此说来，"武松打虎"又究竟好在哪里呢？它既不只是好在故事情节如何惊险，更不是好在打虎的方法如何真实，而是好在它由此写出了武松那非凡的勇力、非凡的功绩和非凡的胸襟，它不仅充分地刻画出了武松的性格特征和神韵风采，而且在很大程度上足以代表我们中华民族的某种民族性格和民族精神。在《水浒传》中武松的形象，首先和主要的就是靠"武松打虎"树立起来的，打虎精神，可谓是武松这个人物形象的灵魂和精髓。不仅仅读者是这么看的，《水浒传》作者和武松本人也是一再这样强调的。作者在写"武松醉打蒋门神"时，就先写武松这样教训他："休言你这厮鸟蠢汉！景阳冈上那只大虫，也只三拳两脚，我兀自打死了！量你这个，值得甚的！"在"血溅鸳鸯楼"、杀死张都监等人之后，作者又写他蘸着血在白粉壁上大书："杀人者打虎武松也！"当宋江向人介绍到武松时，开头第一句就说："他便是我时常和你们说的那景阳冈上打虎的武松。"众人跟武松相见，也皆惊叹："原是景阳冈打虎的武都头！"武松的名字，就是这样总是和"打虎"联系在一起。

那么，在《水浒传》中又是怎样通过"武松打虎"的描写，刻画出武松的性格特点和神韵风采，表现出我们的民族性格和民族精神呢？

首先，通过酒家渲染他的酒"三碗不过冈"，烘托武松"共吃了十五碗"还照样过冈，来突出武松是个非凡的好汉。"三碗不过冈"，是酒店门口挑着一面招旗上的五个大字，据酒家说："但凡客人来我店中，吃了三碗的，便醉

---

① 见阿英《晚清文学丛钞·小说戏曲研究卷》。

了，过不得前面的山冈去，因此唤做'三碗不过冈'。"尽管武松吃了也连声喊"好酒！""这酒好生有气力！"但他吃了三碗之后，却一点也不醉，还一再要买酒吃。酒家拗他不过，只好三碗三碗地一连筛了好几次给他吃，不但酒量特大，食量也惊人，光熟牛肉就吃了两斤。作者写这一切的目的不在于写酒量、食量本身，而在于以此来突出武松这个好汉的神威。

然后，作者便一再渲染景阳冈老虎的厉害，衬托武松的不怕，来突出武松那非凡的勇气、胆识和力量。这里作者竭尽层层渲染之能事，先后经过五个层次的渲染：

第一层，通过酒家的劝阻，说："如今前面景阳冈上有只吊睛白额大虫，晚了出来伤人，坏了三二十条大汉性命。"武松的回答是："你休说这般鸟话来吓我。便有大虫，我也不怕！"酒家道："我是好意教你，你不信时，进来看官司榜文。"武松道："你鸟做声，便真个有虎，老爷也不怕！"

第二层，通过武松亲眼看到冈子下一棵树上写了两行字，说明景阳冈确有"大虫伤人"。这时武松虽然仍旧误以为"酒家诡诈"，但作者的目的还是要以此突出武松的勇敢。

第三层，通过黄昏时刻武松走上冈子，看到一个败落的山神庙门上贴着一张印信榜文，证实"景阳冈上，新有一只大虫，伤害人命"，要求"过往客商人等，可于巳、午、未三个时辰，结伴过冈"，并特别指出："其余时分及单身客人，不许过冈，恐被伤害性命。"这就不仅进一步渲染了虎的凶猛，而且使武松对"端的有虎"已无可怀疑，作者以此来突出武松"明知山有虎，偏向虎山行"。认为回去就是"吃他耻笑，不是好汉"。用他的话来说："怕什么鸟！且只顾上去看怎地！"恰如容与堂刻本《水浒传》于此处的眉批所指出的："是个硬汉"，余象斗的评语也说："武松毅然过景阳冈，是勇猛超众，以无惧为主。"金圣叹则盛赞这是："活写出武松神威。"

第四层，通过写武松"酒力发作"，恰待要在乱树林里一块大青石上放翻

175

身体酣睡之时，忽然随着一阵狂风从"乱树背后扑地一声响，跳出一只吊睛白额大虫来"，使武松见了，不禁叫道："阿呀"，"从青石上翻将下来"，"闪在青石边"。从表面上看，这是写出武松的惊慌，而实际上则是为了更加突出武松的勇敢和力量。当武松"双手抡起哨棒，尽平生气力只一棒，从半空劈将下来"时，不料由于慌张和过猛，却劈在树枝上，不但未打着老虎，连哨棒也打断成两截。至此读者已吓得"心胆堕矣"（金圣叹批语），而武松却敢于赤手空拳打虎，左手紧紧揪住老虎的顶花皮，右手"提起铁锤般大小拳头，尽平生之力只顾打。打到五七十拳，那大虫眼里、口里、鼻子里、耳朵里，都迸出鲜血来，更动弹不得，只剩口里兀自气喘"。然后他再"来松树边寻那打折的哨棒"，"把棒橛又打了一回。眼见气都没有了，方才丢了棒"。

第五层，又从两个穿着虎皮的猎人身上来渲染。老虎被打死了，武松的气力也用尽了，连"手脚都酥软了"，这时却又从枯草中钻出两只老虎来，使武松只有惊叹："阿呀！我今番罢了！"这看似写武松已使尽了力气，而实则为了进一步渲染他刚才打虎时用力之猛，以衬托两个穿着虎皮的猎人见了武松大为吃惊的真实可信。因此他接着就写两个猎人"见了武松，吃一惊道：'你那人吃了忽律心、豹子胆、狮子腿，胆倒包着身躯，如何敢独自一个，昏黑将夜，又没器械，走过冈子来！你，你，你，是人是鬼？'"所谓"吃了忽律心、豹子胆、狮子腿"，岂不正是对武松那非凡的勇敢、胆识和力量的赞美么？诚如袁无涯刻本《水浒传》于此处的眉批指出："从猎户口里说一番惊骇的话，更见打虎之雄。"

上述层层渲染，集中到一点，全是为了突出武松那种明知山有虎，偏向虎山行的勇气。

这种层层渲染，不只是一个劲地制造惊险紧张的故事情节，而是做到了如金圣叹所指出的"皆是写极骇人之事，却尽用救近人之笔"。也就是说，尽管在描写武松打虎的具体过程中，或许不免有夸张失实之处，但重要的是它突

176

出了武松的性格真实，而没有一味地夸张武松的神威。如写出他虽然饮酒有海量，但也有酒力发作之时；虽然勇敢过人，但也不免有胆怯、惊慌；虽然力大无比，但打虎至死终究筋疲力尽。这就使我们更加感到虎是活虎，人是真人。

在上述层层渲染之中，还贯穿着一条线，这就是景阳冈上的老虎对当地百姓所造成的巨大危害。对此，作者也采用了层层渲染的手法。如第一层，通过酒家宣称景阳冈上那只老虎，"晚了出来伤人，坏了三二十条大汉性命"。第二层，通过景阳冈下一棵大树上写的字，宣扬"景阳冈大虫伤人"。第三层，通过山神庙门上贴的印信榜文，通告"景阳冈上新有一只大虫，伤害人命"。第四层，通过武松的亲身经历，描写"那大虫又饥又渴，把两只爪在地下略按一按，和身望上一扑，从半空里撺将下来"，连武松这样的好汉也被惊吓得"酒都做冷汗出了"。第五层，通过两个猎户的叙述："如今景阳冈上，有一只极大的大虫，夜夜出来伤人。只我们猎户也折了七八个；过往客人，不计其数，都被这畜生吃了。"第六层，又通过众猎户对武松把盏说道："被这个畜生，正不知害了多少人性命，连累猎户，吃了几顿限棒。今日幸得壮士来到，除了这个大害。第一，乡中人民有福；第二，客侣通行，实出壮士之赐。"经过上述六层渲染，景阳冈老虎是当地人民的一大祸害，便给读者留下了极为深刻的印象。同时，也有力地衬托了武松打虎，是为人民"除了这个大害"，所以它才轰动了整个阳谷县城，使众人"都哄将起来，先把死大虫抬在前面，将一乘兜轿，抬了武松"，在街上游行庆祝，围观的人则"亚肩迭背，闹闹穰穰，屯街塞巷"。众人皆夸赞武松："真乃英雄好汉！""不是这个汉，怎地打得这个虎！"如果武松打虎打的是深山老林中没有对人民造成危害的老虎，他就不会受到人民群众如此热烈的欢迎。因此武松打虎之所以激动人心，不仅因为武松有非凡的勇气、胆识和力量，更重要的还在于作者通过对景阳冈老虎对人民危害之大的层层渲染，突出了武松这种为民除害的打虎精神。如同明万历双峰堂刻本《水浒志传评林》中余象斗的评语所指出的："武松打死景阳冈猛虎,是除一方之大害,功勇两全。""武松除虎之害,而受众人之钦,乃理之宜也。"作者突出的是武松的"功勇两全",如果我们的艺术鉴赏,只强调武松的"勇",而忽略他的"功",这就不仅失之片面,而且势必掩盖了武松打虎的精神和灵魂。

作者通过武松打虎,在突出武松非凡的勇气、胆识和为民除了一大害的功绩的基础上,还写了武松忠厚仁德的高尚胸襟。早在酒家的口中就言明:"官司如今杖限猎户擒捉发落。"在山神庙门上贴的阳谷县告示中,又写明县衙"现今杖限各乡里正并猎户人等行捕,未获"。此后在两个猎户的口中再次强调:"本县知县着落当乡里正和我们猎户人等捕捉。那业畜势大难近,谁敢向前!我们为他,正不知吃了多少限棒,只捉他不得!"这就是说,不仅景阳冈上的老虎吃人,猎户人等也因此而吃了官府不知"多少限棒"。武松打死老虎之后,众人皆感谢武松,而武松却说:"非小子之能,托赖众长上福荫。"知县赐酒款待,并"将出上户凑的赏赐钱一千贯,给与武松"。武松却对知县说:"这只是偶然侥幸,打死了这个大虫,非小人之能,如何敢受赏赐?小人闻知这众猎户,因这个大虫受了相公责罚,何不就把这一千贯给散与众人去用?"说着,"武松就把赏钱,在厅上散与众人猎户",使知县也有感于他"忠厚仁德",而有心抬举他做了阳谷县的步兵都头。武松不是居功自傲,而是一再谦虚地称"非小人之能",甚至强调打死老虎也属"偶然侥幸",知县用限棒压迫众猎户,而他则把给自己的赏钱"给散与众人去用"。两相对比,使读者清晰地看出武松是何等胸襟!他不是为个人争名夺利,而是竭力为猎户众人着想,跟他们息息相通。他这种高尚的品格,这种无私的胸怀,谁能不为之击节赞赏,谁能不为之欢呼雀跃呢?

因此人们赞赏武松打虎,绝不只是赞赏作者的文字技巧,更重要的是赞赏他通过高超的文字技巧所表现出来的武松的英雄性格,武松的打虎精神,武松的高尚胸襟。

十、血溅鸳鸯楼——细节逼真，形神动人

如果说林冲走上梁山的道路，是克服了自身忍辱退让的性格弱点，那么，武松投入造反的行列，从杀嫂祭兄、义夺快活林、醉打蒋门神到大闹飞云浦、血溅鸳鸯楼、夜走蜈蚣岭（第二十六回至三十一回），却经历了从小义到大义、从个人复仇到英雄聚众造反的巨大飞跃。

武松从来就是个勇敢刚强的人，他一出现在我们的面前，就是个打虎英雄。可是当他为兄报仇，杀嫂、杀西门庆之后，却说："小人因与哥哥报仇雪恨，犯罪正当其理，虽死而无怨。"为此他自动到县衙投案自首。在被发配孟州牢城的途中，十字坡遇张青，张青以"去牢城营里受苦，不若就这里把两个公人做翻，且只在小人家里过几时。若是都头肯去落草时，小人亲自送至二龙山宝珠寺，与鲁智深相聚入伙如何"？武松的回答是："武松平生只打天下硬汉，这两个公人，与我分上，只是小心，一路上伏侍我来。我若害了他，天理也不容我。你若相爱我时，与我救起他两个来，不可害了他性命。"由此可见，这时候的武松对于封建官府还抱有幻想，他所要反抗和惩罚的只是个别的坏人，而不是整个封建统治，因此他宁愿"去牢城营里受苦"，也不肯上二龙山落草，走造反的道路。

可是当他在孟州牢城帮助结义兄弟施恩，痛打蒋门神，从蒋门神那儿夺回了他霸占施恩的快活林酒店之后，便遭到蒋门神勾结张团练、张都监对他的陷害，并被张团练等进一步买通四个公人要谋害武松的性命，这就引起了武松大闹飞云浦、血溅鸳鸯楼。这时，武松不仅把押送他的四个公人全杀了，而且提着他们准备谋杀武松的朴刀，连夜潜入张都监的后花园，在张都监寻欢作乐的鸳鸯楼上杀死了欲谋杀武松的主犯张都监、张团练、蒋门神，同时还杀死了张都监家养马的后槽、唱曲儿的养娘、丫环等，共十五人。作者写武松这时的想法是："一不做，二不休，杀了一百个，也只是这一死。"杀人之后，他再也

不到官府去投案自首，而是"到城边，寻思道：'若等开门，须吃拿了，不如连夜越城走。'"途中又遇到张青，这次张青再劝他上二龙山投奔鲁智深、杨志落草，武松就说："此为最妙。大哥，你便写书与我去，只今日便行。"为逃避官府的追捕，张青夫妇便帮助武松乔装成行者的模样，连夜投奔二龙山，所谓"武行者夜走蜈蚣岭"，目的就在此。作者写武松在危难之际两次遇到张青，两次对上山落草态度截然不同，这显然有前后映照的作用。

从主动投案自首，到千方百计逃避追捕；从讲天理，不肯杀公人，到"一不做，二不休"，杀个痛快；从宁愿坐牢受苦，也不肯上山落草，到认为上山落草"此为最妙"，不顾蜈蚣岭的险恶，连夜投奔鲁智深、杨志落草的二龙山；从个人报仇雪恨，到上山落草，造整个封建统治阶级的反，这里表明了武松的思想性格，该是经过了多么巨大的发展啊。

更为可贵的是，作者不只是写出了武松个人思想性格的巨大发展，而且由此指明了英雄反抗的道路，从个人恩怨出发，走个人复仇的道路，此路不通，是死路一条，即使英勇如打虎的武松也只能报仇雪恨于一时，而终究难逃被腐朽的封建统治者陷害的厄运。唯一的出路，只有上山落草，走集体武装反抗斗争的道路。

武松杀嫂、杀西门庆，是为了替兄报仇雪恨，结果披枷带锁，被押送孟州牢城。到了牢城后，管营的相公施恩见他是个打虎英雄，便在伙食上给予优待，施以小恩小惠，跟武松拜为结义兄弟，目的在于利用武松替他打蒋门神，把被蒋霸占的快活林酒店夺回来。老管营在给武松交代此项任务时，口口声声称颂武松为"义士"，武松为报答老小两个管营的恩义，慨然表示："便是一刀一割的勾当，武松也替你去干。"结果蒋门神是被武松打败了，快活林酒店也替管营夺回来了，但武松却被蒋门神勾结的张都监诬陷为贼，险遭杀身之祸。如同袁无涯刻本《水浒传》的批语所指出的："武松打蒋门神一则，纯是义气用事。"武松的险遭杀身之祸，既是对张都监等封建官吏腐朽狠毒本质的有力揭露，岂不也是对武松"义气用事"的尖锐批判么？像武松这样从个人恩义思想出发，走个人复仇的道路，这正是反映了小生产者的阶级局限性，是旧社会许多英雄豪杰陷于悲惨结局的重要根源。

决定武松性格发展的关键是血与火的现实教训。当武松替施恩父子轰走了蒋门神之后，孟州守御兵马都监张蒙方派人来请武松，说他看上武松是个"义士""好汉"，要他做都监的亲随体己人，武松便对张都监的抬举感恩戴德，表示"小人当以执鞭随镫，伏侍恩相"。夜间突然听到一片叫声说有贼，武松心想"都监相公如此爱我，他后堂里有贼，我如何不去救护"。于是"武松献勤，提了一条哨棒，径抢入后堂里来"捉贼，结果岂料张都监把武松当贼捉拿。武松叫道："我不是贼，是武松。"张都监却"看了大怒，变了面皮，喝骂道：'你这个贼配军，本是个强盗，贼心贼肝的人。'"武松竭力申辩："我来捉贼，如何倒把我捉了做贼？武松是个顶天立地的好汉，不做这般的事。"岂料张都监事先已在武松的柳藤箱子里放了约有一二百两银酒器皿作赃物。原来这"是张团练替蒋门神报仇，买嘱张都监，却设出这条计策陷害武松"，把武松打"入死囚牢"。幸好知府"知道张都监接受了蒋门神若干银子，通同张团练，设计排陷武松"，才使武松免于一死，被"刺配恩州牢城"。即使这样，张都监和蒋门神还不放过武松，又买通公人在押送的途中图谋杀害武松。这才迫使武松"大闹飞云浦"，杀了要对他下毒手的四个公人，然后潜入张都监府报仇雪恨。这里好在作者一方面对武松好讲个人恩义的思想性格有所批判，另一方面却又丝毫没有削弱这个英雄形象的光辉，而是由此更加突出了武松性格中耿直、豪爽、善良的一面。恰如袁无涯刻本《水浒传》的眉批所指出的："武松直汉，所以不疑。然后来回味，情皆是诈，恨毒倍深。此文章造事极奇妙处。"其实，"血溅鸳鸯楼"，不仅是由于武松对张都监等人"恨毒倍深"，而且也说明他看透了那个恶浊的社会不允许他讲天理、讲恩义，是他一腔怨气的发泄，以致必然表现为"心粗手辣，逢人便斫"（金圣叹语），只顾杀个痛快。

"血溅鸳鸯楼""夜走蜈蚣岭"，除了表明武松思想性格的巨大发展之外，对于武松形象的生动性和传神性，也颇有值得称道的描写。如写武松在鸳鸯楼杀了张都监、张团练、蒋门神之后，作者不是写他仓皇逃离杀人现场，而是写他"见桌子上有酒有肉，武松拿起酒钟子，一饮而尽。连吃了三四钟，便去死尸身上割下一片衣襟来，蘸着血，去白粉壁上，大写下八个字道：'杀人者打虎武松也。'"金圣叹盛赞这是"奇笔奇墨奇纸，定然做出奇文来"。"卿试掷地，当作金石声"。其实，这段文字不只好在笔、墨、纸、文四奇上，更重要的是好在它极为鲜明生动地表现了武松所特有的那种胸怀坦荡、敢作敢当的英雄气概，那种令敌人畏惧、使群众钦佩的英雄胆略，那种以打虎的精神惩罚坏人的英雄豪情。如果说奇的话，就奇在武松的这种英雄气质上。他不像一般的杀人之徒要竭力伪造杀人的现场，逃避杀人的罪责，因为他杀的是罪恶昭彰、罪有应得的坏人，所以他感到理直气壮，不但没有必要隐瞒，而且还公然把自己的名字写在杀人现场的墙上。

善于抓住细节描写，做到以形传神，这也是武松形象之所以真实生动的一个重要原因。如武松在"杀得血溅画楼，尸横灯影"之后，又走下楼来，劈面把夫人剁倒在房前，这时作者写"武松按住，将去割头时，刀切不入。武松心疑，就月光下看那刀时，已自砍缺了。武松道：'可知割不下头来。'"刀口都砍缺了，武松这时方才发觉。这个细节，不用作者另加形容，就把武松杀人之狠，用力之猛，杀人时精神之集中专注，刻画得栩栩如生。

十一、清风寨——前后映衬，相得益彰

武松被逼"夜走蜈蚣岭"，上二龙山聚义之后（第三十二至三十四回），作者接着就写花荣如何被逼上清风山的过程。花荣的身份、地位和性格特征，皆跟武松截然不同。他"祖代是将门之子"，身为清风寨的知寨，"朝廷令

官"，"掌握一境地方，食禄于国"，要走上"大闹清风寨"，"结连贼寇，反背朝廷"的道路，必然要经历一个曲折的过程。好在《水浒传》作者，不是一般的叙述花荣被逼造反的经过，而是在情节结构的安排上，体现了高超的艺术才能，独特的审美情趣。即善于以强烈的反差，鲜明的对比，来创造一种对立统一、相反相成的结构美。

首先，作者把花荣的故事连接在武松的故事之后，就不是随意的拼凑，而是体现了作者的匠心结构和审美意图。人们登山游览，如果先游崇山峻岭，历尽艰险，攀登过一座高峰以后，接着面对的是要再攀登另一座险峰，后山刚过，前山又临，那就不免令人筋疲力尽，望而生畏，游兴大减。如果这时面对的是小桥流水，花前棚下，曲径通幽，游客徜徉其间，那就会更加感到心旷神怡，如入仙境，兴味无穷。《水浒传》作者把花荣的故事连接在武松的故事之后，不仅以武松的勇猛、刚烈，与花荣性格的文秀、精巧形成前后辉映，更加相得益彰，而且在故事情节的发展上，也具有从崇山峻岭到小桥流水的结构美。如贯华堂本《水浒传》第三十二回金圣叹的回批所指出的："看他写花荣文秀之极，传武松后定少不得此人，可谓矫矫武臣，翩翩儒将，分之两俊，合之双璧矣。"

接着，作者又把清风镇元宵灯会，其乐融融的市井风俗画，跟刘知寨夫妇恩将仇报的险恶世情，前后映衬，一美一丑，一善一恶，相互激射，不仅黑白分明，令人深刻难忘，而且使故事情节的发展陡起波澜，使读者也不禁心潮起伏，激起澎湃的感情波澜。作者写清风寨原有两个知寨，一文一武，以文官知寨刘高为正，武官知寨花荣为副。宋江来清风寨会见花荣之前，遇到刘知寨的妻子被在清风山聚义的王矮虎拦路逮住，"只见王矮虎正搂住那妇人求欢"，宋江因"他丈夫既是和花荣同僚，我不救时，明日到那里须不好看"，于是便不惜跪在王矮虎的面前替她求情，说："贤弟若要压寨夫人时，日后宋江拣一个停当好的，在下纳财进礼，要一个伏侍贤弟。只是这个娘子，只小人友人同僚正官之妻，怎地做个人情，放了他则个。"燕顺见宋江坚意要救这妇人，因此不顾王矮虎肯与不肯，喝令轿夫抬了去。宋江会见花荣时，特地"把救了刘知寨恭人的事，备细对花荣说了一遍"，花荣却责怪宋江不该救她。什么原因呢？用花荣的话来说，因刘高"这厮又是文官，又不识字，自从到任，只把乡间些少上户诈骗，朝廷法度，无所不坏。小弟是个武官副知寨，每每被这厮怄气，恨不得杀了这滥污贼禽兽。兄长却为何救了这厮的妇人？打紧这婆娘极不贤，只是调拨他丈夫行不仁的事，残害良民，贪图贿赂，正好叫那贱人受些玷辱。兄长错救了这等不才的人"。这段话不只说明了花荣反对宋江救刘知寨夫人的原因，更重要的是由此表明花荣与刘高的矛盾早已很尖锐，达到"恨不得杀了这滥污贼禽兽"的地步。这不是正副知寨个人之间争权夺利的矛盾，而是属于正义与邪恶的斗争，即花荣要反对刘高的"不仁"——"残害良民，贪图贿赂"，反对刘妻的"极不贤，只是调拨他丈夫行不仁的事"。尽管花荣对刘高早已恨之入骨，但是当他听了宋江的劝道："自古道'冤仇可解不可结'。他和你是同僚官，又不合活生世；亦且他是个文墨的人，你如何不谏他。他虽有些过失，你可隐恶而扬善。贤弟休如此浅见。"花荣当即表示："兄长见得极明。来日公廨内见刘知寨时，与他说过救了他老小之事。"由此可见宋江、花荣的心地是多么的善良，他们对待刘知寨夫妇真是仁至义尽！

好在作者不是孤立地赞美宋江、花荣，而是把他们的心灵美与百姓安居乐业的生活理想融为一体。因此作者接着就写宋江以欢悦的心情"夜看小鳌山"，观赏元宵灯会，与民同乐，而花荣则因"我职役在身"，忙于治安保卫，不能陪宋江闲步向往，只能派两三个亲随体己陪宋江去观赏花灯。你看，那清风镇上的元宵灯会，是一幅多么迷人的市井风俗画："只见家家门前，搭起灯棚，悬挂花灯，灯上画着许多故事，也有剪彩飞白牡丹花灯，并芙蓉荷花异样灯火。"观赏灯火的人摩肩接踵，要"四五个人，手厮挽着"，才能"来到大王庙前"，"走不过五七百步，只见前面灯烛荧煌，一伙围住在一个大墙院门看热闹。锣声响处，众人喝采。宋江看时，却是一伙人舞鲍老的。宋江矮矬，人背后看不见。那相陪的体己人，却认的社火队里，便教分开众人，让宋江看。那跳鲍老的身躯扭得村村势势的，宋江看了，呵呵大笑。"其欢乐、祥和的情景，用作者的话来说，犹如"人间天上"。

可是，好景不长。在这幅欢乐的美景之下，猝然却出现了一幅世情险恶的画面：正当武知寨花荣顾不上陪宋江观赏花灯，忙于治安保卫时，而"刘知寨夫妻两口儿，和几个婆娘"，却也在看花灯；刘知寨老婆于灯下认出宋江，不但不报答宋江搭救她的恩情，相反却向她丈夫诬称"那个黑矮汉子，便是前日清风山抢掳下我的贼头"。刘知寨一听，便立即派人把宋江捉住，拿到厅上拷打审问，"打得宋江皮开肉绽，鲜血迸流"，要锁在囚车内，押解上州里去。如芥子园刻本《忠义水浒传》于此处的眉批所指出的："恩将仇报，世上多有，此事真使人恨。"在元宵灯会的市井图中，出现这幅险恶的画面，不仅使人更加愤恨，而且尤为发人深省。

花荣闻讯，连忙写信派人到刘知寨处讨还宋江，刘知寨不但不肯交还，还诬陷花荣"与强贼通同"，迫使花荣只有披挂持箭，带了三五十名军汉，直奔刘知寨处要人，吓得刘知寨"魂飞魄散"，不敢出来相见。花荣随即喝叫左右去两边耳房里搜人，终于救出宋江。刘知寨又"急忙点起一二百人，也叫来花荣寨夺人"。一场恶战，已经迫在眉睫。可是作者却要写出花荣的文秀与武松的刚烈迥然有别，因此，他在写法上便不写花荣与刘知寨派来的一二百人马如何刀枪厮杀，血肉横飞，而独写花荣如何巧施出色的箭功。既突出了花荣精明能干，未流一滴血，即刻化险为夷。难怪金圣叹读了要连声惊呼："妙！妙！妙！"

可是，当花荣应宋江的要求，让他连夜离开花荣处上清风山躲避之后，刘知寨却诡计多端，料定花荣必"连夜放他上清风山去了"，于是他便派二三十军汉，去五里路头等候，在路上捉住了宋江。又暗地使人连夜去州里，叫青州府知府派人来，以调解他与花荣两个文武知寨不和为名，在筵席上活捉花荣。这样就进一步表明花荣与刘高的矛盾，不是文武两个知寨个人之间的矛盾，也不只是刘高夫妇个人道德品质上的"不仁""不贤"，而是属于整个封建统治腐败黑暗的问题。如当作者写到刘高派人报告州府时，便说"这青州府知府，正值升厅公座。那知府复姓慕容，双名彦达，是今上徽宗天子慕容贵妃之兄。倚托妹子势要，在青州横行，残害良民，欺压僚友，无所不为"。他接到"刘知寨申状"，诬告花荣"结连清风山强贼"，"未委虚实"，即派本州兵马都督，号称"镇三山"的黄信，前去捉拿花荣。黄信为什么号称"镇三山"呢？作者写道："那青州地面，所管下有三座恶山：第一便是清风山，第二便是二龙山，第三便是桃花山。这三处都是强人草寇出没的去处。黄信却自夸要捉尽三山人马，因此唤做镇三山。"这不仅为第五十八回"三山聚义打青州"埋下了伏线，而且随着故事情节的更加波澜壮阔，也使人物形象的典型意义和作品的主题思想不断得到了深化。它说明不只是刘高夫妇个人很坏，更重要的是在后面还有从徽宗天子到慕容贵妃，从慕容知府到兵马都督"镇三山"作他的后台和帮凶。花荣、宋江的斗争也不是孤立的，他们得到在清风山等处聚义的造反者的支持。至此，这种在政治上进行迫害的斗争，已经不只是一般的险恶世情画，而显然具有血与火的阶级斗争的性质，发展成更为惊心动魄、发人深省、气势宏伟的社会政治画卷。

"大闹清风寨"这段情节结构的特色，不仅以美与丑、善与恶两个画面的组接，激起了作品的情节波澜和读者的感情波澜，而且还在一个画面之中，以化庄为谐、亦庄亦谐的手法，以幽默、诙谐、戏谑的笔调，在紧张、惊险的激烈交战之时，写出了令人感到轻松欢悦的场面。在庄重、严肃的生死搏斗之中，给人以痛快淋漓的艺术感受。也就是说，它的画面结构，不是单调的，清一色的，而是复调的，有着对立统一的多重色彩的。如当黄信伙同刘高，以设宴调解文武两个知寨不和为名，计擒花荣，在把宋江、花荣押往青州府途中，又被在清风山聚义的好汉截住，救下宋江花荣，处死了刘高；黄信逃回清风镇，一面"点寨兵人马，紧守四边栅门"，一面派人飞报慕荣知府："反了花荣，连结清风山强盗，时刻清风寨不保，事在告急，早遣良将保守地方。"于是慕容知府便派号称"有万夫不当之勇"的"青州指挥司总管兵马秦统制"，"点起一百马军，四百步军"，连夜"大刀阔斧，径奔清风寨来"，在清风山下"摆开人马，发起擂鼓"。"山寨里好汉正待要打清风寨，只听的报道：'秦明引兵马到来'，都面面厮觑，俱各骇然。"在这万分紧急之际，作者独写花荣叫"众位俱不要慌"，"教小喽啰饱吃了酒饭，只依着我行"。当花荣与秦明在战场上对阵时，作者还写花荣在马上"朝秦明声个喏"，行拜见之礼。气得"秦明大喝道：'花荣，你祖代是将门之子，朝廷命官，教你做个知寨，掌握一境地方，食禄于国，有何亏你处？却去结连贼寇，反背朝廷。我今特来捉你，会事的下马受缚，免得腥手污脚。'花荣陪着笑道：'总管听禀：量花荣如何肯反背朝廷？实被刘高这厮，无中生有，官报私仇，逼迫得花荣有家难奔，有国难投，权且躲避在此，望总管详察救解。'"这里不仅进一步说明了由于封建政治的腐朽黑暗，才迫使花荣大闹清风寨，加入造反行列，而且以花荣临敌不惧，犹声喏行礼，"陪着笑"，从而更加突出了花荣儒雅的风度和乐观的精神。即使在秦明大怒，抡动狼牙棒，直奔花荣的惊险时刻，作者也是写"花荣大笑"，"望秦明盔顶上只一箭，正中盔上，射落斗来大那颗红缨，却似报个信与他"。这最后一句，真是诙谐有趣之极，它不仅表明花荣的射箭功力之神，更突出了花荣乐观豪迈的英雄气概。作者之所以能在紧张、惊险的激烈交战之中，化紧张、惊险为轻松、欢悦，在庄重、严肃的生死搏斗之时，化庄重、严肃为诙谐、有趣，正是基于他对这种儒雅、精明、多智、乐观、豪迈的"妙绝花荣"（金圣叹在这段情节中，不厌其烦地连续三十三次重复批了这四个字）的独特性格的准确把握。因为他深知秦明"性格急躁"如"霹雳火"，所以他跟秦明不是斗力，而是斗智。在西山丛林中随着锣响，闪出一队红旗军来，等秦明引了人马，赶将去时，锣也不响，红旗也不见了；忽然东山边锣响，又一阵红旗军出来，当秦明引了人马到东山边时，锣也不鸣，红旗也不见了。这样如同捉迷藏一般，叫读者看了怎能不忍俊不禁！但它终究弄得秦明"怒极"，"怒坏"，"怒挺胸脯"，"怒气冲天"，"怒不可当"，"怒得脑门都粉碎了"，被搞得晕头转向，而花荣却陪侍着宋江在山上饮酒。这叫读者看了又怎能不拍手称快！结果，秦明被花荣埋伏的人马活捉，秦明的部下皆死的死，俘的俘，作者最后交代："原来这般圈套，都是花荣的计策。"这叫读者又怎么能不惊呼"妙绝花荣"！最后秦明也被迫加入了清风山的造反行列，并前往清风寨向黄信劝降，叫寨兵放下吊桥，大开寨门，迎接清风山宋江、花荣和燕顺、王矮虎两路人马都到镇上。

"大闹清风寨"的战斗胜利结束了，作者还不忘照应王矮虎要娶刘高的妻子做押寨夫人，被燕顺跳起身来，一刀将那婆娘砍为两段。王矮虎要和燕顺拼命，被宋江劝住，以他自己救了这个妇人反遭她陷害的事实教育王矮虎，指出："你留在身边，久后有损无益"，并向他保证"宋江日后别娶一个好的，教贤弟满意"。这既使大闹清风寨的故事做到首尾呼应，使结构具有有机性、完整性和整体美，又使作品始终洋溢着生活的情趣，还为第五十回宋江亲自介绍扈三娘与王矮虎结为夫妇，埋下了伏笔。

十二、闹江州——报仇雪恨，同心协力

"闹江州"的情节，对于宋江性格的发展有着决定性的作用。这个故事的高潮是在第四十回，前因后果则包括第三十九至四十一回。宋江是在闹江州之后，才决心走上梁山造反的道路的。

宋江是怎样走上梁山造反的道路的呢？这在故事情节上有个发展的过程。"闹江州"的情节是小说作者的独特创造。

在《大宋宣和遗事》上，写宋江是在杀了阎婆惜之后，就主动直接走上

梁山造反的道路的，有宋江当时"就在壁上写了四句诗"为证："杀了阎婆惜，寰中显姓名。要捉凶手者，梁山泊上寻。"小说作者把这个情节改了，他写宋江杀了阎婆惜之后，"寻思有三个安身之处：一是沧州横海郡小旋风柴进庄上，二乃是清风寨小李广花荣处，三者是白虎山孔太公庄上。"（第三十二回）却压根儿没有想到要上梁山造反。因为在他看来，那"是灭九族的勾当"，"于法度上却饶不得"。

在《李逵负荆》等元代水浒戏中，皆大同小异地写到宋江"因带酒杀了阎婆惜，迭配江州牢城营；路打这梁山过，遇见晁盖哥哥，救某上山"。这就是说，元杂剧是写宋江杀惜后被迭配，路过梁山泊被救上山的。在小说中也写到宋江被迭配江州牢城途中路过梁山泊，可是当水浒英雄刘唐要杀了押送宋江的两个公人，教宋江上山时，宋江却说："这个不是你们弟兄抬举宋江，倒要陷我于不忠不孝之地。若是如此来挟我，只是逼宋江性命，我自不如死了。"说着还真要"把刀望喉下自刎"。后来还是吴用许诺"不留兄长在山寨便了"，他才答应上山与晁盖"少叙片时"。晁盖要挽留宋江，并说："虽然仁兄不肯要坏两个公人，多与他些金银，发付他回去，只说我梁山泊抢掠了去，不到得治罪于他"，可是宋江坚持要到江州坐牢，说："小可不争随顺了哥哥，便是上逆天理，下违父教，做了不忠不孝的人，在世虽生何益？如不肯放宋江下山，情愿只就众位手里乞死。"（第三十六回）这样，晁盖等人只有送宋江下山，继续跟两个防送公人一起投江州牢城。

《水浒传》作者为什么要修改《大宋宣和遗事》和《李逵负荆》等元杂剧中关于宋江上梁山的经过，而特意增加"闹江州"的情节呢？小说作者的这个独特创造，究竟意义何在呢？

首先，它是出于深化和丰富宋江性格发展的需要。如果同《大宋宣和遗事》那样，写宋江杀惜后就主动上梁山，那么他上梁山就只是为了避难，逃避官府对他的惩罚，缺乏参加造反的思想基础；如果同元杂剧那样，写宋江在迭配江州牢城的途中，被梁山好汉救上山，那不仅同样存在宋江投身造反的思想基础薄弱的问题，而且如此从两个防送公人手中救宋江，既不足以进一步揭示封建统治的腐朽黑暗，又无法借此充分表现梁山好汉的反抗斗争精神。因此，像小说这样增加"闹江州"的情节，绝不仅仅是小说作者故意要使情节复杂化，更重要的是出于充分展示宋江思想性格发展的需要。

在小说作者看来，宋江的思想性格不是很单纯的，不是为客观环境一"逼"，就会轻易地走上梁山造反道路的，而是很复杂的，具有两面性的。即一方面，他对封建腐朽统治有所不满，同情晁盖等人的反抗斗争，为人正直善良，"每每排难解纷，只是阔全人性命。如常散施棺材药饵，济人贫苦，阔人之急，扶人之困。因此山东河北闻名，都称他做及时雨，却把他比做天上下的及时雨一般，能救万物"。另一方面，他又恪守忠、孝等封建传统思想，竭力要做忠孝双全的"完人"。因此，当他杀惜后，逃在柴进庄上，遇到武松，他很赞赏武松以招安为归宿的想法；在清风寨花荣知寨处，刘高的"无中生有，公报私仇"使宋江和花荣不得不大闹青州，为逃避官军的征剿，宋江才建议投奔梁山泊。不料一封父亲病故的家书，又把宋江拉回家奔丧。回到家里，遭到官军逮捕，他不仅不后悔，反而安慰起以病故为由，实则要他回家的父亲说："父亲休烦恼。官司见了，倒是有幸。明日孩儿躲在江湖上，撞了一班儿杀人放火的弟兄们，打在网里，如何能够见父亲的面？便断配去他州外府，也须有程限。日后归来负农时，也得早晚伏侍父亲终身。"在押往牢城途中，被救上梁山时，他又对劝他留在梁山的晁盖说："虽然明吃官司，多得上下之人看觑，不曾重伤。今配江州，亦是好处。"这些都可见宋江忠孝思想的严重。要使宋江这样一个忠孝思想严重的人，从同情造反走上参加造反的道路，又谈何容易！如何使他突破忠孝思想的束缚？这是个很大的难题。《大宋宣和遗事》和元代水浒戏的写法，实际上都是为了绕过这个难题，而《水浒传》作者却竭力要解决这个难题。增加"闹江州"的情节，以及接着通过九天玄女授天书，要求宋江"汝可替天行道，为主全忠仗义，为臣辅国安民，去邪归正"，等等，都是小说作者为解决这个难题所费的苦心。

导致"闹江州"的直接起因，是由于浔阳楼宋江吟反诗。这就是小说作者为深入地揭示宋江的内心矛盾而设计的。像宋江这样一个正直善良，在群众中有很高的威信，而又"刀笔精通，吏道纯熟"的人，他不可能完全安心坐牢，遭受种种磨难而无动于衷。因此当他在江州浔阳楼上独自开怀畅饮，沉醉之际，便"思想道：'我生在山东，长在郓城，学吏出身，结识了多少江湖好汉，虽留得一个虚名，目今三旬之上，名又不成，功又不就，倒被文了双颊，配来在这里。我家乡上父老和兄弟，如何得相见？'不觉酒涌上来，潸然泪下，临风触目，感恨伤怀"。便在那酒楼的白粉壁上，题了一首《西江月》词。接着，他又在这首词后面，写下四句诗。一词一诗，表现宋江对现状的不满，抒发了他的抱负。虽然事后宋江说那是"酒后狂言"，但却不失为宋江内心真情的流露。它使我们深切地感受到，尽管宋江受封建忠孝思想毒害很深，但终究无法完全抑制他那内心的愤懑和追求。积极的因素，在他的思想性格中终究还占上风。

不料宋江的这一词一诗，却被住在江州对岸无为军的通判黄文炳看作是"反诗"。他又把它与当时街市小儿流传的四句歌谣"耗国因家木，刀兵点水工。纵横三十六，播乱在山东"联系在一起，说这首歌谣正应在作诗词的宋江身上，唆使江州蔡九知府下令："快下牢城营里，捉拿浔阳楼吟反诗的犯人郓城县宋江来，不可时刻违误。"在江州府任职，早跟梁山有联系，并受晁盖托付照顾宋江的戴宗，给宋江通风报信，教他披散头发，倒在尿屎坑里滚，装疯卖傻，蒙混过关。哪知这一着又被黄文炳识破，宋江被打得皮开肉绽，只得招供误写反诗。黄文炳为蔡九知府出谋划策，由知府写信派戴宗星夜上京师请示蔡京："若要活的，便着一辆囚车解上京；如不要活的，恐防路途走失，就于本处斩首号令，以除大害。"戴宗利用往京师送信之机，到梁山向晁盖、吴用等人报告情况，经吴用等人谋划，请人模仿蔡京的笔迹和印章，写一封假回信，叫把宋江押解京城处置，然后安排梁山好汉在途中拦截。结果这封假信又被黄文炳看穿，戴宗捱不过拷打，也只得招供："端的这封书是假的。"在这种情况下，蔡九知府决定，将宋江、戴宗二人"押去市曹斩首，然后写表申朝"。幸好吴用也发觉假信有破绽，由晁盖、吴用等亲自率领一百多位梁山好汉，装扮成客商、使枪棒的、乞丐等等赶到江州劫法场。正当行刑之人开枷问斩的危急关头，由李逵"从半空中跳将下来"，砍翻了两个行刑的刽子手，众好汉蜂拥而上，救下了宋江和戴宗。

经过这场血与火、生与死的搏斗，宋江对官场的黄文炳之流恨之入骨，认识到若要有一条生路，就必须造这些人的反，报仇雪恨。于是他便对众人说道："小人宋江，若无众好汉相救时，和戴院长皆死于非命。今日之恩，深于沧海，如何报答得众位？只恨黄文炳那厮搜根剔齿、几番唆毒，要害我们。这冤仇如何不报？怎地启请众位好汉，再做个天大人情，去打了无为军，杀了黄文炳那厮，也与宋江消了这口无穷之恨。那时回去如何？"因此"闹江州"之后，宋江智取无为军，张顺活捉黄文炳，这在故事情节上是"闹江州"的余波，而在人物形象的塑造上，则标志着宋江性格的巨大发展。这就既为宋江上梁山奠定了思想基础，又以"宋江智取无为军"所表现出来的领导才能和杰出功绩，为他一上梁山就坐上第二把交椅取得了政治资本。

其次，"闹江州"的情节还通过反差对照的手法，把蔡九知府昏庸无能和黄文炳奸险狠毒的性格刻画得既鲜明生动，令人过目难忘，又把封建官场的腐朽黑暗揭露得细致入微，令人愤很欲绝。作者不是孤立地写这两个坏人，也不是一般地写这两个坏人如何狼狈为奸，而是从刻画人物灵魂和揭示封建官场黑暗的角度，写黄文炳"是阿谀谄佞之徒"，"只要嫉贤妒能"，"专在乡里害人"，他之所以为蔡九知府出馊主意，绝不是像王望如的评语所夸奖的，是"以义报国"，而是出于他个人向上爬的卑鄙目的。对此，作品中写得很清楚，说他因"闻知这蔡九知府是当朝蔡太师儿子，每每来侵润他，时常过江来请访知府，指望他引荐出职，再欲做官"。唆使蔡九知府迫害宋江、戴宗，就是他指望蔡九知府引荐他做官的见面礼，他妄图以宋江、戴宗的死尸充当他向上爬的阶梯。袁无涯的评语倒是说得较为切合实际，他指出："黄文炳抄反诗，勘破宋江假疯症，到底有恶见识，不是没用的人。只为自己起官立意害人，所以可恨！"

好在作者不只是揭示黄文炳的"恶见识"和"为自己起官立意害人"的卑鄙灵魂，还把他的精明奸险和当权的蔡九知府的昏庸无能，作了生动的反差对照。如身为江州知府的蔡九对于近在咫尺的浔阳楼上宋江题的反诗，却一无所知，而远在江州对岸无为军的黄文炳却极为敏锐地发现了宋江题的反诗。黄文炳从宋江题的"不幸刺文双颊，那堪配在江州"的诗句中，已经断定题诗者"只是个配军，牢城营犯罪的囚徒"，而知府麻木不仁地说："量这个配军，做得什么！"当黄文炳向他指明题诗的宋江，正应了京师童谣"耗国因家木，刀兵点水工"两句，他还颟顸地问："不知此间有这个人么？"宋江装疯，作者写"蔡九知府看了，没做理会处。黄文炳又对知府道：'且唤本营主拨并牌头来问，这人来时有疯，近日却才疯？若是来时疯，便是真症候；若是近日才疯，必是诈疯。'"经黄文炳这一说，蔡九方如梦初醒，称道："言之极当。""若非通判高明远见，下官险些儿被这厮瞒过去了。"并表示要"就荐通判之功，使家尊面奏天子，早早升授富贵城池，去享荣华"。做官的手段要通过私人关系打通关节，做官的目的就是要"授富贵城池，去享荣华"；身为知府的蔡九毫无主见，只知夸赞黄文炳"言之极当"，"所言有理"。如金圣叹的批语所指出的："公子官活画"；连宋江这样恪守忠孝之道的人，身陷囹圄，题诗抒发牢骚和胸臆，便要遭受处极刑的政治迫害。恰如李逵所说："吟了反诗，打甚鸟紧！万千谋反的，倒做了大官！"这样的封建统治，岂不昏庸腐朽透顶么？岂能不激起群雄"闹江州"的大规模反抗斗争？

最后，小说还通过"闹江州"的情节，使英雄们获得了大显身手的机会。好在它不是脱离了生活的真实，一味地把英雄写得完美无缺，而是在适当地写英雄缺点的同时，努力歌颂英雄的可贵品质。如身为梁山泊军师的吴用，他想出让"戴宗传假信"的计谋，却在假信上留下了一处脱卯的差错，但他随后即发觉了这个问题，想到"如今江州蔡九知府是蔡太师的儿子，如何父写书与儿子，却使个讳字图书，因此差了。是我见不到处。此人到江州，必被盘诘，问出实情，却是利害"。因此，他与晁盖商议，立即率人前往江州搭救宋江、戴宗。这就既写出了吴用的"见不到处"，更突出了他的机警多智，一点也未把英雄人物加以神化，跟《三国演义》写诸葛亮神机妙算迥然不同。又如李逵，作者写他的英勇无畏，手握两把板斧第一个跳出来砍翻两个行刑的刽子手，被晁盖称赞为："难得这个人出力最多，又不怕刀斧箭矢。"与此同时，又写出了他有鲁莽的缺点。当他提出"我与你们再杀入城去，和那个鸟蔡九知府一发都砍了快活"。作者便通过戴宗当即指出："兄弟，使不得莽性，城里有五七千军马，若杀入去，必然有失。"李逵的这种"莽性"当然是个缺点，但由此却更加真实地突出了他那英勇无畏、拼死杀敌的造反精神。参加劫法场、闹江州、救宋江的，不仅有分别扮作客商的、使枪棒的、挑担的、行乞的梁山好汉和原在宋江身边的李逵等英雄，来接应的，还有张顺自引十数个壮汉，张横引着穆弘、穆春、薛永，带十数个壮客，李俊引着李立、童威、童猛，带十数个卖盐火家。正是由于各路群雄的"同心协力"，才使"宋江、戴宗得免一刀之厄"。①因此，"闹江州"的情节，既不是把英雄人物神化，又不是突出某个英雄个人的力量，而是别出心裁，高屋建瓴地谱写了一曲各路英雄好汉"同心协力"的群英谱。

由此可见，不仅"闹江州"的整个情节显示了小说作者的独创性，而且还

---

① 王望如评语。

着力刻画宋江的内心痛苦和追求，以反差对照的手法揭示两个反面人物的不同性格特点，歌颂各路英雄"同心协力"的群体力量。

十三、真假李逵——可爱可憎，对比鲜明

《水浒传》第四十三回"假李逵剪径劫单人，黑旋风沂岭杀四虎"，从这个回目中即可看出，作者是把"假李逵"李鬼与"黑旋风"这个真李逵对照起来描写的；在同一回中还写了李逵有个当长工的哥哥李达。李鬼、李逵与李达，不仅在艺术上有相互衬托、对照的作用，而且他们分别代表了三条不同的人生道路，三种不同的典型意义，表明了作者对李逵形象的充分肯定和热烈颂扬。

李逵不只是个英勇无畏、奋勇冲杀的硬汉子，而且还有一副慈悲善良、救人急难的软心肠。他怀着一片孝心，不惜冒着被官府通缉的危险，回家接母亲到梁山泊过几天快活日子。不料途中遇到一个拦路抢劫的人，此人"手里拿着两把板斧，把黑墨搽在脸上"，冒充是黑旋风李逵，李逵一看他是"学老爷名目，在这里胡行"，便"挺起手中朴刀，直奔那汉"，把他搠翻在地，告诉他："我正是江湖上的好汉黑旋风李逵，便是你这厮辱莫老爷名字。"这时他才供认他的真实姓名叫李鬼，是"盗学爷爷名目，胡乱在此剪径"。李逵便斥责说："叵耐这厮无礼，却在这里夺人的包裹行李，坏我的名目，学我使两板斧，且教他先吃我一斧。"说着他就"劈手夺过一把斧来便砍"。这里作者通过李逵一再斥责李鬼拦路抢劫的行径是"辱莫老爷名字"，是"坏我的名目"，显然是要以此划清真假李逵的界限，驳斥封建统治阶级把李逵等造反者诬蔑成盗贼寇匪的恶毒伎俩。就在这之前，李逵在沂水湾西门外看到通缉宋江、李逵等人的官府榜文上，不是还称他们为"正贼""从贼"么？真假李逵的鲜明对照，就说明真正的造反者李逵，跟拦路抢劫的李鬼是有本质区别，水火不容混淆的；封建官府给李逵等戴上"贼"的帽子，那完全是统治阶级对造

反者的诬蔑。这对当时广大读者认清李逵等造反者的革命本质，划清造反者与盗贼寇匪的界限，荡涤封建统治阶级泼在造反者身上的污水，显然有着不可低估的重大意义。

尽管李鬼冒充李逵拦路抢劫，是对李逵名声的莫大破坏与侮辱，但是当李逵听到李鬼谎称"爷爷杀我一个，便是杀我两个"。"小人本不敢剪径，家中因有个九十岁的老母，无人养赡，因此小人单题爷爷大名吓唬人，夺些单身包裹，养赡老母。其实并不曾敢害了一个人。如爷爷杀了小人，家中老母，必是饿杀。"他便马上放下已经举起的板斧，自肚里寻思道："我特地归家来取娘，却倒杀了一个养娘的人，天地也不佑我。罢，罢！我饶了你这厮性命。"他不但没有杀李鬼，还送给他"十两银子做本钱"，叫他去"改了业养娘"。这不但更加突出了李逵的孝心和善良性格，而且也进一步说明，李逵刚才之所以要杀李鬼，绝不仅仅是因为他坏了李逵的名声，更重要的是由于他剪径害人，所以当他声称"并不曾敢害了一个人"，抢劫又是为了"养赡老母"，李逵便立刻饶了他，并拿出银子来帮助他。

可是李逵毕竟太善良了，他的好心并没有得到好报。当他走到山坳里两间小屋内拿钱买点酒饭吃时，恰巧听到李鬼回来告诉他的妻子如何骗李逵"家中有个九十岁老母，无人养赡"，并商议要用麻药来害李逵，这才使李逵不得不把李鬼杀了，并"去李鬼身边搜了那锭小银子"。这既进一步突出了李逵的纯朴，他自己有孝心，便轻信李鬼也有孝心，又揭示了李鬼狡猾、狠毒的本质，李逵饶了他性命，送了他银子，他却还要谋害李逵，这种人确实如李逵所说："情理难容！"它昭示人们：对李鬼这样的坏人，绝不可轻信，绝不能讲仁慈，否则就是养虎遗患，贻害无穷；李逵与李鬼的本质区别，不仅在于他绝不干盗贼寇匪的罪恶勾当，更重要的，他正是砍杀像李鬼这样吃人的"老虎"的杀虎英雄。

李逵在杀了李鬼之后，便回家接母亲。从此，作者又转入了李逵与李达的性格对照。李逵是个造反英雄，而他的当长工的亲哥哥李达，却是胆小如鼠的奴才。他对哥哥非常有礼貌，一见面"便拜道：'哥哥，多年不见。'"而他的哥哥李达对他则粗暴无礼，一见面便"骂道：'你这厮归来则甚？又来负累人。'"他怕李逵造反，使他受到连累。好在作者并不是把李达这个人写得很坏，而是写出了李达这种粗暴无礼的态度，完全是由于封建统治阶级的残酷压迫造成的。如作者写李达诉说道："当初他打杀了人，把我披枷带锁，受了万千的苦。如今又听得他和梁山泊贼人通同，劫了法场，闹了江州，现在梁山泊做了强盗。前日江州行移公文到来，着落原籍追捕正身，却要捉我到官比捕，又得财主替我官司分理，说他兄弟自十年来不知去向，亦不曾回家，莫不是同乡同姓的大冒供乡贯？又替我上下使钱，因此不吃官司杖限追要。现今出榜赏三千钱捉他。你这厮不死，却走家来胡说八道！"李逵劝他"哥哥不要焦躁，一发和你同上山去快活，多少是好"。李达不但不听，反而"大怒"，"要打李逵"，又气恼地"把饭罐撇在地下，一直去了"。李逵判断："他这一去，必然报人来捉我"，于是，他便给哥哥留下一锭五十两大银子，放在床上，背着娘去了。等李达到财主家报告，领着十来个庄客赶来家时，见"铁牛留下银子，背娘去那里藏了"。李达便以"这里小路甚杂为由，也不去追赶，就叫庄客各自回去了"。看来李逵和李达尽管对待造反的态度截然不同，但是兄弟情义并未泯灭。

令人感到惋惜和痛心的是，因为"李逵怕李达领人赶来，背着娘只望乱山深处僻静小路而去。看看天色晚了"，"娘儿两个，趁着星明月朗，一步步挪上"沂岭。娘要喝水，他把娘放下，自己到溪涧寻水来给娘喝。等他寻了水回来时，不料娘已经被老虎吃掉了。虽然李逵"猛拼一身探虎穴，立诛报冤仇"，但他毕竟未能对母亲尽到孝心，反而使母亲落入了虎口。如果不是李达领人赶来捉李逵，这场意外的灾难就不会发生。作者这样写，实际上也就是对李达那种为虎作伥的奴才道路的批判和否定。

在与李鬼、李达的对照、衬托之下，李逵的形象就显得更加纯朴善良，可亲可爱；而李鬼、李达的所作所为，则显得更加卑劣无耻，可憎、可鄙。

十四、翠屏山——胆勇智足，仁义两全

"大闹翠屏山"是写石秀杀了潘巧云的奸夫裴如海及为他们通奸放风报信的头陀胡道之后，杨雄遵照义弟石秀的计谋，以上山烧香还愿为名，把妻子潘巧云和丫环迎儿带到翠屏山一处古墓旁，由石秀拿出已被杀死的和尚裴如海及头陀胡道的衣服为证，迫使潘巧云和迎儿，向杨雄和石秀当面招供，潘巧云是怎样与和尚裴如海勾搭成奸的，为什么要在杨雄面前诬陷石秀调戏她，使杨雄——都"明白备细缘由"，确认潘巧云"一者坏了我兄弟情分，二乃久后必然被你害了性命"，深感"不如我今日先下手为强"，从而亲手杀死了潘巧云和帮她通奸的丫环迎儿。这个故事从第四十四回杨雄"长街遇石秀"写起，以第四十五回"石秀智杀裴如海"为高潮，第四十六回"大闹翠屏山"，则是这个故事的结果和尾声。

这段故事，在思想上除了突出石秀见义勇为的精神以外，还有促使杨雄和石秀走上梁山造反道路的作用。如作者写杨雄对石秀说："如今一个奸夫，一个淫妇，都已杀了，只是我和你投那里去安身？"石秀说："哥哥杀了人，兄弟又杀人，不去投梁山泊入伙，却投那里去？"于是他俩离开翠屏山，便决定"投梁山泊入伙"去了。

在艺术上，这段故事主要是以杨雄的直性、粗心和鲁莽来衬托石秀的精明、机智和细心，为刻画生动的人物性格服务。如潘巧云跟和尚裴如海从眉来眼去调情到勾搭成奸，杨雄毫未察觉，而石秀则从"瞧到一分"到"瞧到十分"，皆一一仔细瞧在眼里，但他并不急于告诉杨雄，直到"瞧到十分"之后，他才告诉杨雄说："这个嫂嫂不是良人，兄弟已看在眼里多遍了，且未敢说，今日见得仔细，忍不住来寻哥哥，直言休怪。"杨雄一听就"大怒"。石

秀劝他"且意怒"，要他"今晚都不要提，只和每日一般。明日只推做上宿，三更后却再来敲门。那厮必然从后门先去，兄弟一把拿来，从哥哥发落"。临别还再三嘱咐："哥哥今晚且不可胡发说话。"杨雄一方面说："兄弟见得是。"一方面却醉酒夜归，大骂潘巧云，潘巧云便眼泪汪汪，诡称石秀调戏她，埋怨杨雄"不与我做主！"糊涂而直性的杨雄竟信以为真，"心中火起，便骂道：'画龙画虎难画骨，知人知面不知心。这厮倒来我面前，又说海阇黎许多事，说得个没巴鼻！眼见得那厮慌了，便先来说破，使个见识！'口里恨恨地道：'他又不是我亲兄弟，赶了出去便罢。'"就这样，石秀便离开了杨家。在这种好心得不到好报的情况下，石秀想到的依然是结义哥哥杨雄的安危，不能让奸夫淫妇"枉送了他的性命"。他的"智杀裴如海"，除了表现他的"精细之极"①之外，正如《水浒志传评林》中余象斗的评语所指出的"石秀被杨雄如此不以自己，后以计杀头陀，报知杨雄，越见石秀胆勇智足，仁义两全，古之罕矣"。当石秀以奸夫的衣裳为表记拿给杨雄看时，作者写"杨雄看了，心头火起，便道：'兄弟休怪。我今夜碎割了这贱人，出这口恶气！'石秀笑道：'你又来了！你既是公门中勾当的人，如何不知法度？你又不曾拿得他真奸，如何杀得人？倘或是小弟胡说时，却不错杀了人？'"容与堂刻本《水浒传》于此处的眉批指出："石三郎精细，真有意思，杨雄一莽汉耳。"后来，让潘巧云和丫环迎儿当着杨雄、石秀的面说出通奸的事实经过，杨雄在翠屏山计杀潘巧云，也是根据石秀的计谋。这种种描写，显然都有使石秀与杨雄的性格相互衬托、映照的作用。

采用讽刺的笔法，对佛教僧侣进行辛辣的嘲讽，也是这段故事的一个特色。如作者写"那众僧都在法坛上看见了这妇人，自不觉都手之舞之、足之蹈之，一时间愚迷了佛性禅心，拴不定心猿意马"，以致"十年苦行一时休，

---

① 金圣叹夹批。

万个金刚降不住"。潘巧云在寺庙里跟和尚裴如海通奸，作者说那是"阇黎房里，翻为快活道场。报恩寺中，真是极乐世界"。说和尚是"色中饿鬼兽中狄"，"是铁里蛀虫。铁最实没缝的，也要钻进去"。裴如海竟买通头陀胡道，以大敲木鱼、高声念佛，来为他与潘巧云的奸淫行为作通风报信的信号。门外高喊："普度众生，救苦救难，诸佛菩萨！"门里却在干男盗女娼的勾当。裴如海和胡道被石秀在深巷智杀剥光衣服之后，作者又写他们是"一丝真不挂，立地吃屠刀"。这一切，显然都是对佛家宣扬的禁欲主义、"一身来去无牵挂"、"立地成佛"的辛辣讽刺。

十五、三打祝家庄——经纬线交织，群体力无敌

如果说鲁达拳打镇关西、武松打虎、杨志卖刀、宋江杀惜等等，故事情节皆属单线发展，一个故事主要是写一两个人物的话，那么，三打祝家庄的故事情节，则是主副线并行，经纬线交织，错综复杂，它所要写的不只是一两个人物，而是梁山义军的英雄集体。它是《水浒传》中最优秀的篇章之一。

它以梁山义军与祝家庄地主武装的矛盾为主线。祝家庄与扈家庄、李家庄三个庄园的地主结成"生死之交""誓愿同心协意，共捉梁山泊众贼，扫清山寨"。在祝家庄的门口，还立起两面白旗，旗上绣着十四个大字："填平水泊擒晁盖，踏破梁山捉宋江"。既然他们要和梁山义军敌对，又捉了梁山英雄时迁，为使"山寨不拆了锐气"，不"被他耻辱"，又可"得许多粮食，以供山寨之用"，于是宋江等便决定率梁山义军攻打祝家庄。可是这祝家庄并非一般的地主庄园，而是地形极为复杂，"尽是盘陀路：容易入得来，只是出不去。"庄前有座高山，叫独龙山，山前有一座凛巍巍冈子，唤做独龙冈，方圆有三十里，"四下一遭阔港。那庄正造在冈上，有三层城墙，都是顽石垒砌的，约高二丈。前后两座庄门，两条吊桥。墙里四边，都盖窝铺，四下里遍插着枪刀军器，门楼上排着战鼓铜锣。""庄前庄后有五七百人家，都是佃户，各家分

下两把朴刀与他。""独龙冈前后有三座山冈，列着三个村坊：中间是祝家庄，西边是扈家庄，东边是李家庄。这三处庄上，三村里算来，总有一二万军马人家。""惟有祝家庄最豪杰，为头家长，唤做祝朝奉，有三个儿子，名为祝氏三杰：长子祝龙，次子祝虎，三子祝彪。又有一个教师，唤做铁棒栾廷玉，此人有万夫不当之勇。庄上自有一二千了得的庄客。""东西还有两村人接应。东村唤做扑天雕李应李大官人；西村唤扈太公庄，有个女儿，唤做扈三娘，绰号一丈青，十分了得。"如金圣叹所说，这"三庄相连，势如冀虎。打东则中帅西救；打西则中帅东救；打中则东西合救。夫如是而题之难御，遂如六马乱驰，非一缰所鞚；伏箭乱发，非一牌所隔；野火乱起，非一手所扑矣"。《水浒传》的作者把梁山义军的打击矛头指向祝家庄等地主武装，并且把他们写得非常难以对付，这是完全符合中国封建社会的实际的。

在展开梁山义军攻打祝家庄这条情节主线的同时，作者还展开了两条情节副线：

第一条副线，是李家庄与祝家庄的矛盾。时迁被祝家庄捉去，杨雄求李家庄的主管杜兴帮助救出时迁，因杨雄对杜兴有救命之恩，他便请主人李应致书祝家庄，要求放回时迁。李应本以为"他和我三家村里结生死之交，书到便当依允"，不料对他的亲笔书札，祝彪听说是"要讨那梁山泊贼人时迁"，"也不拆开来看，就手扯得粉碎"，喝叫把送信的杜兴"直叉出庄门"。气得李应亲自带领二十余骑马军，前来祝家庄问罪，结果李应中箭负伤逃回，因而使宋江更增加了打祝家庄、"请李应上山入伙"的决心。可是，当宋江一打祝家庄，因不明地势，败下阵来之后，特献彩缎、名马、羊、酒等礼品去见李应，以探"知本处地理虚实"时，李应却称病不见。宋江说"他恐祝家庄见怪，不肯出来相见"，"他是富贵良民，惧怕官府，如何造次肯与我们相见？"说明李应虽然与祝家庄有矛盾，但他尚毫无帮助梁山义军之意。直到宋江完全打破了祝家庄，又派萧让乔装成本州知府带人前来，以"祝家庄见有状子告你结连梁山泊强寇，引诱他军马，打破了庄；前日又受他鞍马、羊酒、彩缎、金银"为由，把李应、杜兴一同缚了带回府中，然后途中再由宋江、林冲等人把李应劫上梁山，同时又派人把李应的亲眷都取上山寨，又把他的庄院放起火来都烧了，使李应"只得依允"参加梁山义军。这里虽然写李应的上梁山并非完全出于自愿，但他既已和祝家庄有矛盾，在宋江打祝家庄时，便未对祝家庄加以援助，在听到宋江打破祝家庄的消息时，他也"惊喜相半"，因此他参加梁山义军，实际上是由宋江彻底打破祝家庄这条主线决定的。

第二条副线，是扈家庄与祝家庄的矛盾。祝家庄"西边那个扈家庄，庄主扈太公，有个儿子唤做飞天虎扈成，也十分了得。惟有一个女儿最英雄，名唤一丈青扈三娘，使两口日月双刀，马上刀法了得"。祝朝奉的第三子祝彪又"定着西村扈家庄一丈青为妻"，因此祝扈两庄的联盟本是很巩固的，正当"宋江亲自要去做先锋，攻打头阵"，二打祝家庄时，"只见直西一彪军马，呐着喊，从后杀来"，使宋江不得不"留下马麟、邓飞把住祝家庄后门，自带了欧鹏、王矮虎，分一半人马前来迎接。山坡下来军约有二三十骑马军，当中簇拥着一员女将，正是扈家庄女将一丈青扈三娘，一骑青骏马上，抢两口日月双刀，引着三五百庄客，前来祝家庄策应"。宋江叫王矮虎与她迎敌，王矮虎却被她活捉去了。欧鹏挺枪来救，尽管他"枪法精熟，也敌不得那女将半点便宜"。幸好梁山义军又有三路人马赶到，才使宋江转危为安。眼看天色晚了，宋江叫聚拢众好汉，且战且走，正行之间，又只见一丈青飞马赶来，宋江措手不及，便拍马往东而走。背后一丈青紧追着，八个马蹄翻盏撒钹相似，赶投深村处来。一丈青正赶上宋江，待要下手，"幸好这时李逵、林冲皆赶到，才使宋江免遭一丈青刀砍"，并由林冲"轻舒猿臂，款扭狼腰，把一丈青只一拽，活挟过马来"，使一丈青当了俘虏。正是由于梁山义军取得了与一丈青战斗的胜利，才促使扈家庄与祝家庄的联盟发生破裂，扈三娘的哥哥扈成便牵牛担酒来求见宋江，要求放回小妹。宋江向他说明，他只是要向祝家庄那厮"行兵报仇，须与你扈家无冤。只是令妹引人捉了我王矮虎，因此还礼，拿了令妹"。因为王矮虎已被拘锁在祝家庄，扈成无法以王矮虎与宋江交换扈三娘。吴用便趁机要他"只依小生一言：今后早晚祝家庄上但有些响亮，你的庄上切不可令人来救护。倘或祝家庄上有人投奔你处，你可就缚在彼。若是捉下得人时，那时送还令妹到贵庄"。扈成对此一口答应，说："今番断然不敢去救应他。若是他庄上果有人来投我时，定缚来奉献将军麾下。"至此扈家庄与祝家庄的联盟也就被拆散了。由此可见，林冲俘虏扈三娘，宋江、吴用采取分化扈、祝两庄联盟的政策，是扈、祝两庄联盟得以被拆散的关键，也是取得三打祝家庄最后胜利的重要因素。后来祝家庄被打破，祝彪投奔扈家庄，被扈成叫庄客捉了，解来见宋江，却被李逵赶上来，不但一斧砍死了祝彪，还要向扈成砍来，扈成虽然逃走了，扈太公一门老幼却仍被李逵全杀了。扈三娘，经宋江做媒，则在梁山嫁给王矮虎为妻。

上述一条主线和两条副线是以时间为顺序的经线，在二打与三打祝家庄之间的第四十八回"解珍解宝双越狱 孙立孙新大劫牢"，则是"正和宋公明初打祝家庄时一同事发"，向空间扩展的纬线，时空交错，经纬交织，使三打祝家庄的故事情节显得特别曲折、复杂，而且大大拓展了其所反映的社会内容的广度和深度。

正当宋江一打祝家庄，因为失其地利，折了杨林、黄信；二打祝家庄，又被一丈青捉了王矮虎，栾廷玉铁锤打伤了欧鹏，绊马索拖翻捉了秦明、邓飞。面对这些失利，正在无可奈何之时，晁盖派吴用并五个头领前来助战，告诉他这下子有妙计了，祝家庄旦夕可破。原来孙立等八人要来梁山入伙，孙立和祝家庄教师栾廷玉是一个师傅教的武艺，他原为登州兵马提辖，今奉总兵府对调来镇守此间郓州的名义，帮助祝家庄捉拿了石秀，并表示"他日拿了宋江，一并解上东京去，教天下传名，说这个祝家庄三杰"，以此取得了祝家庄的信任，然后打入祝家庄内部的这八个人，便和"被俘"的七人，跟宋江三打祝家庄的人马里应外合，一举将祝朝奉父子及栾廷玉全部杀死，取得了生擒四五百人，夺得好马五百余匹，活捉牛羊不计其数，除给各家百姓赐粮米一石，还得粮五十万石等辉煌战果。取得这个重大胜利的决定性因素，便是采用了里应外合的妙计。而这个妙计之所以能实行，又取决于孙立等八人要上梁山入伙。孙立身为登州兵马提辖，为什么要上梁山入伙呢？这又是由于封建统治阶级的腐朽暴虐，引起阶级矛盾激化的结果。在吴用向宋江道出妙计之后，作者接着便采用倒叙的手法，写登州猎户解珍、解宝被豪强地主毛太公陷害入狱的故事。二解的姑表姐姐母大虫顾大嫂及其丈夫孙新，登云山好汉邹渊、邹润叔侄，动员孙立参加了劫狱，这才有连同孙立的妻舅铁叫子乐和等八条好汉同上梁山的事。孙立利用他与祝家庄教师栾廷玉同师学艺的关系，献上里应外合的计策，打破祝家庄，以作为他们投大寨入伙的立功进身之报。这看来是偶然的巧合，而实则是出于阶级矛盾的必然发展。如果不是地主毛太公霸占猎户解珍、解宝射死的老虎，不是毛太公勾结官府要进一步谋害解珍、解宝的性命，哪会有这伙英雄劫牢狱上梁山呢？哪会有孙立等人与宋江里应外合打破祝家庄呢？可见作者以这条纬线交织在宋江三打祝家庄的经线之中，不只是增加了故事情节的曲折性和复杂性，更主要的是还从深广的层面上，揭示了那个社会政治的黑暗腐败，阶级剥削、压迫的凶狠、恶毒，才是宋江三打祝家庄取得胜利的最为广泛、深刻的社会根源。

三打祝家庄采用主副线并行，经纬线交织的艺术手法，在思想上和艺术上究竟好在哪里呢？

首先，增加了故事情节的曲折性和复杂性。不仅给读者以强大的艺术吸引力，而且使读者深切地感到，宋江取得三打祝家庄的胜利，绝非轻而易举，而是既采用了分化瓦解三庄联盟，集中力量打击祝家庄的正确战略战术，又经过了几次英勇顽强的战斗，克服了重重的困难和艰险，才取得了最后的胜利。

其次，它不是靠人为的编撰，来使故事情节曲折、复杂，而是正确地抓住人的主观和客观的矛盾；主要矛盾决定次要矛盾，次要矛盾的解决又促进了主要矛盾的解决；阶级矛盾触发统治阶级内部矛盾，正确利用统治阶级内部矛盾，又促使矛盾得以解决。因此，这种曲折、复杂的故事情节本身，不仅使读者感到很有兴味，而且它有着极大的认识和教育作用，足以使人从中获得智慧的启迪。如毛泽东在他的《矛盾论》中即指出："《水浒传》上宋江三打祝家庄，两次都因情况不明，方法不对，打了败仗。后来改变方法，从调查情形入手，于是熟悉了盘陀路，拆散了李家庄、扈家庄和祝家庄的联盟，并且布置了藏在敌人营盘里的伏兵，用了和外国故事中所说的木马计相像的方法，第三次就打了胜仗。《水浒传》上有很多唯物辩证法的事例，这个三打祝家庄，算是最好的一个。"

再次，它使故事情节所反映的内容，无论在广度或深度上，都大大拓展了。如在宋江三打祝家庄的经线之中，交织进猎户解珍、解宝受地主毛太公父子勾结官府凶残迫害，导致顾大嫂、孙立等人劫牢狱，投奔梁山入伙，形成跟宋江三打祝家庄里应外合这条纬线，这就使我们仿佛看到了宋江三打祝家庄的胜利，是建立在那整个社会政治的腐朽黑暗，必然燃起反剥削、反迫害的熊熊烈火的基础之上的。如果说主副线并行的经线的情节发展，犹如长江大河的话，那么经纬线交织的情节波澜，则仿佛是浩瀚的大海。条条江河归大海，而汪洋大海的广度和深度，自然又绝非长江大河所可比。

最后，更重要的是它通过曲折、复杂的故事情节，塑造了梁山义军的集体英雄群像，故事情节是人物性格的载体，是为塑造人物形象服务的。它这种主副线并行，经纬线交错的情节结构，不仅使其所刻画的人物在数量上大大增加，而且它也不再是夸大和歌颂某个英雄好汉个人的力量，而是塑造和讴歌了梁山义军的英雄集体。如宋江虽是三次打祝家庄的主帅，但作者不是吹嘘他有什么神机妙算，而是如实写他在失利的时候，"在帐中纳闷，一夜不睡，坐而待旦"，作为指挥员，他的长处主要在于能够知人善任，使人尽其才。当他和花荣商议要派人进祝家庄探听路途曲折时，李逵自告奋勇，说："哥哥，兄弟闲了多时，不曾杀得一人，我便先去走一遭。"宋江当即指出："兄弟，你去不得。若是破阵冲敌，用着你先去；这是做细作的勾当，用你不着。"接着宋江便派石秀和杨林先去探路。石秀装成卖柴的，挑一担柴进庄去卖，向钟离老人打听到了祝家庄的路径曲直和以红灯为指挥信号的秘密，为宋江攻打祝家庄取得了极为宝贵的情报。这里既刻画出石秀的精细机灵，李逵的急于一马当先，又表现了宋江的善于用人。此外，如林冲的艺高胆大，顾大嫂的仗义果敢，孙立的深谋远虑，也都给人留下了深刻的印象。吴用作为军师，他既起到了出谋划策的作用，又没有像《三国演义》那样把诸葛亮的作用夸张到"多智而近妖"（鲁迅：《中国小说的历史的变迁》）的地步，《水浒传》作者所突出的不是某个英雄人物个人的决定作用，而是梁山义军英雄集体的力量和人民群众的力量。打破祝家庄之后，作者特地写宋江与吴用商议，要把祝家庄村坊洗荡了。石秀便禀说钟离老人指路之力。宋江叫石秀去寻那老人来，取一包金帛赏与老人，并说："我连日在此搅扰你们百姓，今日打破了祝家庄，与你村中除害，所有各家赐粮米一石，以表人心。"作者如此不忘钟离老人指路之力，显然旨在说明宋江获得三打祝家庄的胜利，是跟得到人民群众的支持分不开的；一个封建时代的作家，有这等敏锐的目光和高超的艺术手腕，确实不能不令人啧啧赞叹！

十六、高唐州——巧用艺术辩证法，展现另一样笔墨

柴进的"祖上有陈桥让位之功，先朝曾敕赐丹书铁券"，即持有宋朝开国皇帝赐给功臣的证件，可以世代享有优遇及免罪等特权，因此他能常常把触犯刑律的江湖好汉，庇护在家，无人敢搜。像柴进这样一位享有封建贵族特权的人物，他又怎么会走上梁山造反的道路呢？《水浒传》第五十一回至第五十四回，正是通过宋江亲率梁山大军攻克高唐州，从死牢里救柴进上梁山造反的过

程，进一步揭示了封建统治的腐朽黑暗，生动地刻画了柴进、李逵、吴用等英雄形象。

金圣叹在贯华堂本《水浒传》第五十二回的评语中说："此篇纯以科诨成文，是传中另又一样笔墨。然在读者，则必须略其科诨，而观其意思。"为什么说它"是传中另又一样笔墨"呢？这"另又一样笔墨"的具体特点又是什么呢？我们又该怎样透过这"另又一样笔墨"，而"观其意思"呢？我们认为，这"另又一样笔墨"，不只是像金圣叹所说的"纯以科诨成文"那样简单，更重要的是它在故事情节的安排和人物性格的表现上，运用了相反相成的艺术辩证法。其主要表现：

张与弛。作者采用一张一弛、张弛相间的手法，使故事情节的发展如后浪推前浪那样波浪式地前进，使故事情节的发展给读者以张弛适度的节奏美。如柴进被高唐州知府高廉抓去，打得皮开肉绽，投入死囚牢狱。李逵连夜上梁山泊报信后，宋江等二十二位头领，兵分两路，各率五千、三千马步军兵前来攻打高唐州。不料高廉有三百神兵，会施展妖法，使林冲五千军兵折了一千余人，直退回五十里下寨。宋江运用九天玄女天书上的"回风返火破阵之法"，"高廉见回了风，急取铜牌，把剑敲动，向那神兵队里卷一阵黄沙，就中军走出一群猛兽"，又使"宋江人马，大败亏输。高廉赶杀二十余里"。如此"连折了两阵，无计可破神兵"。在这万分紧张之际，作者却不使故事情节继续紧张下去，而是把笔墨从写他们在战场上如何刀枪厮拼，转入描写战场以外的"戴宗智取公孙胜 李逵斧劈罗真人"。因为军师吴用提出，要想破高廉妖法，只有请公孙胜来。"若不去请这个人来，柴大官人性命，也是难救，高唐州城子永不能得。"接着作者所描写的，便是戴宗和李逵在去蓟州请公孙胜的途中，如何对李逵偷买牛肉吃，违背"须要一路上吃素，都听我的言语"的诺言，进行戏谑、捉弄性的惩罚，使李逵终于坦白认错；在找到公孙胜之后，因为罗真人不答应公孙胜回梁山，李逵便刀劈罗真人，罗真人又使李逵受了许多磨难，才终于把公孙胜请来帮助宋江打下高唐州，救出了柴进。这种种描写如容与堂刻本《水浒传》的回评中所说："那一事不趣？那一言不趣？""罗真人处固妙绝千古，戴院长处亦令人绝倒，每读至此，喷饭满案。"在打高唐州血与火的生死搏斗中，面临两次败下阵来的险境，作者插进这整整一回无一事不趣，无一言不趣的文字，使极其严肃、紧张的情节，转入妙趣横生的谐谑戏弄之中，使读者在紧张之中及时得到了轻松愉快的调剂。

高廉会施妖法，宋江有"回风返火破阵之法"，公孙胜仗剑作法，能使"空寨中平地上刮剌剌起个霹雳"，"光焰乱飞，上下通红"，使高廉的三百神兵无路可走，尽被杀在寨里。这一切显然纯属神奇的虚构的幻笔，然而好在作者却不是通篇以幻术取胜，仅只是以幻笔作点缀，决定胜负的关键还是真实的人物性格。如在宋江打高唐州连折了两阵之后，作者就写吴用预料到"若是这厮会使神师计，他必然今夜要来劫寨，可先用计提备，此处只可屯扎些少军马，我等去旧寨内驻扎"。后果不出吴用所料，高廉劫寨中计，被杨林、白胜"一箭正中高廉左肩"，使高廉只好"回到城中养病"。这样既突出了吴用"智多星"的性格，又为宋江派戴宗、李逵赴蓟州去请公孙胜提供了必要的时间和合理的条件。公孙胜来到之后，宋江也不是仅靠他的仗剑作法取胜，而是突出了吴用利用高廉派人去邻近州府求救兵的机会，"将计就计"，"使两支人马，诈作救应军兵"，高廉误以为是两路救军到了，大开城门，分头掩杀出去，回头望见城上已都是梁山泊旗号，举眼再看，无一处是救应军马，只得率领败卒残兵，往小路逃窜，结果被埋伏的雷横"一朴刀把高廉挥做两段"。作者说这是"行凶毕竟逢凶，恃势还归失势"。这种情节发展的逻辑，不是很真实么？在戴宗、李逵往蓟州请公孙胜的途中，戴宗用"神行法"对李逵的偷吃牛肉、不听他的话进行捉弄，这种捉弄的方式是虚幻的，而由此所表现出来的李逵那种不安分守己的性格，却显得格外真实。罗真人不肯答应公孙胜去救援宋江破高唐州，李逵便偷偷去砍杀罗真人和他的一个道童，结果却只是砍了罗真人的两个葫芦，而罗真人因此一方面说看在李逵的面上让公孙胜去，另一方面却又以"其心不善，且教你吃些磨难"，使李逵在蓟州府被牢子节级用狗血、尿粪从头淋到脚下。这些情节虽属荒诞不经，但由此所表现出来的李逵敢于斗争的性格和罗真人不得不屈服于李逵的要求，允许公孙胜跟戴宗、李逵去援助宋江的情节发展，却既令人信服，又发人深省。

可见，这种真与幻的统一，是建立在为表现人物性格服务的基础之上的。真，主要表现为情节发展逻辑的真实，人物性格特征的真实；幻，则使故事情节和人物性格的表现形式更具有传奇性和趣味性，令人在忍俊不禁、轻松愉悦的氛围之中，获得深刻的思想教益和强烈的艺术感受。

正与反。故事情节的发展是建立在人物性格的基础之上的，是为刻画人物性格和表现作品的思想倾向服务的。正与反两种人物性格的矛盾，正是这段故事情节发展的基础。柴进倚仗他是"累代金枝玉叶，先朝凤子龙孙"，有"丹书铁券护家门"，便有恃无恐。不料高唐州知府高廉倚仗他哥哥朝廷太尉高俅的势力，高廉的内弟又倚仗高廉的势力，要霸占他叔叔柴皇城家的花园，柴皇城不肯，殷天锡就带了二三十人来行凶抢劫，使柴皇城活活被气死。柴进带了李逵一起去处理此事，李逵愤愤不平地说："这厮好无道理！我有大斧在这里，教他吃我几斧，却再商量。"而柴进却迷信他有圣旨护持，说："他虽是倚势欺人，我家放着有护持圣旨，这里和他理论不得，须是京师也有大似他的，放着明明的条例，和他打官司。"殷天锡又带着一帮闲汉来要房子。柴进说叔叔"夜来已自身故"，答应"待断七了搬出去"，而殷天锡却蛮不讲理、威胁恫吓，柴进说："直阁休恁相欺！我家也是龙子龙孙，放着先朝丹书铁券，谁敢不敬！"可是"先朝丹书铁券"已经完全失去了威慑的力量。作者写殷天锡听了大怒道："便有誓书铁券，我也不怕。左右与我打这厮！"正当众人将要动手之际，幸好李逵冲进来，大吼一声，拳头脚尖一发上，把殷天锡打死了，柴进便叫李逵快回梁山泊去，说"官司我自支吾"。李逵说："我便走了，须连累你。"这时柴进还迷信誓书铁券的威力，说："我自有誓书铁券，你去便是，事不宜迟。"李逵刚走，高廉即派来"二百余人各执刀杖枪棒，围住柴皇城家"，把柴进捉拿到州衙，任凭柴进申明"小人是柴世宗嫡派子孙，家门有先朝太祖誓书铁券"，高廉还是下令"把柴进打得皮开肉绽，鲜血迸流"，取面二十五斤死囚枷钉了，发下牢里监收。殷夫人要与兄报仇，教丈夫高廉抄扎了柴皇城家私，监禁下人口，占住了房屋围院，柴进自在牢中受苦。柴进倚仗家有誓书铁券，想通过打官司的合法途径解决问题，这本是很正当的做法，可是在那个社会，正当的做法，合法的斗争，却无济于事。像李逵那样愤起用自己的拳脚直接打死殷天锡，虽属不合法的造反行为，但在作者看来，这却是合情合理的，所以当晁盖为此责怪李逵"又做出来了，但到处便惹口面"，作者便写李逵理直气壮地答道："柴皇城被他打伤，怄气死了，又来占他房屋，又喝教打柴大官人，便是活佛，也忍不得！"这里李逵的"反"，恰恰与处处倚仗誓书铁券，迷信合法斗争的柴进的"正"，形成了两种思想性格的鲜明对照。容与堂刻本《水浒传》的评语说得好："我家阿逵只是直性，别无回头转脑心肠，也无口是心非说话，如殷天锡横行，一拳打死便了，何必誓书铁券。柴大官人到底有些贵介气，不济，不济。"

直与曲。金圣叹在贯华堂本《水浒传》第五十三回的回评中说过："李逵朴至人，虽极力写之，亦须写不出。乃此书但写李逵朴至，便倒写其奸猾；写得李逵愈奸猾，便愈朴至，真奇事也。"用写李逵的奸猾，来写李逵的朴至，这就是要写出人物性格表现形式的曲折性，正确处理人物性格描写上直与曲的辩证统一的关系。如罗真人因为李逵曾经要砍杀他，便用神术来使他遭受磨难，戴宗每日磕头礼拜，求告真人，乞救李逵。罗真人道："这等人只可驱除了罢，休带回去。"这时作者便通过戴宗之口，直接地、正面地描写了李逵的好处。作者写"戴宗告道：'真人不知，这李逵虽是愚蠢，不省礼法，也有些小好处：第一，鲠直，分毫不肯苟取于人。第二，不曾阿谄于人，虽死其忠不改。第三，并无淫欲邪心、贪财背义，敢勇当先。因此，宋公明甚是爱他。不争没了这个人，回去教小可难见兄长宋公明之面。'罗真人笑道：'贫道已知这人是上界天杀星之数，为是下土众生作孽太重，故罚他下来杀戮。吾亦安肯逆天，坏了此人？只是磨他一会，我叫取来还你。'"戴宗与罗真人的这段对话，便是作者对李逵的性格一直一曲的刻画：直，则正面阐明李逵性格的好处；曲，则名义上说"这等人只可驱除了罢"，而实乃强调"下土众生作孽太重"的黑暗社会，需要有李逵这种敢拼敢杀的造反英雄。

对人物性格作直接的正面的描写，这比较好办；困难的是如何找到人物性格在丰富复杂的生活中的曲折的表现形式。水浒英雄在打下高唐州、杀死高廉之后，写李逵如何"下井救柴进"，在这方面为我们提供了成功的创作经验。柴进被高唐州的当牢节级藏在一口八九丈深的枯井里，吴用说："谁人敢下去探看一遭？""话犹未了，转过黑旋风李逵来，大叫道：'等我下去！'"这一声"大叫"，便使李逵那忠勇之态和粗鲁之气，活跃纸上。接着写"宋江道：'正好，当初也是你送了他，今日正宜报本。'"李逵这个朴至的老实人，过去被人捉弄惯了，因此他听了宋江这话，又怕叫他下井是捉弄他，因此作者写"李逵笑道：'我下去不怕，你们莫要割断了绳索。'"吴用当即批评说："你却也忒奸猾。"金圣叹于此处夹批道："骂得妙，妙于极不确，却妙于极确，令人忽然失笑。"因此，李逵的这种奸猾，正是他过于老实、朴至，被人捉弄惯了，生怕又再上当的曲折表现。由于它把李逵朴至的性格刻画得太生动了，所以不禁"令人忽然失笑"。当李逵在井下摸到柴进口内还有微微气息时，他断定柴进"还有救性"，不是立即把柴进先救上来，而是"随即爬在笼里，摇动铜铃。众人扯将上来，却只李逵一个，备细说了下面的事。宋江道：'你可再下去，先把柴大官人放在笼里，先发上来，却再放笼下来取你。'李逵道：'哥哥不知，我去蓟州着了两道儿（按：指一为戴宗法术所缚，一为罗真人神术所困），今番休撞第三遍。'宋江笑道：'我如何肯捉弄你？你快下去。'"

当他再下井让柴进坐在箩里先上来之后，大家"因柴进头破额裂，两腿皮肉打烂，眼目略开又闭"，急忙"叫请医士调治"，因而未及时把箩放下井去拉李逵上来。这时李逵便"在井底下发喊大叫"，"宋江听得，急叫把箩放将下去，取他上来。李逵到得上面，发作道：'你们也不是好人，便不把箩放下来救我！'"宋江当即向他解释："我们只顾看顾柴大官人，因此忘了你，休怪。"他听了宋江的这个解释，也就心平气和，二话没说了。这就是金圣叹所说的："写得李逵愈奸猾，便愈朴至。"反映了人物性格描写上曲与直的艺术辩证法。

此外，高唐州救柴进这段情节里，还把水浒英雄与官府的矛盾，推上了直接反抗以大宋皇帝为首的封建朝廷的地步。当高俅获悉他的兄弟高廉被杀后，便于次日五更上朝，向皇帝奏报。天子闻奏大惊，随即降下圣旨，就委高太尉选将调兵前去剿捕，袁无涯刻本《水浒传》于此处的眉批指出："济州、江州事久矣，如何此时才提起，须知不是脱卯，只因高唐州杀的是兄弟，乃始申奏，一向置之罔闻，深为可叹。"可见作者不是孤立地交代情节，而是由此进一步揭露奸臣高俅的可恶可憎和天子的昏聩不明。

十七、众虎同心归水泊——既指明了团结胜利的道路，又埋下了愚忠必败的祸根

《水浒传》第五十八回"三山聚义打青州　众虎同心归水泊"，为各路造反英雄指明了团结对敌的胜利道路，对于梁山义军的壮大和发展，具有决定性的意义。

如果说鲁达拳打镇关西、武松怒杀张都监、宋江三打祝家庄，这一切都还是属于惩罚地方上的个别坏人的话，那么梁山义军破高廉、打青州情况就不同了。如当梁山义军打下高唐州，杀死知府高廉之后，作者写高太尉向皇帝面奏，梁山义军如何"在济州杀害官军，闹了江州无为军，今又将高唐州官民杀戮一空，仓廒库藏尽被掳去。此是心腹大患，若不早行诛剿，他日养成贼

势，难以制伏。伏乞圣断"。使"天子闻奏大惊，随即降下圣旨，就委高太尉选将调兵前去剿捕，务要扫清水泊，杀绝种类"。呼延灼就是以皇帝授予的兵马指挥使的身份，拣选精锐马军三千，步军五千，前来收剿梁山泊。结果不仅他手下的"百胜将军"韩滔等人被活捉，他本人也在"三山聚义打青州"中当了俘虏。这显然不只是把矛头指向个别坏人，而是表现了对以皇帝为首的封建朝廷的亵渎和反抗，具有直接武装"反抗政府"（鲁迅：《中国小说的历史的变迁》）的性质。

斗争的性质既然是武装"反抗政府"，那就不是靠个人的或者少数人的力量所能奏效的，而必须走团结对敌——"众虎同心归水泊"的道路。这是对中国历史上无数次农民起义的历史经验的总结。小生产者个体的分散的生产方式，决定了农民起义往往以内部的闹宗派主义、分裂主义，互相火并而导致失败。而《水浒传》作者却能正确地总结和吸取历史的经验教训，把造反英雄写成不管他个人如何具有虎勇、虎力、虎胆、虎威，但如果他离开了集体，在那个社会就走投无路，只有"众虎同心归水泊"，走集体武装反抗的道路，才能具有所向无敌的力量，英雄个人也才有用武之地。如武松、鲁智深等英雄好汉，都是从个人反抗，走投无路，然后才走上集体反抗的道路的。随着对敌斗争的发展，他们又感到有实行更大的联合的需要。如占据白虎山聚义的孔亮，要打青州，救出被捉的叔叔孔宾。结果不但未达目的，反而被官军"活捉了百十余人"，连他的哥哥孔明也被活捉去了。不得已，孔亮只有引了败残人马，来求在二龙山聚义的武松、鲁智深、杨志等人支援。于是便产生了白虎山、二龙山、桃花山"三山聚义打青州"的壮举。实际上仅靠这"三山聚义"的力量还是不够的，因此，作者又写杨志道："若要打青州，须用大队军马，方可得济。俺知梁山泊宋公明大名，江湖上都唤他做及时雨宋江，更兼呼延灼是他那里仇人。俺们弟兄和孔家弟兄的人马都并做一处；洒家这里，再等桃花山人马齐备，一面且去攻打青州。孔亮兄弟，你可亲自星夜去梁山泊，请下宋公明来，并力攻城，此为上计。"当孔亮星夜上梁山泊向宋江说明来意后，宋江即表示："当不避水火，力与汝相助。"他刚跟晁盖报告，打算"请几位弟兄同去一遭"，"说言未了，厅上厅下一齐都道：'愿效犬马之劳，跟随同去。'"恰如袁无涯刻本《水浒传》于此处的眉批所指出的："此段写出同心合力之义，人人生动。"团结对敌，是建立在众虎同心的基础之上的；而"众虎同心归水泊"，又必须在团结对敌的战斗之中才能实现。正因为在梁山义军的大队人马支援之下，取得了"三山聚义打青山"的重大胜利，宋江"就青州府里做个庆喜筵席，请三山头领同归大寨"，李忠、周通才"使人回桃花山，尽数收人马钱粮下山，放火烧毁寨栅。鲁智深也使施恩、曹正回二龙山，与张青、孙二娘收拾人马钱粮，也烧了宝珠寺寨栅"。等"三山人马皆齐备"，宋江便"领了大队人马，班师回山"。梁山山寨又添了许多人马，这就有条件专人负责，分别担任打造诸般军器、旌旗、袍服的总管，"三关上添造寨栅，分调头领看守"，使梁山泊根据地的实力增强，大为壮观。

为了突出只有依靠团结战斗的集体的力量，才能实现"众虎同心归水泊"，作者还特地写了鲁智深为使少华山的史进等人也"同来入伙"，只靠他个人的力量救史进的此路不通。当鲁智深要求前往少华山，劝说在那里聚义的史进等人也来梁山入伙时，宋江当即指出："我也曾闻得史进大名，若得吾师去请他来，最好。然虽如此，不可独自行，可烦武松兄弟相伴走一遭。"鲁智深、武松走后，宋江仍"常自放心不下，便唤神行太保戴宗随后跟来，探听消息"。这不仅表现了宋江对兄弟的关怀和情义，更重要的还在于作者以鲁智深只靠个人的力量和宋江笃信集体的力量，作两条道路一败一胜的鲜明对比。当鲁智深和武松到达少华山后，听说史进已被华州贺太守活捉了去，鲁智深便执意要只身前往华州救史进，武松便劝说："哥哥不得造次。我和你星夜回梁山泊去，报知宋公明，领大队人马来打华州，方可救得史大官人。"鲁智深不听劝阻，坚持只身前往，结果不但没有救出史进，连他本人也被贺太守活捉，作者把这种个人盲动行为，叫做"飞蛾投火身倾丧"。幸好宋江派来的戴宗会"神行法"，三日之间回到梁山，报告鲁智深被陷一事，然后宋江领一千甲马、二千步军来打下华州，救出鲁智深和史进，才实现了史进带领少华山人马同归梁山泊的目的。这就说明了既"同心"，又"合力"，依靠集体的力量，才是从胜利走向胜利的正确道路。

"众虎同心归水泊"，这虽然给造反英雄指明了从胜利走向胜利的正确道路，但是作为文学作品，不只是要揭示历史发展的共同规律，更重要的还在于由此描绘出富有个性特色的生动活泼的人物形象。也就是说，如何在"众虎同心"之中，写出各自不同的活生生的人物个性？这是一个极为犯难的问题。《水浒传》对这个问题不能算解决得很好，总的来看，它在写水浒英雄的集体行动时，没有写他们在单个人行动时来得生龙活虎，往往是令人眼花缭乱的战斗场面，冲淡了众多人物个性的光彩。但是，也时有一些精彩的笔墨，令人为之叫绝。仅从"众虎同心归水泊"这一回来看，其精彩之处，不外乎有这几点：

一是通过人物语言的个性化，显出各自不同的性格。如当宋江率领梁山二千人马来支援"三山聚义打青州"时，作者写鲁智深一见宋江就说："久闻阿哥大名，无缘不曾拜会，今日且喜相认得阿哥。"这句话包含着鲁智深一生的追求，贯注着分外激动和喜悦的感情。拜会还讲"缘分"，这更体现了和尚所特有的口吻。因此金圣叹称赞它："活写鲁达语，八字哭笑都有。"接着写杨志拜见宋江时则说："杨志旧日经过梁山泊，多蒙山寨重义相留；为是洒家愚迷，不曾肯住。今日幸得义士壮观山寨，此是天下第一好事。"并且要孔亮去梁山泊请宋江带人来协助，"三山聚义打青州"的主意，也是杨志首先提出来的，这既表明了杨志由不肯上梁山到主动促进"众虎同心归水泊"的性格发展，更加突出了他对这件"天下第一好事"的喜悦、兴奋之情。

二是根据英雄个人的遭遇，突出其在武打场面中的独特表现。如在打青州的战斗中，首先写的是秦明迎战呼延灼："宋江阵中，一将出马。那人手搭狼牙棍，厉声高骂知府：'滥官，害民贼徒！把我全家诛戮，今日正好报仇雪恨！'慕容知府认得秦明，便骂道：'你这厮是朝廷命官，国家不曾负你，缘何敢造反？若拿住你时，碎尸万段！呼将军可先下手拿这贼！'呼延灼听了，舞起双鞭，纵马直取秦明。秦明也出马，舞动狼牙大棍，来迎呼延灼。二将交马，正是对手，直斗到四五十合，不分胜败。慕容知府见斗得多时，恐怕呼延灼有失，慌忙鸣金，收军入城。"让秦明大骂慕容，这就如同在破高唐州时让林冲去大骂高俅一样，都体现了冤有头，债有主，笔有踪，墨有线，是作者的精心结撰，绝非信笔点染。慕容知府看到他俩"斗到四五十合，不分胜败"，就"慌忙鸣金，收军入城"，更活画出了他的色厉内荏，并反衬出秦明的攻势凌厉，气势逼人。在武艺上虽"不分胜败"，但在精神上已收到了压倒敌人的效果。

三是在讴歌宋江领导有方，取得节节胜利的同时，深刻地揭示出其愚忠思想，潜伏着足以葬送梁山义军前途的祸根。如在呼延灼被俘后，"宋江见了，连忙起身，喝叫快解了绳索，亲自扶呼延灼上帐坐定。宋江拜见。呼延灼道：'何故如此？'宋江道：'小可宋江怎敢背负朝廷？盖为官吏污滥，威逼得紧，误犯大罪；因此权借水泊里随时避难，只待朝廷赦罪招安。不想起动将军，致劳神力。实慕将军虎威。今者误有冒犯，切乞恕罪。'"又说："倘若将军不弃山寨微贱，宋江情愿让位与将军；等朝廷见用，受了招安，那时尽忠报国，未为晚矣。"金圣叹说这是"写宋江权诈可笑"。实际上宋江招降纳叛，把许多本来不肯上梁山的官吏硬拉上梁山，正是为他以后实现招安的目的服务的。作者在梁山义军取得胜利的形势下，从宋江这个领袖的灵魂深处，既活画出了宋江的复杂性格，又揭示了梁山义军走向毁灭的潜在祸根。其典型意义是非常深刻的。以"权诈可笑"目之，实属皮相之见。

既写出了人心所向、大势所趋的历史轨迹，又力求在"众虎"之中刻画出各自不同的鲜明的个性，这就是"众虎同心归水泊"的新的艺术特色。

十八、赚华州——迷信个人必败，依靠集体必胜

"宋江闹西岳华山"的起因，是因为史进、鲁智深已被华州贺太守打入死囚牢里，要攻下华州城，才能救出史进、鲁智深。但经过实地侦察，见华州"城高地壮，堑壕深阔"，使宋江等感到"无计可施"。这时，吴用派出十数个精细小喽啰下山探听到宿太尉将领御赐金铃吊挂来西岳降香的消息，于是便决定采用劫持宿太尉，由梁山人马乔装成宿太尉上华山烧香的办法，赚取贺太守上华山拜见宿太尉，趁机一举加以歼灭。在这之前，作者详细描写了鲁智深上华州打贺太守、救史进的过程。在"三山聚义打青州"之后，原在二龙山聚义的鲁智深等，已经"同心归水泊"。有一天，他便向宋江提议，要去少华山请"昔日在瓦罐寺救助洒家"的史进等"同来入伙"。宋江欣然同意，并说"不可独自去，可烦武松兄弟相伴走一遭"。他俩走后，宋江还"放心不下，便唤神行太保戴宗随后跟来，探听消息"。鲁智深和武松到达少华山，史进已被华州贺太守捉去。据史进的伙伴朱武说，那是因华州贺太守在华山看中了烧香还愿的画匠王义的女儿玉娇枝有些姿色，"要娶他为妾，王义不从，太守将他女儿强夺了去为妾，又把王义刺配远恶军州。路经这里过，正撞见史大官人，告说这件事。史大官人把王义救在山上，将两个防送公人杀了。直至府里要刺贺大守，被人知觉，倒吃拿了，现监在牢里。"朱武还介绍了贺太守"原是蔡太师门人，那厮为官贪滥，非理害民"，现在正要聚起军马，扫荡山寨。面对这样一个掌握军马武装的贺太守，鲁智深却不吸取史进靠个人行刺结果被俘的教训，而仍然要一个人冒险去州府打死那厮。武松劝说："哥哥不得造次。我和你星夜回梁山泊去报知，请宋公明领大队人马来打华州，方可救得史大官人。"朱武也劝阻鲁智深，赞同武松"说得是"。而鲁智深却不听劝阻，次日早晨即独自"径奔华州去了"。他自以为"只俺两个拳头，也打碎

了那厮脑袋"。可是贺太守毕竟不同于被鲁智深三拳打死的郑屠，他既奸诈狡猾，又掌握了专政工具。他吩咐以"太守相公请你赴斋"的名义，叫鲁智深放下禅杖、戒刀，到后堂赴斋，在后堂坐定的贺太守把手一招，喝声："捉下这秃贼！""两边壁衣内，走出三四十个做公的来，横拖倒拽，捉了鲁智深。"书中把这称作"正是：飞蛾投火身倾丧，怒鳖吞钩命必伤"。显然，作者是以此对史进、鲁智深迷信个人力量的鲁莽行动作了严厉的批判。

史进救玉娇枝，刺贺太守不得，鲁智深救史进，刺贺太守又不得，只有宋江为首的梁山义军依靠集体的智慧和力量，才既杀了贺太守，又救了史进和鲁智深。前者是依靠个人，后者是依靠集体；前者是有勇无谋，后者是智勇兼备。它说明了宋江、吴用领导的正确性和"众虎同心归水泊"的必要性。

其次，它又为宋江争取招安，把梁山义军引向最后被毁灭的道路埋下了伏笔。作者之所以写被劫持的太尉不是别人，而是宿元景，是另有意图的，在看到船上插的一面黄旗上写"钦奉圣旨西岳降香太尉宿元景"时，作者即写宋江看了，心中暗喜道："昔日玄女有言，'遇宿重重喜'……"这不但与第四十二回"宋公明遇九天玄女"，第八十九回"宿太尉领恩降诏"，前后相呼应，增强全书结构上的整体性，而且在具体描写上，也透露了作者整体构思的创作意图，即只反奸臣，不反忠臣。展现在我们面前的，是宋江对待忠臣宿元景和对待奸臣贺太守采取了两种截然不同的态度。把朝廷太尉宿元景尊为"贵人"，面对被劫持的宿元景，"宋江下了四拜，跪在面前，告复道：'宋江原是郓城县小吏，为被官司所逼，不得已啸聚山林，权借梁山水泊避难，专等朝廷招安，与国家出力。今有两个兄弟，无事被贺太守生事陷害，下在牢里。欲借太尉御香、仪从，并金铃吊挂，去赚华州；事毕齐还，于太尉身上，并无侵犯。乞太尉钧鉴。'"这里不但表现了宋江对宿元景采取乞求态度的奴才相，而且还有向封建朝廷表明他的心迹为"专等朝廷招安"的意图。对此，我们联系第八十二回"宋公明合伙受招安"时，宋江向宿元景表示称谢的话，就看得更清楚了。作者写他称谢道："宋江昨者西岳得识台颜，多感太尉恩厚，于天子左右力奏，救拔宋江等再见天日之光，铭心刻骨，不敢有忘。"由此可见，宋江对宿元景这类忠臣，不仅不反对，而且把他看成是"救拔宋江等再见天日之光"的大恩人。在赚杀贺太守之后，不仅"纳还了御香、金铃吊挂、旌节、门旗、仪仗等物，拜谢了太尉恩相"，宋江还"教取一盘金银相送太尉，随从人等，不分高低，都与了金银"。宿元景对宋江等也口口声声尊称"义士"。袁无涯刻本《水浒传》在该回回末的评语说："俊杰相逢，只就齿牙眉宇之间，一回一酬，可以立觇底蕴；一顾一盼，可以洞见肺腑。宿元景与宋江等相叙，固已稔知其才略矣。是以屡次与宋江等照（昭）雪冤情。若高俅虽与宋江盟誓，入京竟是寒盟。忠佞所为，霄壤悬绝。"这番评论，跟作者的创作意图是吻合的。在我们今天来看，它恰恰反映了宋江和作者的阶级局限性：把水浒英雄与封建统治阶级中的忠臣相提并论，把他们武装造反的对象只局限于反对奸臣、贪官，而不是推翻整个封建统治阶级。这样就势必走上接受招安的投降道路。而在"宋江闹西岳华山"的辉煌胜利中，就已经出现了足以使这支日益壮大的起义队伍走向失败和毁灭的阴影。

在艺术上，金圣叹于第五十八回的回评中指出："俗本写鲁智深救史进一段，鄙恶至不可读，每私怪耐庵，胡为亦有如是败笔？及得古本，始服原文之妙如此。"其实所谓"古本"及"原文之妙"，实乃出于金圣叹本人的加工、修改。应该肯定，金圣叹的某些修改，确属锦上添花，妙笔生辉。如当鲁智深、武松来到少华山找史进时，因史进已被贺太守关在牢里，朱武等要跟鲁智深、武松饮酒细商救史进的办法，这时原本写鲁智深道："贺太守那厮好没道理，我明日与你去州里打死那厮罢！"金本把鲁智深的这段话改为："史家兄弟不在这里，酒是一滴不吃！要便睡一觉，明日却去州里打死那厮罢！"我们在前面看过鲁智深醉打山门，深知鲁智深是个嗜酒成性的人，而如今他因为史家兄弟被俘，却一滴酒也不吃，这种感情，该是多么动人！它反映了修改者对鲁智深性格的把握和表达极为传神，诚如金圣叹的批语所指出的："自第七回写鲁达后，遥遥直隔四十九回而复写鲁达。乃吾读其文，不惟声情鲁达也，盖其神理悉鲁达也。尤可怪者，四十九回之前，写鲁达以酒为命，乃四十九回之后，写鲁达涓滴不饮，然而声情神理无有非鲁达者。夫而后知今日之鲁达涓滴不饮，与昔日之鲁达以酒为命，正是一副事也。"这种改写，不仅在故事情节上起到了前呼后应的整体结构作用，更重要的它以嗜酒如命与涓滴不饮的对立统一，使人物性格大大地丰富了。

何心在《水浒研究》中曾指出："大闹华山一节，有许多不近情理之处。例如，第五十八回里朱武叙述史进失陷事云：'史大官人把王义救在山上，将两个防送公人杀了，直去府里要刺贺太守，被人知觉，倒吃拿了。'史进为了打抱不平，竟单身前去行刺，这不但鲁莽，简直有些荒唐。前半部中写史进，似乎不是这样一个人物。后来鲁智深听说史进失陷，又单身前去行刺。他虽然性格急躁，似乎也不是这样荒唐冒失的人。假使鲁智深这样鲁莽，在林冲被陷害时，早已打进高太尉府内去了，还能默默地跟到野猪林吗？梁山泊在东京之东，华山在东京之西，从梁山泊到东京，非但路途遥远，而且还要在东京附近通过，梁山泊大队人马去攻华州，何以能畅行无阻？又如第五十九回叙赚取金铃吊挂事，谓宿太尉由黄河入渭河而来，宋江等带五百余人往渭河渡口等候，将宿太尉劫上少华山。按渭水在朝邑县入黄河，朝邑县在华州之北，而华山及少华山均在华州之南，此时华州已有戒备，宋江等怎能穿过华州而往渭河渡口？又怎能将宿太尉劫上少华山？且宿太尉是个钦差，他的官船到了渭河渡口，何以华州文武官员并不前去迎接？又宋江等假扮太尉，到了华山，何以贺太守尚毫无所知，直待观主使人通报，才派一员推官前来接待？贺太守是个媚上凌下的小人，对钦差何以如此轻慢？这种种都有讲不通的。"它反映了《水浒传》根据短篇话本汇集加工的艺术特色。因为它原本是各个不相连贯的说书人的说话底本，经作家加工成长篇小说后，仍不免留下上述种种疏漏之处，使故事情节的发展经不起仔细推敲，一经仔细推敲，便会露出原本是许多短篇拼凑的痕迹。

十九、二打大名府——煞费苦心，意在招安

大名府在《水浒传》所写的北宋时代又称北京，领元城、临清、清平等十一县，府治在今河北省大名县。所以原本《水浒传》第六十三回的回目叫"宋江兵打北京城"，金圣叹评本便把它改为"宋江兵打大名城"。这可谓一打大名府。二打大名府则在第六十六回，回目曰"吴用智取大名府"。

作者为什么要以这么多的篇幅，来描写一打、二打大名府呢？这段故事情节主要说明什么问题，它又有哪些成败得失呢？

宋江打大名府的目的，主要是为了救出卢俊义和劫法场救卢俊义而被俘的石秀，其次是要惩治陷害卢俊义的奸夫淫妇，即跟卢俊义的妻子贾氏通奸并霸占其家产的仆人李固；而这一切的起因，又都是由于宋江、吴用要拉卢俊义上梁山泊入伙。如果不是吴用把卢俊义拉上梁山并在他家壁上题了四句反诗，如果不是吴用要对李固诡称卢俊义已在梁山泊坐第二把交椅，就不至于发生李固勾结卢妻贾氏，使卢俊义以谋反罪险被处以极刑的事，也不会发生石秀劫法场不成，以及后来一打、二打大名府的故事。因此，要弄清打大名府的来龙去脉，还必须上溯到第六十一回"吴用智赚玉麒麟"，如何拉卢俊义上梁山入伙。

从故事情节上来看，它确有"将军欲以巧伏人，盘马弯弓只不发"的妙处。当宋江提起卢俊义，并对他大加赞扬，意欲拉他上山时，吴用说："小生略施小计，便教本人上山。"但究竟何计，作者就"弯弓只不发"，使读者把"悬念"落在怎么用计上。接着便用"引蛇出洞"的办法，写吴用装扮成算命先生，以百日之内必尸首异处、大祸临头的耸听危言，诱使卢俊义去东南千里之外避难。卢俊义被诱出之后，作者那久弯之"弓"的一发，并非径直就

"射"出去，而是以腾挪跌宕之势，写卢俊义在去山东泰安州烧香避难途经梁山泊时，如何被水浒英雄以武力挟持上梁山。待"弯弓"终于"一发"，擒住了卢俊义之后，不料卢俊义却以"生为大宋人，死为大宋鬼，宁死实难听从"，坚决拒绝入伙。"武力挟持"的办法未达目的，作者又用"嫁祸于人"的办法，写吴用先放卢俊义的随身仆人李固下山，对李固诡称："你的主人已和我们商议定了，今坐第二把交椅。"使李固回去后好放胆霸占卢俊义的妻子和家产，赶走忠于卢俊义的仆人燕青。然后吴用再放卢俊义回家，假借奸夫淫妇之手，把谋反的罪名嫁祸于卢俊义，使卢俊义被打入死囚牢狱。为救卢俊义免于一死，宋江又用重金收买的办法，派柴进携带一千两黄金，前去收买在牢狱当差的蔡福、蔡庆，要他们"留得卢员外性命在世"。经过蔡福、蔡庆用这一千两黄金"上下使用"，终于保全了卢俊义的性命，改判脊杖四十，刺配三千里外的沙门岛。在发配途中，李固又收买押送公人董超、薛霸要害死卢俊义，幸得燕青救主，用箭射死了正在谋害卢俊义的董超、薛霸。这看上去是使已经绷紧的"弦"松了一下，实则却使"弦"更进一步地绷紧了。卢俊义又被加上了杀害押送公人的罪名，被缚赴刑场处决。在刑场即将处决的危险时刻，被宋江派入大名城探听消息的石秀，为救卢俊义，只有冒险只身跳楼劫法场。因寡不敌众，使石秀跟卢俊义一起被缚。"引蛇出洞""武力挟持""嫁祸于人""重金收买"，这种种办法全用上了，目的就是要拉卢俊义上山入伙，"兵打大名城"，就是为了救卢俊义和石秀，是拉卢俊义上山入伙的继续和必然发展。

一打、二打大名城，作者对故事情节的编撰也是煞费苦心的。卢俊义、石秀被擒，下于死牢。为使敌人暂缓对他们下毒手，梁山好汉便散发没头帖子数十张，要敌人"存得二人性命"，否则"便当拔寨兴师，同心雪恨，大兵到处，玉石俱焚"。使梁中书不敢杀害卢俊义、石秀，而派索超于城外二十五里飞虎峪下寨，等待梁山泊来人与之厮杀。宋江率兵马大战索超，使大名府告急，蔡太师大惊。读者以为宋江这下子可以一举攻入大名府，不料作者却写关胜给蔡太师献围魏救赵之计，派精兵数万攻打梁山泊，使原来宋江胜利进攻的形势又急转直下，面临后顾之忧；使读者刚刚感到欣慰的心情又骤然紧张起来。幸好吴用识破关胜围魏救赵的诡计，逐步退兵。花荣、林冲埋伏飞虎峪两边，打退追兵。这时使读者紧张的心情又有所缓解。但接着因张横劫关胜之寨被俘，三阮、张顺去救张横，阮小七又中埋伏被俘，使读者的心情又随着战场形势的恶化而紧张起来。这时吴用又派呼延灼向关胜诈降，关胜不疑，夜晚偷营，使关胜中计被擒。在宋江的义气感召之下，关胜在梁山泊入伙，成了攻打大名的先锋，一交战便打败索超。吴用又故意输给索超一战，用雪天掘下陷阱，引索超追来，被伏兵擒获。宋江礼待索超，索超便归顺梁山。正在眼看攻打大名府胜利在望之际，宋江害了背疮，派张顺到江南建康府去请安道全来医治。这时作者虽然暂时搁置了刀枪厮拼的战场描写，但故事情节的惊险紧张却依然如故。这不但因为卢俊义、石秀仍然关在大名府的死牢中，而且张顺在赴江南请安道全的途中也是险象丛生。乘船过江时即被张旺投入水中，盗去盘缠。幸好张顺会水上功夫，在水底咬断绳索，抵达建康府找到安道全。不料安道全因迷恋烟花女，不肯上梁山。张顺又杀了烟花女，逼安道全上山，并惩办了害他的张旺等人，由戴宗使神行法接安道全上山给宋江治病。这时才又利用元宵灯节，派出十一批人马分别装扮成猎户、乞丐、客商、僧人等各种角色，混入大名府，采用里应外合的办法，攻下大名府，梁中书从南门夺路而逃，城内柴进救出卢俊义、石秀，捉了李固、贾氏。整个情节的发展，一张一弛，可谓极尽曲折，波澜起伏，惊险之至。

然而，故事情节的紧张曲折，引人入胜，只能吸引人，而要感染、教育人，还必须取决于它所表达的思想倾向和所塑造的人物形象。作者不惜花费如此浩繁的篇幅，目的无非要说明宋江是多么处心积虑地要把本来不肯上梁山的卢俊义、关胜、索超、安道全等人，硬拉上梁山，为实行他的招安投降路线做组织准备。在拉卢俊义上梁山之前,宋江声称:"梁山泊寨中若得此人时,何怕官军缉捕,岂愁兵马来临?"好像他看中的只是卢俊义的"一身好武艺,棍棒天下无对",意在以此武艺去和朝廷官府作对。可是事实上他只是以这个冠冕堂皇的理由,来增加他对水浒英雄拉卢俊义上山的号召力。一旦卢俊义真的被他拉上山入伙之后,宋江的调子却全变了。他再也不提"何怕官军缉捕"之类的话,而是强调卢俊义"有贵人之相""豪杰之誉",要把梁山泊寨主的位子让给他,以借助他的地位和声誉,好顺利达到接受招安,"归顺朝廷"的目的。只是由于吴用、李逵、武松等人的坚决反对,才让卢俊义坐了第二把交椅。不过既然领导权落在宋江、卢俊义的手里,就必然为水浒英雄的接受招安和最后毁灭埋下了祸根。因此,尽管这种"拉"上梁山跟前面写林冲、武松等被"逼"上梁山的情节之惊险十分相像,但其所创造的思想和艺术境界,却已大异其趣,令人顿感失望。如董超、薛霸在林冲发配途中图谋害死林冲,于野猪林为鲁智深所救,令人拍手称快,读者无不为鲁智深仗义救人的精神所深深感动,而在董超、薛霸押送卢俊义的途中,又图谋害死卢俊义,因"燕青救主"放冷箭而得救,它宣扬的是奴才"救主"的思想,跟鲁智深救林冲岂可相提并论。张顺为拉安道全上山,便不惜杀死无辜的烟花女李巧奴和虔婆等四人,并学武松血溅鸳鸯楼的办法,蘸血去粉壁上写道:"杀人者安道全也!"武松是以"杀人者打虎武松也",表现了他那英勇无畏、光明磊落、敢作敢当的英雄气概,而张顺却以自己杀人,嫁祸于安道全的手法,来达到逼安道全上山的目的。如金圣叹在此处的批语所指出的:"武松是自认,张顺是推人,只是题目不同,便令一篇都变也。"由此可见,思想是艺术的灵魂。情节、语言相似,而思想旨趣不同,其艺术效果就迥然有别。

二十、李逵负荆——使故事情节合理合情,人物性格真实动人

元代与明初有水浒戏三十二种,以李逵为主角的就有十三种,其中《李逵

负荆》是现传水浒戏里最优秀的作品。它与《水浒传》第七十三回"黑旋风乔捉鬼 梁山泊双献头"的故事情节基本相同。但是，我们把两者仔细加以比较，就不难发现《水浒传》对李逵负荆故事情节的安排更具有合理性和真实性，对李逵的人物性格刻画更具有典型性。

故事情节是人物性格的载体。只有故事情节具有合理性和真实性，才能使人物性格真实鲜明，具有"活"的艺术生命。

李逵为什么会相信宋江抢了民女？杂剧中的王林说："俺这里靠着这梁山较近，但是山上头领，都在俺家买酒吃。今日烧的旋锅儿热着，看有什么人来。"正在此时，两个贼汉便假冒宋江、鲁智深来买酒喝。既然梁山头领都是在这个酒店喝酒的常客，王林怎么连宋江、鲁智深这样著名的头领都不认识呢？剧作者以"老汉眼花"为理由，实际上这个理由是搪塞不过去的。当后来宋江、鲁智深来跟王林当面对质时，王林说："那两个：一个是青眼儿长子，如今这个是黑矮的；那一个是稀头发腊梨，如今这个是剃头发的和尚。"他对真假宋江、鲁智深的外貌特征，不是看得很清楚，说得很具体吗？当初他怎么会以假当真、受骗上当的呢？如果说他根本不认识宋江和鲁智深，那么，这与王林早先说的"山上头领，都在俺家买酒吃"，"老汉在这里，多亏了头领哥哥照顾老汉"，岂不又是自相矛盾的么？李逵尽管莽撞，却并不痴呆，他怎么会毫不觉察这种矛盾而对王林的话一听就信呢？这种故事情节的不合理性，就必然会使人们对人物形象的真实性不能不打个问号。

《水浒传》作者便弥补了这个矛盾。把这个故事发生的地点，从梁山脚下转移到"梁山泊北，到寨尚有七八十里，巴不到山，离荆门镇不远"的刘家庄；不是梁山好汉经常喝酒的酒店，而是在刘太公家里。这样刘太公不认识宋江，两个贼汉冒充宋江抢劫民女，就显得完全可信了。

李逵之所以相信宋江会抢民女，《水浒传》作者还写了李逵的思想认识过程："我当初敬你是个不贪色欲的好汉，你原来是酒色之徒：杀了阎婆惜，便是小样；去东京养李师师，便是大样……"这说明李逵对宋江的怀疑，不只是对他人的话一听就信，还有宋江过去的行为作根据。因此，李逵听说宋江抢了民女，便赶回梁山，要跟宋江拼命。

为什么把宋江提出赌头改由李逵提出？在《李逵负荆》剧本中是由宋江提出赌头的，这就既有损于宋江的形象，又不能充分体现李逵的性格。宋江明知自己未抢民女，却主动提出要与李逵赌头，这岂不是有意要置李逵于死地么？身为领袖怎么能够这样做呢？《水浒传》则堵塞了这些有悖于人物性格真实的漏洞。它写李逵一上山，就"睁圆怪眼，拔出大斧，先砍倒了杏黄旗，把'替天行道'四个字扯做粉碎"。见到宋江，他就"拿了双斧，抢上堂来，径奔宋江"。"宋江喝道：'你且听我说！我和三二千军马回来，两匹马落路时，须瞒不得众人。若还抢得一个妇人，必须只在寨里，你却去我房里搜看。'"李逵认为"山寨里都是你手下的人，护你的多，那里不藏过了"。在这种情况下，宋江才提出："你且不要闹嚷，那刘太公不死，庄客都在，俺们同去面对。若还对翻了，就那里舒着脖子，受你板斧；如若对不翻，你这厮没上下，当得何罪？"在这种情况下，不是宋江，而是李逵本人先提出："我若还拿你不着，便输这个头与你！"这样一改写，既无损于宋江的形象，又把李逵那憨直无私而不惜献身的性格活现出来了。

负荆请罪的办法，在小说中是燕青教给他的。李逵作为一个质朴的"铁牛"性格，他不可能像剧本中所描写的那样，既粗暴莽撞，又满腹经纶，懂得学习廉颇负荆请罪的历史掌故。小说作者还特地写李逵问燕青："怎地是负荆？"燕青教给他负荆请罪的具体办法后，李逵还说："好却好，只是有些惶恐，不如割了头去干净。"这是一个多么刚直而憨厚、朴实而无私的英雄形象啊！

小说中的李逵这种坦率承认错误，勇于引咎自责的态度，跟他一听说宋江抢了民女就要跟宋江拼命的那种嫉恶如仇，勇于捍卫人民利益的高贵品质，是前呼后应、完全一致的。小说作者写李逵的缺点，不是给这个英雄形象抹黑，相反，他是把李逵内心性格的光彩刻画得更加璀璨夺目，令人感到，他是莽撞，但绝不暴虐，从莽撞之中表现出来的是他那颗纯朴、憨厚的赤子之心。

《李逵负荆》杂剧中的李逵性格存在着难以统一的矛盾。即一方面写他为捍卫人民的利益而对宋江铁面无私，另一方面却又写李逵充满着个人患得患失的情绪。他听王林向他诉说贼汉抢了民女，便责怪自己"是非只为多开口"；他犯了错误，一点没有勇于改正错误的气概，却成了怕死的胆小鬼："敬临山寨，行一步如上吓魂台。"他考虑的不是如何改正错误，而是"我死后，墓顶谁定远乡牌？灵位边谁咒生天界？怎擘划，但得个完全尸首？便是十分来"。这些都反映了市井细民的那种明哲保身、个人患得患失的思想。它跟李逵见义勇为、刚烈豪爽的英雄性格是水火不相容的，叫人看了，就像吞下一只苍蝇似的感到非常恶心。

《水浒传》中的李逵则没有上述个人患得患失的情绪。他一听说刘太公的女儿被宋江抢去，便毫不犹豫地表示："既是宋江夺了你的女儿，我去讨来还你。"当他一旦获悉："俺哥哥原来口是心非，不是好人了也"，便毫无顾忌地"拿了双斧，抢上堂来，径奔宋江"。关胜、林冲等"慌忙拦住，夺了大斧"。当事实一旦证明，是李逵自己弄错了之后，他又是那么胸怀坦荡地承认自己"错做了事"。即使要受到"输了这颗头"的处罚，他也无所畏惧。小说作者不仅在语言、行动上，而且在思想感情和性格特征上，都把李逵的心灵刻画得如此高尚、纯洁、无私、无畏。

《水浒传》在情节安排上跟《李逵负荆》杂剧有哪些不同呢？《李逵负荆》的故事情节安排，是按着时间顺序，写了矛盾的发生、发展和解决。先写矛盾的发生，宋刚、鲁智恩冒充宋江、鲁智深抢了王林的女儿。然后再写矛盾的发展，李逵来喝酒，听到王林的申诉，便信以为真，立即上山去砍倒杏黄旗，要砍死宋江，双方以头相赌，经过下山当面对质，证明宋江没有抢民女，李逵输了头，负荆请罪。最后矛盾的解决，是李逵以杀死假宋江、假鲁智深来将功补过。

《水浒传》则不是按照上述时间顺序，而是用保留故事中的种种关节来吸引读者。如它不先写贼汉抢了民女，而先写李逵投宿刘太公家，"只听得太公太婆在里面哽哽咽咽的哭"，使李逵一夜未睡着。经过询问，才获悉原来是刘太公的女儿被宋江抢了。李逵上山砍杏黄旗，向宋江讨还刘太公女儿，宋江不承认，经过与刘太公及庄客们当面对质，证明抢刘太公女儿的确实不是梁山泊上的宋江。李逵负荆请罪，宋江要他捉拿冒充宋江抢夺民女的贼汉，"方才饶你"。一直到李逵捉拿住贼汉之后，我们才知道冒充宋江抢民女的原来是牛头山上的"两个强人：一个姓王名江，一个姓董名海"。这里故事情节的发展，就像剥竹笋一样，一层一层地剥到最后，大功告成，方真相大白。

《水浒传》这样结构故事的好处，一是把谜底放在最后，富有吸引力；二是前后勾联，一步紧一步，层层深入，别开生面；三是善于错综变化，波澜起伏，避免平铺直叙。这不仅在艺术上能收到生动有趣，故事性强的效果，而且有助于我们认识客观事物的复杂性和李逵在主观上犯错误的必然性，使作品增添了真实感人的力量和思想教育意义。

当李逵负荆请罪时，小说也不像剧本所描写的那样，宋江坚持要杀李逵的头，李逵说："罢罢罢，他杀不如自杀，借哥哥剑来，待我自刎而亡。"宋江也果真叫"小喽啰将剑来递与他"。正在李逵将"自刎而亡"的紧急关头，王林冲上来喊："刀下留人！"李逵的头才幸免落地。剧本在这里为了取得戏剧性的效果，未免把宋江与李逵兄弟的内部矛盾，夸大到了过分的地步。《水浒传》以宋江在回梁山前就对刘太公当面说道："我与你做主"，为他以后要派李逵等继续替刘太公讨还女儿埋下了伏笔。当李逵负荆请罪时，小说不是写宋江要真的"把刀来割这颗头去"，而是写"当众人都替李逵陪话"时，宋江便主动提出："若要我饶他，只教他捉得那两个假宋江，讨得刘太公女儿来还他，

228

这等方才饶你。"李逵听了，便高兴得"跳将起来"，欣然从命。宋江又说："他是两个好汉，又有两副鞍马，你只独自一个，如何近傍得他？再叫燕青和你同去。"（剧本中是吴学究提出派鲁智深同去）这不仅突出了宋江的领袖风度，对下级既坚持原则，严格要求，又热忱爱护，关怀备至，不愧是个胸怀宽广、英俊睿智的义军领袖形象，而且进一步把李逵和以宋江为首的整个水浒义军竭诚爱民的高贵品质，都刻画得真实可信，深刻感人，具有极为丰富的典型意义。

（原载《明清小说鉴赏辞典》，浙江古籍出版社 1992 年 9 月出版，前言和每段小标题为此次增补。）

极幻与极真相统一

——论《西游记》对《取经诗话》的继承和发展

明末清初有个幔亭过客，他在《西游记题辞》中说："至于文章之妙，《西游》《水浒》实并驰中原。"①《水浒》是现实主义的杰作，《西游》则是积极浪漫主义的典范。事实说明，这两者不是互相对立的，而是并传不朽，代表着我国古代小说艺术的两大主潮。他在《题辞》中又说："文不幻不文，幻不极不幻。是知天下极幻之事，乃极真之事；极幻之理，乃极真之理。"②极幻与极真相统一，这是《西游记》的创作取得成功的一个重要秘诀。我们从它对《大唐三藏取经诗话》（以下简称《取经诗话》）的继承与发展之中，可以清楚地看出这个问题。

一

事情得从头说起。《取经诗话》是现传最早叙述唐僧取经故事的话本。有人认为："它是《西游记》故事的最早的雏形。"③有人则说："此话本不是吴承恩《西游记》的蓝本。它的叙述方法迥然不同，取经人数，不是四人而是七人，故事情节，也很少与《西游记》有密切关联之处。"因此便断言"此话

---

①② 见黄霖等选注《中国历代小说论著选》上册，江西人民出版社出版，第271页。

③ 程毅中：《宋元话本》，中华书局1980年版，第30页。

本与吴承恩的《西游记》，并没有什么明显的直接关系"。[①]还有人甚至认为："至于《大唐三藏取经诗话》，似吴承恩未知其书，对之无所取裁。"[②]这就使我们首先得弄清楚：《西游记》与《取经诗话》是否有"直接关系"？

否定论者提出了三条理由。第一条是"叙述方法迥然不同"。叙述方法是由作品的主题、体裁和作者的风格等多方面的因素决定的。既然前者是民间说唱的《取经诗话》，后者是经过作家再创作的小说，那么，两者在叙述方法上迥然不同，如同鸡蛋的孵化与成鸡的饲养，在方法上也截然有别一样，以方法上的不同来否定两者之间有直接关系，这在逻辑上是说不通的。

第二条理由，"取经人数，不是四人而是七人"。我认为，问题不在于人数多少，而在于它所描写的人物形象唐僧、猴行者、深沙神，皆与吴承恩《西游记》中的唐僧、孙行者、深沙僧是大体上相一致的。至于其他人，在《取经诗话》中，只是笼统地提到"僧行六人""僧行七人"，连个姓名都未写，这有多大的意义呢？况且话本是民间艺人口头说故事的底本，"变异性"是口头文学的普遍特性之一，把四人说成七人，这是没有什么了不起，不足为奇的。

唯有第三条理由，故事情节是不是"也很少与《西游记》有密切关联之处"，这倒是值得我们仔细探讨的。

故事情节是"各种不同性格、典型的成长和构成的历史"[③]。让我们先从《取经诗话》和《西游记》中几个主要人物性格直接有关的故事情节谈起。

先看《取经诗话》中的猴行者和《西游记》中的孙悟空：

两者的籍贯相同，都是生长在花果山。

两者的出身相似，都是猴王。

---

① 胡士莹：《话本小说概论》上册，中华书局版，第200页。
② 苏兴：《〈西游记〉的女儿国》，《江海学刊》1982年第6期。
③ 高尔基：《和青年作家谈话》，见《论写作》，人民文学出版社1955年版，第6页。

两者的性格特征相近，都同样很刚强。《取经诗话》说他是"铜头铁额"。《西游记》则写他"被众天兵押去斩妖台下，绑在降妖柱上，刀砍斧剁，枪刺剑刳，莫想伤及其身。南斗星奋令火部众神，放火煨烧，亦不能烧着。又着雷部众神，以雷屑钉打，越发不能伤损一毫"（第七回）。他这种被刀砍斧剁，雷打火烧，皆不能伤损一毫的身体，岂不是如"铜头铁额"一般刚强的生动写照么？

　　两者的经历也很相像。例如他俩都有很长的寿命。《取经诗话》写猴行者曾"九度见黄河清"，"历过世代万千"，"知天上地府事"。《西游记》作者则写孙悟空大闹森罗殿，迫使阎罗王交出生死簿，强行勾销猴子的死期，"致使猴属之类无拘，猕猴之畜多寿；寂灭轮回，各无生死。"（第三回）后来孙悟空偷吃了西王母的仙桃，更是"与天地齐寿，日月同庚"（第五回）。他经常上天入地，对于天上地府的事情，他确实是无所不知。《西游记》作者对孙悟空的这种种描写，难道不是从《取经诗话》类似的描写——"历过世代万千"，"知天上地府事"——吸取灵感，加以生发的么？

　　他们都偷吃过王母蟠桃。鲁迅在《中国小说的历史的变迁》中曾经指出："这《大唐三藏法师取经诗话》虽然是《西游记》的先声，但又颇不同：例如'盗人参果'一事，在《西游记》上是孙悟空要盗，而唐僧不许；在《取经诗话》里是仙桃，孙悟空不盗，而唐僧使命去盗。——这与其说时代，倒不如说是作者思想之不同处。因为《西游记》之作者是士大夫，而《取经诗话》之作者是市人。士大夫论人极严，以为唐僧岂应盗人参果，所以必须将这事推到猴子身上去；而市人评论人则较为宽恕，以为唐僧盗几个区区仙桃有何要紧，便不再经心作意地替他隐瞒，竟放笔写上去了。"

　　鲁迅在这里既肯定了《取经诗话》与《西游记》"有密切关联之处"，前者是后者的"先声"，又分析了它们之间有所不同的原因，这是说得很中肯、公道的。我要补充说明的，这不仅反映了作者评论人的宽严之别，而且也可看出《取经诗话》作者并不懂得虚幻的情节要为表现真实的人物性格服务，而《西游记》作者却能使虚幻的故事情节服从于人物性格的真实，服务于人物形象典型化的需要。不偷盗，这是佛家的"五戒"之一。像唐三藏这样一个恪守佛家清规戒律的虔诚的高僧，竟唆使人去干偷盗的勾当，这跟唐僧的身份和性格，显然是极不协调的。而"将这事推到猴子身上去"，则能真实地表现猴子无法无天的反抗性格。

《取经诗话》一方面写猴行者具有"铜头铁额"般的刚强，另一方面却又把他写成是个卑劣猥琐、胆小怕事的小人。他在偷蟠桃时，口口声声说："我今定是不敢偷吃也。""我小年曾此作贼了，至今由（犹）怕。"这种写法既非极幻，又非极真。小说《西游记》从人物性格的规定性出发，则把幻和真都推到了极限。它写孙悟空偷吃蟠桃，不是写成普通的"作贼"，而是进一步通过幻想，把它与"搅乱了'蟠桃大会'"联系起来，写成是"搅乱天宫"，说："搅乱天宫者，乃齐天大圣也。"连玉帝听了都由"惊惧"到"大惊"，进而"大恼"。（第五回）由一般的偷盗幻想成为"搅乱天宫"的政治斗争、武装斗争，由普通的日常的生活真实，发展成为具有高度社会典型意义的艺术真实，从而突出了孙悟空敢于反抗天宫最高统治者的英雄形象。

《唐三藏西游记》话本已有孙悟空"闹乱天宫"的记载，这是不是说明只有《唐三藏西游记》话本才是"吴承恩《西游记》的蓝本"[1]，而跟《取经诗话》没有"直接关系"呢？其实，吴承恩《西游记》的蓝本并非只能有一个。值得注意的是，《唐三藏西游记》话本还写到孙悟空"又去王母宫偷王母绣衣一套，来设庆仙衣会"。这个情节幻而不真，只有宣扬佛教的意义，而有损于孙悟空形象的光辉。《取经诗话》和吴承恩《西游记》都同样没有这个情节，而有别于话本《唐三藏西游记》。这恰恰证明，吴承恩《西游记》在幻和真这两

---

[1] 胡士莹：《话本小说概论》上册，第 300 页。

个方面，既吸取了《取经诗话》和《唐三藏西游记》的长处，又扬弃了它们的短处。

在保唐僧去西天取经途中，《取经诗话》写猴行者一行路过"火类坳"："又忽遇一道野火连天，大生烟焰，行去不得。"这实际上就是《西游记》中所描写的火焰山。猴行者过火类坳曾遇到一个白虎精变化成的"白衣妇人"，她跟《西游记》中的罗刹女铁扇仙，不仅两者同属女妖，而且《取经诗话》中的猴行者和《西游记》中的孙悟空对付这两个女妖，都同样采用了钻进对方肚皮里去的战术。这说明《西游记》对取经途中孙悟空的描写，跟《取经诗话》中的猴行者也是一脉相承的，不同的只是吴承恩《西游记》的故事情节更加变幻多姿，孙悟空的性格更加真实、丰满。

再看《取经诗话》中的唐僧与吴承恩《西游记》中的唐僧：

两者都写唐僧在西行取经前得到赏赐。《取经诗话》称唐僧由"天王赐得隐形帽一事，金镮锡杖一条，钵盂一只"。吴承恩《西游记》也同样写赐给唐僧锡杖、钵盂，不同的只是把"天王"改成国王"唐太宗"，"隐形帽"改成"锦襕异宝袈裟"，给读者增加了真实感。

两者都写唐僧的性格很懦弱。《取经诗话》中的唐僧遇到妖魔，不是"法师一见，退步惊惶"，便是"法师烦恼"，甚至连"颠下三颗蟠桃入池中去"，也使得"师甚敬（惊）惶"。吴承恩《西游记》中的唐僧也是每遇妖魔，便"唬得那三藏魂飞魄散，跌下马来，不能言语"（第十四回）。以致连孙悟空都当面"发声喊道：'师父莫要这等脓包形么！'"（第十五回）靠唐僧这种懦弱的性格，自然是不可能克服西行途中那重重艰难险阻的。不同的只是《取经诗话》依然把唐僧作为西行取经的正面主人公来颂扬，而吴承恩《西游记》则把孙悟空描写和歌颂成为全书的正面主人公，把唐僧降为被批判的次要人物。

两者都写唐僧西行取经途中，皆靠猴行者显神通，战胜妖魔。《取经诗话》

中的唐僧一收猴行者为徒弟，就题诗曰："此日前生有宿缘，今朝果遇大明贤。前途若到妖魔处，望显神通镇佛前。"后来猴行者消灭了火类坳的白虎精，作者又写唐僧一行"乃留诗曰：'火类坳头白虎精，浑群除灭永安宁。此时行者神通显，保全僧行过大坑'"。过蛇子国时，唐僧也对猴行者说："皆赖小师威力。"这一切在《取经诗话》中跟唐僧作为正面主人公的地位是不相称的，而跟吴承恩《西游记》以孙悟空为主人公，写唐僧在西行取经途中离开孙悟空就寸步难行，倒是完全一致的。

还值得注意的是，《取经诗话》和吴承恩《西游记》中的唐僧，最后取得的经文都同样是五千零四十八卷，而与被称"为吴承恩《西游记》的蓝本"的《唐三藏西游记》话本却不一致。据朝鲜古汉语教科书《朴通事谚解》的一条注解，介绍此话本："《西游记》：三藏法师往西域取经六百卷而来，记其往来始末为书，名曰《西游记》。"一个是五千零四十八卷，一个是六百卷，吴承恩《西游记》采取了《取经诗话》的记载，而没有采用话本《西游记》的说法，这难道还不足以证明吴承恩《西游记》不仅与《取经诗话》有"直接关系"，而且也同样以它为"蓝本"么？

再看《取经诗话》中的深沙神和吴承恩《西游记》中的深沙僧：

两者都吃过取经人，并且同样都将被吃的取经人的骷髅挂在头颈项下。《取经诗话》写"深沙云：'项上是和尚两度被我吃的，袋得枯骨在此。'"吴承恩《西游记》中的深沙怪也说："我在此间吃人无数，向来有几次取经人来，都被我吃了。凡吃的人头，抛落流沙，竟沉水底。这个水，鹅毛也不能浮。惟有九个取经人的骷髅，浮在水面，再不能沉。我认为异物，将索儿穿在一处，闲时拿来顽耍。过去，但恐取经人不得到此，却不是反误了我的前程也？"菩萨曰："岂有不到之理？你可将骷髅儿挂在头项下，等候取经人，自有用处。"（第八回）

两者都表示愿意改过，皈依佛门。《取经诗话》写和尚对深沙说："此回若不改过，教你一门灭绝！"对此，"深沙合掌谢恩，伏蒙慈照。"吴承恩《西游记》中的深沙听到菩萨的劝告，也是当即表示："既然如此，愿领教诲。""菩萨方与他摩顶受戒，指沙为姓，就姓了沙；起个法名，叫做个沙悟净。当时入了沙门，送菩萨过了河，他洗心涤虑，再不伤生，专等取经人。"（第八回）

两者都帮助唐僧一行渡过了流沙河。《取经诗话》是写"深沙当时哮吼，教和尚莫敬（惊）。只见红尘隐隐，白雪纷纷，良久，一时三五道火裂，深沙衮衮，雷声喊喊，遥望一道金桥，两边银线，尽是深沙神，身长三丈，将两手托定；师行七人，便从金桥上过去了。深沙神合掌相送"。这段描写未免过于荒诞。吴承恩《西游记》改成深沙"即将颈项下挂的骷髅取下，用索子结作九宫，把菩萨葫芦安在当中，请师父下岸。那长老遂登法船，坐于上面，果然稳似轻舟"。使唐僧一行"飘然稳渡流沙河界"（第二十二回）。

上述两者的具体情节虽略有差异，但后者是从前者脱胎而来的痕迹，则依然清晰可辨。所不同的主要是，《取经诗话》中的深沙神带有浓厚的"神"性，吴承恩《西游记》中的深沙僧后来则由神性转化为以人性为其主要特征。

现传《取经诗话》是个残本，缺第一章全文，第八章的前半部分；猪八戒的形象未见出现。但就从以上三个人物性格所经历的主要故事情节来看，那种把吴承恩《西游记》说成跟《取经诗话》没有"直接关系"，或没有"密切关联之处"，甚至"未知其书，对之无所取裁"，这是不符合事实，令人难以置信的；吴承恩《西游记》之所以创作成功，跟他既广泛吸取包括《取经诗话》在内的各方面的丰富素材，又深深扎根于真实的社会生活之中，力求做到极幻与极真的统一，是分不开的。

二

吴承恩《西游记》跟《取经诗话》等话本，既存在着如同家族之内的血缘关系一样，谁也无法割断，然而它又毕竟不是《取经诗话》的直接的简单的翻版，而是对它作了根本的改造和巨大的发展。

第一，作品的思想倾向，由宗教宣传变为对宗教的本质和昏君奸臣进行揭露、批判。《取经诗话》的思想倾向，是属于"说经"的性质。全书贯穿了宗教宣传的意图，特别是对佛教的神威，渲染得十分离奇、荒诞和虚幻。如唐僧一行途经"蛇子国"，连蛇"皆有佛性"，"大小蛇儿见法师七人前来，其蛇尽皆避路，闭目低头，人过一无所伤。"又宣扬《多心经》能"上达天宫，下管地府"。"此经才开，毫光闪烁，鬼哭神号，风波自息，日月不光。"竭力进行皈依佛教的宣传，说什么"树人国"的妖怪向唐僧师徒表示："从今拱手阿罗汉，免使家门祸及之。"经过"女人国"，女王要招唐僧为夫，唐僧不肯，乃留诗曰："愿王存善好修持，幻化浮生得几时？一念凡心如不悟，千生万劫落阿鼻。"行次入到"优钵罗国"，作者说那儿"满国瑞气，尽是优钵罗树菩提花。自生此树，根叶自然，无春无夏，无秋无冬，花枝常旺，花色常香，亦无猛风，更无炎日，雪害不到，不夜长春"。如此天堂乐园，是从哪儿来的呢？作者把它归功于佛教，说什么"竺国西天都是佛，孩儿周岁便通经"。"佛天无四季，红日不沉西。孩童颜不老，人死也无悲。寿年千百二，饭长一十围。有人到此景，百世善缘归。"其目的是要"委嘱皇王，令天下急造寺院，广度僧尼，兴崇佛法"。

吴承恩《西游记》虽然也受到宗教思想的影响，但就其总的思想倾向来看，它对宗教家的本质和昏君奸臣，是持揶揄、讽刺和批判态度的。作者一方面把许多行凶作恶的妖魔，写成挟持昏君、篡夺朝政的奸臣，另一方面又写他们都与神佛有联系。如第三十二至三十五回金角、银角大王，是由观音"托化"指使的。为此，作者写孙悟空指责观音"老大悫懒"，"反使精邪揸害，语言不的，该他一世无夫！"第三十六至三十九回的狮猁王，是奉"佛旨差来的"，只因文殊菩萨受到乌鸡国王的怠慢，就怂恿狮猁王到乌鸡国"篡位谋国", 祸国殃民。由于"他的神通广大,官吏情熟——都城隍常与他会酒,海龙王与他有亲,东岳天齐是他的好朋友,十代阎罗是他的异兄弟",因此使受害者"无门投告"。孙悟空斥责说:"报什么'一饮一啄'的私仇,但那怪物不知害了多少人也。"第五十四至五十五回的蝎子精,是如来佛的徒弟。第七十四至七十七回的青狮、白象,是文殊、普贤菩萨的坐骑;大鹏"与如来有亲",是如来佛的外甥,狮驼国的"国王及文武官僚,满城大小男女也尽被他吃了干净,因此上夺了他的江山"。这伙妖魔之所以能如此放肆地行凶作恶,就是因为他们有神佛作靠山。"一封书到灵山,五百阿罗都来迎接;一纸简上天宫,十一大曜个个相钦。四海龙曾与他为友,八洞仙常与他作会。十地阎君以兄弟相称,社令、城隍以宾朋相爱。"大鹏被孙悟空擒获后,还倚势放刁,如来佛对他说:"跟我去,定有进益之功。"在一般人尤其是宗教家的心目中,神佛是无比神圣、崇高的偶像,妖魔则是凶残无比的恶势力的代表,而吴承恩《西游记》却把神佛写成是妖魔的靠山和后台,这对宗教家所尊崇的神佛,该是多么无情的揭露、多么辛辣的讽刺和多么深刻的批判啊!

《取经诗话》把优钵罗国、天竺国描绘得恰如佛家所吹嘘的极乐世界一般。吴承恩《西游记》却写"那个天竺国王,因爱山水花卉,前年带后妃公主在御花园,月夜赏花,惹动一个妖邪,把真公主摄去,他却变做一个假公主"(第九十三回)。作者说,这是"邪主爱花花作祸"(第九十四回)。唐僧到达天竺国取经时,佛主竟向唐僧索取礼物;不送礼,就"将无字之经传去",随后又使妖术,"半空中伸下一只手来,将马驮的经轻轻抱去",使"唐僧满眼垂泪道:'徒弟呀!这个极乐世界,也还有凶魔欺害哩!'"(第九十八回)后来还是唐僧将唐王亲手所赐的紫金钵盂作为礼品送上,并作了"待回朝奏上唐王,定有厚谢"的保证,才肯传给真经。作者写奉如来佛祖之命传经的阿傩,"把脸皮都羞皱了,只是拿着钵盂不放。"(第九十八回)神圣的传经,虔诚的取经,在吴承恩笔下,原来就是这么一场索贿、行贿的肮脏交易。

《取经诗话》写传经时也曾克扣《多心经》，但其目的不是像吴承恩《西游记》这样揭露佛祖"揩财作弊"（第九十八回）。而是为了突出佛法宏大："夜至三更，法师忽梦神人告云：'来日有人将《心经》本相惠，助汝回朝。'"来日果然"佛再告言：'吾是定光佛，今来授汝《心经》。……今乃四月，授汝《心经》；七月十五日，法师等七人，时至当返天堂。'"两相比较，一个是对佛祖的揶揄、鞭挞，一个则是对佛法的神化、颂扬。

由此可见，《取经诗话》和吴承恩《西游记》，尽管题材相同，情节类似，但所表现出来的思想倾向却是南辕北辙，背道而驰的。

第二，变荒诞为合理，使虚幻的故事情节为表现进步的社会内容和真实的人物性格服务。如《取经诗话》写猴行者在九龙池跟鼍龙的斗争："被猴行者隐形帽化作遮天阵，钵盂盛却万里之水，金镮锡杖化作一条铁龙。无日无夜，二边相斗。被猴行者骑定馗龙，要抽背脊筋一条，与我法师结条子。九龙咸伏，被抽背脊筋了；更被脊铁棒八百下。'从今日去，善眼相看。若更准前，尽皆除灭！'困龙半死，隐迹藏形。猴行者拘得背筋，结条子与法师系腰。法师才系，行步如飞，跳回有难之处。盖龙脊筋极有神通，变现无穷。三藏后回东土，其条化上天宫。今僧家所传，乃水锦絛也。"这段描写，其情节诡异怪诞，与人物性格脱节，也可说丝毫未刻画出什么性格特色；其思想则神化宗教威力，毫无积极意义可言。经过《西游记》作者把故事情节的虚幻性与人物性格的真实性相统一，突出孙悟空认为"四海龙王都该有罪"，即驾云至西洋大海，去追究龙王父子们"有结连妖邪，抢夺人口之罪"。写他一到水晶宫，"早有一个探海的夜叉，望见行者，急抽身撞上水晶宫报大王：'齐天大圣孙爷爷来了！'那龙王敖顺即领众水族，出宫迎接。"孙悟空当场出示他缴获的罪证——鼍龙宴请龙王吃唐僧肉的简帖儿，"龙王见了，魂飞魄散，慌忙跪下，叩头道：'大圣恕罪！那厮是舍妹第九个儿子。因妹夫错行了风雨，刻减了雨数，被天曹降旨，着人曹官魏征丞相梦里斩了。舍妹无处安身，是小龙带

239

他到此，恩养成人。前年不幸舍妹疾故，惟他无方居住，我着他在黑水河养性修真。不期他作此恶孽，小龙即差人去擒他来也。'"就这样，鼍龙随即被西海龙王派去的太子摩昂擒获，放出了唐僧和猪八戒。这里，情节虽然也极为虚幻，但情节的发展却颇为合情合理，充分地表现出了孙悟空的思想性格——具有凌驾于海龙王之上的神威，以及"擒贼须擒王"的睿智。它真实地反映了广大人民的理想和愿望，使我们看了，就像有一种强大的力量，在鼓舞着我们要像孙悟空那样，敢于斗争和善于斗争，奋力去夺取胜利。

吴承恩《西游记》第五十三回写的"子母河"，似从《取经诗话》中的"鬼子母国"发展而来的。《取经诗话》写那鬼子母国"又无大人，都是三岁孩儿。何故孩儿无数，却无父母"？原来"国是鬼祖母"。情节可谓荒诞至极，而与所要刻画的人物性格却毫不沾边。吴承恩《西游记》把这个鬼子母国的情节改写成唐僧、猪八戒因误饮了子母河的水，"觉腹痛有胎"，须得吃"落胎泉"的水，才能解除胎气。而有个如意真仙，却"护住落胎泉水，不肯善赐与人；但欲求水者，须要花红表礼，羊酒果盘，志诚奉献，只拜求得他一碗儿水哩"。这就给孙悟空安排了与霸占落胎泉的如意真仙作斗争的机会，使他为了给唐僧、猪八戒解除胎气，便用"调虎离山"之计，一方面由他跟如意真仙搏斗，另一方面则由沙僧乘机从落胎泉中取水。结果，不仅使唐僧、猪八戒解除子母河水之害，而且还有剩余的落胎泉水赠送给当地的老百姓，使"众老小无不欢喜"。这种情节虽然也是虚幻的，但由于它所表现的孙捂空机智勇敢、造福于人的性格是真实的，就给人以虽虚幻而不荒诞，极幻而又极真的艺术感受。

第三，由孙悟空取代唐僧，充当作品的主人公。《取经诗话》是以唐僧为主人公的。唐僧不仅在全书始终占据主导地位，而且他是一个被全面颂扬的正面人物。他把他的西行取经，口口声声说成是为"东土众生，获大利益"。"取经历尽魔难，只为东土众生。""满国福田大利益，免教东土堕尘笼。"可是吴承恩《西游记》却写唐僧道："世间事惟名利最重。似他为利的，舍死忘生；我弟子奉旨全忠，也只是为名，与他能差几何？"（第四十八回）这里的"他"，是指做买卖的人，为了"百钱之物，到那边可值万钱"，而利用河道冰封，冒着生命危险，渡过通天河前往西梁女国做生意。唐僧竟然把神圣的取经事业说成是个人"为名"，把它跟舍命求利的商人相提并论，这跟《取经诗话》所说的"只为东土众生"，该是显得有多么巨大的卑下与高尚之别啊！

《取经诗话》一再颂扬唐僧："法师德行不可思议。""此和尚果有德行。"途经鬼子母国，"国王一见法师七人，甚是信善，满国焚香，都来恭敬。""东土众生多感激，三年不见泪双垂。大明皇，玄奘取经壮大唐。程途百万穷天日，迎请玄微请法王。"而吴承恩《西游记》却把唐僧的所谓"德行""性善"，写成是敌我不分，助纣为虐，损人害己的伪善。为此，作者特地写平顶山二魔对众妖说："我看见那唐僧，只可善图，不可恶取。……只可以善去感他，赚得他心与我心相合，却就善中取计，可以图之。"（第三十三回）唐僧多次落入魔掌，就是被妖魔利用了他那佛家的慈善之心。如孙悟空所说："师父要善将起来，就没药医。"（第八十回）为此作者还特地写了唐僧被黄袍怪的妖术弄得变成老虎，孙悟空去救他时，"笑道：'师父啊，你是个好和尚，怎么弄出这般个恶模样来也？你怪我行凶作恶，赶我回去，你要一心向善，怎么一旦弄出个这等嘴脸？'"（第三十一回）这对以唐僧为代表的那种无原则的仁爱、慈善的佛家思想，该是个多么辛辣的嘲弄和批判啊！

在《取经诗话》中，唐僧虽然有时也表现出惊惶、懦弱的特点，但与此同时，作者却又写出了他那不怕牺牲，不畏艰险，勇于开拓前进的英雄气概。如白衣秀才对他说："和尚生前两回去取经，中路遭难；此回若去，千死万死。"他并没有为这"千死万死"所吓住。入香山寺，猴行者告诉他："前去路途尽是虎狼蛇兔之处，逢人不语，万种恓惶。此去人烟都是邪法。"唐僧听了也毫无畏缩之意。作者只写"法师闻语，冷笑低头。看遍周回，相邀便出"。唐僧还豪迈地留诗曰:"前程更有多魔难,只为众生觅佛缘。""行次至火类坳白虎精,前去遇一大坑,四门陡黑,雷声喊喊,进步不得。"这时不是靠猴行者的神通,而是靠唐僧的法力。"法师当把金镮杖遥指天宫,大叫:'天王救难!'忽然杖上起五里豪光,射破长坑,臾须便过。"而吴承恩《西游记》却写唐僧每遇妖魔,不是被妖魔的伪善面目所迷惑,"直迷了一片善缘,更不察皂白之苦!"(第五十七回)便是被吓得"魂飞魄散""泪如雨落"(第十四、二十回)。连猪八戒都说:"想我那唐僧,人才虽俊,其实不中用。"(第二十三回)吴承恩笔下的唐僧,名为取经的挂帅人物,实则不过是个被作者尖锐批判的懦弱、伪善、迂腐、无能的和尚;西行取经途中,离开孙悟空,他不仅寸步难行,而且连吃饭、喝水都大成问题,恐怕连身体也早就被妖魔吃掉了。

在《取经诗话》中,猴行者是个仅占次要地位的角色。偷王母仙桃的事儿,只是在后面稍作介绍,还未发展到大闹天宫的地步。吴承恩《西游记》一开头就以七回的篇幅介绍孙悟空的出身、经历和大闹天宫的前后经过,为孙悟空在全书的主人公地位奠定了基础。在以后保唐僧取经途中,战胜各种妖魔鬼怪,克服重重艰难险阻,也都是孙悟空起了主导的、决定性的作用。唐僧在《西游记》中不仅不像在《取经诗话》中那样占据全书主人公的地位,而且成了个有严重缺点(如懦弱无能,不明是非,不辨敌我,无原则地讲仁慈、善良,等等)受批判的人物,尽管他还是个一心向善的好人。

以孙悟空这个光辉的神话英雄形象,取代唐僧这个佛教徒的形象在全书中的主角地位,这显然是跟吴承恩《西游记》改变了《取经诗话》宣扬荒诞的宗教思想主题相一致的,是他力求使极幻的故事情节表现出极真的社会内容和人物性格的突出表现。

第四,吴承恩《西游记》中的孙悟空比《取经诗话》中的猴行者也有很大的变化和发展。孙悟空形象由单纯保唐僧取经的猴行者,发展成为锄奸除恶、匡世济民的神话英雄。在《取经诗话》中,猴行者的佛家思想很浓重,是他主动"来助和尚取经"的，并发誓"一心祝愿逢真教，同往西天鸡足山"。而吴承恩《西游记》中的孙悟空则是在大闹天宫失败后，被迫跟唐僧往西天取经的。在他跟随唐僧的第二天，作者就描写唐僧与孙悟空发生了尖锐的冲突。孙悟空打死了六个拦路抢劫的强盗，唐僧斥责他"是无故伤人的性命，如何做得和尚"？悟空道："师父，我若不打死他，他却要打死你哩！"唐僧说："我这出家人，宁死决不敢行凶。"并指责孙悟空"今既入了沙门，若是还象当时行凶，一味伤生，去不得西天，做不得和尚！忒恶！忒恶！"孙悟空"见三藏只管绪绪叨叨，按不住心头火发道：'你既是这等，说我做不得和尚，上不得西天，不必恁般绪口舌恶我，我回去便了！'那三藏尚不曾答应，他就使一个性子，将身一纵，说一声'老孙去也！'三藏急抬头，早已不见"（第十四回）。这实际上就是唐僧的佛家思想与孙悟空的反抗性格之间的矛盾冲突。而这种矛盾冲突在《取经诗话》的唐僧与猴行者之间是不存在的，在吴承恩《西游记》中却贯穿于唐僧与孙悟空的关系的始终。

在艺术描写上，孙悟空比猴行者的性格更加完整和统一，更加丰富和典型。《取经诗话》中的猴行者，跟唐人小说《补江总白猿传》中的猿猴形象一样，都既是猴王，又是"白衣秀才"的身份（《补江总白猿传》中称"白衣秀士"）。俗话说："文弱书生，手无缚鸡之力。"一个"白衣秀才"，怎么可能像《取经诗话》中的猴行者那样，动不动就"须教你一门划草除根""杵灭微尘粉碎"呢？吴承恩《西游记》中的孙悟空，作者则不仅写他从小就是个才能出众的猴王，而且写明了他的本领是虚心拜菩提祖师学来的；他的神通广大的本领与他的出身和经历是完全一致的。这绝不是说，在孙悟空的思想性格中不存在着矛盾。矛盾是无处不存在的，问题在于作者要反映出其客观的必然性，要有社会典型意义。如孙悟空的大闹天宫，反对"玉帝轻贤"，要求"皇帝轮流做，明年到我家"，与后来他表示"知悔了"，在取经途中他说："老孙若肯要做皇帝，天下万国九州皇帝都做遍了。"（第四十回）这显然是反映了他思想性格中的前后矛盾。好在这种矛盾不是人为的，而是反映了那个历史时代人民要求有"好皇帝"而又受封建正统思想统治的矛盾。因此，它是有其客观的必然性、历史的真实性和内在的统一性的，具有深刻的社会典型意义。而《取经诗话》中的猴行者那种"白衣秀才"的身份与神通广大的行为之间的矛盾，却是作者人为的，没有多大意义的，是与艺术形象内在的真实性和统一性不相协调的。

再说猴行者和孙悟空，虽然同样都有神通广大的本领，但前者往往依靠天王的神威，后者则较多地体现了人的智慧和力量。如《取经诗话》在写猴行者助唐僧西行取经时，首先要"法师且更咨问天王，前程有魔难处，如何救用"？天王说："有难之处，遥指天宫大叫'天王'一声，当有救用。"后来经过火类坳，"又忽遇一道野火连天，大生烟焰，行去不得。遂将钵盂一照，叫'天王'一声，当下火灭，七人便过此坳。"把战胜魔难的希望寄托在天王的神威上，这有什么积极意义呢？它除了说明猴行者不过是天王的信徒和走卒以外，只能教人们对天王顶礼膜拜，崇拜和迷信天王，放弃自己的斗争，像猴行者和唐僧一样，幻想得到天王的保佑和恩惠。这显然是一种愚昧的宗教迷信思想。

吴承恩《西游记》中的孙悟空，则要把"天下妖魔都打遍"（第七十五回）。有时打不过妖魔，虽然他也不得不求助于玉帝、如来、观音等神佛，但他主要的还是依靠自己的智慧和力量在跟妖魔作斗争。玉帝、如来、观音等神佛之所以肯给孙悟空以帮助，一方面是由于他们支持唐僧的取经事业，另一方面，也是经过孙悟空的斗争，追究他们是"放纵怪物"（第五十回）"反使精邪揸害"（第三十五回）的黑后台，或者由于孙悟空以武力相威胁："若道半声不肯，即上灵霄殿，动起刀兵！"（第三十三回）使他们不得不屈从于孙悟空的要求。孙悟空不但不像猴行者那样崇拜、迷信神仙，而且他根本不把神仙放在眼里。用他的话来说："但有老孙，就是塌下天来，可保无事。"（第三十二回）他还动辄就驱使雷神为他打雷，龙王为他降雨。声称："我不是神仙，谁是神仙？！"（第三十三回）"我们虽不是神仙，神仙还是我的晚辈。"（第二十一回）在孙悟空面前，我们看到的是人主宰神，而不是神主宰人；他反映了人的觉醒——人不必拜倒在神仙的脚下，甘受帝王神佛的奴役，人是世界的主人，历史的创造者，具有战胜一切妖魔鬼怪和艰难险阻的无穷智慧和力量。这样的英雄形象，该是多么不同凡俗，令人喜悦亢奋，肃然起敬啊！

因此，尽管我们说那种认为《西游记》与《取经诗话》"没有什么明显的直接关系"，"对之无所取裁"，是人为地割裂了两者的血缘关系，是与历史事实不符的，但是，如果我们看不到或者低估《西游记》作者对传统题材所作的这种根本改造和巨大发展，那同样也是不符合实际的。

从吴承恩《西游记》对《取经诗话》的继承与发展之中，我们可以得到一些有益的启示：

第一，批判与继承的关系。对于过去的文学遗产，只有在批判的基础上才能继承；吸取其民主性的精华，剔除其封建性的糟粕。这从思想原则上来说，无疑是正确的。但是，吴承恩《西游记》对《取经诗话》继承的事实告诉我们，它所继承的主要是在故事情节和人物形象等创作素材或艺术形式方面。尽管旧的创作素材和艺术形式，总是为旧的思想内容服务的，但是创作素材和艺术形式毕竟有其相对的独立性，经过作家的加工改造，完全可以使它成为崭新的艺术形式，为新的思想内容服务。同样是唐僧取经的题材，却可以写出《取经诗话》和《西游记》这两种思想倾向和艺术特色根本不同的作品。那种只看到两者的"根本不同"，便否认吴承恩《西游记》对《取经诗话》有所继承，实际上是反映了一种带有相当普遍性的把继承只限于民主性精华，或只限于照搬照套的极端狭隘化、表面化的理解，而没有看到创作素材和艺术形式本身有其相对的独立性，没有看到继承必须经过批判，即使原来有些糟粕经过批判、改造，也可以为我所用。事实证明，这种狭隘化、表面化的理解，是不符合文学发展规律的主观模式，不应让它继续禁锢人们的头脑，束缚作家和研究者的手脚。

第二，民间文学与作家创作的关系。吴承恩《西游记》是在民间话本小说的基础上加工创作的。尽管《取经诗话》的思想倾向是属于"说经"的性质，艺术上也极为幼稚、粗糙，但是我们绝不能因此而抹杀它对吴承恩《西游记》创作所起的哺育、启迪和借鉴作用。高尔基说："各国伟大诗人的优秀作品都是取材于民间集体创作的宝藏的，自古以来这个宝藏就曾提供了一切富于诗意的概括，一切有名的形象和典型。"① 吴承恩《西游记》对于《取经诗话》的继承，同样也证明了这一点。我们要充分肯定民间文学对于作家的哺育作用，但也不能低估伟大作家对于民间文学的加工、改造和再创作对作品的思想和艺术价值所起的决定性作用。如果因为"封建社会的知识分子多数出身于地主阶级，即使是少数比较进步的知识分子，也总是带有浓厚的封建意识"，便断言他们只"会使话本小说中的封建性的糟粕有所扩大"，② 甚至"窒息了话本小说的生命"③。我认为这种看法是不够公平的。吴承恩自然也是封建社会的知识分子，他的《西游记》不仅对《取经诗话》作了有益的改造，而且对他以前的一切有关唐僧取经的话本、戏曲都作了可取的改造和发展。在他之前的一切有关唐僧取经的话本、戏曲，都有着浓厚的宗教宣传的色彩，都是以唐僧为主角，只有吴承恩《西游记》才把它的思想倾向，由宗教宣传改为社会批判的主题，主角由唐僧改为孙悟空，孙悟空的思想性格由单纯保唐僧取经的猴行者，变为主要跟昏君奸臣、妖魔鬼怪和唐僧、猪八戒的错误思想作斗争的英雄形象。因此，《西游记》之所以成为我国文学史上一部伟大的神魔小说，我们不能不主要归功于吴承恩进步的世界观和卓越的艺术创造；《取经诗话》等传统题材，只是《西游记》创作的"流"，其"源"，还在于它深深扎根于它所处的那个

---

① 高尔基：《个性的毁灭》，《论文学》续集，人民文学出版社1979年版。
②③ 胡士莹：《话本小说概论》下册，第753页。

时代的社会生活之中，是它所处的那个封建统治日趋腐朽、没落，资本主义萌芽逐渐成长的时代的反映。《封神演义》等作品，也同样有《武王伐纣平话》等话本小说作基础，为什么就不能像《西游记》那样成为积极浪漫主义的伟大杰作呢？可见我们绝不能低估对于民间文学进行加工的作家的思想水平和艺术才能的决定性作用。

第三，极幻和极真的关系。自古以来，人们往往把"幻"和"真"对立起来。如孔子强调："子不语怪力乱神。"[1] 司马迁也说："至《禹本纪》《山海经》所有怪物，余不敢言也。"[2] 连搜集、编辑志怪小说《搜神记》的干宝，都把虚幻的神鬼当作真实的历史，声称要借此"足以明神道之不诬"[3]。张华编辑《博物志》，原有四百卷，其中包括了不少神话小说。可是经晋武帝审阅，却以"惊所未闻，异所未见，将恐惑乱于后生，繁芜于耳目"[4] 为由，令其删成十卷。吴承恩可以说是我国小说史上第一个明确地提出了极幻与极真的统一。他说："虽然吾书名为志怪，盖不专明鬼，时纪人间变异，亦微有鉴戒寓焉。"[5] 在他看来，"志怪"只是个"名"——艺术形式，内容实质则要"时纪人间变异"，达到"寓""鉴戒"的思想政治目的。他的《西游记》，正是他这种极幻与极真相统一的文学主张的光辉实践。我们从他对于《取经诗话》的主题思想、故事情节和人物形象的改造与发展，都可以看出他在艺术形式上追求极幻，而在内容实质上则力求极真。这样极幻与极真相统一，就显得虚幻而不荒诞，真实而不平庸，给人以异彩闪烁、惊世骇俗的深刻感受。

最后需要说明的，我们这里之所以只侧重谈了吴承恩《西游记》对《取经诗话》的继承和发展，既是因为有人把《取经诗话》排斥在《西游记》的继

---

① 见《论语·述而》。
② 见《史记·大宛列传》。
③ 干宝：《搜神记序》。
④ 见王嘉《拾遗记》。
⑤ 吴承恩：《禹鼎志序》，见《吴承恩诗文集》。

承对象之外，也是为了便于论证我们所要探讨的问题。这丝毫不意味着吴承恩《西游记》的继承和发展，仅限于《取经诗话》。唐人小说中的猿猴形象，《唐三藏西游记》话本，元代吴昌龄的《鬼子母揭钵记》杂剧，以及其他一切有关以猿猴和取经故事为题材的作品，都很可能是吴承恩《西游记》继承和发展的对象。我们既反对把《取经诗话》排斥在外，也绝不赞成排斥其他，而把《取经诗话》说成是吴承恩《西游记》创作的唯一基础。事实上任何一个伟大作家的视野都是极其广阔的，我们每一个读者和研究者又有什么必要以一叶障目呢？

（原载《安徽大学学报》1987年第2期，被收入拙著《中国的小说艺术》，又被选入《20世纪〈西游记〉研究》，文化艺术出版社2008年10月出版。）

《西游记》小说与话本果真
"基本相同"吗?

《西游记》小说与话本之间的关系究竟如何?权威的学者说:两者"基本相同"①,"十分相似"②,"大体上相似"③,或"内容相同",只是话本"文字较为简略"④罢了。事实果真如此么?这关系到对《西游记》话本与小说在文学史上的成就、作用和地位的评价等重大问题,有必要加以辨明。

一

孙悟空大闹天宫,是小说《西游记》中最精彩的篇章。话本《西游记》全书已佚,好在朝鲜古汉语教材《朴通事谚解》里有一条"注",详细介绍了话本《西游记》关于孙悟空"闹乱天宫"的经过。为便于比较分析,现将这条"注"的全文抄录如下:

《西游记》云:西域有花果山,山下有水帘洞,洞前有铁板桥,桥下有万丈渊,渊边有万个小洞,洞里多猴。有老猴精,号齐天大圣,神通广大,入天宫仙桃园偷蟠桃。又偷老君灵丹药,又去王母宫

---

① 游国恩等主编:《中国文学史》第 4 册,人民文学出版社 1979 年版,第 88 页。
② 游国恩等主编:《中国文学史》第 4 册,人民文学出版社 1979 年版,第 89 页。
③ 见《中国古代小说百科全书》,中国大百科全书出版社 1993 年版,第 589 页。
④ 胡士莹:《话本小说概论》,中华书局 1980 年版,第 300 页。

偷王母绣衣一套，来设庆仙衣会。老君王母具奏于玉帝，传宣李天王引领天兵十万及诸神将，至花果山与大圣相战，失利。巡山大力鬼上告天王，举灌州灌江口神曰小圣二郎，可使拿获。天王遣太子木叉与大力鬼，往请二郎神领神兵围花果山，众猴出战皆败，大圣被执，当死。观音上请玉帝，免死。令巨灵神押大圣，前往下方去，乃于花果山石缝内纳身下截，画如来押字封着，使山神土地神镇守。饥食铁丸，渴饮铜汁。"待我东土寻取经之人，经过此山，观大圣肯随往西天，则此时可放。"其后唐太宗敕玄奘法师往西天取经，路过此山，见此猴精压在石缝，去其佛匣出之，以为徒弟，赐法名吾（悟）空，改号为孙行者。与沙和尚及黑猪精朱八戒偕往。在路降妖去怪，救师脱难，皆是孙行者神通之力也。法师到西天，受经三藏，东还。法师证果旃檀佛如来，孙行者证果大力王菩萨，朱八戒证果香华会上净坛使者。

胡士莹认为："从这一段注释中，可以推想，闹天宫故事，在古本《西游记》里，情节也相当丰富，叙写次序，也和吴承恩的《西游记》差不多，并且已发展成为独立的故事，它和取经故事有机地联系起来，成为古本《西游记》的一个重要组成部分了。"[1]《中国古代小说百科全书·西游记平话》也几乎全文照抄了这段话，只是未注明出处。游国恩等主编的《中国文学史》，也称话本《西游记》"写孙悟空的来历和斗争历史已和吴氏《西游记》大体相同"[2]。

事实果真如此么？

据笔者的对比分析，小说与话本在对孙悟空的来历和大闹天宫的描写上，至少有下列重大不同：

---

① 胡士莹:《话本小说概论》，中华书局1980年版，第303页。
② 游国恩等主编:《中国文学史》第4册，人民文学出版社1979年版，第89页。

一是闹天宫的起因、内涵不同。话本所写是起因于孙悟空"入天宫仙桃园偷蟠桃，又偷老君灵丹药，又去王母宫偷绣衣一套"。可见他所谓的"闹天宫"，其内涵就是一再到天宫偷窃。这跟宋人话本《大唐三藏取经诗话》所写猴行者说："我小年曾此作贼了！"在王母蟠桃园"偷吃十颗，被王母捉下，左肋判八百，右肋判三千铁棒，配在花果山紫云洞。至今肋下尚痛。我今定是不敢偷吃也"。是一脉相承的。而跟小说《西游记》却迥然有别。小说所写，不是如话本那样突出他是个好偷成性的小偷出身，而是着重揭露"玉帝轻贤"，后来虽被迫授予他"齐天大圣"官衔，但只是个骗局。名为"官品极矣"，实则以代管蟠桃园来使他"别生事端"，连王母娘娘的"蟠桃胜会"都不让他参加。他之所以要偷吃蟠桃，"要暗去赴会"，把宴席上的佳肴珍品和仙酒吃喝个痛快，以及偷吃太上老君的仙丹，都正是表现了他对这个"官品极矣"的大骗局的愤慨，对另眼相待的不平等待遇的抗争，同时也表明了玉帝以"齐天大圣"的空名来笼络他的阴谋诡计的败露和破产。这种具有深刻社会典型意义的描写，显然是话本《西游记》所没有，而为小说《西游记》独创。

　　二是闹天宫的目的、性质不同。话本《西游记》写孙悟空一偷再偷的目的，是要"来设庆仙衣会"。这跟杨景贤《西游记》杂剧写孙悟空说的："我偷得王母仙桃百颗，仙衣一套，与夫人穿着，今日作庆仙衣会也。"是大体吻合的。所谓"庆仙衣会"，其性质显然是属于一种宗教迷信活动，毫无进步意义可言。小说《西游记》则完全删除了孙悟空"设庆仙衣会"的情节，而突出了他大闹天宫的目的，只在于要求有"齐天"的地位和实权，要"皇帝轮流做，明年到我家。只教他搬出去，将天宫让与我，便罢了，若还不让，定要搅攘，永不清平！"封建统治是建立在宗族基础上的家天下，皇位是由皇帝的子孙后代世袭的。孙悟空自恃本领高强，竟然要打破封建的家天下，得到"齐天"——轮流做皇帝的平等地位和权利。这对孙悟空的思想性格，该是个多么巨大的提高和发展啊！尽管后来孙悟空遭到了残酷的镇压，但是他这种要求有

"齐天"的地位和权利的民主、平等思想，却是代表了历史的必然要求和广大群众的愿望，具有永远鼓舞人心的强大魅力的。

三是闹天宫所表现的思想倾向、所刻画的人物形象不同。话本《西游记》写孙悟空闹天宫后，由于打败了十万天兵天将，"巡天大力鬼上告天王，举灌州灌江口神曰小圣二郎，可使拿获。天王遣太子木叉与大力鬼往请二郎神，领神兵围花果山，众猴出战，皆败；大圣被执，当死，观音上请于玉帝，免死。"这里作者突出的是灌口二郎神的神威和观音菩萨对孙大圣的救命之恩，宣扬的是对神佛的敬畏和崇拜。小说《西游记》则把举荐二郎神的人由巡天大力鬼改为观音，这样就使作为佛教菩萨的观音也参与了对孙大圣的镇压。二郎神在与孙大圣的作战中，也不是如话本写的那样有神威，使"众猴出战，皆败"，而是经过几个回合的战斗，依然胜负未决。太上老君和观音菩萨皆亲临前线，"助他一功"，最后还是"亏老君抛金钢琢打重，二郎方得拿住"。拿住之后，小说也不是像话本描写的那样："大圣被执，当死，观音上请于玉帝，免死"。而是写"齐天大圣被众天兵押去斩妖台下，绑在降妖柱上，刀砍斧剁，枪刺剑刳，莫能伤及其身。南斗星奋令火部众神，放火煨烧，亦不能烧着，又着雷部众神，以雷屑钉打，越发不能伤损一毫"。太上老君又把他"放在八卦炉中，以文武火锻炼"，炼了"七七四十九日"，老君以为"他身自为灰烬"，不料当开炉取丹时，那大圣"将身一纵，跳出丹炉，唿喇一声，蹬倒八卦炉，往外就走。慌得那架火、看炉与丁甲一班人来扯，被他一个个都放倒，好似癫痫的白额虎，风狂的独角龙。老君赶上抓一把，被他一摔，摔了个倒栽葱，脱身走了。即去耳中掣出如意棒，迎风幌一幌，碗来粗细，依然拿在手中，不分好歹，却又大乱天宫，打得那九曜星闭门闭户，四天王无影无形"。你看，这个孙大圣多么英勇顽强，不可征服！哪有一点像话本写的"被执，当死"的可怜相？

虽然由于当时的历史条件所决定，孙悟空大闹天宫必然以失败而告终，但是话本与小说通过写失败所表现的思想倾向、所刻画的人物形象皆大相径庭。话本通过写失败来夸张二郎神的神威，颂扬观音菩萨救孙大圣"免死"之恩，刻画孙悟空"被执，当死"的窝囊相；而小说通过写失败，却揭示了如来佛应玉帝"救驾"的要求，以"你若有本事，一筋斗打出我右手掌中，算你赢，再不用动刀兵苦争战，请玉帝到西方居住，把天宫让你"为由，骗取孙悟空跳进他的魔掌，然后他"将五指化作金、木、水、火、土五座联山，唤名'五行山'，轻轻的把他压住"。正如孙悟空所说，这是"如来哄了我，把我压在此山"。这就表明，尽管宗教家如来和玉帝的面目及所采用的手段不同，但他们原是沆瀣一气，狼狈为奸，共同为维护反动统治效劳的；孙悟空虽然遭到了五行山的残酷镇压，但是他那上当受骗所提供的历史教训，他那顽强不屈的反抗斗争精神，却足以世世代代给广大读者以深刻的教育和巨大的鼓舞。

鉴于上述三大不同，可见两者看似"差不多"或"大体相同"，而实则小说对话本有点石成金般的巨大发展和提高。

二

小说《西游记》在话本《西游记》的基础上，对一系列的故事情节，也都重新作了构思和组织。如《朴通事谚解》有一条关于话本《西游记》的"注"称：

> 今按法师往西天时，初到师陀国界，遇猛虎毒蛇之害；次遇黑熊精、黄风怪、地涌夫人、蜘蛛精、狮子怪、多目怪、红孩儿怪，几死仅免。又遇棘钩洞、火炎山、薄屎洞、女人国及诸恶山险水，怪害患苦，不知其几。此所谓习蹶也。详见《西游记》。

胡士莹据此断言："吴承恩《西游记》中的重要情节，在这里大体上都有。"①《中国古代小说百科全书·西游记平话》亦不加引号地照抄了胡氏这段话。且不说这里提到的"重要情节"只是小说《西游记》中所描写的八十一难中的一小部分，就从话本所述的这些故事内容及其发生的顺序来看，它跟吴承恩《西游记》也大不相同：

——话本写"法师往西天时，初到师陀国界，遇猛虎毒蛇之害"。而小说写唐僧等路过师陀国界，却不是在西行之初，而是远在第七十四至七十七回；在师陀国遇到的，也不是"猛虎毒蛇之害"，而是青毛狮子怪、黄牙老獠、大鹏雕之害。

——话本写唐僧一行"次遇黑熊精、黄风怪……"，而小说中的黑熊精，是出现在第十三回，是西行之初首先遇到的妖精，根本不是什么"次遇"。以下"黄风怪、地涌夫人、蜘蛛精、狮子怪、多目怪、红孩儿怪"，在小说中的出现，分别在第二十一、八十、七十二、七十七、七十三、四十回，大多在"初到师陀国界"第七十四回之前，跟话本所述的先后次序，相去天壤。

——话本在说了上述"初到师陀国界……，次遇黑熊精……"之后，说他们"又遇棘钩洞、火炎山、薄屎洞、女人国"。这该是发生在上述"初到……次遇……"之后的事情，然而这些故事在小说《西游记》中却是分别出现于第六十四、五十九、六十七、五十四回，都在"初到师陀国界"第七十四回之前。

以上可见，《西游记》话本与小说相比，不论是各个具体故事发生的先后次序，或者是"初到……，次遇……，又遇……"的整体框架结构，皆相差甚大，怎么能以"重要情节""大体上都有"，来掩盖两者之间的差别呢？

不只是故事的次序有别，每则故事本身的具体描写也大异。如《朴通事谚解》第八十八回引录了话本《西游记》中《车迟国斗圣》的故事，全文有

---

① 胡士莹：《话本小说概论》，中华书局1980年版，第302页。

一千三百余字，由此可见话本《西游记》的具体面貌。胡士莹说它"内容相当于吴承恩《西游记》的第四十六回《外道弄邪欺正法，心猿显圣灭诸邪》，文字较为简略"①。事实上，两者只是内容相似，而绝不是"内容相当"；差异也不只在文字详略的"量"上，更在思想和艺术的整体之"质"上。

首先，从思想倾向上看，话本是赞美"那国王好善"，小说则把那国王描绘成以妖仙为"国师""皇亲"的昏君。揭露"那国王着实昏乱，东说向东，西说向西。""真个那国王十分昏乱，信此谗言。""那昏君信他言语，即传旨，教设杀场。"直到那妖仙国师比赛输了，露出了虎、鹿、羊的尸骸原形，国王还执迷不悟。小说写"那国王倚着龙床，泪如泉涌，只哭到天晚不住。行者上前高呼道：'你怎么这等昏乱！……他本是成精的山兽，同心到此害你。因见气数还旺，不敢下手，若再过二年，你气数衰败，他就害了你性命，把你江山一股儿尽属他了。幸我等早来，除妖邪救了你命。你还哭甚！哭甚！急打发关文，送我出去。'国王闻此，方才省悟"。小说通过这个故事，表现出揭露奸臣愚弄昏君，使奸臣原形毕露，唤醒君王省悟的思想倾向。这与话本赞美"国王好善"的思想倾向，岂不犹如有蝉脱于秽之别么？

再从其对宗教的态度来看，话本描写的是毁道誉佛的宗教之争，小说则对佛教和道教皆持讽刺揶揄的态度，转而颂扬孙悟空维护黎民百姓与国家的利益。如话本写矛盾的起因，是由于"那国王好善，恭敬佛法。国中有一个先生，唤伯眼，外名唤烧金子道人。《西游记》云：有一先生到车迟国，吹口气，以砖瓦皆化为金，惊动国王，拜为国师，号伯眼大仙。见国王敬佛法，更使黑心，要灭佛教"。小说不是把烧金子道人之所以得到国王的赏识和重用，归功于他的道家法术——"吹口气，以砖瓦皆化为金"，而是强调因为"和尚不中用"，而道士却能"唤风呼雨，拔济了万民涂炭"，又"对天地昼夜看经忏

---

① 胡士莹：《话本小说概论》，中华书局1980年版，第300页。

悔，祈君王万年不老，所以就把君心感动了"。同时，小说又揭露道家"点金炼汞成何济，唤雨呼风总是空！"写孙悟空叫猪八戒将道教的始祖元始天尊、灵宝道君、太上老君的塑像，皆摔到茅厕里去了，然后"八戒变做太上老君，行者变做元始天尊，沙僧变做灵宝道君"，将各种贡品"吃个罄尽"，道士还认为是"三清爷爷圣驾降临，受用了这些供养"，又将他们的"一溺之尿"，当作"长生永寿"的"圣水"，"进与陛下"。小说以此对道教竭尽了亵渎、诋毁和嘲弄之能事，其结果，作者虽通过孙悟空嘱咐国王："望你把三教归一：也敬僧，也敬道，也养育人才。我保你江山永固。"但所谓的"也敬僧，也敬道"，不过是虚晃一招。因为小说实际上写得很清楚，"和尚不中用"，道士更是"全没些真实本事"，只有"养育"像孙悟空这样的人才，才能真正"保你江山永固"。小说强调人才的作用，揭穿佛道的虚妄和骗人伎俩，这种思想倾向，跟话本着力美化国王和写毁道誉佛的宗教之争，真可谓有天壤之别！

其次，从故事情节本身来看，小说比话本也要丰富、复杂许多倍。就拿《车迟国斗圣》的故事来说，小说写了第四十四至四十六三回，话本仅写了起头坐静、柜中猜物、滚油洗澡、割头再接四个情节，只占小说中这故事篇幅的五分之一不到；即使与话本相同的这四个情节，在小说中也有了很大的丰富和发展。如话本写"柜中猜物"仅此一段：

（国王）又叫两个宫娥，抬过一个红漆柜子来前面放下，两个猜里面有甚么。皇后暗使一个宫娥，说与先生柜中有一颗桃。孙行者变做一个焦苗虫儿，飞入柜中，把桃肉都吃了，只留下桃核，出来说与师父。王说："今番着唐僧先猜。"三藏说："是个桃核。"皇后大笑："猜不着了！"大仙说："是一颗桃。"着将军开柜看，却是桃核，先生又输了。

小说写"柜中猜物",不是仅猜此一次桃核,而是共有三次:第一、三次都是小说新加的,只有第二次才是根据话本改写的。新增的第一次"柜中猜物",是写国王"教娘娘放上件宝贝",叫"猜那柜中是何宝贝"。所谓"宝贝","乃是山河社稷袄,乾坤地理裙"。经孙悟空"变作蟭蟟虫",从板缝钻进去,使其"变作一件破烂流丢一口钟;临行又撒上一泡膆溺,却还从板缝里钻出来,飞在唐僧耳朵上道:'师父,你只猜是破烂流丢一口钟。'"唐僧依此猜了,那国王道:"这和尚无礼!敢笑我国中无宝,猜什么流丢一口钟!"开柜一看,不料"果然是件破烂流丢一口钟"。增加这个情节,显然有对国王和国宝加以嘲讽之意。

小说写第二次"柜中猜物",虽然是以话本为依据,但也作了不少改动。如将"皇后暗使一宫娥"藏的桃子,改变为国王亲手藏的"仙桃"。孙悟空"仍变蟭蟟虫","从板缝儿钻进去",将桃肉吃净成桃核。不但使妖仙国师又猜输了,而且小说还增写:"国王见了,心惊道:'国师,休与他赌斗了,让他去罢。寡人亲手藏的仙桃,如今只是一核子,是甚人吃了?想是有鬼神暗助他也。'"既把讽刺、揶揄的矛头直接指向国王,又说明所谓"有鬼神暗助他",纯属统治者的无知和杜撰,使小说与话本即使写同样的情节也显得不是雷同式的抄袭,而是形同实异的再创作。

小说增写的第三次"柜中猜物",是写虎力大仙不服输,说:"术法只抵得物件,却抵不得人身,将这道童藏在里面,管教他抵换不得。"小说作者满怀赞美之情地写道:"好大圣,他却有见识。果然是腾那天下少,似这伶俐世间稀!""他就摇身一变,变作个老道士一般容貌。进柜里叫声'徒弟',给那道童剃去头发,换上僧衣,使他变成个小和尚。这下虎力大仙又猜错了。""唬得那三个道士钳口无言。"国王也惊叹:"这和尚是有鬼神辅助!"使孙悟空的"有见识"和"世间稀有"的"伶俐",跟国王的昏聩糊涂、道仙的愚昧无能,皆形成了极其鲜明而意味深长的对比和映衬。

可见，即使同样写"柜中猜物"，话本与小说的差异，也不容鱼目混珠。它绝不只是"文字较为简略"的问题，而是无论在思想意义的进步性和深刻性，故事情节的丰富性和复杂性，或在人物形象的典型性和生动性等方面，皆犹如猿猴进化成人一样，有着"质"的飞跃和升华。

三

《永乐大典》第一万三千一百三十九卷"送"韵"梦"字条下载有《魏征梦斩泾河龙》一篇，是话本《西游记》中一段原文的移录。用它来跟小说《西游记》中有关的篇章作比较，更能说明两者之间的同异。胡士莹比较后认定，它与吴承恩《西游记》第九回《袁守诚妙算无私曲，老龙王拙计犯天条》（世德堂刊本）的前一部分"内容全同"，只是"文字却大有出入"。[①]事实果真如此么？不！

首先，话本通过《魏征梦斩泾河龙》的故事，宣扬的是玉帝的神圣统治权威，而小说却把它改造成为对昏君奸臣的揭露。话本把玉帝的圣旨写成是谁也不能违反的"天条"，连天上的龙王违反了，也要在"剐龙台上，难免一刀"；至于人间的臣民则更不得有丝毫的怠慢。正如魏征所说的："泾河龙违天获罪，奉玉帝圣旨令臣斩之。臣若不从，臣罪与龙无异矣。"这种"违天获罪"的思想，无疑地是封建正统思想，是为维护封建统治阶级利益服务的。小说则写龙王之所以被玉帝下令杀害，是由于龙王"因名丧体"，"为利忘身"，是统治阶级内部矛盾的结果；问题不在于谁"违天获罪"，而在于那整个社会环境。为此，小说不是像话本那样，仅仅用几十个字来写张稍和李定的河边对话，而是比话本扩大了三千多字的篇幅，把张稍和李定写成"两个是不登科的进士，能识字的山人"；他俩对话的内容，也由谈打渔引申为愤世嫉俗，指出："那争名的，因名丧体；夺利的，为利忘身；受爵的，抱虎而眠；承恩的，

---

① 胡士莹：《话本小说概论》，中华书局1980年版，第300页。

袖蛇而走。""还不如我们水秀山青，逍遥自在；甘淡薄，随缘而过。"他们所追求的，是摆脱封建统治，"逍遥四季无人管"，"随心尽意自安排"；认为这种生活，"胜挂朝中紫缓衣"，强过"三公位"。小说以此与龙王被斩的下场形成了理想与现实的鲜明对照，从而表现出对君昏臣奸的社会现实的批判和憎恶，对自由自在的理想生活的赞颂和向往。

其次，小说还着力改造和强化了对泾河龙王等人物性格的刻画。话本写泾河龙王去见袁守诚时，只写他"扮作白衣秀士"一句，小说则据此展开对其性格描写，说他"语言遵孔、孟，礼貌体周、文"，俨然是个"丰姿英伟，耸壑昂霄，步履端祥，循规蹈矩"的儒生。可是这么一个正人君子，却容不得"尘世上有此灵人，真个是能通天彻地"的算卦的袁守诚。他自己擅改玉帝的圣旨，违反"天条"，竟反诬袁守诚是"妄言祸福的妖人，擅惑众心的泼汉"，并且"不容分说，就把他招牌、笔、砚等一齐摔碎"。他这种嫁祸于人、猖狂肆虐的行径，跟他标榜的"语言遵孔、孟，礼貌体周、文"，恰恰形成了强烈的反差和辛辣的嘲讽。当袁守诚当场揭穿他是"犯了天条"的泾河龙王真面目之后，话本只是写他"跪下向先生道：'果如此呵，希望先生明说与我因由。'"小说则改成："龙王见说，心惊胆战，毛骨悚然。急丢了门板，整衣伏礼，向先生跪下道：'先生休怪。前言戏之耳，岂知弄假成真，果然违犯天条，奈何？望先生救我一救！不然，我死也不放你。'"刚才还是那样一副霸道、凶恶的面孔，顷刻却又如此"心惊胆战"，不只可怜巴巴地求救，还以"不然，我死也不放你"进行要挟和威胁。这就活现出了一个既愚蠢而又狡诈，既凶狠而又虚弱，既求情却又恫吓，令人极端憎恶和鄙弃的变色龙的性格。与话本对比，岂止是文字"大有出入"？不只其人物性格显有单一与丰满、简单与复杂、呆板与生动之别，而且其变色龙形象的典型性与深邃性，也大有模糊与透彻、浅薄与厚实、狭窄与广袤之悬殊。

最后，小说在故事情节和语言方面，也改得比话本更为合理、丰富和生动。如当龙王去向唐太宗求救时，话本写道：

只见西南上有一片黑云落地，降下一个老龙，当前跪拜。唐王惊怖曰："为何？"龙曰："只因夜来错降甘雨，违了天条，臣该死也。我王是真龙，臣是假龙，真龙必可救假龙。"唐王曰："吾怎救你？"龙曰："臣罪正该丞相魏征来日午时断罪。"唐王曰："事若干魏征，须教你无事。"龙拜谢去了。

这里写"有一片黑云落地，降下一个老龙"，显得情节荒诞，气氛恐怖，旨在突出龙王的神威。接着又写龙王对唐王说："我王是真龙，臣是假龙，真龙必可救假龙。"这话更是自相矛盾，泾河龙王分明是真的龙王，怎么又自称是"假龙"呢？为了突出唐王是"真龙天子"，竟如此以"假龙"自居；唐王既然是"真龙必可救假龙"，那么，后来唐王为什么又救不了他呢？这不是自相矛盾么？至于在人物对话中，夹杂"何""吾""若""须"等文言词汇，更显得半文半白，十分别扭。

小说把这一段改写成：

忽然龙王变作人相，上前跪拜。口叫"陛下，救我！救我！"太宗云："你是何人？朕当救你。"龙王云："陛下是真龙，臣是业龙。臣因犯了天条，该陛下贤臣人曹官魏征处斩，故来拜求，望陛下救我一救！"太宗曰："既是魏征处斩，朕可以救你。你放心前去。"龙王欢喜，叩谢而去。

这里写"龙王变作人相，上前跪拜"，就毫无神秘、恐怖之感。接着写他"口叫'陛下，救我！救我！'"使人感到呼救之声如雷贯耳，既表现出龙王色厉内荏、急切呼救的神情，又富有震撼人心的吸引力；同时使得接着所写太宗与龙王的对话，也显得更加真实自然，使人兴味倍增，欲罢不能，恨不得一口气要把它读完。把龙王自称为"假龙"改成"业龙"，这就完全合乎他犯了天条——有罪业的实际；把要求唐王救他的理由，由"真龙必可救假龙"，改成因"陛下贤臣人曹官魏征处斩，故来拜求"，这就避免了与后来唐王事实上救不了龙王的矛盾。小说改得前后情节脉络贯通，人物语言声口毕肖。

可见，小说即使基本上按照话本修改、加工的部分，在思想和艺术上，两者也显有精粗、高低、文野之分。

四

本文对现传《西游记》话本的全部资料，皆一一与小说作了对比分析。其目的，在于澄清史实，端正认识，给予恰当的评价：

一是要恰当评价《西游记》话本与小说之间的关系。话本《西游记》仍未脱"说经"的性质，故事情节只是粗陈梗概，语言描写尚存"之、乎、者、也"的文言习气。尽管它是小说《西游记》据以加工创作的重要基础之一，但是这两者之间，并不是"基本相同""大体相似"，更不是"内容全同"，而是从思想倾向到人物性格，从情节结构到语言文字，小说《西游记》皆有"质"的创造和提高。话本《西游记》大致跟《三国志平话》等话本的水平不相上下，对其估计和评价过高，是根据不足的。

二是要恰当评价《西游记》小说创作中的"源"和"流"的关系。长期以来，人们往往过分强调其由话本—小说的继承关系，而对产生小说自身的时代生活所起的源泉作用，却认识和估计不足。例如：由孙悟空身上所反映的自由、民主、平等的新思想；由猪八戒形象所折射的对小私有者不良习性的善意嘲讽和否定；由唐僧形象所体现的那种无原则的善良、仁慈思想的迂腐和荒谬；以及对当时黑暗社会现实的种种揭露和批判，皆无不具有产生《西游记》小说的时代特色，皆不能不归功于明代社会生活对《西游记》小说再创作的决定性影响。正确认识"源"和"流"的关系，不仅有助于对《西游记》小说和话本的恰当评价，而且对吸取整个古代文学创作的历史经验，具有普遍意义。

三是要恰当评价吴承恩等伟大作家的再创作之功。我们反对天才决定论和个人崇拜，但是并不否认天才和个人在历史上的杰出作用。无数历史事实证明，伟大的文学家尽管出身于剥削阶级，但他们的伟大作品往往可以充当时代的感官和反映人民的呼声。而我们有的学者由于受到极"左"思潮的毒害，却因为"封建社会的知识分子多数出身于地主阶级，即使是少数比较进步的知识分子，也总是带有浓厚的封建意识"。便断言他们只"会使话本小说中的封建性的糟粕有所扩大"[①]，甚至"便窒息了话本小说的生命"[②]，即使像罗贯中、施耐庵那样伟大的作家也不过只能"增加了话本小说的艺术性"[③]罢了。有的学者竟然断言："吴承恩即使真做过一些修订工作，也是微不足道的。"[④]这种看法，显然既不合乎历史事实，更有失公道。事实上，伟大的作品总是既离不开民间艺术的养料，更不能不靠伟大作家的再创造。如《封神演义》《隋唐演义》《说岳全传》等等，皆有话本作基础，它们为什么就未能像《三国演义》《水浒传》《西游记》那样，成为我国文学史上第一流的伟大作品呢？吴承恩对小说《西游记》的贡献，绝不只是仅做过一些文字"修订工作"，也绝不只是仅"增加了话本小说的艺术性"，而是站在明代封建制度日益腐朽、资本主义已经萌芽的新的时代高度，对话本《西游记》的思想倾向、人物形象、故事情节、艺术风格和语言文字，皆作了根本性的改造，使它由"微不足道"的"说经"话本，变成了举世公认、千古不朽的伟大的文学瑰宝。恰当评价历史上的伟大作家对于创作伟大作品的伟大作用，不只对于科学总结历史经验，而且对于造就新的伟大作家和伟大作品，都是至关重要的。

总之，笔者认为，吴承恩的小说《西游记》对他之前的话本《西游记》等

---

① ②　胡士莹：《话本小说概论》，中华书局1980年版，第753页。

③　胡士莹：《话本小说概论》，中华书局1980年版，第752页。

④　程毅中、程有庆：《〈西游记〉版本探索》，见《文学遗产》1997年第3期。

民间创作，不只有继承和吸纳的一面，更有"质"的改造和超越的一面，如同人是由猿猴演变成的，谁又能说人与猿猴"基本相同"而抹杀他们之间的本质区别呢？我们不应低估吴承恩对小说《西游记》的历史性的伟大贡献，更何况它所涉及的上述三个恰当评价的问题，关系到对整个文学发展的历史经验的正确总结，理应引起人们的足够重视和重新认识。不知学界同仁以为然否？

（原载《明清小说研究》2000 年第 3 期）

对唐人小说中猿猴形象的袭取和超越

——《西游记》中孙悟空形象塑造探源之一

《西游记》中英雄伟大、光彩夺目的孙悟空形象究竟是怎么形成的？它既不是天上掉下来的，也不是《西游记》作者凭空创造出来的。鲁迅说："作者——吴承恩——熟于唐人小说，《西游记》中受唐人小说影响的地方很不少。所以我还以为孙悟空是袭取无支祁的。"无支祁，便是唐人小说《古岳渎经》中的猿猴形象。写猿猴的唐人小说，还有《补江总白猿传》《孙恪》。《西游记》中的孙悟空也说过："我本天地生成灵混仙，花果山中一老猿。"（第七回）笔者认为，他不只"是袭取无支祁的"，他跟唐人小说中的所有猿猴形象，都有着血缘关系；而且不只是"袭取"，更重要的是还有扬弃和改造，超越和发展。对此加以探讨，不只对于我们进一步认识和吸取孙悟空形象塑造的经验，而且对于借鉴其批判地创造性地继承文化遗产的经验，都是不无助益的。

一、孙悟空与《补江总白猿传》中的白猿形象

愚以为，《西游记》中的孙悟空形象绝不仅"是袭取无支祁的"，他对多方面都有所袭取；《补江总白猿传》中的白猿形象，就跟孙悟空有许多相似之处：

他们都有神通广大的本领。《白猿传》中的白猿能"透至若飞","半昼往返数千里"。"虽百夫操兵,不能制也。"这跟《西游记》中的孙悟空能腾云驾雾,一个筋斗翻十万八千里,十万天兵天将也制服不了他,其本领的大小虽悬殊,但皆属神通广大则无疑。

他们都有很长的寿命。《白猿传》中的白猿说:"吾已千岁。"《西游记》中的孙悟空则已在阎王的生死簿上勾销了猴子的死期,众猴子都拜称他为"千岁大王"(第一回)。

他们都很美。《白猿传》中的白猿被称为"美髯丈夫"。《西游记》中的孙悟空则号称"美猴王"(第一回)。

他们都有相当高的文化水平。《白猿传》中的白猿"所居常读木简,字若符象,了不可识"。俨然像个不同寻常的文字学家。《西游记》中的孙悟空为反对"玉帝轻贤",自树"齐天大圣"的旗帜,以"圣""贤"自居(第四回)。至于识字明理,那更不在话下。他在如来佛的手指上写了"齐天大圣到此一游",即可为证。

他们都有很敏锐的眼光。《白猿传》中的白猿"目光如电"。《西游记》中的孙悟空是"火眼金睛",能够"眼运金光,射冲斗府"(第一回)。

他们都希望有圣明的皇帝出现。《白猿传》中的白猿被害死时留下一个遗腹子,他留下遗嘱:"勿杀其子,将逢圣帝,必大其宗。"《西游记》中的孙悟空从提出"皇帝轮流做,明年到我家",到西天取经途中斩妖除魔,都不是不要皇帝,而是反对君昏臣奸,跟白猿同样希望有"圣帝"出现。

上述一系列的事实说明,《西游记》中的孙悟空和《补江总白猿传》中的白猿形象,有惊人的相似之处,对其有所袭取和继承,是显而易见的。

当然,更重要的,《西游记》中的孙悟空形象绝不是对《补江总白猿传》中白猿形象的抄袭,而是既有袭取和继承,更有扬弃和改造,超越和发展:

首先,扬弃了"猿猴性淫"等形象特征。《白猿传》中的白猿形象是以好色为其主要特征。他"善窃少女，而美者尤所难免"。欧阳纥的妻子，只因其"纤白甚美"，就被白猿抢占。被他霸占和糟蹋的，"有妇人数十"，"夜就诸床奸戏，一夕皆周，未尝寐。""妇人三十辈，皆绝色。其久者至十年，云色衰，必被提去，莫知所置。"这种以喜淫好色为猿猴形象的主要特征，并非《白猿传》的独创，而是自古中外历来如此。如汉代《易林》卷一《坤之剥》云：

> 南山大玃（即猿猴——引者注），盗我媚妾。怯不敢逐，退然
> 独宿。

晋代张华的《博物志》第三《异兽》称：

> 蜀山南高山上有物如猕猴，长七尺，能人行，健走，名曰"猴
> 玃"，一名"化"，或曰"猳玃"。伺行道妇女有好者，辄盗之以
> 去……取去为室家。

《搜神记》卷十二及《法苑珠林》卷十一《六道篇·畜生部》，皆以相同的字句记载：

> 蜀中西南高山之上，有物与猴相类，长七尺，能作人行，善走逐
> 人，名曰"猴国"，一名"马化"，或曰"猳猴"。伺道行妇女有美
> 者，辄盗取将去，人不得知。……若取得人女，则为家室。

《类说》卷二十引《稽神录·老猿窃妇人》也写一老猿：

……好窃妇人。尝有士人行至含山，夜失其妻。

　　此外，如《清平山堂话本》中的《陈巡检梅岭失妻记》，《剪灯新话》卷三《申阳洞记》，吴昌龄《西游记》杂剧，皆同样写猴子喜淫好色，抢人妻女。

　　不仅中国历来传说如此，据钱钟书的《管锥编》称："西方俗说，亦谓猿猴性淫，莎士比亚剧本中詈人语（Yes as lecherous as a monkey）可征也。"

　　小说《西游记》作者对孙悟空形象的塑造，则完全扬弃了"猿猴性淫"的传统偏见，而特意把他写成是从不喜淫好色的。如第二十三回，黎山老母及南海观音、普贤、文殊菩萨化成一母三女，要招赘唐僧师徒四人为夫。唐僧不肯，那妇人便发怒，扬言定要"招得一个"，唐僧就"叫道：'悟空，你在这里罢。'行者道：'我从小儿不晓得干那般事，叫八戒在这里罢。'"尽管那母女四人"果然也生得标致……说什么楚娃美貌，西子娇容？真个是九天仙女从天降，月里嫦娥出广寒！"然而孙悟空面对这般绝色美女的引诱，却只是"佯佯不睬"。唯独猪八戒则"眼不转睛，淫心紊乱，色胆纵横"。两相对照，更加突出了孙悟空那"从小儿不晓得干那般事"——从不喜淫好色的性格特征。

　　孙悟空不但本人从不好色，而且他还跟抢占妇女的妖魔作机智勇敢的斗争。如宝象国公主被黄袍怪抢入妖洞，霸占为妻十三年。孙悟空听了公主的控诉，便"把公主藏了，他却摇身一变，就变作公主一般模样，回转洞中，专候那怪"。等那黄袍怪夜里吃了一个宫娥回洞时，变成公主模样的孙悟空，便骗取了黄袍怪的宝贝，经过一番英勇搏斗，终将那妖怪降伏。宝象国公主为此深表感谢："孙长老法力无边，降了黄袍怪，救奴回国。"（第三十一回）

　　如果小说作者仅仅把孙悟空改写成一个从不好色，并且跟抢人妻女的好色妖魔相对立的人物，那还不能算十分高明。因为佛教、道教的五戒之一，皆规定"不邪淫"。好在作者不是把孙悟空写成一个奉行禁欲主义的虔诚的宗教徒，而是把他的不好色与反对抢人妻女的斗争，服务于他所进行的社会政治斗争。如前面所列举的黎山老母、南海观音等变化成一母三女，勾引唐僧师徒，不仅是表现了孙悟空不好色，更重要的是反映了孙悟空的睿智、机灵，他不像猪八戒那样愚昧、懵懂、色迷心窍，容易上当受骗，而是一眼便能看穿那些被世俗之人奉为庄严、神圣的菩萨，实在无异于惯于耍弄阴谋诡计骗人、坑人的妖魔。正如书中孙悟空所说的："昨日这家子娘女们，不知是那里菩萨，在此显化我等，想是半夜里去了，只苦了猪八戒受罪。"后来事实果真不出孙悟空所料，猪八戒正被那些菩萨们捆在树林深处喊救命哩。这个故事最发人深省之处，恰恰在于它揭露了堂堂的黎山老母、观音、普贤、文殊菩萨，跟惯于耍花招、变成美女诱人上当受骗的妖精原是一路货。如同观音菩萨在收伏变作凌虚仙子的黑山怪时，孙悟空与观音的一段对话所揭露的：

> 行者看道："妙啊！妙啊！还是妖精菩萨，还是菩萨妖精？"
> 菩萨笑道："悟空，菩萨、妖精，总是一念；若论本来，皆属无有。"（第十七回）

孙悟空救宝象国公主，跟抢占公主的黄袍怪作斗争，则更是一场政治斗争。作者写那黄袍怪不仅抢占公主为妻，而且诬陷唐僧"是驮公主的老虎"，"不是真正取经之人"，把自己装扮成是公主的救命恩人，从而骗得国王的信任，成了宝象国的贤驸马。作者把揭露批判的矛头不只指向黄袍怪，而且还直接指向最高封建统治者，斥责那"水性的君王，愚迷肉眼，不识妖精，转把他一片虚词当了真实"，竟然把黄袍怪誉为"济世之梁栋"，并"教光禄寺大排筵宴，谢驸马救拔之恩"。实际上是听任"那怪物坐在上面，自斟自酌，喝一盏，扳过人头来，血淋淋的啃上两口。他在里面受用，外面人尽传道：'唐僧是个虎精！'"使唐僧蒙冤受刑，被"用铁绳锁了，放在铁笼里"。如此昏君当道，听信谗言，坏人横行无忌，吞食人肉筵宴，好人遭诬陷，受残害，这不正是对封建社会黑暗暴虐政治的深刻写照么？

可喜的是，作者并不满足于揭露黄袍怪个人的阴险狡诈、凶残暴虐，在写他与昏君相勾结，造成极大危害的同时，又写孙悟空对他进一步穷追猛打，一直追究到他的黑后台原来是天上的玉皇大帝；他本"是天上来的精"，是斗牛宫二十八星宿之一的奎星，是玉皇大帝的臣下奎木狼。经过孙悟空跟玉帝作面对面的斗争，才终于迫使玉帝为了"落得天上清平是幸"，而不得不对奎木狼进行处罚。可见作品由此揭示出，封建统治阶级的暴虐统治，不只倚仗他们有封建政权，还有封建的神权作支撑。而孙悟空形象的难能可贵，恰恰在于他把反抗斗争的矛头直指封建的政权和神权。这就使孙悟空的形象特征，远远超出了一般反对奸淫好色、反对妖魔肆虐的范围，而是有揭露封建的政权和神权上下其手，内外勾结，狼狈为奸，祸国殃民，为除恶安良、匡时济世而斗争的十分广泛、深刻的社会典型意义。

在艺术上，《西游记》作者通过扬弃"猿猴性淫"的兽性生理自然特性，赋予孙悟空以睿智机灵，既敢于斗争，又善于斗争的人的社会特征。用鲁迅的话来说，他"使神魔皆有人情，精魅亦通世故"。"翻案挪移则用唐人传奇（如《异闻集》《酉阳杂俎》等），讽刺揶揄则取当时世态，加以铺张描写，几乎改观。"这种"改观"，实际上就是作家的再创作，不是受先前的成说所囿，而是袭取其充满神奇幻想的浪漫主义艺术手法，使之根植于"取当时世态"的肥土沃壤之中，为反映社会现实服务。这也是《西游记》中的孙悟空形象特征之所以显得特别真实深刻、生动感人的一个重要原因。

其次，改写了艺术形象的本领来源和结局。《白猿传》中的白猿和《西游记》中的孙悟空都同样有神通广大的本领。问题在于，他们的本领是从哪儿来的呢？《白猿传》一再把它归结为"神"，说什么"地有神，善窃少女"。"此神物所居，力能杀人。"《西游记》作者则强调地写出，孙悟空的本领不是先天神授的，而是他自己拜师学来的。他对老师非常尊敬，一口一声"尊师教诲"。可是他却不肯盲从，老师教他学"道""流""静""动"等字的门中之道，他皆连声回答："不学！不学！"老师生气，手持戒尺，"将悟空头上打了三下"，说："你这猢狲，这般不学，那般不学，却待怎么？"可是他仍不灰心，跪在老师榻前，要求老师"传于我长生之道"。他终于感动了老师，经过"洗耳用心"的听讲，"习了口诀，自修自炼，将七十二般变化都学成了。"他自以为"多蒙师父海恩，弟子功果完备，已能霞举飞升也"。祖师要他："你试飞举我看。""悟空弄本事，将身一耸，打了个连扯跟头，跳离地有五六丈，踏云霞去够有顿饭之时，返复不上三里远近，落在面前，抝手道：'师父，这就是飞举腾云了。'"祖师笑着告诉他："这个算不得腾云，只算得爬云而已。""将四海之外，一日都游遍，方算得腾云。"悟空认为"这个却难！却难！"师父勉励他："世上无难事，只怕有心人。"于是经过孙悟空的"礼拜恳求"，师父又教他学会了腾云之法。因此，当其他师兄问孙悟空怎么会有那么多的神奇本领时，作者写："悟空笑道：'不瞒诸兄长说，一则是师父传授；二来也是昼夜殷勤，那几般儿都学会了。'"（第二回）孙悟空的非凡本领虽然属于神奇的幻想，但他之所以学到本领的这两条经验，却是非常现实的，具有社会典型意义的。因而他跟《白猿传》中的白猿形象迥然有别：他不是令人感到荒诞诡谲，异常恐怖，也不是引人崇拜神的力量，把自己的命运托付给神，而是使人为孙悟空那种拜师求教、勤奋好学的精神所感动，从他那非凡的本领之中，看到了人的无穷智慧和力量，从而增强了人们改造世界，征服自然，向一切妖魔鬼怪和艰难险阻作斗争的勇气和信心。

更值得注意的是，不仅《白猿传》中的白猿的本领是先天神授，宣扬的是唯心论的先验论，孙悟空的本领是来自师父传授和他本人的殷勤好学，它符合唯物论的认识论，而且两者所处的矛盾地位不同，结局也不同。白猿的本领是用来抢占美女，他与诸妇人及欧阳纥的矛盾，是迫害与反迫害、邪恶与反邪恶的矛盾。他处于这种迫害人的邪恶地位，就必然使他终究被他霸占的"诸妇人"与被霸占了妻子的欧阳纥里应外合，乘其酒醉饭饱之际，将他"缚四足于床头"，有欧阳纥"持兵而入"，"刺其脐下，即饮刃，血射如注"。临毙前，他还"大叹咤曰：'此天杀我，岂尔之能！'"。白猿的死，分明是死于抢占他人妻女，遭到受害者的惩罚，可谓是罪有应得，死有余辜！然而他却自欺欺人地说什么"此天杀我"，这岂不表明作者是不遗余力地要借此宣扬宿命论么？

跟白猿相反，孙悟空的本领却不是用来行恶作恶，而是用于跟玉帝的天兵天将及害人的妖魔鬼怪作斗争。由于他是处于跟邪恶势力作斗争的正义地位，因而他就必然具有不可战胜的力量。所以当孙悟空被"绳索捆绑"，甚至被"使勾刀穿了琵琶骨"之后，他却仍然英勇无畏，顽强不屈。连玉皇大帝对他都束手无策，无可奈何地说："这厮这等，这等……如何处治？"太上老君把他推入八卦炉中，用烈火炼了"七七四十九日"，结果"被他一捽，捽了个倒栽葱，脱身走了"。后来如来佛祖采用欺骗手段把他压在五行山下，经过长达五百年的残酷镇压，仍无法置他于死地，而只能使"英雄重展挣，他年奉佛上西方"（第七回）。取经途中，历经九九八十一难，也终究未能难倒他。这说明孙悟空的本领不仅远远高于白猿，而且他以不可战胜的正义的化身，誓死做反抗斗争的先锋，战天斗地、英勇无敌的豪杰，成为永远足以使我们民族昂首前进的鼓舞力量！

由此可见，《西游记》作者对孙悟空本领来源和结局的描写，既充满着浪漫主义的艺术光彩，又极大地增强了其艺术形象的真实性和典型性。这不只是由于作者艺术手法的高明，更重要的是取决于作者有艺术源于现实生活的创作思想。他不顾统治者对猿猴形象的种种扭曲和诬蔑，不惜摒弃世俗对猿猴形象的传统偏见，而以大无畏的气概，满腔同情的态度，热烈赞颂的笔调，写出了孙悟空反抗斗争的本质、正义性及其不可战胜的巨大力量。这是作者在孙悟空形象塑造上之所以取得巨大成功的又一重要原因。

再次，以新的审美观念使艺术形象的本质属性得到根本的改造。《白猿传》中的白猿抢占欧阳纥的妻子，把自己的享乐建立在他人痛苦的基础上，使"纥大悲痛"，竭力寻妻。"既逾月，忽于百里之外丛莜上得其妻绣履一只，虽雨浸濡，犹可辨识。"这使"纥尤悽悼，求之益坚"。可见作者的同情显然不是在白猿，而是在欧阳纥这一边的。因此作者写被霸占的诸妇人与欧阳纥合谋，将白猿加以杀害，"搜其藏，宝器丰积，珍羞盈品，罗列案几。凡人世所珍，靡不充备。名香数斛，宝剑一双。妇人三十辈，皆绝色"。对于这样一个穷奢极欲的蠹贼，荒淫无耻的色鬼，凶残作恶的暴徒，谁能不恨之入骨，必欲除之而后快呢？显然，这个白猿形象是个令人憎恨、十分丑恶的反面角色。

《白猿传》作者为什么把白猿形象写得这么丑恶呢？据《直斋书录解题》说，是为了讽刺欧阳纥的儿子欧阳询"貌猕猴"。《郡斋读书志》则将《补江总白猿传》列入史部传记类，云："述梁大同末欧阳纥妻为猿所窃，后生子询。《崇文目》以为唐人恶询者为之。"鲁迅在《中国小说的历史的变迁》中似亦赞同此说："梁将欧阳纥至长乐，深入溪洞，其妻为白猿掠去，后来得救回去，生一子，'厥状肖焉'。纥后为陈武帝所杀，他的儿子欧阳询，在唐初很有名，而貌象猕猴，忌者因作此传；后来假小说以攻击人的风气，可见那时也就流行了。"也有人不同意这种看法，认为"这故事原来同做过广州刺史的欧阳纥和他的儿子欧阳询并没有关系；它的来源应该还在民间传说里去寻找"。这篇作品既然是小说，那么它究竟是以白猿具体讽刺谁，这本是无关宏旨的，我们也不打算加以深究。只是由此可见，唐人小说虽属虚构，但仍未完全摆脱真人真事的局限；不管它用来讽刺谁，白猿总是个被讽刺的反面形象，则是毫无疑义的。早在《史记·项羽本纪》里，司马迁就以"沐猴而冠"，来形容项羽外形的丑陋。可见猴子是丑角，这是一个历来公认的传统审美观念。

《西游记》中的孙悟空，作者也不否认他的外貌是丑的，只不过强调他"面虽丑而心良，身虽夯而性善"（第八十八回）。正如孙悟空对猪八戒的岳父所说的："老高，你空长了许多年纪，还不省事！若专以相貌取人，干净错了！我老孙丑自丑，却有些本事。替你家擒得妖精，捉得鬼魅，拿住你那女婿，还了你的女儿，便是好事，何必谆谆以相貌为言？"（第十八回）正因为不以外表的相貌为言，小说作者才一再热情洋溢地颂扬他是"美猴王"。他的美不是美在外貌，而是美在"心良""性善"。用我们今天的话来说，他颂扬的是孙悟空的心灵美。

不是把人物形象脸谱化、简单化——反面人物连外貌也是丑的，外貌丑就必定是个丑角，使人一眼即能看穿——而是能够写出真实的人物形象的复杂性——外表的相貌丑与内在的心灵美的统一。《西游记》作者用这种新的审美观念，把本来一贯被否定的丑恶的猿猴形象，改造成孙悟空这样的"美猴王"；把他一生的所谓"恶贯满盈"斥之为封建传统观念仅根据表面现象所作的曲解和诬蔑，而充分写出其实质是"那行者一生豪杰"（第八十五回）。孙悟空三打白骨精等一系列锄奸除恶的正义行动，不是常常被唐僧误解、斥责为"行者素性凶顽"的表现么？但事实终究不是外表假象所能掩盖得了的，在一次又一次的斗争中，"那长老得性命全亏了孙大圣，取经只靠美猴精"（第四十三回）。以至后来连唐僧也不禁热烈称赞孙悟空"是降龙伏虎之英豪，扫怪除魔之壮士"（第三十七回）。作者由此揭示了那种从外表假象论人的荒谬性，透过假象看本质的极端重要性和正确性。

既不是从人物的外表相貌，也不是从人物所做事情的表面假象来写人，而是竭力写出人物形象具有高度社会典型性的本质特征，这是《西游记》作者塑造孙悟空形象最为可贵的一个突出成就。拿他跟白猿形象相比，这一点就看得更清楚了。《白猿传》中的欧阳纥本是个封建大官僚，白猿打击这样一个反动官僚，在广大被压迫者看来，这完全是个值得赞扬的好事。可是作者却不写他打击封建官僚的正义性，而写他疯狂抢人美妻，成为一个令人憎恶的反面形象；身为封建官僚的欧阳纥，却反而成了一个值得同情的受害者。这种写法能有多大的社会典型性，岂不大可怀疑么？《西游记》作者如果站在玉帝等统治阶级的立场上，或者像唐僧那样从佛教徒虚伪的仁慈观念出发，那么，孙悟空岂不同样也要被写成是个"恶贯满盈""素性凶顽"的丑恶形象么？好在《西游记》作者具有外貌与心灵、表象与实质、假象与真实、高贵与卑劣、渺小与伟大等矛盾辩证统一的新的审美观，能够不为表面现象和人为制造的种种假象所迷惑，不受封建传统观念和世俗偏见所桎梏。他竟然把人们向来奉为神圣的玉皇大帝、如来佛祖、观音菩萨乃至唐僧那样的高僧，皆描写成看上去堂堂正正、不容冒犯，甚至救苦救难，有一副善良的菩萨心肠，但同时却又或凶残，或诡谲，或伪善，一个个皆活现出高贵与卑劣相统一，令人可畏而不可敬，或者可敬而不可爱的复杂形象。在他们的映衬之下，孙悟空的形象则显得无比高大，光彩夺目！作者充分揭示出他敢于反抗封建最高统治者，跟昏君奸臣和一切害人的妖魔鬼怪作斗争的英雄本质，使他成为全书最为令人可敬可佩、可亲可爱的光辉形象，堪称是我们整个中华民族民族精神的结晶和象征。其所蕴含的历史真实性和社会典型性，该是多么深广而丰富啊！

二、孙悟空与《古岳渎经》中的无支祁形象

鲁迅"以为孙悟空是袭取无支祁的"。无支祁是唐人小说李公佐的《古岳渎经》中的主人公，也是个"状若猿猴"的艺术形象。《西游记》中的孙悟空形象对无支祁形象确实有袭取之处。例如：

——孙悟空的"火眼金睛"，跟无支祁的"双目忽开，光彩若电"，颇为相近。

——孙悟空的本领神通广大，以致连玉皇大帝及其十万天兵天将皆对他奈何不得，而无支祁则能"颈伸百尺，力逾九象，搏击腾踔疾奔，轻利倏忽"。大禹先后派章律、乌木由去剿灭，皆对他无法制服。

——孙悟空既是充分人性化的，又跟水神有密切的关系，他住的是水帘

洞，自称是东洋海底"老龙王的紧邻"（第三回）。他手中的武器——如意金箍棒，就是海龙王送给他的，"那是大禹治水之时，定江海浅深的一个定子，是一块神铁。"（第三回）而无支祁则是"形若猿猴"的"淮涡水神"，又像人一样"善应对言语，辨江淮之深浅，原隰之远近"。

——孙悟空大闹天宫后，被斩过水蛟的灌口二郎神俘获，由如来一手将他压在五行山下。这跟无支祁由治水的大禹派庚辰将其打败后，被"颈锁大索，鼻穿金铃，徙淮阴之龟山之足下"，如出一辙。

——关于无支祁的故事，不只见于唐人小说，且成为广泛流传的民间传说。在世代口耳相传中便产生了种种变异，有趣的是这种变异在小说《西游记》中也有被袭取的痕迹。如南宋朱熹的《楚辞辨证·天问》说："如今世俗僧伽降无支祁，许逊斩蛟蜃精之类，本无依据，而好事者遂假托撰造以实之。"可见降无支祁的人物，早在南宋时已由禹和庚辰改为时代较晚的僧伽。僧伽是个真实的历史人物，据《高僧传》记载："僧伽者，葱岑北人。……人谓观音化身云。"这里宋代传说"僧伽降无支祁"，与明代吴承恩《西游记》中如来佛、观音降孙悟空，岂不是更加接近和相像么？

——汤用中《冀垣稗编》卷八"巫支祁"条记载："尧时支祈父子党恶，伤害生灵，禹王遣降戮其子孙，使庚辰锁之山下。三万年后，孽满方放。彼亦自知罪大，近以屏除口食，服气潜修，或能早万余年出头也。……渠虽安心修道，究竟野性未驯。"这条记载虽然出现在吴承恩《西游记》产生之后的清代，但它很可能在《西游记》出现之前已在群众的口头流传。值得注意的是，无支祁被锁在山下，后来又得到释放，"自知罪大"，"服气潜修"，但又"野性未驯"。这跟孙悟空被压在五行山下五百年后，以表示"知悔"，助唐僧取经为条件，获得释放，在取经途中继续斩妖除魔，也是"野性未驯"。这两者之间，又何以相似乃尔？！

但是，小说《西游记》中的孙悟空不只是有"袭取无支祁"的一面，更重要的，孙悟空这个典型形象，毕竟是小说作者的伟大创造；他对无支祁的形象，跟对白猿的形象一样，在有所"袭取"之中，都作了根本性的扬弃和改造，有了巨大的超越和发展。

首先，两者的形象本质不同。无支祁的"双目忽开，光彩若电"，作者是为了说明他"顾视人焉，欲发狂怒"。他是个危害人类的凶恶的水神，"目鼻水流如泉，涎沫腥秽，人不可近。"而孙悟空如他自己所说："老孙的火眼金睛，但见面，就认得真假善恶，富贵贫穷，却好施为，辨明邪正。"（第九十四回）他那神奇的眼力，不是为了吓唬人，而是用于识破妖魔的阴谋诡计。如三打白骨精，唐僧一再上当受骗，独有孙悟空能识破妖精变化多端的假象，跟妖精作坚决的斗争。可见两者虽然同样写神奇的眼力，但前者只能给人以神怪的恐怖感，后者却反映了人的自豪感，使人们从孙悟空那敏锐的眼力，看到了人的卓越智慧和力量。

由于无支祁的"力逾九象"等非凡的本领，是用来兴妖作怪，制造水患，给人民带来长达千载的巨大灾难；而孙悟空那神通广大的本领，却是用来战天斗地，降龙伏虎，斩妖除魔，为人民兴利灭害的。因此，无支祁的本领只能引起读者的恐惧和憎恶，而孙悟空的神通，则是人民的无穷智慧和巨大力量的象征，它使读者看了只有深受极大的鼓舞，足以增强对于战胜各种妖魔鬼怪和一切艰难险阻的勇气和信心。

其次，两者的性格特征有别。无支祁的"善应对言语"，固然是其人性化的表现，但他的主要特征不是人，而是给人类带来巨大灾害的"淮涡水神"。孙悟空形象虽然神化的色彩也很浓，但他的思想性格却是充分人性化的。他不是作为"神"来奴役人，给人造成深重灾难，而是要打破反动统治阶级制造的人对神的迷信崇拜，敢于反抗神的统治，跟"神"的昏庸暴虐、倒行逆施作不屈不挠的斗争。因此，如果说无支祁的性格是神的人化，渲染的是神对人的巨大祸害和统治威力，那么，孙悟空的性格特征则是人的神化，是对人的力量加以艺术的想象和夸张，其实质，不是宣扬神对人的统治，而是突出人的智慧和力量，鼓舞人对神的反抗斗争。

最后，两者的悲惨遭遇虽相似，但艺术形象的典型性质却相反。由于无支祁是个给人类带来千载灾难的"淮涡水神"，他之终于被大禹派去的庚辰所擒获，被压在"淮阴之龟山之足下"，这当然是罪有应得。他遭遇如此下场，实在可谓活该！唐人小说《古岳渎经》的这种艺术处理，表现了以大禹为代表的人对神的胜利，人的力量终于战胜了为害千载的水神，这是多么了不起啊！小说《西游记》则袭取了《古岳渎经》所表现出来的这种积极的思想倾向，不同的只是它把孙悟空塑造成了一个反抗神的统治的英雄形象，使孙悟空被压在五行山下，与无支祁被压在"龟山之足下"，具有完全不同的性质。前者是表现神对人的反抗的残酷镇压，而后者则是反映了人对神的危害的胜利征服。从作品的思想倾向来看，虽然两者都是积极的，有进步意义的，但作为无支祁和孙悟空这两个艺术形象来说，一个是反面形象被征服，一个是正面形象遭迫害，两者的典型本质恰恰是完全相反的。这说明《西游记》中的孙悟空对无支祁的"袭取"，如同人们吃牛肉一样，不是吃了牛肉之后也变成牛的形状，而是只吸取牛肉的营养，来滋补和强健自身的肌体。其结果，尽管有袭取和被袭取的关系，但却绝不妨碍两者各自有着不同的典型本质。

又如"僧伽降无支祁"，与如来降孙悟空，从表面上看，两者如血脉相承，都宣扬了宗教家的神威。然而由于无支祁和孙悟空的典型本质不同，两者所表现出来的对宗教家的态度，实则也是迥不相侔的。由于无支祁是个为害千载的水神，因此人们把降伏这个水神的功劳，归功于历史上著名的治水功臣大禹；而随着唐宋时代佛教在我国的盛行，人们又把降伏水神的功劳，由大禹转嫁到所谓"观音化身"的僧伽身上，目的显然是以此把宗教家打扮成一个救苦救难的神灵，以为宗教宣传服务。可见所谓"僧伽降无支祁"，纯属欺世盗名，蓄意往宗教家脸上贴金。《西游记》中的孙悟空之所以被降，是由于他以武力来犯上作乱——大闹天宫，要求推翻玉帝的统治，实现他那"皇帝轮流做，明年到我家"的政治理想。而如来佛则是为维护玉帝的统治地位，秉承玉帝的旨意，把孙悟空压在五行山下的。因此，《西游记》作者这样写如来佛降孙悟空，就跟"僧伽降无支祁"截然不同：它不是把为民除害的功劳硬拉来对宗教家进行美化，而是以此深刻地揭示了封建统治阶级需要利用宗教，宗教家亦甘愿充当维护封建统治的帮凶和精神枷锁。

当然，由于历史和阶级的局限，作者在孙悟空的形象塑造上，也不免有宿命论等宗教思想的影响。例如孙悟空一个筋斗可翻十万八千里，却跳不出如来佛的手掌心，难道真的有佛法无边？但是，如果我们不是从局部的，而是从总的思想倾向上来看，孙悟空是积极地奋勇地反对封建统治者的，而如来佛等宗教家则基本上是站在维护玉帝等封建统治者一边的。即使在孙悟空遭到五百年的残酷镇压，被迫皈依佛门之后，他依然"野性未驯"，跟如来佛的立场是相矛盾的。如第三十六至三十九回，孙悟空与之作斗争的妖魔狮猁王，是奉"佛旨差来的"；第五十四至五十五回的大鹏妖，也"与如来有亲"，孙悟空曾当面揶揄如来："你还是妖精的外甥哩。"在斩妖除魔的过程中，孙悟空虽然有时也曾得到过如来佛的帮助，但那并非出于如来佛的自愿和主动，而往往是经过孙悟空坚决斗争的结果。如同人类社会中的贪赃枉法之徒，民愤太大，上层统治者为了平息民愤，维护自身的统治地位，往往也会对他们宠爱和豢养的奸臣、赃官，给予必要的惩处。他绝不意味着上层统治者与被压迫者站在一起，"为民除害"，而只不过表明上层统治者惯于玩弄丢卒保车、丢车保帅的伎俩，更显其伪善和狡猾罢了。

总之，无支祁是个为害作恶终被制服的水神形象，而孙悟空则是勇于向昏君奸臣、神佛妖魔挑战、给人以积极鼓舞的正面英雄形象。从两者的对比研究中，我们可以清楚地看出，孙悟空这个伟大的艺术典型的创造，绝不仅仅靠袭取无支祁所能造就的，他是对前人创造的猿猴形象作了根本性的改造的结果。

创造需要借助于对前人的"袭取",但"袭取"绝不能替代自己的创造,而必须经过扬弃和改造,加以发展和超越。

三、孙悟空与《孙恪》中的袁氏形象

唐人小说中还有一篇裴铏作的《孙恪》也是写猿猴形象的。不同的是,孙悟空与白猿、无支祁之间存在着正面形象与反面形象的根本区别,而孙悟空与《孙恪》中的袁氏则同属作家所颂扬的正面形象。《孙恪》中的袁氏,是一个由猿猴变化成的美女。她"光容鉴物,艳丽惊人,珠初涤其月华,柳乍含其烟媚,兰芬灵濯,玉莹尘清"。不仅容貌很美,而且思想品格也超凡脱俗。作者写她"摘庭中之萱草(一名忘忧草——引者注),凝思久立,遂吟诗曰:'彼见是忘忧,我看同腐草。青山与白云,方展我怀抱。'"可见其识见之卓异和胸怀之清高。

孙恪是个落第的秀才。他在旅途中偶然窥见了这个正在庭院内摘草吟诗的袁氏美女,便胆战心惊,以为"不幸冲突,颇益惭骇"。而袁氏美女却不受封建礼教的束缚,落落大方,不但不因孙恪的窥视而恼怒,相反却说:"某之丑拙,况不修容,郎君久盼帘帷,当尽所睹,岂敢更回避耶?愿郎君少伫内厅,当暂饰装而出。"两人会面之后,她又径直提出:"郎君即无茅舍,便可迁囊橐于此厅院中。"孙恪应邀住进她家后,"进媒而请之,女亦欣然相受,遂纳为室。"你看,这个袁氏美女哪有什么封建的意识?她之被孙恪纳为妻室,与其说是孙恪"进媒而请之",不如说是出于她的主动。一个家无男子的闺女,竟然主动邀请一个初次见面的青年男子住进自家的厅院,这在封建社会真可堪称思想够解放的了。

袁氏女不仅敢于冲破"男女之大防"的封建礼教,在爱情上主动追求,而且没有门第等级观念,在婚姻上不讲"门当户对"。她家是"大第","巨有金缯",却不嫌弃"恪久贫"。婚后,她也不要求孙恪去考科举,争取功名富

贵，而是让孙恪在她家过着"不求名第，日治豪贵，纵酒狂歌"的生活。

袁氏女很讲恩义。孙恪的表兄张间云发现孙恪身上"妖气颇浓"，劝孙将其妻害死。孙说："不能负义。"张说："义与身，孰亲？"劝孙不能"顾其鬼怪之恩义"，并借给他杀妻的宝剑。"恪遂携剑，隐于室内，而终有难色。袁氏俄觉，大怒而责恪曰：'子之穷愁，我使畅泰，不顾恩义，遂兴非为。如此用心，则犬彘不食其余，岂能立节行于人世耶？'"吓得孙恪"汗落伏地"，"叩头曰：'受教于表兄，非宿心也。愿以饮血为盟，更不敢有他意。'"当孙恪表示认错、悔过后，袁氏不仅原谅了他，而且还笑着安慰他，说："张生一小子，不能以道义诲其表弟，使行其凶险，来当辱之。然观子之心，的应不如是。然吾匹君已数岁也，子何虑哉？""后十余年，袁氏已鞠育二子，治家甚严，不喜掺杂。"

袁氏女不愿丈夫做官。只是由于"后恪之长安，谒旧友王相国缙，遂荐于南康张万顷大夫为经略判官，挈家而往"。袁氏便"若有不快意"。路过峡山寺，她要去斋僧。斋罢，见到"有野猿数十"，"悲啸扪萝而跃"，袁氏便"俄命笔题僧壁曰：'刚便恩情役此心，无端变化几湮沉；不如逐伴归山去，长啸一声烟雾深。'乃掷笔于地，抚二子，咽泣数声，语恪曰：'好住！好住！吾当永诀矣！'遂裂衣化为老猿，追啸者跃树而去"。袁氏与孙恪的"永诀"，显然是出于对丈夫选择从政为官的人生道路强烈不满。在她看来，与其跟随丈夫去做官太太，"不如逐伴归山去"，回归自然，才是真正的自由和幸福。

上述种种事实说明，这个袁氏女跟为害作恶的白猿、无支祁皆有天壤之别；她在封建社会是个有进步意义的正面形象。在当时及后代的影响也很大。据《录鬼簿》记载，元代郑廷玉著有《孙恪遇猿》杂剧。虽然原剧本已佚，但由此剧目可见其取材于唐人小说《孙恪》。《西游记》中的孙悟空，对《孙恪》中的袁氏是不是也有所"袭取"呢？我认为，同样也存在着有所"袭取"的种种迹象。

其一，它不是把猿猴写成像白猿、无支祁那样行凶作恶的反面角色，而是写成有进步意义、令人可敬可爱的正面形象。同样是猿猴形象，却在典型本质上作了如此重大的反拨和崭新的创造，使之发生质的飞跃。这对于小说作者把孙悟空也塑造成正面形象，无疑地足以起到先导和促进的作用。

其二，就许多具体描写来看，孙悟空也有"袭取"袁氏女的迹象。例如：

——袁氏是猿猴变化成的美女，孙悟空也曾多次变化成美女。我国封建社会习惯妻子以丈夫的姓为姓，袁氏的丈夫姓孙，应叫孙袁氏。这跟孙悟空姓孙，俗称孙猴子，难道没有一点因缘关系么？

——袁氏不受封建礼教的桎梏，厌恶读书——中举——做官的封建人生道路，向往回归自然的自由自在生活；而孙悟空则更加敢于向残暴的封建统治势力和陈腐的封建传统观念勇猛挑战。两者在精神气质上，岂不是血脉相连、前后呼应的么？

——袁氏很讲究恩义，孙悟空也很讲究恩义。沙僧曾在猪八戒面前赞扬孙悟空："他是个有仁有义的猴王。"（第三十回）袁氏斥责孙恪图谋杀她，是"不顾恩义"。孙悟空也指责唐僧驱逐他，是"那长老背义忘恩，直迷了一片善缘，更不察皂白之苦"（第五十七回）。

——孙悟空有神通广大的本领，袁氏的本领也身手不凡。当孙恪藏剑准备谋害她时，"袁氏遂搜得其剑，寸折之，若断轻藕耳。"

——袁氏的出身经历，据作品中峡山寺的老僧说："此猿是贫道为沙弥时所养。开元中，有天使高力士经过此，怜其慧黠，以束帛而易之。闻抵洛京，献于天子。时有天使来往，多说其慧黠过人，长驯扰于上阳宫内，及安史之乱，即不知所之。于戏！不期今日更睹其怪异耳！碧玉环者，本诃陵胡人所施，当时亦随猿颈而往，今方悟矣！"这段经历说明：此猿曾为和尚所收养，这跟孙悟空被唐僧收为徒弟，岂不是很相像么？此猿又曾被"献于天子"，

"扰于上阳宫内",这跟孙悟空大闹天宫,岂不是也有点瓜葛么?此猿"慧黠过人",这跟孙悟空自称是"齐天大圣",智勇出众,岂不是也很近似么?此猿的颈上被套上了"胡人所施"的碧玉环,这跟孙悟空头上被套上紧箍儿,两者岂不是也很容易激起作家和读者的联想么?

上述种种,当然只是孙悟空对《孙恪》中的袁氏有所袭取的一些迹象罢了。跟孙悟空对白猿、无支祁有所袭取一样,这种袭取只不过是为作家提供了一些创作素材和灵感而已。就孙悟空形象的整体和本质来看,他都不是对白猿、无支祁和袁氏形象的抄袭,而是经过小说家作了重大扬弃和改造、超越和发展的结果。

拿袁氏形象来说,她跟孙悟空虽然皆属正面形象,但两者的典型本质却依然十分悬殊。袁氏形象的进步意义,仅限于对个人爱情、婚姻和家庭幸福生活的追求;她不愿丈夫做官,也只不过是洁身自好,不愿跟官场人物同流合污,而对于国家的兴衰,人民的安危,她似乎并不关心。孙悟空形象的进步意义,则远远超出了袁氏囿于个人和家庭幸福的范围,他是我们民族的智慧和力量、理想和愿望的化身,他为之奋斗不息的,主要是国家和人民的利益。如唐僧师徒历经千辛万苦,到达天竺国凤仙郡,那儿却不是佛家所宣扬的天国乐土,而是"一连三载遇干荒,草子不生绝五谷。大小人家买卖难,十门九户俱啼哭。三停饿死二停人,一停还似风中烛。下官出榜遍求贤,幸遇真僧来我国"。可是这"真僧",却不是身为师父的唐僧,他一贯束手无策,成事不足,败事有余。唯有孙悟空当即表示:"老孙送你一场大雨。"于是他便一个筋斗翻上天宫,要玉帝遣龙王"甘雨滂沱",迅即使"槁苗得润,枯木回生。田畴麻麦盛,村堡豆粮升。客旅喜通贩卖,农夫爱尔耘耕。从今黍稷多条畅,自然稼穑得丰登。风调雨顺民安乐,海晏河清享太平"。作者写"那一郡人民",都极为感谢"齐天大圣广施恩",期望"此后愿如尧舜世,五风十雨万年丰"(第八十七回)。尽管在我们今天来看,要人们把希望寄托在孙悟空式的救世主身上，是不现实的幻想，但却不能因此否认孙悟空的形象确实是合乎当时广大人民的理想和愿望的。竭力按照当时广大人民的理想和愿望来塑造孙悟空形象，使之突出集中地体现我们伟大民族战天斗地、以民为本的民族精神，这就是孙悟空形象之所以远远胜过唐人小说中所有猿猴形象的一个根本原因。

四、几点启示

从上述对孙悟空与唐人小说中猿猴形象的比较研究中，究竟可以给我们哪些启示呢？

（一）孙悟空袭取的对象绝不限于无支祁，而是颇为广泛的，多方面的。他不仅对唐人小说中的白猿、无支祁、袁氏等所有猿猴形象，皆有所袭取，而且对于《大唐三藏取经诗话》等宋元话本和杂剧中的猿猴形象，也有所袭取。有的学者还说他袭取了印度古代梵语叙事诗《罗摩衍那》中的猴子哈奴曼。所有这种种说法，我们都不应贸然排斥；它有助于扩大我们研究的思路和视野。须知，《西游记》本身就是明代以前关于猿猴和取经故事的集大成之作，吴承恩又是个"博极群书"的人。既是"博极群书""集大成"，又怎么会把袭取的范围仅限于无支祁呢？更何况古今中外文学创作"正确的道路是这样：吸取你的前辈所做的一切，然后再往前走"。鲁迅本人也肯定："《西游记》中受唐人小说影响的地方很不少。"他总结自己的创作经验是："所写的事迹，大抵有一点见过或听到过的缘由，但绝不全用这事实，只是采取一端，加以改造，或生发开去，到足以几乎完全发表我的意思为止。人物的模特儿也一样，没有专用过一个人，往往嘴在浙江，脸在北京，衣服在山西，是一个拼凑起来的脚色。"我们对《西游记》中孙悟空的形象塑造，岂不也可作如是观？本文所作的比较研究，恰恰说明这是合乎文学创作规律的，也是有助于我们认识和吸取孙悟空这个伟大典型形象的创作经验的。当然，本文所研究的只是对孙悟空形象塑造探源的一部分，至于孙悟空与宋元话本、杂剧等其他猿猴形象的关系，尚有待继续探讨。

（二）白猿、无支祁都是凶恶的反面形象，而作为正面形象的孙悟空却可以对反面形象也有所袭取，这就颇为耐人寻味，发人深思。过去我们总是强调对于古代文学遗产，要批判其封建性的糟粕，吸取其民主性的精华，这从思想内容上说，当然是正确的。然而从作家的创作来看，却不尽然。作家完全可以化腐朽为神奇，从白猿、无支祁等反面形象身上吸取创作的素材和灵感，把他们凶残作恶的种种神奇幻想，改造、转化成旨在反抗邪恶、为民造福的孙悟空那样光辉伟大的正面英雄典型。由此可见，我们要创造新文化，仅仅局限于吸取古代作品中"民主性的精华"，还是远远不够的。因此列宁强调的是："只有确切地了解人类全部发展过程所创造的文化，只有对这种文化加以改造，才能建设无产阶级的文化，没有这样的认识，我们就不能完成这项任务。"列宁在这里说的是"全部"，而非其中的某一部分。也就是说对于人类文化的一切，不论精华、糟粕，皆应了解，皆可袭取，关键在于要"对这种文化加以改造"，使之为"建设无产阶级的文化"服务。从孙悟空的形象塑造来看，其对唐人小说中的猿猴文化，即无论糟粕或精华，皆纳入其袭取和改造的对象，我国猿猴形象发展的这一史实，难道还不足以发人深思猛醒吗？

（三）《西游记》中孙悟空的袭取，无论是反面的猿猴形象，或正面的猿猴形象，都绝不是简单的抄袭或模仿，而是在"袭取"之中即有所扬弃和超越，加以根本的改造，使之发生质的飞跃。因此孙悟空，尽管与白猿、无支祁、袁氏皆有某种相似、相近或相通之处，但从典型本质及其思想和艺术成就来看，他都属于空前的伟大创造，为他以前的猿猴形象所望尘莫及。由此可见，对于古代文学遗产的袭取和继承，必须经扬弃和改造，超越和发展，而这又必须取决于作家有超凡脱俗的思想观念和艺术才能。不难设想，如果《西游记》作者也从封建的世俗之见出发，孙悟空跟玉帝、如来以及他们的下属作斗争，又怎么会被写成那样正气凛然，可歌可泣，而不被歪曲成大逆不道、可憎可恶的孽根祸种呢？孙悟空与玉帝、如来的形象，在相互衬托、照应之下，怎么可能是犯上作乱的孙悟空显得那样英勇伟大，而被世俗一向尊崇为庄严神圣的玉帝、如来却反而显得那样猥琐渺小呢？

（四）从孙悟空身上，我们仿佛强烈地感受到，吴承恩对"坐观宋室用五鬼，不见虞廷诛四凶"的那个时代封建统治的愤怒挞伐，对"胸中磨损斩邪刀，欲起平之恨无力"的猛力反拨，对"救月有矢救日弓，世间岂谓无英雄"的深情呼唤。而这一切，无论从反面形象白猿、无支祁，或正面形象袁氏身上，皆无法找到一丝的踪迹。它只能是吴承恩所处的那个明代社会现实生活的折射。由此可见，孙悟空这个伟大的典型形象之所以能成功塑造，仅仅靠对他以前的猿猴形象的袭取或改造，是远远不够的，更重要的还必须以现实生活为创作源泉，从现实生活中吸取创作的灵感，获得对原有猿猴形象加工和改造的强大动力，超越和发展的正确方向。恰如毛泽东所说的："过去的文学作品不是源而是流，是古人和外国人根据他们彼时彼地所得到的人民生活中的文学艺术原料创造出来的东西。"只有"人类的社会生活"，才"是文学艺术的唯一源泉"。无论白猿、无支祁、袁氏或孙悟空，都莫能例外。只是人们也绝不能忽视对"流"的继承作用。

孙悟空形象塑造的成功，当然不只是吴承恩一个人的功劳，有迹象表明，在吴承恩《西游记》之前，还有与之相当接近的话本《西游记》。我们的目的，不是要给吴承恩个人评功，而是要由此总结和吸取孙悟空形象塑造成功的经验，为人们提供一些有益的启示和借鉴。至于能否达到此目的，尚有待广大读者的评判。

（原载《西游记文化》2003 年第 3 期）

"齐天大圣"的由来和嬗变

一、孙悟空的"齐天大圣"称号来源于话本《失妻记》

"齐天大圣"是吴承恩《西游记》中孙悟空的外号，所以人们又常称孙悟空叫"孙大圣"。他这个称号是从哪儿来的呢？据现有的资料，它不是小说作者吴承恩的创造，而是最早见于宋元时代的《清平山堂话本·陈巡检梅岭失妻记》（以下简称《失妻记》）：

> 且说梅岭之北，有一洞，名曰申阳洞。洞中有一怪，号曰白申公，乃猢狲精也。弟兄三人：一个是通天大圣，一个是弥天大圣，一个是齐天大圣。小妹便是泗州圣母。这齐天大圣神通广大，变化多端，能降各洞山魈，管领诸山猛兽。兴妖作法，摄偷可意佳人，啸月吟风，醉饮非凡美酒。与天地齐休，日月同长。[①]

在吴承恩《西游记》中有一段相似的描写：

> 你看那猴王得胜归山，那七十二洞妖王与那六弟兄，俱来贺喜。

---

① 本文所引《陈巡检梅岭失妻记》原文，均据《清平山堂话本》。《古今小说》第二十卷改题为《陈从善梅岭失浑家》，在文字上也作了不少删改。

在洞天福地，欢乐无比。他却对六弟兄说："小弟既称齐天大圣，你们亦可大圣称之。"内有牛魔王忽然高叫道："贤弟言之有理，我即称作平天大圣。"蛟魔王道："我称作复海大圣。"鹏魔王道："我称混天大圣。"狮蛇王道："我称移山大圣。"猕猴王道："我称通风大圣。"猢狲王道："我称驱神大圣。"此时七大圣自作自为，自称自号，耍乐一日，各散讫。（第四回）

　　两者不仅同样都号称"齐天大圣"，而且同样都处于小弟的地位。其弟兄的人数虽有多少之别，但却同样皆"以大圣称之"。至于那个号称"齐天大圣"的白申公"乃猢狲精"，"能降各洞山魈，管领诸山猛兽"，吴承恩《西游记》中的孙悟空则有过之而无不及。话本《失妻记》中的"齐天大圣"对被他抢去的陈巡检的妻子张如春说："你喫了我仙桃、仙酒、胡麻饭，便是长生不死之人。"可见他是吃了长生不死的仙桃、仙酒的。只不过话本没有写他的仙桃、仙酒是从王母娘娘那儿偷来的。吴承恩《西游记》则详细写了孙悟空偷仙桃、仙酒的经历，故事生动。

　　话本《失妻记》中的"齐天大圣"，"常到寺中，听说禅机，讲其佛法。"长老教导他："了解色心本性，色即是空，空即是色，一尘不染，万法皆明。"他执意不听。由于他"平日只怕紫阳真君"，陈巡检根据长老的指点，去请求紫阳真君救出被齐天大圣抢劫的妻子，那紫阳真君便派两员神将："快与我去申阳洞中，擒拿齐天大圣前来，不可有失。""两员天将去不多时，将申公一条铁索锁着，押到真君面前。申公跪下，紫阳真君判断，喝令天将将申公押入酆都天牢问罪。教罗童入申公洞中，将众多妇女各各救出洞来，各令发付回家去讫。张如春与陈辛夫妻再得团圆，向前拜谢紫阳真人。"

　　吴承恩《西游记》中的孙悟空，也是拜菩提祖师为师，每天听师父"讲经论道"（第二回），他那"孙悟空"的名字，便是菩提祖师给他取的。所谓

"悟空"，不也就是取《失妻记》中长老所说的"了解色心本性，色即是空，空即是色，一尘不染，万法皆明"的意思么？在大闹天宫失败后，孙悟空也是被二郎神"将绳索捆绑"（第六回），押到玉帝及太上老君面前的。两者的经历，如影随形，如响依声，给人以多么此呼彼应、血脉贯通之感啊！

以上说明，话本《失妻记》中的白申公，跟吴承恩《西游记》中的孙悟空，他俩不仅"齐天大圣"的称号相同，而且他俩的身世、经历和性格，也有某些相似之处。从《失妻记》的白申公身上，我们可以看到《西游记》中孙悟空的影子。两者有着亲缘关系，难道不是确凿无疑的么？

二、孙悟空与《失妻记》中白申公形象的本质区别

但是，话本《失妻记》中的白申公，跟小说《西游记》中的孙悟空，在思想倾向和典型特征上，却又是有着本质区别的两个不同的艺术形象。

白申公是个掳人妻子、行凶作恶的反面形象，他"兴妖作法，摄偷可意佳人"，把陈巡检的妻子夺去，强迫她供其淫乐。不从的话，便强行"将这贱人剪发齐眉，蓬头赤脚，罚去山头挑水，浇灌花木"。最后，白申公遭到紫阳真君的惩处，陈巡检夫妻得以团圆。如果说这是"寄托着战胜强暴和祸难的生活理想"[①]的话，那么，白申公显然便是制造"强暴和祸难"的罪魁了。

《西游记》中的孙悟空，虽然唐僧也经常斥责他"全无有一些儿善良之意"，但那实际上却是因为唐僧满脑袋抽象的仁爱慈善的佛家思想，中了妖邪"以善迷他"（第四十回）的诡计，结果总是证明孙悟空的坚决斩妖除魔是完全必要的，唐僧对妖魔讲仁慈，妖魔却要吃他的肉，害他的命。孙悟空的行动，不仅是针对妖魔的，同时也是对唐僧那一味地讲仁爱慈善的佛家思想的有力批判。他不但不是"强暴和祸难"的创造者，而且是"济困扶危，恤孤念

---

① 许正扬：《古今小说·前言》对《陈从善梅岭失浑家》的评语。

寡"，"专救人间灾害"（第四十四回）的英雄，连唐僧后来也由不得不夸奖他"功劳第一"（第三十一回），"是降龙伏虎之英豪，扫怪除魔之壮士"（第三十七回）。

从把白申公这个反面人物夸张成为不可一世的"齐天大圣"，变成塑造孙悟空这个向一切恶势力作英勇斗争的"齐天大圣"，这是一个多么根本的改造、多么巨大的变化啊！它不仅在艺术上是个使浪漫主义由"消极的"转变为"积极的"的重大发展，而且它在思想上反映了人类对于征服一切邪恶势力具有无比的信心和勇气、力量和智慧。

白申公和孙悟空虽然同样号称"齐天大圣"，但是两者的内涵和性格特征却大不相同。

白申公之号称"齐天大圣"，主要是指他有"与天地齐休，日月同长"的神通广大的本领。而由于他所代表的是邪恶势力，这就决定了他的本领再大，也必然要遭到被惩罚的可耻下场。这既是广大人民的美好愿望，也是历史发展的必然规律。只不过当时作者还未认识到人民自己的力量，而只能幻想有个紫阳真君，他的法力无边，足以制伏白申公，把他"押入酆都天牢问罪"。证明他那"齐天大圣"的称号实在不过是自吹自擂罢了。

孙悟空之号称"齐天大圣"，小说作者却赋予它以崭新的社会典型意义。他写孙悟空虽然也出身于妖魔，也遭受过五行山下五百年的镇压，但作者强调他终究不是个危害人民的反面形象，他的斗争矛头始终是指向压迫、残害人民的统治者和恶魔的。孙悟空的所谓"齐天"，不仅要有"与天地齐休，日月同长"的寿命，更重要的是要争得与天上、人间的最高统治者有平等的政治权利和地位。他是在与封建最高统治者的斗争中提出这个称号来的。孙悟空有神通广大的本领，而玉帝却只封他个"弼马温"的末流小官，因此作者写——

猴王道："玉帝轻贤，封我做个甚么'弼马温'。"鬼王听言，又奏道："大王有此神通，如何与他养马？就做个'齐天大圣'，有何不可？"猴王闻说，欢喜不胜，连道几个"好！好！好！"教四健将："就替我快置个旌旗，旗上写'齐天大圣'四大字，立竿张挂。自此以后，只称我为齐天大圣，不许再称大王。"（第四回）

这就是说，你"玉帝轻贤"，你有什么了不起？你可以代表最高统治的"天"，我也可以做个"齐天大圣"，不仅要与你平起平坐，而且要进一步取而代之。用孙悟空的话来说，"他虽年劫修长，也不应久占在此。常言道：'皇帝轮流做，明年到我家'。只教他搬出去，将天宫让与我，便罢了，若还不让，定要搅攘，永不清平！"（第七回）

封建社会是宗法制的皇权统治，皇位是世袭的。皇帝的君权至上，唯我独尊。皇帝的话是"金口玉言"，绝无非议的权利。《西游记》中的孙悟空却自树"齐天大圣"的旗帜，不仅在称号上要与代表"天"的最高统治者"看齐"，而且要进一步实现"皇帝轮流做，明年到我家"的政治主张。这种要求"齐天""轮流"做皇帝的政治思想，显然是与封建宗法君主极权的专制主义思想相抵触的，是带有民主、平等因素的新思想的萌芽。因此，孙悟空的大闹天宫，实际上就是要以武力夺取玉皇大帝的皇位，向君主极权的封建专制主义发出了勇敢的挑战。这就使他跟封建最高统治者处于予盾对抗的地位，使他不能不遭到封建势力的残酷镇压。因为那毕竟是个封建势力占绝对统治地位的时代，终究是属于理想，而不可能是现实。如果作者让孙悟空的大闹天宫不是遭到残酷镇压，而是果真取得了伟大胜利，那就失去了历史的真实性，而只能在读者中起到制造欺骗、散布幻想的恶劣作用。

好在作者写孙悟空在大闹天宫失败后，虽然被迫承认"犯了诳上之罪"（第十四回），但是他并没有抛弃"齐天大圣"的称号；要求"齐天"的民主、平等思想，依然是他的性格中最动人的闪光之处。如在西行取经途中，唐僧一听说是山神、土地，便慌忙"滚鞍下马"，"只管朝天磕头，也不计其数"，孙悟空却说："老孙自小儿做好汉，不晓得拜人，就是见了玉皇大帝、太上老君，我也只是唱个喏便罢了。"（第十五回）有一次孙悟空要以自己的假葫芦换取妖精的宝贝葫芦，便诡称自己的葫芦能装天，要当场装给妖精看看。作者写道："好大圣，低头捻诀装个念咒语，叫那日游神、夜游神、五方揭谛神：'即去与我奏请玉帝，说老孙皈依正果，保唐僧去西天取经，路阻高山，师逢苦厄。妖魔那宝，吾欲诱他换之，万千拜上，将天借与老孙装闭半个时辰，以助成功。若道半声不肯，即上灵霄殿，动起刀兵！'"（第三十三回）这与其说是借天，不如说是以武力逼天，使玉帝不得不乖乖地表示："依卿所奏。"有一次唐僧被金兜山的兕怪抓去了，孙悟空的金箍棒也被兕怪抢去了，因此，他"疑是上界那个凶星思凡下界，又不知是那里降来的魔头，老孙因此来寻寻玉帝，问他个钳束不严"（第五十一回）。这岂不是说冤有头，债有主，把兕怪的作恶归罪于玉帝的"钳束不严"么？如果不是出于"齐天"的民主、平等思想，孙悟空有什么资格对封建最高统治者问罪呢？

在封建的世俗之见看来，神仙，那是威力无比，不可匹敌的。话本《失妻记》中那个令白申公惧怕的紫阳真君，就是来自大罗仙境的神仙，使白申公轻易被"一条铁索锁着"的，也是紫阳真君派去的"两员神将"。一句话，白申公的妖法再大，大到以"齐天大圣"自居，也终究不能不屈服于神仙的统治。可是小说《西游记》中的孙悟空，他既要"齐天"，自然也就根本不把"天"的帮凶——神仙放在眼里。用他的话来说："我们虽不是神仙，神仙还是我的晚辈。"（第二十一回）他并不是瞎吹牛，而是真的具有与神仙作较量的本领。连如来都不能不承认孙悟空是个"概天神将，俱莫能伤损"（第八回）的英雄人物。他用自己的行动打破了天兵神将不可战胜的神话。《西游记》不是颂扬神对人的统治天经地义，不可抗拒，而是讴歌孙悟空大闹天宫——小人物的反抗斗争具有惊天动地、"莫能降伏"的力量。你"天"再高，我这个小人物照样也可以做"齐天大圣"，照样能够跟你闹一闹。你神仙鬼怪再凶狠厉害，我孙悟空照样能把你打得个落花流水，叫你甘拜下风。这无疑地是民主、平等思想对君主专制极权思想的光辉挑战，是人权思想对神权思想的巨大胜利。

三、由白申公嬗变成孙悟空形象的创作经验

从孙悟空形象对白申公形象的改造和发展，足以说明：

首先，人物的思想性格，无论是白申公或孙悟空，都是各自时代的社会思潮的折光。白申公的妖法害人，人们幻想借助于神仙来惩治妖精，这既是人民的美好愿望的反映，又是人民还没有充分意识到自己的力量，愚昧而不觉醒的那个历史时代的写照。孙悟空要求"齐天"的民主、平等思想，跟明代中叶的资本主义经济的萌芽，是遥相呼应的，是人权要求战胜神权的新的时代精神，在艺术形象身上最敏感的折射。由此我们可以看到，《西游记》在孙悟空这个典型形象创造上，《失妻记》等前代文学作品中的猿猴形象，只是为他提供了某些创作素材和思想资料，他的巨大成功主要是以自己时代的生活为源泉，从当时崭新的时代精神中汲取灵感和诗情，才能创作出具有高度典型意义的崭新的艺术形象，并使之闪烁着自己时代的新的思想光彩，永远活跃着不朽的艺术生命。

其次，在人物形象塑造上，思想性格和艺术表现形式应该达到完美的统一。"齐天大圣"，这无疑地是个非常崇高、十分优美的称号。即使在《失妻记》中也是说："这齐天大圣神通广大，变化多端，能降各洞山魈，管领诸山猛兽。……与天地齐休，日月同长"。把"齐天大圣"的称号，与其超凡出众的本领联系在一起的。可惜白申公这样的本领，却不是像孙悟空那样用来战天斗地，而是用于"兴妖作法，摄取可意佳人；啸风吟月，醉饮非凡美酒"。这表明，白申公那"齐天大圣"的崇高优美称号，是与他那卑鄙下流的可耻行为相矛盾的；也就是说，白申公的思想性格，与作者用的艺术表现形式之间，不

是和谐协调，而是乖戾连背的。小说《西游记》中的孙悟空称"齐天大圣"，作者不仅赋予他以民主、平等的崭新的思想因素和时代特色，而且使他那"齐天大圣"的称号，与他那战天斗地、斩妖除魔的光辉行为统一在一起，成为一个在思想性格和艺术表现形式上达到完美统一，具有高度社会典型意义的神话英雄形象。这不仅在人物的思想性格上是个质的飞跃，而且在思想性格与艺术表现形式的统一上更是个完美的创造。

最后，还可以看出，孙悟空与白申公这两个艺术形象的高下，在根本上是取决于作者的世界观和艺术观的高下。《失妻记》作者的世界观是唯心的、封建的，所谓"万般皆是命，半点不由人"。白申公尽管有"齐天大圣"的本领，因为他是卑贱的猢狲精，他就不配有更好的品行和命运。陈巡检夫妇尽管"悲欢离合千般苦"，但他们的"夫妻会合是前缘"，陈妻张如春则是"烈女真心万古传"。《西游记》作者对孙悟空形象的塑造，虽然也不免有宿命论的影响，但它的主导方面则是歌颂孙悟空反抗腐朽的统治，摆脱残暴的压迫，争取自己主宰自己命运的。

《失妻记》作者的艺术观是把继承视作因袭。他以嗜酒好色作为猢狲精的主要性格特色，这本身就是对传统观念和题材因袭的结果。正如钱南扬所指出的："猿精的故事起源很早，《易林》卷一《坤之剥》云：'南山大玃，盗我媚妾，怯不敢逐，退然独宿。'则汉朝已经有此故事了。晋唐以来，从《博物志》卷九'黎高山猴'，《太平广记》卷四百四十四《欧阳纥》，一直发展到宋朝的《陈巡检》，已经有一千多年的历史了。"《西游记》作者之所以能使孙悟空的形象反映出明代资本主义经济萌芽的新的时代精神的折光，这跟作者的艺术观也密切相关，他能打破猿猴喜淫好色的传统观念，不是视继承为因袭，而是以继承为借鉴，在继承中有所批判和扬弃，把艺术形象的生命植根于反映自己时代社会生活的肥土沃壤之中，使之对前人的文学遗产既有所继承和借鉴，更有富于时代特色的崭新的创造和发展。

当然，《西游记》中孙悟空形象的创造绝不只是对白申公这一个形象的继承和发展，他的全部渊源、性格特征和典型意义，这是一个众说纷纭、颇为复杂的问题，不是本文所要解决的。本文只是旨在通过孙悟空与白申公两个艺术形象的比较，看《西游记》作者对孙悟空形象的继承和发展；如果能多少有助于我们正确认识孙悟空这个艺术形象的光辉成就，从中吸取一些可供今天文学创作借鉴的历史经验，那就算达到本文预期的目的了。

（原载《艺谭》1985年第3期）

应该怎样看待孙悟空

有的同志之所以认为《西游记》"是反动的，为统治阶级服务的"，主要是因为他把孙悟空大闹天宫看成是农民起义的反映，把孙悟空当成"是被统治阶级中造反者的化身"，把孙悟空的皈依佛教，帮助唐僧取经，看成是叛变投降，从而断言作者是用孙悟空的形象说明："被统治者只有死心塌地为统治者卖命，才有可能得到好处，找到出路。"①

还有些同志虽然对《西游记》和孙悟空的形象给予肯定的评价，然而对大闹天宫的性质和孙悟空阶级属性的看法，却跟否定论者基本上是一致的。因此，他们总认为孙悟空的形象及《西游记》这部作品，"前后存在着不可调和的矛盾，却无论如何也不好理解"②。

因此我认为，我们要解决对《西游记》和孙悟空形象评价上的分歧，关键在于必须首先弄清楚大闹天宫的性质，弄清楚孙悟空的阶级属性及其典型意义。

一

《西游记》中所写的孙悟空大闹天宫，如果笼统地说它是中国人民反抗斗争精神的升华、辉映，或曲折的反映，我认为那也未尝不可。有的同志进一步

① 傅继俊：《我对〈西游记〉的一些看法》，《文史哲》1982 年第 5 期。
② 高明阁：《〈西游记〉里的神魔问题》，《文学遗产》1981 年第 2 期。

断言："没有中国历史上多次发生的那样规模巨大，以致使得封建统治阶级不能维持或者几乎不能维持的农民起义、农民战争，孙猴子大闹天宫这样的情节是不可能虚构出来的。"① 这种说法乍听起来也是很有道理的。但是，如果硬要把大闹天宫与农民起义相提并论，把孙悟空说成"是被统治阶级中造反者的化身"，那就与《西游记》的实际描写大相径庭了。

孙悟空大闹天宫，真的是"反映了中国历代的许多次的大规模的农民起义的历史现实"② 么？

历史上农民起义发生的原因，总不外乎是由于兵荒马乱，天灾人祸，统治阶级的残酷剥削、压迫，弄得民不聊生，不得不被"逼上梁山"造反。可是，孙悟空之所以要大闹天宫，却根本不是出于要反抗剥削、压迫。作者写他是生活"在仙山福地，古洞神洲，不伏麒麟辖，不伏凤凰管，又不伏人间王位拘束，自由自在，乃无量之福"（第一回）。他之所以造反，最初的动因，只是为了长生不死。

在他强行勾销了猴子在阎王那儿的生死簿上的名字之后，他之所以进一步造反，是为了做官。当玉帝用"弼马温"的官职对他进行招安时，他便接受了。后来他获悉"弼马温"只是个"未入流"的"末等"小官，便"不觉心头火起，咬牙大怒"。他因为不满意"玉帝轻贤"，便自己树起了"齐天大圣"的旗帜。玉帝再次招安他，他说："若依此字号（指'齐天大圣'）升官，我就不动刀兵，自然的天地清泰；如若不依，时间就打上灵霄宝殿，教他龙床定坐不成！"（第四回）后来因为玉帝只给了他一个"齐天大圣"的空名，连天宫的蟠桃会都不让他参加，于是他便私扰蟠桃会，把那些仙果、仙酒和金丹都偷吃了，犯下了神佛所谓的"十恶"之罪。

只要具体分析一下《西游记》中所描写的孙悟空大闹天宫的原因，我们就

---

① 何其芳：《胡适文学史观点批判》，《人民文学》1955 年第 5 期。

② 胡念贻：《〈西游记〉是怎样的一部小说》，见《西游记研究论文集》，第 34 页。

不难看出，作者的目的不是要写反抗阶级压迫、剥削的农民起义，而是要写统治阶级内部轻贤与要求任贤两种政治主张的斗争。孙悟空大闹天宫的目的，根本不是要推翻封建统治，而是要最高统治者任用贤人，给他升官，让他在统治阶级中有"齐天"的地位，甚至有"皇帝轮流做，明年到我家"（第七回）的平等权利。由此可见，大闹天宫从其目的、性质上来看，还是属于统治阶级内部的权力分配问题，它跟农民起义反抗统治阶级剥削、压迫的性质截然不同。

有的同志也许会说，大闹天宫虽不同于农民起义的性质，但孙悟空毕竟是个造反者啊。我们认为，对造反也应作阶级分析，有被统治阶级的造反，也有统治阶级内部的造反。

首先，从《西游记》中所描写的孙悟空的阶级地位来看，作者描写他是个"千岁大王"，管辖群猴"计有四万七千余口"，"各样妖王，共有七十二洞，都来参拜猴王为尊。每年献贡，四时点卯。也有随班操演的，也有随节征粮的，齐齐整整，把一座花果山造得似铁桶金城。"（第三回）世界上岂有像孙悟空这样的被统治阶级么？

其次，从孙悟空的思想性格来看，他跟封建社会的农民也迥然有别。农民总是非常热爱他那一小块土地，绝不肯轻易抛弃它。同时，农民的思想意识，在沉重的封建压迫、剥削之下，总是热烈向往着能过上一种无忧无虑的生活。可是孙悟空却主动抛弃他在花果山那种逍遥自在的生活不过，偏偏要离乡背井，漂洋过海，去寻求他那长生不死的理想生活。这与封建社会农民的性格、农民的思想意识，岂不是存在着阶级的差别么？

最后，从孙悟空大闹天宫的目的和性质来看，他从来没有、也根本不可能提出彻底推翻封建阶级统治的要求。他跟当权的最高统治者玉帝的矛盾冲突的性质，不是要根本改变玉帝所代表的封建统治制度和封建统治阶级的剥削、压迫，而是要求玉帝改变"轻贤"的态度和政策，让他在统治阶级中从一个花果山的"千岁大王"，上升到在整个天宫中具有"齐天"地位的最高统治者中的一员。因此，他所提出的"皇帝轮流做，明年到我家"的战斗口号，并为此而大闹天宫，虽然在斗争的方式上发展到了武装斗争的对抗性矛盾，是对封建正统的大胆挑战，是孙悟空具有强烈反抗性格的突出表现，但是在反抗斗争的内容和性质上，却仍然属于轻贤与要求任贤两种政治主张的矛盾。它跟农民起义反抗阶级压迫、剥削，一个阶级推翻另一个阶级的统治，是两类完全不同性质的矛盾，有着本质的区别。

在历史上，类似孙悟空那样在统治阶级内部以武力夺取皇位的事件，是不胜枚举的。最突出的是南北朝时期。南朝二十四个皇帝中，被弑者十一，被废者三；北朝二十个皇帝中，被弑者十五，被废者一。明成祖朱棣便是由一个"千岁大王"，而以武力夺得万岁皇帝的宝座的。对于这些"闹天宫"闹到果真弑、废了帝皇，实现了自己做皇帝欲望的人，谁也不会把他们看成是反抗封建统治的叛逆英雄，因为他们明显地是属于统治阶级内部的改朝换代，而不是一个阶级推翻另一个阶级的革命。孙悟空大闹天宫，尽管其要求用贤的政治主张比一般的改朝换代要进步得多，但这并不能改变它跟历史上发生的许多争夺皇位的事件具有相类似的性质。

既然大闹天宫的性质不属于农民起义，孙悟空也不是"被统治阶级中造反者的化身"，那么，孙悟空的皈依佛门，自然也就不属于被统治阶级向统治阶级叛变投降了。因为作者所写的孙悟空跟封建最高统治者的矛盾，本来就是属于封建统治阶级内部的矛盾，尽管这种矛盾曾经一度采用了武装对抗的形式。这同样是有作者的具体描写为根据的。

其一，孙悟空早在大闹天宫之前，就是抱定访道学仙的宗旨离开花果山的。当他打听到灵台方寸山的斜月三星洞中有一个神仙须菩提祖师时，便以"我是个访道学仙之弟子"的身份，登门求见。他那"孙悟空"的名字，就是须菩提祖师给他起的"法名"（第一回）。唐僧在收他为徒弟时，也说他："正合我们的宗派。"（第十四回）如果说孙悟空在大闹天宫失败后皈依佛门是意味着叛变投降的话，那么，岂不是早在他大闹天宫之前就已经投降了吗？

其二，孙悟空大闹天宫的那些本领，如七十二般变化，都是须菩提祖师传授给他的（见第二回）。在那"举世无人肯立志"的情况下，孙悟空下定了"修玄"的决心，所谓"立志修玄玄自明"，这一点从孙悟空刚出场就交代得明明白白，那么，当他在大闹天宫失败后皈依佛门，在取经途中继续经受千难万险的考验，这跟他的初衷，岂不是一脉相承的么？出家人皈依佛祖，本是顺理成章的事，怎么能说成是叛变投降呢？

如果要说叛变投降，孙悟空在皈依佛门之前，两次接受招安，岂不是早就叛变投降了么？但是第一，孙悟空本来就是统治阶级中的一员，只不过他没有在最高统治机构中掌权罢了。最高统治者以授予一定的官职来招安他，这只是统治阶级内部权力分配的变化，不存在一个阶级向另一个阶级投降的问题。第二，孙悟空造反的目的，只是要求最高统治者用贤，给他升官，最高统治者被迫满足他做官的要求给予招安，这只能说明孙悟空斗争的胜利。尽管这不过是表面的虚假的胜利，结果被证明是受了最高统治者的欺骗，但他跟农民起义队伍放弃原来的革命目标而接受招安的阶级投降，毕竟是两码事。

大闹天宫失败，经过五行山下五百年的残酷镇压，孙悟空认识到直接夺取皇帝的宝座是犯了"欺天诳上"之罪，因而不得不表示"知悔"。这种"知悔"，在我们今天来看，自然是感到扫兴的，令人失望的，甚至是必须批判一通的。但从孙悟空来说，他大闹天宫的初衷压根儿就没有想到要推翻封建统治，他的最大要求是要玉帝用贤，实行清明政治。既然"欺天诳上"那条路行不通，那就表示一下"知悔"，另走"皈依佛门"这条路，有何不可？！

真正该责备的不是孙悟空个人，而是那个黑暗的时代。正像伽利略在宗教法庭的恐怖审判面前，曾经被迫放弃"太阳中心说"一样，真理之光竟被谎言的无边黑暗所吞噬，我们难道应该责备为人类智慧作出伟大贡献的科学家伽利略缺乏英雄气概么？不，我们只能因此而更加悲愤和诅咒那个吞噬一切英雄气概的黑暗社会。在孙悟空那个时代，就是个恪守封建正统，不可能允许"皇帝轮流做"的黑暗时代。孙悟空不可能不受到他那个时代的阶级的制约，尽管他是个神通广大的神话英雄。如同不能要求大象飞上蓝天，尽管它力大无穷；不能希望蜜蜂搬走大山，尽管它辛勤无比。好在孙悟空的大闹天宫，已经揭穿了神佛狡黠阴险、凶狠残暴的真面目，打破了人们对于神圣天国的幻想，收到了宗教批判和政治批判的强烈效果。如果不让孙悟空"知悔"，而叫他取得大闹天宫的胜利，或者在神佛的镇压下壮烈牺牲，那么，孙悟空就不但不能继续完成锄奸除恶的任务，实现清明政治的理想，而且势必会造成散布对于神佛的幻想或恐怖情绪。

因此，如果我们对《西游记》中的实际描写作实事求是的具体分析的话，我们就不难得出这样的结论：那种把大闹天宫说成是农民起义的反映，完全是从表面现象看问题的牵强附会；那种把孙悟空看成"是被统治阶级中造反者的化身"，实际上不过是对孙悟空形象的任意拔高；那种把孙悟空在大闹天宫失败后的皈依佛门，说成是叛变投降，则纯属莫大的误解；那种对孙悟空不该"知悔"的斥责，实际上是脱离当时历史条件的不切实际的苛求。

二

孙悟空既然不得不"知悔"，那么，在他"知悔"了之后，是否就变成了"统治阶级的帮凶和打手"[1]呢？否！

如在取经途中，作者写了几个人间国度，都是"文也不贤，武也不良，国君也不是有道"（第六十二回）。孙悟空则跟他们作了针锋相对的斗争。宝象国的三公主被黄袍怪霸占为妻。可是当这个黄袍怪"变做一个俊俏之人"来朝见时，"那国王见他耸壑昂霄"，便"以为济世之梁栋"。那妖精花言巧语，

---

[1] 丁黎：《从神魔关系论〈西游记〉的主题思想》，《学术月刊》1982年第9期。在《学术月刊》1983年第2期上，作者有专文跟丁商榷，可参阅。

反诬唐僧"正是那十三年前驮公主的猛虎,不是真正取经之人!"作者说:"你看那水性的君王,愚迷肉眼,不识妖精,转把他一片虚词,当了真实。"竟称妖精为"贤驸马"等等(第三十回)。这对那国王的愚迷昏聩,人妖颠倒,助妖为虐,该是个多么诙谐辛辣的揭露!多么犀利尖刻的鞭挞!在孙悟空的查勘下,玉帝才不得不将这天宫奎木星变的黄袍怪收回上界,贬为太上老君的伙夫。这不仅使国王的三公主得救,更重要的是使那昏聩的国王受到了刺骨的针砭。

类似的许多事例都说明,作者和孙悟空对国王的昏聩是持揭露和批判态度的,但斗争的目的并不是要打倒国王,而是认为只要把国王身边的妖精变化的驸马、国师等奸臣、赃官、酷吏统统加以清除,自然就可以国泰民安了。这跟吴承恩在诗文中所表现的政治思想是一致的。所谓"坐观宋室用五鬼,不见虞廷诛四凶"①。可见在吴承恩看来,祸根不在"宋室""虞廷"的最高统治者自身,而在他所用的"五鬼""四凶"。因此,即使对于重用奸邪的昏君,也不能采取打倒的态度,而只能通过清除"五鬼""四凶",加以扶助。因此,乌鸡国王在被妖精道士害死三年之后,孙悟空还要千方百计地降伏窃居皇位的妖精道士,将原国王救活,恢复其皇位。

孙悟空从窃居皇位的妖精道士手里夺回皇位,使乌鸡国王起死回生,恢复皇位,从表面上看,这该是充当"统治阶级的帮凶和打手"无疑了。然而仔细一看,不对!原来那个窃居乌鸡国王位的妖精道士,是"奉佛旨差来"为文殊菩萨报私仇的狮猁王。"都城隍常与他会酒,海龙王尽与他有亲;东岳齐天是他的好朋友,十代阎罗是他的异兄弟。"(第三十七回)他们官官相护,连那个无辜被害死的国王有冤"也无门投告"。这说明神佛世界比人间还要黑暗!孙悟空打击这样一个"奉佛旨差来"兴妖作怪的狮猁王,我看没有理由不说他

---

① 见《吴承恩诗文集·二郎搜山图歌》,第17页。

打得对！打得好！

至于那个被孙悟空帮助恢复王位的乌鸡国王，则是个"好皇帝"。他在灾荒之年，"文武两班停俸禄，寡人膳食亦无荤。仿效禹王治水，与万民同受甘苦。"（第三十七回）这样的"好皇帝"，实际上是不存在的，它只不过是人们的一种向往罢了。须知，在那个时代，别说孙悟空这样本来就属于统治阶级的开明之士，就是连广大被压迫阶级也是拥护"好皇帝"的。孙悟空扶助这样一个屈死的"好皇帝"复位，如果硬要说他是"帮凶和打手"的话，那么，他"帮"的合乎人民的理想和愿望，打击的正是"奉佛旨"篡位的神佛势力。

那么，前七回大闹天宫的孙悟空与后面八十七回取经途中的孙悟空，在思想性格上是否就完全一致，而不存在着矛盾呢？我认为，把这种矛盾夸大成"不可调和""不好理解"，是不对的；否认这种矛盾的客观存在，也是令人难以信服的。

前七回大闹天宫的孙悟空，是要"皇帝轮流做"，表现了一种比较彻底的坚决的反抗斗争精神。取经途中的孙悟空，虽然没有放弃斗争，但他的奋斗目标已经不是争夺最高统治的权力和皇位，也就是说，在孙悟空的思想性格上，经历了一个由不承认封建正统到承认封建正统的转变。

孙悟空因大闹天宫，被如来佛压在五行山下。五百年后，观音菩萨来到五行山，孙悟空请求："万望菩萨方便一二，救我老孙一救！"并表示："我已知悔了。"（第八回）后来唐僧去救他时，孙悟空说："我是五百年前大闹天宫的齐天大圣，只因犯了诳上之罪，被佛祖压于此处……我愿保你取经，与你做个徒弟。"（第十四回）这里孙悟空承认自己"犯了诳上之罪"，表示了"知悔"改过的态度。

孙悟空不仅在口头上表示"知悔了"，而且以后在行动上也不再为实现"皇帝轮流做"的目标而奋斗了。如第七十八回，比丘国国王为了求得千年不老之功，竟要用一千一百一十一个小儿的心肝做药引子。这里作者对那个国王是持批判态度的，但把主要罪责归到那个当国丈的道士身上，写国王经过孙悟空揭穿那道士系妖精的真面目以后，便清醒过来了，说："感谢神僧（指孙悟空）救我一国小儿，真天恩也！"（第七十九回）其他如乌鸡国、灭法国、祭赛国、车迟国等国国王，都是靠孙悟空的帮助才保住了皇位。正如孙悟空自己所说的："老孙若肯要做皇帝，天下万国九州的皇帝都做遍了。"（第四十回）

由直接反对封建最高统治者的斗争，转变为只鞭挞皇帝的昏庸，而不触犯皇帝的统治地位，着重进行反对皇帝身边的坏人以及皇帝下面的一切恶势力的斗争，这就是大闹天宫的孙悟空和后面表示"知悔了"的孙悟空不同的地方。这种不同虽然扯不上是阶级投降，但它毕竟在斗争的彻底性上大大削弱了。对于这个问题，我们应该如何看待呢？

列宁指出："在分析任何一个社会问题时，马克思主义理论的绝对要求，就是要把问题提到一定的历史范围之内。"[①]问题就在于在那个时代作者不可能不承认和维护皇权的统治。即使大闹天宫时的孙悟空，提出"皇帝轮流做"，也只是"轮流做"而已，至于皇权统治本身，他也是不否定的。在那个还未形成资本主义生产关系的封建时代，皇权的统治是免不了的，因此这不是哪一个阶级的局限，而主要是那个时代的局限。属于《西游记》作者的阶级局限而妨碍后八十七回的孙悟空形象继续发出更大光辉的，是封建正统思想。

从作者对唐太宗的态度上也可看出这个问题。历史上唐僧是私自逃出国境取经的，而《西游记》却把这件事改写成是唐太宗派唐僧出国的，并赋予"御弟圣僧"的桂冠，向他拜了四拜。唐僧也把他的取经与忠君联系起来。作者不惜改变历史史实，如此一再把取经事业与效忠皇帝联系起来，这就很鲜明地表明了作者对皇帝的态度，反映了作者的封建正统思想。正是在作者这种封建正统思想的指导和支配之下，孙悟空便放弃了"皇帝轮流做"的宏图，而转变为

---

① 列宁：《论民族自决权》，《列宁全集》第 20 卷，第 401 页。

只限于揭露、批判昏君，着重打击皇帝周围及其下面的"五鬼""四凶"。

由此可见，孙悟空思想性格中的前后矛盾，绝不是造反与投降的那种阶级立场上的根本对立，而是由于受作者封建正统思想的局限，改变夺取皇位的战斗目标，但并未改变其推行清明政治、为国为民锄奸除恶的战斗性格。

三

《西游记》所写的既然主要是封建统治阶级内部的矛盾，孙悟空的阶级属性本质上仍然属于封建统治阶级的范畴，那么，孙悟空这个英雄形象的典型意义是否就仅限于封建统治阶级内部呢？《西游记》是否就是"反动的"，"为封建统治阶级服务的典型作品"[①]呢？回答自然是否定的。

我们看问题绝不能形而上学，要坚持对具体问题作具体分析。例如神佛与妖魔的关系，既不全是"一体的"，也不都是"根本对立"的，他们之间有互相勾结、利用的一面，也有矛盾斗争的一面。在妖魔中既有像孙悟空、猪八戒、沙和尚等基本上属于正面的典型，也有许多确属真正危害国家人民的地主恶霸式的人物，还有一些则是属于自然灾害的象征，一定要给它贴上阶级的标签，则未免庸俗化。《西游记》中的神佛既是封建统治阶级的代表，又是宗教崇拜的偶像，如果把神佛跟人间的统治者完全等同起来，那又未免简单化了。

即使对于封建统治阶级中的人物，我们也不能把他们看成"铁板一块"，一概说成"是反动的"。中国历来有圣君和昏君、忠臣和奸臣、清官和赃官之分。仁君贤相、忠臣清官之类，尽管其阶级本质也是要维护封建统治，但他们毕竟比暴君奸臣、赃官酷吏对待人民的态度要好一些。在文学作品中塑造的这些人物形象，则是寄托和凝聚了当时人民的一种理想和愿望。如《三国演义》中的刘备和诸葛亮的形象，就是仁君贤相的典型；《说岳全传》中的岳飞，就

---

① 傅继俊：《我对〈西游记〉的一些看法》，《文史哲》1982 年第 5 期。

是忠臣爱国的典型；包公戏中的包公，就是清官的典型。这些人物形象并不因为他们的阶级属性是属于封建统治阶级而有损于他们的光辉，也没有因此而削弱我国人民对这些正面形象的喜爱。由此去看孙悟空的形象，情况是相类似的。

那么，孙悟空的形象究竟具有哪些典型意义，值得广大人民群众喜爱呢？

第一，他有英勇果敢、艰苦卓绝的反抗斗争精神，这可以作为永远鼓舞我们前进的力量。在大闹天宫中，不论什么天兵天将，也不论他们掌握什么法宝，都被孙悟空打得落花流水。取经途中形形色色的妖魔鬼怪，尽管诡计多端，无比狡黠险恶，但他们终究逃不过孙悟空的"火眼金睛"，都被他打得无藏身之处。我们说孙悟空的阶级属性是属于封建阶级，这主要是从他的政治思想和阶级本质来说的，至于他那坚决斗争的精神，豪迈的战斗气魄，丰富的斗争经验，却不只是属于他个人及他所代表的那个阶级的，更重要的是属于我们全民族的，在他身上既表现了中国人民争取自由、幸福，反抗一切恶势力的民族传统，又反映了中国人民征服自然困难的顽强的意志、无穷的智慧和不可抗拒的巨大力量。

孙悟空这个形象的可贵，不在于他没有（也不可能）使人民最终摆脱封建统治，而在于他总是鼓励人们永不停息地斗争，向最高统治者斗，向神佛斗，向妖魔鬼怪和一切恶势力斗，向自然灾害斗，也向唐僧、猪八戒一类人身上的缺点斗。斗争，这便是孙悟空性格中最可宝贵的，也是最主要的特征，在这个根本点上，孙悟空是始终一贯的，足以给人们以鼓舞的力量，值得人们喜爱的。

第二，孙悟空的思想和行动，基本上是符合当时广大人民的要求的，在历史上是有一定的进步意义的。他的政治思想，如反对轻贤，要求任人唯贤，反对昏君，要求实行贤明政治，反对妖魔鱼肉人民，要求除暴安良，这一切虽然没有、也不可能从根本上改变封建统治，但它毕竟比那"五鬼""四凶"横行的封建黑暗政治要好得多了。孙悟空所反对的，毕竟也是当时广大人民所最痛恨的，毕竟带有符合广大人民的理想和愿望的成分。对待人民的态度如何，应该是我们衡量《西游记》和孙悟空形象是进步的还是反动的根本标准。

那么，我们又应如何看待孙悟空经常取得神佛的协助呢？如果我们不是片面地而是全面地看问题的话，我们就会看到孙悟空从来没有完全站在神佛一边，他不是神佛的爪牙。我们不能只看到孙悟空对神佛依靠的一面，还应看到他也有斗争的一面。孙悟空能识破神佛与某些危害人民的妖魔有密切的联系，揭穿他们之间存在着种种肮脏的罪恶关系，从而跟神佛展开适当的斗争，这是孙悟空很了不起的地方。另一方面，我们也应该看到这些神佛毕竟是神佛，他们不等于就是人间的统治者的形象。人们在宗教的幻想中，总是把观世音、如来佛等想象成是人间救苦救难的救星，作者不能不照顾到人们这种传统的信仰，或者说作者自己思想上也存在着这种宗教的幻想，因此又把神佛写成是孙悟空斗争的一支依靠力量。

第三，孙悟空有着高度的事业心和顽强的斗志，这对于从事任何事业的人来说，都是富有启发和教育意义的。孙悟空的志向主要的并不表现在取经上，孙悟空真正的热情，是倾注在克服一切艰难险阻，扫荡一切妖魔鬼怪，实现他那国泰民安的社会理想和长生不死的人生理想上。这才是他之所以有高度的事业心和顽强的斗志的思想基础和力量源泉。

从取经故事主人公的改变，可以进一步说明这个问题。唐僧取经，本应以唐僧为主人公，可是《西游记》却以孙悟空取代了唐僧的主人公地位。唐僧抱定宗教家的宗旨，讲抽象的慈悲仁爱，妥协调和，容忍退让，甘受奴役和折磨，安于痛苦和迫害。跟唐僧这种"脓包"形相相反，孙悟空则是不管遇到什么困难，总是勇往直前，百折不回，坚韧不拔，坚定沉着，积极动脑筋，想办法，战胜妖魔。作者通过孙悟空与唐僧的两种思想性格对照，生动地告诉人们：用宗教家慈悲仁爱的思想指导行动，则处处遭灾受难，寸步难行；只有像孙悟空那样，有为国为民除害的高度事业心和顽强的斗志，在斗争中才能求得生存和前进，才能担当起完成伟大事业的重任。

高度的事业心和顽强的斗志，还来源于无私无畏的献身精神。孙悟空往往不计个人利害，有一种不惜为事业而献身的精神（当然孙悟空也有名利思想）。如第一次走近火焰山，酷热蒸人，孙悟空便吩咐："师父且请下马。兄弟们莫走，等我扇息了火，待风雨之后，地上冷些，再过山去。"他自己便不顾危难，举扇奋力要把火扇息，不料一扇再扇，火势更旺，把孙悟空两股上的毫毛都烧着了，但他想到的却是叫唐僧等人"快回去"。这种精神不还是比较高尚的吗？

孙悟空所为之奋斗的事业，跟我们今天所从事的革命事业自然是不可比拟的，但是孙悟空那种高度的事业心、顽强的意志和不惜献身的精神，对于我们难道不可以引为借鉴么？

此外，孙悟空形象的典型意义还有着多方面的、极为丰富的内容。例如他那机灵、乐观、诙谐、英勇、豪迈的性格，既可以给我们以思想上的启迪和教益，又能够使我们从中得到生动的愉悦和美感的享受。他在大闹天宫中两次接受招安，上当受骗，后来又被压在五行山下五百年，历尽千辛万苦，不得不表示"知悔"。这既反映了他性格中存在着妥协性的一面，又揭露了最高统治者的阴谋和罪恶。他在跟各种各样的妖魔鬼怪作斗争中，能够不被他们制造的假象所迷惑，不仅及时戳穿他们形形色色的伪装，而且追究到神佛往往是他们的后台，从而机智勇敢地跟他们所要弄的各种花招作针锋相对的斗争。这里面既有变化万千、趣味盎然的神奇的幻想，又寄寓着深刻的社会内容，凝聚着丰富的斗争经验，对于我们有着广泛的认识作用。

总之，孙悟空的形象不愧为我们伟大民族力、智、勇的结晶，《西游记》堪称是我们伟大民族无限丰富的想象力和创造力的智慧的宝藏。可以说，不但在我国文学史上，即使在世界文学史上，孙悟空也是具有永久艺术魅力的伟大的典型，《西游记》则是一部不可多得的积极浪漫主义的艺术瑰宝，尽管免不了还有封建的、唯心主义的糟粕羼杂其中，即使属于民主性的精华也总不免带有作者所处的那个时代的阶级的胎记。

四

孙悟空既然是个深受广大人民群众喜爱的英雄形象，为什么在评论界却对他褒贬不一，存在着上述尖锐的分歧呢？这就需要我们从孙悟空形象塑造的特点和评论者观察问题的思想方法等方面，来寻根求源，吸取教训了。

根源和教训之一，我们必须认清孙悟空形象塑造的浪漫主义艺术特点。作者是通过神话幻想的艺术手法来塑造这个形象的。神话幻想尽管也总是离不开现实生活的源泉，但它毕竟不同于对现实生活的直接反映。因为"神话并不是根据具体的矛盾之一定的条件而构成的，所以它们并不是现实之科学的反映。这就是说，神话或童话中矛盾构成的诸方面，并不是具体的同一性，只是幻想的同一性"[①]。如果看不到艺术幻想和社会现实之间的区别，而把《西游记》中的神佛说成是统治阶级的代表，把孙悟空和其他妖魔皆说成是被统治阶级的典型，这样把神魔世界和现实世界等同起来，就如同把幻想当作现实一样，自然是不可能得出科学的结论的。

其实，无论神佛或妖魔，都是人们想象的产物。它跟现实社会中的统治阶级与被统治阶级绝不能相提并论。在历史上，有统治阶级利用神佛对人们进行精神奴役的事实，也有统治阶级对神佛大肆禁毁和亵渎的事例。如后魏太武帝曾下令"毁天下佛寺"，"坑杀僧尼"。北周武帝曾下令将佛道教一并废毁，寺观庙宇，悉改为王公邸宅，僧侣道士，悉充军民。整个北中国的佛道宗教，一时销声匿迹。唐武宗于会昌五年下令毁废道教以外的各教。当时佛寺被毁的

---

① 毛泽东：《矛盾论》，《毛泽东选集》第1卷，人民出版社1952年第2版，第319页。

有四万余所，僧尼还俗的达二十六万余人，钟盘铜像，毁以铸钱，铁像改铸农具，其余金银佛像悉纳于官。同时遭厄的，还有景教、祆教、摩尼教等。[①] 当大量的人力、财力被寺庙所占据，直接危及统治阶级的利益，当权的统治者便不惜拿它们开刀。可见在实际生活中统治阶级也并没有把他们和宗教家幻想的神佛视为一体。至于人民群众，一方面反抗神佛的精神奴役，另一方面也有假借神佛的旨意，利用宗教的形式，动员和组织群众从事反抗统治阶级的武装斗争的。在妖魔中，有孙悟空这样锄奸除恶、为人民所喜爱的英雄形象，也有无恶不作、血债累累的大鹏精等妖精形象。大鹏精不仅夺了师驼国的江山，而且使"满城大小男女也尽被他吃了干净"，使全城"如今尽是些妖怪"（第七十四回）。还有些妖魔则明显是自然灾害的幻想化和形象化。如唐僧初出长安第一场灾难，就遇到野牛精、熊罴精、老虎精，将唐僧的"二从者剖腹剜心，剁碎其尸……只听得啯啅之声，真似虎啖羊羔，霎时食尽。把一个长老，几乎唬死"（第十三回）。野牛、熊罴、老虎吃人，这是它们的自然本性。孙悟空跟它们作斗争，只是反映了人类征服自然的英雄气概。我们大可不必把人类社会和自然界中的一切，乃至幻想的神话，都附会成"统治阶级和被统治阶级的根本对抗"[②]。

事实上，孙悟空的形象丰富复杂得很。他不仅跟神佛作斗争，有时候也需要依靠神佛的支援和保佑；不仅对昏聩的国王痛加针砭，有时更要帮助国王从奸邪的蒙蔽和愚弄之中醒悟过来；不仅跟作恶的妖魔斗法术，而且他本人也曾经是个吃人的妖魔。他在跟人类社会和自然界中的各式各样的敌人作斗争的同时，还要跟自己的师父唐僧及战友猪八戒等身上的错误思想和行为作斗争，也要跟他自己身上存在的种种缺点作斗争。可以说现实生活中各种斗争的多样

---

① 参阅王治心编《中国宗教思想史大纲》，台湾中华书局出版。

② 丁黎：《从神魔关系论〈西游记〉的主题思想》，《学术月刊》1982年第9期。在《学术月刊》1983年第2期上，作者有专文跟丁商榷，可参考。

性、丰富性和复杂性，在孙悟空身上都得到了集中的反映或折射。阶级斗争尽管是阶级社会的主要斗争形式之一，但它绝不是唯一的形式。如果我们把丰富复杂的一切斗争，都主观武断地统统塞进"统治阶级和被统治阶级的根本对抗"这个模式里，那就不仅把孙悟空形象极其粗暴地简单化了，而且势必大大缩小和歪曲了孙悟空形象的典型意义。

根源和教训之二，孙悟空的形象本身也确实有其复杂性。他是作家通过幻想创造的神话英雄，因此在他身上寄托了强烈的理想性。天宫本来是极其庄严神圣，不可触犯的。可是孙悟空却有胆识有本领大闹天宫，使玉皇大帝的宝座都受到了严重威胁。在他身上，确有一种造反者大无畏的精神气质，难免给人一种错觉，仿佛孙悟空大闹天宫就是农民起义的象征。然而任何幻想却又不可能离开社会现实的土壤，不能不受作家世界观的制约。因此，作家赋予孙悟空大闹天宫的实际政治使命却只是要求用贤，至于要求"皇帝轮流做"，那只能是属于"欺天诳上"，必须"知悔"的罪过。从此，他只能利用保护唐僧赴西天取经的机会，沿途跟危害人民的昏君奸臣、妖魔鬼怪作斗争。尽管这种斗争本身，也是符合当时广大人民的理想和愿望的，但是在理想性之中，又毕竟带有一定的现实性了。理想性和现实性，这在孙悟空身上虽然基本上是统一的，但是这中间毕竟存在着矛盾。从理想性的一面来看，孙悟空形象便具有极大的进步性，而从现实性的一面来看，孙悟空的性格又有着严重的妥协性。这种两面性，自然给我们全面地认识孙悟空形象带来一定的困难，尽管这不是说明作家创作的失败，而恰恰反映了作家对孙悟空形象塑造得复杂和深刻之处。

同时由于孙悟空是个幻想的神话英雄，在他身上，不仅有人类的社会性和英雄气质，而且还有猴子的相貌和本性，妖魔的出身和本领，因此他是人性、猴性和魔性在幻想中的结合。由于他有人的社会性，他就要求实行贤明政治，也不免有普通人那种轻视妇女、厌恶劳动、好大喜功、追求名利等等劣习。因为他是猴子的身份，就必然像猴子那样有尖嘴雷公的相貌，有猴子般机灵的性格。既然他是妖魔出身，就必然跟人们想象中的许多妖魔一样吃过人，有神通广大的本领，千变万化的妖术。作者之所以采用人性、猴性、妖性三者统一的手法来塑造孙悟空的形象，显然是为了使其既具有幻想性，又具有真实性，既富有趣味性，又蕴藉寓意性。如果我们看不到孙悟空形象塑造上的这个特殊性和复杂性，而片面地抓住他大闹天宫，就认为他是农民起义的领袖形象；抓住他是妖魔出身，再扫荡其他妖魔，就认为他是叛变投降、替统治者镇压自己的同伙；抓住他喜欢漂洋过海，就认为他是市民形象；抓住他有名利思想，就认为他是知识分子形象。这些我认为都是忽视了孙悟空形象塑造的特点，只抓住其一点而不顾及其整体，难免失之偏颇。

根源和教训之三，我们的某些评论家受庸俗社会学和机械阶级论的毒害确实很深。他们不但把神话幻想和社会现实完全等同起来，而且要给《西游记》中的狐兔虎狼划阶级成分，说什么"狐兔虎狼是低贱的种类"，"是被神佛役使的奴仆佣人"，因此就断言这些"妖魔的成分，显然带有封建社会处于最低层的人民群众的形象特征"①，《西游记》中的"神魔斗争是统治阶级和被统治阶级的根本对抗"②。简单化和机械论到这种程度：人类社会除了两大阶级的根本对抗以外，仿佛其他一切都不存在了。即便从阶级对抗来说，无数历史事实证明，统治者中不是没有伟人，正像被统治者也不是没有坏蛋一样。统治阶级的走狗几乎无一不是出身"低贱"的，然而正如鲁迅所说的："宠犬，其地位虽在主人之下，但总在别的被统治者之上的。"③"他们是羊，同时也是凶兽；但见比他更凶的凶兽时便现羊样，遇见比他更弱的羊时便现凶兽样。"④何况《西游记》是一部神话幻想小说，它既有神话幻想滑稽有趣的艺术需要，又带有寓意的隐蔽性和不确定性；既有人民理想的成分，又不能不受到作家的时代

---

①② 丁黎：《从神魔关系论〈西游记〉的主题思想》，《学术月刊》1982 年第 9 期。在《学术月刊》1983 年第 2 期上，作者有专文跟丁商榷，可参考。

③ 鲁迅：《二心集·"民族主义文学"的任务和命运》。

④ 鲁迅：《华盖集·忽然想到（四）》。

和阶级的局限。用唯成分论来解释《西游记》中的艺术形象，把幻想和现实、典型性和阶级性混为一谈，这怎么能得出科学的结论呢？

（原载山东《文史哲》1982年第6期，被选入霍松林主编的《中国古典小说六大名著鉴赏辞典·孙悟空》，华岳文艺出版社1989年出版。收入拙著《中国的小说艺术》。）

关于《西游记》的主题思想

——与丁黎同志商榷

一、"神魔关系是统治者与被统治者的关系"吗?

从《西游记》的实际出发,我们首先应该看到,《西游记》是一部神话小说。而"神话并不是根据具体的矛盾之一定的条件而构成的,所以它们并不是现实之科学的反映。这就是说,神话或童话中矛盾构成的诸方面,并不是具体的同一性,只是幻想的同一性"[1]。因此,要把《西游记》中那么色彩斑斓、光怪陆离的神魔形象,统统"分成两个截然不同的社会集团"——"统治者和被统治者"[2],这就如同把幻想当作真实一样,并非科学的态度。

神佛是以离尘出世的超阶级的面孔出现的。尽管他最终是为反动统治阶级的利益服务的,但他具有宗教幻想的成分,跟人间的反动统治阶级不仅不完全一样,而且有时还处于尖锐对立的地位。如后魏太武帝曾下令"毁天下佛寺","坑杀僧尼"。北周武帝曾下令将佛道教一并废毁,寺观庙宇,悉改为王公邸宅,僧侣道士,悉充军民。整个北中国的佛道宗教,一时销声匿迹。唐武宗于会昌五年下令毁废道教以外的各教。当时佛寺被毁的有四万余所,僧尼还俗的达二十六万余人,钟盘铜像,毁以铸钱,铁像改铸农具,其余金银佛像

---

① 毛泽东:《矛盾论》,《毛泽东选集》第 1 卷,人民出版社 1952 年第 2 版,第 319 页。

② 参见丁黎:《从神魔关系论〈西游记〉的主题思想》,《学术月刊》1982 年第 9 期。

悉纳于官。同时遭厄的，还有景教、祆教、摩尼教等。①至于历代农民起义假借神佛的旨意，利用宗教的形式的，更属屡见不鲜。可见，无论从统治者方面，或从被统治者方面，他们向来都不是把神佛与人间的统治者混为一谈，而是区别对待的。

在人们的想象当中，神佛能够主宰人们的命运，享有至高无上的权力，因此神佛的形象必然带有统治阶级的一些特点；同时，神佛又是人们幻想中的救星，因此在神佛的身上又往往寄托着为人们解救苦难的希望。《西游记》中的神佛形象，正像现实生活中人们所想象的神佛一样，它具有这种两面性。

例如《西游记》中的观音菩萨，曾指派她的大徒弟惠岸"打探军情"，"相助一功"，参加了对孙悟空大闹天宫的武装镇压。后来又是她教给唐僧"紧箍儿咒"，施展将衣帽给孙悟空穿戴的诡计，使孙悟空中了圈套，从此"似一条金线儿模样，紧紧的勒在上面，取不下，揪不断"，稍有抗拒，唐僧一念紧箍儿咒，孙悟空就"痛得竖蜻蜓，翻筋斗，耳红面赤，眼胀身麻"（第十四回）。这一切，自然都体现了观世音作为统治者阴险、狠毒的特征。可是，《西游记》中的观音菩萨毕竟不能等同于人间的统治者。在她身上，终究还有人们把她作为大慈大悲、救苦救难的偶像来加以崇拜的菩萨特点。如孙悟空被压在五行山下五百年，过着"度日如年"的痛苦生活，是观音菩萨把他救出来，叫他跟唐僧去取经的；在取经途中遇到什么危难，有观音菩萨送给他的三根毫毛，可以帮助他逢凶化吉，遇难成祥。

此外，观音菩萨还救了许多妖魔的性命。如黑风山有个熊罴怪，他趁火打劫，偷拿了唐僧的锦襕袈裟，孙悟空好不容易逮住他，"意欲就打。菩萨急止住道：'休伤他命。我有用他处哩。'行者道：'这样怪物，不打死他，反留他在何处用哩？'菩萨道：'我那落伽山后，无人看管，我要带他去做个守山大

---

① 参阅王治心编《中国宗教思想史大纲》，台湾中华书局出版。

神。'行者笑道:'诚然是个救苦慈尊,一灵不损。'"(第十七回)

如果观世音只具有统治者的特征,而不是个幻想的救苦救难的菩萨形象,天下能有这样"诚然是个救苦慈尊"的"统治者"么?有这样的"统治者与被统治者的关系"么?

《西游记》中的神佛既不同于人间的统治者,其中的妖魔则更不等于人间的被统治者。如狮驼洞的三个妖魔(青毛狮子怪、黄牙老獠、大鹏雕),"那妖精一封书到灵山,五百罗汉都来迎接;一纸简上天宫,十一大曜个个相钦。四海龙曾与他为友,八洞仙常与他作会。十地阎君以兄弟相称,社令、城隍以宾朋相爱"(第七十四回)。人世间难道有这种与统治者"兄弟相称""宾朋相爱"的被统治者么?

七绝山的红鳞大蟒精,"将人家牧放的牛马吃了,猪羊吃了,见鸡鹅囫囵咽,遇男女夹活吞"。"若要吃人啊,一顿也得五百个,还不饱足。"(第六十七回)只要孙悟空能够降了这个妖孽,当地老百姓愿"每家送你两亩良田,共凑一千亩"。供他们师徒盖寺院,打坐参禅。当孙悟空打死这条蟒蛇精之后,"众家都是感激,东请西邀,各各酬谢。"临走时,"此处五百人家,到有七八百人相送"(第六十七回)。如果说这条蟒蛇精是代表"被统治者",那么,你又把深受其害的当地老百姓置于何地呢?

不仅是消灭蟒蛇精,可以说,孙悟空在西天取经途中所有的斩妖除怪,都无不受到当地人民群众的衷心欢迎和热烈感谢。如他在比丘国灭掉道士妖怪,救了一千一百一十一个小儿的生命,使全城百姓无不为之欣喜若狂,"跳的跳,笑的笑,都叫:'扯住唐爷爷,到我家奉谢救儿之恩!'无大无小,若男若女,都不怕他相貌之丑,抬着猪八戒,扛着沙和尚,顶着孙大圣,撮着唐三藏,牵着马,挑着担,一拥回城。那国王也不能禁止。这家也开宴,那家也设席。请不及的,或做僧帽、僧鞋、僧衫、布袜,里里外外,大小衣裳,都来相送。如此盘旋,将有个月,才得离城。又有传下影神,立起牌位,顶礼奉香供养。"

（第七十九回）临走时，"比丘国君臣黎庶，送唐僧四众出城，有二十里之远，还不肯舍。"（第八十回）

如果说那个被歼灭的妖精道士是代表"被统治者"，孙悟空是代表"统治者"来镇压"被统治者"的，他能那样殚精竭虑地捍卫幼儿的生命，如此受到当地人民的热烈拥戴么？

再说统治者中也不是没有伟人，正像被统治者中也不是没有坏蛋一样。文学作品中人物形象的价值，绝不是以其阶级成份来决定的。

丁黎是从"狐兔虎狼是低贱的种类"，或"是被神佛役使的奴仆佣人"等"妖魔的成份，显然带有封建社会处于最底层的人民群众的形象特征"，来判定他们为被统治者的代表的。这跟马克思主义的阶级论是完全抵牾的。"马克思主义是根据日常生活中千千万万件事实所表现的阶级矛盾和阶级斗争来判断'利益'的。"[①]"直接为某种观点辩护的人是谁，这在政治上并不那么重要。重要的是这些观点、这些提议、这些措施对谁有利。"[②]被孙悟空剿灭的那些妖魔，既然已经作恶多端，或者居心不良，本性吃人，我们怎么能仅因为他们出身成份"低贱"，而把他们一概说成是代表"被统治者"呢？统治阶级的走狗几乎无一不是出身"低贱"的，然而正如鲁迅所说的："宠犬，其地位虽在主人之下，但总在别的被统治者之上的。"[③]"他们是羊，同时也是凶兽；但见比他更凶的凶兽时便现羊样，遇见比他更弱的羊时便现凶兽样。"[④]我们从《西游记》中看到的许多（不是全部）妖魔与神佛的关系，妖魔与人民群众的关系，不正是这样的么？

---

① 列宁：《第二国际的破产》，《列宁全集》第 21 卷，人民出版社 1959 年版，第 204 页。
② 列宁：《对谁有利》，《列宁全集》第 19 卷，人民出版社 1959 年版，第 34 页。
③ 鲁迅：《二心集·"民族主义文学"的任务和运命》。
④ 鲁迅：《华盖集·忽然想到（四）》。

二、"神魔斗争是统治阶级和被统治阶级的根本对抗"吗?

有的同志认为,在《西游记》中"神魔原是一体"[①]的。这种说法,并非毫无根据。在《西游记》中,确实有一部分妖魔就是神佛派出来,故意制造灾害和困难,来考验唐僧师徒的取经决心的。如黎山老母、南海、普贤、文殊菩萨就曾变成母女四人,引诱唐僧师徒招为女婿。猪八戒便受骗了,不但女婿未做成,还被要弄了一番,"跌得嘴肿头青","疼痛难禁"(第二十三回)。平顶山莲花洞的金角、银角大王要吃唐僧肉,他们有五件新式武器,好不容易被孙悟空一一缴了械。正在这时,太上李老君却救他们来了,要孙悟空"还我宝贝"。孙悟空追究他"纵放家属为邪"的罪责,老君当即说:"此乃海上菩萨问我借了三次,送他在此托化妖魔,看你师徒可有真心取经去也。"(第三十五回)像这类直接由神佛托化,或直接受神佛指使的妖魔,他们与神佛之间是一体的,不存在什么"根本对抗"。"从一般宗教学者、神话学者研究已得的结论来说:神和妖怪本是同源产物,妖怪魔鬼之类起初也和神处同一地位,而没落是后来的结果。"[②] 如无支祁在文献记载中,有说他是水神的,也有指为水怪或水兽的。神佛和妖魔,都是人们幻想的产物,在他们之间从来没有不可逾越的鸿沟。

我们说《西游记》中的神魔斗争原是人们主观幻想的产物,其中有些神魔本是一体的,但这绝不意味着我们完全否认《西游记》中存在神魔斗争,也绝不意味着我们根本抹杀《西游记》中的神魔斗争所反映的社会内容。问题在于这种神魔斗争是不是属于"统治阶级和被统治阶级的根本对抗"的性质,妖魔的行径是否果真"正是一幅幅古代人民反抗封建统治的农民反抗、农民割据、农民战争的生动场面"?

---

① 童思高:《试论〈西游记〉的主题思想》,《西南文艺》1956 年 2 月号。
② 叶德均:《戏曲小说丛考·无支祁传说考》,第 513 页。

被丁黎同志誉为"很有点占山为王、武装割据的味道"的车迟国的虎力、鹿力、羊力大仙，原是变化成道士的虎、鹿、羊三妖。他们以"呼风唤雨""点石成金"等道家的妖术，骗得了国王的信赖，被国王尊为"国师"，以"君臣相敬"。然后便以国师的身份，唆使国王到处捉拿、迫害和尚，使和尚"死了有六七百，自尽了有七八百"，剩下五百被"拿来与仙长家佣工"（第四十四回）。后来，孙悟空跟虎力大仙比"呼风唤雨"，把虎力大仙比输了；鹿力大仙要比"隔板猜枚"，也比输了；羊力大仙要比"滚油锅洗澡"，又比输了。结果都一个个现出原形，丧生送命，使"那国王满眼垂泪，手扑着御案，放声大哭"（第四十六回）。这不明明是揭露昏君盲目崇信道教、迫害无辜僧侣的暴行么？如果我们再联系作者吴承恩所亲历的嘉靖年间，明世宗皇帝给道士邵元节、陶仲文"加授礼部尚书"，"食一品俸"，[①]听信他们的道家妖术，使许多忠臣和僧侣遭到残酷的迫害，二十余年不视朝政，听任奸臣严嵩为非作歹，弄得民穷财尽，以致有民谣说："嘉者，家也；靖者，尽也。"[②]《西游记》的这段描写所具有的宗教批判和政治批判的意义，是十分明显的。作为妖道的虎力、鹿力、羊力大仙，明明是个跟昏君沆瀣一气的教唆犯，而不是什么"占山为王"的农民起义领袖。

丁黎同志说："狮驼国的三大王'五百年前吃了这城国王及文武百官，夺了江山'，这已经是大规模的农民战争的性质。"我查对了《西游记》，发现丁的引文经过剪裁。原文是写小钻风向孙悟空介绍三大王："他五百年前吃了这城国王及文武官僚，满城大小男女也尽被他吃了干净，因此上夺了他的江山，如今尽是些妖怪。"（第七十四回）如果说"吃了这城国王及文武官僚"，还似乎有点造反的味道的话，（其实也未必，封建诸侯国之间的互相争夺，外族的侵略，也会出现把另一国的国王及文武官僚"吃"掉的情况。）那么，

① 见《明史纪事本末》第 52 卷，第 786、788 页。
② 见《明史纪事本末》第 52 卷，第 796 页。

"满城大小男女也尽被他吃了干净"，使全城"如今尽是些妖怪"，这跟"农民战争的性质"是要解放被压迫的劳苦大众，岂不是大相径庭吗？作者为什么要删掉"满城大小男女也尽被他吃了干净"这句关键的话呢？无非是要说明"神魔斗争是统治阶级和被统治阶级的根本对抗"。可是我们从《西游记》中看到，正是这吃人的三大王，被如来佛承认"与我有些亲处"。如来还向孙悟空介绍了此怪为大鹏精，跟被佛家尊为母亲的孔雀"是一母所生"。因此孙悟空说："如来，若这般比论，你还是妖精的外甥哩。"如来只好默认，并要大鹏精"跟我去，有进益之功"。大鹏精说："你那里持斋把素，极贫极苦；我这里吃人肉，受用无穷；你若饿坏了我，你有罪愆。"如来答应将四大部洲无数众生祭供的食品"先祭汝口"，那大鹏精便去当了如来佛在光焰上的护法神。（第七十七回）

此外，如全真道人将乌鸡国王推下井淹死，然后变化成乌鸡国王的相貌，冒充国王。丁文也认为："这已经是大规模的农民战争的性质。"可是这个全真道人，原是文殊菩萨"坐下的一个青毛狮子"成精，"他是佛旨差来的"。因文殊菩萨曾变作一个凡僧，向乌鸡国王化些斋供，国王不识他是个好人，将他捆了送在御水河中浸了三日三夜，"多亏六甲金身救我归西，奏与如来，如来将此怪令到此处推他下井，浸他三年，以报吾三日水灾之恨。"（第三十九回）所谓全真道人的"侵夺帝位"，原来是文殊菩萨为报私仇而奉如来的命令行事的。大鹏精、全真道人那儿没有一点"农民战争"的影子，更谈不上"大规模的"。

在《西游记》中，还有些妖魔则明显是自然灾害的幻想化和形象化。如唐僧初出长安第一场苦难，就遇到野牛精、熊黑精、老虎精，将唐僧的"二从者剖腹剜心，剁碎其尸……只听得咽啴之声，真似虎啖羊羔，霎时食尽。把一个长老，几乎唬死"（第十三回）。野牛、熊黑、老虎吃人，这是它们的本性如此。我们不必把人类社会和自然界中的一切，乃至幻想的神话，都附会成"统治阶级和被统治阶级的根本对抗"。

总之，我认为《西游记》中的神魔之间有狼狈为奸的一面，也有矛盾斗争的一面。在神魔斗争中，即使确有反映统治阶级与被统治阶级根本对抗的成分的话，那也不是《西游记》所要表现的主题。在《西游记》中占主导地位的是：批判神佛狡黠伪善、阴险残暴的宗教斗争，揭露昏君奸臣当道，妖邪横行暴虐，魔鬼吃人害人的政治斗争，以及为追求人生理想而坚韧不拔、百折不回地战胜各种自然灾害和一切艰难险阻的斗争。在所有这些斗争中，作者既不总是站在神佛一边，也不全是站在妖魔一边，而是以孙悟空为主要的正面人物，利用神魔作为幻想的形象，极其生动有趣地表现出他那宗教批判和政治批判的主题思想。

三、孙悟空"是从叛逆英雄蜕变为统治阶级的帮凶和打手"吗?

既然《西游记》是以孙悟空为正面主人公，而前七回中的孙悟空大闹天宫是以神佛为主要的斗争对象，后面八十七回取经途中的孙悟空，虽然对神佛也有揶揄和抨击，但他主要的斗争对象则是妖魔。尽管有的妖魔与神佛有勾结，但在降伏妖魔的斗争中，神佛也给了孙悟空以很大的、有时甚至是决定性的支援。如何理解孙悟空思想性格上的这一重大转变，这是我们正确评价孙悟空形象，乃至正确认识《西游记》的主题思想所必须解决的一个关键问题。

光强调孙悟空思想性格"相当完整、统一"[1]，而不承认其前后存在着深刻的矛盾和经历了重大的转变，这是不符合《西游记》对孙悟空的描写的。或者虽然承认孙悟空的思想性格前后存在着矛盾和转变，但却把它归结为"乃是依据原有取经故事的间架"，"乃是叙述整个取经故事的需要"。[2]这种辩解也是不足以令人信服的。因为谁都知道，作品的故事情节应该服从于表现作品的主

---

① ②　赵明政：《也谈〈西游记〉中的神佛与妖魔的关系》，《文史哲》1982 年第 5 期。

题思想和人物形象的需要。事实上,《西游记》作者对"原有取经故事的间架"已经作了很大改变。如把取经故事的主人公由唐僧改为孙悟空;偷蟠桃、偷仙酒的情节,发展成为为"皇帝轮流做,明年到我家"而大闹天宫;作者并且特意把大闹天宫的情节安排在前面,作为全书的序幕,而不是像《西游记杂剧》那样以介绍唐僧的出身经历作序幕。这些显然都不是"依据原有取经故事的间架",而是经过了《西游记》作者的加工、改造和发展。应该说,《西游记》的故事情节和作者所要表现的主题思想是一致的,而不是相反的;这种主题思想是全书统一的,而不是前后分裂的"两个主题"。

我们承认《西游记》中孙悟空的思想性格前后存在着矛盾和转变,问题在于这究竟是一种什么性质的矛盾和转变?如丁黎同志所说,是"从反抗封建统治的英雄堕落成为统治阶级的护法者和鹰犬"吗?《西游记》对孙悟空形象的实际描写,根本不是这么回事。数百年来千千万万喜爱孙悟空形象的读者,也根本不可能接受。

问题的要害就在于,丁黎同志和一些同志都把孙悟空大闹天宫的性质,误解成是农民起义,或者说是代表被统治阶级造统治阶级的反。这样就必然要把后来孙悟空的皈依佛门,保唐僧西天取经,曲解成为"走上了'炼魔降妖',即镇压自己原来的同类的道路"。

我认为,《西游记》作者写孙悟空大闹天宫,根本不是把他作为农民起义或代表被统治阶级来造统治阶级的反的。

从孙悟空在大闹天宫前所处的阶级地位来看,作者描写他是个"千岁大王",管辖群猴"计有四万七千余口","各样妖王,共有七十二洞",除"每年献贡",还要向他们"随节征粮"。他手下有"马、流二元帅","崩、芭二将军",统治着花果山这座"似铁桶金城",过着"日逐讲文论武,走骋传觞,弦歌吹舞","无般儿不乐"(第三回)的剥削生活。处于这样的政治、经济地位的孙悟空,怎么会是个被统治阶级的代表呢?

从孙悟空大闹天宫的原因来看，他也不是由于受到封建统治阶级的压迫、剥削。相反，作者写他是生活"在仙山福地，古洞神州，不伏麒麟辖，不伏凤凰管，又不伏人间王位拘束，自由自在，乃无量之福"（第一回）。他之所以造反，起初是为了求得长生不死，后来再次造反是为了做官。玉帝授给他个"弼马温"的官职，他便接受了招安。由于发现这是个"未入流"的"末等"小官，他不满"玉帝轻贤"，才又反下天宫，自己树起了"齐天大圣"的旗帜。当玉帝答应授予他"齐天大圣"的官职，便又再次接受了招安。后又发现这只是个挂名的空头衔，连天宫举行的蟠桃会都不让他参加，于是他便私扰蟠桃会，把那些仙桃、仙酒和金丹都偷吃了，进一步大闹天宫，并提出了"皇帝轮流做，明年到我家"（第七回）的战斗口号。

再从孙悟空大闹天宫的目的和性质来看，他从来没有、也根本不可能提出彻底推翻封建阶级统治的要求。他跟当权的最高统治者玉帝的矛盾冲突的性质，不是要根本改变玉帝所代表的封建统治制度和封建统治阶级的剥削、压迫，而是要求玉帝改变"轻贤"的态度和政策，让他在统治阶级中从一个花果山的"千岁大王"，上升到在整个天宫中具有"齐天"地位的最高统治者中的一员。因此，他所谓的"皇帝轮流做，明年到我家"，并为此而大闹天宫，虽然在斗争的方式上发展到了武装斗争的对抗性矛盾，但在斗争的内容和性质上，却仍然属于轻贤与要求任贤两种政治主张的斗争，是属于统治阶级内部的权力再分配的问题，它跟农民起义反抗阶级压迫、剥削，一个阶级推翻另一个阶级的统治，是两类完全不同性质的矛盾，有着本质的区别。

在历史上，类似孙悟空那样在统治阶级内部以武力夺取皇位的事件，是不胜枚举的。最突出的是南北朝时期。南朝二十四个皇帝中，被弑者十一，被废者三；北朝二十个皇帝中，被弑者十五，被废者一。明成祖朱棣便是由一个"千岁大王"，而以武力夺得万岁皇帝的宝座的。对于这些"闹天宫"闹到果真弑、废了皇帝，实现了自己做皇帝欲望的人，谁也不会把他们看成是反抗封建统治的叛逆英雄，因为他们明显地是属于统治阶级内部的改朝换代，而不是一个阶级推翻另一个阶级的革命。孙悟空大闹天宫，其性质跟历史上发生的许多争夺皇位的事件是相类似的。

如果我们从《西游记》所描写的实际出发，看到孙悟空本来就是属于统治阶级中的一员，那么，在他大闹天宫失败之后皈依佛门，也就不发生什么投降变节的问题了。这并不是说孙悟空的思想前后没有重大变化，而是在于这种变化不属于阶级投降的性质，不是"从叛逆英雄蜕变为统治阶级的帮凶和打手"，只不过把斗争的目标和策略，由直接反皇帝、争取由自己做皇帝，改变为主要反对君昏臣奸，直接向皇帝以下的奸臣、酷吏、赃官作斗争罢了。

经过五行山下五百年的残酷镇压，孙悟空认识到直接夺取皇帝的宝座是犯了"欺天诳上"之罪，因而不得不表示"知悔"。这种"知悔"，在我们今天来看，自然是感到扫兴的，令人失望的，甚至是必须大批一通的。但从孙悟空来说，他大闹天宫的初衷压根儿就没有想到要推翻封建统治，他的最大的要求是要玉帝用贤，实行清明政治。既然"欺天诳上"那条路行不通，那就表示一下"知悔"，另走"皈依佛门"这条路，有何不可？！

真正该责备的不是孙悟空个人，而是那个黑暗的时代。正像伽利略在宗教法庭的恐怖审判面前，曾经被迫放弃"太阳中心说"一样，真理之光竟被谎言的无边黑暗所吞噬，我们难道应该责备为人类智慧作出伟大贡献的科学家伽利略缺乏英雄气概么？不，我们只能因此而更加悲愤和诅咒那个吞噬一切英雄气概的黑暗社会。在孙悟空那个时代，就是个恪守封建正统，不可能允许"皇帝轮流做"的黑暗时代。孙悟空不可能不受到他那个时代的阶级的制约，尽管他是个神通广大的神话英雄。如同不能要求大象飞上蓝天，尽管它力大无穷；不能希望蜜蜂搬走大山，尽管它辛勤无比。好在孙悟空的大闹天宫，已经揭穿了神佛狡黠阴险、凶狠残暴的真面目，打破了人们对于神圣天国的幻想，收到了宗教批判和政治批判的强烈效果。如果不让孙悟空"知悔"，而叫他取得大闹天宫的胜利，或在神佛的镇压下壮烈牺牲，那么，孙悟空就不但不能继续完成宗教批判和政治批判的任务，而且势必会造成散布对于神佛的幻想或恐怖情绪。

孙悟空既然不得不"知悔"，那么，在他"知悔"了之后，是否就变成了"统治阶级的帮凶和打手"呢？否！

如在取经途中，作者写了十个人间国度，都是"文也不贤，武也不良，国君也不是有道"（第六十二回）。孙悟空则跟他们作了针锋相对的斗争。宝象国的三公主被黄袍怪霸占为妻。可是当这个黄袍怪"变做一个俊俏之人"来朝见时，"那国王见他耸壑昂霄"，便"以为济世之梁栋"。那妖精花言巧语，反诬唐僧"正是那十三年前驮公主的猛虎，不是真正取经之人！"作者说："你看那水性的君王，愚迷肉眼，不识妖精，转把他一片虚词，当了真实"。竟称妖精为"贤驸马"等等（第三十回）。这对那国王的愚迷昏聩，人妖颠倒，助妖为虐，该是个多么诙谐辛辣的揭露！多么犀利尖刻的鞭挞！在孙悟空的查勘下，玉帝才不得不将这天宫奎木星变的黄袍怪收回上界，贬为太上老君的伙夫。这不仅使国王的三公主得救，更重要的是使那昏聩的国王受到了刺骨的针砭。

这个例子是有一定的代表性的。它反映了作者和孙悟空对国王的昏聩是持揭露和批判态度的，但斗争的目的并不是要打倒国王，而是认为只要把国王身边由妖精变化的驸马、国师等奸臣、赃官、酷吏统统加以清除，自然就可以国泰民安了。这跟吴承恩在诗文中所表现的政治思想是一致的。所谓"坐观宋室用五鬼，不见虞廷诛四凶"[①]。可见在吴承恩看来，祸根不在"宋室""虞廷"的最高统治者自身，而在他所用的"五鬼""四凶"。因此，即使对于重用妖邪的昏君，也不能采取打倒的态度，而只能通过清除"五鬼""四凶"，加以扶

---

① 见《吴承恩诗文集·二郎搜山图歌》，第17页。

助。因此，乌鸡国王在被妖精道士害死三年之后，孙悟空还要千方百计地降伏窃居皇位的妖精道士，将原国王救活，恢复其皇位。

孙悟空从窃居皇位的妖精道士手里夺回皇位，使乌鸡国王起死回生，恢复皇位，从表面上看，这该是充当"统治阶级的帮凶和打手"无疑了。然而仔细一看，不对！原来那个窃居乌鸡国王位的妖精道士，是"奉佛旨差来"为文殊菩萨报私仇的狮猁王。"都城隍常与他会酒，海龙王尽与他有亲；东岳天齐是他的好朋友，十代阎罗是他的异兄弟。"（第三十七回）他们官官相护，连那个无辜被害死的国王有冤"也无门投告"。这说明神佛世界比人世间还要黑暗！孙悟空打击这样一个"奉佛旨差来"兴妖作怪的狮猁王，我看没有理由不说他打得对！打得好！

至于那个被孙悟空帮助恢复皇位的乌鸡国王，则是个"好皇帝"。他在灾荒之年，"文武两班停俸禄，寡人膳食亦无荤。仿效禹王治水，与万民同受甘苦。"（第三十七回）这样的"好皇帝"，实际上是不存在的，它只不过是人们的一种向往罢了。须知，在那个时代，别说孙悟空这种本来就属于统治阶级的开明之士，就是连广大被压迫阶级也是拥护"好皇帝"的。孙悟空扶助这样一个屈死的"好皇帝"复位，如果硬要说他是"帮凶和打手"的话，那么，他"帮"的合乎人民的理想和愿望，打击的正是"奉佛旨"篡位的神佛势力。

丁文抓住妖精赛太岁骂孙悟空"替朱紫国为奴"这句话，就断言"'为奴'二字，一语道破孙悟空的投降本质，表明他已经从造反的'魔'，转变到卫道的'神'的立场去了"。我们一查原著，就发现孙悟空当即对此作了驳斥："我老孙比那王位还高千倍，他敬之如父母，事之如神明，怎么说出'为奴'二字！"（第七十一回）那个赛太岁妖精，原是观音菩萨的金毛犼。因为朱紫国王小时候曾射伤佛母孔雀大明王菩萨所生的一只小孔雀，佛母报仇雪恨，吩咐叫朱紫国王"拆凤三年，身耽啾疾"。金毛犼根据佛母的这个旨意，下界变作妖精赛太岁，以观音系在他颈项下的金铃为凶器，要朱紫国王献出皇后金圣宫。"如若三声不献出来，就要先吃寡人，后吃众臣，将满城黎民，尽皆吃绝。那时节，朕却忧国忧民，无奈，将金圣宫推出海榴亭外，被那妖响一声摄将去了。"国王在孙悟空面前"跪下道：'若救得朕后，朕愿领三宫九嫔，出城为民，将一国江山，尽付神僧，让你为帝。'""八戒在旁，见出此言，行此礼，忍不住呵呵大笑道：'这皇帝失了体统！怎么为老婆就不要江山，跪着和尚？'"（第六十九回）如果硬要说是"帮凶和打手"的话，孙悟空"帮"这样一个"忧国忧民"，免得"满城黎民，尽皆吃绝"，就不要老婆，又"为老婆就不要江山"，"失了体统"的国王，有什么不好？他打击的这个赛太岁，根本不是什么"造反的'魔'"，而恰恰正是来自神佛界，又是按照佛母的旨意行事，道道地地的是站在"卫道的'神'的立场"上的邪恶势力，这又有什么不对？

丁黎同志说："更有甚者，在打死犀牛精之后，悟空还将犀牛角取下来分献玉帝和如来，作为邀功请赏的贡物。"这像是孙悟空充当神佛的"打手"和"鹰犬"的铁证了。其实，这完全是个莫大的误解。玉帝也好，如来也好，都是宗教家制造的偶像。他们不知消耗了人间多少祭祀的香火！有鉴于此，作者才虚构出有个犀牛精，声称是辟寒、辟暑、辟尘大王，意即可以给人们消灾降福，要人们年年供献"缸来大"的香火，使每家一年要花费二百多两银子的香油钱，劳民伤财，弄得老百姓怨声载道，苦不堪言，因此，孙悟空便"问他个积年假佛害民"的罪责，将他处决，并将他的牛角分送给玉帝和如来。其目的，不但不是"邀功请赏"（事实上书中未写到他因此而得到什么"功"和"赏"），相反，这正是在虚伪的恭维中掩盖着刻意的嘲讽。它向读者暗示、影射和揶揄玉帝、如来享受人间香火的祭祀、供献，也同样是"假佛害民"。犀牛精这个"假佛"，就是玉帝、如来等"真佛"的影子，这一点难道还不是不言而喻的吗？

孙悟空打击妖魔，其中有许多就是对神佛势力的打击。既然如此，那么作者又为什么一再写神佛对孙悟空的支援呢？这一方面是因为在神佛身上毕竟还寄托着人们（也包括《西游记》作者）的幻想，取经又是神佛布置的任务，神佛的支援固属理所当然；另一方面，我们更应看到，这是作者为了揭穿神佛与妖魔为虎作伥的罪恶勾结，神佛的支援，实际上还是孙悟空斗争的结果。如第三十四回写孙悟空向天宫"借天"，说："若道半声'不'字，即上灵霄殿，动起刀兵！"他把听命于神佛称为"做小伏低"，"不是大丈夫之器"（第五十七回）。因此他连见到玉帝也拒绝下跪，玉帝无可奈何地说："只得他无事，落得天上清平是幸。"（第三十一回）神佛对于孙悟空斩妖除怪的支援，也正是出于这种"丢车保帅"、无可奈何的心理。

因此，孙悟空与妖魔的斗争，实际上是他在大闹天宫时与神佛斗争的继续。不同的只是由于大闹天宫的失败，他被神佛镇压了五百年，又被戴上了紧箍儿这个精神枷锁，使他反对神佛的斗争不能不受到很大的限制。正如福禄寿三星所说："若不是这个法儿拘束你，你又钻天了。"（第二十六回）尽管他不能"钻天"——推翻神佛的统治，但他仍然没有停止对神佛的直接斗争。你看：他当面揭露、揶揄如来佛是"妖精的外甥"（第七十七回）。他责问太上老君："纵放怪物，抢夺伤人，该当何罪？"（第五十二回）还当面斥责："你这老官儿，着实无礼！纵放家属为邪，该问个铃束不严的罪名。"（第三十五回）他诅咒观世音："老大悫懒。""反使精邪揩害，语言不的，该他一世无夫！"（第三十五回）他指责弥勒佛："好个笑和尚……未免有个家法不谨之过！"（第六十六回）他揭穿那神圣的佛像不过是"泥塑金装的假像"，要"一棍打碎金身，叫你还现本相泥土！"（第三十六回）

他在取经途中，以实际行动揭穿了唐僧奉行的宗教信条的伪善和荒谬，打出了战胜一切艰难险阻的志气，打出了使神佛妖魔都为之闻风丧胆的威风。孙悟空一出现，就"慌得那：十代阎君拱手接，五方鬼判叩头迎。千株剑树皆敲侧，万迭刀山尽坦平。枉死城中魑魅化，奈河桥下鬼超生。正是那神光一照如天赦，黑暗阴司处处明"（第九十七回）。

总之，孙悟空不是迷信、崇拜、效忠神佛的卫道士，而是揭穿神佛伪善凶恶本质的大勇士；不是反动统治阶级的帮凶，而是在统治阶级中扶正祛邪、除恶安良的大圣；不是镇压人民反抗的鹰犬和打手，而是降龙伏虎的英豪，扫妖除魔的壮士。读者从孙悟空身上得到的是斗争的智慧和勇气，信心和力量，而决不是愚昧和懦弱，失败和沮丧。在他身上有着不只属于过去，而且属于未来的奇光异彩。他不是腐臭的鱼眼睛，而是闪光的珍珠。因此，他赢得了广大读者的热爱，决不是偶然的。

四、《西游记》是封建社会宗教批判和政治批判的英雄史诗

"《西游记》是一部镇压和瓦解人民反抗之'经'。"这是丁黎同志得出的结论。

我看，这个结论纯属主观臆测。"对待人民的态度如何，在历史上有无进步意义"①，这是我们正确评价古代作家作品的重要标准。事实上，《西游记》根本没有写"人民反抗"的问题，更谈不上"镇压和瓦解人民反抗"了。前七回中的孙悟空大闹天宫，反对"玉帝轻贤"，揭露天国真相，这本属统治阶级内部矛盾的性质。大闹天宫的失败，孙悟空的被镇压，这既是对神佛世界罪行的有力揭露，也是那个时代历史必然的反映。后面八十七回取经途中孙悟空所征服的那些妖魔，有的是神佛派来考验唐僧取经诚意的；有的是骗取、窃居国王、国丈、太师、驸马等宝座，或虐杀无辜人命，或霸占皇后、公主，或夺取权势、财货的；有的是要吃唐僧的肉，求得长生不死的；有的是给人民制造水、旱、风、虫、兽等自然灾害的。总之，这些妖魔可以说没有一个是代表"人民反抗"的。孙悟空诛灭这些妖魔，是对人民群众有利，深受人民群众

---

① 毛泽东：《在延安文艺座谈会上的讲话》，《毛泽东选集》第3卷，人民出版社1952年第2版，第871页。

欢迎的。孙悟空对待人民绝不是采取欺凌、镇压的态度，而是非常尊重、十分爱护的。如他见到樵夫等劳动者，总是对男的叫"哥哥""公公"，对女的称"菩萨"。向他们打听情况，总是恭敬地要求"指教指教"，临别还"再拜称谢"。有的樵夫被妖魔逮去，孙悟空则不惜牺牲，深入魔窟，拼命把樵夫等劳动群众解救出来。可以说，《西游记》所全力歌颂的孙悟空，是一个为国为民除害谋利的神话英雄。为什么硬要把《西游记》这样一部歌颂孙悟空的英雄史诗，歪曲成"是一部镇压和瓦解人民反抗之'经'"呢？

不错，"宗教是麻醉人民的鸦片。"[1]在《西游记》中也确实存在不少宣扬因果报应等宿命论的封建糟粕，但是，《西游记》的主题不是颂扬宗教，而是批判宗教，它不像丁黎同志所说的，"在整个故事中，取经自始至终被作为一件非常了不起的庄严崇高的事业来看待"的。唐僧自己就说过："世间事惟名利最重。似他为利的，舍死忘生；我弟子奉旨全忠，也只是为名，与他能差几何！"（第四十八回）这里的"他"，是指做买卖的人，他们为赚钱而冒着生命危险渡过通天河，前往西梁女国做生意。在封建社会，经商向来是被看作最卑贱的事情。唐僧竟然拿它来跟取经相提并论。"只是为名"，这还谈得上什么"庄严崇高"么？孙悟空也说："这都是我佛如来坐在那极乐之境，没得事干，弄了那三藏之经！若果有心劝善，理当送上东土，却不是个万古流传？只是舍不得送去，却教我等来取。"（第七十七回）唐僧师徒历尽千辛万苦，到达西天后，如来佛的大弟子阿傩、迦叶竟然要勒索贿赂，"告在如来之前，问他捐财作弊之罪"，如来却说："经不可轻传，亦不可以空取。"还说上次给人家诵了一遍经，"只讨得他三斗三升米粒黄金回来。我还说他们忒卖贱了，教后代儿孙没钱使用"（第九十八回）。取经，果真竟成了一桩道地的生意买卖，还有什么"庄严崇高"可言！西方极乐世界，本来是宗教徒们理想的天

① 列宁：《社会主义和宗教》，《列宁全集》第 10 卷，人民出版社 1958 年版，第 63 页。

国，时刻向往并为之祈求的天堂，可是唐僧等身临其境的遭遇，却使唐僧不得不深深地感叹："这个极乐世界，也还有凶魔欺害哩！"（第九十八回）而这个"凶魔"又恰恰是奉佛祖的旨意行事的。这岂不是对宗教幻想的极乐世界的莫大嘲讽和否定么？

孙悟空的大闹天宫，不仅在政治上是批判"玉帝轻贤"，同时也是把宗教家制造的玉皇大帝、太上老君、阎王老爷、海龙王、如来佛、观世音等等一系列非常崇高神圣的偶像，一个个地将其虚弱、伪善、阴毒、狡黠、凶残、暴虐的真面目，统统加以揭穿！

如果说孙悟空大闹天宫是打破了人们对天国神佛世界的偶像崇拜，粉碎了对于他们的宗教迷信和政治幻想的话，那么西天取经途中的孙悟空，则通过揭露妖魔与神佛的罪恶勾结，通过暴露神佛和唐僧那一套仁爱、慈善、忍让、戒杀生、戒偷盗等等宗教信条的虚伪和荒谬，通过揭露妖魔变化成"全真道士"所施展的炼丹、符箓、长生不死、呼风唤雨、点石成金等等那一套道家法术的骗人和坑人，这些就进一步从思想上、哲学上批判了宗教的伪善、愚昧和唯心的反动本质，同时也从政治上批判了宗教妖术必然与昏君奸臣结成神圣同盟，以致酿成一系列祸国殃民的劣迹，令人不得不奋起搏斗，锄奸除恶，匡时济世。

可见，《西游记》无论前后的故事情节，都统一地体现了宗教批判和政治批判的主题。正如马克思所说的："彼岸世界的真理消逝以后，历史的任务就是确立此岸世界的真理。人的自我异化的神圣形象被揭穿以后，揭露非神圣形象中的自我异化，就成了为历史服务的哲学的迫切任务。于是对天国的批判就变成对尘世的批判，对宗教的批判就变成对法的批判，对神学的批判就变成对政治的批判。"①

　　《西游记》在一定程度上起到了宗教批判和政治批判的作用。吴承恩不失为当时封建文人中愤世嫉俗的有识之士，是才华卓著的积极浪漫主义的文学大师。他所塑造的孙悟空，是一个大圣大贤、大智大勇的神话英雄。在他身上，既有封建阶级中开明之士的阶级烙印，又集中反映了当时广大人民群众的理想和愿望，因此他具有高度的典型意义和足以引起广泛兴趣的美学价值。《西游记》不愧为我国古典文学中的瑰宝，世界文学中不可多得的珍品。

1982 年 12 月 16 日于合肥

（原载上海《学术月刊》1983 年 2 月号）

---

　　①　马克思：《〈黑格尔法哲学批判〉导言》，《马克思恩格斯全集》第 1 卷，人民出版社 1956 年版，第 453 页。

论《西游记》的思想政治倾向

关于《西游记》的思想政治倾向，有两种截然不同的意见：一种认为它"体现着苦难深重的人民企图摆脱封建压迫，要求征服自然，掌握自己命运的强烈愿望"[①]；另一种意见则认为"《西游记》是一部镇压和瓦解人民反抗之'经'"[②]，"是在神话艺术的掩护下为封建统治阶级服务的""反动的"作品。[③] 对于这样重大的原则分歧，我们不能不辨明是非。

一

对封建最高统治者的暴虐无道，是揭露、批判，还是美化、歌颂？这是我们辨明《西游记》的思想政治倾向所必须首先解决的问题。

玉皇大帝，本是宗教家幻想中总管三界十方、四生六道的最高统治者。在《高上玉皇本行集经》中，他被描绘成是"慈爱和逊，弗贪万乘之尊荣；忍辱仁柔，不惮亿劫之修累，功高无比，德重难逾。大悲大愿，大圣大慈，现无量功德之身"（卷上）。他"位尊而上极天上，道妙而玄之又玄"（卷上）。足以使"千灵敬仰，万神慑伏，百邪避路，群魔束形"（卷下）。这样的玉帝，显然是人们所比较理想的封建最高统治者的化身。实际上它是对封建最高统治者的蓄意美化和歌颂，而对广大人民群众却只能起到欺骗和麻痹的作用。

---

① 游国恩等主编：《中国文学史》第三册，第 935 页。
② 刘远达：《试论〈西游记〉的思想倾向》，《思想战线》1982 年第 1 期。
③ 傅继俊：《我对〈西游记〉的一些看法》，《文史哲》1982 年第 5 期。

吴承恩则通过他自己所塑造的玉帝形象，对封建最高统治者的昏庸、无能、狡诈、凶残，作了淋漓尽致的揭露。对此，连胡适也看出来了，他说："如果著者没有一肚子牢骚，他为什么把玉帝写成那样一个大饭桶？为什么把天上写成那样黑暗、腐败、无人？为什么教一个猴子去把天宫闹的那样稀糟？"[①]封建统治者本来是要被压迫者忍受在人间所受的痛苦，而把幸福的幻想寄托于来世的天国。吴承恩通过对天宫玉帝形象的塑造，便打碎了封建统治者所制造的关于天国最高统治者的幻想。

　　在《西游记》中写的唯一属于历史上真实的皇帝是唐太宗李世民。他一向"被称为英明的皇帝"，"是历史上少见的明君"。[②]可是吴承恩的《西游记》却不去颂扬他作为"明君"的德政，而是侧重描写他作为封建最高统治者"不善"[③]的一面，写他到"枉死城"中，只听哄哄人嚷："李世民来了！李世民来了！"一伙拖腰折臂、有足无头的鬼魅，都叫道："还我命来！还我命来！"慌得那太宗藏藏躲躲，只叫"崔先生救我！"阴间的崔判官告诉他："那些人都是那六十四处烟尘，七十二处草寇，众王子、众头目的鬼魂；尽是枉死的冤业。"作者还通过崔判官谆谆告诫李世民："若是阴司里无报怨之声，阳世间方得享太平之庆。凡百不善之处，俱可一一改过。普谕世人为善，管教你后代绵长，江山永固。"（第十一回）这里虽不免有因果报应的宿命论的说教，但作者不是美化和歌颂封建皇帝，而是揭露封建皇帝的"不善"，敦促他"改过""为善"，这显然是符合广大人民的愿望和要求的。

　　在西行取经途中，宋代的《大唐三藏取经诗话》提到波罗国是"一国瑞气"，优钵罗国为"满国瑞气"，竺国则"恩恩瑞气"。吴承恩的好友朱曰藩

---

① 胡适：《西游记考证》，《中国章回小说考证》，第 356 页。
② 范文澜：《中国通史简编》第三编第一册，第 94、97 页。
③ 李世民自己说过："吾居位以来，不善多矣，锦绣珠玉不绝于前，宫室台榭屡有兴作，犬马鹰隼无远不致，行游四方供顿烦劳。"见《资治通鉴》卷一百九十八。

作《赠吴汝忠》诗，也劝吴承恩"珍重大才行瑞世"①。把封建阶级的反动统治，歌颂为充满"瑞气"的"瑞世"，这是当时普遍的世俗之见，是符合封建统治阶级的口味的。

可是在《西游记》中所写的，西行途中所经历的九个国度，却没有一个国王给人们带来瑞气的。只有个祭赛国，据说原来国中金光寺塔上倒是"祥云笼罩，瑞霭高升"，后来只因为"文也不贤，武也不良，国君也不是有道"，被万圣龙王派人偷了塔上的宝贝，于"孟秋朔日，夜半子时，下了一场血雨"，从此便"无祥云瑞霭，外国不朝。昏君更不察理"（第六十二回）。祥云瑞霭被腥风血雨所代替，这就是当时封建统治阶级由上升时期转入衰落时期，时代风云变化的一个标志。尽管吴承恩的理想还是想通过匡正君王，除奸灭妖，恢复封建统治的瑞气，但那不过是吴承恩的幻想和时代的局限罢了，好在他并没有以自己的主观幻想来粉饰和代替丑恶的现实，而是着力揭示了在瑞气、瑞世的假象后面腥风血雨的罪恶本质；他不是歌颂"明君"，而是揭露"昏君"。你看，他写那祭赛国"昏君更不察理"，赃官便加倍穷凶极恶，诬称寺中和尚偷了塔上宝贝，把三辈和尚，拷打死了两辈，又将第三辈"问罪枷锁"（第六十二回）。封建统治阶级这般蛮横残暴，草菅人命，叫人读了由不得不愤恨欲绝。

历史的经验证明，"能否知人，能否用人，是判断人君贤愚的一个重要标准"②。"大贤处下，不肖处上"，"举世颠倒"，③是吴承恩时代的大问题。因此，《西游记》中写了个宝象国国王，他明知自己女儿被黄袍怪摄去已十三载，可是当那黄袍怪"变做一个俊俏之人"来朝见他时，那国王不但不能识破其妖精的真面目，相反只"见他耸壑昂霄"，便"以为济世之梁栋"。使那黄袍怪得

---

① 朱曰藩：《山带阁集》卷九。
② 范文澜：《中国通史简编》第三编第一册，第97页。
③ 李贽：《焚书》卷四《因记往事》。

以乘机反而诬陷唐僧"正是那十三年前驮公主的猛虎,不是真正取经之人!"作者写道:"你看那水性的君王,愚迷肉眼,不识妖精,转把他一片虚词,当了真实",称他为"贤驸马"。那黄袍怪"使个黑眼定身法",将唐僧变作一只斑斓猛虎。国王便把唐僧当作虎,"用铁绳锁了,放在铁笼里"。如此毒似蛇蝎,陷害好人,"那国王却传旨,教光禄寺大排筵宴,谢驸马救拔之恩。"使那黄袍怪得以在皇宫内吃了一个弹琵琶的女子。这个宝象国王昏聩到如此人妖颠倒、助妖为虐的地步!

如果说宝象国王是个不能知人的昏君,那么,比丘国王则更是个重用奸臣的暴君。有个妖精扮作道人,携娇俊貌美的一小女子进贡于当今;陛下爱其色美,不分昼夜,贪欢不已。如今弄得精神瘦倦,身体尪羸,饮食少进,命在须臾。太医院检尽良方,不能疗治。那妖精道人却因进贡少女,而被比丘国王诰封为国丈。那国王又听信国丈的海外秘方,要用一千一百一十一个小儿的心肝做所谓"药引子",据说"服后有千年不老之功"。"人家父母,惧怕王法,俱不敢啼哭。"唐僧闻讯,失声叫道:"昏君!昏君!为你贪欢爱美,弄出病来,怎么屈伤这许多小儿性命!苦哉!苦哉!痛杀我也!"作者还借猪八戒之口诙谐地劝唐僧:"不要烦恼!常言道:'君教臣死,臣不死不忠,父教子亡,子不亡不孝。'他伤的是他的子民,与你何干!"说明比丘国王的这种暴行,不只是由于他听信了国丈的妖言,更重要的还是由于他运用了"君教臣死,臣不死不忠"的封建君权和专制"王法"。这就在客观上暴露了封建专制君权的既残暴至极,又荒唐之至。

总之,在《西游记》中几乎没有一个国王是真正圣明的,这难道还不值得发人深思猛醒吗?唯有一个乌鸡国王,自称在灾荒之年,"文武两班停俸禄,寡人膳食亦无荤。仿效禹王治水,与万民同受甘苦。"(第三十七回)这可算是个禹王式的好国王,可惜他早已被人害死三年,需要靠孙悟空的救助才能复活。它显然说明,在现实社会中像乌鸡国王那样禹王式的好皇帝,早已不复存在；尽管作者希望有孙悟空这样的英雄能救他复活，但实际上只不过反映作者要恢复"三代"之治的理想和愿望罢了。

从《西游记》中所描写的由天宫的玉皇大帝到人间的各国国王，我们都可清楚地看出，作者对封建最高统治者的态度，绝不是要美化他、颂扬他，而是立足于要揭露他、批判他。尽管作者揭露、批判的目的并不是要从根本上彻底打倒他、推翻他，而是要救助他、匡正他，但这种揭露、批判本身，对于腐朽反动的封建统治阶级，无疑地是个有力的鞭挞，对于广大读者认清封建社会已处于腐朽没落的必然趋势，在客观上显然也有积极的促进作用。因此，无论从作者描写的立足点或作品的客观效果来看，《西游记》不但不应被当作"反动的"作品一棍子打死，而且应该说它的思想政治倾向是进步的，即使不能说完全反映当时广大人民群众的呼声和利益，那至少也是跟当时广大人民群众的愿望和要求相呼应的。

二

对妖孽的祸国殃民，是纵容、妥协，还是坚决斗争？这也是我们辨明《西游记》的思想政治倾向所必须解决的一个问题。

如果说作者对于昏君、暴君的态度，只是要揭露他、批判他，还不是要打倒他、推翻他，那么，对于那些祸国殃民的妖孽的态度，则不仅是揭露、批判，而且力求要斩尽杀绝，表现了势不两立、斗争到底的精神。

君权是封建统治的罪魁祸首。借助于封建昏君的君权来行凶作恶，这是《西游记》中妖孽活动的特点之一。

如虎力、鹿力、羊力三个妖仙，装扮成道士，以会呼风唤雨、抟砂炼汞等道家法术，取得了车迟国王的宠爱和信任，被称为"皇亲国戚"，拜为"国师"，然后唆使国王下令到处捉拿和尚。使两千多和尚因"熬不得苦楚，受不得烧煎，忍不得寒冷，服不得水土，死了有六七百，自尽了有七八百"，剩下五百个"度牒追了，不放归乡，亦不许补役当差"，都被国王赐与那三个妖仙家做"佣工"，"苦楚难当"（第四十四回）。这实际上是明代封建暴虐统治的曲折反映。

作者所处的明嘉靖王朝，皇帝就对道士邵元节"大加宠信"，"拜礼部尚书，赐一品服。""岁给元节禄百石，以校尉四十人供洒扫，赐庄田三十顷，蠲其租。"此后又对道士陶仲文"帝深宠异"，"特授少保、礼部尚书。久之，加少傅，仍兼少保。""不二岁登三孤，恩宠出元节上"。后又"加仲文少师，仍兼少傅少保。一人兼领三孤，终明世，惟仲文而已"。"仲文得宠二十年，位极人臣。"嘉靖皇帝为"日求长生"，施行道家法术，便"郊庙不亲，朝讲尽废，君臣不相接，独仲文得时见；见辄赐坐，称之为师而不名"。太仆卿杨最、御史杨爵、郎中刘魁、给事中周怡、吏部尚书熊浃先后劝谏，皆或被"杖死"，或"悉下诏狱，拷掠长系"，或"即命削籍"。[①]从《西游记》中被车迟国王拜为国师的妖仙道士身上，我们岂不仿佛看到了吴承恩时代被嘉靖皇帝"称之为师"的道士邵元节、陶仲文的投影么？

在当时的现实生活中，杨最等忠臣以向嘉靖皇帝进谏的方式，向妖道邵元节、陶仲文等作斗争，遭受到失败和牺牲。吴承恩的《西游记》则以孙悟空的高超本领，在车迟国王面前当场赌赛，以事实揭穿妖仙道士的种种骗术，使他们一个个皆自取灭亡，现出虎、鹿、羊精怪的原形。真正的强者由欺君售奸的妖道和专制暴虐的国王，让位给通过自己的斗争取得胜利的孙悟空。作者作这样的艺术描写，显然是符合广大人民的愿望和要求的，对于鼓舞受妖邪迫害的人民自己起来作不屈不挠的斗争，也是有积极作用的。

神权是封建统治的精神支柱。通过受神佛的派遣或依仗佛道法术，为非作歹，这是《西游记》中妖孽活动的又一特点。

---

① 《明史》卷三百七《邵元节、陶仲文列传》。

如谋害乌鸡国王，篡夺王位的青毛狮子怪，是"奉佛旨差来"（第三十九回）的。只因观音菩萨变作一个凡僧，向乌鸡国王化些斋供，乌鸡王不识他是个好人，遂把他用一条绳捆了，送在那御水河中，浸了三日三夜。于是如来佛祖便派青毛狮子怪推乌鸡国王下井，浸他三年，以给观音报三日水灾之恨。因此，孙悟空对观音菩萨说："你虽报了什么'一饮一啄'的私仇，但那怪物不知害了多少人也。"（第三十九回）

黑风山的熊罴怪与观音院里的妖道"结党"，妖道为霸占唐僧的佛宝锦襕袈裟，便不惜谋财害命，放火烧观音院，妄图烧死唐僧师徒四人。熊罴怪以救火为名，见到锦襕袈裟，便"财动人心，他也不救火，他也不叫水，领着那袈裟，趁哄打劫，拽回云步，经转东山而去"（第十六回）。孙悟空斗不过那熊罴怪，去向观音菩萨求援，观音便变作熊罴怪的朋友凌虚子，去诓骗熊罴怪上当受制。孙悟空看到观音菩萨顿时变作凌虚子妖精模样，便说："妙啊！妙啊！还是妖精菩萨，还是菩萨妖精？'菩萨笑道：'悟空，菩萨、妖精，总是一念；若论本来，皆属无有。'行者心下顿悟。"（第十七回）这段对话，可谓是作者的画龙点睛之笔。它说明《西游记》中的许多妖精与神佛之间，本来就是难分难舍，相互勾结，狼狈为奸的关系。

此外，如第二十至二十一回的黄风怪，系灵吉菩萨"有意纵放"，"伤生造孽"，连灵吉菩萨也不得不承认"我之罪也"。第三十二至三十五回的金角、银角大王，系由观音"托化"指使，因此孙悟空指责观音菩萨"老大慈懒"，"反使精邪措害，语言不的，该他一世无夫"。第五十至五十二回的独角兕大王，是太上老君的坐骑；第七十四至七十七回狮驼洞三个妖魔：青毛狮子怪、黄牙老獠是文殊、普贤菩萨的坐骑，大鹏雕"与如来有亲"，如来佛是其外甥。他们以神佛为靠山，"一封书到灵山，五百阿罗都来迎接；一纸简上天宫，十一大曜个个相钦。四海龙曾与他为友，八洞仙常与他作会。十地阎君以兄弟相称，社令、城隍以宾朋相爱。"（第七十四回）如此官官相护，朋比为奸，不正是封建官僚腐朽统治的生动写照么？

吴承恩在他的诗文中，对当时社会上的"五鬼""四凶"深恶痛绝，认为他们是"群魔出孔窍"，"民灾翻出衣冠中，不为猿鹤为沙虫。"他忧心忡忡，"抚事临风三叹息"，恨不得要用"斩邪刀"来把他们斩尽杀绝。[①] 所谓"五鬼""四凶"，显然就是指当时从中央到地方涂炭生灵、恶贯满盈的大小官僚。如在嘉靖二十一年冬十月，巡按四川御史谢瑜给皇帝的上书中，即称当时朝廷重臣郭勋、胡守中、张瓒、严嵩为"四凶"[②]。在郑廉的《豫变纪略》卷二中，又称南阳曹某、睢州褚太初、宁陵苗思顺、虞城范良彦为河南"四凶"。可见这类"四凶""五鬼"，在当时从中央到地方比比皆是。我们固然不能把《西游记》中的妖魔与官僚地主恶霸等同起来，用孙悟空的话来说："妖精也有存心好的"（第七十回），但是，我们从孙悟空降龙伏虎、斩妖除魔的斗争中，可以感受到《西游记》的思想政治倾向，绝不是美化和歌颂封建腐朽统治，而是对当时社会上"群魔出孔窍"，"五鬼""四凶"猖獗，表现了令人触目惊心的揭露和不共戴天的憎恨。

对此，不仅有吴承恩的诗文可以佐证，作者在《西游记》中也有明确的提示。如孙悟空在车迟国与妖精道士赌赛呼风唤雨时，作者就写孙悟空呼唤打雷的邓天君"仔细替我着那贪赃坏法之官，忤逆不孝之子，多打死几个示众！"（第四十五回）这里作者就明确地点出了他的矛头明指所谓妖精道士，实即打击"那贪赃坏法之官"。在《西游记》中，还描写了个铜台府刺史，相传他是个"好官吏"："平生正直，素性贤良"。"少年向雪案攻书，早岁在金銮对策。常怀忠义之心，每切仁慈之念。名扬青史播千年，龚黄再见；声振黄堂传万古，卓鲁重生。"（第九十七回）可是事实上他竟听信寇员外家的诬告，将捉拿强盗的孙悟空等一行当作强盗拘捕入狱，滥施酷刑，直到孙悟空送给狱吏

---

① 吴承恩：《二郎搜山图歌》，《吴承恩诗文集》，第17页。
② 谷应泰：《明史纪事本末》卷五十四，第812页。

"价值千金"的"一件锦襕袈裟"才罢休（第九十七回）。这说明，在那个社会，所谓"龚黄再见""卓鲁重生"式的好官，实际上不过是"枉拿平人作贼"的赃官，用以沽名钓誉、欺世盗名罢了。这些难道不是一针见血地揭露了封建统治阶级的腐朽没落，鲜明生动地表现了《西游记》进步的思想政治倾向么？

在历史上，天灾与人祸往往是一对孪生兄弟。作为自然灾害的化身，猖獗肆虐，这也是《西游记》中妖孽活动的一个特点。我们不必要、也不可能给《西游记》中的所有妖魔都贴上阶级的标签。其中有的妖魔，如巩州的熊山君、两界山的老虎、荆棘岭的树王精、七绝山的红鳞大蟒、隐雾山的豹子精，等等，显然是作为自然力量的化身出现的。《西游记》通过描写与这些自然灾害作斗争，着重表现了孙悟空不畏一切艰难险阻的顽强斗志和勇于为民除害造福的献身精神。这无疑地也是具有进步意义，深受广大人民群众欢迎的。

三

如何实事求是地认识《西游记》的局限性，这是我们辨明其思想政治倾向进步或反动的一个关键问题。

在历史上，虞廷的"四凶"，宋室的"五鬼"，都是由当时的国王来诛灭的。在吴承恩时代，巡按四川御史谢瑜也曾上书嘉靖皇帝诛"四凶"[1]，而吴承恩却认为，如今是"坐观宋室用五鬼，不见虞廷诛四凶"[2]。也就是说，如果再把诛灭"五鬼""四凶"的希望寄托在朝廷身上，那已经很不现实了，只能落空而令人大失所望了。怎么办？他幻想有孙悟空这样一位神话英雄出现，用"斩邪刀"来斩除一切"五鬼""四凶"，以揭露他们兴妖作孽的罪恶真相，来达到既"劝正君王"，医治其"病"，促其省悟，又直接诛灭妖孽，为民除害的目的。这反映了封建最高统治者的腐朽和昏聩，其自身已缺乏健康的力量来

---

① 谷应泰：《明史纪事本末》卷五十四，第812页。
② 吴承恩：《二郎搜山图歌》，《吴承恩诗文集》，第17页。

战胜本阶级的病毒，因此作者不能不寄希望于孙悟空这样的神话英雄，让他置身于朝廷之外，凌驾于君王之上，既跟昏君、暴君作适当的斗争，又直接为国为民斩妖除魔。这对于广大人民依靠自己的力量来进行反抗封建压迫的斗争，显然是有积极的鼓舞作用的，是《西游记》具有进步的政治倾向和民主性精华的突出表现。

问题在于，有的同志把孙悟空大闹天宫和帮助唐僧取经完全对立起来，认为他"实质就是从叛逆英雄蜕变为统治阶级的帮凶和打手"，"护法者和鹰犬"。[①] 这就完全歪曲了孙悟空这个典型形象的性质和意义，必然导致从根本上否定《西游记》思想政治倾向的进步性。

我们看问题必须从实际出发。《西游记》中所描写的孙悟空，压根儿从来没有要推翻封建统治的意思，他之所以大闹天宫只是为了反对"玉帝轻贤"。尽管孙悟空提出过"皇帝轮流做，明年到我家"的战斗口号，并且跟玉帝的天兵天将开展了武装斗争，这自然是属于犯上作乱的叛逆行为。但从思想本质上来说，孙悟空即使提出"皇帝轮流做"，也还是要皇帝，而绝非从根本上推翻以皇帝为代表的封建统治，只不过他提出"皇帝轮流做"的口号，已经是属于对封建正统思想的大胆挑战，再采取武装反抗的方式，那就更属大逆不道了。因此作者要他"知悔"，走另一条道路——名为皈依佛门，助唐僧取经，实则以自己在西行途中斩妖除魔的行动，来劝正君王，匡世济民，达到"斗战胜佛"成"正果"。

这就是说，在《西游记》作者看来，孙悟空与最高统治者的矛盾，本来是属于要求用贤与皇帝昏聩轻贤的内部矛盾。要把玉帝的统治推翻，由孙悟空取而代之，这不仅有悖于封建正统思想，使孙悟空落得个篡夺皇位的恶谥，而且历史证明，这对封建社会来说，是一条根本行不通的绝路。试想，玉帝怎么可

---

① 丁黎：《从神魔关系论〈西游记〉的主题思想》，《学术月刊》1982年第9期。笔者有专文与其商榷，见《学术月刊》1983年第2期。

能真的把皇位让给孙悟空来坐呢？如果让孙悟空真的实现了"皇帝轮流做"的要求，岂不是对历史真实的莫大歪曲么？如果不让孙悟空做皇帝，那就必须要他"知悔"，否则那就只有让他被镇压致死，那样他虽然可以获得"壮烈牺牲"的美名，但是却未免把封建统治的力量写得过分强大了，这同样不尽符合那个时代的历史真实。如果把孙悟空写成是农民或市民阶级的代表，让他领导一场彻底推翻封建统治的革命，这种愿望当然是十分善良、美好的，然而这却不符合吴承恩的思想实际和当时的历史条件。《吴承恩诗文集》表明，他的阶级出身和思想教养，使他的思想只能进步到反对昏君、暴君，而不可能赞成农民革命，推翻封建君权的统治；市民阶层在当时还没有形成独立的阶级力量，更谈不上具有推翻封建阶级，自己取得统治地位的条件。因此，我认为在那样的历史条件下，只有像《西游记》那样写孙悟空，才是真正恰到好处的。

在那个时代，封建统治者的腐朽性决定了他不可能接受孙悟空要求用贤的主张。孙悟空要武力夺取皇位，取而代之，既不可能找到新的出路，还要落个"犯上作乱"的罪名，遭受五百年的残酷镇压。既然如此，那就只有依靠自己的力量来直接跟危害国家人民利益的妖魔作斗争，用事实来劝正君王。这情形，仿佛如同原来是要求"宋室""虞廷"来诛灭"五鬼""四凶"的，现在既然这个要求行不通，那就只好由孙悟空直接来诛灭"五鬼""四凶"了。因此，大闹天宫的孙悟空和后来取经途中的孙悟空，在思想本质上是一致的。

当然我绝无意于否认大闹天宫的孙悟空和后来取经途中的孙悟空在思想性格上有重大的发展和变化。我认为他的发展和变化，主要表现为孙悟空在以武力要求"皇帝轮流做"这个问题上，他确实"知悔"了。但这种"知悔"并不具有阶级投降或叛变的性质，他只不过是吸取斗争失败的教训，迫于斗争的形势，在斗争的方式和策略上作了适当的调整或妥协罢了，而要求用贤，反对昏君、暴君，诛奸灭邪，则是作为他的根本的政治主张和战斗纲领，一以贯之，为之奋斗不息的。

因此，他在斗争中总是能得到樵夫等劳动者的支持和协助，受到当地老百姓的热情迎送和款待。广大读者欢迎孙悟空，喜爱孙悟空，也不仅仅由于他大闹天宫，在取经途中的孙悟空三打白骨精、三调芭蕉扇等节目，也都是有口皆碑的。

综上所述，我认为《西游记》的思想政治倾向，既没有达到颂扬农民或市民革命的高度，更不是鼓吹"镇压和瓦解人民反抗""为封建统治阶级服务"的反动作品，前者是拔高，后者是诬陷，两者都不符合作品的实际。实事求是地评价《西游记》，应该说它的基本思想政治倾向是属于揭露封建统治君昏臣奸，主张恢复"三代"的清明政治，并为此而通过孙悟空的斩妖除魔，来达到匡世济民的目的。就思想体系来说，它基本上还是属于封建主义的范畴。虽然含有民主思想的萌芽，但作者在对封建统治进行揭露和批判中不可能为那个腐朽黑暗的封建统治找到正确的出路，而只能企图在依靠孙悟空作英勇顽强的斗争的同时，既不准犯上作乱，而又能收到斩妖除奸的效果。它既表现了作者的满腔愤怒，人民的某些要求和愿望，又反映了作者所处的阶级的和历史的局限性。这是封建阶级的腐朽性已经充分暴露，而能够取代封建统治的新的革命阶级尚未成熟的那个历史时代的必然产物和真实反映。

（原载《安徽大学学报》1984 年第 4 期）

《西游记》艺术特色三题

一、奇妙幻想与内在真实的结合

18 世纪法国启蒙思想家、文学家狄德罗认为，文学创作"重要的一点是做到惊奇而不失为逼真"①。

意大利文艺复兴晚期的著名诗人塔索也说："逼真和惊奇，这两者的性质是截然不同的，甚至可以说几乎是互相排斥的。尽管如此，逼真和惊奇却都是史诗必不可少的。优秀的诗人的本领在于把这两者和谐地结合起来。"②

吴承恩的《西游记》艺术特色之一，正是通过奇妙幻想与内在真实的和谐结合，做到了"惊奇而不失为逼真"。

把《西游记》和它成书之前的西游故事稍加对比，就看得更清楚了。在《西游记》成书以前，有关西游故事里的孙悟空形象，惊奇和逼真往往是对立的。惊奇，则叫人感到失真，不可信；逼真，则显得非常平庸、卑下。如：

在《大唐三藏取经诗话》里，根本没有提到闹天宫的事，只是写到猴行者曾偷吃西王母的蟠桃受罚："猴行者曰：'我因八百岁时，偷吃十颗，被王母捉下，左肋判八百，右肋判三千铁棒，配在花果山紫云洞。至今肋下尚痛。我今定是不敢偷吃也。'"有长达八百岁的寿命，被打三千铁棒仍旧打不死，这是

---

① 狄德罗：《论戏剧艺术》，见《文艺理论译丛》1958 年第 1、2 期。
② 塔索：《论诗的艺术——致西庇昂·贡扎加》，见《欧美古典作家论现实主义和浪漫主义》，中国社会科学出版社 1980 年版，第 126 页。

够令人惊奇的了。然而人们在惊奇之余，却不能不怀疑：这个猴行者真的会有这么长的寿命吗？他怎么能经得起三千铁棒的毒打呢？他既然有这么神奇的本领，可是他的行为却只不过是卑劣的偷盗，他得出的教训却只不过是"不敢偷吃"。戒偷盗，这种逼真实在平庸、卑下得很。它本是佛教《沙弥十戒法并威仪》《沙弥尼戒经》规定的十戒之一，是为维护封建的私有制效劳的，自然谈不上有什么积极的令人震惊的社会意义。

《朴通事谚解》虽然提到"闹天宫"，但也只不过是老猴精"入天宫仙桃园盗蟠桃，又偷老君灵丹药，又去王母宫偷王母绣衣一套，来设庆仙衣会"。实质不仅仍为"偷""盗"，而且涂上了一层"庆仙"的宗教迷信色彩。

元末明初杨景贤的《西游记》杂剧，也说他"偷玉皇仙酒，盗老子金丹"。但盗衣却为了"与夫人穿着，今日作庆仙衣会"。结果被观音菩萨压在花果山下。

吴承恩的《西游记》写孙悟空的偷蟠桃、盗金丹，却不是一般的偷盗行为，而是为了表示他对"玉帝轻贤""不会用人"（第四回）的愤恨不满。他的大闹天宫，目的不是为了"与夫人穿着"等个人私欲，更不是为了"庆仙"，而是为了实现"皇帝轮流做，明年到我家"（第七回）的政治纲领；其斗争方式，也不再是什么偷盗，而是武装的暴力斗争。这就使孙悟空的反抗性格既令人"惊奇"，又具有"逼真"的重大社会现实典型意义。

《西游记》中的孙悟空，作者不只是用能活"八百岁"，经受得住"三千铁棒"之类的夸张，来使他具有令人"惊奇"的本领，更重要的是赋予他那非凡的本领以社会斗争的现实内容。《西游记》不是宣扬神对人的统治天经地义，不可冒犯，而是歌颂孙悟空对神魔的压迫和侵害敢于作反抗斗争，敢于向天宫地府的一切神佛挑战，大闹天宫，把貌似不可侵犯的神圣权威尽情加以践踏。因此，他写孙悟空有七十二般变化的神奇本领，足以把十万天兵天将打得落花流水。任凭"刀砍斧剁，枪刺剑刳，莫想伤及其身"。即使"火部众神，放火煨烧，亦不能烧着"。"雷部众神，以雷屑钉打，越发不能伤损一毫"。太上老君把他推入八卦炉中，炼了"七七四十九日"，可是他乘老君开炉取丹之机，却"唿喇一声，蹬倒八卦炉，往外就走"。如来佛用五行山对他实行长达五百年的残酷镇压，迫使他过着"饥餐铁丸，渴饮铜汁"（第七回）的痛苦生活，也终究未能把他压垮。作者赋予孙悟空这般令人惊奇的本领，尽管纯属神奇的幻想，但它并没有给我们以失真、不可信的感觉。因为它由此所体现出来的孙悟空那种藐视神魔、敢于反抗斗争的骁勇精神、无穷智慧和巨大力量，是完全符合广大群众的理想和愿望的，反映了那个社会的内在真实，所以它使人读了就像我们自己取得了伟大胜利一样，感到欢欣鼓舞，大快人心。

人，是世界的主人。把动物人格化，赞美人，提高人对于自己具有伟大创造力的自信心，这是《西游记》的神奇幻想所以具有真实性的又一重要原因。你看，孙悟空手中的那个武器——如意棒，重达一万三千五百斤。"他将那宝贝颠在手中，叫：'小！小！小！'即时就小做一个绣花针儿相似，可以揌在耳朵里面藏下。"他"托放掌上叫：'大！大！大！'即又大做斗来粗细，二丈长短"。他"使一个法天象地的神通，把腰一躬，叫声'长！'他就长的高万丈，头如泰山，腰如峻岭，眼如闪电，口似血盆，牙如剑戟；手中那棒，上抵三十三天，下至十八层地狱，把些虎豹狼虫，满山群怪，七十二洞妖王，都唬得磕头礼拜，战兢兢魄散魂飞"（第三回）。他这种千变万化的本领，虽然神奇莫测，然而作为他所代表的人的创造精神、人的丰富智慧、人的无穷力量，岂不是也有着幻想的内在真实性么？你看那孙悟空跳在空中，"他点头经过三千里，扭腰八百有余程"（第二十一回）。这不是如同今天坐上宇宙飞船的宇航员所能达到的飞行速度么？事实说明，幻想与真实，并不是绝对矛盾的；幔亭过客的《〈西游记〉题词》说得好："是知天下极幻之事，乃极真之事。"孙悟空的神奇本领和他所代表的人的力量，便是极幻和极真相统一的典型例证，是马克思所说的"想象力，这个十分强烈地促进人类发展的伟大天

346

赋"①的生动体现。

人的力量是伟大的，然而正像任何事物都不可能超越一定的时间和空间一样，作者和他笔下的孙悟空也不可能超越他所处的时代和阶级。孙悟空，照他的本领和行动来看，他是个超凡的神话英雄；然而照他的思想性格和所处的社会关系来看，他却是个真实的人。作者虽然赋予孙悟空以神通广大的本领，却让他仍然遭到了五行山下长达五百年的残酷镇压，迫使他不得不表示"知悔"，放弃"皇帝轮流做"的宏图。有的同志往往抓住这一点对孙悟空横加指责，然而我却认为这是由于那是个不可能真的实行"皇帝轮流做"的历史时代决定的。好在作者没有散布不切实际的政治幻想，而让读者清醒地看到反动统治阶级的凶残暴虐，看到孙悟空的历史局限性和阶级局限性；这正是作者使他的奇妙幻想服从于历史真实的反映。

即使对于孙悟空那神奇的本领，作者也没有把他幻想和夸张成是个无所不能、所向无敌的神，而是让他仍然服从于人的有所长必有所短这个客观规律，在写他具有神奇本领的同时，也写了他身上存在的种种弱点和缺点。如水上功夫，他就不及八戒和沙僧。他"只要图名"（第三十八回），"吃不得人激他"（第十五回），"好奉承"（第八十六回），讲什么"男不与女斗"（第七十二回）。他有胜利的喜悦，也有失败的苦恼。他手中的那个宝贝如意棒，也不总是使他如意的。有一次，在与金兜山的独角兕大王的战斗中，他"忍不住焦躁，把金箍棒丢将起去，喝声'变'！即变作千百条铁棒，好便似飞蛇走蟒，盈空里乱落下来"。而独角兕大王"即忙袖中取出一个亮灼灼白森森的圈子来，望空抛起，叫声'着'！唿喇一下，把金箍棒收做一条，套将去了。弄得孙大圣赤手空拳，翻筋斗逃了性命"（第五十回）。他的本领也不是天生的，而是虚心向老师学来的。他对群众的态度是尊重的，虚心求教的。遇到樵

　　① 马克思：《路易士·亨·摩尔根〈古代社会〉一书摘要》，《马克思恩格斯论艺术》第2卷，第5页。

夫，他尊称"樵哥"；遇到老人，他恭敬地说："烦公公指教指教。"（第五十回）他还懂得调查研究，遇事要"待老孙进去打听打听，察个有无虚实，却好行事"（第五十五回）。所有这些，都让神奇的幻想散发着逼真的芳香，如同一阵阵清新芬芳之气，迎面扑来，沁人肺腑。

在神奇的幻想中，穿插一些真实的细节，也是《西游记》在艺术上显得神奇而不荒诞，幻想而又真实，夸张而又可信的一个重要原因。如孙悟空善于变化，也不免要露出破绽。有一次猪八戒就发现他"虽变了头脸，还不曾变得屁股"，那屁股上还是两块红的。他随后到厨房"锅底下摸了一把，将两臀擦黑"。"八戒看见，又笑道：'那个猴子去那里混了这一会，弄做个黑屁股来了。'"（第三十四回）孙悟空和二郎神赌变化，孙悟空变作一座土地庙儿，"只有尾巴不好收拾，竖在后面，变做一根旗竿。"二郎就从"我也曾见庙宇，更不曾见一个旗竿竖在后面的。断是这畜生弄喧！"（第六回）孙悟空会变化，这是神奇的幻想；然而，猴子的屁股是红的，锅底是黑的，庙宇的后面不会竖旗竿，这一切却又都是符合生活真实的。正是这些细节的真实，使它的幻想不是成为缥缈在神洲仙府之上的幽灵，令人不可捉摸，而是如同人间所常见的彩霞在天边幻化成海市蜃楼般的奇景，它既是虚幻的，又给人以真实之感，引人无限神往。

《西游记》作者在描写幻想的神奇变化本身，也不是如西方有的浪漫主义作家所主张的，"不应当受任何规律的约束"，"是无限的和自由的"。[①]他不把鸡和黄鼠狼、羔羊和猛虎交配在一起，故作惊奇，而是在神奇变化之中，体现着人物形象所固有的性格特征，反映着事物发展的客观规律。如孙悟空会七十二般变化，猪八戒只会三十六般变化；孙悟空不管什么都会变，显得机智灵活得很，猪八戒却"只会变山，变树，变石头，变癞象，变水牛，变大胖

---

① 德国浪漫主义理论家奥·史雷格尔语。转引自弗·希勒格尔：《断片》及其翻译后记，见《古典文艺理论译丛》第二册。

汉还可，若变小女儿"，"也象女孩儿面目，只是肚子胖大，郎伉不象"（第四十七回）。这就非常生动有趣地反映了猪八戒那粗豪、蠢笨的性格。在孙悟空与牛魔王的战斗中，牛魔王变成天鹅，望空飞逃，孙悟空就变成海东青，"飕的一翅，钻在云眼里，倒飞下来，落在天鹅身上，抱住颈项嗛眼"。牛魔王变作黄鹰，"返来嗛海冬青"。悟空又变作乌凤，"专一赶黄鹰"。牛魔王变作白鹤，悟空就变作丹凤，使"那白鹤见凤是鸟王，诸禽不敢妄动"。牛魔王只好变作香獐，躲"在崖前吃草"，悟空又"变作一只饿虎，剪尾跑蹄，要来赶獐作食"（第六十一回）。如此这般的无穷变化，不仅符合一物降一物的自然规律，而且还生动形象地反映了孙悟空那机智、勇敢的性格和穷追到底的斗争精神；牛魔王虽然处于狼狈逃窜的困境，但却也显示出他那既要巧妙伪装，多方逃遁，又不甘失败，伺机反扑，异常奸诈狡猾的性格特征。

因此，《西游记》中的幻想不是脱离现实生活的凭空想象，不是不受任何规律约束的任意杜撰，而是奇妙幻想与内在真实相结合的艺术创造。这种艺术创造，幻化了人物形象，却保持着真实的人物性格。它既能令人惊奇，又能叫人感到逼真。它以神奇的幻想，激起读者浓烈的兴趣，给人以莫大的艺术快感，同时在这种幻想之中，它所显现的自然规律和活泼泼的人物性格，又足以在黑暗中给人以希望的亮色，在困境中给人以亢奋的力量，从中很自然地能得到智慧的启迪和思想的教益。

英国古典主义后期代表作家、批评家约翰生说："幻想的虚构所产生的畸形结合可能由于新奇而暂时给人以快感，我们大家共同感到生活的平淡乏味，这种感觉促使我们去追求新奇事物；但是突然的惊讶所供给我们的快感不久就枯竭了，因此我们的理智只能把真理的稳固性作为它自己的倚靠。"[①]《西游记》以奇妙幻想和内在真实的结合，既可以满足人们追求新奇的快感，又具有真理

---

① 约翰生：《〈莎士比亚戏剧集〉序言》，见《文艺理论译丛》1958 年第 4 辑。

的稳固性。它那幻想的奇妙就在于，它不仅不使真实减色，相反却使真实生辉，具有永不枯竭的艺术生命力。

二、曲折紧张与轻松愉快的结合

《西游记》是直接从民间说唱话本的基础上发展起来的。民间说唱必须讲究故事情节的曲折紧张，才能把听众牢牢地吸引住。《西游记》正是继承并发展了民间说唱的民族传统，具有故事情节曲折紧张的特点。这样的艺术特点，也是我国许多古典小说所共有的。《西游记》不同的是它更进一步做到了曲折紧张与轻松愉快的结合。

首先，它惊险而不恐怖，令人神往而不使人害怕，在曲折紧张的故事情节之中，洋溢着斗志昂扬、决战决胜的乐观主义精神。这正是《西游记》比一般神怪小说显得格外高明之处。

有一次，因为孙悟空打倒了镇元仙的人参树，镇元仙便将唐僧师徒四人统统捆住，然后吩咐"众仙抬出一口大锅支在阶下。大仙叫架起干柴，发起烈火，教：'把清油拗上一锅，烧得滚了，将孙行者下油锅扎他一扎，与我人参树报仇！'"（第二十五回）这班神魔如此面目狰狞，心毒手狠！当人们初读到这里，该是感到多么紧张啊，谁能不为孙悟空的命运捏一把汗呢？可是在这惊险的场面之中，作者却不故意卖关子，不让读者的心情老是紧张下去，而是接着就写："行者闻言，暗喜道：'正可老孙之意。这一向不曾洗澡，有些儿皮肤燥痒，好歹荡荡，足感盛情。'"面对要下油锅炸，作者不写孙悟空的害怕，相反却写他"暗喜"；他不但不怕被滚油炸死，相反却认为可以供他洗澡，荡荡皮肤燥痒。正是这种显得很神奇的充满乐观主义精神的艺术手法，使那本来很惊险的场面，似乎立刻化险为夷，变得轻松愉快、妙趣横生了。

然而孙悟空究竟何以能把滚油当作洗澡水，这仍然是个令人不解之谜。因此，它只是以神奇的乐观主义精神，暂时掩盖了惊险的场面，却丝毫没有削弱，而是进一步加强了故事情节的曲折性。正如作者接着所写的："顷刻间，那油锅将滚。大圣却又留心：恐他仙法难参，油锅里难做手脚，急回头四顾，只见那台下东边是一座日规台，西边是一个石狮子。行者将身一纵，滚到西边，咬破舌尖，把石狮子喷了一口，叫声'变'！变作他本身模样，也这般捆作一团；他却出了元神，起在云端里，低头看着道士。"

悟空既已"起在云端里"，留下唐僧等人将被油炸，又怎么办？好在孙悟空的目的绝不只是为个人逃命，否则他要使那石狮子"变作他本身模样"干吗呢？这又使故事情节变得更曲折了。读者不得不迫不及待地继续看下去——"只见那小仙报道：'师父，油锅滚透了。'大仙教'把孙行者抬下去！'四个仙童抬不动；八个来，也抬不动；又加四个，也抬不动。众仙道：'这猴子恋土难移，小自小，倒也结实。'却教二十个小仙，扛将起来，往锅里一掼，烹的响了一声，溅起些滚油点子，把那小道士们脸上烫了几个燎浆大泡！只听得烧火的小童喊道：'锅漏了！锅漏了！'说不了，油漏得罄尽，锅底打破。原来是一个石狮子放在里面。"（第二十五回）

读者已经知道孙悟空用石狮子"变作他本身模样"，而大仙、小仙们却被蒙在鼓里，依然把石狮子当作孙悟空扛往油锅里掼，结果把锅底掼漏了。这是个多么叫人欣喜雀跃、拍手称快的喜剧场面啊！真如我国古人所说："读书之乐，不大惊则不大喜，不大疑则不大快，不大急则不大慰。"[①]孙悟空面临被油炸，叫人不能不惊，他反而"暗喜"，则叫人不能不疑，孙悟空逃到云端里去了，留下唐僧将遭油炸又怎么办，这叫人又不能不急。这一惊一疑一急，一方面使作品的故事情节愈来愈曲折紧张，另一方面却又使读者的心情愈来愈欣喜欢悦，给人以意想不到的喜剧效果和艺术享受。

其次，它善于多方面展开矛盾冲突，使故事情节既曲折紧张，引人入胜，

---

① 清·毛宗岗：《三国演义》第四十二回回首评语。

又"微有鉴戒寓焉"[①]，发人深省，使读者能从中获得精神上的净化和满足，从而有一种轻松愉快之感。

例如孙悟空等过火焰山，在《大唐三藏取经诗话》中，只有简单的几句："又忽遇一道野火连天，大生烟焰，行去不得。遂将钵盂一照，叫'天王'一声，当下火灭，七人便过此坳。"这里只写了人与"野火连天"的自然的矛盾，解决矛盾的办法也很干脆，只要靠神佛的威力——"将钵盂一照，叫'天王'一声"，就能立竿见影，"当下火灭"。

在元末明初杨景贤的《西游记》杂剧中，关于过火焰山的故事，写了"迷路问仙""铁扇凶威""水部灭火"三折，虽然由人与自然的矛盾，发展到人与铁扇仙的矛盾，但故事情节和人物形象却依然很简单。孙悟空只会说大话："我一泡尿，溺也溺死了他。"可是，被铁扇仙的扇子一扇，他却"滴溜溜有似梧叶飘落"，不得不承认："婆娘忒恁高强，法宝世上无双。"只好"去投奔观音佛"，求水部诸神来灭火，才"救了弟子一难"。

吴承恩的《西游记》则以整整三回的篇幅，写了孙悟空如何一调、二调、三调芭蕉扇。为了增加故事情节的曲折紧张，作者把铁扇仙写成是牛魔王的妻，红孩儿的母，牛魔王又被玉面公主招赘为夫，置原妻于不顾。这里既有牛魔王、铁扇仙要为红孩儿报仇而加剧了他们与孙悟空的矛盾，又有孙悟空与牛魔王两个结义兄弟之间的矛盾，还有牛魔王与铁扇仙之间的夫妻矛盾，显得矛盾非常错综复杂，尖锐激烈。

一调芭蕉扇，孙悟空是变作蟭蟟虫钻入铁扇仙肚里，使铁扇仙直叫："孙叔叔饶命！"（第五十九回）可是她借给孙悟空的却是一把假扇子，使孙悟空拿回去，不但不能扇熄火焰，相反一扇火光烘烘，二扇火势愈盛，三扇火头飞有千丈之高。若不是跑得快，连身上的毫毛都被烧尽，使孙悟空不能不惊叹：

---

① 吴承恩:《〈禹鼎志〉序》,《射阳先生存稿》卷二。

"被那厮哄了！"

二调芭蕉扇，孙悟空变作牛魔王，从铁扇仙那儿讨得真芭蕉扇，便迫不及待地"把脸一抹，现了本象"（第六十回）。结果只讨了个长的方法，不曾讨她个小的口诀，一个身长不满三尺的矮小的猴子，却不得不擎着个一丈二尺长的大扇子，叫人看了实在好笑。这不仅是对粗心大意的孙悟空的嘲弄，更严重的是因为他如"得胜的猫儿欢似虎"，擎着个大扇子走在半路上，就被牛魔王变化成猪八戒来迎接孙悟空，把扇子骗去了。

三调芭蕉扇，经过孙悟空、猪八戒与牛魔王的一场鏖战，最后在天兵天将的支援下，才战败牛魔王，取得了芭蕉扇。这时，孙悟空并不是以扇熄火，得以过火焰山为满足，而是进一步向铁扇仙追问"如何治得除根"的办法，然后"使尽筋力，望山头连扇四十九扇"，使其"断绝火根"，以"拯救这方生民"（第六十一回）。

读了《西游记》中的孙悟空三调芭蕉扇，我们不能不为孙悟空所遇到的重重矛盾而绷紧心弦，不能不从他一次又一次的失败之中受到鉴戒，不能不为他经过不屈不挠的斗争所取得的胜利而感到欢欣鼓舞。它跟《取经诗话》和《西游记》杂剧的根本不同就在于：它不是把解决矛盾的希望寄托在虚无缥缈的"天王"或"水部诸神"身上，而是主要依靠孙悟空自己在斗争中不断吸取失败的教训，戒骄戒躁，发扬彻底斗争的精神。这样就使《西游记》的故事情节既不是纯属虚幻，也不是一味地故弄玄虚，而是既曲折紧张，富有吸引力，又使人感到坚实可靠，亲切可信，从中能获得思想的教益，精神的快慰，胜利的喜悦，从而达到了融合曲折紧张之美和轻松愉快之美为一体。在这里，曲折紧张，不见人工故作惊人之笔；轻松愉快，不靠插科打诨；一切皆靠作家的匠心独运，从揭示客观矛盾中自然流露。它犹如我们游黄山，攀登悬崖峭壁、盘旋直插云天的莲花峰，那胆战心惊的紧张心理和饱览无限风光在险峰的愉悦之情，油然而生；这一切皆天造地设，相反相成。

最后，由于《西游记》作者采取的是奇妙幻想的艺术手法，因此他可以把紧张激烈的战斗写成仿佛如轻松优美的魔术似的。如孙悟空答应高老为他除掉妖精女婿，高老问他："要甚兵器？要多少人随？"他一概不要，只是摇身一变，变作他女儿模样，在房里等那妖精。"不多时，一阵风来，真个是走石飞砂。"狂风刮得"雕花折柳胜揿麻，倒树摧林如拔菜。翻江搅海鬼神愁，裂石崩山天地怪"。"金梁玉柱起根摇，房上瓦飞如燕块"。"海边撞损夜叉船，长城刮倒半边塞"。就在这狂风过处，只见半空里来了一个妖精。这个场面可谓够惊险的了！然而孙悟空却变作妖精的妻子，睡在床上装病，口里哼哼叽叽的不绝。"那怪不识真假，走进房，一把搂住，就要亲嘴。"（第十八回）妖精降临的惊险场面，顿时却化作了这么一幕实在令人好笑的闹剧。

不久，孙悟空"将自己脸上抹了一抹，现出原身"，要跟那妖精搏斗。不料"那怪化万道火光，径转本山而去"（第十八回）。悟空驾云，紧紧追赶。"那怪的火光前走，这大圣的彩霞随跟"（第十九回）。本来是一场你逃我追的紧张战斗，可是一经作者采用奇妙幻想的手法，把它写成是"火光前走"，"彩霞随跟"，这该是一种多么神奇、优美、令人喜悦入迷的景象啊！

作者不仅把他们紧张地你逃我追的景象写得给人以轻松愉快之感，而且把他们之间在黑夜里激烈战斗的场面，也写得光彩绚丽："行者金睛似闪电，妖魔环眼似银花。这一个口喷彩雾，那一个气吐红霞。气吐红霞昏处亮，口喷彩雾夜光华。金箍棒，九齿钯，……钯去好似龙伸爪，棒迎浑若凤穿花。"（第十九回）只有像《西游记》这种奇妙幻想的积极浪漫主义艺术方法，才能把紧张激烈的战斗场面，美化成如此花团锦簇的奇景，令人在曲折紧张的故事情节之中，获得的却是轻松愉快的美的欣赏。

三、诙谐有趣与隽永有味的结合

诙谐有趣，是《西游记》显著的一个艺术风格。正如鲁迅所说，它"善谐剧"，"每杂解颐之言"。^①日本的盐谷温也说它"比读以奇幻谲怪见称的《天方夜谭》更发有趣多了"^②。吴承恩还通过孙悟空的口说："我这笑中有味。"（第三十二回）的确，《西游记》不仅往往引人发笑，而且每每耐人寻味，它做到了诙谐有趣与隽永有味的结合。

诙谐有趣，不能流于庸俗无聊；引人发笑，则须避免油腔滑调。《西游记》也未免存在着这方面的缺点。如第五十三回"禅主吞餐怀鬼孕，黄婆运水解邪胎"，写唐僧、猪八戒因喝了子母河的水，竟然腹痛怀孕，好不容易吃到"破儿洞落胎泉"的水，方堕胎止痛。这显然是一个根本没有什么积极意义的怪诞的故事，作者却让他笔下的孙悟空、沙僧等对猪八戒进行取笑，说什么男身没有产门，就"从胁下裂个窟窿，钻出来也"，"既知催阵疼，不要扭动；只恐挤破浆泡耳"。这就庸俗得使人感到无聊，油滑得令人作呕。

但是，总的来看，这方面的缺点在《西游记》中还是属于瑕不掩瑜。对于我们来说，重要的是要探索和吸取《西游记》如何做到诙谐有趣与隽永有味相结合的艺术经验。

寓庄严于戏谑之中，道出既引人发笑又高于世俗之见的诤言。这是《西游记》做到诙谐有趣与隽永有味相结合的艺术经验之一。如第二十六回写猪八戒对福、禄、寿三星的耍笑：

那八戒见了寿星，近前扯住，笑道："你这肉头老儿，许久不见，还是这般脱洒，帽儿也不带个来。"遂把自家一个僧帽，扑的套在他头上，拍着手呵呵大笑道："好！好！好！真是'加冠进禄'也！"那寿星将帽子掼了，骂道："你这个夯货，老大不知高低！"八戒道："我不是夯货，你等真是奴才！"福星道："你倒是个夯货，反敢骂人

---

① 鲁迅：《中国小说史略》。
② 盐谷温：《中国小说概论》。

是奴才！"八戒又笑道："既不是人家奴才，好道叫做'添寿''添福''添禄'？"

在旧社会，按照一般的世俗之见，福禄寿星是为人们所敬仰的神仙。《史记·封禅书》司马贞索隐就记载，世人皆"祠之以祈福寿"。但在这里，猪八戒竟把世人所崇拜的偶像，如此尽情地加以耍弄和嘲讽。这就使人们在嬉笑之中不能不引起严肃的沉思和猛醒：原来这些为人们所盲目崇拜的福禄寿星，他们保佑人家"加官（冠）进禄"，自己却连个帽子都没有，实则不过是专给有钱人家添寿、添福、添禄的奴才罢了。

寓共性于个性之中，写出既引人发笑又耐人寻味的人之常情。这是《西游记》做到诙谐有趣与隽永有味相结合的艺术经验之二。如黎山老母、南海观音与普贤、文殊菩萨，为了考验唐僧师徒的取经诚意，特地变化作母女四人，要招赘唐僧师徒四人为夫。唐僧、孙悟空、沙僧皆不肯，唯独"猪八戒闻得这般富贵，这般美色，他却心痒难挠；坐在那椅子上，一似针戳屁股，左扭右扭的，忍耐不住"。凭孙悟空的聪慧，他当然一眼就能看透猪八戒的心思，因此他对八戒说："呆子，你与这家做了女婿罢。只是多拜老孙几拜，我不检举你就罢了。"这时作者不是简单地写猪八戒当场表态，而是写他倒打一耙地指责道："胡说！胡说！大家都有此心，独拿老猪出丑。常言道：'和尚是色中饿鬼。'那个不要如此？都这们扭扭捏捏的拿班儿，把好事都弄得裂了。"说着，他便以"等老猪去放放马来"为由，赶着马，转到后门去，称呼那要招女婿的妇人为"娘"了，说："他们是奉了唐王的旨意，不敢有违君命，不肯干这件事。刚才都在前厅上栽我，我又有些奈上祝下的，只恐娘嫌我嘴长耳大。"那妇人表示不嫌弃他，叫他跟师父商量商量。他说师父"又不是我的生身父母，干与不干，都在于我"。当即干脆把婚事定下了。结果猪八戒遭到那母女四人的暗算，被"几条绳紧紧绷住。那呆子疼痛难禁"（第二十三回）。

从表面上看，这个故事显然是讽刺猪八戒的好色。然而，猪八戒的好色，他那独特的心理和语言，不仅是充分个性化的、引人发笑的，更重要的是完全符合人之常情，具有广泛的典型意义的。因此，他使我们在嬉笑之中不能不感到非常耐人寻味：仿佛紧紧绷住猪八戒，使他"疼痛难禁"的那"几条绳"，犹如代表着宗教禁欲主义的残酷无情；男女婚娶本是人之常情，何必硬要把自己禁锢起来，"扭扭捏捏的拿班儿"，做"色中饿鬼"呢？这岂不是对禁欲主义的有力贬斥么？堂堂的黎山老母，神圣的观音菩萨，竟然成了捉弄人、陷害人的女妖，这难道不也是对黎山老母、观音菩萨本身的有力揭露和嘲讽么？

寓虚假的言行于真实的人物性格之中，令人感到既虚假得可笑又真实得可信。这是《西游记》做到诙谐有趣和隽永有味相结合的艺术经验之三。如人参果本是人们幻想的产物，传说吃了它可以长生不老，它自然是人们所想吃的。然而它究竟是什么样子，却谁也没有见过。在《西游记》中描写猪八戒吃人参果那一段，不仅读《西游记》的人每读到这一段，都不禁要浮起欢快的笑容，感到有咀嚼不尽的美味，即使没有读过《西游记》的人，也几乎没有不知道"猪八戒吃人参果——食而不知其味"这个歇后语的。人们仿佛早已忘记了吃人参果本身是个纯属虚幻的情节，而完全被作者所描写的猪八戒那真实的性格征服了。请看作者的描写：

那八戒食肠大，口又大，一则是听见童子吃时，便觉馋虫拱动，却才见了果子，张开口，毂辘的囫囵吞咽下肚，却白着眼胡赖，向行者、沙僧道："你两个吃的是甚么？"沙僧道："人参果。"八戒道："甚么味道？"行者道："悟净，不要睬他！你倒先吃了，又来问谁？"八戒道："哥哥，吃的忙了些，不象你们细嚼细咽，尝出些滋味。我也不知有核无核，就吞下去了。哥啊，为人为彻；已经调动我这馋虫，再去弄个儿来，老猪细细的吃吃。"（第二十四回）

这里，猪八戒明明已经把人参果"榖辘的囫囵吞咽下肚"，然而他却还要装腔作势地问人家"吃的是甚么"，"甚么味道"，这表明他既想耍赖，占便宜贪吃，又缺乏耍赖占便宜的能耐，只会"白着眼胡赖"，刚耍花招作假，随即被孙悟空将其拆穿，顶了回去，于是他只好老老实实承认，刚才吃了却未尝出滋味，恳求大师兄"再去弄个儿来，老猪细细的吃吃"。这里作者所写的猪八戒的思想、行为和语言，是令人十分可笑的，然而作者通过写猪八戒为贪吃人参果而如何耍赖的情景，却把猪八戒那种自私、粗莽、愚蒙、质朴的性格，刻画得淋漓尽致，显得不仅完全真实可信，而且使人足以把它作为有普遍意义的教训加以吸取——想贪便宜多吃，结果反而吃了食而不知其味的亏。

文学作品要做到诙谐有趣，已经很不容易了。如若像《西游记》这样在诙谐有趣之中，又使人感到隽永有味，这就更难得了。

（原载《社会科学战线》1984年第4期，人民大学复印资料转载。被收入拙著《中国的小说艺术》。）

扣人心弦　发人深省

——孙悟空"大闹天宫"赏析

孙悟空大闹天宫，为什么具有特别扣人心弦、发人深省的艺术魅力呢？

笔者认为，这当归功于作者不是只写他一次"大闹"，而是连续写他三次"大闹"：第一次，是因发觉"弼马温"为"未入流"的"末等"官儿，而"把公案推倒"，"直打出御马监"；第二次，是因识破玉帝封的"齐天大圣"为"空衔"，而"搞乱了'蟠桃大会'"；第三次，是在被擒遭"刀砍斧剁，雷打火烧"之后，他"又大乱天宫"，明确提出"皇帝轮流做，明年到我家"的要求。三次"大闹"，次次推进，别开生面，层层渲染，引人入胜。

思想性格，一次比一次更加光彩喜人。

当孙悟空首次与玉帝见面时，作者即写别人皆"朝上礼拜"，唯独"悟空挺身在旁，且不朝礼"。玉帝问："那个是妖仙？"他竟然答："老孙便是。"其神情和口吻，无不显露出自尊自大和对最高统治者的蔑视。因此他弄得在场的"仙卿们都大惊失色"。当他听说"弼马温""这样官儿，最低最小，只可与他看马"，他就"不觉心头火起，咬牙大怒道：'这般藐视老孙！老孙在那花果山，称王称祖，怎么哄我来替他养马？'"可见他之所以"心头火起"，不只是因为嫌官小，更重要的是由于他十分看重自己的人格尊严和自身价值，不能容忍封建统治者的"藐视"和"哄我"。为此，他公然谴责："那玉帝不会用人！""玉帝轻贤！"他反下天宫，回到花果山，即自树"齐天大圣"的旗帜，吩咐："自此以后，只称我为齐天大圣，不许再称大王。"以"贤"为尊，而不是以财产、权势为尊；反对统治者的"藐视"，要求"齐天"的平等地位。这一切，不都是对封建传统思想的叛逆和挑战么？

如果说孙悟空第一次大闹天空，还对玉帝抱有幻想，只是要求他"用贤"的话，那么，第二次大闹天宫，就标志着他的这个幻想完全破灭。他终于发觉，玉帝在武力镇压失败后，被迫授予他的"齐天大圣"官衔，原来"只是加他个空衔"，既"不与他事管"，又"不与他俸禄"，连王母蟠桃大会都不让他出席，目的只是把他"且养在天壤之间，收他的邪心，使他不生狂妄，庶乾坤安靖，海宇得清宁也"。这就促使他偷吃仙桃、仙酒、仙品，"搞乱了'蟠桃大会'"，又偷吃了太上老君的金丹，再次反下天宫，回到花果山。他第三次大闹天宫时，他就不再对玉帝抱有丝毫的幻想了。他要"聚众猴搅乱世界"，公然要求："皇帝轮流做，明年到我家！"谁是贤才就让谁做皇帝。

上述三次大闹天宫，就是孙悟空的思想性格日益觉醒和逐步升华的历程。它不仅反映了孙悟空越来越强烈的反抗性格和不懈追求、不断进取的精神，而且越来越增强了人物形象的真实性、典型性和超前性，给人以越来越光彩喜人的深切感受。

战斗场面，一次比一次更加紧张迷人。

孙悟空在每次大闹天宫后，都遭到残酷镇压，使他不得不与玉帝的天兵天将展开一场比一场更加紧张激烈的战斗。

第一次大闹天宫后，孙悟空与巨灵神的战斗，一举取胜，大快人心。然而，胜利却使孙悟空滋长了麻痹轻敌的思想。当哪吒口喊："吃吾一剑！"又向他扑来时，他竟说："我只站下不动，任你砍几剑罢。"不料，"那哪吒奋怒，大喝一声，叫'变！'即变做三头六臂，恶狠狠，手持着六般兵器，乃是斩妖剑、砍妖刀、缚妖索、降妖杵、绣球儿、火轮儿，丫丫叉叉，扑面来打。"这三个字一句，连续六句，把"六般兵器"一齐扑来，写得多么凶狠恶毒、气势逼人！连悟空见了，也不免"心惊"。读者读到此，更是惊心动魄，不禁要为孙悟空的命运捏把汗。可是，"道高一尺，魔高一丈"。大惊之后的大喜，令人更加喜煞！接着作者即以溢于言表的赞美之情写道："好大圣，喝声'变！'也变做三头六臂；把金箍棒幌一幌，也变作三条；六只手拿着三条棒架住。"在"各骋神威，斗了个三十回合"之后，"悟空手疾眼快"，终于打伤了哪吒的左膊，使他"负痛逃走"，回去"战兢兢"报道："弼马温真个有本事！"使玉帝不得不"还降招安旨意，就教他做个齐天大圣"。有趣的是，这看上去是孙悟空奋勇战斗的胜利成果，而实则又为他的再次上当受骗埋下了伏笔。

第二次大闹天宫之后，孙悟空虽然面临"十万天兵布网罗"，但是玉帝的九曜恶星、四大天王与二十八宿、木叉太子，皆统统被他战败，只有借助于观音菩萨举荐的二郎真君，才又使孙悟空陷于被动挨打的险境。与以前武斗的场面不同，孙悟空与二郎的战斗场面主要是赌变化。在被二郎追杀得"大圣慌了手脚"之时，他却"摇身一变，变作个麻雀儿，飞在树梢头钉住"。二郎发觉，就"摇身一变，变作个饿鹰儿，抖开翅，飞将去扑打。大圣见了，搜的一翅飞起去，变作一个大鹚老，冲天而去。二郎见了，急抖翎毛，摇身一变，变作一只大海鹤，钻上云霄来嗛。大圣又将身按下，入涧中，变作一个鱼儿，淬入水内。二郎赶至涧边，不见踪迹。心中暗想道：'这猢狲必然下水去也，定变作鱼虾之类。等我再变变拿他。'果一变变作个鱼鹰儿……"这种种变化，不仅使战斗场面显得十分紧张而扣人心弦，而且两者完全符合"一物降一物"的客观规律，使神奇的幻想，生死的搏斗，不是令人感到荒诞、恐怖，而是如同走进生机勃勃、缤纷多姿的自然界，令人感到十分清新可喜，入神着迷。

孙悟空被擒后，"玉帝传旨，即命大力鬼王与天丁等众，押至斩妖台，将这厮碎剁其尸。"读者读至此，紧张的心弦几乎要被绷断，以为孙大圣必死无疑了。然而他却刚强无比，无论你"用刀砍斧剁，雷打火烧，一毫不能伤损"。太上老君把他"推入八卦炉中"，用火烧了"七七四十九日"，他依旧能"将身一纵，跳出丹炉"，"却又大乱天宫，打得那九曜星闭门闭户，四天王无影无形"。"早惊动玉帝"，只有派人"上西方请佛祖降伏"。最后还是在如来佛祖的诓骗下，跳入他的手掌心，才使孙悟空被如来佛的五个手指化作五行山压住，使他的大闹天宫虽然以失败而告终，但它留给人们的教训，却是令人萦怀不已，受用不尽的。

游戏笔墨，一次比一次更加诙谐怡人。

和《西游记》全书一样，孙悟空大闹天宫，作者是以游戏笔墨，创造独具诙谐滑稽、活泼奇妙、生动有趣的艺术风格，令人读之越来越感愉悦，从而获得奇特的美感享受。

第一次大闹天宫后，作者即通过人物语言与行动的强烈反差，使反面人物显得既凶神恶煞，又露出外强中干的丑恶本相。例如首先奉命收降孙悟空的巨灵神，他一出场就神气凌人，宣称："我乃高上神霄托塔李天王部下先锋，巨灵天将！今奉玉帝圣旨，到此收降你。你快卸下装束，归顺天恩，免得这满山诸畜遭诛；若道半个'不'字，教你顷刻化为齑粉！"可是在与孙悟空的实战中，他却经不起"大圣轻轻抡铁棒，着头一下满身麻"，只好"急撤身败阵逃生"。如此言语的巨人，行动的矮子，该是显得多么滑稽可笑啊！难怪他活该被"猴王笑道：'脓包！脓包！'"

第二次大闹天宫之后，作者又通过幻想与真实的鲜明反差，使人更感到诙谐滑稽，有趣之至。例如在孙悟空被二郎穷追不舍，难以逃生之时，作者写孙悟空忽"变一座土地庙儿：大张着口，似个庙门；牙齿变做门扇，舌头变做菩萨，眼睛变做窗棂。只有尾巴不好收拾，竖在后面，变做一根旗竿"。二郎追赶上来，见旗竿立在庙后，即"笑道：'是这猢狲了！他今又在这里哄我。我也曾见庙宇，更不曾见一个旗竿竖在后面的。断是这畜生弄喧！他若哄我进去，他便一口咬住。我怎肯进去？等我掣拳先捣窗棂，后踢门扇！'大圣听得，心惊道：'好狠！好狠！门扇是我牙齿，窗棂是我眼睛；若打了牙，捣了眼，却怎么是好？'扑的一个虎跳，又冒在空中不见"。这正是在神奇变化的幻想之中，又具有生活的真实，从而使读者不禁既感到其艺术形象的活泼机灵至极，又为作者的妙笔生花而击节赞赏不绝么？

第三次大闹天宫后，孙悟空被如来佛镇压在五行山下，过着长达五百年"渴饮铜汁""饥食铁丸"的痛苦生活。这本来是令人窒息得几乎透不过气来的极端沉闷的场面，然而作者却写孙悟空在此大灾大难降临之前，竟浑然不觉，还把如来佛的手指当作"五根红肉柱子"，"在那中间柱子上写一行大字云：'齐天大圣，到此一游。'写毕，收了毫毛。又不庄尊，却在第一根柱子根下撒了一泡猴尿。"这又该是多么轻松活泼，令人心旷神怡、忍俊不禁的游戏笔墨啊！然而在你忍不住开怀大笑的同时，却不能不想到，它寄寓着孙悟空被如来佛的五个手指化作五行山压住，这该是个多么值得人们永远牢记的历史教训呵！

如果说题写"到此一游"和"撒了一泡猴尿"，是轻松的游戏笔墨的话，那么，孙悟空终究跳不出如来佛的手掌，被他的五个手指化作五行山压住，则是沉重的游戏笔墨。有人指责后者是"宣扬佛法无边"，这就不仅把游戏笔法看得过于认真了，而且也不符合历史和作品的实际。现在这个结局，恰到好处，发人深省。与其说它是反映了作者的局限，不如说它是表现了历史的悲哀和作者的无奈！

（原载《古典文学知识》1999 年第 4 期）

《警世通言》评述

明代小说集。冯梦龙编著。收短篇话本小说四十篇。与《喻世明言》《醒世恒言》合称"三言"。天启四年（1624）出版，比《喻世明言》晚三年，比《醒世恒言》早三年。现在最早的版本，为明刊金陵兼善堂本和三桂堂王振华刊本，题"可一主人评"，"无碍居士校"，前有豫章无碍居士序；唯三桂堂本仅三十六卷，缺三十七以下四卷，卷二十四《卓文君慧眼识相如》，兼善堂本移作卷六《俞仲举题诗遇上皇》篇的入话，而以《玉堂春落难逢夫》篇入卷二十四填补，卷四十《叶法师符石镇妖》篇，兼善堂本以《旌阳宫铁树镇妖》篇替代。现在通行的人民文学出版社出版的《警世通言》，系根据兼善堂本校以三桂堂本印行，但有少量字句的删节。

本书所收的四十篇作品中，约有十六篇疑为宋元话本。其中卷八、卷十四、卷十九、卷二十共四篇，作者在标题下已注明为"宋人小说""古本""旧名"，其余卷四、卷七、卷十、卷十二、卷十三、卷十六、卷二十九、卷三十三、卷三十六、卷三十七、卷三十八、卷三十九共十二篇，则系根据《宝文堂书目》或《也是园书目》列入宋人词话类，或根据其他有关资料，而推测其为宋元话本。其余二十四篇，则可能为冯梦龙或明代其他文人创作的拟话本。但只有卷十八《老门生三世报恩》一篇，是"三言"中目前唯一有证据确知为冯梦龙所作（冯梦龙《三报恩传奇序》有"余向作《老门生》小说"云云）。

妇女形象，是《警世通言》中着墨最多、描写得最为成功的人物形象。如《白娘子永镇雷峰塔》中的白娘子，她能打破封建的贞节观念，在丈夫死后，热烈追求新的爱情婚姻，真诚地爱着许宣，过着"夫唱妇随，朝欢暮乐"的幸福生活。面对代表封建势力的法海禅师的干预和破坏，她又敢于斗争，坚强不屈，直到被镇压在雷峰塔下要"千年万载""不能出世"，她还"兀自昂头看着许宣"，反映了这个善良多情女性的痛苦追求。如果说白娘子的形象还被涂上了"蛇妖"的神话色彩，作品中还有"奉劝世人休爱色"的封建说教的话，那么，《杜十娘怒沉百宝箱》中的杜十娘形象，则纯属对封建吃人礼法的无比愤怒和强烈抗议。杜十娘身为京城的教坊名姬，然而她却"久有从良之志"。当她一旦相信李甲的爱情后，便与贪酷的鸨母展开了激烈的斗争，终于依靠自己的机智，跳出了火坑。但在李甲领她一起回家的途中，李甲竟因惧怕老父的礼法，而把她出卖给富商孙富为妾，致使杜十娘对那个社会愤极恨绝，在痛斥李甲之后，就抱持卖身积蓄的宝匣，投江自尽，用她的青春和生命，对那个罪恶的封建社会发出了最强烈的控诉！值得注意的是，它是直接以发生在明代万历二十年于京城轰传一时的现实生活中的事件为题材的。明宋幼清《九籥集》卷五的《负情侬传》篇末言明于万历庚子（二十八年）"闻其事于友人"，后八年写成此传。不仅小说的故事情节与该传完全相符，而且连不少文字也大同小异，唯在思想和艺术境界上，小说却有很大提高。如李甲决定把十娘卖给孙富之后，《负情侬传》只写他"既吐颠末，涕泣如前"，而只字未提他把十娘卖给孙富的原因，小说则增写了李甲对十娘"含泪而言道：'老父位居方面，拘于礼法，况素性方严，恐添嗔怒，必加黜逐。你我流荡，将何底止？夫妇之欢难保，父子之伦又绝。日间蒙新安孙友邀饮，为我筹及此事，寸心如割。'"当十娘说他这是"发乎情，止乎礼"的"两便之策"时，小说又增写了他当即"收泪"。这既揭示了造成杜十娘悲剧的罪魁不只是李甲、孙富两个人，更重要的是封建礼法，又通过李甲由"含泪"到"收泪"的表情急剧变化，使他那虚伪卑劣的灵魂和可鄙可憎的面目，一齐活跃在读者眼前。《唐解元一笑姻缘》中秋香的形象，作者竟能突破封建等级观念，把这个婢女写成"能于流俗中识名士"，以致她如磁吸铁一样，对唐解元产生了莫大的吸引力，使他"为贱妾之故，不惜辱千金之躯"，到秋香的主人华府"充书办之役"，以求得与秋香的爱情婚姻得以成功。如果作者没有民主思想，是不可能把秋香这个婢女写得如此光彩可爱的。

宣扬反封建的民主思想倾向，不只是在上述下层妇女形象身上得到了较充分的体现，而且也已渗透到出身于名门的上层妇女形象之中。如《王娇鸾百年长恨》中的王娇鸾，是将门之女，然而她不待"父母之命，媒妁之言"，却与一个出身于文官之家的周廷章私下以诗词赠答，要"多情果有相怜意，好倩冰人片语传"。父母不同意，她便主动与他约会。尽管请来曹姨为媒，但她毕竟未经婚礼即与周廷章私通了。周廷章回家后，与有十万之富的魏同知女儿结婚了，而王娇鸾乃制绝命诗三十二首及《长恨歌》一篇，寄到当地官府，揭发周廷章调戏职官家子女，停妻再娶的罪行，终使周廷章被官府乱棒打杀，她本人则自缢身亡，以表明她"相思债满还九泉，九泉之下不饶汝"。她对自由爱情这般执着、强烈的追求，显然也表现了某些反封建的民主思想倾向。

知识分子形象，是《警世通言》中描写得较为突出的另一类人物形象。如《俞伯牙摔琴谢知音》中的俞伯牙，身为晋国的上大夫，在朝廷里却找不到知音，而只有到山野之中才觅到钟子期一个知音，却又很快死了，他只好上表告归林下。《李谪仙醉草吓蛮书》中的李白，尽管是个奇才，为国家立了大功，可是他却受到高力士等奸臣的中伤，而不得不向皇帝屡次乞归。即使皇帝授予他左拾遗的官职，他也因宦海沉迷，辞而不受，宁愿以诗酒自娱，过逍遥自在的生活。这些都反映了封建社会对真正有才能的知识分子的扼杀，实质上是对明代腐朽政治的深刻揭露。

有些知识分子虽然竭力要通过科举考试爬上当权的统治者的地位，但作品实际描写的却是科举制度的腐败和封建文人处境的狼狈。如《老门生三世报恩》中老门生鲜于同之所以到六十一岁才考中进士，是因为考官蒯顺自己有幸少年登第，便爱少贱老，蓄意不愿老门生考取，为此他不惜屡次任意变换试题和取仕的标准。作品以揶揄嘲笑的笔调，揭露了科举取仕原是听凭考官任意胡作非为。《钝秀才一朝交泰》中的钝秀才马德称，屡试不第，受尽屈辱，被人讥为"是个降祸的太岁，耗气的鹤神，所到之处，必有灾殃"。凡见他上街，家家闭户，处处关门。势利的世俗之见，给了他沉重的精神折磨。可是一旦他考中进士，便得到高官厚禄，门庭若市，而给人印象最深的却是钝秀才落魄时一副酸楚可怜相。

描写知识分子绝意仕进，追求自身独立人格的思想情操，是《警世通言》中写得较为精彩的篇章。《唐解元一笑姻缘》写著名画家唐寅，放浪不羁，轻世傲物。他看透科举制度腐败，绝意仕进，以自己的一技之长——诗文字画谋生，赢得当时人们的青睐。在他身上所表现出来的这种不依附于剥削阶级，而以自食其力为自豪的思想，反映了知识分子的觉醒，颇具启蒙意义。《王安石三难苏学士》则针对知识分子易于骄傲的通病，提出"为人第一谦虚好，学问茫茫无尽期"。尤为可贵的，作者不是把学问仅限于书本知识，而是强调要面向实际，重视实际知识，以认识实际知识的千差万别为博学，认定"学问茫茫无尽期"。作品所表现出来的这些思想主旨，显然颇具科学性，反映了知识分子热爱科学、追求真知灼见的求实精神，至今仍富有现实意义。

手工业者、店员、商人等市民形象，在《警世通言》中虽为数不多，但却表现出新的思想意识和历史走向。宋元旧篇中，如《崔待诏生死冤家》中的秀秀惨遭郡王打死，崔宁也身陷囹圄，说明封建统治势力尚很强大，新兴市民即使有反封建的强烈要求，也只能落得个悲剧的下场。到了明人拟话本《杜十娘怒沉百宝箱》，虽然也是悲剧结局，但那已不是封建势力对新兴市民的直接镇压，而是盐商孙富以金钱充当封建势力的帮凶，小说虽然揭露了封建势力的市侩化，但也反映了金钱的罪恶作用，透露出商品经济在社会生活中所起的作用。

《警世通言》中明人作的拟话本小说，更多的则是把市民形象作为美好的正面人物和胜利的希望，加以热烈的歌颂。如《吕大郎还金完骨肉》中的吕玉，经商路上拾到二百两银子，他找到失主陈朝奉，原物奉还，并拒绝失主的酬谢。小说对吕玉拾金不昧的美好品格作了赞颂。《白娘子永镇雷峰塔》中的许宣也是个商人形象，他原在人家的生药铺做主管，在白娘子资助下，他自己开了药店。许宣之所以能打破封建贞节观念爱上寡妇白娘子，后来又向代表封建势力的法海投降，都与他商人的地位十分契合，真实地反映了市民阶层反封建的进步性和动摇性。

妇女、知识分子和市民，构成了《警世通言》中的主要人物形象。这说明"男尊女卑"，"万般皆下品，唯有读书高"，轻视商人等传统观念和封建等级制度的日趋解体，民主、平等和争取个人自由、幸福的新思想，正在萌芽和兴起。在这些人物形象身上，虽然仍被涂上因果报应、宿命迷信、恪守贞节，把解决矛盾的希望寄托在科举、皇帝或清官身上等封建色彩，但对于突破和反对某些封建传统思想来说，其历史进步作用不容忽视。

《警世通言》在艺术上也标志着中国短篇白话小说正在经历着急剧的变化和发展。首先是人物描写，由粗略化到细腻化；其次是故事情节由传奇化到现实化；再次是语言文字趋于通俗化，使人物形象更加生动丰满，贴近现实生活，对以后的短篇小说创作产生了深远的影响。

（原载《中国古代小说百科全书》，中国大百科全书出版社 1993 年 4 月出版。另有对《警世通言》中 20 篇话本的逐篇评析，未收入本文集，请查阅该《百科全书》。）

《醒世恒言》评述

　　明代小说集。冯梦龙编著。共收话本小说四十篇，除了《十五贯戏言成巧祸》《小水湾天狐贻书》《勘皮靴单证二郎神》《闹樊楼多情周胜仙》《张孝基陈留认舅》《郑节使立功神臂弓》《薛录事鱼服证仙》七篇，可推知为宋元旧篇外，其余皆可能是冯梦龙或明代其他人的拟作。最早刻本为明叶敬池本，内有天启丁卯中秋陇西可一居士的序云："六经国史而外，凡著述皆小说也。而尚理或病于艰深，修词或伤于藻绘，则不足以触里耳而振恒心。此《醒世恒言》四十种，所以继《明言》《通言》而刻也。明者，取其可以导愚也。通者，取其可以适俗也。恒则习之而不厌，传之而可久。三刻殊名，其义一耳。"可见书的出版年代为明天启七年（1627）。在"三言"中刊行最晚。此书稍后有衍庆堂翻刻本。此刊本有两种，一为足本四十篇；一为三十九篇本，即删去《金海陵王纵欲亡身》，而析《张廷秀逃生救父》为上下两篇，凑成四十篇之数。人民文学出版社校注本（1956），以叶敬池本为底本，个别色情描写作了删节，而猥亵描写较重的《金海陵王纵欲亡身》则全部删去。

　　《醒世恒言》直接描写明代社会现实生活的占了将近一半，其余的虽称故事发生的背景在明以前，而实际内容仍为明中叶以后的事实，如《卖油郎独占花魁》，写的是在南宋临安发生的事情，而所表现出来的市井细民的民主、平等思想终战胜封建等级观念，则显然属于明中叶这个特定的历史时代的产物。因此，在"三言"中以《醒世恒言》最具有强烈的现实性、鲜明的时代特色。

反映明中叶以后工商业的空前繁荣，带有资本主义生产方式的萌芽经济，给传统的封建社会带来一系列的新问题，这是《醒世恒言》中最为显著的一个特点。如《施润泽滩阙遇友》，描写当时吴江盛泽镇丝织业发达的繁荣盛况，就是现实社会生活的真实写照。小说具体描绘了从事中间剥削的牙行和以转运商品牟利的商贾，以及主人公施润泽由小手工业者变为工场主，由夫妻两人分工发展为社会劳动分工，由通宵彻夜的个体劳动者变成昼夜经运的资本经营者的发展历程。虽然小说作者归因于他的拾金不昧，"积善"而获得窖藏的大量金银，给作品涂上了一层迷信因果报应的封建色彩，但由此却也表现了新兴市民阶层那种渴望发家致富的心理和锐意进取的精神。随着商品经济的发展，封建社会固有的传统观念和人伦道德关系，必然受到商品化的金钱关系的猛烈冲击。如《一文钱小隙造奇冤》所写的，为一文钱而接连造成了十三条人命案，就是典型的一例。为了钱，一切传统的神圣的封建伦理道德皆可置之度外，不论什么伤天害理的坏事丑事都干得出来。金钱不仅破坏了受封建道德观念支配的传统的人伦关系，而且直接腐蚀到封建吏治，造成社会政治的极端黑暗。如《蔡瑞虹忍辱报仇》所写绍兴地方官吏的坐地分赃，瞒天过海，腐败至极，只以贪诈钱财为己任，全然不顾任何名节，其手段之卑鄙，令人触目惊心。

《醒世恒言》的历史贡献，是敢于打破封建的传统偏见，以满腔激情，塑造了不少商人、手工业者、妓女等市民的正面形象。其中最为典型的代表，当数《卖油郎独占花魁》中的卖油郎秦重。这个只有三两银子本钱，以肩挑油担卖油为生的小商贩，在封建社会地位卑贱。可是作者却把他写成忠厚老实，知情识趣，隐恶扬善，"千百中难遇此一人"。秦重以民主、平等的态度尊重妓女莘瑶琴，关怀她、爱护她。他与莘瑶琴的结合，不只是一般的自由爱情、自主婚姻，更重要的是表现了民主思想战胜了封建等级观念。尽管这种民主思想本身还是十分朦胧、不够成熟，在作品的末尾甚至还打上了"天地神明保佑之德"的封建烙印，但是从总体来看，它毕竟热烈讴歌了新的人物、新的思想，带有鲜明的时代烙印。在《醒世恒言》中，不仅像《卖油郎独占花魁》这样优秀的作品十分难得，而且其他多数作品，也都从不同的方面，在不同的程度上表现了封建传统思想的解体和新的民主思想的兴起。如《钱秀才错占凤凰俦》中的富商高赞，他嫁女儿不要豪门富室，不论聘礼厚薄，"定要拣个读书君子，才貌兼全的配他。"表现了与讲究门第等级的封建婚姻观相对立的新的择婿标准。《苏小妹三难新郎》写苏小妹聪明胜丈夫，这跟女子无才便是德和男尊女卑的封建传统观念，也是对立的。《乔太守乱点鸳鸯谱》中的乔太守，竟然"反周全了奸夫淫妇"，被誉为"风流太守贤"。《刘小官雌雄兄弟》中写开小酒店的刘德夫妇，先后收养两个流落的孤儿，其中一个为女扮男装，后两人遂结为夫妇，视刘德夫妇为义父义母，作品称赞这是"有义天涯作至亲"，显然也是对封建宗族观念的一种突破。应当指出，《醒世恒言》中所塑造的新人物，反映的新思想，毕竟还是初步的，都还程度不同地被涂上了一层封建的色彩，如宣扬因果报应的迷信思想；妄想靠发意外之财发家致富；在揭露封建政治黑暗的同时，又把幻想寄托在乔太守之类的好官吏或皇帝身上；在歌颂自由爱情、赞美自主婚姻的同时，又流露出小市民的庸俗低级趣味，或羼杂着从一而终的封建贞节观念；既揭露科举制度的种种弊病，又往往把解决矛盾的希望寄托在中举做官上。总之，民主性的精华与封建性的糟粕同在，作品客观意义的进步与作家主观说教的陈腐共存，这是由那个新旧交替的特定历史时代所决定的。

在"三言"中，《醒世恒言》对短篇白话小说的艺术创作，也有新的发展和提高。首先是人物形象塑造得更加生动丰满，富有典型性。作者已不满足于讲故事，而是力求写出人物产生的典型环境及其性格的发展变化。如《施润泽滩阙遇友》中的施润泽，由对个体手工业者同命相怜、患难与共，发展为妄想发大财，开三四十张绸机的工场主，他所在的盛泽镇那个丝织业繁荣的典型环境，即起了决定性的作用。《卖油郎独占花魁》中的莘瑶琴，由瞧不起秦重，不愿委身市井之辈，到主动要求嫁给秦重，死而无怨；秦重由认为自己高攀不上花魁娘子，不相信花魁娘子愿意嫁给他，到热烈钟爱、深信不疑。作者写出人物性格发展过程，文笔细腻生动，感情饱满酣畅，既大大增强了人物形象的真实性和生动性，又赋予了他们以市井细民的民主、平等思想战胜封建等级观念的划时代的重大社会典型意义。小说增强人物的心理描绘，详细剖析了秦重的层层心理波澜，不仅把秦重的内心活动刻画得既复杂又生动，而且深刻地表现出他作为新兴市民的历史主动性和勇于进取的精神。如此大段详尽的曲折复杂的心理描写，在它之前的小说中还难以找到。其次是情节结构更加谨严工巧。如《一文钱小隙造奇冤》，作者把接连不断发生的十三条人命案，皆用一文钱为线索加以贯穿；《赫大卿遗恨鸳鸯绦》，以"鸳鸯绦"为线索，引起全篇矛盾的发展和解决；《黄秀才徼灵玉马坠》，以"玉马坠"为线索，既使韩玉娥反抗吕用之的奸污得以胜利，又使黄损与韩玉娥的爱情得以发展成功。这些显然都是作者的匠心独运、着意安排。它不仅使全篇的情节生动，结构紧凑，而且还使主题思想显得更为突出。然而，有的篇章，如《三孝廉让产立高名》，为了宣扬孝悌观念，刻意追求戏剧性，难免有人为编造的痕迹，淡化了作品真实感人的力量。再次，在语言上，文言词语大大减少，更多的采用了生动活泼的口语。在《喻世明言》《警世通言》中，即使像《杜十娘怒沉百宝箱》那样的名篇杰作，其脱胎于《负情侬传》的痕迹尚很明显，文言或半文半白的词语混杂其间，而在《醒世恒言》中，这种现象不但有所改观，而且它还大大增强了语言的含蓄性和风趣性。如《乔太守乱点鸳鸯谱》中，写玉郎男扮女装，充当嫂子与小姑慧娘同眠时两人的对话，一个有心，一个无意，话中有话，似假犹真，把两人天真活泼的情态描写得栩栩如生，令人感到妙趣横生，忍俊不禁。

（原载《中国古代小说百科全书》，中国大百科全书出版社 1993 年 4 月出版。另有对《醒世恒言》中 26 篇话本的逐篇评析，未收入本文集，请查阅该《百科全书》。）

重评冯梦龙对"三言"的贡献

"冯梦龙对于'三言',主要是做了整理汇编的工作"①,"他对短篇话本的整理加工和拟作作出了贡献"②,"'三言'不仅对话本小说的传播起到了重要作用,而且直接推动了拟话本的创作"③。上述对冯梦龙《喻世明言》《警世通言》《醒世恒言》三部短篇白话小说集即"三言"的认识和评价,一直是具权威性的笔者在大学课堂上也一直是这么讲的。只是近日应《中国大百科全书·古代小说卷》编者之约,为撰写"三言"的一些条目,才不得不对相关的资料作了一番考察。结果发现,对冯梦龙对"三言"的贡献,有重新加以认识和评价的必要。

一

冯梦龙对"三言"中的宋元话本和明代拟话本,不只是一般的编选整理和文字加工,有不少篇章还经过冯梦龙的根本改造,完全重写或重大修改,成为冯梦龙的再创作,比原作的思想和艺术皆有了很大的发展和提高。如《喻世明言》卷十二《众名姬春风吊柳七》,即根据今传最早的话本集明嘉靖年间洪楩辑印的《六十家小说》(即《清平山堂话本》)中的宋元话本《柳耆卿诗酒玩江楼记》改写的。两相比较,我们即可发现,无论从思想旨趣、故事情节或

---

① 缪詠禾:《冯梦龙和三言》,上海古籍出版社 1979 年 9 月版,第 76 页。
② 胡士莹:《话本小说概论》,中华书局 1980 年版,第 753 页。
③ 游国恩等:《中国文学史》第 4 册,人民文学出版社 1979 年版,第 115 页。

人物形象来看，冯梦龙对其皆作了根本的改造和完全的重写。原话本是把柳耆卿凭借县宰的权势，设计迫害和霸占妓女周月仙的恶劣行径，当作风流韵事来加以美化和欣赏的。冯梦龙则把图谋迫害和霸占周月仙的人由柳耆卿改为富人刘二员外，柳耆卿则抑强扶弱，出钱替月仙赎身，成全其与情人黄秀才结为夫妇。这样改写，既把揭露批判的矛头指向以富人刘二员外为代表的封建势力，又表达了对妓女悲惨遭遇的同情和对自由爱情的歌颂，显然具有更为深广的社会典型意义。柳耆卿即宋代的著名词人柳永。他的词深受广大群众的喜爱，相传"有井水处皆能歌柳词"。据记载，他死后"葬于枣阳县花山。远近之人，每遇清明日，多载酒肴，饮于耆卿墓侧，谓之'吊柳会'"①。亦说"耆卿卒于襄阳，死之日，家无余财，群妓合金葬之于南门外，每春月上冢，谓之吊柳七"②。对于这样一位深受爱戴的著名词人，人们怎么忍心向他身上泼污水，他本人又怎会把劣迹当风流、肉麻当有趣呢？迫害和霸占妓女这类丑事，通常是属于权贵豪绅们干的。因此冯梦龙把它改成系富人刘二员外所为，便完全符合文学所应具有的真实性和典型性的要求。

唐人传奇小说《白蛇记》中的白衣女，是个令人恐怖的蛇妖形象。李黄到她家住了四天之后，便浑身全是腥臊气，头昏身重，睡到床上，身体即自行消腐，化成一摊血水。《清平山堂话本》中的《西湖三塔记》写的白蛇妖女，也同样令人恐怖。她不仅极为好色，经常要用新人换旧人，而且凶残成性，要取出旧情人的心肝喝酒。后来她被奚真人捉获，和其他两个怪物——乌鸡和獭，一同被镇压在三个石塔之下。发展到冯梦龙《警世通言》中的《白娘子永镇雷峰塔》，蛇妖由害人的反面角色，已成了热烈追求自由爱情的正面形象。写她能打破封建贞节观念，在丈夫死后，主动寻求新的爱情婚姻；又以大无畏的斗争精神，捍卫了她与许宣"夫唱妇随，朝欢暮乐"的幸福生活；直到被法海镇

---

① 《独醒杂志》卷四。
② 《方舆胜览》。

压在雷峰塔下，她还"兀自昂头看着许宣"。她那誓死为追求自由爱情婚姻幸福而斗争的精神，是感人至深的。难怪几百年后的鲁迅还说："我唯一的希望，就在这雷峰塔的倒掉。"[①]

冯梦龙在《警世通言》中对白蛇故事所作的上述改写，与以往同题材作品可谓南辕北辙。它打破了以妇女大胆追求自由爱情即视为妖孽，要横加镇压的封建传统偏见，具有反封建的进步意义，产生了极为广泛、深远的积极影响。如《西湖佳话》中的《雷峰怪迹》，即根据《警世通言》直抄而稍加改写而成。清代玉山主人的中篇演义《雷峰塔奇传》，黄图泌的剧本《雷峰塔传奇》，陈遇乾的弹词《义妖传》等，都是在冯氏改写的基础上加以丰富和发展的。

在"三言"中，还有些作品冯梦龙虽未完全重写，只是作了局部的改动，但其改写的幅度和性质，亦几近于再创作。如《喻世明言》卷三十《明悟禅师赶五戒》，是据《清平山堂话本》中的《五戒禅师私红莲记》增补的。增补的幅度相当大。自"且说佛印在于开元寺中出家"至"特地到大相国寺来做住持"，原作只四十个字，冯氏增加到一千一百余字，自"学士见此僧写、作二者俱好"至结尾，原作一百零七个字，冯氏改写成一千七百余字。前半篇情节与原作大体相同，后半篇冯氏则增添了佛印遇仁宗，被钦度为僧，苏东坡省悟前因等情节。使一篇原来反映冲破佛家禁欲思想的话本，变成了更富有社会政治批判意义的小说。

像这类对宋元话本作根本改造或重大改动的篇章，在全部"三言"中究竟占多大比重，由于资料的缺乏，我们无法作出全面、精确的统计；仅据以上分析，就可知其大概。可惜人们不仅未予以足够的重视，有的学者还对冯梦龙的重大改写竭力加以贬低。如胡士莹的《话本小说概论》，对冯氏对《五戒禅

---

① 鲁迅：《坟·论雷峰塔的倒掉》。

师私红莲记》的改写，竟得出了全盘否定的结论。他说："原作突出和尚不堪佛门禁欲，破了色戒，客观上多少表现了对宗教藩篱的冲击，冯氏改作则更多地强调宗教迷信。作为佛教正统思想体现者的佛印性格大大加强，而由五戒禅师转生的东坡，后来却'大通佛理，无疾而终'。显然，这是冯梦龙的观点。从整篇看，文学表现力虽有增强，原作中朴素的作风和市民意识却被洗刷掉了。"① 笔者认为，胡先生的这个评价很不公平。事实上冯氏的改写，不仅使文学表现力大为增强，而且在思想上使它由宗教批判升华为社会政治批判。所谓"佛印性格"，是由仁宗皇帝强使他"钦度为僧"的结果；东坡之所以省悟前因，看似"强调宗教迷信"，实则揭露了使东坡屡遭无故贬黜的封建黑暗政治，乃是促使他由"偏不信佛法，最恼的是和尚"，转变为相信"佛法轮回，并非诳语"的祸根。那种把冯氏改写的《明悟禅师赶五戒》说成是"客观上成为宗教宣传品"，实在是以偏概全的不实之词。

事实证明，冯梦龙对宋元话本的再创作和加工修改，尽管仍有不少封建的传统思想，但从总体上来看，对其思想倾向和艺术价值应予以必要的肯定。它充分体现了作者竭力要使"三言"具有"喻世""警世""醒世"作用的创作意图，也说明他对"三言"的编著是以他这种进步的文学观为指导的，是怀着强烈的社会责任意识和历史使命感的，所以他"非警世劝俗之语不敢滥入"②，"总取木铎醒世之意"③。不只在篇章的编选上经过严格的筛选，还进行了化腐朽为神奇、推陈出新的再创作。

冯梦龙对"三言"中多数话本的加工修改，也不只是一般文字上的改动，而是体现了对话本原有艺术形式的根本改造和重大革新。从《清平山堂话本》与"三言"相同篇章的比较之中，我们即可清楚地发现冯梦龙加工修改的原则，绝非要保留、因袭、模拟话本的固有模式，而是竭力要超越说话人的话本

① 胡士莹：《话本小说概论》，中华书局 1980 年版，第 419 页。
②③ 《警世通言》衍庆堂明刻本封面题识。

模式，使之转变为专供案头阅读的小说文体。因此，在文体和艺术形式上把话本改造成短篇白话小说，这是冯梦龙对"三言"的又一重大贡献。不信的话，请看事实。

首先，他改变了话本前有"入话"，当中有大量诗词歌唱的韵语，未有"话本说彻，权作散场"的结构模式。话本开头之所以有"入话"，是说话艺人为了稳住已到的听众，招徕更多的听众，在"言归正传"之前所说的小故事或所唱的诗词韵语，其内容往往与正文无直接的关联。如话本《西湖三塔记》，全文七千余字，前面的"入话"即长达两千余字，占了全篇的近三分之一，内容则全是"单说西湖好处"之类的韵文，既毫无故事性，又没有任何人物形象。对照《白娘子永镇雷峰塔》，后者不仅已无开头的"入话"字样，而且在内容和写法上，直接以四句七言西湖风景诗开头后，即以四百多字写西湖的"仙人古迹"，它跟正文叙发生在西湖边上的雷峰塔故事和似仙近妖的白娘子形象，有衬托的作用。可见它力求使入话的内容跟正文的联系由松散变为紧密，入话的性质和作用，由稳定和招徕听众变为衬托和渲染正文中的故事与人物，使之向小说文体过渡或靠拢。

由于话本是属于说唱文学，因此它有说有唱，有的虽然以说为主，以诵代唱，但韵散相间，在散文中穿插大量诗词韵语，则是其共同的特色，这些歌唱或念诵的韵文，在说话艺人来说，是为了引起听众兴趣，起到调剂听众情绪或进行说教的作用，而在供案头阅读的小说中，则成了阻隔故事进展和人物描写的障碍，败坏读者阅读的兴味，令读者生厌的累赘。因此冯梦龙的"三言"便对原话本中的诗词韵语作了大量的削减，力求使之合乎以散文取胜的小说文体的要求。如话本《戒指儿记》共有韵文十二首，冯梦龙的《喻世明言》把它改为《闲云庵阮三偿冤债》，便删去了其中的九首。由此不仅去掉了一些陈腐的封建说教，而且还在叙事方式上，由说话艺人出面评述，改为由作品中的人物直抒胸臆，使人物形象摆脱说话人的阻隔，直接贴近读者。

至于结尾表明"话本说彻，权作散场"，这在说话艺人和听众看来，是必要的宣告，而对于小说读者来说，则纯属画蛇添足。冯梦龙把它删去，也说明他不是从话本的要求而是从小说的观念出发的。

其次，他还力求使话本由说话艺人恣意渲染、主观评介的说唱艺术风格，改为以白描和写实见长的小说艺术风格。如话本《西湖三塔记》写白娘子的相貌：

宣赞着眼看那妇人，真个生得：绿云堆发，白雪凝肤。眼横秋水之波，眉插春山之黛。桃萼淡妆红脸，樱珠轻点绛唇。步鞋衬小小金莲，玉指露纤纤春笋。

冯梦龙的《警世通言·白娘子永镇雷峰塔》则写成：

"许宣看时，是一个妇人，头戴孝头髻，乌云畔插着些素钗梳，穿一领白绢衫儿，下穿一条细麻布裙。"

两相比较，我们可以强烈地感受到，前者作为话本来说唱，也许会悦耳动听，而作为供阅读的小说，它把头发说成"绿云"，把眉毛比作"春山"，等等，皆未免属陈词滥调，刻意形容，反而显得矫揉造作，令人兴味索然，后者则显示出小说文字的白描、写实，给人以贴切、自然、新鲜活泼之感。

在话本中间还往往要穿插一些说话艺人故意卖关子的话语，以增加对听众的吸引力。而作为案头阅读的小说，这些卖关子的话语则破坏了小说艺术风格的完整性。冯梦龙把它删去，也可见他是自觉地要改话本为小说的。

最后，在语言文字上，他还把适合听众需要的词语，改为符合小说阅读的要求。通俗化、口语化，是话本语言的基本特色。对此，封建顽固派嗤之以鼻，不屑一顾；冯梦龙则大加赞赏，说："虽小诵《孝经》《论语》，其感人未必如是之捷且深也。噫，不通俗而能之乎？"①但是话本语言并不完全适合白话小说语言的要求。话本是说给听众听的，不妨用许多同音词，只要听众能听得懂就行，而供阅读的小说，则要求合乎文学语言的规范化。如冯梦龙的《喻世明言·陈从善梅岭失浑家》，便把话本《陈巡检梅岭失妻记》中的"及多"改为"极多"，"止望"改为"指望"，"荒张"改为"慌张"，"乞"改为"吃"，"贞洁"改为"贞节"，"以毕"改为"已毕"，"真烈"改为"贞烈"等等。这些话本词语，听起来一点也不错，可是作为供阅读的小说语言，则属错别字连篇，不堪卒读。它说明说话艺人的文化水平是较低的，经过冯氏的修改，才使其达到了文学语言规范化的要求。

啰唆、重复，不时羼入一些说话艺人的陈词滥调，这也是话本语言常见的缺点。经过冯梦龙的修改，便显得简洁、精练、活泼、生动，足以给人以文学语言的美感。如话本《戒指儿记》中写"惊得那尼姑顶门上不见了三魂，脚板底荡散了七魄"。冯梦龙的《闲云庵阮三偿冤债》把它改成"惊得那尼姑心头一跳"。即由夸大其词，改得朴实、贴切，由陈词滥调，改得新鲜活泼。话本《风月瑞仙亭》写相如初见文君时道："小生闻小姐之名久矣，自愧缘悭分浅，不能一见。恨无磨勒盗红绡之方，每起韩寿偷香窃玉之意。今晚既蒙光临，小生不及远接，恕罪！恕罪！"冯梦龙在《俞仲举题诗遇上皇》中把它改成："小生梦想花容，何期光临，不及远接，恕罪！恕罪！"删去"恨无磨勒盗红绡之方，每起韩寿偷香窃玉之意"，稍加改写，不只使句子简洁明快，更重要的还使相如的形象由矫揉造作变成感情真挚、浓烈，惊喜交加，亲切自然。

话本主要是说给当地人听的，不妨夹杂一些为当地人所熟悉的方言土语，而小说是要流传各地的，它必须为各地读者都能读懂。因此冯梦龙把话本中一

---

① 绿天馆主人：《古今小说叙》。

些生僻的方言土语，皆修改为人人皆懂的全民语言。如话本《五戒禅师私红莲记》中写五戒禅师"犯了色戒，淫了红莲，把多年洁行直抛弃"。冯梦龙的《明悟禅师赶五戒》，把其中的"直抛弃"三字改为"付之东流"。话本《错认尸》中写"这周氏如常涎邓邓的眼引他"。冯梦龙的《乔彦杰一妾破家》把它改成"周氏时常眉来眼去的勾引他"。这些修改，不仅显得生动贴切，自然流畅，更主要的是为了使广大的读者都能一看就懂，一目了然。

所有这一切，都说明冯梦龙对"三言"是非常自觉、全面地竭力要使话本模式改为供案头阅读的小说文体。他不愧为我国由话本发展为短篇白话小说的创始人和奠基者。尽管我国的短篇白话小说是由话本发展而本的，仍保留有话本的许多痕迹（我国公认为古代文人创作的长篇白话小说中，也保留有"看官听说"之类的话本痕迹），但是，正如青蛙是从蝌蚪演变而来的，人们绝不把青蛙说成是蝌蚪一样，冯梦龙的"三言"既已处处突破话本模式，发展为专供阅读的小说，我们又怎么能依然把它与话本混为一谈，说成是话本或拟话本呢？这岂不是在抹煞冯梦龙对话本模式的改造和对我国短篇白话小说的创作之功么？

二

冯梦龙对话本模式的突破和对我国短篇白话小说的创造之功，最为辉煌和突出的表现，是"三言"中他个人的创作。冯氏在《三报恩传奇序》中有"余向作《老门生》小说"云云，可确证《警世通言》卷十八《老门生三世报恩》为他的个人创作。其他许多作品，哪些属于冯氏的个人创作，虽然我们很难一一找到确证，但根据《宝文堂书目》等著录，"三言"中的大部分作品皆不属于宋元话本，而是明代人撰写的，它们很可能就是冯梦龙的作品。学术界称之为"拟话本"，即文人模拟话本之作；对其评价远低于宋元话本。认为"大量的拟话本中，反封建思想鲜明的作品较少"，"总的说来，不但思想性比宋元小说模糊混乱，而且艺术性也大为逊色，缺乏民间文学那种清新刚健的风格。"其实，在"三言"中最能反映民主、平等的反封建思想，塑造出最光辉的市民形象，足以代表明末以前我国短篇白话小说最高成就的作品，是《卖油郎独占花魁》《杜十娘怒沉百宝箱》等，显属文人创作的所谓"拟话本"。就拿确证为冯梦龙个人创作的《老门生三世报恩》来看，它也绝非如有的学者所指责的那样："鼓励人民顽固地追求科举功名。"①冯氏在为毕魏作的《三报恩传奇序》中把他创作小说的意图说得很明确："余向作《老门生》小说，政谓少不足矜，而老未可慢，为目前短算者开一眼孔。"可见他主要旨在反对爱少贱老。这是针对当时科举的积弊——进士官和科举官的不平等待遇而发的。明代科举，特别重用"甲科"出身的进士，而"乙科"出身的举人，绝少升迁调用的机会，秀才更不用说了。②冯梦龙笔下老门生鲜于同所说的："做官里头还有多少不平处，进士官就是个铜打铁铸的，撒漫做去，没人敢说他不字；科贡官兢兢业业，捧了卵子过桥，上司还要寻趁他。比及按院复命，参论的但是进士官，凭你叙得极贪极酷，公道看来，拿问也还透头，说到结末，生怕断绝了贪酷种子。……科贡的官一分不是，就当做十分；侮气遇着别人有势有力，没处下手，随你清廉贤宰，少不得借重他替进士顶缸。有这许多不平处，所以不中进士再做不得官。"这正是对明代官场黑暗和科举腐败的生动写照。

至于老门生鲜于同之所以要拼命追求科第，也是那个奉行科第的时代决定的。正如作品中的鲜于同所说的："只是如今是个科目的世界，假如孔夫子不得科第，谁说他胸中才学？若是三家村一个小孩子，粗粗里记得几篇烂旧时文，遇了个盲试官，乱圈乱点，睡梦里偷得个进士到手，一般有人拜门生，称老师，谈天说地，谁敢出个题目将带纱帽的再考他一考么？"晚年他之所以连连考中，则是由于考官蒯公为爱少贱老而故意颠之倒之所闹的一场又一场"笑

---

① 缪詠禾：《冯梦龙和三言》，上海古籍出版社 1979 年 9 月版，第 49 页。
② 据赵翼《陔馀丛考》卷十八《有明进士之重》。

话"。因此作品实际上是以鲜于同的意外成功，来揭露明代科举制度的腐败和考官的胡作非为。这正是作者既对科举积弊极为不满，又对科举制度抱有幻想的矛盾心理的反映。我们恰如其分地指出作品存在的思想局限性是必要的，但不能因此而抹杀它揭露社会现实的进步性。

"三言"中属冯梦龙等文人创作的小说，不仅不能因其思想内容上的复杂性而抹杀它的主要倾向的进步性，而且就其艺术形式来看，它除了在文体上已打破话本模式之外，还使整个作品的艺术成就也发生了根本性的嬗变。

首先表现在人物描写上，由粗略化发展为细腻化。话本侧重于讲故事，对人物形象的描写往往十分粗略，甚至使人物形象被曲折复杂的故事情节所湮没。如《崔衙内白鹞招妖》标题下原注："古本作《宝山三怪》，又云《新罗白鹞》。"应属宋元话本无疑。它写一个女妖看中崔衙内，为了突出那女妖的美，作品写道："吴道子善丹青，描不出风流体段；蒯文通能舌辨，说不尽许多精神。"实际上"描不出"者，非吴道子，"说不尽"者，非蒯文通，而恰恰反映了话本作者尚缺乏具体描绘的能力。而在冯梦龙笔下，不只是人物的肖像描写足以给人以具体的实感，而且还表现在人物的心理和行动描写等各个方面。如《崔衙内》写那个女妖跟崔衙内一见面就请他喝酒，当即径直向崔衙内提出："不想姻缘却在此处相会。"显得非常突兀，不近情理。《白娘子》写女妖白娘子对许宣求爱，则在经历搭船、借伞等交往之后，才乘许宣来取伞的机会请他喝酒，白娘子也不是在酒席上径直提出求婚，而是以"官人的伞，舍亲昨夜转借去了，再饮几杯，着人取来"为借口，故意拖延时间。待次日许仙再来取伞、饮酒，白娘子才提出："想必和官人有宿世姻缘。"分明是她主动求爱，而她却偏要把自己说成是被动的，说："一见便蒙错爱，正是你有心，我有意。"其声态情韵，皆刻画得可谓跃然纸上。如此细腻化的描写，自然大大强化了人物形象的真实性和生动性。

其次是故事情节，由传奇化发展到现实化。由于话本竭力要以故事性吸引听众，就必然要使故事情节编得曲折离奇，而跟现实生活拉开了相当大的距离。如《三现身包龙图断案》，属原题为《三现身》的宋人话本。它跟明代的《况太守断死孩儿》，同为歌颂清官断案。可是《三现身》的故事情节充满着神秘性，写包公以梦见堂上贴的一副对联作为破案的线索，给人的感受是可惊可奇而不可信。《况太守》中只有"死孩儿啼哭"个别细节仍保留有神秘化的痕迹。它写况太守破案的办法，却不是靠做梦，而是靠从江中捞得的死孩儿为证据，追查"这小孩子的来历"；同时靠对案情的逻辑推理："他两个既然奸密，就是语言小伤，怎下此毒手！"从而追查出了"尚逃法网"的"恶魁"。由传奇化到现实化，这不仅使故事情节的发展合情合理，更加令人信服，而且有利于使作品所塑造的正面人物由神仙化变为真实化。如《三现身》所塑造出来的包公形象，即仿佛如神仙一般。作品最后写他"因断了这件公事，名闻天下，至今人说包龙图，日间断人，夜间断鬼"。而《况太守》最后则写"无不夸奖大才，万民传颂，以为包龙图复出，不是过也"。包公竟能"断鬼"，令人不能不怀疑他究竟是人还是神呢？况太守有"大才"，被人夸奖和传颂，这就使人感到完全真实可信了。

再次，在思想情趣和语言风格上，由某些庸俗化变为高雅化，由某些粗鄙化变为精美化。如《清平山堂话本》中的《风月瑞仙亭》，写司马相如与卓文君在瑞仙亭初次相会，相如即提出"欲就枕席之欢"，文君也当即"许成夫妇。二人倒凤颠鸾，顷刻云收雨散"。如此直接宣扬男女性欲，不仅情趣低下，语言陈腐粗俗，而且初次相会，即公然在亭子上通奸，也于情理不合。

冯梦龙在《警世通言》卷六《俞仲举题诗遇上皇》中，把这段描写改成：

> 相如道："小姐不嫌寒陋，愿就枕席之欢。"文君笑道："欲奉终身箕帚，岂在一时欢爱乎！"

这样改写，既合情合理，又以"终身"与"一时"相对应，显得识见不凡，情趣高雅，用词精当，语言优美。

三

重新认识和评价冯梦龙对"三言"的贡献，还涉及到对宋元话本的评价问题。笔者认为，一味抬高对宋元话本等民间文学的评价，而贬低甚至抹杀冯梦龙等封建文人的贡献，并不是实事求是的。其实，对宋元话本的高度评价，本来就缺乏充足的客观根据。宋元时代并未给我们留下短篇话本的刊本，唯一的所谓元刊本《京本通俗小说》，已被海内外学者考定为缪荃孙的伪造。其伪造的根据又是从"三言"中来，而"三言"中的宋元话木已经过冯梦龙的加工、改写，并非宋元话本的原貌。因此，主要以"三言"为根据来评价宋元话本的思想和艺术成就，实在有移花接木之嫌。

我们只要把《清平山堂话本》跟冯梦龙的"三言"作一比较，即不难发现其粗鄙浅薄跟"三言"犹有天壤之别。我们完全肯定，冯梦龙的"三言"是以宋元话本为基础的，说话艺人的历史功绩应予高度赞扬。但是我们也必须看到，宋元时代瓦舍勾栏的"说话"，是"完全以娱乐为目的"的，它不仅要迎合广大市民的兴趣，而且还要适应封建统治者的口味。冯梦龙的《古今小说叙》即指出，南宋皇帝"仁宗清暇，喜阅话本，命内珰日进一帙，当意，则以金钱厚酬"[①]。这类为封建皇帝所"喜阅"和"当意"的话本，其思想倾向是可想而知的！接着冯梦龙在这篇序文中即明确指出："然如《翫江楼》《双鱼坠记》等类，又皆鄙俚浅薄，齿牙弗馨焉。"

今天我们所见到的宋元话本的成就，是与冯梦龙的加工、提高分不开的，由《翫江楼》到《喻世明言》的《众名姬春风吊柳七》，即属突出的例证。我

---

① 绿天馆主人：《古今小说叙》。

看冯梦龙与我国短篇白话小说的关系，跟罗贯中、施耐庵、吴承恩与我国长篇通俗小说的关系，颇有相似之处，也就是说，其加工提高和创作的成分是相当大的，从内容到形式皆与原说唱话本有了质的变化，成为可供案头阅读也足以代表我国古代短篇白话小说最高成就的作品。因此，"三言"的出现，才会在当时即产生轰动效应，被誉为"脍炙人口"①，"颇存雅道，时著良规，一破今时陋习，……行世颇捷"②，"极摹人情世态之歧，备写悲欢离合之致"③。如果它不是出自冯梦龙的加工和创作，而主要只是把现成的宋元话本和拟话本编选和刊印出来，它在当时怎么会给人以"一破今时陋习"的崭新印象，又怎么会产生那样的轰动效应呢？

凡此种种内证、外证，皆足以证明，冯梦龙对"三言"的贡献，不只是一般的"整理汇编"，更重要的是再创作；不只是一般的文字修改、加工，更重要的是文体的转化和改变；不只是模拟话本，更重要的是超越话本，使之符合供阅读的小说文体的要求；对冯梦龙等文人创作的评价，不应低于宋元话本，而应视为是对宋元话本的提高和发展。总之，应恢复和确认冯梦龙把我国短篇小说的创作推上古代最高峰的杰出地位，这才合乎历史的本来面目。

1991 年 10 月 16 日于合肥

（原载《明清小说研究》1992 年第 2 期）

---

① 明代叶敬池刊本《新列国志》封面识语云："墨憨斋向（襄）纂《新平妖传》及明言、通言、恒言诸刻，脍炙人口。"

② 即空观主人：《初刻拍案惊奇序》。

③ 笑花主人：《今古奇观序》。

《儒林外史》的主题思想重探

　　《儒林外史》这部书，早就有人认为其思想价值主要在于讽刺儒林热衷功名富贵，反对科举制度。当年胡适也把反对科举，视为"全书的主旨"①。这种看法对吗？本文试图探讨这个问题。

　　　一

　　不错，鲁迅也说过，《儒林外史》的"机锋所向，尤在士林"②。但是鲁迅首先强调的，是作者"秉持公心，指摘时弊"③。《儒林外史》以儒林为主要描写对象，以科举问题为主要题材内容，并不等于它的"主旨"就只是反对科举制度。《儒林外史》的价值，不仅在于它揭示了科举制度本身的荒谬至极，更重要的是以此引导人们认识造成这个弊病的那个腐朽黑暗的历史时代。如果只限于"反科举制度"，而看不到"更重要"的一点，就很难算得上真正懂得了它的"伟大"。鲁迅说过："《儒林外史》作者的手段何尝在罗贯中下，然而留学生漫天塞地以来，这部书就好象不永久，也不伟大了。伟大也要有人懂。"④实行八股制艺的科举取士制度，是封建统治阶级腐朽没落的产物。批判还是维护科举制度，是封建社会后期思想政治斗争的一个重要方面。许多有识之士，如顾炎武、黄宗羲、王夫之、颜元、戴震等都是反对科举制度的。顾炎武在他

---

　①　胡适：《吴敬梓传》。
　②③　鲁迅：《中国小说史略·清之讽刺小说》。
　④　鲁迅：《且介亭杂文二集·叶紫作〈丰收〉序》。

的《日知录》中说："八股盛而六经微，十八房兴而二十一史废。"指出八股的流毒比秦始皇焚书坑儒还要厉害。《儒林外史》借王冕之口，说科举制度使"一代文人有厄"，确立了以揭露时代弊病为出发点。

吴敬梓从揭露"时弊"出发，以满腔悲愤和饱蘸血泪的笔墨，控诉了封建科举制度的累累罪恶。周进和范进便是作者着力描写的深受科举制度腐蚀和毒害的典型形象。他们本是出身于下层的知识分子却也终生如痴如狂地追求科举功名；一旦得中，猝然升为骑在人民头上的老爷。而这种飞升，形式上靠八股文章，其实在许多情况下简直是全无凭准。正如高翰林说的："'揣摩'二字，就是这举业的金针了。""若是不知道揣摩，就是圣人也是不中的。"（第四十九回）这种"揣摩"的真实含意，从周进取范进的例子中可见一斑。范进考了大半辈子，只因遇上年老才发的考官周进，同命相怜，一心要取他，便对他的文章格外留心。本来觉得他的文章实在不行，但又可怜他"二十岁应考，到今考过二十余次"，五十四岁还是个童生，于是便"又取过范进卷子来看"，终于"发现"它是"天地间之至文"，没等考生的卷子交齐，就把他"填了第一名"（第三回）。八股取士就是这样一种荒唐的网罗党羽收买奴才的制度。

在周进、范进之外，《儒林外史》还写了不少人物，从更多的方面来揭露科举制度是怎样使文人们利欲熏心，精神堕落的。有个马二先生发了一通议论，说什么"就日日讲究'言寡尤，行寡悔'，那个给你官做"（第十二回）？高翰林也讥讽杜少卿的父亲："又逐日讲那'敦孝弟，劝农桑'的呆话，这些都是教养题目文章里的词藻，他竟拿着当了真。"（第三十四回）可见在那个封建末世，说老实话、干老实事的都是不行的；只有学做"八股文章"，又善于"揣摩"的方可飞黄腾达。岂不误人子弟！匡超人本来就是个心地纯厚的少年。在马二先生对他作了一番举业至上主义的宣传后，他便费尽苦心地揣摩八股文的做法，终于因得到知县的赏识而考取了秀才。他苦读之时，正是他走下坡之始，得中之日，便是他堕落之时。他完全成了个吹牛撒谎，忘恩负义，不知羞耻为何物的无赖之徒。

由于吴敬梓本人身受封建科举之害，对于科举制度的反动性、腐朽性和荒谬性有切肤之痛，同时也由于科举制度牵涉到政治和社会制度的各个方面，因此他以自己最熟悉的儒林作为描写的主要对象，以自己体会最深的科举和功名富贵问题作为他的《儒林外史》描写的中心，这是完全可以理解的。我绝无意于否认这个有目共睹的事实。

但是，题材不等于主题。"主题是孕育在作家的体验中的一种思想。""主题并非单是当作它本身的描写底客体。主题是——作家从人生中选择而借形象表示给读者的东西。"同样的题材，由于作家的思想观点不同，可以写成主题完全对立的作品。恩格斯指出："情节大致相同的同样的题材，在海涅的笔下会变成对德国人的极辛辣的讽刺；而在倍克那里仅仅成了对于把自己和无力地沉溺于幻想的青年人看作同一个人的诗人本身的讽刺。"别林斯基也指出："有人以为，指出一部艺术创作的基本思想何在，是最容易不过的事情——这种人是错了；这是件困难的事，只有那种与思想能力结合起来的深刻的审美感才能做到的事。"

我们要了解《儒林外史》的主题及其思想艺术价值，绝不能形而上学地只看"它本身的描写底客体"，而必须透过这种"客体"，认真研究作家"借形象表示给读者的东西"。这样，我们才能了解这部作品的真正价值所在。

二

吴敬梓的时代，封建统治阶级吹嘘为"乾嘉盛世"，实际上已面临封建末世。封建统治日益反动、腐朽。知识分子是最敏感的，他们中的有识之士逐渐觉醒，不甘心跟他们同流合污，为虎作伥，出现了像杜少卿、沈琼枝那样的叛逆倾向；而科举制度本身又不可能选拔有真才实学的人才，它所造就的都是些愚顽凶残、一心只求功名富贵的蠢材，同时也只有这样的蠢材，最能满足封建末世的统治阶级暴虐无道、腐朽堕落、纸醉金迷、全面反动的需要。因此，《儒林外史》通过描写科举题材，实际上揭示的是封建吏治的腐败。当权的封建官僚，不是贪得无厌的赃官污吏，就是凶残暴虐的昏官酷吏。这决不是偶然的现象，在腐败的社会之中，通过腐败的升官之途，怎么能选出良才呢？！让他们来执掌国家大权，又怎么能不搞得乌烟瘴气，暗无天日，腐败不堪呢？！

高要县的知县汤奉，被严贡生称颂为"汤父母为人廉静慈祥，真乃一县之福"。可是他为了让"上司访知"，赏识他的"一丝不苟"，使他"升迁"，便将一位来请求暂缓禁宰耕牛的回民代表活枷死了，引起回民"一时聚众数百人，鸣锣罢市"（第四回），没有结果，又闹到按察司，汤知县勾结按察司，"把五个为头的回子问成奸民"，"发来本县发落"，赏了汤知县"一个脸面"（第五回）。他们就这样残害无辜良民，官官相卫，叫人民有苦无处诉，有冤无处伸。其揭露和讽刺的对象，绝不只是汤知县个人，而是整个封建官僚政治制度的腐败。

南昌府的知府王惠，更是一个既贪婪又暴虐的封建官僚。他一上任，就念念不忘"三年清知府，十万雪花银"，把衙门里剥削、压迫老百姓的"戥子声、算盘声、板子声"，作为他新官上任"一番振作"的"三样声息"，弄得"这些衙役百姓，一个个被他打得魂飞魄散。合城的人，无一个不知道太守的厉害，睡梦里也是怕的"。作者不只是写王太守个人这么坏，更重要的是他的酷行，是为了整个反动统治的需要，如他自己所说："而今你我要替朝廷办事，只怕也不得不如此认真。""因此，各上司访闻，都道是江西第一个能员。做到两年多些，各处荐了"（第八回），将他升为南赣道台。他既然如此符合"替朝廷办事"的要求，又得到"各上司"的青睐和提拔重用，这当然就不只是王惠这一个官僚贪赃枉法、无恶不作的问题，而是整个封建政权反动本质的生动写照了。

贯穿《儒林外史》一个基本的思想，就是对于整个封建官僚制度的鞭挞、否定。批判封建官场的黑暗，是揭露科举制度腐败的继续和发展，也是《儒林外史》主题思想进一步地展开。作者笔下的官场："有了钱，就是官。"（第五十回）"钱到公事办，火到猪头烂。"（第十三回）赤裸裸地敲诈勒索，丑事做尽，坏事干绝。王冕的母亲说："我看见那些做官的都不得有甚好收场。"遽太守认为儿子亡化，晚景凄怆，"仔细想来，只怕还是做官的报应。"（第八回）做官的总是仗势欺人，一旦失去官职，必被万人唾弃，"死知府不如一个活老鼠"（第十八回）。《儒林外史》在字里行间都表现了作者对于那些日益腐败的封建官僚的失望和不满，愤绝和鄙弃。

《儒林外史》中也写过几个所谓好官吏，但他们在那个社会却无容身之地。安东知县向鼎，比较同情人民疾苦，对唱戏的鲍文卿生活困难有所接济。他说："而今的人，可谓江河日下。这些中进士做翰林的，和他说到'传道穷经'，他便说'迂而无当'；和他说到'通今博古'，他便说'杂而不精'。究竟事君交友的所在，全然看不得！不如我这鲍朋友，他虽生意是贱业，倒颇多君子之行。"（第二十六回）这样一个不满现实，带有作者理想化的知县，在那个社会实际上是不可能、也不容许存在的。因此，作者写"忽然抚院一个差官"，来"叫向大爷出来。满衙门的人都慌了，说道：'不好了！来摘印了！'"（第二十五回）这虽然是一场虚惊，但它暗示了向知县的下场必定不妙。《儒林外史》并不是要从根本上推翻封建官僚统治，在那个封建统治日益腐败、资本主义尚处于萌芽的时代，毕竟还没有出现能够代替封建统治的新的阶级力量，因此历史的和阶级的局限，使吴敬梓不可能从根本上否定封建统治。他是从儒家的"仁政"理想，从同情广大人民的疾苦，来揭露封建官僚政治腐败不堪的。正如作者评论杜少卿父亲时所说的："做官的时候，全不晓得敬重上司，只是一味希图着百姓说好"，"惹的上司不喜欢，把个官弄掉了。"（第三十四回）《儒林外史》的价值，不在于它提出了当时历史还不可能提出的新的要求，而是在于它对那个时代封建官僚的昏庸和腐朽作了普遍的揭露、鞭挞甚至否定，即使有少数官吏想实行儒家的"仁政"，关心人民的疾苦，也只能遭到罢官的厄运；这就揭了所谓"乾嘉盛世"的老底，促使人们"不可避免地引起对于现存秩序的永世长存的怀疑"[①]，动摇了封建统治阶级的乐观主义。对于我们今天来说，它是帮助我们认清历史真相、认识封建统治阶级反动本质的极为生动的教材。如果把《儒林外史》这么富有历史性的永久而伟大的政治主题，仅仅说成是讽刺儒林、反对科举，那不是对《儒林外史》思想艺术价值的缩小、贬低和歪曲么？

三

《儒林外史》名为描写"儒林"，实际上还把批判的锋芒指向了"几千年专制政治的基础"——"宗法封建性的土豪劣绅，不法地主阶级"。[②]这又从社会基础方面进一步深化了主题。严贡生、严监生等就是作者着意刻画的地主、豪绅的形象。

严贡生与严监生是同胞兄弟，唯利是图，凶狠残忍，贪婪成性，是他们共同的阶级本质。然而他们却各有自己鲜明的个性和独特的典型意义。严贡生的"贪"，突出地表现为诈骗；严监生的"贪"，则集中反映为悭吝；两者都从不同的侧面揭露了地主阶级的腐朽灵魂和丑恶本质。在严监生死后，严贡生不仅霸占其亡弟的家产，而且不承认赵氏为严监生的正妻，把她撵出正屋。赵氏哭到县衙喊冤，汤知县批示要族长处理。可是族长"平日最怕的是严大老官"。两位舅爷王德、王仁也怕得罪严老大，认为那是"老虎头上扑苍蝇"（第六回）。严贡生就是如此不可一世！他可以利用封建宗族的兄长地位，侵吞亡弟的家产，欺压弟媳赵氏，可是他自己却根本不受封建宗法制度的约束，

---

① 《马克思恩格斯书信选集》，第435页。
② 毛泽东：《湖南农民运动考察报告》，《毛泽东选集》第1卷，第15页。

一点也不讲同胞手足的情义，更不把族长放在眼里，公然以赤裸裸的金钱掠夺关系，代替了封建阶级"罩在家庭关系上的温情脉脉的面纱"①。作者这种对地主豪绅丑恶本质的揭露，难道不是很明显地带有封建末世的时代特色么？

《儒林外史》还写了张静斋以及五河县的方老六、彭乡绅等一系列地主豪绅的形象。这些地主豪绅过着"真个是钱过北斗，米烂陈仓，僮仆成群，牛马成行，舒服度日"（第六回）的腐朽生活。在他们的残酷剥削压迫下，吴敬梓的《儒林外史》还展示了另一幅广大劳动人民卖儿鬻女，在死亡线上挣扎的极其悲惨的生活图画：庄征君辞官归里，走出彰仪门不远，就看到一对老年农民夫妇，在一昼夜间相继饿死，他深为感慨地说："这两个老人家就穷苦到这个地步！"（第三十五回）虞博士在江南鱼米之乡，还看到有个农民"替人家做着几块田，收些稻，都被田主斛的去了，父亲得病，死在家里，竟不能有钱买口棺木"，因而被逼得投河自杀（第三十六回）。当了三十七年秀才的倪霜峰，穷得连儿子都养不起，六个儿子，死了一个，卖了四个，剩下最后一个儿子还不得不以二十两银子卖给人家去学戏；自己六十多岁了，还要靠修补乐器糊口（第二十五回）。

尽管作者给他的人物加上贡生、监生、秀才的头衔，但是其中有不少人物的所作所为，人物的性格特征，形象的典型意义，都远远超出了讽刺儒林、反对科举的范围。读者从中所强烈感受到的，是地主豪绅与官僚相互勾结，共同对广大人民实行残酷的压迫和剥削，阶级对立非常尖锐。除了官僚、地主的直接压迫剥削以外，作者还塑造了为官僚、地主效劳的盐商、衙役、书办、名士、选家、侠客、卜医、星相、丹客、恶棍、骗子、和尚、道士、鸨母等一系列的人物形象，他们是那样不择手段地为非作歹，虚伪狡诈，违情悖理，追名逐利。给读者造成这样一个强烈的感觉，仿佛那整个封建社会就是个魑魅魍魉

---

① 马克思、恩格斯：《共产党宣言》。

的世界，世道人心衰微，社会风气腐败。在这种封建黑暗势力的统治下，广大劳动人民，包括像倪霜峰那样以修补乐器谋生的穷秀才在内，都被逼得卖儿鬻女，难以维持最起码的生活。如同作者通过王冕所感叹的，它给人以"天下自此将大乱了"的强烈的预感。

四

在《儒林外史》中，吴敬梓实际上描写和揭露了封建社会从经济基础到上层建筑包括意识形态领域各个方面的弊病；对封建礼教和其他一系列的封建传统观念，他都提出了尖锐的挑战，揭示了它们的虚伪性和荒谬性，有的甚至宣判了它们终将被唾弃的历史必然性。从中我们可以清楚地看出，我国封建社会发展到吴敬梓的时代，封建主义思想体系的传统统治地位，已经面临深刻的危机。吴敬梓非常敏锐而勇敢地揭开了它那种种的假面具，使其丑恶的原形毕露。这在那个喧嚷"乾嘉盛世"的时代，该是具有多么振聋发聩的伟大作用啊！即使在今天读来，也令人觉得大开眼界，痛快淋漓。其中所揭露的许多丑恶现象，至今仍"象梦魇一样纠缠着活人的头脑"[①]。《儒林外史》的批判，确实不愧为具有永久的思想艺术价值。

在封建社会，孝为"百行之首"，是做人最基本的德行。可是正如书中匡超人所叹息的："有钱的不孝父母，像我这穷人，要孝父母又不能。"（第十五回）说明封建社会发展到吴敬梓时代，无论有钱的或没钱的，都已经在实际上把封建孝道抛在一边了。

吴敬梓还通过王玉辉女儿殉节的故事，生动地控诉了封建礼教吃人的本质。正如钱玄同所说的，它"使人看了，觉得这种'吃人的礼教'真正是要不得的东西"。"王玉辉的天良发现"，"拿来和前段对看，更足证明礼教是杀人

---

① 马克思：《路易·波拿巴的雾月十八日》。

不眨眼的恶魔了！"①

　　吴敬梓笔下的和尚成为诈骗人家耕牛的骗子。"这和尚，积年剃了光头，把盐搽在头上，走到放牛所在，见那极肥的牛，他就跪在牛跟前，哄出牛舌头来舐他的头。牛但凡舐着盐，就要淌出眼水来。他就说是他父亲，到那人家哭着求施舍。施舍了来，就卖钱用，不是一遭了。"人家买了他的牛杀了，他又说"这牛是他父亲变的，要多卖几两银子"，买主不肯，他竟公然告人家是"活杀父命"（第二十四回）。虔诚信佛的和尚，在封建末世竟然堕落到如此卑劣的地步！那神圣的佛教轮回之说，原来不过是"本属渺茫"的大骗术！

　　综上所述，我认为，《儒林外史》虽然是以儒林为主要描写对象，以科举问题为主要题材，但是它的主题思想和艺术形象，却有极为广泛的社会典型意义。如闲斋老人所说："读之者，无论是何人品，无不可取以自镜。""'读之乃觉身世酬应之间无往而非《儒林外史》'——斯语可谓是书的评矣。"②果戈理的《死魂灵》主要描写了一群地主的形象，而作者却"想在这部小说里至少从一个侧面表现全俄罗斯"，"全俄罗斯都将包括在那里面"。③吴敬梓的《儒林外史》也正是从一个侧面达到了反映整个中国封建没落社会的巨大艺术效果。因此鲁迅的结论是完全正确的：它是一部"鲜有"的"以公心讽世之书"④，具有"永久"而"伟大"的思想艺术价值。这不仅是鲁迅个人的看法，在此同时就有人说过："乾隆时，小说盛行。其言之雅驯者，言情之作则莫如曹雪芹之《红楼梦》；讥世之书则莫如吴文木之《儒林外史》。"⑤

　　新中国成立以来，在我国几部杰出的古典小说中，《儒林外史》远远不及《红楼梦》《水浒传》《三国演义》《西游记》那样为人们所重视。我觉得这跟学

---

　　①　钱玄同：《儒林外史新叙》。

　　②　闲斋老人：《儒林外史序》。

　　③　见北大中文系段宝林编《西方古典作家论文艺创作》，第 407 页。

　　④　鲁迅：《中国小说史略·清之讽刺小说》。

　　⑤　易宗夔：《新世说》卷二，1922 年版，文学。

术界有些同志对它的评价不够公正，把它的主题思想局限于讽刺儒林、反对科举，是有关系的。因为科举制度毕竟是个局部性的具体问题，它在我国早已不存在了。那么，我们再读它还有什么意义呢？那就必然如鲁迅所料到的："这部书就好像不永久，也不伟大了。"其实，这是一桩"冤案"。《儒林外史》从反对科举制度入手，描写了整个封建制度在各方面的腐朽和窳败，它不仅在当时具有强烈的批判和战斗意义，即使对于我们今天的读者来说，它仍不愧为是我们充分认识中国封建社会的反动性、腐朽性、没落的必然性的宏伟生动的政治历史画卷，不愧为是我们继续完成彻底批判和肃清封建主义流毒的伟大历史使命而极为难得的锐利武器。

1981 年 6 月 10 日于合肥

（原载《江淮论坛》1981 年第 5 期）

应该全面地认识吴敬梓的思想转变

吴敬梓出身于官僚地主家庭，青年时代曾经热衷于科举功名，而晚年却写出了尖锐批判科举制度、揭露封建社会腐朽黑暗的《儒林外史》。有的同志说："吴敬梓晚年的思想和他早年的思想，从这些留存下来的二十三首诗看（指《金陵景物图诗》——引者注），可以说是没有什么变化或者变化不大。"[①]果真如此的话，那么，吴敬梓怎么会从热衷于科举功名而又对科举制度进行无情的批判呢？怎么会由信奉儒家思想而又能够对那个被封建史学家誉为"太平盛世"的腐朽黑暗进行深刻揭露呢？这不仅关系到对吴敬梓这样一位伟大作家的正确认识和评价，而且它关系到作家的世界观和他的创作是否必须具备基本的一致性——这是对于我们整个文艺创作具有普遍意义的原则问题，有必要通过讨论，加以澄清。

一、从封建家庭的浪子到封建阶级的逆子

吴敬梓生长在那样一个"五十年中家门鼎盛，陆氏则机云同居，苏家则轼辙并进，子弟则人有凤毛，门巷则家夸马粪"[②]的豪富之家，可是到了吴敬梓的手里，他家却彻底破产了。是什么原因呢？胡适说："吴敬梓的财产是他在秦淮河上嫖掉了的。"[③]胡适这个说法带有很大的片面性，它理所当然地遭到了大

---

① 范宁：《关于吴敬梓的〈金陵景物图诗〉》，《文学研究集刊》第四册。
② 吴敬梓：《文木山房集》卷一《移家赋》。
③ 胡适：《吴敬梓年谱》。

家的批驳。然而，如果因此而讳言甚至完全否认封建家庭的浪子所具有的那种浪吃浪用的纨绔习气，确实是吴敬梓败家的原因之一，这就不够实事求是了。对此，他的堂兄吴檠在为他三十岁生日而作的一首诗中说得很清楚：

> 弟也跳荡纨绔习，权衡什一百不谙。一朝愤激谋作达，左驺史姉恣荒耽。明月满堂腰鼓闹，花光冉冉柳器鬖。秃衿醉拥妖童卧，泥沙一掷金一担。老子于此兴不浅，往往缠头脱两骖。香词唱满吴儿口，旗亭法曲传江潭。以兹重困弟不悔，闭门嘆啬长醺酣。国乐争歌康老子，经过北里嘲颠憨。去年卖田今卖宅，长老苦口讥誧誧。弟也又手谢长老，两眉如戟声如魗。①

吴敬梓的表兄、后来又是连襟的金榘的仲弟金两铭，在《为敏轩三十初度》而作的诗中，也说他：

> 生小心情爱吟弄，红牙学歌类薛谭。旗亭胜事可再见，新诗出口鸡舌含。三河少年真皎皎，风流两字酷嗜贪。……迩来愤激恣豪侈，千金一掷买醉酣。老伶小蛮共卧起，放达不羁如痴憨。②

上述两首诗证明，吴敬梓曾经是个充满纨绔习气的封建家庭的浪子，这是不容否认的事实。问题在于，吴敬梓跟一般封建家庭的浪子又有所不同，他不是通常的沉湎于声色荒淫，而是出于"迩来愤激恣豪侈"。是什么引起他的"愤激"呢？是由于那个社会的腐朽黑暗，封建家庭内部的剧烈倾轧。正如吴檠在上述同一首诗中所写的："浮云转眼桑成海，广文身后何嗜含！他人入室

---

① 吴檠：《为敏轩三十初度作（吴敬梓，字敏轩）》，见金榘《泰然斋诗集》卷二。
② 见金榘《泰然斋诗集》卷二。

考钟鼓，怪鹗恶声封狼贪！"这是指他的嗣父死后，在他二四岁的时候，曾经发生族人争夺他的家产的内讧。"两眉如戟声如虺"，该是多么生动地刻画了这个浪子对于封建大家庭的长老们充满鄙视、愤怒和怨恨的神情啊！他的浪子行径，不是他陷入腐化深渊的标志，而是他走向叛逆道路的起点。

我们承认吴敬梓曾经是个封建家庭的浪子，并不意味着赞同胡适所说的吴敬梓的家产"是他在秦淮河上嫖掉了的"。他之所以寄寓秦淮河，绝不是为了过"嫖"的腐化生活，而是由于黑暗的社会现实，使他不能不越来越远地走向叛逆。他在《移家赋》中写道：

> 竟有造请而不报，或至对宾而仗仆。谁为倒屣之迎，空有溺庐之辱。拔寒炉之夜灰，向屠门而嚼肉。

人情就是这么冷暖，世态就是这么炎凉！他因事去看望人家，竟然得不到通报；主人竟然在客人面前故意呵斥或杖责仆人，使客人受到难堪。不但没有谁为热情迎接客人而忙得倒穿了鞋子，相反却使客人白白地遭到莫大的污辱。因为自己家道的衰落，那些豪富之家他要巴结也巴结不上，只有向屠门而大嚼，虽不得肉，贵且快意。家庭，是哺育自己成长的摇篮；故乡，是人人眷恋的沃土。在旧社会，如果不是迫不得已，有谁愿意离乡背井呢？可是吴敬梓却对他的家乡完全绝望了。他说：

> 至于眷念乡人与为游处，似以冰而致蝇，若以狸而致鼠。见几而作，逝将去汝。①

---

① 吴敬梓：《文木山房集》卷一《移家赋》。

他把眷念乡人看作如同用冰来招引苍蝇、用猫来诱捕老鼠那样完全是幻想。于是当他三十三岁的时候，便移家寓居南京。

那么，他的家产究竟是因为什么而卖尽的呢？程晋芳的《文木先生传》说：

> 袭父祖业，有二万余金，素不习治生，生性复豪上，遇贫即施。偕文士辈往还，倾酒歌呼穷日夜，不数年而产尽矣。①

顾云也说他：

> 性闲逸自恣，既以土苴流辈矣，至所施与又多以意气出之，不择其人，家故稍稍落。②

为《文木山房集》作序的吴湘皋也说：

> 敏轩承家世文物声华恒赫之后，风流酝酿，力洗纨绮习气。生性豁达，急朋友之急，不琐琐于周闭藏积，至于今而家乏担石之储矣。③

在《儒林外史》中，吴敬梓借高老先生之口，指以他本人为模特儿的杜少卿说：

> 他这儿子就更胡说，混穿混吃，和尚、道士、工匠、花子，都拉

---

① 程晋芳：《勉行堂文集》卷六。
② 顾云：《盋山志》卷四《吴敬梓》。
③ 见吴敬梓《文木山房集》卷首。

着相与，却不肯相与一个正经人！不到十年内，把六七万银子弄的精光。（第三十四回）

　　以上四条记载，没有一个字提到吴敬梓的家产卖尽是由于他的"嫖"，相反却说他后来"力洗纨绮习气"。他的家产主要是由于"遇贫即施"，"急朋友之急"，以及跟封建卫道者看来不是正经人吃喝花掉的。由此可见，他曾经历一个由沉湎于"跳荡纨绔习"到"力洗纨绮习气"的转变过程；他不仅是个封建家庭的浪子，更重要的，他是个同情人民疾苦，性格狂放不羁，不受封建观念桎梏的叛逆者的形象。对于"嫖"之类公子哥儿的风流韵事，在封建统治阶级看来，原是不足为奇的。何况吴敬梓在他的前妻陶氏去世后，他曾决心"不婚不宦，嗜欲人生应减半"①。连正当的续弦婚娶，他都失去了兴趣，又哪里还有兴致去"嫖"呢？要害的问题恰恰在于他性格中的叛逆倾向，使封建统治阶级感到十分忌恨和恐惧。在封建统治阶级看来，那些穷人受苦挨饿，正是他们进一步榨取剥削的极好机会，又怎么可以"遇贫即施"呢？那些"不正经"的人，总不免要做出离经叛道的事情，又怎么能跟他们"拉着相与"呢？看来正是主要由于这些叛逆行为，才使他"田庐尽卖，乡里传为子弟戒"②。这是他由浪子转变为逆子的必然遭遇。

　　吴敬梓从浪子转变为逆子，是经过长期的反复的思想斗争过程的。就在他移家南京一年之后，他还曾懊悔"数亩田园生计好，又把膏腴轻弃。应愧煞谷贻孙子。倘博得将来椎牛祭，总难酬罔极深恩矣。也略解，此时耻"③。可是，当他三十六岁主动辞博学鸿词荐（1736）以后，在他的诗词中就再也看不到这种动摇和懊丧的情绪了。他到了晚年，则更是铁心"生耽白下残烟景，死恋扬

---

① 吴敬梓：《文木山房集》卷四《减字木兰花》词。
② 吴敬梓：《文木山房集》卷四《减字木兰花》词。
③ 吴敬梓：《文木山房集》卷四《乳燕飞》词。

州好墓田"①，对于哺育他成长而后来又把他"传为子弟戒"的乡里，他则义无反顾无眷恋之情了。

二、从热衷于科举功名到弃绝仕进

如果说吴敬梓在经济上田庐尽卖，救急济贫，在政治上被"乡里传为子弟戒"，还不足以表现出他的叛逆的本质的话，那么，他在政治思想和人生道路上，由热衷于科举功名转变为弃绝仕进，则把他的叛逆性格表现得更加确凿无疑了。

吴敬梓早年为他的"家声科第从来美"②而引以为自豪。从小的家庭教育就培养了他满脑袋的功名利禄思想。因此，在他二十三岁考取秀才后，他不仅继续多次参加考举人的乡试，而且为讨得主考官的恩赐，他甚至不惜侮辱自己的人格，向试官"匍匐乞收"。金两铭在给吴敬梓三十岁生日赠诗中提到这件事：

> 昨年夏五客滁水，酒后耳热语喃喃。文章大好人大怪，匍匐乞收遭虓虎。使者怜才破常格，同辈庆遇柱下聃。居停主人亦解事，举酒相贺倾宿盒。今兹冠军小得意，斯文秘妙可自参。人生穷达各有命，三十不遇胡足惭！③

这是写吴敬梓于二十九岁参加滁州科考（乡试的预试）的情景。那个试官是颇有政治敏感性的，他一下子就发现吴敬梓"文章大好人大怪"，不是个服服帖帖遵守封建规范的儒生。由于他的"匍匐乞收"，曾遭到试官如"虓虎"般的大声呵斥。然而试官终于"怜才破常格"，把他取列冠军。大家对他

---

① 程晋芳：《勉行堂诗集》卷九《哭吴敏轩》。
② 吴敬梓：《文木山房集》卷四《乳燕飞》词。
③ 金榘：《泰然斋诗集》卷二。

表示庆贺，居停主人也为他高兴。可是等到正式参加秋闱乡试，他却又名落孙山。为此，他在《减字木兰花》词中说："文澜学海，落笔千言徒洒洒。家世科名，康了惟闻毷氉声"。①"康了"，是科考落选的代称。尽管他有"文澜学海"的才能，可是他一再遭受落第的难堪，使他不能不发出满腹怨恨的"毷氉声"。此后他又多次参加过乡试，皆不中。直到1736年，"安徽巡抚赵公国麟闻其名，招之试，才之，以博学鸿词荐，竟不赴廷试；亦自此不应乡举。"②顾云的《盋山志》还记载了吴敬梓"坚以疾笃辞"的理由："或咎之，曰：'吾既生值明盛，即出，其有补斯世耶否耶？与徒持诗赋博一官，虽若枚、马，曷足贵耶？'卒弗就。"③吴敬梓"坚以疾笃辞"，究竟是真因病，还是以病作借口呢？胡适断言吴敬梓是真患病，他的唯一根据是："我只采取唐时琳的序，因为他当时做江宁教授，又是推荐吴敬梓的人，他说的话应该最可靠。"④按照唐时琳的说法，吴敬梓在"两月后病愈，至余斋，……余察其容憔悴，非托为病辞者"⑤。我看这话并非"最可靠"，正因为当时人就认为吴敬梓是"托为病辞者"，唐时琳才有必要辨其为"非"；如果他真有病，唐时琳在当时有什么必要特地辨明其"非托为病辞者"呢？这不是如同"此地无银三百两"，他作为推荐人而故意掩人耳目么？何况唐时琳的说法本身，也只不过是从"察其容憔悴"而作的一种推测。我看，既然诸家对此记载不一，众说纷纭，慎重的态度还是以存疑为妥。

我认为，问题的关键不在于吴敬梓当时是否真有病，而在于他对科举的态度是继续迷恋还是从此弃绝？是否真有病，这只是个生理上的偶然现象，而他在思想上是否由热衷于科举功名转变为弃绝仕进而"笃辞"，这才是个必然性

---

① 吴敬梓：《文木山房集》卷四《减字木兰花》词。
② 程晋芳：《勉行堂文集》卷六《文木先生传》。
③ 顾云：《盋山志》卷四《吴敬梓》。
④ 胡适：《吴敬梓年谱》。
⑤ 见吴敬梓《文木山房集》卷首唐时琳作的序。

的根本问题。

程晋芳说他"亦自此不应乡举"[1]。

金和说他从此"竟弃诸生籍"[2]。

顾云说他"且并脱诸生籍"[3]。

这些都是确凿无疑的事实。吴敬梓本人写的诗词可以进一步作证。

1737年，即吴敬梓辞博学鸿词荐的第二年，他作有一首《酬青然兄》的诗：

> 兄昔膺荐牍，驱车赴长安，待诏三殿下，簪笔五云端。月领少府钱，朝赐大官餐。卿士交口言，屈宋堪衔官。如何不上第，蕉萃归江干。酌酒呼弟语，却聘尔良难！[4]

"青然兄"即指吴檠。他应荐参加博学鸿词廷试，得到清廷的优厚款待，京官们甚至吹捧他有屈原、宋玉的才能，结果却遭到落第的难堪，心力憔悴，败兴而归。吴敬梓不是慰勉他再接再厉，而是以自己的"却聘"为幸，希望他回头猛醒。

吴敬梓接着又写了《贫女行》二首近体诗：

> 蓬鬓荆钗黯自羞，嘉时曾以礼相求。自缘薄命辞征币，那敢逢人怨蹇修。

> 阿姐居然贾佩兰，踏歌连臂曲初残。归来细说深宫事，村女如何

① 程晋芳：《勉行堂文集》卷六《文木先生传》。
② 金和：《儒林外史跋》，见清同治苏州书局刻本。上海亚东本中删去了这句话。
③ 顾云：《盋山志》卷四《吴敬梓》。
④ 吴敬梓：《文木山房集》卷三。

敢正看！^①

在这两首诗中，作者以村姑作比，自叹薄命而辞聘，而不敢埋怨"謇修"（以媒人喻推荐人）不好。对于他的堂兄吴檠应聘落选，他却说他"居然贾佩兰"，使他这个"村女"都不敢正眼相看。这真是"感而能谐，婉而多讽"了^②。

这时吴敬梓不但对依然热衷于科举功名的堂兄吴檠持揶揄讽刺的态度，而且在那个黑暗的社会现实的教育下，使他的思想进入了一个新的境界。如他在《美女篇》中写道：

夷光与修明，艳色天下殊。一朝入吴宫，权与人主俱。不妒比螽斯，妙选聘名姝。红楼富家女，芳年春华敷。头上何所有，木难间珊瑚。身上何所有，金缕绣罗襦。佩间何所有，环珥皆瑶瑜。足下何所有，龙绡覆氍毹。歌舞君不顾，低头独长吁。遂疑入宫嫉，毋乃此言诬。何若汉皋女，丽服佩两珠。独赠郑交甫，奇缘千载无。^③

这里作者不仅讽刺如青然兄那样热衷于科举功名而落选的人，即使对于那些妙龄入选的新贵，他也看透了。因为已有先入吴宫、权倾人主的夷光与修明存在着，即使你是妙龄入选的"红楼富家女"，也终于得不到君王的顾盼而只能见黜。因此他不愿做那红氍毹上的吴宫姝丽，而宁可做自由解佩的汉皋神女。这标志着他的人生道路和政治态度的转变。从此他在思想上和精神上挣脱了科举功名的枷锁，打消了做官的念头。也就是他在《儒林外史》第三十四回通过杜少卿所说的："好了，我做秀才，有了这一番结局（却聘），将来乡试

---

① 吴敬梓：《文木山房集》卷三。
② 见鲁迅《中国小说史略》。
③ 吴敬梓：《文木山房集》卷三。

也不应，科、岁也不考，逍遥自在，做些自己的事吧！"这样一个"逍遥自在"的"汉皋神女"，她该是多么充满愉悦之情而令人神往啊！如果吴敬梓没有从科举功名的思想束缚下解放出来，他是绝不会有如此高洁的思想境界的。

1739年，在他三十九岁生日写的《内家娇》词中，他更加坚定而明确地表示："恩不甚兮轻绝，休说功名。"①

据王又曾《书吴征君敏轩先生文木山房诗集后》诗自注，吴敬梓的佚诗中还有这样两句："如何父师训，专储制举材。"②

程晋芳的《文木先生传》说他："独嫉时文士如仇；其尤工者，则尤嫉之。余恒以为过，然莫之能禁。"③

金兆燕的《寄吴文木先生》诗写道："昨闻天子坐明堂，欲祭衡霍巡南方。特重经术求贤良，伸让讲义夸两行。钦明八风舞回翔。负薪老子露印绶，妻孥竦息趋路旁。先生何为独深藏，企脚高卧向榻床！"④这是说乾隆十六年（1751）弘历南巡，诏荐"经明行修"学者，吴敬梓获悉却预先躲藏起来，"企脚高卧向榻床"，以睥睨浊世的神情，对其采取极端轻蔑的态度。

一系列的事实证明，在1736年吴敬梓辞博学鸿词荐的前后，他确凿无疑地经历了一个从热衷于科举功名到弃绝仕进的思想转变。这个转变对于吴敬梓来说，是带有根本性的，是他的人生道路和政治态度的巨大转变。这为他四十岁以后从事《儒林外史》的创作奠定了思想基础。

三、从笃信儒家思想到竭力追求民主思想

像吴敬梓那样生长于累代科甲阀阅之家的人，终于走上反对科举的道路，

---

① 吴敬梓：《文木山房集》卷四。
② 见王又曾《丁辛老屋集》卷十二。
③ 程晋芳：《勉行堂文集》卷六。
④ 金兆燕：《棕亭诗钞》卷三。

这是很不容易的。更为难能可贵的是，他不是停留在用传统的儒家思想来反对科举制度，而是继续前进，使他的思想足以列入他那个时代最先进的行列。

早在吴敬梓出生前二十年即已去世的顾炎武，就是个猛烈抨击科举制度的著名思想家。他指出："八股之害，等于焚书；而败坏人才，有甚于咸阳之郊所坑者但四百六十余人也。""嗟乎！八股盛而六经微，十八房兴而二十一史废。"①吴敬梓在《儒林外史》第一回借王冕之口也指出，科举制度使"一代文人有厄"，"这个法却定的不好，将来读书人既有此一条荣身之路，把那文行出处都看得轻了。"可见吴敬梓反对科举制度的出发点跟顾炎武是一脉相承的，他们都是为了维护儒家经典，继承儒家思想。吴敬梓在他四十岁前后，还特地跟他的几个朋友在南京雨花台"建先贤祠"，"祀吴泰伯以下五百余人"，因"赀弗继"，他不惜"独鬻全椒老屋成之"。②在《儒林外史》中，他说祭泰伯祠的目的是为了"借此大家习学礼乐，成就出些人才，也可以助一助政教"（第三十三回）。为此，他还大肆渲染"两边老百姓扶老携幼，挨挤着来看，欢声雷动"。把主祭的虞育德吹嘘成"是一位神圣降凡"，把杜少卿说成"是那天长不应征辟的豪杰"（第三十七回）。仿佛靠着这帮"神圣""豪杰"的笃信儒术，发一番思古之幽情，演出一场复活古礼古乐的闹剧，就真的可以给老百姓带来值得"欢声雷动"的好日子了。这反映了吴敬梓对儒家思想的虔诚，寄希望于古礼古乐的迂腐，是他所处的历史局限性和阶级局限性的突出反映。

然而，好在吴敬梓并不是个固守儒家思想的顽固派，他是个清醒的批判现实主义小说家，在他对儒家的政治思想怀着热烈的向往、虔诚的崇敬和痴情的眷恋的同时，面对他所处的那黑暗的社会现实，他不能不以挽歌的笔调，写出这种儒家思想的碰壁和幻灭，竭力探索并表现出他对新的民主主义思想的热烈追求。

① 顾炎武：《日知录》卷十六。
② 顾云：《盋山志》卷四《吴敬梓》。

因此，吴敬梓在《儒林外史》中对所谓"真儒"虞育德、"豪杰"杜少卿等正面人物，在肯定他们不与封建世俗同流合污，能够遵守儒家的操守和德行的同时，也如实地写出了他们迂腐、脆弱和矫饰的一面。如有个监生因为赌博送给虞育德惩处，他却留在书房里天天一桌吃饭，优礼相待，还替他向上面辩白。学生考试作弊，把作弊的纸条误夹在考卷里，交到他手中，他赶快悄悄地还给学生。那学生考列二等，前来谢他，他却坚决不承认有此事，还美其名曰："读书人全要养其廉耻。"（第三十七回）杜少卿一面大骂臧荼："你这匪类！下流无耻极矣！"一面却又和他做亲密朋友，大把地拿钱帮助他，连娄太爷都批评他："贤否不明。"（第三十二回）作者还借高老先生之口，说杜少卿的父亲"做官的时候，全不晓得敬重上司，只是一味希图着百姓说好，又逐日讲那些'敦孝弟，劝农桑'的呆话。这些话是教养题目文章里的词藻，他毕竟拿着当了真，惹的上司不喜欢，把个官弄掉了"（第三十四回）。这些都说明作者不仅看到了儒家人物的弱点，而且看到了那个封建统治日益腐朽黑暗的时代，使儒家那一套政治思想已经成了"呆话"，除了作"教养题目文章里的词藻"外，当权的统治者既不打算实行，其他人想实行也根本行不通。他建祭泰伯祠，只不过是用以反衬社会现实的黑暗，并表示作者对古代儒家大贤的缅怀和崇敬罢了；实际上他也看得很清楚，即使请出儒家亡灵，也不可能演出什么历史的新场面来了。因此在《儒林外史》第四十八回"泰伯祠遗贤感旧"，他便写出了"这些贤人君子，风流云散"的必然结局。实际上这也就是宣告了儒家政治理想在那个黑暗的时代已经根本行不通。

我们不能只看到吴敬梓在《儒林外史》中信奉儒家思想的一面，还应以历史的发展的观点，看到他在社会现实的教育下对儒家思想有所批判、有所突破的一面。吴敬梓比其他一些反对科举制度的封建文人更为可贵之处，就在于他不是让自己的思想禁锢在儒家经典里面，而是面对社会现实，使自己的思想在社会实践中不断地得到改造和发展，从而吸收了民主主义的新思想。例如：

儒家主张"耕也馁在其中矣，学也禄在其中矣"（《论语·卫灵公》）。看不起生产劳动，一心只想读书做官。而由于吴敬梓从实际生活中认识到，在那个腐朽的时代，"功名富贵无凭据，费尽心情，总把流光误"①。因此，在他的晚年除了从事创作和做学问以外，他便"日惟闭门种菜"②。在《儒林外史》最后，他把写字的、卖火纸筒的、开茶馆的、做裁缝的四位市井奇人，作为他最后的理想人物，还说："难道读书识字，做了裁缝就玷污了不成？"他显然认为，靠自己的劳动来养活自己，才是最高尚的，那些靠出卖灵魂来取得地位、权力和财富的"儒林"中人却是最可鄙的；读书人应该走自食其力的道路，做官的都没有好下场。这样的思想岂不是他晚年对传统儒家思想的一个突破么？！

儒家最高的政治理想是礼乐与仁义，主张"惟上知与下愚不移"（《论语·阳货》）。"道（导）之（民）以德，齐之以礼。"（《论语·为政》）以维护尊卑贵贱的等级制度。而吴敬梓却认为"人生南北多歧路，将相神仙，也要凡人做"③。他写出了那些高贵的将相神仙、名教中人，在实际生活中不过是一群廉耻丧尽，坏事做绝，丑态百出的魑魅魍魉，而那些卑贱者如修乐器的倪老爹、看坟的邹吉甫、开米店的卜老、开小蜡店的牛老等市井细民，却是高尚洁白、淳良忠厚、值得尊敬的。这难道不正是吴敬梓在一定程度上具有民主平等思想的表现么？

儒家主张"非礼勿视，非礼勿听，非礼勿言，非礼勿动"（《论语·颜渊》）。而吴敬梓却竭力颂扬杜少卿敢于冲破封建礼教的束缚，"竟携着娘子的手，出了园门，一手拿着金杯，大笑着，在清凉山冈子上走了一里多路。背后三四个妇女，嬉嬉笑笑跟着。两边看的人目眩神摇，不敢仰视。"（第三十三回）他这种不顾封建礼教的行为，使别人连"仰视"都"不敢"，这该是需要

① 吴敬梓：《儒林外史》第一回开头题诗。
② 顾云：《盍山志》卷四《吴敬梓》。
③ 吴敬梓：《儒林外史》第一回开头题诗。

多么大的勇气啊！作者如果是一个固囿于儒家思想的人，他能够歌颂这种离经叛道的行为么？

儒家思想最轻视妇女，说什么"惟女子与小人为难养也"（《论语·阳货》）。发展到宋儒理学，更加赤裸裸地残无人性，大肆提倡烈女殉夫，到处大树贞节牌坊。据雍正《实录》卷一五五记载，雍正十三年（1735）闰四月，仅一个月之内，正式到礼部来请旌的妇女自杀殉夫事件就有九处之多。被吴敬梓写入《儒林外史》的王玉辉女儿殉夫事件的原型，是汪洽闻的女儿，金兆燕在《古诗为新安烈妇汪氏作》的诗中，把它推崇为"理学炳千载"[1]。而吴敬梓却把它写成是理学吃人，连本来鼓励女儿自杀的王玉辉也不得不"转觉伤心"。在《儒林外史》中，作者还塑造了一个新型妇女的光辉形象沈琼枝，他借杜少卿的口对沈琼枝说："盐商富贵奢华，士大夫见了就销魂夺魄，你一个女子视如土芥，这就可敬的极了。"（第四十一回）她不仅对富贵奢华视如土芥，而且有理想、有才能、有决断，敢于冲破重重束缚，不畏一切艰难险阻，去争取自己做人的权利。如果吴敬梓本人没有民主主义的新思想，他能够塑造并歌颂像沈琼枝这样"具有'新人'气氛的"[2]光辉形象么？

这一系列的事实都足以证明，吴敬梓没有停留在儒家思想的水平上，在那黑暗的社会现实教育下，他从笃信和尊崇儒家思想，变成深切地感受到拘守传统儒家思想的迂腐，不合时宜，乃至必然遭到挫败和失望，由此便进而发展到突破传统的儒家思想，积极追求民主主义的新思想，热烈颂扬反封建的叛逆精神。何其芳说："从吴敬梓的心目中的这些肯定人物看来（指虞育德、王冕、杜少卿等和最后四个市井奇人——引者注），他的正面的理想是既有保守的部分，也有民主主义的部分的。"[3]这里需要补充的是，他这两个部分的思想并不

---

① 金兆燕：《棕亭诗钞》卷四。

② 冯至：《论〈儒林外史〉》，《文艺报》1954 年第 23、24 期。

③ 何其芳：《吴敬梓的小说〈儒林外史〉》，《文学研究集刊》第一册。

是同时并存、和平共处的，而是有斗争、有发展的，是处在从保守的儒家思想向先进的民主主义思想的伟大转变过程之中。当然，吴敬梓并没有——在他那个时代，也不可能——最后完成这个伟大的转变。在他晚年作的《金陵景物图诗》中，就反映了他对清朝皇帝的颂扬。时代和阶级的局限使他没有、也不可能成为彻底反对封建制度的革命者，而只能在某些重大问题上充当那个社会的批判家。我们应该指出吴敬梓的思想中最终仍存在着保守、庸俗乃至腐朽的一面，但是，如果仅凭这几首景物图诗就断言他晚年和早年的思想"没有什么变化或者变化不大"，那就未免一叶障目、以偏概全了。重要的是我们更应看到：吴敬梓勇于投身到现实生活之中，站在自己时代的前列，使自己的思想能够随着社会的实践而不断经历深刻的变化和巨大的发展，成为"在当时是一个很有新思想的人"[1]；这是他所以能够成为一个伟大的批判现实主义小说家的具有决定性的重要条件。

我从以上三个方面大致勾画了吴敬梓从早年到晚年的思想转变历程。从中我们可以看出旧时代他这样一个伟大作家成长的道路：他既不是个神圣的天才，更不是个终生没有思想变化的顽固派，而是个面对现实，永远进击的战士；不是他的世界观和创作发生矛盾，而是从早年到晚年他的世界观本身经历了矛盾的发展和转化；他在积极投身于改造社会现实的斗争中，也使自己的思想不断前进，终于攀登上他那个时代的最高峰，为人类创造了具有划时代意义和历史性价值的伟大艺术珍宝——《儒林外史》。他的生活道路、思想转变及其对于他的创作所起的重大作用，都可以给我们以许多有益的启示。

1981 年 8 月于安徽大学

（原载《安徽大学学报》1982 年第 4 期，被选入《儒林外史研究论文集》，安徽人民出版社 1982 年 9 月出版。）

---

[1]　钱玄同：《儒林外史新叙》，见上海亚东版《儒林外史》卷首。

人格美，是人生的最大追求

——纪念吴敬梓逝世二百五十周年

"宁为玉碎，不为瓦全。""士可杀而不可辱。"中国人向来有自尊、自重、自强、自律的人格精神。只是由于封建统治的衰朽，用功名富贵腐蚀人心，许多人也随之道德沦丧，人格扭曲。如同《儒林外史》一开头所说："人生富贵功名是身外之物，但世人一见了功名，舍着性命去求他，及至到手之后，味同嚼蜡。自古及今，哪一个是看得破的！"吴敬梓之所以成为"我们安徽的第一大文豪"，他的《儒林外史》之所以成为我国讽刺小说中独占鳌头、独领风骚的伟大杰作，我认为其最主要的创作经验，就在于他是以人格美，作为自己人生的最大追求，并以此为坐标，来观察和衡量他所见所闻的种种人，把他们的真实面目和灵魂皆一齐活现在他的《儒林外史》之中，使"读之者，无论是何人品，无不可取以自镜"。

在名与实的关系上，那时有许多人只求秀才、举人、进士或名士的名，而不求有名副其实的真才实学。通过科举考试选拔官吏，这比以门阀世袭或以金钱买官，无疑是一大进步。然而这也要看考试的内容、选拔的标准和方法。随着封建统治的腐朽，它所需要选拔的已不是有真才实学之士，而是效忠于封建统治的奴才。因此在明清两代科举的内容皆要求以朱熹注释的《四书》为准，考八股文。也就是说，所考的文章内容和形式皆有死板的规定，考生不得越雷池一步。至于文章的优劣，则全凭揣摩考官的好恶或碰运气。如吴敬梓在《儒林外史》中所揭露的"'揣摩'二字，就是这举业的金针了"。"若是不知道揣摩，就是圣人也是不中的。"范进考到五十四岁，还是乡童生，只因遇上年老才发的考官周进，可怜他"二十岁应试，到今考过二十余次"，依然名落孙山，本来觉得他的文章实在不行，出于怜悯便"又取过范进卷子来看"，再看即觉得它是"天地间之至文"，没等考生的卷子交齐，就把他"填了第一名"。一旦中举，范进的地位顷刻发生巨变，由原来被丈人胡屠户讥笑为"想吃天鹅肉"的"癞蛤蟆"，变成为天上的"文曲星"，由"烂忠厚"、没用的"穷光蛋"，变成了钱米、家当甚至奴仆、丫环皆有人送上门的大老爷。可是他究竟有什么真才实学呢？连赫赫有名的文学家苏轼和刘基是何许人他都不知道。然而他在他的老师周进的推荐下，又会试中了进士，授职部属，考选御史，钦点山东学道。一个不学无术的人却当了学道，八股取士的科举制度，就是这么名实相悖、荒唐可笑！由这样的学道选拔出来的官吏，当然也就只知道追逐荣华富贵，充当效忠封建统治的奴才和鹰犬，压榨人民的刽子手和吸血鬼。

至于那些未考上举人、进士的，则千方百计以"名士"自居，招摇撞骗。如牛浦郎把《牛布衣诗稿》偷来据为己有，冒名顶替，匍匐在官僚的门下，骗吃骗喝，骗财骗物。如《儒林外史》卧闲草堂评本第十七回的评语所指出的，这类假名士，"自己不能富贵而慕人之富贵，自己绝无功名而羡人之功名，大则为鸡鸣狗吠之徒，小则受残杯冷炙之苦，人间有个活地狱正此辈当之，而尤欣欣然自命为名士，岂不悲哉！"

在言与行的关系上，那时许多人不是言行一致，表里如一，而是"借圣言而躬恶行"，"口谈道德而志在穿窬"。如严监生的妻弟王仁理直气壮地"拍着桌子道：'我们念书的人，全在纲常上做功夫，就是做文章，代孔子说话，也不过是这个理。'"而实际行动却因接受严监生一百两银子的馈赠，便答应他的要求，在其姐生病期间，不惜速其姐死而为其姐夫严监生操办将小妾赵氏扶正的婚礼。严贡生的弟弟在家病故，"临危也不得见一面"，他振振有词地说："自古道：'公而忘私，国而忘家。'我们科场是朝廷大典，你我为朝廷办事，就是不顾私亲，也还觉得于心无愧。"而实际上他是因霸占王小二的猪、讹诈黄梦统的银子，被人家告到县衙，他是为躲避官司才逃到省城去的。他弟弟"严二老官连在衙门使费，共用去十几两银子，官司已了"。他回来后不但不感激，反说："这是亡弟不济。若是我在家，和汤父母说了，把王小二、黄梦统这两个奴才，腿也砍折了！一个乡绅人家，由得百姓如此放肆！"就是这种说的是一套，做的又是另一套，表面上堂皇正大，骨子里卑鄙无耻，欺上瞒下的两面人，在当时的社会上却很吃得开。

在做官与做人的关系上，那时许多人做官不是为了实现匡世济民的人生志向，而是为了个人发财致富，不惜贪赃枉法，或为了捞取升官的资本，不惜酷虐百姓。如《儒林外史》中所写的南昌太守王惠，他一上任即念念不忘："一年清知府，十万雪花银。"把个知府衙门弄得只闻"戥子声、算盘声、板子声"，使"这些衙役百姓，一个个被打得魂飞魄散。合城的人，无一个不知道太守的厉害，睡梦里也是怕的"。如此残酷地压榨衙役百姓，他却美其名曰："而今你我要替朝廷办事，只怕也不得不如此认真。"可见这不仅是他个人的贪婪、暴虐，更是"替朝廷办事"、维护整个封建统治的需要。"因此，各上司访闻，都道是江西第一个能员。做到两年多些，各处荐了"，将他升官为南赣道台。在作者笔下那时的官场是："有了钱，就是官。""钱到公事办，火到猪头烂。"由于做官的不讲做人的人格，只知贪污受贿，中饱私囊，压榨百姓，丧尽天良，所以王冕的母亲诅咒"那些做官的都不得有甚好收场"。这些人一旦失去官职，必遭众人唾弃，斥为"死知府不如一个活老鼠"。

由于吴敬梓以人格美为人生的最大追求，所以以他为模特儿在《儒林外史》中描写的杜少卿，即主动放弃赴京参加博学鸿词科举考试做官的机会。因为他清醒地认识到那是个"无道则隐"的时代，他的父亲即因"做官的时候，

414

全不晓得敬重上司，只是一味希图着百姓说好；又逐日讲那些'敦孝弟，劝农桑'的呆话。这些话，是教养题目文章里的词藻，他竟拿着当了真！惹的上司不喜欢，把个官弄掉了"。可见那是个要做官就容不得堂堂正正做人的时代；吴敬梓为坚持人格美这个人生的最大追求，他就宁愿放弃应博学鸿词考试做官的机会，而过着"日惟闭门种菜，偕佣保杂作"的清贫生活。

上述名与实、言与行、做官与做人三个方面，集中到一点，就是不能为了追求功名富贵等身外之物，而使自己的人格受到扭曲、沉沦、出卖。如同胡适的《吴敬梓传》所说的，《儒林外史》"就是提倡一种新的社会心理，叫人知道举业的丑态，知道官的丑态；叫人觉得'人'比'官'格外可贵，学问比八股文格外可贵，人格比富贵格外可贵。社会上养成了这种心理，就不怕皇帝'不给你官做'的毒手段了。一部《儒林外史》的用意只是要想养成这种社会心理"。这话说得何等好啊！

要想养成这种社会心理，就要像吴敬梓那样，以人格美为人生的最大追求，告别奴性，不仰人鼻息，靠自食其力的劳动，求得身心和个性的自由。如他在第五十五回"述往思来"所写的市井四奇人之一荆元所说的："难道读书识字，做了裁缝就玷污了不成？……而今每日寻得六七分银子，吃饱了饭，要弹琴，要写字，诸事都由得我；又不贪图人的富贵，又不伺候人的颜色，天不收，地不管，倒不快活？"

今天，我们虽然跟吴敬梓时代已不可同日而语，但是人格被名誉、地位、金钱、权势所颠覆的现象，依然比比皆是。我们纪念吴敬梓逝世二百五十周年，重温并汲取这位伟大作家所揭示的历史教训，重新思考人生最大的追求究竟应该是什么？这是个很有现实意义的大问题。

（原载《安徽日报》2004 年 7 月 16 日）

"以公心讽世之书"

——《就〈儒林外史〉创作方法问题答驳难》读后

李汉秋同志断言讽刺艺术"不足以代表"吴敬梓这位"伟大作家的创作特色"，只有"成熟的"或"鲜明的批判现实主义"才"足以代表"《儒林外史》的创作特色。这正是我们需要讨论的问题，也是我们和李汉秋同志分歧的焦点所在。

说《儒林外史》是"讽刺小说"，这是鲁迅考察了整个中国小说史之后所得出的结论。他说："迨吴敬梓《儒林外史》出，乃秉持公心，指谪时弊，机锋所向，尤在士林；其文又戚能谐，婉而多讽：于是说部中乃始有足称讽刺之书。"这就是说，作为讽刺小说《儒林外史》的出现，在中国小说史上是空前的。虽然"寓讥弹于稗史者，晋唐已有"，但它们或"极形其陋劣之态"，"往往不大近情，其用才比于'打诨'"，或"又疑私怀怨毒，乃逞恶言"，或"词意浅露，已同嫚骂"；真正"足称讽刺之书"的，只有吴敬梓的《儒林外史》才算是"始有"。

鲁迅又考察了那些在《儒林外史》之后"虽命意在于匡世，似与讽刺小说同伦"的作品，认为"其度量技术之相去亦远矣，故别谓之谴责小说"。因此鲁迅得出结论，它在中国古代"几乎是唯一的"讽刺小说，"是后亦鲜有以公心讽世之书如《儒林外史》者"，"可以谓之绝响"。

吴敬梓的《儒林外史》在中国小说史上既然是如此空前绝后、独一无二的

"以公心讽世之书"，那么，我们把它作为《儒林外史》的创作特色，又怎么不能"概括《儒林外史》的'个性特征'"呢？

李汉秋不同意鲁迅的论断，主要有两条理由。

一条是他认为："这部书几乎用了一半的篇幅描写'真儒''贤人''奇人'的形象，如虞博士、庄绍光、迟衡山、杜少卿、虞华轩、余持、萧云仙、沈琼枝、'市井奇人'等，他们虽各有弱点，但总的说都是作者肯定甚至颂扬的正面人物……他们给人的审美感受，不是喜剧性的嬉笑怒骂，而是悲剧性的感叹唏嘘。……这样的艺术自难归于'喜剧的变简的一支流'——讽刺。"

笔者认为，说"这部书几乎用了一半的篇幅"描写"正面人物"，这是夸张失实。根统计，《儒林外史》共写了近三百个人物，其中"正面人物"的人数和篇幅，充其量只占十分之二三。一方面，这些"正面人物"在《儒林外史》中既不占主要地位，描写得也不算很成功，他们绝不能代表《儒林外史》的主要成就和创作特色。另一方面，我们还必须看到，作者之所以写这些"正面人物"，是为他的整个讽刺艺术服务的。他颂扬杜少卿敢于冲破封建礼教的羁绊，"竟携着娘子的手"，"大笑着，在清凉山冈子上走了一里多路"，这对于那些囿于封建世俗之见，"目眩神摇，不敢仰视"的人，岂不是个有力的讽刺么？杜少卿赞美沈琼枝说："盐商富贵奢华，多少士大夫见了就销魂夺魄；你一个弱女子，视如土芥，这就可敬的极了！"这不正是为了对那些被富贵奢华弄得销魂夺魄的士大夫进行反衬和讥笑么？此外，如作者推崇王冕的高风亮节，赞许庄绍光的拒绝征辟，描写虞育德的祭泰伯祠，都无一不是为了更鲜明地反衬和更强烈地嘲讽那些无耻之徒的利欲熏心，寡廉鲜耻，矫揉造作，丧失人性，揭露和批判那整个封建社会的恶俗浇漓，腐朽黑暗，窳败颓丧，不可救药，即使有几个洁身自好的"真儒""贤人"，希冀靠发思古之幽情，"助一助政教"，也无济于世，因而作者只能寄希望于"市井奇人"。如果离开全书的讽刺艺术特色，那么，这些"正面人物"还谈得上有多大的思想和艺术价值呢？

同时，作者对这些正面人物本身，也不是一味地歌颂和肯定，而是大多寄寓着一定的讽刺意味的。如被颂为"真儒""圣贤"的虞育德，他把家乡房子借给表侄汤相公住，表侄把它拆卖了，又到南京找他要银子租屋住，他不但不加责备，相反说他表侄拆卖房子是应该的，要的银子也照给，实际上是纵容和鼓励表侄的挥霍无度。他身为国子监学官，一个监生犯了赌博，送给他惩处，他却优礼相待，留在书房里天天一桌吃饭，还替他向上司辩白。这种种描写难道不正是对他那无原则地讲儒家的忠恕之道的辛辣讽刺么？杜少卿向往个性自由是值得称道的，但他"贤否不明"，既大骂臧荼："你这匪类！下流无耻极矣！"却又大把地将银子送给他干下流无耻的勾当。对他这种十足的旧家大少爷脾气，作者显然是持揶揄讽刺态度的。

吴敬梓的《儒林外史》，既不是把讽刺艺术局限于"嬉笑怒骂"，而是"寓怒骂于嬉笑"（《一叶轩漫笔》），寓哭于笑；它也不同于一般的批判现实主义作品令人"感叹唏嘘"，而是运用他那犀利的讽刺艺术，把那丑恶、黑暗的社会现实揭露、批判得更加辛辣、无情、深刻、动人，令人在嬉笑之余，不能不沉思猛省！作者又不仅不是"凡写一可恶之人，便欲打、欲骂、欲杀、欲割"（卧闲草堂第二回评语），即使对于"正面人物"，他还能"爱而知其恶"，做到"戚而能谐，婉而多讽"。这正是《儒林外史》的讽刺艺术高超之处，也是它不同于一般批判现实主义作品的独特贡献和卓越成就。

另一条理由，李汉秋同志是引用的车尔尼雪夫斯基的一段话："在俄国美文学中持久地贯彻讽刺——或者说得更公允一点，所谓批判倾向的功勋，却应当特别归给果戈理。"吴敬梓不正是曾以"中国的果戈理"著称的么？既然果戈理的创作特色是以"批判倾向"比"讽刺倾向""更公允一点"，那么，把它用在吴敬梓身上岂不顺理成章么？我重读了车氏说这段话的原书《俄国文学果戈理时期概观》，才发觉有问题。原来车氏的话是指果戈理以前的整个俄国，"在文学的内容中，不要说批判的因素，甚至就连其他特定的因素，也几乎是无法找到的。"接着他列举耶席柯夫、柯兹洛夫一流人的作品为例，说明"他们所有的作品几乎都只有形式，而在形式之下，就简直找不到什么东西了"。"所以，应该把功绩归给果戈理，他第一个使俄国文学坚决追求内容，而且这种追求是顺着坚实的倾向，就是批判的倾向而进行的。"可见他所说的"批判倾向"比"讽刺倾向""更公允一点"，是指"文学的内容"而言，并没有涉及批判现实主义的创作方法，更非指果戈理的创作特色。

对于果戈理的创作特色，车氏在该书中则完全同意别林斯基的观点。他引用别氏的话写道："果戈理君作品底显著特征，是构思的朴素，彻底的生活的真实，人民性，独创性，——这一切都是一般的特征，其次是为悲哀和忧郁这种深厚感情所压倒的喜剧底激动——这就是个别的特征。"

尼·波高斯洛夫斯基在《车尔尼雪夫斯基的〈俄国文学果戈理时期概观〉》一文中，也是这样认为的。他写道："车尔尼雪夫斯基断言，讽刺倾向是俄国文学活跃的一面。康捷米尔、冯维津、克雷洛夫、格里包耶陀夫、普希金的名字是和这个倾向联在一起的。但是，'持久不变地把讽刺倾向贯彻到俄国文学中去'，却是果戈理的事情。"

可见，无论是车尔尼雪夫斯基、别林斯基，或此后的苏联学术界，都毫不含糊地认为"喜剧底激动"——讽刺倾向，是果戈理作品底个性特征。同样是批判现实主义作品，果戈理的"喜剧底激动"，是属于笑的艺术，而赫尔岑的《谁之罪》，则是哭的艺术。拿中国小说《金瓶梅》与《儒林外史》来说，它们同样都具有批判现实主义的特征，但谁能说它们的创作特色是同样的呢？就拿李汉秋同志《答驳难》中列举的《儒林外史》具有现实主义特征的两条表现来看，"首先，《儒林外史》认识和再现现实的能力大大提高了"，"其次，《儒林外史》揭露和批判现实的深度大大提高了"。这两条难道不是中外文学史上一切伟大的现实主义和批判现实主义作品所共有的么？又怎么能说明"《儒林外史》的个性特征"呢？它跟车氏引用别氏的话分析果戈理的作品"彻底的生活的真实"之类"都是一般的特征"，只有"喜剧底激动"才是它的"个别的特征"，恰恰是直接抵牾的。

因此，笔者认为，还是鲁迅说得对，"以公心讽世之书"，这既说明了《儒林外史》是讽刺小说，又反映了它不限于揭露"儒林群丑"，而是广泛、深刻的"以公心讽世"之作，具有批判现实主义的性质。用它来说明《儒林外史》的创作特色，不仅完全切合《儒林外史》的实际，而且可以与其他作品相区别，是再恰当不过的了。

李汉秋同志既然也承认"鲁迅把讽刺艺术视为对现实作批判性描写的现实主义艺术"，那就说明我们肯定"以公心讽世之书"是《儒林外史》的创作特色，这只会有助于、而绝不妨碍谁从现实主义、批判现实主义或任何更大的范畴，去探讨《儒林外史》的思想和艺术价值。

（原载《光明日报》1984 年 10 月 30 日，《文学遗产》第 65 期。）

笑的艺术

——《儒林外史》的显著特色

同样是现实主义的杰作，有哭的艺术有笑的艺术。吴敬梓的《儒林外史》便是属于笑的艺术。

笑的艺术不仅是引人发笑，更重要的，它是刺向旧社会的投枪、匕首，是跟旧事物愉快地告别的礼花、鞭炮。它跟哭的艺术各有妙用，如著名的喜剧作家莫里哀所说："一本正经的教训，即使最尖锐，往往不及讽刺有力量：规劝大多数人，没有比描画他们的过失更见效的了。恶习变成人人的笑柄，对恶习就是重大的致命打击。责备两句，人容易受下去；可是人受不了揶揄。人宁可做恶人，也不要做滑稽人。"①

伟大的讽刺小说家果戈理也说："笑真伟大，它不夺去生命、田产，可是在它面前，你会低头服罪，像个被捆住了的兔子。"②

吴敬梓是我国笑的艺术大师，他集我国古代笑的艺术之大成，③在《儒林外史》中写了各种各样的笑，堪称是一部博大、优美的笑的交响曲。

---

① 莫里哀：《〈达尔杜弗〉的序言》，《文艺理论译丛》第四册。
② 果戈理：《钦差大臣·作者自白》，《西方古典作家谈文艺创作》，第411页。
③ 《儒林外史》的有些故事系直接取材于历代的笑话集。如第三十五回写庄征君正要向皇上奏对时，头上被蝎子咬得着实难忍，这是取材于钱咏的《履园丛话》卷二十一《笑柄》中"蝎子太守"条。第五十四回写陈和甫的儿子和他岳父为赊猪头肉钱而发生争吵的笑话，是采撷自石成金的《笑得好》。

一、含泪的苦笑

《儒林外史》的笑的艺术，不是叫人轻浮地一笑了之，而是在笑声中发人深思猛省，透过作品所描写的可笑的人和事，进一步认识到那个社会的某些本质问题，从而跟作者一样滚动着"一肚皮眼泪"[①]。这便是《儒林外史》中的含泪的苦笑。

悲中见喜，这是《儒林外史》中含泪的苦笑的奥秘之一。

吴敬梓善于把本来是悲剧性的情节，描写得非常可笑，使人在笑声中不得不饱含热泪，思绪万千。如周进撞号板，这不是悲痛欲绝的悲剧性情节么？可是作者却把它写成具有喜剧性的趣味。"他苦读了几十年的书，秀才也不曾做得一个"；胡子花白的"老生"，却只有做"童生"的资格，这怎么能不引人发笑？受尽梅三相和王举人等的奚落凌辱，最后连个教书的饭碗也没了，这又怎能不叫人伤心流泪？为生活所迫，他不得不跟做生意的姊夫去记账。路过省城考举人的贡院门口，他要姊夫"用了几个小钱"，进贡院参观、游览。可是，一进入相公们进的"龙门"，踏入"天字号"考举人的号房，他便触景生情，"不觉眼睛里一阵酸酸的，长叹一声，一头撞在号板上，直僵僵不省人事。"众人手忙脚乱地给他灌水，把他救活了过来。他"看着号板，又是一头撞将去"。妙在他"这回不死了"，只是"放声大哭起来"。他"只管伏着号板哭个不住；一号哭过，又哭到二号、三号；满地打滚，哭了又哭"。"哭了一阵，又是一阵，直哭到口里吐出鲜血来。"

作者如此一再写周进"哭了又哭"，像是"悲"极了！而实际却是要悲中见喜——写出他哭得令人感到很可笑。作者是怎样做到悲中见喜的呢？

第一，写出了周进撞号板的根由只是由于他热衷于科举功名而不可得，目的只是为了博得人们的同情，而绝不是真的对科举制度愤极痛绝得要寻死。当

[①] 张文虎：《天目山樵识语》，见《校雠述林》卷四。

他第一次情不自禁地撞得"直僵僵不省人事"，被救活后，"又是一头撞将去"，作者便说他"这回不死了"——说明他本来就没有决心寻死，这是富有喜剧性的画龙点睛的一笔。

第二，写出了周进由哭到笑的急剧转变。当周进"放声大哭不止"的时候，有客人和他姊夫谈到何不用钱"捐他一个监生进场"，这样让他"中了，也不枉了今日这一番心事"，"此时周进哭的住了"。当听到客人们商议"每人拿出几十两银子借与周相公纳监进场"时，他不但"再不哭了"，而且还"同众人说说笑笑"。他那由"大哭不止"到"哭的住了"，再到"说说笑笑"的表情变化，便喜剧性地反映了他的丑恶灵魂——为热衷于科举功名，而用了"今日这一番心事"。

第三，还画出了他哭和笑的种种丑态。这么一把年纪的人，参观游览贡院，却当众号啕大哭，这本身就显得很可笑了。正如他姊夫金有余说的"好好到贡院来耍，你家又不死了人，为什么这样号啕痛哭是的"？何况他还又做出"满地打滚"的动作，像个小孩似的。当一听说有了捐监进场的机会，他又低三下四地对借银给他捐监的商人说："若得如此，便是重生父母，我周进变驴变马，也要报效！"还连忙"爬到地下就磕了几个头"。每当人们读到这里，谁都要忍俊不禁，噗嗤一笑。

读者在为周进那由哭到笑的极不协调的表情和极为卑劣的灵魂而感到可笑的同时，却又不能不为那个罪恶的科举制度把人作弄到如此可怜的地步而饱含同情的泪水。——由周进这个人物的可笑可怜，进而使人们不能不感到科举制度和那个恶俗浇漓的社会的可鄙可憎，这便是《儒林外史》由悲中见喜引起含泪的苦笑所特有的魅力。

喜中见悲，这是《儒林外史》中含泪的苦笑的又一奥秘。

范进中举，在封建科举时代，这本来是个大喜事，可是作者却写他因为欣喜过度而发疯，以致做出令人可笑而又可悲的怪相，"往后一跤跌倒，牙关咬紧，不省人事"。

他的母亲慌忙用开水将他灌醒，"他爬将起来，又拍着手大笑道：'噫！好！我中了！'他的老母亲伤心地哭道：'这一疯了，几时才得好？'"他的妻子也"哭哭啼啼"，不知"如何是好"。由于中举而发疯——喜中见悲，这该令人感到多么可笑又可悲啊！

该悲却喜，该喜却悲，这是《儒林外史》中含泪苦笑的又一奥秘。

王玉辉的女儿要殉节而死，这本是应该悲痛的事，可是王玉辉却表现得很欣喜。女儿的公婆"惊得泪下如雨，说道：'我儿！你气疯了！自古蝼蚁尚且贪生，你怎么讲出这样话来！'"王玉辉却不但不悲伤、不劝阻，反而纵容、鼓励女儿说："这是青史上留名的事，我难道反拦阻你？你竟是这样做罢。"他的老伴骂他："你怎的越老越呆了！一个女儿要死，你该劝他，怎么倒叫他死？这是什么话说！"为女儿的殉节，他的老伴"哭死了过去，灌醒回来，大哭不止"。可是王玉辉却说："你这老人家真正是个呆子！三女儿他而今已是成了仙了，你哭他怎的？他这死的好，只怕我将来不能像他这一个好题目死哩！""因仰天大笑道：'死的好！死的好！'大笑着，走出房门去了。"王玉辉如此该悲却喜，悲喜失常，岂不令人发笑？

王玉辉的女儿死后入了烈女祠，阖县乡绅、亲友"在明伦堂摆席"庆贺，按照封建观点来看，这该是可喜的事情，可是作者写王玉辉这时该喜却反而"转觉心伤，辞了不肯来"。"在家日日看见老妻惨恸"，又"心下不忍"，"要到外面去作游几时"。一路上无心欣赏山光水色，只是"悲悼女儿，凄凄惶惶"。"见船上一个少年穿白的妇人，他又想起女儿，心里哽咽，那热泪直滚出来。"既然为女儿的死而如此伤心，当初又何必那样纵容和鼓励女儿殉节呢？这就是现实与理想的失调、礼教与人性的矛盾了。两相对比，更显得他那支持女儿殉节的迂腐可笑，更说明他那"青史上留名"的封建理想的荒谬、狠毒！

上述三个奥秘，尽管具体的表现形态不一，但它们以理想和现实失调的生活真实为基础，以表现悲和喜失常的丑态为特征，则是共同的。这是含泪的笑的艺术的核心和灵魂。也就是说，它不是通过滑稽的、花哨的、愚蠢的、虚假的、做作的，或者庸俗的、低级的、逗趣的语言和动作来制造引人发笑的笑料，而是抓住理想与现实的不协调，悲和喜的互相激射，哭和笑的失常丑态，刻画出在特定的社会环境下被扭曲了的人物性格，使读者不只是感到具体事情本身可笑，更重要的是被社会扭曲了的人物性格可笑；同时从忍禁不住的笑声中，又令人由不得不皱起眉头，陷入深沉的思索：这些人本来并非坏人，究竟是什么原因使他们如此鬼迷心窍，变得令人可笑的呢？能够从笑声中令人沉思，深切地感受到那个社会的罪恶，这就是《儒林外史》中含泪的笑的艺术高超之处。

二、辛辣的嘲笑

如果说在含泪的苦笑中，作者对前期的周进、范进以及王玉辉等人物的不幸遭遇，还存在着某种意义的同情，那么，作品对严贡生、严监生等人的态度，则看不出有什么同情之处，而只有辛辣的嘲笑了。

抓住言和行的矛盾——以高尚的言辞和卑劣的行为作对照，撕下伪装，还其丑恶的本相，这是《儒林外史》中辛辣的嘲笑手法之一。如作者写严贡生在张乡绅、汤知县、范举人等面前，大言不惭地说："小弟只是一个为人率真，在乡里之间，从不晓得占人寸丝半粟的便宜。"可是话音刚落，走进一个小厮来对严贡生说："早上关的那口猪，那人来讨了，在家里吵哩。"他当众下不了台，还辩解地说："二位老先生有所不知，这口猪原是舍下的。"这岂不是"打肿脸充胖子"，不禁引人发笑么？原来他把邻居王小二家一百多斤重的猪霸占为己有了，王小二去讨还猪，却被严贡生的几个儿子"打了一个臭死，腿都打折了"。分明是个贪婪成性，横行霸道的豺狼，却把自己打扮成一个正人君子。结果当场出丑，露出卑劣本相，这该是多么辛辣的嘲笑啊！

抓住真和假的矛盾，通过说反话，进行冷嘲热讽，这是《儒林外史》中辛辣的嘲笑的又一手法。如严贡生为给儿子娶亲，雇了两只大船，讲好船钱为十二两银子。为了进行讹诈，严贡生便在船上假装肚子疼，拿出十几片云片糕来，"吃了几片，将肚子揉着，放了两个大屁，登时好了。剩下几片云片糕，搁在后鹅口板上，半日也不查点。那掌舵驾长害馋痨，左手扶着舵，右手拈来，一片片的送在嘴里了。严贡生只作看不见。"临到下船时，船家、水手都来讨喜钱，严贡生却装腔作势地查问："我的药往那里去了？"说他吃的是"费了几百两银子合了这一料药"，"方才这几片，不要说值几十两银子"。他抓住船家吃了他几片云片糕，扬言要"送这奴才到汤老爷衙里去"。其实，他说那几片东西"值几十两银子"是假，赖船钱才是真。

但是作者不从正面揭穿他的假，而是写"搬行李的脚子走过几个到船上来道：'这事原是你船上人不是，方才若不如是着紧的问严老爷要喜钱、酒钱，严老爷已经上轿去了——都是你们拦住那严老爷，才查到这个药。如今自知理亏，还不过来向严老爷跟前磕头讨饶！难道你们不赔严老爷的药，严老爷还有些贴与你不成？'众人一齐捺着掌舵的磕了几个头。严贡生转弯道：'既然，你众人说，我又喜事匆匆，且放着这奴才，再和他慢慢算帐！'骂毕，扬长上了轿，一哄去了"。表面上看，脚子说的句句是恭维严贡生的话，而实际却是洞察了严贡生的肺腑，字字如钢鞭，似利剑，对其"欲打、欲骂、欲杀、欲割"[1]。作者正是用这种真与假、正与反的鲜明对照的笔法，对严贡生的卑劣行径和丑恶灵魂，既委婉曲折又犀利尖刻地给予了辛辣的嘲笑。

《儒林外史》的辛辣的嘲笑，不是靠罗列奇形怪状的可笑的现象，不是靠耸人听闻的荒唐逻辑，不是靠油腔滑调、令人作呕的噱头，也不是靠刻薄、挖

---

[1] 卧闲草堂评本《儒林外史》第六回回末评语。

苦、粗俗谩骂或冷嘲热讽的语言，而是靠生活本身的魅力——言行脱节、以假充真、表里不一等生活中固有的矛盾，从中既渗透着主人公的性格，又寄寓着作者的讽刺态度，使读者对主人公卑劣的灵魂由衷地激起辛辣的嘲笑。因此，这种嘲笑绝不是对任何表面的怪现象进行攻讦，而是对人物丑恶的灵魂进行有力的鞭挞，对封建社会的腐朽进行有力的狙击，如鲁迅所说，是"秉持公心，指谪时弊"①。在表现方式上，它不是声色俱厉，剑拔弩张，而是委婉叙述，如实白描，如鲁迅所说，是"婉而多讽"②，外柔内刚。仿佛用橡皮钢鞭迎面击来，那才真是"一鞭一条痕，一掴一掌血"呢。还是鲁迅说得千真万确："在中国历来作讽刺小说者，再没有比他更好的了。"③

三、鄙夷的耻笑

如果说周进、范进等后来都爬上了封建统治阶级的地位，严贡生、严监生等本身就是地主豪绅，那么，胡屠户、匡超人等本来就属于下层人民，后来匡超人虽混迹于名士之中，沾染上了许多恶习，但他终究还无缘跻身于统治阶级的行列。这些人主要是利欲熏心，趋炎附势，其灵魂是十分卑鄙、肮脏的。因此，《儒林外史》的作者对这类人的态度，是给予鄙夷的耻笑。

胡屠户是范进的丈人。范进要进城考举人，向他借路费。他说："你向我借盘缠，我一天杀一个猪还赚不得钱把银子，都把与你去丢在水里，叫我一家老小嗑西北风！"这虽是他不肯借钱的托辞，但也确实说明他以杀猪谋生，社会经济地位是低下的。就是这样一个出身卑贱的小市民，他却沾染上了极其浓重的市侩习气。在范进未中举以前，他瞧不起范进，动辄就把范进"骂了一个狗血喷头"。他讥笑范进考举人是"癞蛤蟆想吃天鹅肉"，教导他："如今痴心就想中起老爷来！这些中老爷的都是天上的'文曲星'！你不看见城里张府

①② 鲁迅：《中国小说史略》。
③ 鲁迅：《中国小说的历史的变迁》。

上那些老爷，都有万贯家私，一个个方面大耳。象你这尖嘴猴腮，也该撒泡尿自己照照！不三不四，就想天鹅屁吃！趁早收了这心，明年在我们行事里替你寻一个馆，每年寻几两银子，养活你那老不死的老娘和你老婆是正经！”他还埋怨说：“我倒运，把个女儿嫁与你这现世宝穷鬼，历年以来，不知累了我多少。”可是当他的女婿范进真的考中了举人之后，他却得意洋洋地说：“我那里还杀猪，有我这贤婿，还怕后半世靠不着也怎的？我每常说，我的这个贤婿，才学又高，品貌又好，就是城里那张府、周府这些老爷，也没有我女婿这样一个体面的相貌！你们不知道，得罪你们说，我小老这一双眼睛，却是认得人的！想着先年，我小女在家里长到三十多岁，多少有钱的富户要和我结亲，我自己觉得女儿象有些福气的，毕竟要嫁与个老爷，今日果然不错！”往日间范进借盘缠，他分文不借，现在他主动拿五千钱来贺喜。胡屠户对范进前倨后恭的态度，对比是如此鲜明，活画出了他那势利小人的卑劣嘴脸。

这里引人发笑之处，不仅在于胡屠户对范进前倨后恭的态度，更可笑的是胡屠户对范进的评价，在范进中举前后来了个一百八十度的急剧变化。如范进的尊容究竟是“尖嘴猴腮”，还是“体面的相貌”？这本来是个客观的存在，绝不会因为范进中举与否而发生变化。可是胡屠户在范进中举前骂他是“尖嘴猴腮”，而在他中举后却称赞他是“体面的相貌”。连范进的相貌都以他是否中举而变化，胡屠户这种奇特的眼光和露骨的市侩习气，又怎么能不激起读者对他发出鄙夷的耻笑呢？

但是正如卧闲草堂评语所指出的：“胡老爹之言，未可厚非，其骂范进时正是爱范进处，特其气质如此，是以立言如此耳。细观之，原无甚可恶也。”胡屠户的市侩习气是可鄙的，而胡屠户其人毕竟是个劳动者，他是爱护他的女婿范进的，起码不怀恶意。因此作者对他的态度，绝不是无情的嘲笑，而只是对他的市侩小人习气给予鄙夷的耻笑。

匡超人出身于贫苦的农民家庭，生来勤劳、质朴，孝顺父母，每夜勤奋读书"到五鼓才睡，只睡一个更头，便要起来杀猪、磨豆腐"。老父夜里睡不着，要吐痰、吃茶、出恭，他在旁伺候，毫无怨言。可是当他考上秀才之后，结识了一些名士和官吏，便很快沾染上了吹牛撒谎等许多恶劣习气。有一次，在冯琢庵、牛布衣等人面前，"匡超人道：'我的文名也够了。自从那年到杭州，至今五六年，考卷、墨卷、房书、行书、名家的稿子，还有《四书讲书》《五经讲书》《古文选本》——家里有个帐，共是九十五本。弟选的文章，每一回出，书店定要卖掉一万部，山东、山西、河南、陕西、北直的客人，都争着买，只愁买不到手；还有个拙稿是前年刻的，而今已经翻刻过三副板。不瞒二位先生说，此五省读书的人，家家隆重的是小弟，都在书案上，香火蜡烛，供着'先儒匡子之神位'。牛布衣笑道：'先生，你此言误矣！所谓"先儒"者，乃已经去世之儒者，今先生尚在，何得如此称呼？'匡超人红着脸道：'不然！所谓"先儒"者，乃先生之谓也！'牛布衣见他如此，也不和他辩。"

这里惹人耻笑的秘诀在于，作者没有直接点明匡超人吹牛撒谎，相反却让他像是句句皆言之有据，事事全确凿无疑，可是突然在"先儒匡子之神位"这个说明他享有"文名"的节骨眼上露出了破绽：分明是个健在的活人，却自称是"先儒"——已经去世的儒者。丑相暴露后，却还要强词夺理，把"先儒"和"先生"的称谓混为一谈。他如此大肆吹嘘，不懂装懂，无理狡辩，厚颜无耻已极，岂不令人发出鄙夷的耻笑？

可是无论是胡屠户的前倨后恭，或匡超人的自我吹嘘，他们的目的都不是要危害别人，只不过暴露了他们自身的丑态，说明他们一旦被那个污浊社会的腐朽思想和劣根恶习所污染，就变得多么矫揉造作，丑态毕露！他们的这种言行，自然是可鄙可耻、可憎可笑的，因此作者的态度和描写，就是要激起读者给予鄙夷的耻笑。——它跟含泪的微笑、辛辣的嘲笑具体对象和条件不同，笑的性质也显然有别。

鄙夷的耻笑，其特征是把人的愚庸和丑陋装扮成圣明和完美，在外表严肃的言行之中，对世俗之人的丑态寄寓着耻笑和谴责的一种笑的艺术。好在它不是耻笑人的生理缺陷，而是针砭人的丑恶灵魂；不是靠罗列荒唐的事情，谬误的言行，来制造惹人耻笑的噱头，而是靠深入人与人的社会关系之中，解剖生活，刻画出可笑的人物性格。因此，这种鄙夷的耻笑具有极为广泛的社会典型意义。前人说："慎毋读《儒林外史》，读竟乃觉日用酬酢之间无往而非《儒林外史》。"（卧闲草堂评本第三回回评）这句名言就是针对作品耻笑胡屠户的前倨后恭有感而发的。不是局限于把某一个人物、某一件丑行浅薄地耻笑一番，而是一经作者鄙夷的耻笑，就能触及人们的灵魂，透视出整个社会的某些病症，发人深省，引人憎恶，这便是《儒林外史》对鄙夷的耻笑的艺术描写，尤为难能可贵之处。

四、愤怒的冷笑

封建政治的昏庸和黑暗，暴虐和腐败，对于广大人民群众的危害是最严重的，也是作者所最憎恶的。因此，《儒林外史》在这方面的描写便以愤怒的冷笑为基本特色。

高要县的汤知县，奉旨禁宰耕牛。当地回民要以牛羊肉为生，推派代表送了五十斤牛肉来求知县略松宽些。汤知县毫无主见，便向去打秋风的乡绅张敬斋请教："张世兄，你是做过官的，这件事正该商之于你，……送五十斤牛肉在这里与我，却是受得受不得？"张敬斋说："老世叔，这话断断使不得的了。你我做官的人，只知有皇上，那知有教亲？"汤知县又追问他："这事如何处置？"张敬斋说："依小侄愚见，世叔就在这事上出个大名。今晚叫他伺候，明日早堂，将这老师父拿进来，打他几十板子，取一面大枷枷了，把牛肉堆在枷上，出一张告示在傍，申明他大胆之处。上司访知，见世叔一丝不苟，升迁就在指日。"作为一县之父母官的汤知县，根本不考虑回民的实际困难："要断尽了，他们就没有饭吃"，而对于张敬斋出的这个馊主意——以酷虐小民作沽名钓誉的升官术却心领神会，连连"点头道：'十分有理！'"结果他便如法炮制，将那回民老师傅"重责三十板，取一面大枷，把那五十斤牛肉都堆在枷上，脸和颈子箍的紧紧的，只剩得两个眼睛，在县前示众。天气又热，枷到第二日，牛肉生蛆，第三日，呜呼死了"。这件事引起广大群众的义愤："我们就是不该送牛肉来，也不该有死罪"，"一时聚众数百人，鸣锣罢市"，"将县衙门围的水泄不通"，要求将肇事者揪出来打死偿命。

这段描写为什么能激起读者对张敬斋、汤知县的愤怒的冷笑呢？因为作者不是一般地揭露封建统治阶级的罪恶，而是采用把严肃的事情和荒唐的处置配合在一起的手法，来激起人们的愤怒和冷笑。官府办案本是件极严肃的事情，采用把五十斤牛肉堆在枷上示众的刑罚来处置可谓荒唐至极，连汤知县的上级按察使都不得不责怪："这件事你汤老爷也忒孟浪了些，不过枷责就罢了，何必将牛肉堆在枷上，这个成何刑法！"正是这种不"成何刑法"的荒唐的处置，使无辜的回民师傅惨遭虐杀，使汤知县的昏庸与暴虐的丑态暴露无遗，这怎么能不激起人们愤怒的冷笑呢？

好在这种愤怒的冷笑，不仅鞭挞了张敬斋、汤知县的罪恶行径，而且有力地针砭了他们那丑恶的灵魂——以虐杀小民来博取上司的赏识，求得个人的升迁。"只知有皇上，那知有教亲"，这个逻辑本来是十分荒唐的，而汤知县却认为"十分有理"。身为知县，灵魂却卑劣和愚昧到如此地步，这该叫人感到多么愤慨和可笑啊！

更好在作者不只是以愤怒的冷笑指向张敬斋、汤知县个人，还进一步揭示了整个封建政治的腐败。因为作者写出了上级按察使对于汤知县的罪责不但不予追究，反而应汤知县的要求，以发落出于义愤为头闹事的人，来"赏卑职一个脸面"。这般上下勾结、狼狈为奸的"脸面"，在激起人们的愤怒的冷笑的同时，还必然发人深省：上上下下整个封建统治阶级，原来都是一路货！

南昌太守王惠新上任，向蘧公子了解南昌地方人情，蘧公子介绍他父亲任南昌太守时，为官清廉，与民休息，太守衙门里只有三样声息：吟诗声、下棋声、唱曲声。蘧公子对王惠说："将来老先生一番振作，只怕要换三样声息"，即"戥子声、算盘声、板子声"。作者写此时，"王太守并不知这话是讥诮他，正容答道：'而今你我替朝廷办事，只怕也不得不如此认真。'"后来王太守果然"钉了一把头号的库戥"，"用的是头号板子"，恣意压榨、搜刮民脂民膏，使"这些衙役百姓，一个个被打得魂飞魄散。合城的人，无一个不知道太守的厉害，睡梦里也是怕的"。就是这么一个酷吏赃官，不但没有受到上司的处罚，相反，"各上司访闻，都道是江西第一个能员，各处荐了。适值江西宁王反乱，各路戒严，朝廷就把他推升了南赣道。"

《儒林外史》的这段描写，系取材于清代尤侗的《艮斋杂说》：

> （袁）箨庵官知府时，终日以围棋度曲自娱。长官讽言曰："闻君署中终日只闻棋声、笛声、曲声，是否？"袁曰："然。闻明公署中终日亦有三声。"长官问："何声？"袁曰："是算盘声、天秤声、板子声耳。"长官大恚，遂劾之落职。

《儒林外史》对王太守的描写与《艮斋杂说》这则材料相比，可以看出愤怒的冷笑与一般的讥笑大不相同：愤怒的冷笑是建立在荒唐的逻辑基础上的。如蘧公子以三样声息讽刺王太守的贪暴，而王太守竟愚昧到"不知这话是讥诮他"；"衙役百姓，一个个被他打得魂飞魄散"，却反而被上司称为"江西第一个能员"，得到朝廷的提拔、重用。为宁王反乱而提拔重用王惠，结果王惠却投降了反叛朝廷的宁王。这一系列荒唐的逻辑，怎能不激起人们愤怒的冷笑？而在愤怒的冷笑之中，又怎能不促使人们进一步认清反动统治的昏庸、暴虐和腐朽？

《艮斋杂说》记载的长官和袁箨庵互相讽刺，彼此一听就知，一则反口相讯，一则"大恚，遂劾之落职"。这足以使我们对长官的专横和霸道激起愤慨，却不会引起冷笑的反应。因为其中不具备《儒林外史》描写王惠的令人愤怒冷笑的荒唐的逻辑。

愤怒的冷笑，不仅是以荒唐的逻辑为基本条件，而且这种荒唐的逻辑是以真实地反映反动统治阶级的昏庸、愚昧、暴虐、贪婪等特性为基础的。也就是说，它的逻辑形式虽然是荒唐的，但它所反映出来的社会生活却是真实的、深刻的。因此，这种愤怒的冷笑，不是靠咬牙切齿地怒骂，不是靠唇枪舌剑地痛斥，也不是靠针锋相对地讥讽，而是靠深刻地揭示生活的真实——反动统治阶级的本性所固有的那些荒唐的可憎可笑的丑恶行径。同时它的特征又不是用一本正经的方式揭露，而是"寓怒骂于嬉笑，雕镂物情，如禹鼎温犀，莫匿毫发"[1]。

五、幽默的嬉笑

吴敬梓的《儒林外史》对于那个腐朽的日趋没落的封建社会，无疑地是持讽刺、批判态度的。对于未来社会的理想，他是既幻想复古，又寄希望于新兴的市井细民，处在矛盾的朦胧的状态之中的。不过对于封建社会，对于人类的前途，他并没有悲观、绝望，他所塑造的人物也绝非全是所谓"儒林群丑"——反面的否定的人物，而是也有许多属于好的或基本上好的正面人物。如虞育德、庄绍光、迟衡山、杜慎卿、杜少卿，等等。作者虽然在这些正面人物身上寄托了自己的某些理想，但他并不是要把他们写成完美无缺的理想人物。正如卧闲草堂评本第三十三回末评语所指出的："衡山之迂，少卿之狂，皆如玉之有瑕，美玉以无瑕为贵，而有瑕正见其为真玉。"对于这些"如玉之有瑕"的人物，作者所采取的态度和笔法，既不是含泪的微笑，也不是辛辣的

---

[1] 《一叶轩漫笔》对《儒林外史》的评语，金和的《儒林外史跋》也称"是书则先生嬉笑怒骂之文也"。

433

嘲笑，又不是鄙夷的耻笑，更不是愤怒的冷笑，而是另有一副笔墨——幽默的嬉笑。

幽默的嬉笑，是"喜剧性的特殊样式，它不同于讽刺，它是通过生活现象的局部性的缺点，通过人们的性格、外貌和举止的某些可笑的特征表现出来的"①。无论从作者的写作态度或给读者的艺术感受来看，它都是温和的、善意的嬉笑，而绝不会给人一种含泪的、辛辣的、鄙夷的或愤怒的感觉。

《儒林外史》的笑的艺术，当然不限于上述五种；只不过在我看来，它们已足以代表《儒林外史》的笑的艺术的主要表现形态。需要补充说明的，《儒林外史》的作者对于各种人各种不同丑态的笑，不仅分寸掌握得十分恰当，而且对于各种人的前期和后期，不同性质的缺点和问题，也都区别对待，使人们笑得恰到好处。如范进中举前，作者对他被科举制度捉弄，受炎凉世态折磨，悲苦不堪的遭遇，是寄予深切同情的，因此对他发疯丑态的笑是含泪的微笑；而当他中举后变得厚颜无耻，不顾热孝在身，到汤知县那儿去打秋风，装模作样地不肯用银筷、象牙筷，对吃大虾圆子却毫无忌讳，作者以这二者的鲜明对照，使他"情伪毕露"②，给予了辛辣的嘲笑；对于他连苏轼为何许人也竟然毫无所知，闹出了"苏轼文章不好，查不着也罢了"的大笑话，则给予了鄙夷的耻笑。由于在《儒林外史》中各种笑的艺术交互运用，"变化多而趣味浓"③，这就使它仿佛如一部笑的交响曲那样，极为和谐、壮丽、包蕴深远，魅力无穷。

在《儒林外史》中，笑的艺术的表现形态尽管五彩缤纷，相互辉映，妙趣横生，但是它那种种笑的艺术的奥秘，归根结底，还在于作者善于抓住尖锐、集中、鲜明、突出的矛盾，即理想和现实的冲突，内容和形式的失调，言论与行动的背离，以卑下冒充高尚，把荒谬奉为真理，把丑恶炫耀为优美，如此等

---

① 奥夫相尼柯夫、拉祖姆内依主编：《简明美学辞典》，冯申译，知识出版社1981年版，第193页。

② 鲁迅：《中国小说史略》。

③ 鲁迅：《中国小说的历史的变迁》。

等所造成的种种喜剧性的矛盾。如英国的赫斯列特所说："可笑的本质，乃是不一致，是这一思想和那一思想的脱节，这一感情和那一感情的相互排挤。"①因此，笑的魅力，不只在于它能引人发笑，更重要的还在于它对社会矛盾揭露的真实性和深刻性。"当喜剧的目的只是引人发笑的时候，就没有人再去关心它了，因为以引人发笑为借口，它就容许最高度、最喧嚣的瞎胡闹的事情。"②

《儒林外史》的笑的艺术之所以没有堕入一味地追求庸俗、浅薄的笑料，而能以反映生活本身的真实性、深刻性和可笑性取胜，最根本的原因，是由于作家具有不同凡俗的世界观、现实主义的艺术观和幽默风趣的个性才能。

吴敬梓的世界观虽未能完全摆脱封建主义的思想体系，但他能不为世俗之见所囿，发现封建主义本身所存在的一些矛盾。如王玉辉的女儿殉节，系取材于他的朋友金兆燕作的一首诗《古诗为新安烈妇汪氏作》，两者题材类似，而所创造的思想和艺术境界却截然不同：吴敬梓在《儒林外史》中对王玉辉女儿殉节的描写，深刻地揭露了封建礼教与人性的矛盾，有力地控诉了封建主义礼教的吃人、害人；而金兆燕的诗中，却竭力赞扬"理学炳千载"，"苦竹抱贞心，根断节不易"，"安得此女子，慷慨殉所天！"③如果吴敬梓的思想跟金兆燕沆瀣一气，那么他就不可能写出王玉辉女儿殉节那样含泪的笑的艺术来。创造笑的艺术，就是需要有锐敏睿智、高出世俗之见的眼光，因为"我们既然嘲笑了丑，就比它高明，譬如我嘲笑了一个蠢才，总觉得我能了解他的愚行，而且了解他应该怎样才不至做蠢才——因此同时我觉得自己比他高明得多了"④。

同时，吴敬梓又不是为写笑而写笑，而是以史家的写实精神为楷模，以现实生活为源泉。他在《儒林外史》开卷第一回，写王冕学画荷花，说他画的"那荷花精神颜色无一不像，只多着一张纸，就像是湖里长的；又像才从湖里

① 赫斯列特：《英国的喜剧作家》第一讲，《西方文论选》下册，第40页。
② 哥尔多尼：《喜剧剧院》第二幕第一场安赛莫语，《西方文论选》上册，第534页。
③ 何泽翰：《〈儒林外史〉人物本事考略》，第117页。
④ 车尔尼雪夫斯基：《美学论文选》，第18页。

摘下来贴在纸上的"。如此严格地忠实于生活，追求生活本身所固有的美，这正是吴敬梓的艺术观的直接表白，也正是他在《儒林外史》中所竭力追求的艺术境界。

同样是现实主义，却各有不同的艺术个性。笑，这便是吴敬梓的艺术才能和个性特征。你看，他在严寒的冬夜，"无御寒具"，只能以跑步来抗寒。可是他并不为此贫困的处境而悲伤，却"谓之'暖足'，其风趣如此"①。他饿了两天，无钱买米，当朋友送钱给他时，他则饮酒歌呹，"未尝为来日计"②。他的个性就是以笑来对待生活。

马克思说："世界历史形式的最后一个阶段就是喜剧。……历史为什么是这样的呢？这是为了人类能够愉快地和自己的过去诀别。"③尽管《儒林外史》所反映的时代已经跟我们相距甚远，它所创造的笑的艺术，也不可能完全适用于我们的时代，但它对于我们认识旧时代的丑恶，享受笑的艺术的乐趣，跟旧时代遗留的病毒作斗争，"愉快地和自己的过去诀别"，并非没有重大意义和借鉴作用的。

（原载《江淮论坛》1985 年第 5 期，收入拙著《中国的小说艺术》。）

---

① 顾云：《吴敬梓》，见《盋山志》卷四。
② 程晋芳：《文木先生传》，见《勉行堂文集》卷六。
③ 马克思：《〈黑格尔法哲学批判〉导言》。

《儒林外史》的语言艺术

在中国古代小说中，《儒林外史》的语言被推崇为"首屈一指，纯粹之白话"①。它标志着"中国国语的文学完全成立的一个大纪元"②。然而，它却远不及《三国》《水浒》和《红楼梦》那样为广大读者所喜爱。究其原因，固然是多方面的，但跟它在语言艺术上的奥妙没有被充分地认识，也不无关系。鲁迅先生早就感慨地说过："《儒林外史》作者的手段何尝在罗贯中下，然而留学生漫天塞地以来，这部书就好像不永久，也不伟大了。伟大也要有人懂。"③笔者不敢说已经"懂"得它的伟大，只是尝试着从语言艺术上阐述它的一些奥妙和感受。

一、绘形传神，"能写出其人之骨髓"④

中国的国画以绘形传神、气韵生动为主，因此它"惜墨如金"⑤，强调"笔不用烦，要取烦中之简，墨须用淡，要取淡中之浓"⑥。它跟西方的油画惯于浓墨重彩地涂抹，以形式的鲜明强烈、酷肖逼真取胜，可谓各极其妙，迥然有

---

① 见蒋瑞藻的《小说考证》所引的《缺名笔记》。
② 钱玄同：《〈儒林外史〉新叙》，见上海亚东图书馆本《儒林外史》卷首，1920 年版。
③ 鲁迅：《且介亭杂文二集·叶紫作〈丰收〉序》，见《鲁迅全集》第 6 卷，人民文学出版社 1958 年版，第 176 页。
④ 卧闲草堂评本《儒林外史》第七回批语。
⑤ 见《画论丛刊》，人民美术出版社 1960 年版，第 217 页。
⑥ 见《画论丛刊》，人民美术出版社 1960 年版，第 409 页。

别。《儒林外史》的语言艺术完全继承了我国艺术的民族传统，如同国画只用简单的几笔线条，即勾画出一个栩栩如生、神采飞扬的艺术形象一样，它只用最精练、最简洁的字句，即使它所描写的人物声态活现，并且"能写出其人之骨髓"。形式是外在的，可以让人一看即知，而神情、骨髓则是内在的，难以让人一眼看穿，必须具有由表及里的穿透力和由此及彼的洞察力，加以反复地揣摩和品赏，才能得其三昧。请看：

（1）屠户把银子攥在手里紧紧的，把拳头舒过来，道："这个，你且收着……"（第三回）

（2）严监生临死之时，伸着两个指头，总不肯断气。（第六回）

（3）三公子恐怕鸭子不肥，拔下耳挖来戳戳脯子上肉厚，方才叫景兰江讲价钱买了。（第十八回）

（4）那元宝在桌上乱滚，成老爹的眼就跟这元宝滚。（第四十七回）

这些例证，虽然同样都是要写出人物的悭吝、贪婪，但是作者却未明言直说，只是抓住对人物自身的绘形传神，即使其显得既神情毕肖，又极富有个性的鲜明性和生动性。

例（1），是写胡屠户，当他的女婿范进中举时，他拿五千钱来作贺礼，临走时范进送他六两多银子，作者不说他内心想要，外表装客气，而写他"把银子攥在手里紧紧的，把拳头舒过来"。不用作者另作一点说明，仅这一"攥"字、一"舒"字，即把胡屠户那贪财的心理和虚伪的做作，刻画得如跃然纸上，活跳眼前。

例（2），写严监生为油灯里点了两根灯草而嫌浪费，以致临死还"伸着两个指头，总不肯断气"。这把一个老守财奴的形象，刻画得既深入骨髓，又醒人眼目。它如同讽刺漫画那样，令人发出可鄙的耻笑，又极像参加肃穆的葬礼，令人不禁发出可悲的慨叹，给读者留下了如石刻的浮雕一般难以磨灭的印象。这种极其平淡、自然的语言，为什么能产生如此强大的艺术效果呢？关键就在于它既不是靠作者的说教，也不是一般地写人物的行动，而是由此表达出了人物浓烈突兀之至的内心感情，也就是说，它写出了足以传"神"的"形"。

例（3），是写众人要胡三公子请客吃酒，胡三公子便拉了景兰江出去买鸭子的情景。买鸭子挑肥拣瘦，且不去说他，与众不同的是，这位胡三公子还要"拔下耳挖来戳戳脯子上肉厚"。这一极具个性特征的行动描写，即活画出了他那悭吝的灵魂，令人读了由不得不嗤之以鼻。

例（4），是写"兴贩行的行头"成老爹，虞华轩托他买田，他说："不知你的银子可现成？"虞即"叫小厮搬出三十锭大元宝来，望桌上一掀"，接着作者即写"成老爹的眼就跟这元宝滚"。这个"滚"字，把成老爹对钱财的专注、贪婪和兴奋的情景，写得实在传神入骨极了！它仿佛使我们嗅到了他那灵魂乃至浑身的每个毛孔都在散发着扑鼻的铜臭气。

《儒林外史》的这种语言艺术特色，它的一字一句，如同构成漫画的线条一样，尽管笔墨简洁至极，但它却突出了人物最主要的性格特征，具有字字深入骨髓，句句生动传神的作用。这跟外国小说惯于由作家直接出面对人物作大量的心理剖析，或连用一长串的形容词，刻意地加以渲染，岂不如同外国油画擅长浓妆艳抹和中国水墨画追求归真返璞那样迥不相同吗？它不仅是中国艺术所特有的民族传统的体现，也是中华民族向来朴实无华、含蓄深沉的民族性格的反映。

作者运用这种具有高度民族特色的语言艺术，不仅需要有对社会生活特别细致入微、深入肺腑的洞察力和穿透力，而且也还必须调动读者的艺术想象力和创造力。因此，读者要真正把握《儒林外史》的语言艺术，也必须善于作由表及里、由此及彼的深入思索。如范进考上秀才，他的丈人胡屠户拎着一副大肠和一瓶酒来贺喜。他刚进门，作者即写：

> 胡屠户道："我自倒运，把个女儿嫁与你这现世宝穷鬼，历年以来，不知累了我多少，如今不知因我积了甚么德，带挈你中了个相公，我所以带个酒来贺你。"（第三回）

从表面上看，这是胡屠户以自我表功，来对范进的考取相公表示祝贺。可是再进一步看，人们却不禁要追问：他为什么要把范进考取相公归功于自己"积了甚么德"呢？为什么一见面不说恭喜的吉利话，却偏要在这个喜庆的时刻，当面骂女婿是"现世宝穷鬼"呢？为什么要强调你这个女婿"历年以来，不知累了我多少"呢？他这个奇特的语言逻辑本身，就诱使我们非作这样由表及里的思考不可。如果采取一目十行囫囵吞枣的读法，那就必然如"猪八戒吃人参果——食而不知其味"。若经过再三咀嚼，仔细回味，即不难发现，作者这是在为胡屠户传神——揭示他那卑劣、势利的心理：生怕女婿考上相公后会瞧不起他这个杀猪的丈人。因此，他要通过诉苦、表功，来使范进感激他，报答他。这简洁的几笔，该是把胡屠户那丰富复杂的内心世界和刻薄势利的性格特征，刻画得多么颖异不凡、令人惊叹啊！

这样由表及里地认识是否已经够了呢？不，还有待进一步作由此及彼的深化。胡屠户对女婿为什么会有这种担心呢？范进考取秀才前后为什么会有由"现世宝穷鬼"到"相公"的巨大变化呢？这一切显然都不只是胡屠户或范进个人的问题。其语言艺术的妙处，就在于它如同一滴水在阳光的映照下，可以折射出大千世界的多彩多姿一样，由此可透视出那整个社会的问题。正如清代卧闲草堂对该回的批语所指出的："胡老爹之言未可厚非，其骂范进时，正是爱范进处，特其气质如此，是以立言如此耳。细观之，原无甚可恶也。""轻轻点出一胡屠户，其人其事之妙一至于此，真令阅者叹赏不绝。余友云：'慎毋读《儒林外史》，读竟乃觉日用酬酢之间无往而非《儒林外史》。'此如铸鼎象物，魑魅魍魉毛发毕现。"

又如胡屠户在范进中举时来祝贺，作者写他——

　　说了一会，千恩万谢，低着头，笑迷迷的去了。（第三回）

如果孤立地看，这不过是写胡屠户对范进回赠他六两多银子的感激之意和对女婿中举的欣喜之情罢了。但仅作这样的理解，未免就事论事，失之肤浅，有负作者的苦心。妙在作者还以此与前面写胡屠户在范进考取秀才时来祝贺的表现相呼应，那时范进母子很穷，无钱还礼，因此临走时只有——

　　这里母子两个，千恩万谢。屠户横披了衣服，腆着肚子去了。（第三回）

前后两次，"千恩万谢"的主体不同，而这四个字却一模一样。这绝不是简单的重复，而是作者精心的结撰。它字字发出刺眼的光芒，激起读者不能不作由此及彼的思考：原来是范进母子对胡屠户的祝贺表示"千恩万谢"，而胡屠户则以仰面腆肚，表现出他那骄横之气逼人；而范进一旦中举，则身价百倍，由相公变成老爷，因此需要表示"千恩万谢"的就不再是范进母子，而是胡屠户了，他的低头微笑，也就显然变成了谦恭之态可掬。同一个胡屠户的两次送礼后的表情，前呼后应，彼此映照，犹如晴天霹雳，形成这样偌大的反差，岂不发人深省？使读者由此而进一步深切地感受到：那个科举制度是怎样在作弄人，那个社会的人情世故又是多么的险恶！

因此，《儒林外交》的语言艺术的功力，不只在于它的一字一句如何精练简洁、精妙传神，更重要的还在于它对整个人物形象的绘形传神，具有多角度、多层次的动态美，体现了典型环境与典型人物之间的辩证统一，相互辉映，读者必须把它作为一个艺术整体来审视，作由表及里、由此及彼的思索，才能全面、深刻地领略其真谛。

二、"婉而多讽"，"无一贬词，而情伪毕露"①

鲁迅先生说，《儒林外史》是我国"说部中乃始有足称讽刺之书"②。在它之前的《西游记》《钟馗捉鬼传》等神魔小说，在它之后的《官场现形记》《二十年目睹之怪现状》等谴责小说，它们之所以皆够不上讽刺小说的水平，即由于"词意浅露，已同谩骂，所谓'婉曲'，实非所知"③，或"辞气浮露，笔无藏锋，甚且过其其辞"④。他说："讽刺小说是当在旨微而语婉的，假如过甚其辞，就失去了文艺上的价值。"⑤可见婉而多讽，这正是《儒林外史》的语言艺术最独到的一个成就。

问题在于，《儒林外史》的语言是怎样做到婉而多讽的呢？

利用人物的言和行之间的矛盾，直书其事，不加断语，情伪自见，是其奥妙之一。如严贡生对张乡绅说："实不相瞒，小弟只是一个为人率真，在乡里之间，从不晓得占人寸丝半粟的便宜，所以历来的父母官，都蒙相爱。"可是就在他话音刚落之时，他家的小厮进来说："早上关的那口猪，那人来讨了，在家里吵哩。"严贡生还理直气壮地说："他要猪，拿钱来！"小厮道："他说猪是他的。"在客人面前当场出丑，他还有脸说："二位先生有所不知，这口猪原是舍下的。"（第四回）对此，卧闲草堂批曰："才说'不占人寸丝半粟便

---

① 鲁迅:《中国小说史略》,《鲁迅全集》第 8 卷, 人民文学出版社 1957 年版, 第 181 页。
②③ 鲁迅:《中国小说史略》,《鲁迅全集》第 8 卷, 人民文学出版社 1957 年版, 第 184 页。
④ 鲁迅:《中国小说史略》,《鲁迅全集》第 8 卷, 人民文学出版社 1957 年版, 第 239 页。
⑤ 鲁迅:《中国小说的历史的变迁》,《鲁迅全集》第 8 卷, 人民文学出版社 1957 年版, 第 348 页。

宜'，家中已经关了人一口猪，令阅者不繁言而已解。使拙笔为之，必且曰：看官听说，原来严贡生为人是何等样，文字便索然无味矣。"这种以人物自己的言行对照的写法，是对惯用"看官听说"之类的话本小说由作者直接出面评说的传统写法的一大突破，它不仅"令阅者不繁言而已解"，更重要的是，它由此而活现了一个具有多层面的丰富意蕴的严贡生形象——在口头上，他自我吹嘘"为人率真"，而实则奸诈邪恶，强占了人家的猪，人家来讨还，却叫人家"拿钱来"！他明明已经真相毕露，丑态百出，却还振振有词地作自我辩解，真不知人间还有"羞耻"二字。——这个人物形象，该是具有多么深广的社会典型意义，而令人感到又是多么可鄙、可笑、可憎啊！

利用信口胡诌和历史事实的矛盾，明为赞其懂得"本朝确切典故"，实则讽刺其极端无知，是其奥妙之二。如作者写张静斋、范进、汤知县三人在一起高谈阔论：

汤知县道："那个刘老先生？"静斋道："讳基的了。他是洪武三年开科的进士，'天下有道'三句中的第五名。"范进插口道："想是第三名？"静斋道："是第五名。那墨卷是弟读过的。后来入了翰林。洪武私行到他家，就如'雪夜访普'的一般。恰好江南张王送了他一坛小菜，当面打开看，都是些瓜子金。洪武圣上恼了，说道：'他以为天下事都靠着你们书生！'到第二日，把刘老先生贬为青田县知县，又用毒药摆死了。这个如何了得！"知县见他说的口若悬河，又是本朝确切典故，不由得不信。（第四回）

如果不了解历史事实，读了这段描写，一定会信以为真。因为他们说得既真诚恳切，具体翔实，又口若悬河，绘声绘色，仿佛如亲身经历的一般。可是稍有历史常识的人，皆知道刘基是大名鼎鼎的明朝开国元勋。他根本不是"洪武三年开科的进士"，而是早在元代就已是进士。在明朝建立、洪武登基之前，他已辅佐朱元璋打天下，所谓"洪武私行到他家，就如'雪夜访普'的一般"，等等，统统都是无稽之谈。而这帮封建文人、乡绅、官僚，不但一无所知，还自诩为懂得"本朝确切典故"。所谓"典故"，应是古代的故事或语汇出处。既是"本朝"的事情，又怎么谈得上是"典故"呢？作者正是利用这种语言的自相矛盾，不通之至，来发人深省，使读者领悟他们原是一帮既无知更无耻，以冒充博学来骗人、唬人的无耻之徒。妙在这一切，作者皆未明言，只是客观地如实写来，露出马脚，让读者自己去发现、去判断。粗看，委婉动听之至；细嚼，则辛辣犀利之极，令人不禁扑哧一笑。

利用语言形式的对衬，揭示世俗的违理悖情，是其奥妙之三。如作者写梅玖道："你众位是不知道我们学校规矩，老友是从来不同小友序齿的。"而自称"老友"的梅玖是个年轻的秀才，已经六十多岁的周进，因为连秀才也不是，只能被称为"小友"。这不只是梅玖故意奚落周进，更重要的是世俗就是如此。作者接着一本正经地写道："原来明朝士大夫称儒学生员叫做'朋友'，称童生是'小友'。比如童生进了学，不怕十几岁，也称为'老友'，若是不进学，就到八十岁，也还称'小友'。就如女儿嫁人的：嫁时称为'新娘'，后来称呼'奶奶''太太'，就不叫'新娘'了；若是嫁与人家做妾，就到头发白了，还要唤做'新娘'。"（第二回）这里以年龄与称呼的矛盾，用"老友"与"小友""奶奶""太太"与"新娘"相对称的语言，既饶有天趣，又极其辛辣地嘲笑了封建等级制度的荒谬透顶。

又如作者写娄四公子说："只是成祖运气好，到而今称王称神，宁王运气低，就落个为贼为虏。"（第八回）以当权的封建最高统治者"称王称神"，与被镇压的叛逆者"为贼为虏"相提并论，可见那当权的最高统治者是个什么货色！杜少卿说："这学里秀才，未见得好似奴才。"（第三十二回）以"秀才"与"奴才"相映衬，可见那秀才卑劣到何等地步！迟衡山说："讲学问的只讲学问，不必论功名；讲功名的只讲功名，不必论学问。"（第四十九回）以"功名"与"学问"相对立，可见那个"功名"的取得有什么根据。诸如此类相互对衬的语言，不是作者的生拉硬凑，而是生活真实的生动写照。因此，它给人的感受不是恣意谩骂，而是以委婉讽刺的语言艺术，既引人瞩目，更发人深省。

利用庄重的语言与卑劣的实质的对立统一，看似委婉动听，实则字字刺入骨髓，是其奥妙之四。如作者写胡屠户，一般的皆直呼屠户，而在范进中举后给老太太办丧事，却特地尊称他为"老爹"，写"胡老爹上不得台盘，只好在厨房里，或女儿房里，帮着量白布，秤肉，乱窜"（第四回）。这"老爹"的庄重尊称，跟他"上不得台盘"的卑贱实质，对立统一在一起，即形成了看似委婉动听，实则字字刺入骨髓的讽刺语言格调。

又如范进不知苏轼是宋代人，本属无知的表现，但作者却写道："范学道是个老实人，也不晓得他说的是笑话，只愁着眉道：'苏轼既文章不好，查不着也罢了。这荀玫是老师要提拔的人，查不着，不好意思的。'"（第七回）把无知无耻的人，庄重地尊称为"老实人"。正因为说他是"老实人"，才使他的无知无耻显得倍加真实可信。这讽刺，真是既极尽委婉之至，又辛辣入骨至极。

三、寓庄于谐，"作者虽以谑语出之，其实处处皆泪痕也"①

讽刺艺术是一种引人发笑的艺术，然而《儒林外史》的语言所引发的笑，却往往要叫人在笑得轻松愉快的同时，还要笑出沉痛悲愤的眼泪来。因为作者对世情的洞察是深刻入微的，写作的旨意是严肃庄重的，语言的风格是冷峻犀利的；他所讽刺的绝不只是某些丑恶的表象，也绝不是罗列种种"怪现状"，

---

① 卧闲草堂评本《儒林外史》，第四十七回批语。

而是写出了社会环境对于人们灵魂的腐蚀和对于人物性格的支配作用。质言之，它的语言艺术不是停留在浅薄油滑的嬉笑谐谑上，而是具有寓庄于谐的特色。

例如周进，一生为了读书求功名，历尽艰辛，已经是六十多岁的白头老翁，连个秀才还未考上，不仅只能充当"童生""小友"，受人嘲笑、侮辱，而且连个蒙馆教书的饭碗也被砸掉，弄得"在家日食艰难"。面临这种极大的困境，他的神经又怎么能承受得了？因此，当他走进科举考试的贡院参观时，他就触景生情，"不觉眼睛里一阵酸酸的，长叹一声，一头撞在号板上，直僵僵不省人事"。被众人用开水灌醒后，"周进看着号板，又是一头撞将去，这回不死了，放声大哭起来。……一号哭过，又哭到二号、三号，满地打滚，哭了又哭。"他这种失态的表现，显然是令人可笑的，正如作者写他的姑丈金有余所讥笑的："你看，这不是疯了么？好好到贡院来耍，你家又不死了人，为甚么这样号啕痛哭是的？"更可笑的是，当几个商人表示愿借银子"与周相公纳监进场"，问："周相公可肯俯就？"周进当即表示："若得如此，便是重生父母，我周进变驴变马，也要报效！"并立即"爬到地下就磕了几个头"。"周进再不哭了，同众人说说笑笑。"（第三回）这种由"哭了又哭"到"说说笑笑"的急剧变化，这种视借银子的商人为"重生父母"，自己愿"变驴变马，也要报效"的表态，这种爬到地下连连磕头的表演，字里行间都不免散发着谐谑的味道，看了令人不禁感到可耻可笑，然而在这同时，却又不禁为科举制度把一个可怜的老人作弄到如此不堪的地步而感到可悲可叹！

范进因听到中举喜讯而发疯，也给人以寓庄于谐，既可笑又可悲的深切感受。不同的只是写周进以"哭了又哭"到"说说笑笑"的悲喜急剧变化，来引人发笑；写范进则是以"噫！好了！我中了！"这句话的一再重复，来活画出他那为中举而喜疯了的灵魂。其共同的特色，都是语句看似轻松谐谑，引人耻笑，实则庄重沉痛，饱含着血和泪，交织着欢乐和辛酸，叫人读了不禁感慨万千，潸然泪下。

寓庄于谐，不只要有高超的语言艺术技巧，更重要的还在于作家要有不同凡俗的思想认识。《儒林外史》的语言之所以给人以庄重沉痛、冷峻犀利的深切感受，就在于它讽刺、揭露的矛头，不只是指向醉心于科举功名的周进、范进等个人，更重要的是指向那害人的科举制度和社会环境。

如王玉辉的女儿为死去的丈夫殉节而自杀，系取材于金兆燕《棕亭诗钞》卷九《古诗为新安烈妇汪氏作》。金兆燕即从封建世俗之见出发，对这位为夫殉节的汪氏烈妇，采取了完全肯定和赞美的态度，说什么"守节与殉节，理一本自古"。"苦竹抱贞心，根断节不易。我闻新安郡，自古产大贤。理学炳千载，馨宗隆几筵。"然而吴敬梓却能挣脱这种封建传统思想的桎梏，以谐谑的语言写出烈女之父王玉辉与其妻的矛盾：

老孺人道："你怎的越老越呆了！一个女儿要死，你该劝他，怎么到叫他死？这是甚么话说！"……王玉辉走到床面前说道："你这老人家真正是个呆子！三女儿他而今已是成了仙了，你哭他怎的？他这死的好，只怕我将来不能像他这一个好题目死哩！"因仰天大笑道："死的好！死的好！"大笑着，走出房门去了。

当女儿死后被送入烈女祠，作者又写王玉辉内心的矛盾和痛苦：

当日入祠安了位，知县祭，本学祭，余大先生祭，阖县乡绅祭，通学朋友祭，两家亲戚祭，两家本族祭，祭了一天，在明伦堂摆席。通学人要请了王先生来上坐，说他生这样好女儿，为伦纪生色。王玉辉到了此时，转觉心伤，辞了不肯出来。……王玉辉说起："在家日日看见老妻悲伤，心下不忍，意思要到外面去作游几时。……"……

447

一路看着水色山光，悲悼女儿，凄凄惶惶。（第四十八回）

卧闲草堂的批语指出："老孺人以王玉辉为呆，王玉辉亦以老孺人为呆，前后两个'呆'字，照应成趣。"这就是引人发笑的谐谑之趣。封建理学使王玉辉麻木到"呆"的地步还不自觉，反而说妻子"呆"；女儿死了，他不痛哭，反而大笑，甚至为自己找不到像女儿"这一个好题目死"而抱憾不已，这种语言，这种表情，该是具有多么可笑的讽刺意味啊！然而它的妙处更重要的是在于这种谐谑之趣，是建立在作家"寓庄"的光辉思想认识基础之上的。——他看到这种叫人殉节的封建理学是灭绝人性的，因此，他不歌颂"理学炳千载"，而是写出王玉辉纵容女儿殉节，既遭到了他老妻的叱骂，又受到了自己的良心责备。王玉辉"转觉心伤"的良心发现，就使他自己由可笑的被讽刺的对象，转化成为可悲的受害者，转化成为对那个受封建理学统治、吃人的封建世俗的讽刺，叫人读了不能不在感到他迂腐可笑的同时又给予深切的同情。

四、言浅意深，"妙处真是在语言文字之外"[①]

高尔基说，要"能用很少的话表现出很多的意思，好像语言狭窄，而思想广阔"[②]。老舍也说："一个作家应当同时也是思想家。他博闻广见，而且能够提出问题来。……思想不精辟，无从写出简洁有力的文字。"[③]言浅意深，具有思想家的敏锐感和深邃感，富有耐人咀嚼、发人深省的多方面、多层次的感情色彩和哲理意味，这是《儒林外史》的语言艺术最可宝贵的重要特色。

---

① 卧闲草堂评本《儒林外史》第五回批语。
② 高尔基：《我怎样学习写作》，三联书店1951年版，第53页。
③ 老舍：《答友书——谈简练》，转引自孙钧政《漫谈老舍的文学语言》，《北京文艺》1979年第4期。

从一段话、一个具体形象的描绘来看，如作者写南昌太守王惠，蘧公子说他上任后，即使讼简刑清、吟啸自若的太守衙门，由"吟诗声、下棋声、唱曲声"，换成另三样声息："戥子声、算盘声、板子声"。"王太守并不知道这话是讥诮他，正容答道：'而今你我替朝廷办事，只怕也不得不如此认真。'"他还"果然听了蘧公子的话，订了一把头号的库戥"，以搜括民脂民膏，又"用的是头号板子"，使"这些衙役百姓，一个个被他打得魂飞魄散。合城的人，无一个不知道太爷的厉害，睡梦里也是怕的。因此，各上司访闻，都道是江西第一个能员，做到两年多些，各处荐了。适值江西宁王反乱，各路戒严，朝廷就把他推升了南赣道，催趱军需"。不久，宁王统兵破南赣，他便"黑夜逃走"；当了俘虏，即"颤抖抖的叩头道：'情愿降顺。'"（第八回）

这段文字的内涵，可谓丰富、深邃极了，至少可从四个层面来看：

首先，作者用极为简洁的笔墨，即勾画出了这个王太守极为多姿多彩的性格色调。他既浅薄得竟听不出蘧公子的话"是讥诮他"，却还自命不凡，要替朝廷认真办事。如果说前者是画出他性格表层浅薄无知的灰白色的话，那么，后者则画出了他性格深层颠顸无耻的灰黑色；如果说写他对待衙役百姓是那样穷凶极恶地剥削压迫，是画出了他性格表层残暴如虎狼的血污色的话，那么，写他的逃跑和归降，则画出了他性格里层贪生怕死、胆小如鼠的乌黑色。一个本来纯属腐朽无能、极其单色调的封建官僚，经过吴敬梓的生花妙笔，却写得如此色彩斑斓，叫人感到真是好看。

其次，如果说这还是从语言文字本身即可一眼看出的话，那么，他写王太守这样浅薄无知、凶残暴虐、颠顸无耻的坏官僚，竟被"各上司访闻，都道是江西第一个能员"，这就使读者不能不想到，这"第一个能员"尚且如此，那么，第二个、第三个……乃至所有的封建官僚，又该无知无能无耻到何等地步呢？这真是言有尽而意无穷啊！

再次，如果说江西这一个地区的官僚都像王太守这样腐朽，那充其量还不过是局部地区的问题，妙在作者还写他因此而得到了中央王朝的提拔，"把他推升了南赣道"，由王太守成了王道台。而恰恰又是这个得到朝廷提拔重用的王道台，成了最先变节投降的叛贼。这就不仅是对朝廷的莫大讽刺，更重要的，它使读者不能不想到，那整个封建王朝已经腐朽到何等地步！

最后，再回过头来看看蘧公子所说的南昌太守府"三样声息"的变化，又不仅是对王太守浅薄无知的讥诮，它还反映了那整个封建政治的一个缩影：以讼简刑清、吟啸自若著称的清明政治的时代，已经一去不复返了，代之而起的只能是王太守式的腐朽暴虐统治，它必然激起整个阶级矛盾和统治阶级内部矛盾的激化，宁王的叛乱，即在更大的社会背景上，预示了封建统治的江山已面临刀兵厮杀、摇摇欲坠的困境。

《儒林外史》的语言艺术，就像这样在读者面前树起了一架多棱镜，使我们从各个不同的角度、不同的层面，仿佛可以看到那人物形象的里里外外，乃至整个大千世界的形形色色的奇光异彩。其妙处，不只在语言文字之内，更在语言文字之外，有令人咀嚼不尽，"爱之者几百谈不厌"①的艺术魅力。

由于作者对当时的整个封建社会有相当透辟、深入的认识，因此，他在《儒林外史》中便写出了很多耐人咀嚼、发人深省的警句。例如：

做官怕不是荣宗耀祖的事，我看见这些做官的都不得有甚好收场。（第一回）

这个法却定的不好！将来读书人既有此一条荣身之路，把那文行出处都看得轻了。（第一回）

一代文人有厄！（第一回）

你我做官的人，只知有皇上，那知有教亲？（第四回）

---

① 黄安谨：《〈儒林外史〉序》，见光绪乙酉宝文阁刊本《儒林外史评》。

钱到公事办，火到猪头烂。（第十三回）

世间那里来的神仙！（第十五回）

我从二十岁进学，到而今做了三十七年的秀才。就坏在读了这几句死书，拿不得轻，负不得重，一日穷似一日。（第二十五回）

这些中进士、做翰林的，和他说到传道穷经，他便说迂而无当；和他说到通今博古，他便说杂而不精。究竟事君交友的所在，全然看不得，不如我这鲍朋友，他虽生意是贱业，倒颇多君子之行。（第二十六回）

逐日讲那些“敦孝弟，劝农桑”的呆话。这些话是教养题目文章里的词藻，他竟拿着当了真，惹的上司不喜欢，把个官弄掉了。（第三十四回）

那书本子上的话，如何信得！（第三十九回）

……

《儒林外史》在写到书中正面人物迟衡山关于破除风水迷信的议论时，曾赞赏其“真可谓之发蒙振聩”（第四十四回）！其实，《儒林外史》所写的上述许多警句，在当时也都是远远高出世俗之见，颇具新思想的，也同样足以起到思想启蒙作用。

如人们历来把做官看作“是荣宗耀祖的事”，而他却写“做官的都不得有甚好收场”，连清廉的蘧太守，在他儿子亡化之时，都不免只怕是做官的报应。可见由于整个封建统治的腐朽，在封建官吏中所造成的心理压力之重。值得注意的是，这并不是个别的偶然的现象，而是整个作品皆表现了对代表封建统治的官场极其憎恶和鄙弃的倾向。

对于封建科举的讽刺，作者也不像他以前的小说那样，只着眼于揭露科场舞弊、考官腐败和文人堕落，而是能从制度上揭示出“这个法却定的不好”，发出"一代文人有厄"的惊叹。

对于封建官吏的讽刺，作者也不只是揭露他们的个人道德品质的"奸"或"贪"，更重要的是揭示了他们的思想深处："只知有皇上，那知有教亲！"把皇上和老百姓对立起来，这就道出了封建政权压迫人民的本质。"钱到公事办，火到猪头烂"，则更揭示了金钱对于封建统治的侵蚀和瓦解作用，反映了资本主义萌芽之后的新的时代特色。

"就坏在读了这几句死书"，传统的封建说教，已经只"是教养题目文章里的词藻"，"拿着当了真"，就要吃大亏。理论与实践截然相反，这正是封建统治腐朽没落的突出征兆。

把中进士、做翰林的高贵之士，写成品德卑劣之极，而把做"贱业"的市井小民，则写成"颇多君子之行"，这岂不带有对传统的封建等级观念的合理性提出挑战的意味么？

此外，如反对女子殉节，反对风水迷信，等等，也都具有向封建传统观念挑战、解放思想的伟大意义。

可是吴敬梓又毕竟是以小说家著称的，他的上述警句之所以既富有深刻、高超的哲理性，又有着强大、剧烈的艺术震撼力，正在于这些警句本身就是绝妙的语言艺术。它们具有三个共同的特点：其一，它们的逻辑，看似矛盾，实则更深刻地反映了历史的必然。如世俗皆以为做官"是荣宗耀祖的事"，而作者却指出："我看见这些做官的都不得有甚好收场。""荣宗耀祖"与"不得有甚好收场"之间，显然是矛盾的。然而，正是这种矛盾显得慧眼独具，发人深省，使人不能不正视那个社会整个官场的黑暗和腐朽。其二，它们皆贯注了血和泪的浓烈感情。如"一代文人有厄"，遭受厄运的，不是个别少数人，也不是文人自己不学好，而是整个的"一代文人有厄"。这就叫人不能不受到震撼，不能不感到悲愤，也不能不思考其根源。其三，它们的词汇多采用生动的形象对比，如将"皇上"与"教亲"对立，"钱到公事办"与"火到猪头烂"

并提，"中进士、做翰林的"与做"贱业"的对比，"秀才"与"奴才"同论。这一切都给人不仅留下了鲜明、深刻的印象，而且还留下了不能不对其经久思索的张力。

总之，我们读《儒林外史》，需要经过仔细的咀嚼和品味，才能体会其语言艺术的种种高超和奥妙之处，跟作者一起走进书中的幽深、美妙境界，才能沉浸在深深的陶醉和激动之中，受到思想的启迪和艺术的感染，对本文也才能收到举一反三之效，弥补挂一漏万之憾。

（原载《安徽大学学报》1993年第1期）

下篇　戏曲曲艺民歌寓言研究

元杂剧中的包拯形象

　　元杂剧中出现过包拯形象的共有二十个剧目，约占元杂剧总剧目的百分之四。其中有剧本流传至今的是：关汉卿的《包待制智斩鲁斋郎》《包待制三勘蝴蝶梦》，武汉臣的《包待制智赚生金阁》，李行道的《包待制智勘灰栏记》，郑廷玉的《包待制智勘后庭花》，曾瑞卿的《王月英元夜留鞋记》，无名氏的《包待制陈州粜米》《包待制智赚合同文字》《叮叮当当盆儿鬼》《神奴儿大闹开封府》《张千替杀妻》，共十一种，约占现存元杂剧剧本总数的百分之八。除最后一种见于《元刊杂剧三十种》外，前十种皆见于明代臧懋循编的《元曲选》。该书共选入元人杂剧九十四种，其中选入的包公戏竟占十分之一强。在元杂剧中包拯形象为什么会占据如此突出的地位呢？笔者认为，这主要是由于他已超越历史人物包拯，成为我们中华民族之魂的象征，而有别于一般的清官形象，因此，颇值得我们刮目相看，重新加以认识和评价。

一、包拯形象对历史人物包拯的超越

　　我国古代名臣清官，代不乏人，为什么唯独包拯这个历史人物成为民间传说和元杂剧中颂扬的突出人物呢？这跟历史上的包拯其人，确实为官清廉，善断疑案，刚正不阿，除暴安良，为民申冤，深得民心，当然大有关系。《宋史本传》即记载："拯立朝刚毅，贵戚宦官为之敛手，闻者皆惮之。人以包拯笑比'黄河清'。童稚妇女亦知其名，呼曰'包待制'。京师为之语曰：'关节不到，有阎罗包老。'旧制，凡讼诉不得径造庭下。拯开正门，使得至前陈曲直，吏不敢欺。"①在贪官污吏横行、吏治腐败黑暗的元代，人民更加怀念历史人物包拯，从而进一步把自己的理想和愿望，赋予并寄托在元杂剧中包拯形象的塑造上，使包拯形象远远超越于包拯其人的历史真实，而成为人民群众更加喜闻乐见的中华民族精神的象征，并借此反衬和鞭挞黑暗的社会现实，充当激励和鼓舞群众斗志的强大精神力量。

因此，元杂剧中的包拯形象，并不是历史人物包拯的再现，而是民间传说的产物。元杂剧中描写包拯的所有故事，在真实历史记载的包拯事迹中皆查无实据。许多描写，且与史实明显相悖。如据《庐州府志》记载："包公故宅，在城南镇怀楼西，凤凰桥巷有读书台，濒泄水。"而元杂剧中的包拯却自称："乃庐州金斗郡四望乡老儿村人氏。"据宋代曾巩的《孝肃包公传》，宋人撰的《国史本传》及元人撰的《宋史本传》，皆称其"年六十四"。而《陈州粜米》中的包拯竟声称"我如今做官到七十也八九"。仿佛包拯能死而复生，年近八旬还在为民除害申冤。种种事实说明，元杂剧中的包拯形象，并不是根据历史上包拯的真人真事来描写的，而主要是以民间传说和人民的理想、愿望为基础的艺术创造。

与历史人物包拯相比较，元杂剧中的包拯形象又究竟有哪些超越呢？

（一）不是仅一再向皇帝奏请弹劾贪酷之官，而是背着皇帝直接处死危害百姓的皇亲、衙内等权豪势要。在《包拯集》中，我们可以看到包拯曾七次向皇帝上书《弹王逵》，指责他任江南西路转运使，"行事任性"，"苛政暴敛"，②要求"圣慈特与降黜"。③还有《弹张若谷》《弹张尧佐》《弹郭承祐》《弹宋庠》《弹李淑》《弹宋祁》《乞不用赃吏》等，皆属包拯给皇帝的奏议，旨

---

① 包拯：《包拯集编年校补》，黄山书社1989年12月版，第272页。
② 包拯：《包拯集编年校补》，黄山书社1989年12月版，第51页。
③ 包拯：《包拯集编年校补》，黄山书社1989年12月版，第52页。

在表示"臣等不胜为国纳忠激切之至"①。所谓"拯立朝刚毅，贵戚宦官为之敛手"者，即在于此。其实质，显然仍属于封建统治阶级内部的忠臣与奸臣的斗争，是对封建皇帝的效忠之举。而元杂剧中的包拯，虽然有时也强调他倚仗的是皇帝赐予的势剑金牌，但他所实际采用的却是骗取皇帝批准或干脆背着皇帝，擅自直接处死葛彪、鲁斋郎、小刘衙内等权豪势要。他不再把幻想寄托在皇帝身上，而是直接充当了为民报仇雪恨、锄暴除害的人民理想的卫士和英雄。

（二）不仅是智断偷割牛舌之类的民事案件，更重要的是智断人命案，直接与民作主，为民申冤除害。在包拯断案的史实中，有记载可查的唯一案例，是他在任天长知县时，有个人家的牛舌头被割了，告到县衙，包拯叫他回去把牛杀了卖掉，不久有人来告那人私宰耕牛，按当时法律，私宰耕牛要治罪，可是包拯指出："已割其舌矣，非私杀也。"这就使那偷割牛舌的人脸色突变，不得不自伏其罪。②可是，元杂剧中的包拯所智断的却不是"偷割牛舌"之类的民事纠纷，而是十有八九皆属于具有社会典型意义的人命案。在现存写包拯的十一个元杂剧中，有四个剧本是写包拯直接处死残害无辜的贵族特权人物的，有五个剧本是写包拯查明并惩治谋财害命的杀人犯的，还有一个剧本是写包拯挫败伯父母剥夺侄儿继承权、独霸家产的图谋，一个剧本是写包拯排除了和尚杀人的嫌疑，促成一对青年男女的自由婚姻。所有这些，与历史上的包拯智断割牛舌案相比，不只案情有轻重之别，社会典型意义有大小之分，更重要的是，它们反映了包拯已由一个善于断案的清官，在某种程度上上升为自觉地与百姓除害申冤的理想的斗士和正义的化身。

（三）历史上的包拯是个素守"事君行己之方"的封建官僚，而元杂剧中的包拯则带有平民的色彩，成为人民群众喜闻乐见的形象。如在《包拯集·求

---

①　包拯：《包拯集编年校补》，黄山书社1989年12月版，第168页。
②　包拯：《包拯集编年校补》，黄山书社1989年12月版，第265页。

外任》中，他自称："臣生于草茅，早从宦学，尽信前书之载，窃慕古人之为，知事君行己之方，有竭忠死义之分，确然素守，期以勉循。"① 然而元杂剧中的包拯，为了与民除害，竟不惜冒"欺君之罪"的风险，把"鲁斋郎"篡改成"鱼齐即"，骗取皇帝批准处斩，天下哪有如此"竭忠""事君"的封建官僚？！更为有趣的是《留鞋记》中的包拯，不仅不追究胭脂商人女儿王月英与落第书生自由相爱"犯出风流罪"，而且公然宣称："今日个开封府判断明白，合着你夫和妇永远团圆。"这就既违背封建礼教，又完全打破了才子佳人相爱，必待才子高中状元，恭奉圣旨完婚的俗套。元杂剧中的包拯虽然仍是个封建官僚，但是如此表现出平民意识和平民气息，却是历史人物包拯所完全没有的。

（四）历史上的包拯虽然是个关心民瘼，力主反贪除蠹的清官，但是他的思想出发点或根本立场，还是为了维护封建统治。如他说："民者，国之本，财用所出，安危所系。而横赋暴取，不知纪极，若因此流亡相应而起，涂炭郡邑，则将何道可以卒安之？况已萌之兆，不可不深虑耳。"② 可见他所"深虑"的，主要还是封建统治的"安危"。他又说："臣闻善为国者，必务去民之蠹，则俗阜而财丰；若蠹原不除，治道从何而兴哉！"③ 可见"兴"封建之"治道"，才是他"去民之蠹"的根本目的。而元杂剧中的包拯，则强调他"专一体察滥官污吏，与百姓伸冤理枉"④，宣称"我和那权豪势要结下些山海也似冤仇"⑤，要以"从来三尺（指法律——引者注）贵持平"⑥，"剑斩不平人"⑦。虽然不能说元杂剧中的包拯已摆脱维护封建统治的根本立场，但他在压迫者与被

---

① 包拯：《包拯集编年校补》，黄山书社 1989 年 12 月版，第 187 页。
② 包拯：《包拯集编年校补》，黄山书社 1989 年 12 月版，第 17 页。
③ 包拯：《包拯集编年校补》，黄山书社 1989 年 12 月版，第 38 页。
④ 见于《盆儿鬼》。
⑤ 见于《陈州粜米》。
⑥ 见于《留鞋记》。
⑦ 见于《盆儿鬼》。

压迫者的生死斗争中，却往往站到了被压迫者的一边；所谓"从来三尺贵持平"，"剑斩不平人"，显然在一定程度上反映了人民群众对"平等"的渴望和要求。

总之，历史人物包拯不可避免地具有封建性，而元杂剧中的包拯形象，由于是以民间传说为基础的艺术创造，所以他带有相当突出的民主性。他已经远远超越于历史人物包拯，而成为人民群众所喜闻乐见的中华民族之魂——民族精神的象征。

二、包拯形象所体现的民族精神

（一）人命关天，捍卫人的生存权利的人文精神。

元蒙统治者享有杀人不偿命的特权。因此元杂剧中的包拯所面对的，主要是这些动辄残害人命的特权人物。如《蝴蝶梦》中的皇亲葛彪，他说他打死人"只当房檐上揭片瓦相似"；《生金阁》里的庞衙内声称："打死一个人如捏死一个苍蝇"；《陈州粜米》中的小刘衙内说，他打死人"只当捏烂柿一般"；《鲁斋郎》中的权豪势要鲁斋郎，公然强占一个又一个地方官吏的妻子，甚至扬言如不送来，"就把他全家尽行杀坏"。郑振铎指出："这就是指蒙古贵族的行为。"[①] 其实，不只蒙古贵族如此，横行霸道，草菅人命，也是一切反动统治者的共同特性。

我们中华民族历来有"仁"者"爱人"，关注人命的民族传统。《论语·颜渊》："樊迟问仁，子曰：'爱人。'"屈原《楚辞·九歌·大司命》："固人命兮有当，孰离合兮可为？"《后汉书·钟离意传》："诏有司，慎人命，缓刑罚。""人命关天"，成了我国民间广为流传的口头禅。在现存十一个写包拯的元杂剧中，有九个皆属人命案。元杂剧中的包拯所奉行的，正是这种以

---

① 《郑振铎古典文学论文集》，上海古籍出版社 1984 年版，第 495 页。

人命关天的思想，捍卫人的生存权利的人文精神。如《留鞋记》中的包拯宣称：“人命关天非细事，举头岂可没神明。”《陈州粜米》中的包拯唱道：

【太平令】从来个人命事关连天大，怎容他杀生灵似虎如豺？紫金锤依然还在，也将来敲他脑袋。登时间肉拆血洒，受这般罪责，呀，才平定陈州一带。

（二）铁面无私，不畏权势的斗争精神。

元杂剧中的包拯形象总是以满脸漆黑的扮相出现，这黑脸即昭示着他的铁面无私。地方上的贪官酷吏，往往在中央有黑后台。《陈州粜米》中的包拯，要赴陈州处理利用赈灾粜米盘剥灾民，又打死灾民张憨古的人命案，首先就遇到朝廷刘衙内找他说情：“老府尹若到陈州，那两个仓官，可是我家里小的，看我分上看觑咱。”而包拯却“做看剑”的姿势，说：“我知道我这上头看觑他。”刘衙内当即申斥道：“老府尹好没面情！我两次三番与你陪话，你看着这势剑说这上头看觑他。你敢杀了我两个小的？！论官职，我也不怕你；论家财，我也受用似你。”包拯面对刘衙内的威胁，不但毫不畏惧，而且还反唇相讥，说：“我老夫怎比得你来。”并唱道：

【耍孩儿】你积攒的金银过北斗，你指望待天长地久。看你那于家为国下场头，出言语不识娘羞。我须是笔尖上挣来的千钟禄，你可甚剑锋头博换来的万户侯。（衙内云）老府尹，我也不怕你。（正末唱）你那里休夸口，你虽是一人为害，我与那陈州百姓每分忧。

“与百姓每分忧”，这显然道出了包拯之所以能做到铁面无私、不畏权势的内在动力。刘衙内眼看对包拯讲情面和施威吓皆无济于事，便立刻去要皇帝下一纸文书：只赦活的，不赦死的。企图庇护打死张憨古的凶手小刘衙内。包拯仿佛早已料到这一着，他到陈州查明案情后，迅即叫小憨古也同样用小刘衙内打死其父的那紫金锤将小刘衙内打死，以"偿还你这亲爷债"。当刘衙内要皇帝下的赦书送达时，包拯即据此"放了小憨古"，并得意地唱道：

【殿前欢】猛听的叫赦书来，不由我不临风回首笑咳咳，想他父子每倚势挟权大，到今日也运蹇时衰。他指望着赦来时有处裁，怎知道赦未来先杀坏。这一番颠倒把别人贷，也非是他人谋不善，总见的个天理明白。

刘衙内的"人谋"再"善"，终究被"天理"所战胜。"与民除害"的包拯既敢于斗争，又善于斗争，他仿佛就是为顺应"天理"而战的勇士。

（三）清廉正直、艰苦朴素的平民作风和平民精神。

这是元杂剧中的包拯之所以能微服私访，深入群众，调查研究，迅即掌握第一手罪证，秉公断案的重要保证。为此，他曾遭到他的随从人员的埋怨："这位大人清廉正直，不爱民财。虽然钱物不要，你可吃些东西也好。他但是到的府州县道，下马升厅，那官人里老安排的东西，他看也不看，一日三顿，则吃那落解粥（指山东、河北民间用榆树叶和玉米粉合煮的稀粥——引者注）。"随从走在前面，自言自语，想以包待制大人的名义，要人家安排下"肥草鸡儿""茶浑酒儿"吃，被包拯听到了，包拯说："如今在前头有的尽你吃。"随从问吃什么，他说："我着你吃那一口剑。"吓得随从说："孩儿则吃些落解粥儿倒好。"剧作者显然是以随从的不甘清苦，来烘托和突出包拯那清廉正直、艰苦朴素的平民作风和平民精神。正因为如此，他才能装扮成"庄家老儿"，替娼妓王粉莲赶驴，于闲谈之中获悉，刘衙内的儿子和女婿不但把所搜括的民脂民膏"都送与泼烟花王粉莲"，而且竟把皇帝赐的紫金锤也交给这个娼妓。包拯听罢，不禁"气的我心头颤"，"气堵住口内言"。这既使他掌握了罪犯的第一手材料，又更增强了他必叫罪犯"身丧黄泉"的决心。试想，如果包拯没有这种平民作风和平民精神，他能如此博得王粉莲的信任，达到深入调查、掌握罪证的目的么？

（四）崇尚运用智谋，查明案情虚实的尚智求实精神。

尚智求实，是我们中华民族的优良传统之一。在现存写包拯的十一个元杂剧中，几乎无不写了包拯以尚智求实的精神破案、办案，其中有五个剧本的题目还特地标明：包待制"智赚""智勘"或"智斩"。包拯所用的"智"，无非是深入实际，调查研究，或采用"人情可推"等方法，作推理分析，以判断案情虚实，查明事实真相，达到秉公断案、为民申冤的目的。

例如《留鞋记》中的人命案，即由于包拯发现死者怀里揣着一只绣鞋，便叫他手下的张千扮成货郎挑担叫卖，挑着这绣鞋儿，看有谁来认这绣鞋的，就拿她去见包拯，由此而终于找到这绣鞋的主人王月英，使案情真相大白。《灰栏记》中的包拯采用的则是"人情可推"的破案方法。毒死亲夫的淫妇奸夫，反而嫁祸于亲夫的妾张海棠，为夺取家庭财产继承权，又将张的儿子占为己有。包拯用石灰在阶下画个栏儿，着那孩子在内，着两个妇人拽这孩儿出灰栏外，声称"若是他亲养的孩儿，便拽得出来；不是他亲养的孩儿，便拽不出来"。结果，孩儿被正妻用劲拽出，而张海棠作为孩儿的亲生母，却说："两家硬夺，中间必有损伤，孩儿幼小，倘或扭断他胳膊，爷爷就打死妇人，也不敢用力拽出这灰栏外来。"由此包拯判断："那妇人本意要图占马均卿的家私，所以要强夺这孩儿，岂知其中真假，早已不辩自明了。（诗云）本为家私赖子孙，灰栏辩出假和真。外相温柔心毒狠，亲者原来则是亲。"由此，张海棠的冤案得以昭雪，谋财害命的正妻及奸夫赵令使皆被处以死刑。该剧结尾的唱词是："这《灰栏记》传扬得四海皆知。"果真不出所料，该剧早在 1832 年即已有法译本，1929 年又有英译本，1948 年还被德国著名剧作家 B. 布莱希特改编成《高加索灰栏记》在美国上演。《包待制智勘灰栏记》，成了我国在海外影响最大的元杂剧之一。

（五）追求"王法无亲""无私"的理想的平等精神。

我国民间有"王子犯法，与庶民同罪"的俗语，它带有"在法律面前，人人平等"的精神。可是，这在封建社会，只能是人民群众的一种理想，根本不可能实现。因此，《鲁斋郎》中的包拯，要"与民除害"，只有把权豪势要鲁斋郎的名字加以篡改，以骗取皇帝批准对其斩首。用剧中包拯的话来说："被老夫设智斩首，方表得王法无亲。"这岂不意味着：实际生活中的"王法"是有亲的，只是幸亏包拯的"智斩"，才"方表得王法无亲"。因而剧中受鲁斋郎迫害者由此得出的结论是："再不言宋天子英明甚，只说他包龙图智慧多。"可见这种"王法无亲"，绝不是宋天子的"王法"，它只不过是民间的一种理想，在实际生活中实现不了，便通过"包龙图智慧"来求得理想的实现罢了。

《陈州粜米》中的包拯说："今日个从公勘问，遣小偻㑩手报亲仇，方见得无私王法，留传于万古千秋。"可是剧本写明，皇帝的"赦书"本来是应刘衙内的要求，替小刘衙内赦免打死张撇古的罪责的。这说明"王法"本来是有私的，只是由于包拯抢在"赦书"未到之前，就"遣小偻㑩手报亲仇"，"方才见无私王法"。

事实告诉人们，所谓"王法无亲""无私王法"，都只有在包拯巧妙地背着封建最高统治者——皇帝的情况下，才得以实现的。因此，它绝不是对封建王法的美化和赞颂，而是反映了我们民族通过包拯形象对"王法无亲""无私"的理想的平等精神的热烈呼唤和追求。

上述五点，就是元杂剧中包拯形象象征和寄寓着我们民族精神和民族灵魂的突出表现。由此可见，元杂剧中的包拯形象已成为我们中华民族精神的载体。这是他之所以世代流传，光照千古，为中国人民所喜闻乐见，具有不朽的艺术生命力的根本原因，也是最值得我们长久深思和永远发扬的主要方面。

三、从包拯形象看对"清官戏"的评价

长期以来，存在着一种十分矛盾的现象，即一方面人民群众很欢迎以包拯为代表的"清官戏"，另一方面在学术界又尖锐地批判和否定清官和"清官戏"。有人甚至把清官说成更有欺骗性，指责元杂剧中的包拯形象，是散布"对封建社会清明政治的幻想"，① 有着"在一定程度上麻痹人民的斗志"② 的毒害作用。这种论断，难道是科学的吗？

在历代统治者中，有清官和赃官之别；两相比较，赃官对于人民的剥削压迫，要比清官更加凶残得多。这个历史事实，是谁也否认和抹杀不了的。人民群众受尽欺压，特别憎恨赃官酷吏，到处鸣冤叫屈，希望利用合法斗争的手段，通过清官来为他们申冤报仇，这种善良的愿望和要求，显然也是合情合理的。我们既然肯定文学作品是社会现实的反映，那么，就不应无视清官存在的历史事实，不应抹杀清官戏创作的社会典型意义。更何况元杂剧中的包拯形象，还超越于一般的清官形象，使他在很大程度上足以避免散布"幻想""麻痹人民的斗志"之类的毒副作用。其超越于一般清官形象的主要表现：

（一）元杂剧中的包拯形象作为中华民族之魂的象征，他带有浓烈的民间理想的色彩。因此剧作者不是把他写成是整个封建统治阶级的代表，而是有意识地把他与以皇帝为首的封建统治阶级区别开来，写出他"与民除害"的正义行为，都不得不背着皇帝才能实现。这岂不明白无误地告诉观众，对以皇帝为首的封建统治者应保持清醒的头脑，绝不能抱有幻想么？

（二）元杂剧在描写包拯的同时，往往还对那些假借清官之名，行贪赃枉法之实的封建官吏加以揭露和批判。如《陈州粜米》中残酷盘剥灾民的两个仓官，一再自称"俺两个清似水，白如面，在朝文武，谁不称赞我的"。"皆

---

① 张庚等主编：《中国戏曲通史》上册，中国戏剧出版社1980年版，第139页。
② 游国恩等主编：《中国文学史》第三册，第226页。

因我二人至清，满朝中臣宰举保将我来的。"而张撇古则当面讥讽他们标榜清官，不过是"你个萝卜精，头上青"，揭穿他们"都是些吃仓廒的鼠耗，咂脓血的苍蝇"。包拯更进一步地指出，满朝文武皆昏庸不堪，是充当贪赃枉法之徒的保护伞："那刘衙内把孩儿荐，范学士怎也就将敕命宣，只今个贼仓官享富贵，全不管穷百姓受熬煎。""只我个包龙图原铁面，也少不得着您名登紫禁，身丧黄泉。"其他如《蝴蝶梦》《神奴儿》《灰栏记》等，也都是在自称"官人清似水"，"天生精干又廉能"的赃官、昏官错判之后，再由包拯明断，"才见得我老龙图就似那一轮明镜不容尘"。这一切皆使读者清晰地意识到，包拯形象只是人们的美好理想和愿望的化身，名清实贪的官场现实，才是人们所必须警惕和揭穿的。

（三）元杂剧塑造包拯形象，并不是鼓吹人民群众可以放弃自己的斗争，仅仅寄希望于清官，而是要在坚持斗争的基础上，利用统治阶级内部清官与赃官的矛盾，争取得到包拯式的清官的支持。如《陈州粜米》中的张撇古，就是因为他坚持跟贪赃枉法之徒作斗争，才被小刘衙内用皇帝赐的紫金锤活活打死的。面对强权，他宁死不屈，说："难道紫金锤就好活打杀人性命？我便死在幽冥，决不忘情，待告神灵，拿到阶庭，取下招承，偿还残生，苦恨才平。"他嘱咐他儿子："眼见得我死了，你与我告去！"并且要他"只今日便登程，直到王京。常言道：厮杀无如父子兵，拣一个清耿耿、明朗朗官人每告整，和那害民的贼徒折证"。还说："若要与我陈州百姓除了这害呵，则除是包龙图那个铁面没人情。"正是在张撇古父子前仆后继、坚持斗争的基础上，才促使包拯赴陈州为民除害的。《蝴蝶梦》中皇亲葛彪打死无辜的王老汉，王老汉的三个儿子也是在愤起打死葛彪之后，才得到包拯的同情和庇护的。《生金阁》《神奴儿》《后庭花》《盆儿鬼》等剧中所出现的鬼魂，皆是"屈死的冤魂"，他们即使在被害死之后，其冤魂也要来跟害死他们的仇人作斗争，"清耿耿无私曲的"包拯，正是在他们的斗争精神感召和要求之下，才与他们申冤雪恨的。如果我们不否认统治阶级内部确实有清官与赃官的矛盾可加以利用，不否认合法斗争的必要性和可能性，人们怎么能把这种建立在至死也要坚持斗争基础上的包拯形象，说成是散布"幻想""麻痹人民的斗志"呢？

（四）由于元杂剧中的包拯形象，带有更多的民间理想的色彩，因此，他与元杂剧中其他一般的清官形象也显然有别。如无名氏的元杂剧《延安府》中的清官李圭，他一再挫败葛监军的威胁和干扰，把杀人犯葛彪问斩，又将葛监军发配充军。其不畏权势、锄奸除恶的事迹，与包拯相比，可谓如出一辙。然而，支持李圭充当清官的思想基础，却是"为官的食君之禄，则要尽忠守节，侍銮舆，投至的封妻荫子，使婢驱奴"。"为臣尽节整纲常，报君恩敬于事上。""将我这正直的名姓播皇都。"这类清宫形象，显然更多地带有封建思想色彩。包拯则不是要"尽忠守节""封妻荫子"，而是强调"我一点心怀社稷愁"。因此，他把自己视为必遭统治者迫害的屈原式的人物。他忧心忡忡地唱道：

【滚绣球】有一个楚屈原在江上死，有一个关龙逄刀下休，有一个纣比干会将心剖，有一个未央宫屈斩了韩侯。那张良呵若不是疾归去，那范蠡呵若不是暗奔走，这两个都落不的完全尸首。我是个漏网鱼，怎再敢吞钩？不如及早归山去，我则怕为官不到头，枉了也干求。①

上述事实更进一步说明，元杂剧中的包拯形象，在众多清官形象之中，他如同鹤立鸡群，在一定程度上，已是我们民族精神的化身，民族灵魂的象征，民族智慧的结晶，民族性格的代表，民族理想的寄托，民族愿望的呐喊；他代表着正义必定战胜邪恶，天理必将取代强权，足以激励人们的斗志，鼓舞人们

---

① 见于《陈州粜米》。

投身于非法和合法的反抗斗争；总之，在他身上闪耀着我们民族的灵魂之光。因此，那种以否定清官、否定一般清官戏的眼光，来看待和评价元杂剧中的包拯形象，其科学性，很有必要加以重新评估。

当然，元杂剧中的包拯形象也绝非完美无疵。它产生于封建时代，必然带有那个时代的烙印。如对孝子、义妇、贤母的封建道德说教，因果报应的迷信思想，"日断阳、夜断阴"的神化，鬼魂登台的阴森恐怖气氛的渲染，等等，都是我们必须予以批判地看待的。

1999 年 6 月 16 日于安徽大学中文系

（原载《江淮论坛》1999 年第 5 期，收入《包拯研究与传统文化——纪念包拯诞辰千年论文集》，安徽人民出版社 2001 年 1 月出版。）

徐渭评述

　　徐渭（1521—1593），明代戏曲作家、诗人、书画家。初字文清，改字文长，号天池山人，青藤道士，或署天池生、田水月等。明正德十六年二月初四（1521年3月12日），生在浙江山阴县（今绍兴市）大乘庵东边的榴花书屋。父徐鏓是个举人，长期在贵州教书，并担任过多年的州县官，后因病回到山阴原籍。徐渭一生在科举和仕途上都不得意。二十岁考取秀才后，曾八次参加乡试。直到四十岁仍未考中举人。嘉靖三十七年（1558），应聘到浙闽总督胡宗宪幕下当幕客，曾亲临前线参加抗倭战斗，屡出奇谋，建文战功。由于统治阶级内部的倾轧，四十二年（1563）春，胡宗宪被捕入狱，徐渭不但报国无门，而且清名受污，又加上夫妻不和，以致精神失常。四十五年（1566），写《自为墓志铭》，连续九次自杀未遂。又因误杀继妻而入狱，七年后才被友人营救出狱。晚年，以鬻书卖画谋生。

　　徐渭的坎坷终生，跟他具有不合封建世俗的叛逆性格是分不开的。在中国封建社会，儒家思想一直占据统治地位，而徐渭却"不为儒缚"（《自为墓志铭》）。他"眼空千古，独立一时"①。在政治上，他支持张居正，谴责严嵩，积极参加抗倭战争。在文学上，他强调独创，反对复古摹拟，斥之为鹦鹉学舌，"其音则人也，而性则鸟也"②。对于当时所谓达官贵人、骚士墨客，文长皆叱而

---

① 袁宏道：《徐文长传》。
② 见《叶子肃诗序》。

奴之，耻不与交。晚年，愤益深，佯狂益甚，显者至门，皆拒不纳。当道官至，求一字不可得；而对卑贱者，他却深表同情，亲如家人。"时携钱至酒肆，呼下隶与饮。"[①] 他的这种思想性格，自然不能为封建统治阶级所容纳。

《四声猿》杂剧是徐渭的戏曲代表作，系由《狂鼓史渔阳三弄》《玉禅师翠乡一梦》《雌木兰替父从军》《女状元辞凰得凤》四部短剧组成。

《狂鼓史》写祢衡死后，阴司判官把曹操鬼魂召到阎罗殿上，祢衡击鼓骂曹。作者淋漓尽致地揭露了曹操狠毒虚伪，借刀杀人，"哄他人口似蜜，害贤良只当耍"，无恶不作，残无人道，狡诈奸险，死不悔悟的丑恶面目，徐渭写这部剧本可能是有其现实针对性的。他曾在《哀沈参军青霞》诗和《与诸士友祭沈君文》中，把当时的严嵩目为曹操式的奸相，把历数严嵩十大罪状因而被迫害致死的他的姊丈沈錬喻为祢衡。前人称赞此剧足以使奸雄裂胆。

《玉禅师》取材于《西湖游览志》，描写临安府尹柳宣教因玉通和尚不赴庭参便对他施行报复，派遣妓女红莲前去勾引，玉通和尚因犯色戒而羞愤自杀。死后投胎为柳太守女儿柳翠，沦为娼妓。玉通的同门月明和尚指出柳翠的前生因缘，引度她出家为尼。剧本带有因果报应的迷信思想，但在一定程度上揭露了官场与佛门的尔虞我诈，并批判了禁欲主义丧失人性的虚伪本质。它使人们看到，纵欲破戒照样可以得道升天，只有伪善者才永远被拒于天国的门外。此剧和元代无名氏的《月明和尚度柳翠》杂剧不同，主要是削弱了宗教迷信思想，加进了柳太守设计陷害玉通和尚的政治内容。

《雌木兰》写花木兰女扮男装，替父从军，为国立功的故事。歌颂了花木兰的爱国主义和英雄主义精神。它取材于乐府民歌《木兰辞》，但在故事情节和主题思想上都有重大发展。不仅添上木兰的父亲花弧，并描写木兰乔装和出征的经过，以及征战十二年，凯旋回家以后嫁王郎的归宿，使故事情节更加

---

① 袁宏道：《徐文长传》。

合理丰满，而且剔除了《木兰辞》中"忠孝两不渝"的说教，突出了英勇爱国和男女平等的思想。作为一个巾帼英雄的形象，花木兰深受广大人民群众的喜爱，从杂剧到昆曲，从京剧到许多地方戏，一直活跃在中国戏曲舞台上。

《女状元》写五代时黄崇嘏女扮男装，考中状元，被授予成都司户参军，周丞相欲招为婿，当她不得不说出实情时，周丞相便娶她为媳。此剧抒发了作者对封建社会摧残人才的不满和牢骚，客观上揭露了封建社会压迫妇女的现实。黄崇嘏才华出众，当她乔装成男人时，可以中状元，做官断冤狱，但在她暴露了女儿身份以后，却只能弃官成婚，使她的文学造诣和政治才能葬送于闺阁之中。作者深为封建社会妇女的受压迫而抱不平，他在剧中大声疾呼："裙钗伴，立地撑天，说什么男儿汉！""世间好事属何人，不在男儿在女子。"

徐渭的《四声猿》在中国戏曲史上的影响较大。明代的澄道人说它"为明曲之第一"[①]。袁宏道说："余少时过里肆中，见北杂剧有《四声猿》，意气豪达，与近时书生所演传奇绝异。"[②]它正是以这种"绝异"的崭新面貌登上当时剧坛的。它运用了浪漫主义的艺术手法，诸如由阳骂曹改为阴骂曹，和尚可以破戒，妓女能够得道升天，女扮男装，妇女照样可以干出武能安邦建勋、文能状元及第等惊天动地的英雄事业，打破了封建传统思想的束缚，洋溢着狂傲的反抗思想。想象之丰富，情节之离奇，被称为"是天地间一种奇绝文字"[③]。它对汤显祖有着直接的影响，汤显祖说过："《四声猿》乃词场飞将，辄为之唱演数通。安得生致文长，自拔其舌！"[④]《四声猿》在杂剧的音律、体制、表演等艺术形式上也有一些创新，为清代杂剧创作开辟了一条新路。而在思想和艺术上却不无局限，它所表现的民主思想毕竟是很朦胧的，封建的色彩依然十分浓厚，人物形象比较单薄，粗犷豪放有余，而丰满细腻不足。

---

① 见《四声猿引》。
② 见《徐文长传》。
③ 王骥德：《曲律》。
④ 王思任：《批点玉茗堂牡丹亭叙》。

《歌代啸》杂剧相传也是徐渭的作品。它是讽刺剧，分为四折。素材取自市井琐事，主要是揭露僧侣禁欲主义的虚伪、荒唐，张冠李戴，嫁祸于人，鞭挞封建官僚的丑恶和专横，"州官放火，禁百姓点灯"。其嬉笑怒骂、冷嘲热讽的战斗风格，比《四声猿》更为辛辣犀利。但写得浅薄显露，失于剪裁提炼，趣味也不免庸俗。

徐渭的《南词叙录》是研究宋元南戏的重要文献和理论批评著作。它记录了宋元南戏六十种、明初戏文四十七种，并对南戏的渊源、声腔、脚色、常用俚语以及戏曲改革和创作等方面，提供了重要的史料，发表了宝贵的意见。徐渭提倡本色，认为戏曲"本取于感发人心，歌之使奴童、妇女皆晓，及为得体"。他对当时戏曲创作中惯用经子语、典故、作对子的"时文气"，提出了尖锐的批评，指出其弊起于邵灿的《香囊记》，经"三吴俗子"竞相效尤，"遂至盛行"。他对这种脱离舞台、脱离一般观众的创作倾向，发出了振聋发聩之言："南戏之厄，莫甚于今！"针对当时人们对《琵琶记》的不同评价，徐渭热情地肯定了《琵琶记》中《食糠》《尝药》《筑坟》《写真》诸出，是从"人心中流出"的真情，"句句是常言俗语，扭作曲子，点石成金，信是妙手。"他的看法，对后世产生了深刻的影响。

徐渭还评点过《西厢记》，修改过梅鼎祚的《昆仑奴》杂剧。

徐渭的诗文集《徐文长初集》《阙编》《徐文长三集》《徐文长全集》《徐文长佚稿》《徐文长佚草》以及《四声猿》杂剧，都有明清刻本传世。《歌代啸》有1931年南京国学图书馆影印精钞本。《南词叙录》现存旧钞本，并有《读曲丛刊》本、《中国古典戏曲论著集成》本。

（原载《中国大百科全书·戏曲曲艺卷》，中国大百科全书出版社1983年8月出版。）

徐渭《四声猿》浅谈

巴东三峡巫峡长，

猿鸣三声泪沾裳！

这是《水经注》中记载的一首长江三峡的渔民歌谣。传说有人杀猿子，猿母悲啼四声而死，破其腹，肠皆断裂。因此，后人每听到猿声长啸，空谷传响，哀转久紫，都不能不在心灵上激起阵阵酸楚。

进步的作家和被压迫的人民，总是声息相通，心心相印的。徐渭把他创作的《狂鼓史渔阳三弄》《玉禅师翠乡一梦》《雌木兰替父从军》《女状元辞凰得凤》四个杂剧，总其名曰《四声猿》，就是"盖猿丧子，啼四声而肠断，文长有感而发焉，皆不得意于时之所为也"①。

徐渭，是我国明代著名文学家、戏剧家。字文长，号天池，晚年号青藤，浙江山阴（今绍兴）人。他勤奋好学，才情横溢，书法、绘画、诗文、戏曲、音乐、武术莫不晓习，且造诣精深，独树一帜。然而腐败的科举制度，却使他屡困场屋，名落孙山。他一生只在二十岁时考中了个秀才。三十七岁时，他应邀到浙江总督胡宗宪幕下当书记，曾亲临前线参加浙江沿海和绍兴一带的抗倭战斗，屡出奇谋，数建战功。在胡宗宪身陷囹圄后，徐文长报国无门，清名受

---

① 清·顾公燮：《消夏闲记》。

污，以致精神时而失常。四十五岁时，他写了《自为墓志铭》，自杀未遂。不久，他又怀疑妻子张氏不贞，因误杀继妻而入狱。经过七年，才被友人营救出狱。晚年，他以鬻卖书画谋生，而达官贵人求他一个字却不可得。

封建专制主义制度必然是埋没、摧残人才的，但徐渭一生的坎坷际遇，更主要是由于他具有强烈的叛逆思想。他不为前人束缚，又能一反时人陈见，并对那些寡廉鲜耻的权贵，深恶痛绝，表示公然的轻蔑。他的这种思想性格，当然不能为封建统治者所容。然而，他却受到了广大被压迫人民的欢迎和爱戴。并成为晚明进步思想的启导者。在我国民间，尤其是在他的家乡浙江绍兴一带，关于徐文长的过人才智和高风亮节，衍为故事，广为传颂，几近家喻户晓，妇孺皆知。

徐渭的戏曲作品，是他的叛逆思想和创新精神的重要表现。他对戏曲理论和戏曲创作，都颇为当行。著有《南词叙录》；评点过《董西厢》和《王西厢》；修改过梅鼎祚的《昆仑奴》。而《四声猿》杂剧则是他在戏曲创作实践方面最为杰出的成就。

《四声猿》实际上是由四个杂剧所构成的。

《狂鼓史渔阳三弄》写祢衡骂曹。这个历史故事，原是怀才不遇的祢衡，谴责曹操的不肯谦恭下士，恣意嫉贤妒能。而曹操的种种罪恶，实则在祢衡死后，始暴露无遗的。作者为对曹操的丑恶本质，以淋漓尽致的揭露，便改历史上的阳骂曹，为《狂鼓史》中的阴骂曹。通过祢衡在阴间阎罗殿上，面对曹操一次次的击鼓痛骂，徐渭塑造出一个狠毒伪善、残无人道、狡诈奸险、无恶不作的封建社会权臣奸相的典型。作者愤世嫉俗的感情借祢衡之口，似长江而一泻千里，使《狂鼓史》成为一首无比激昂响亮的狂奏曲，它"如怒龙挟雨，腾跃霄汉"①。请听，剧中的祢衡骂道：

---

① 清·陈栋：《北泾草堂曲论》中对《四声猿·狂鼓史》的评论。

【葫芦草混】你害生灵呵，有百万来的还添上七八；杀公卿呵，那里查借廒仓的大斗来斛芝麻！恶心肝，生就在刀枪上挂。狠规模，描不出丹青的画。狡机关，我也拈不尽仓猝里骂。曹操！你怎生不再来牵犬上东门，闲听唳鹤华亭坝，却出乖弄丑，带锁披枷？

这里，该是倾诉了作者多么强烈的愤慨，该是倾吐了多少抑郁不平的怨气啊！可以看出，作者是把当时嘉靖年间的严嵩目为曹操式的奸相，把被严嵩迫害的卢楠、沈錬喻为祢衡的。对于他的挚友沈錬的遇难，徐文长尤为哀痛，写有《哀沈参军青霞》诗：

> 参军青云士，直节凌邃古。
> 伏阙两上书，裸衣三弄鼓。
> 万乘急宵衣，当廷策强虏，
> 借剑师傅惊，骂坐丞相怒。
> 遗帼辱帅臣，筹边著词赋；
> 截身东市头，名成死谁顾！①

在《与诸士友祭沈君文》中，他又说："而公之死也，诋权奸而不已，致假手于他人，岂非激裸骂于三弄，大有类于挝鼓之祢衡耶！"②足见作者写祢衡骂曹这个历史故事，绝不是为了发思古之幽情，而是有其强烈的现实针对性。因此，前人称赞此剧足以使"奸雄胆裂"③，而广大人民群众则引为"千古快谈"④，让它世代活在戏曲舞台上。

---

① 《徐文长三集》卷四。
② 《徐文长佚稿》卷二、三。
③ 澂道人：《读四声猿调寄沁园春》词。
④ 明·祁彪佳：《远山堂剧品·妙品》。

《玉禅师翠乡一梦》，虽然带有因果报应的迷信思想，但它却在一定程度上揭露了官场与佛门的彼此报复、尔虞我诈。在这里，徐渭大胆地宣称：纵欲破戒照样可以得道补天，只有伪善者才永远被拒于天国的门外。这对于传统的宗教思想，不能不说是个勇敢的挑战。

无名氏的元杂剧《月明和尚度柳翠》，跟徐渭的《玉禅师》写的是同一题材。然而元杂剧《度柳翠》宣扬的却是观音菩萨"只为慈悲心重，遍游人间，广说因缘，普救苦难。阐明佛法，天花天乐常临，济度众生，凡恼凡缘尽灭"的佛家思想，一点也没有像《玉禅师》那样涉及到宋代绍兴年间担任临安尹的柳宣教，履任之日，因水月寺僧玉通不赴庭参，而设计陷害玉通和尚的政治内容。据张邦畿的《侍儿小名录》记载，玉通和尚乃是自行下山与玉莲私通；在《临安县志》里也根本查不到有担任临安尹的柳宣教其人。只有田汝成的《西湖游览志》，才增添了关于柳宣教的情节。该书系编订于明代嘉靖二十六年（1548），时徐渭已二十八岁。据与徐渭居住"仅隔一垣"的王骥德说："《月明度柳翠》一剧，系先生早年之笔。"[①]孟称舜在明刊本《酹江集·狂鼓史》的眉批中也说："《翠乡梦》系早年笔，微有嫩处。"既然如此，那么，是否可能徐渭的《玉禅师》创作在先，而田妆成的《西湖游览志》是根据徐剧的创造才添上柳宣教的情节呢？我认为这种可能性是存在的。当然，这也许是由于民间传说本身的变异性。但是，徐渭不采用原来元杂剧中描写过的宗教故事，而采用富有政治批判内容的西湖民间传说，由此也就足以说明徐渭剧作的进步倾向了。

《雌木兰替父从军》写木兰从军。它歌颂了花木兰身为巾帼而勇于参军保家卫国的爱国主义和英雄主义精神。它尽管取材于汉乐府《木兰辞》，然而在故事情节和主题思想上，都有所发展。它具体描写了花木兰女扮男装、替父出

---

① 明·王骥德：《曲律》卷四。

征、英勇作战的经过，以及回乡嫁夫的归宿，使故事情节更加丰满、合理，而且剔除了原来《木兰辞》中"忠孝两不渝"的封建说教。剧中，木兰唱道：

【么】绣两档坐马衣，嵌珊瑚掉马鞭。这行装不是值兵家办。则与他两条皮生捆出麒麟汗，万山中活捉个猢狲伴，一鎝头平踹了狐狸堑。到门庭才显出女多娇，坐鞍鞯谁不道英雄汉！

【尾】我做女儿则十七岁，做男儿倒十二年。经过了万千瞧，那一个解雌雄辨、方信道辨雌雄的不靠眼！

它不仅是明代抗倭战争的爱国主义思想的反映，并具有宣扬男女平等的普遍意义。正如剧本最后强调的"世间事多少糊涂，院本打雌雄不辨"。因此，徐渭塑造的花木兰形象，不愧为巾帼英雄的光辉典型。她一直受到人民群众的喜爱，从杂剧到昆曲，从京剧到各种地方戏，《花木兰》都是常演不衰的优秀传统剧目。

《女状元辞凰得凤》，通过写黄崇嘏及第得婿的故事，控诉了封建社会对妇女的压迫。黄崇嘏才华出众，当她乔装男人时，可以中状元，授参军，断冤狱，如神明。但在暴露女儿身份以后，却只能弃官成婚，使她的文学才华和政治才干，葬送于闺阁之中。作者深为妇女这种不公平的待遇而感到愤激，他在剧中大声疾呼："裙钗伴，立地撑天，说什么男儿汉！""世间好事属何人？不在男儿在女子！"可是作者又无法找到妇女解放的出路，故只能在喜剧的结尾中寄托自己辛酸的慨叹。

总之，无论是借历史故事作题材，还是以民间传说为内容，徐渭在其作品中，都表现了他冲决旧观念习俗的政治愿望，这就从客观上反映出明代社会要求变革现实的历史趋向。

《四声猿》在中国戏曲史上有着杰出的地位和巨大的影响。明代的王骥德说它"是天地间一种奇绝文字"[①]。有人把《四声猿》看成是"明第一曲"[②]，"为明曲之第一"，甚至认为是"有明绝奇文字之第一"[③]。是"千古来不可无一，不能有二"[④]。不仅评论家赞扬它，群众欢迎它，而且有不少戏曲家还直接模仿它。如清代就有张韬的《续四声猿》，洪升的《四婵娟》，桂馥的《后四声猿》。

徐渭的《四声猿》，为什么能得到这样高度的评价，产生如此巨大的影响呢？我觉得其可贵之处，主要有三点：

第一，在我国戏曲史上，可以说，徐渭的《四声猿》最早代表了明代中叶与资本主义经济萌芽相适应的反封建的民主倾向。它打破了明初以朱有燉、朱权为首的封建贵族作家，强使戏曲为宣扬封建教化服务的沉闷、僵化局面，使戏曲成为鼓吹民主思想的号角。这恰如明代袁宏道所说的，"余少时过里肆中，见北杂剧有《四声猿》，意气豪达，与近时书生所演传奇绝异。"[⑤]它正是以这种"绝异"的崭新面貌，登上当时的剧坛。赵景深先生说得好，"徐渭的剧作代表了明代杂剧的转变。"[⑥]这种"绝异"和"转变"的主要表现是：在政治上反对封建专制，憎恶权奸横行，在思想上竭力挣脱禁欲主义的精神枷锁，在社会上猛烈抨击男尊女卑的传统习俗。这一切都极其敏锐而及时地反映了适应新的时代要求的初步民主主义的新思想。

徐渭的《四声猿》所表现出来的这种新思想的萌芽，是非常难能可贵的。它如警钟，使人猛醒；它如星火，给沉沉黑夜射进了一束光芒；它如泉水，尽

① 明·祁彪佳：《远山堂剧品·妙品》。
② 清·李调元：《雨村曲话》卷下。
③ 澂道人：《题四声猿》。
④ 清·李调元：《雨村曲话》卷下。
⑤ 袁宏道：《徐文长传》。
⑥ 赵景深：《戏曲笔谈》，上海古籍出版社1980年3月新版，第46页。

管只有点滴的淙淙流量，然而却有无穷的源头，必将汇成汹涌澎湃的历史潮流；它是代表着时代召唤的一声呐喊，有着令人振聋发聩的强大威力。这正如时人所说："文长以惊魂断魄之声，呼起睡乡酒国之汉，和云四叫，痛裂五中，真可令渴鹿罢驰，痴猿息弄，虽看剑读骚，豪情不减。"①

第二，徐渭的《四声猿》开创了我国戏曲史上积极浪漫主义的新纪元，成为以汤显祖为代表的积极浪漫主义戏曲艺术高峰的先导。徐渭的《四声猿》，既不是立足于人间凡俗的写实，又不着眼于虚无缥缈的神仙道化，而是以积极浪漫主义的艺术方法，来展开想象的翅膀，翱翔于现实和理想的广阔天地。诸如：和尚可以破戒，妓女可以得道升天，妇女可以干出武能安邦建勋，文能状元及第等惊天动地的事业等等，从主题思想到结构剪裁无不别树一帜。其想象之丰富，情节之离奇，人物形象之高大、英豪，使人确实不能不刮目相看，从中受到莫大的启示和鼓舞。它对伟大的积极浪漫主义戏剧家汤显祖有着直接的影响。汤显祖曾经赞赏道："《四声猿》乃词场飞将，辄为之唱演数通。安得生致文长，自拔其舌！"②明末清初的周亮工更感慨系之地说："汤临川见《四声猿》欲拔此老之舌，栎下生见此卷（指周亮工见到徐渭画的花卉卷——引者注），欲生断此老之腕矣！吾辈具有舌腕，妄谈终日，十指如悬槌，宁不愧死哉？"③他们之所以对徐渭如此推崇备至，就是因为徐渭的戏和画俱是别开生面的独特之作，"命想着笔，皆不从人间得"，积极浪漫主义的创作方法给《四声猿》以不同凡响的戏剧生命。

第三，徐渭在戏曲的音律、体制、表演等方面，也有一系列的创新，对于中国戏曲艺术形式的发展有着划时代的影响。杂剧本来皆用北曲。南北合

① 李廷谟：《叙四声猿》。
② 转录自王思任《批点玉铭堂牡丹亭叙》
③ 周亮工：《赖古堂书画跋》。

套，虽然在元末明初的贾仲明《吕洞宾桃柳升仙梦》一剧里，已经开其端倪，然而，大量地灵活地杂用南北曲，则滥觞于徐渭的《四声猿》。因此，王骥德说："《木兰》之北，与《黄崇嘏》之南，尤奇中之奇。"[①]祁彪佳说："南曲多拗折字样，即具二十分才，不无减其六七。独文长奔逸不羁，不骫于法，亦不局于法。独鹘决云，百鲸汲海，差可拟其魄力。"[②]他不仅创造性地吸收了南北曲的优点，而且把《唱鹧鸪》等民间小调，也引进他的剧本《狂鼓史》之中。至于杂剧体制上的变化，也以徐渭的《四声猿》最为明显。他完全打破了元杂剧一剧四折的规范，而以十出的篇幅写四个故事，每个故事各具起讫，并独立成剧。其长短皆视剧情而定，短的仅一出，长的达五出。"若绳之以元剧规律，皆为创例。"[③]实际上，这是对杂剧形式的一次大解放、大改革、大突破。针对明代戏剧向案头剧蜕化的颓势，徐渭还汲取民间元宵节演《耍和尚》的舞剧技艺，用于他的杂剧《玉禅师》，采取戴假面具的哑剧表演，代替语言，传达剧情。《四声猿》的唱词不仅流畅易晓，顺口可歌，且分外豪迈，往往使人"第觉纸上渊渊有金石声"[④]，"妙词每令击节"[⑤]。

以上事实说明，徐渭的《四声猿》在中国戏曲史上的地位是杰出的，意义是巨大的，影响也是深远的。

徐渭的《四声猿》，自然也存在着一定的局限性。

从《四声猿》对封建官僚政治的批判，对禁欲主义的揭露和对男尊女卑的封建世俗的挑战来看，徐渭确实具有强烈的叛逆精神和初步民主思想。但他毕竟是个封建文人，故而在作品中表现了反封建的不彻底性和妥协性。譬如：在《狂鼓史》中，作者让祢衡怒气冲冲地擂鼓十一通，大骂曹操十一次，而究其

---

① 明·祁彪佳：《远山堂剧品·妙品》。
② 明·王骥德：《曲律》卷四。
③ 周贻白：《明人杂剧选·后记》。
④⑤ 明·祁彪佳：《远山堂剧品·妙品》。

所骂的具体内容，在十一骂中有十骂皆属于封建统治阶级内部的矛盾与纠纷，唯有骂他无故杀害生灵一项，涉及到阶级矛盾。《雌木兰》《女状元》有抬高妇女地位，宣扬男女平等的意思，可是作者却一定要她们女扮男装，才能干出"顶天立地"的英雄业绩。因此，他在剧中强调她们女扮男装的行为只是"用权"——权宜之计，说什么"论男女席不沾，没奈何才用权"。"此正教做以叔援嫂，因急行权。"可见作者一方面反对男尊女卑的封建思想，另一方面却又不敢直接地从根本上触犯封建礼教和夫权统治。

徐渭是信奉因果报应的。在《四声猿》里，徐渭不是给他的主人公寻找一条现实的反抗斗争道路，而总是把反抗斗争的理想和希望寄托于虚幻的鬼神世界。他深信"善恶到头就是少债还债一般"，在阳间作恶"少债"，到了阴间总要"还债"。在这种因果报应的唯心史观的驱使下，徐渭把阴司与天上作为理想社会的寄托。在那里，生前被迫害的祢衡，被提升为玉皇大帝的修文郎；生前横行不法的曹操，被沦为任人奚落的囚犯，实现了善有善报，恶有恶报的佛教轮回。在《玉禅师》中，玉通和尚受了柳宣教的陷害，也不是在生前竭尽全力与他作斗争，而是寄希望于来世投胎到柳家去报冤。这种死后报冤泄愤，固然表现了不屈不挠的反抗斗争精神，但它也有一定的副作用。因为作家在此亦宣扬了一种因果轮回的迷信思想，容易把人们引入虚幻之境，从而逃避现实的斗争。这反映了作家世界观中的尖锐矛盾，——既对社会现实充满着愤懑，又找不到反抗斗争的现实出路，只能被"鬼神"牵着鼻子跳舞，这是多么可笑而又可悲呵！

在艺术上尽管徐渭有很多可贵的创造，但是这种创造本身还远不是成熟的，更不是完美无缺的。如他在突破封建传统束缚的积极浪漫主义之中，带有精灵不灭、因果报应等消极的因素；在大胆的想象、离奇的虚构之中，带有穿凿失真的痕迹；在痛快淋漓的嬉笑怒骂之中，带有庸俗低级的趣味；故事情节缺少动人心弦的戏剧冲突；人物形象比较单薄，粗犷豪放有余，复杂细腻不足。看来，徐渭的剧作如同污泥里刚刚冒头的一棵新芽，它焕发了美妙的生机，带来了清新的气息，令人瞩目、欣喜、惊骇！但它本身还很嫩弱，污泥未脱，散发着稚气。它只能是个先导，而真正浪漫主义戏曲艺术的高峰，却不能不推崇继徐渭《四声猿》而起的伟大剧作家汤显祖的《牡丹亭》。可是，如果没有破土而出的新芽，又怎么可能有参天大树呢？

（原载《戏曲研究》第 7 辑，此据《四声猿》附《歌代啸》校注的《前言》改写，该校注本由上海古籍出版社于 1984 年 1 月出版，台北华正书局于 1985 年 6 月、2003 年 9 月两次翻印。）

论贾凫西及其木皮词

一

贾应宠，字思退，一字晋蕃，号凫西，别号木皮散客。他约生于明万历十八年（1590），卒于清康熙十三年（1674），享年八十余岁。明末清初，这是个社会大动荡、大变革的年代，贾凫西身历其境，不失为是这个时代具有封建叛逆倾向的进步文人。

他出生在山东曲阜县一个普通的书香人家。祖父贾信，是明中叶的贡生。尽管家庭教养很好，可是他在科举功名上却不很得意，直到四十岁以后的崇祯年间，才考上了个贡生。明崇祯十二年（1639），他任河北固安县令。三年后，又擢升为部曹、刑部江西清吏司郎中。总共做官大约只有六七年的时间，明王朝就被李自成为首的农民起义军推翻了，不久满清王朝取代了在全国的统治地位。大约就在这之前，贾凫西因为人所忌，便辞官归里，想过"高尚不仕"①"树底家园"②的生活。然而当地的官吏却把魔爪伸进了他的家园，"县尉数挟之"，使他"遂翻然起，仍补旧职"③。他作了一首《辛卯复入都门》诗，说明他进京"补旧职"是在清顺治八年（1651）。入京不久，即被派往福建汀洲一带巡视，他"假王事过里门，执县尉扑于阶下以为快。不数月，引疾乞

---

① 云亭山人：《木皮散客传》。
② 贾凫西：《归兴》诗。
③ 云亭山人：《木皮散客传》。

放"①。说明他再度出仕的目的，主要是迫于乡里的处境，为了对当地横行的官吏进行报复和自卫，使他从此可以"里居常着公服，以临乡邻"；甚至在"催税吏至门，令其跪，曰：'否则不输'。"②

贾凫西一生的主要活动，并不是做官，而是充当对当时现实以嬉笑怒骂为能事的"木皮散客"。他"喜说稗官鼓词"，不仅"说于街坊市肆"，而且"说于诸生塾中，说于宰官堂上，说于郎曹之署"。"木皮随身，逢场作戏。身有穷达，木皮一致。"③也就是说，无论在做官前后，或在做官期间，他都没有放弃过说鼓词这个"嬉笑怒骂之具"。他之所以被获准辞职，就是因为"吾说稗词，废政务"④。一个封建文人，不好生做官，却热衷于说稗官鼓词，并且所说的内容又不是歌功颂德，而是嬉笑怒骂，连"经史中的帝王师相"，他都"别有评驳，与儒生不同"⑤。这在那个黑暗腐朽的封建社会，不仅要使"闻者咋舌，以为怪物"⑥，而且连祖居的乡里都不能容他一个安身之地。因此，他晚年不得不从曲阜移家到邻县滋阳。死后葬于滋阳城西牛王村；至今墓碑尚在。

贾凫西这个具有封建叛逆倾向的人物的出现，绝不是偶然的。他在一定程度上反映了我国封建社会的腐朽没落，初步民主主义思想的苗壮萌芽，广大人民反抗斗争的日益觉醒。他的所谓"喜说"鼓词，实际上并不只是出于他个人的喜爱，用他自己的话来说，"也不是图名，也不是图利，也不是夸自己多闻广见"，而是出于现实斗争的需要，"见了些心中不平的事情"⑦不得不起来作斗争。他是非常自觉地怀着崇高的政治目的，来拿起鼓词这个文艺武器。为了用鼓词来进行战斗，他不顾"冬月寒天，荒村野店，冷炕无席，单衣不掩，一似那僵卧的袁安，嚼雪的苏武"；以这种不惜自我牺牲的无畏精神，使他在"十字街坊几下捶皮千古快，八仙桌上一声醒木万人惊"。可以说，这在我国

---

①②③④⑤⑥　云亭山人：《木皮散客传》。

⑦　贾凫西：《历代史略鼓词》，以下凡未注明出处者，均引自此。

文艺发展史上，该是个何等光彩夺目的文艺战士形象！

二

贾凫西离开人间虽然已经三百多年了，然而他的"木皮散客鼓词"（简称"木皮词"），却一直流传在人民群众之中。清乾隆年间的统九骚人，说它有"字成鬼哭，丝动石破"①的巨大艺术魅力，甚至跟我国历史上最伟大的诗人屈原、杜甫相比，都"堪步后尘焉，盖未多愧也"②。晚清著名小说家吴趼人，也说"余读而爱之，乃重梓之以公同好"③。直到民国初年，自笑轩主人在山东诸城县一带，还听到"人多能诵之"④。人们纷纷称赞它是"神工鬼斧之笔"⑤，为之"拍案叫绝"⑥，"歔欷悲感"⑦，目为"俾世之梦者觉，醉者醒"，不仅有"骂世"之功，而且可收"教世"⑧之效。向来被视为微不足道的稗官鼓词，竟然在人民群众和封建文人之中，都引起了如此巨大、深远、强烈的反响！这是什么原因呢？它使我们不能不怀着十分神往的心情，首先对"木皮散客鼓词"本身的思想艺术成就作一番探讨。

先看它的思想成就。

揭露封建统治阶级争名夺利的丑恶本质，是其思想成就之一。"富贵功名，最能牢笼世界"。"从古来争名夺利的不干净，教俺这老子江湖白眼看！"作者就是以这种极其鄙视的"白眼"，透过层层伪装，揭示了封建统治阶级灵魂深处的丑恶和"不干净"。

尧、舜，历来被人们美化成非常仁德爱民、神圣无比的君王，孔丘就曾

---

① ② 统九骚人乾隆元年序。

③ 吴趼人序。

④ 自笑轩主人识。

⑤ 醉溪道人漫识。

⑥ 卧石居士漫识。

⑦ 旷视山房竹石主人附识。

⑧ 卧石居士漫识。

极其赞赏地说："大哉，尧之为君！惟天为大，惟尧则之，荡荡乎，民无能名焉！君者舜也！巍巍乎，有天下而不与焉！"①（这意思是说：伟大啊，尧的得人君之道！唯独天最伟大，也唯独尧能够效法天，尧的圣德广阔无边呀，人民简直无法用言语来赞美他！舜也是了不得的天子！那么使人敬服地坐了天下，自己却不享受它、占有它！）尧、舜真的像孔丘说的这样伟大无比、毫不利己、专门利人吗？贾凫西给我们戳穿了孔丘的谎言。他说尧登上君王的宝座，"一气占了七八十年，也就快活够了！"他说尧所以把天下让于舜，是因为"我大儿子不争气，混理混帐，立不得东宫。待要于八位皇子中，拣一个聪明伶俐的传以江山，又道是：'天下爷娘向小儿'，未免惹得七争八吵。况且骧兜、三苗、崇伯、共工，这些厉害行货，乘机动起刀兵，弄一个落花流水，我已闭眼去了，有力没得使，岂不悔之晚矣！寻思一个善全之策：'舍得却是留得'。不如把这个天下，早早拥撮给别人，做一个不出钱的经纪。"于是尧便决定把天下禅让给他的女婿。这样，"闺女并班嫁子皇帝，儿子靠着姊妹度日，且后代已不是龙子龙孙，已免受刀下之惨。这是：不得把天下给了儿，便把天下给了女，总是'席上掉在炕上'，差也差不多。所以么将天下传于舜！"后来，舜之所以把天下禅让给禹，同样也完全是从他的个人利益出发的。因为禹"治水九年，功盖天下，人人敬服，个个依归。我年纪衰迈，渐渐压服他不住，日后念着父仇，弄出事来，却待怎了？"因此，他想"常言说：'打倒不如就倒'，何不把偬来的天下，照旧让他，结识了一个英雄。他也好恩怨两忘，我也好身名无累。所以么又将天下传给了禹！"你看，几千年来被吹得神乎其神，所谓"巍巍乎"，"荡荡乎"，"大哉"，尧、舜之为君，原来只不过也是完全为着个人名利得失所支配！

然而，尧、舜的想头毕竟还是"高出千古"的，他所干的事情，还算

---

① 《孟子·滕文公上》。

是"极停当的"，"再说那后来干事停当的"，却"屈指无多"了。一个个名为"英雄豪杰"，实际却是"那昏天黑地的心肠"。秦始皇"化家为国王作了帝"，"而其实是以吕易嬴，李代了桃"。秦始皇一死，秦二世又"假遗诏逼杀他亲哥犯了天条"。汉高祖刘邦，"要把亲娘的汉子使滚油熬"。"中间里王莽挂起一面'新家'的匾，可怜他四百年炎祚斩断了腰"，"不数传到了桓、灵就活倒运，又出了个暵相应的曹瞒长馋痨"。统治阶级疯狂地争名夺利，受害最深的自然是广大被压迫的人民。贾凫西跟某些封建文人不同，他不是站在维护封建正统的立场上，一概地反对改朝换代。如对武王伐纣，他就大加赞扬，说："满城里人山人海，都说是'无道昏君，他合该死'，把一个'新殿龙爷'称又尊。全不念六百年的故主该饶命，都说：'这新皇帝的处分快活煞人！'……满街上拖男领女去关巨桥的粟，后宫里的秀女佳人都跟了虎贲。"这是个多么令人神往的欢庆解放的场景啊！我们仿佛看见那木皮散客和"满城里人山人海"在一起欢呼雀跃！木皮散客反对的是那些争名夺利的改朝换代，给人民带来了深重的灾难，他列举历史事实说明，"这又是五代干戈起了手，可怜见大地生灵战血红。"

争名夺利，原是私有制社会的必然产物。它不只是某些封建统治者个人的思想品质不干净的问题，而是作为他们反动统治阶级的本质特征的一个表现，是封建专制的社会制度所造成的。贾凫西当然不可能像我们今天这样看得清楚，但是，他仿佛也看到了争夺的中心是封建专制政权问题。他说："古今人情，多争少让，'天下'这桩东西，更是容易眼热。"封建专制政权，名为国家政权，实际却是"朕即国家"，把国家政权当作封建家族的私有财产，实行封建家长式的专制统治。贾凫西对封建专制的揭露，尽管不是很自觉的，然而他却在实际上触及到了这个社会的本质问题。我们认为，这是伴随着资本主义萌芽而产生的初步民主主义思想的表现。

揭露封建社会的极端不合理、不平等，是其思想成就之二，也是伴随着资本主义萌芽而产生的初步民主主义思想的又一表现。尽管这种民主主义思想是极其初步的、朦胧的，渗透着浓厚的封建主义思想杂质的，但是它毕竟具有新思想的因素，表现了新思想对陈腐的旧思想、旧事物勇于揭露、批判的锐气。

请看，他揭露那个封建社会："忠臣孝子是冤家，杀人放火享荣华；太仓里的老鼠吃的撑撑饱，老牛耕地倒把皮来剥！""一个个象神差鬼使中了疯魔：有几个没风作火生出事，有几个生枝接叶添上啰唆，有几个抖擞精神的能人心使碎，有几个讲道学的君子步也不敢挪！有几个持斋行善的遭天火，有几个做贼当鳖中了高科！有几个老老实实的好人挨打骂，有几个凶兜兜的恶棍抢些牛骡！总然是天老爷面前不容讲理，但仗着拳头大的是哥哥！"封建专制统治，就是这样一个极端不合理、不平等的强权政治！因此，作者诙谐地讽刺道："人生只要笑呵呵，世事那得论平陂？！"

这种极端不合理、不平等，绝不只是由于社会上有几个"仗着拳头大的"坏蛋在横行霸道，而是以封建最高统治者为首造成的。正如作者引用民间谚语所说的："前脚不正后脚歪，上梁不正下梁歪。"因此，作者把揭露的矛头始终直指那些封建最高统治者。纣王是"无道昏君"，汉高祖是"挺腰大肚装好汉"，曹操是"老贼"，唐太宗"比鳖不如"，元顺帝是"不爱好窝的癞蛤蟆"，如此等等。被封建统治阶级尊为神圣不可亵渎的皇帝，原来就是这群凶神恶煞、乌龟蛤蟆！他们"各要制伏天下，不知经了多少险阻！除了多少祸害！干了多少杀人放火没要紧的勾当！费了多少心机！教导坏了多少后人！"难道人民能允许这帮丑类世世代代骑在自己的头上作威作福吗？贾凫西在当时显然还不可能向人们提出彻底推翻封建统治的要求，可是他相当充分地揭露了这个阶级的腐朽性和反动性，这就使人们不能不怀疑这个阶级永久继续统治下去的合理性。

值得注意的是，贾凫西不仅揭露了封建最高统治者的腐朽和反动，而且他还指出，这不仅是某某皇帝个人的本质腐朽和反动的问题，而是整个的社会制度决定的，"是天地的气运渐薄，人生的知识日变，就是那皇王帝霸，自家也作不得主张。"他这种说法，虽然涂上了一层神秘的色彩，甚至似乎有反对社会进化的嫌疑，然而，他毕竟看到了这不是那皇王帝霸个人的问题，而是由于"天地的气运"变化，"人生的知识"发展。这跟当时封建统治阶级所宣扬的"天不变，道亦不变"，封建统治制度要长治久安、万世长存的反动哲学，岂不完全是针锋相对的吗？既然不只是那些皇王帝霸个人的问题，既然客观社会又是在不断发展变化着的，那自然也就提出了这个极不合理、不平等的社会，不仅必须变革而且也可能变革的问题。尽管这种进步思想，在贾凫西来说，仍是很朦胧的、不自觉的，甚至还渗透着许多封建的杂质，笼罩着层层唯心论的神秘色彩，然而它毕竟体现了正在冲破封建主义牢笼的新思想的萌芽，使人们从那黑暗王国中看到了一线尽管还很微弱，但却是充满了希望的曙光。

揭穿封建传统观念的虚伪性，是其思想成就之三。在人类历史上，中国封建社会的历史最长，中国的封建文化最为光辉灿烂，而封建主义的反动思想体系，也最为完整和僵化；它形成一系列传统的封建观念，牢牢地束缚着人们的思想，阻碍着社会的前进和变革。因此，揭露和批判封建的传统观念，使人们的思想从封建的传统观念中解放出来，这对于我们中华民族来说，有着特殊的意义，是关系到我们民族的兴旺、祖国的前途的一个大问题。贾凫西的《木皮词》，正是触及了这个问题，他针对封建统治阶级历来宣扬的，认为天经地义、神圣不可动摇的至理名言，用无可辩驳的历史事实给予有力的驳斥，揭穿其纯属封建迷信的反动实质。如他说："自古道：'牝鸡司晨家业败'，可怎么伏羲的妹子坐了金銮？""牝鸡司晨"这话出自儒家经典之一的《尚书·周书·牧誓》，原话是："牝鸡无晨，牝鸡之晨，惟家之索。"《史记集解》引孔安国的话说："索，尽也。喻女人知外事，雌代雄鸣，则家尽也。"千百年来，它成为我国封建社会男尊女卑的传统观念的理论根据，而贾凫西却向这种封建传统观念提出了挑战。他以伏羲氏的妹子女娲氏能够登上国王的宝座，有力地揭穿了所谓"牝鸡司晨家业败",不过是骗人的封建迷信罢了。

封建统治阶级为了维护其反动统治,总是把他们对人民的残酷剥削压迫,说成是"积善之家,必有余庆;积不善之家,必有余殃"①。妄图麻痹人民反抗的斗志,使被压迫者安于自己的悲惨命运。贾凫西却直接引《易经》上的这几句话加以批驳。他说:"春秋时那个孔子,难道他不是'积善之家'?只生下一个伯鱼,还落得老而无子!""三国时的曹操岂不是个'积不善之家'?他倒生下二十三个儿子,大儿子做了皇帝,传国四十余年,好生兴头!"由此他得出结论说:"可见半空中的天理,原没处捉摸;来世的因果,也无处对照。"

他反对宿命论的唯心史观,而主张"由人不由命"。他针对"有人说道:自羑里潜龙,九五飞天,以及洛邑定鼎,二周入秦,无一不从伏羲八卦中演出生尅剥复之理;虽曰人事实属天命,如此说则是由命不由人,然而据我看来,到底由人不由命"。命定论,纯粹是为维护反动的封建统治服务的,贾凫西就是要揭穿这种鬼把戏。宋武帝刘裕,封建正统的史书上说:"刘裕龙行虎步,视瞻不凡,恐不为人下。"②把他的做皇帝,说成是天生命定的。贾凫西在《木皮词》中则针锋相对地提出:"他龙行虎步生成的贵,是怎么好几辈的八字犯着刑伤?"刘裕的皇位共传了八辈,其中有五个皇帝都是被杀害的。作者抓住这个历史事实,有力地揭穿了他"龙行虎步生成的贵"的谎言。

封建的传统观念集中表现为伪道学,宣扬对封建统治者的所谓"忠",妄图把人们的思想牢牢地禁锢在忠君上,不准反抗,不准变革,更不准革命。否则就给你扣上"叛臣弑君""大逆不道"等大帽子,置你于死地。贾凫西的《木皮词》像一把犀利的匕首,向封建伪道学的这个核心问题,直接地刺杀过去,叫人真感到刺杀得痛快淋漓之至!你看,他描绘武王伐纣的情景:"两下里列开阵势,大喝一声:'开刀!'但见旗旛招展,盔甲鲜明,杀气冲天,喊

---

① 《周易·坤·文言》。
② 《宋书》卷一《武帝上》。

声震地，马到成功，车回奏凯，火烧了内殿，手刃了昏君。然后精兵解甲，战马收缰，卜世三十，卜年八百，立了周朝一统的江山，好不热闹的紧咧！倘若武王那时再假斯文道学起来，回避叛臣弑君的名色，竟高抬贵手，宽了纣王的阳数，那商家十万亿的子孙，六百年的故旧，犹指望死灰复燃，破镜重圆，又搭上伯夷、叔齐倡仁人义士之正论，管蔡、武庚造不利孺子之奇谋，到那其间也就难说了！"所谓"伯夷、叔齐倡仁人义士之正论"，据《史记·伯夷列传》记载："西伯卒，武王载木主，号为文王，东伐纣。伯夷、叔齐叩马而谏曰：'父死不葬，爰及干戈，可谓孝乎？以臣弑君，可谓仁乎？'"他俩妄图以这种封建传统观念，来阻止武王伐纣，结果没有得逞。贾凫西满腔热情地肯定：周武王"是有本领的豪杰"。他的本领主要就在于他能冲破封建传统观念的束缚，思想解放，并且能做到"看得清，忍得住，做得爽，把得牢"。贾凫西对历史人物和历史事件的这种描绘，闪耀着进步的朴素的唯物主义的思想光辉，直到今天仍不失为有一定的启发和教育意义。

总的来看，贾凫西的《木皮词》，其思想倾向是进步的，对封建统治阶级和封建主义的思想体系，是采取批判态度的，并且具有初步民主主义思想的新因素。孔尚任说他"颇类明之李卓吾、徐文长、袁中郎者"[①]，正是很有见地的。然而由于时代和阶级的局限，贾凫西《木皮词》也是有缺陷的。首先其批判的武器，往往还摆脱不了封建正统思想的束缚。所谓"从来热闹场中，不知便宜了多少鳖羔贼种；那幽囚世界，不知埋没了多少孝子忠臣"。这里的"鳖羔贼种""孝子忠臣"，就是以封建正统思想为标准来衡量的。《木皮词》中对许多历史人物的褒贬，也往往是从这个标准出发。如批判曹操是"奸雄"，小胡亥是"忤逆贼达"，吕后"又看上个姓审的郎君合他私交"，武则天"会养汉"，刘邦负义"乌江口逼死他盟兄弟"，如此等等；显然都是以忠孝节义等

---

① 云亭山人：《木皮散客传》。

封建正统思想为批判武器的。虽然这种揭露,在一定程度上也可以帮助人们认识封建道德的虚伪性和封建统治阶级本身的腐朽性,但是这种武器本身毕竟已经陈腐落后,与社会时代发展不相适应,甚至是反动的了。其次,在字里行间,作者总是流露出封建文人那种牢骚、厌世的消极思想,向往那种隐居恬退的生活。所谓"只见一叶扁舟泛五湖,桃花春雨水平铺;人间富贵多风浪,何如烟波访钓徒!"这种隐退思想,在当时虽说也有洁身自好,不甘于同流合污,不愿与反动统治阶级合作的积极意义,但它总不免有逃避现实斗争的消极倾向。再次,作者虽然强调"由人不由命",但他并未完全摆脱宿命论的思想影响。面对复杂的社会现实,当他无法作出科学的解释时,往往就只好求助于天命。如说什么"命里不该枉费劳","生死为难逃之夭","成败有一定之数。虽说是势力,也不全在势力;虽说是智慧,也不全在智慧"。究竟在于什么呢?"青丝丝的天理有报应",只有天知道。宿命论,必然导致不可知论,把人们的希望引向虚无缥缈的天国里去,起着松懈和瓦解人民斗志的破坏作用。尽管这些思想缺陷,并不是贾凫西《木皮词》的主要倾向,而且在他那个封建时代,处于他那个封建文人的阶级地位,也是很难完全避免的,可是在我们今天,给予严肃地指出来以警惕其可能产生的消极影响,还是完全必要的。

我们既然肯定,贾凫西《木皮词》总的思想倾向表现了进步的、批判的、战斗的精神,反映了与资本主义萌芽相适应的初步民主主义思想的新因素,同时又指出他还存在以封建正统思想为褒贬的标准等等思想缺陷,这两者岂不矛盾么?答曰:又矛盾,又不矛盾。初步的民主主义的新思想,与封建主义的陈腐的旧思想,这当然是矛盾的。然而这种矛盾正是那个时代的社会矛盾的反映,同时也是贾凫西作为具有叛逆倾向的封建文人自身世界观矛盾的反映。从反映论的角度和文学的历史真实性来看,它不但不矛盾,而且正是因此而使他的作品不愧为时代的风雨表和一枝报春的蜡梅。

三

贾凫西的《木皮词》，在艺术上也有独特的成就。

剪裁精当，是其独特的艺术成就之一。他的《历代史略鼓词》，从盘古开天辟地，一直讲到明代末年，几句说唱，往往要概括千百年的历史内容。"古今书史，充栋汗牛，从何处说起？天禄石渠，千箱万卷，打那里讲开？呵！有了！释闷怀，破岑寂，只向热闹处说来。"所谓"热闹处"，也就是阶级矛盾、民族矛盾和统治阶级内部矛盾最尖锐激烈之处。作者正是抓住这个"热闹处"——矛盾的尖端，力求做到剪裁精当。

郑振铎先生说《木皮词》"不演故事，全写作者的不平的胸怀"[①]。就全篇来说，它是以历代史为经，确实没有一个完整的故事贯穿始终，不过，它又不是直抒作者不平的胸怀，而是通过许多的历史故事来抒发自己的愤世嫉俗。如在短短的"开场"中，就涉及到荆轲报仇、田横死节、长沙逐臣、东海孝妇、曹操杀董承、秦桧害岳飞、武二郎手刃西门庆、黑旋风法场劫宋江、辟谷之张良、归湖之范蠡、飘然入海之鲁连、霸吴之伍员、骖乘之霍光、挟功请王之韩信、阳虎讥仲尼、臧仓毁孟子等十六个历史传说故事。这些历史故事，都从不同角度集中地反映了当时尖锐的社会矛盾，寄托了作者胸怀的不平。因此，笼统地说它"不演故事"，并不完全切合实际；更准确地说，它是既"演故事"，又"全写作者的不平的胸怀"，贾凫西通过精当的剪裁，把这两者巧妙地结合起来了。

文艺作品要发挥"团结人民，教育人民，打击敌人，消灭敌人"[②]的战斗作用，就必须集中突出地反映矛盾，揭露矛盾。贾凫西《木皮词》的剪裁所以精当，主要的也就在于此。请看他写南朝的梁武帝萧衍："姓萧的他一笔写不

---

① 郑振铎：《中国俗文学史》下册，商务印书馆1938年版，第385页。

② 毛泽东：《在延安文艺座谈会上的讲话》。

出两个字，一般的狠心毒口似豺狼！那萧衍有学问的英雄偏收了侯景，不料他是掘（撅）尾巴的恶狗乱了朝纲！在台城饿断了肝花想口蜜水，一辈子干念些弥陀瞎烧了香！"萧衍当了四十八年的皇帝，一生经历的事情很多，仅《梁书·武帝本纪》就长达三卷，而作者在这里总共不过用了六句话，就把萧衍一生主要的历史，写得透彻淋漓，叫人触目惊心。他靠灭掉跟他同样姓萧的齐朝而起家，虽说一笔写不出两个"萧"字，但却"一般的狠心毒口似豺狼"；那萧衍虽然写了《孔子正言》《老子讲疏》等大量著作，以"有学问的英雄"著称，却因贪图东魏叛将侯景占有黄河以南大片土地，而接受了他的降附，结果被侯景这条"恶狗乱了朝纲"，他带兵攻入台城，把梁武帝萧衍软禁起来饿死；萧衍纵然一辈子念佛烧香，佛老爷却丝毫也帮不了他的忙，救不了他的驾。这里面所反映的尖锐剧烈的矛盾冲突，不仅能收到引人入胜的演故事的艺术效果，而且它所包含的血淋淋的历史教训，更是不能不发人深省的！

犀利的讽刺笔法，是其独特的艺术成就之二。鲁迅说得好："'讽刺'的生命是真实。"[1]"事实是毫无情面的东西，它能将空言打得粉碎。"[2]贾凫西的讽刺笔法所以特别犀利，就在于它是根据历史事实，选择最能暴露封建统治阶级凶残、丑恶本质的典型事件，来加以辛辣的嘲讽，在嬉笑怒骂声中，使那些帝王将相等种种反面人物身上的神圣、光彩的外壳，一个个都被剥得精光，统统原形毕露，给人以笔墨酣畅、痛快淋漓之感。

请看，作者写梁、唐、晋、汉、周五代的历史，总共只用了十二句唱词："从此后朱温家爷们灭了人理，落了个扒灰贼头血染沙。沙陀将又做了唐皇帝，不转眼生铁又在火灰上爬。石敬塘夺了他丈人家的碗，倒踏门的女婿靠着娇娃。李三娘的汉子又做了刘高祖，咬脐郎登基还不值个脚桠！郭雀儿的兵来招不住，把一个后汉的江山白送给他。姑夫的家业又落在妻侄的手，柴世宗贩伞

---

① 鲁迅：《且介亭杂文二集·什么是"讽刺"》。

② 鲁迅：《花边文学·安贫乐道法》。

的蝗蛉倒不差。"这里，他选取梁太祖朱温与儿媳妇私通的历史事实，讽刺他是充当"爬灰贼头"，结果被他的儿子朱友珪杀死，落了个"血染沙"的可耻下场，该是多么大快人心！"沙陀将"唐庄宗李存勗灭梁后，做了唐皇帝不久，他的子孙后代，为争夺皇位，又互相厮杀。最后在叛将石敬瑭的讨伐下，绰号"生铁"的唐废帝李从珂，只好率全家登楼自焚而死。据此历史事实，作者讽刺他是"生铁又在火灰上爬"，生铁再硬，也终将被火熔化，这讽刺得多么辛辣、犀利！晋高祖石敬瑭，本是唐明宗的女婿，可是他却起兵灭了后唐，"夺了他丈人家的碗"，自立为后晋皇帝，如此"倒踏门的女婿"，作者讽刺他是"靠着娇娃"，这该是多么令人作呕！后汉高祖刘知远的儿子，是李三娘因穷困被迫在磨坊分娩，没有剪刀而只好用牙咬断脐带的"咬脐郎"，因为他出身卑贱，又软弱无能，作者讽刺他做皇帝"还不值个脚桠"。后汉建国只有五年，政权就被周太祖郭威（混名"郭雀儿"）夺去了。可是，郭威做皇帝也只三年就死了，政权落到了他的妻侄、贩伞出身的养子柴世宗手里，所谓"倒不差"，从封建正统观点来看，这却是个十分诙谐而又尖刻的嘲讽！这种善于从历史事实中，选取最能暴露封建统治阶级腐朽反动本质的典型事件，利用尖锐矛盾的事实加以对照的讽刺艺术，在贾凫西之前，不仅在说唱文艺方面，即使在整个文艺史上，也是十分罕见的。贾凫西不愧为我国讽刺艺术的大师。

诙谐活泼的语言，是其独特的艺术成就之三。贾凫西《木皮词》讲的虽然是历史，但它运用的却不是历史文献上那些文绉绉的书面语言，而是从实际生活中吸取活泼泼的语言词汇，使他的作品充满浓厚的生活气息，具有诙谐有趣、生动活泼的语言风格。如他描写周武王伐纣，说是纣王把那"现成成的天下送给周家坐，不道个'生受'也没赏过钱！净赔本拐上个脖儿冷，把一个黑色牛犊变了大红犍！""生受"，是那时群众口语中说"对不起"，表示道谢的意思。"脖儿冷"，是指纣王的头颅被周武王杀掉了，成了个光脖子，那还不"冷"么！纣王的祖先商汤，认为自己是以水德而王，故崇尚黑色，以黑色的水牛犊作祭祀的牺牲。周武王则认为自己是以火德而王，应崇尚红色，故用大红犍牛作祭祀的牺牲。这里是以祭祀时牺牲的更换，"把一个黑色牛犊变了大红犍"，来说明统治阶级的改朝换代。这些话说得多么有生活气息！多么生动活泼、诙谐有趣！它既不轻佻、做作，又不庸俗、浅薄，实在耐人寻味，令人赞赏不绝！

大量采用群众的口语，适当吸取谚语、俗语、歇后语，乃至富有表现力的方言土语，这是贾凫西的《木皮词》所以能够创造出诙谐有趣的语言风格的一个重要原因。如他说曹操"始终是教导着他那小贼根子篡了位，他学那文王的伎俩好不蹊跷！常言道：'狗吃蒺藜病在后'，准备着你'出水方知两腿泥'"。说东晋王朝被干过扫槽子差事的宋武帝刘裕推翻，是"教一个扫槽子的刘裕饼卷了葱"！说唐太宗霸占其弟巢刺王元吉的妃子，是"贪恋着巢刺王的妃子容颜好，难为他兄弟的炕头他怎么去扒？纵然有十大功劳遮羞脸，这件事比鳖不如还低一鳖"！这些语言既经过作者的艺术加工，又带有浓厚的山东乡土气息。它是那样的通俗易懂，而又含意隽永；朗朗上口，而又毫不拖泥带水；音韵铿锵，而又一点也不显雕琢的痕迹。它为群众所喜闻乐道，在二三百年后的山东诸城一带仍然"人多能诵之"，这是一个不能不令人惊服的奇迹！

贾凫西的《木皮词》，在艺术上当然也不是完美无缺的。缺乏系统、完整的故事情节，缺乏鲜明、突出的人物形象的刻画，以及在语言上运用了较多的历史掌故，这些虽然跟他写历史题材所采取的独特的艺术处理有关系，但它毕竟反映了在艺术上还不够成熟。在贾凫西时代，鼓词艺术尽管在民间已盛行，但文人执笔尚处于始基的阶段，它带有童年的稚气，那是不足为怪的。

四

贾凫西的《木皮词》，在中国文学史上应占有适当的地位。因为它的思想艺术成就及其影响，确实是不小，这是不容抹杀的。

首先，它对我国民间说唱文艺的发展有着划时代的贡献。虽然从南宋诗人陆游的《小舟游近村，舍舟步归》诗中，证明当时民间已经有"负鼓盲翁"的说唱艺术存在，然而并未见之于文字的传本。清以前有文字传本留下来的，一是明中叶杨慎（1488—1559）的《历代史略十段锦词话》，叙述历史上朝代变易；另一是明天启刊本《大唐秦王词话》（又名《秦王演义》），署澹圃主人著，叙唐太宗李世民的历史和征伐诸雄统一天下的故事。澹圃主人是明万历间人诸圣麟的别署，但生平不详。这两种词话在思想内容和艺术形式上，显然对贾凫西《木皮词》的创作以直接的启发和较大的影响，不过它们作为"词话"终究与鼓词有所区别。今天我们所能见到的最早题名作"鼓词"的说唱文学传本，同时也是我们今天所知道的古代思想艺术成就较高的鼓词作品，那就只能首推贾凫西的《木皮词》。它是文人创作和当时民间文艺相结合的杰出成果，正如作者自己所说的，他的《木皮词》，有的是从现实生活中来的，"只因俺脚子好动，浪迹江湖，见了些心中不平的事情，不免点头暗叹"，"也有书本上来的，也有庄家老说古的"。由于从现实、历史和民间文艺中汲取了丰富的营养，因此才使他的作品具有强大的生命力，成为现今仍在盛传不衰的山东大鼓乃至京韵大鼓等的老祖宗。我们是历史唯物主义者，岂能数典而忘祖？

　　其次，贾凫西作为具有叛逆倾向的封建文人，直接参与创作并说唱当时被认为不登大雅之堂的鼓词，这对我国整个通俗文艺的创作和发展，有着不可忽视的深远影响。如清代著名戏剧家孔尚任，就把贾凫西编唱的《太史挚适齐》鼓词及《历代史略鼓词》末尾的"哀江南"曲，几乎一字不差地全部收进了他创作的剧作《桃花扇》之中。王季思、苏寰中校注的《〈桃花扇〉前言》，在论述孔尚任的生平思想时指出："值得注意的是明末爱国诗人贾凫西在他少年时期的思想影响，成为他采取通俗文艺形式来反映南明兴亡的鼓舞力量。"为此，孔尚任特地给贾凫西写了《木皮散客传》，对他赞赏备至。我们了解和研究贾凫西的生平思想及其作品，对于研究明末清初及其以后的整个思想史、文艺史，显然是能得到一定的启发和帮助的。

最后，贾凫西的《木皮词》本身及其所阐述的文艺观点，在今天仍不失为有其欣赏和借鉴的意义。如它那勇于揭露批判社会丑恶势力的战斗精神，忠于历史真实的现实主义文艺传统，学习民间文艺和群众语言的创作风格，这些对于促进我们今天的社会主义文艺创作，都是有一定的现实意义的。贾凫西在《历代史略鼓词》的"开场致语"中，提出了一系列十分可贵的文艺主张。如他认为，说鼓词，"第一件不要支离不经；第二件切忌迂腐少趣。须言言可作箴铭，事事堪为龟鉴"。要求根据不同的故事内容，说得或使人"发一阵嗔怒"，或"使人牢骚激烈，吐气为虹"，或"使人感喟歔欷，挥泪如雨"，或"使人怒发冲冠，切齿咬牙，恨不得生嚼他几口"，或"使人欢呼鼓掌，醒脾快心，真果要替他操刀"。总之，他既重视文艺的思想教育作用，更强调文艺必须具有激动人心的艺术感染力。他的这些文艺观点，不仅适用于鼓词创作，对于其他的文学艺术创作，也都有普遍的意义。[①]它实际上是我国文艺创作的历史经验的一个总结，尽管它本身并不是完整的文艺理论，而它所反映的某些文艺观点却至今仍闪耀着不可磨灭的光辉。

五

为了批判地继承贾凫西《木皮词》这份可贵的文艺遗产，繁荣和发展中华民族的社会主义新文艺，我们特地对贾凫西《木皮词》作了校勘、标点和注释。

（一）校勘。由于贾凫西《木皮词》长时口耳流传，经过许多人的加工、修订，甚至曲意篡改，各种版本颇为混乱，内容、词句乃至篇章结构，都有很多歧异。我们搜集采用了十种不同的版本（以刻印本为主，过去流传的大量传

---

① 丁野鹤的《啸台偶著词例》，可相参证。

钞本比较复杂，这里仅列入一种较早的）：

1. 卢氏慎始基斋精刻本《木皮鼓词》，简称"卢氏本"。

2. 北平中华印书局铅印本《木皮鼓词》，简称"中华本"。

3. 昌乐赵氏藏本（刘阶平编印）《木皮词》，简称"赵氏本"。

4. 光绪丁未叶氏观古堂刊本《木皮散人鼓词》（收入《双梅景阁丛书》和《郎园先生全书》），简称"叶氏本"。（福山王氏《天壤阁丛书》增刊本与此同一版本，即不另列。）

5. 石印本《江湖鼓词》，简称"石印本"。

6. 宣统二年上海章福记石印《绘图警世钟》，简称"警世本"。（此本为清末张謇订本。）

7. 潍县和记印刷局铅印本《木皮子传》，简称"和记本"。

8. 自笑轩主人校订童友社石印本《木皮子传》，简称"童友本"。（此本原底本是据养静轩主人藏旧钞本。）

9. 癸丑秋瞰地楼书社石印本《木皮子传》，简称"瞰地楼本"。

10. 守德堂（嘉庆间）传抄本《木皮子传》，简称"传抄本"。

这十种版本，大致可分为三种类型：1. 一至三种的祖本，都有云亭山人的《木皮散客传》，是署名"之罘山人"的辑注本，在"开场"后面插入《太史挚适齐全章》，词文后面有"哀江南"曲。看来这种本子是比较接近于贾凫西原作的；2. 四至六种的祖本，是属于乾隆初年统九骚人序本，统九骚人没有看到云亭山人作的《木皮散客传》，对贾凫西的生平几乎一无所知，他的"序"是作于贾凫西去世七十多年，云亭山人去世十八年以后，与前一类有云亭山人作"传"的本子在文字结构上有不少变动；3. 七至十种，大致介于以上两类版本之间，文字上也有不少变动（这类的版本较多，如：清光绪末《月月小说》杂志所刊载的，以及公元 1906 年日本刊印的《澄碧楼史界拾遗录》所收《凫西鼓词》，西湖悦圃铅印《贾凫西鼓儿词》，均属此类）。上述三类，是我们在作了对校之后的大致划分；从具体文字叙写来看，各本之间都互有异文，各有优劣。

我们的校勘工作以卢氏本为底本，与其他各本互校，择善而从。除了正俗字、古今字、同令字不作校记外，一般都作有详细的校记，读者从中可参考和了解不同的《木皮词》版本流传过程中在内容、文字和结构等等方面的变异情况。经校勘，我们感到变异较大的有以下几点：

（1）题目。第一类三种本子封面题《木皮鼓词》或《木皮词》，封里正文题《历代史略鼓词》；《太史挚适齐全章》鼓词，则插入《历代史略鼓词》"开场"后的中间。第二、三类七种版本则没有《太史挚适齐》鼓词，或把它另附在后面。从内容上看，《太史挚适齐》与《历代史略鼓词》没有内在的联系，两者应该是各自独立成篇的。从第一类版本封面与封里用不同的题目也可看出，《木皮散客鼓词》或《木皮词》是贾凫西创作的鼓词的总名称，《历代史略鼓词》与《太史挚适齐》鼓词，则是他的《木皮词》的两篇不同的篇章。

（2）内容结构。第二类本子的《历代史略鼓词》，把"开场"后面的"引子"说白和唱词，全部移到了作品的末尾，以"览罢闲言归正传，试听俺光头生公讲讲大法"，作为全篇的结语。这样贾凫西的《历代史略鼓词》，便仅存一个"开场"的"闲言"，"正传"则被认为散佚了。赵景深先生编选的《鼓词选》，便据此断定"这篇鼓词仅存'开场'，所叙述的全是历史上帝王事迹的泛论，并不是某一故事的讲唱。在鼓词末了有'览罢闲言归正传'，可知原来是还有'正传'的"。实际上这是由于受所见版本的局限，我们通过十种版本的校勘，发现这是某些刊印者把贾凫西的《历代史略鼓词》看作全是"闲言"，于是把它排斥于"正传"之外而有意布下的迷魂阵。从不同版本的对比分析，显见《历代史略鼓词》具有"开场""引子""正传""尾声"四个有机组成的内容结构；从内容上看，它从盘古开天辟地一直讲到作者所生活的明代末年，历代史略全已讲完，根本不需要还另有"正传"；并且即使从版本流传的一般规律而言，要么全部失传，要么残存片段；也不可能所有各种版本统统只存"开场"，而把"正传"却一概略去。因此，经过我们校勘整理的本子，纠正了某些版本在内容结构上的错乱，比较真实地反映了贾凫西《木皮词》的全貌。

（3）内容的历史观方面。那些不同的版本，有的竭力宣扬宿命论，有的则针锋相对地批驳宿命论。如在说到武王伐纣、二周入秦这段历史时，叶氏本、石印本的说白是："虽曰人事实属天命，如此说，则是由命不由人，然而自我（石印本作'在下'）看来，总之是弱肉强食，尽之乎矣。"童友本等第三类版本作"仔细算来，不过是弱肉强食，得做就做，胜者王侯败者贼，这两句话也就尽了"。卢氏本等第一类版本则明确地说："虽曰人事实属天命，如此说则是由命不由人，然而据我看，到底由人不由命。"反驳宿命的旗帜非常鲜明。又如描绘纣王被杀，第一类版本作"多少年软刀子割头不知死，直等到太白旗悬才把口吧"。童友本等第三类版本"才把口吧"作"才没了解法"，叶氏等第二类版本却作"才知道命有差"，半句之改，思想意义则大相径庭。再如第一类版本原作"俺又翻残南北史，略作短长评"，体现了作者对历史抑恶扬善的鲜明态度和勇于批判的战斗精神，第二类版本此处则作"在下错断龙尾掉，省些兔颖文"，变成自轻自贱，消极回避的态度。第三类版本此处则赤裸裸地说"这是天地的劫数，百姓们该遭的涂炭，我说书的也没了法了"，完全变成了宿命论的说教。

（4）内容的妇女观方面，有的版本对妇女的才能是热烈赞扬的，有的版本则宣扬男尊女卑的封建观点。如第一类版本说周文王"儿媳妇娶了邑姜女，绣房里习就夺槊并滚叉；到如今有名头的妇人称'十乱'，就是那孔圣人的书本也把他夸"。对于邑姜女的武艺和政治才能，都给予了很高的评价。而叶氏本则把"绣房里习就夺槊并滚叉"这句赞扬邑姜女武艺高强的话，变成赞扬她父亲姜太公，说是"全仗着白发丈人把舵拿"。至于后两句赞扬邑姜女政治才能的话，叶氏本、石印本则干脆统统删掉。第一类版本说"石敬塘夺了他丈人家的碗，倒踏门的女婿靠着娇娃"，叶氏本、中华本却作"石敬塘倒踏门的女婿夺了丈人的碗，堂堂男儿靠着个娇娃"，这不是有意用"堂堂男儿"四个字来突出男尊女卑的封建观点吗？

（5）内容上对历史人物的评价方面。如对诸葛亮，有的版本给予热情赞扬，有的版本则故意贬低他。诸葛亮六次攻魏（即所谓"六出祁山"），未达到预期的目的。陈寿在《三国志·诸葛亮传》最后评论说他"连年动众，未能成功，盖应变将略，非其所长钦！"卢氏本等第一类版本针对此论而为诸葛亮作辩护说："可恨那论成败的肉眼说现成话，胡褒贬那六出祁山的不晓《六韬》！出茅庐生致了一个三分鼎，似这样难得的王佐远胜管、萧。"把诸葛亮抬到比历史上著名的贤相管仲、萧何还要崇高的地位。而叶氏本则带有点讽刺挖苦地说："累杀了英雄只争三分鼎，不如那甘受巾帼的晓《六韬》。赤壁鏖兵把心使碎，祭风的先生刚把命逃，木牛流马排八卦，六出祁山替谁家熬？"再如对周武王的评价，第一类版本说："纵就是积德累仁该有好报，终究是得济了武王的眼色高强，手段老辣，把商纣杀得漂亮。"对武王伐纣的正义行动，完全是持热情赞颂的态度。而第二、三类版本则作"纵就是积德累仁，还是强的得手，弱的吃亏"。把武王伐纣歪曲成了弱肉强食，哪里还谈得上什么正义行动呢？！

（6）内容的艺术描写方面。第一类版本往往写得比较具体生动，群众语汇较多，显得有声有色，思想艺术境界较高；第二、三类版本则删节较多，群众语汇很少，显得文字比较抽象、刻板，思想艺术境界不高。如在叙述秦、汉以前一段历史时，第一类版本描绘作者深有感慨地说："真是听不遍古往今来的后悔！俺也说不尽那英雄豪杰，一个家那昏天黑地的心肠！"说得情真词切，把那些所谓英雄豪杰骂得多么酣畅淋漓，叫人由不得不拍手称快！而第三类版本则作："真是数不尽的古往今来，追不来的后悔，也概不了那些英雄壮士，说不出的伤心。"两相对比，请看从文字技巧到思想艺术境界，相差何其悬殊！

以上我们不过约略地举例说明，实际上具体的差别还很多，这里就不再一一列举。由此可见，贾凫西的《木皮词》，不同版本之间的差异是很大的，其中有的显然是属于后人的曲意篡改。我们根据的底本是属于和作者有过直接交往的云亭山人"传"本，再汲收各本的长处，进行校勘；如果能够使它成为现今所传各种版本中比较更接近于贾凫西原作，那就是我们最大的愿望了。

（二）标点。为便于读者的诵读，唱词部分，按照诗行排列，标点除顾到语意外，还注意到它的音节和格调。在结构上，层次、段落，都力求做到具体合理、明确清晰。

（三）注释。除了注明方言土语、疑难词句和典故出处外，还特别注意到逐一查对有关的史实根据，提供参考材料，以便读者正确、全面、深入地理解作品的思想内容。我们感到这对阅读贾凫西的《木皮词》是非常重要的，否则难免要失误。比如题为《贾应宠及其鼓词》①的论文，其论述本身颇有见地，然而作者在引用《木皮词》原文"最可恨砀山贼民升了御座，只有个殿下猢狲挝他几挝"，却在"砀山贼民"后面用括弧注明是"安禄山"，这显然是把历史事实弄错了。实际上"砀山贼民"，据《旧五代史》一至三卷《梁书·太祖纪》记载，是指五代的梁太祖朱温，他是安徽砀山县人，曾参加过黄巢农民起义，因此诬称他为"砀山贼民"，后来他叛变投降，被唐僖宗任命为节度使。朱温的势力强盛后，便杀唐昭宗，篡夺了皇位，宣布建立梁朝，爬上了梁太祖的御座。唐昭宗饲养的猢狲，不认新主朱温，"径趋其前跳跃，奋击"（据《幕府燕间录》载）。这就是"最可恨砀山贼民升了御座，只有个殿下的猢狲挝他几挝"的历史根据；它与唐朝的安禄山之乱，完全是两码事。可见，注明历史

---

① 刊于《文史哲》1956 年 9 月号。

背景，对于正确理解贾凫西的《木皮词》是多么必要！

对于我国古代说唱文学的科学研究、整理，还是项繁复的初创工作。当然，我们的校勘、标点和注释，也难免有不少缺点、疏漏或错误，这就有待于请读者和专家们不吝批评指正了。

六

贾凫西除《木皮词》外，还有《诗纲》和《澹圃恒言》①等著作。《诗纲》是他关于《诗经》的一个极其简单的论纲，内容一般化，学术价值不大。《澹圃恒言》共四卷，前三卷是关于修身、齐家、治国等方面的道理和随笔杂著，文学价值也不大；第四卷则是《澹圃诗草》，按体裁编排，收诗一百五十八首。②尽管诗本身的思想艺术成就还不很高，然而它对于我们了解和研究贾凫西的生平思想和艺术素养，却是难得的第一手材料。因此，我们把它作为本书的附编三，根据两种传钞本予以点校简注供参考。

贾凫西在为《澹圃恒言》写的自序中说：

> 集年来诗文、对联、疏序等杂著，借高明目力削正。琅玡丁耀亢野鹤，删去十之七八，评曰：诗贵婉深，而子真浅，无积学不可作；赋序杂著，须汉魏六朝风格，或宗之韩、柳、欧、苏，风流浑穆，而子浅薄；只江湖鼓词，断案有法，亦不得见大人。

从这里，我们也可以看出，他的创作的主要成就，不在诗文、杂著，而在"断案有法"的"江湖鼓词"。他写的诗，已被丁野鹤大量删去，现存仅是十分之二三，而且全是入清之后的写作。除了《澹圃诗草》收的诗外，《国朝山

---

① 山东省博物馆藏旧钞本。路大荒藏传钞本有缺佚。
② 守德堂钞本"诗草"收诗 149 首。

左诗钞》《曲阜诗钞》《滋阳县志》等选录的五首诗中，两首不见于"诗草"，也补了进去，共得诗一百六十首。

从这些诗的思想内容来看，它跟贾凫西在《木皮词》中所表现出来的思想政治倾向，是非常一致的。

一是痛斥暴政，忧国忧民。如在《感遇二首》中，诗人极为愤慨地说："汉魏已禅代，犹疑是秦时。""问天胡不仁，穷苍咽无声。""猛虎食人肉，孤子怒其睛！"在《雨后即事》中说："娇妇卖新丝，赴官纳秋粮，低头亏长吏，实猛于虎狼。"在《古墓征粮》中说："无主孤坟还降殃，近来派征夫里布。缧拿地邻送牢狱，地邻卖儿代输赋。"诗人把封建统治阶级的残暴统治，比作"猛虎食人肉"，甚至"实猛于虎狼"；把当时的社会，描绘成犹是暴秦当政，天"不仁"，鬼"降殃"，卖儿鬻女缴赋税，无辜人民被"送牢狱"，这是一个多么暴虐无道、黑暗无比的时代啊！从这些满腔愤慨的诗句中，我们仿佛看到了以说唱《木皮词》，来向封建统治阶级勇猛挑战的那个"悲愤愈深，佯狂愈甚"[1]，"笑骂不倦"[2]的"木皮散客"贾凫西的面影。

二是安于清贫，赞美劳动生活的乐趣。贾凫西自辞官归里后，生活是比较贫寒的，从不少诗中可以看出，他曾亲自参加生产劳动。如在《春耕三首》中，他说："将牛南亩去，荷犁犊已随。绿草才出土，无嫌牛步迟。""将牛南亩去，雪尽土披离；归来饭牛罢，与妇话秋期。"在《十噫》中，他说："田自犁兮井自汲，一裘一葛一毡笠，逢人省些唱圆揖，贪有谷粒，莫舐余汁。被有毛褐，莫羡重袭。噫嘻噫嘻歌之十，身自我修命我立。"这些诗说明，他不仅亲自参加劳动，并且似乎力图争取过自食其力的劳动生活。难得的是，这并不是由于他无官可做，为生活所迫，而是由于他愤世嫉俗，不肯同流合污，不愿过"唱圆揖"逢迎拍马，"舐余汁"过不劳而获的剥削的寄生生活。他甚

---

[1] 丁叔言：《贾凫西先生事略》。
[2] 云亭山人：《木皮散客传》。

至到了"八十老翁"的时候，也没有脱离劳动，在《种柏行》中，他写道："八十老翁种柏子，拆甲三月高二指，春旱频浇叶渐黄，刻刻留心费料理。"在我国文学史上，像贾凫西这样热爱并直接参加生产劳动，写下一些描写和歌颂劳动生活的诗，还是很难得的。

三是朋友交往应酬之作。这部分诗篇思想意义不大，但是从中也可透露出作者的一些思想动向。过去人们评论贾凫西及其《木皮词》，总是喜欢着眼于他与清王朝的民族矛盾，给他戴上"爱国词人"[①]或"爱国诗人"[②]的桂冠。从他这部分交游诗中可以看出，他的愤世嫉俗主要的并不是基于民族意识。虽然他对明代灭亡是极为痛惜的，我们也不应否认他有爱国思想，然而这并不是他的最为主要的思想特色。在清顺治八年（1651），正是清用兵福建，明鲁王走厦门依郑成功时，他不是还主动去过一次北京要做官吗？不是还到抗清斗争的残余势力仍在比较活跃的福建去做过清王朝的官吏吗？从他与当时一些在清王朝做官的众多朋友的应酬之作中，我们并未看到他从民族立场出发来谴责他们；我们不能因为他与闫古古等人有交往，就说他是具有民族思想的爱国诗人。从他作品中我们看到的只是他希望为官清廉，能造福于民。"礼教瑕垢地，年来剩苦辛，一朝乘惠雨，百里涸嚣尘。"（《滋邑钱明府蒞任湖广人》）事实上包括清朝统治在内，中国封建社会的主要矛盾还是农民阶级与地主阶级的矛盾，民族矛盾是处于从属地位的。我们从贾凫西作品中所看到的，主要地也是揭露阶级矛盾和统治阶级内部矛盾；反映民族矛盾并不十分明显，至少这不是他的作品的主要特色。因此，与其说他是具有较强民族意识的"爱国词人"或"爱国诗人"，不如说他是具有叛逆倾向的进步文学艺术家，更为切合实际。

在艺术上，贾凫西的诗，语言比较通俗，格律、字数比较自由。看来他是在有意识地要突破我国传统诗体的束缚，从民歌、俗曲中学习和汲取新的营

---

① 《解放·前哨》第 2 期（1957）：《卓越的爱国词人贾凫西》。
② 王季思、苏寰中：《〈桃花扇〉前言》。

养。如他的《十噫》诗，有七个字一句，有四个字一句，长短句交替使用，反复咏叹，民歌的风味显得特别浓。

当然，从总体上来看，贾凫西的诗在思想和艺术上虽有一定的特色，但其成就都不是很高。可以说，它的主要价值不在于诗本身的成就，而在于它有助于我们更好地认识贾凫西其人；即使从这个意义上来说，这部分诗对于阅读他的《木皮词》也有帮助，弥足珍贵。

最后，这书在校注过程中，曾先后得到北京图书馆、上海图书馆、南京图书馆、浙江省图书馆、安徽省博物馆、山东省博物馆和图书馆及许多同志的热情支持相助，谨致谢忱。

一九七九年十月十九日

（此文原为《贾凫西木皮词校注·前言》，齐鲁书社 1982 年 10 月出版。原署名关德栋、周中明，实为周中明执笔，关德栋教授提供资料并定稿。）

贾凫西民族思想问题辨析

从前，人们对贾凫西的了解，受到资料的限制。《曲阜县志》《滋阳县志》诸书，对于他的生平事迹记载都很简略。对于他的作品，人们除看到有个《木皮子鼓词》外，其他的如《澹圃恒言》《诗纲》《四书本义》等，过去只闻其名，而未见其书。《国朝山左诗钞》《曲阜诗钞》《滋阳县志》等书中，一共只收了他五首诗。

1959 年，路大荒先生在山东省博物馆发现了贾凫西的《澹圃恒言》抄本，其中第四卷为《澹圃诗草》，收有他的诗一百五十七首。这为我们进一步了解贾凫西的生平思想，提供了可靠的第一手资料。

可惜人们对于贾凫西的《澹圃诗草》并未引起应有的注意，或者虽然注意到了，却仍认为他是个具有民族思想的"爱国诗人"。这种论断与事实不符，有加以辨正的必要。

孔尚任在《木皮散客传》中，说贾凫西——崇祯末，起家明经，为县令，擢部曹。迁革后高尚不出，有县尉数挟之，遂翻然起，仍补旧职，假王事过里门，执县尉扑于阶下以为快。不数月，引疾乞放，不得请。乃密告主者，曰："何弗劾我？"主者曰："汝无罪。"曰："吾说稗词，废政务；此一事也，可释西伯，何患无词乎！"果以是免。里居常着公服，以临乡邻；催租吏至门，令其跪，曰："否则不输。"与故旧科跣相接，拱揖都废。

这段话，对贾凫西"迁革后高尚不出"的原因、年代，未作具体说明。给

508

人的印象，似乎是由于崇祯末年清兵入主中原，贾凫西不愿与满清统治者合作。实际上却不是这么回事。他的辞官归里，是早在清兵入关以前。崇祯十五年（1642），他任刑部郎中，李自成为首的农民起义的战火愈演愈烈，使明王朝的封建统治者如坐在火山口上，有被农民起义的烈火顷刻化为灰烬的危险。因此，贾凫西上《剿寇难再延疏》，并向皇帝面奏六旨。因为人所忌，他才辞职归里的。[①] 为此，他作了一首《归兴》诗：

> 行年五十四，衰老且归休；
> 白社谁为主？青天不可尤！
> 药多仍病肺，发少懒梳头；
> 树底家园在，园西水正流。

这首诗也证明，他的辞职归里，完全是由于统治阶级内部的矛盾；它跟民族矛盾毫不相干。

那么，在清兵入关以后，贾凫西有没有直接参加过抗清斗争呢？有人说，贾凫西可能与当时鲁西北的抗清义军——榆林军有些联系。[②] 可是，这纯属推测之词，一点证据也没有。科学的论断，应以可靠的资料为根据。贾凫西本人的诗证明，他不但没有参加过抗清斗争，而且还充当过为清王朝对抗清志士进行劝降活动的使者。

他在《辛卯复入都门》诗中写道：

> 晚年还至此，犹是旧京华；
> 索米先求舍，买铛待煮茶。

---

① 据《澹圃恒言》卷二《牧令》《治平》诸节。
② 《解放·前哨》1957 年第 2 期，《卓越的爱国词人贾凫西》。

寺僧来拜客，小竖去听笳；

生事兼心事，苍茫未有涯。

"辛卯"，即顺治八年（1651），他又到清王朝的京都做官去了。这跟孔尚任写的《传》中说他"遂翻然起，仍补旧职"，完全相符。

对于贾凫西这样一位曾经在明王朝担任过户部主事、刑部郎中的高官，主动出来为清王朝效劳，其在明朝遗老中的政治影响，显然是不同寻常的。因此，清王朝统治者便立即加以利用，派他到抗清的军事斗争仍在激烈进行的福建前线去从事劝降活动。在他的《澹圃诗草》中，有不少反映他这方面活动的诗。如《樵川元夕灯诗话次周栋园原韵四首》《延平周栋园饮马将军幕府》《上元樵川太守再召》《漫兴》《汀洲花朝郭孟岩太守招饮》等等。

贾凫西的劝降活动，没有收到什么效果。因此，他在《漫兴》诗中极为扫兴地说：

二东未报干戈息，愧负荒芜泗上田。

他不是为他的劝降活动本身感到羞愧，而是为他没有完成平息武装抗清的劝降任务，而感到有愧于这次弃家远行的政治使命。

他的这种劝降活动，理所当然地要被坚持抗清的民族志士讥为燕雀小人；同时，也不可避免地给他本人带来内心的矛盾和痛苦。如他的《有鸟二首》所写的：

有鸟于飞倦，摧颓翠羽稀；

只愁鹰隼逼，岂为稻粱肥？

爰止谁之屋，堪怜使者衣！

510

风雨飘摇里，何处可忘机？

有鸟欲何依，迟迟向远飞；

回头巢不见，振羽力全微。

错认榆枋近，空来燕雀讥；

春深园林好，如此胡不归！

这虽然表现了诗人满腔的痛苦和懊丧，但是，它只是从事劝降活动未获奏效的一种惆怅心理的流露，而决不是民族思想和战斗豪情的激发。

次年春天，贾凫西便回到了北京。不久，他即以"吾说稗辞，废政务"为由，又辞官归里。然而他这时的再次辞官，也绝不是由于民族意识的觉醒。孔尚任为他写的《传》说他"里居常着公服，以临乡邻；催租吏至门，令其跪，曰：'否则不输。'"这"里居常着公服"，岂不恰恰证明他的辞官并非出于反清的民族思想么？若不是如此，怎么会在辞职后还穿着担任清朝官职的"公服"呢？

有人以顺治三、四年间，诸城的丁耀亢（野鹤）、沛县的闫尔梅（古古）在被清政府追捕时，曾往来其家，以证明"他和丁、闫这些人的思想，是息息相通的"①。其实，这也是靠不住的。他跟丁、闫有过交往，甚至可能庇护过他们，这并不能表明他就跟丁、闫一样具有反清的民族思想。贾凫西的《澹圃诗草》证明，他不仅跟丁、闫等抗清志士有过交往，他还跟清朝政府的达官贵人有过不少应酬赠答、慰勉颂扬的诗篇。如《慰李木斋自铁岭召还》《刘峡石侍御过访》《送友谒选》《黄五湖荣膺内召》《喜兵巡李征一见讯》《送刘剑津赴合水县任》《寿渠址刘大学士》等，从这些诗篇的题目，我们就可看出，他绝不把这些为清王朝效劳的人看成是丧失民族气节，而是以他们能得到清王朝的青

---

① 袁世硕：《孔尚任年谱》，山东人民出版社1962年版，第97页。

睐为"荣"，以自己能得到这些人的垂青为"喜"。

王季思、苏寰中先生认为贾凫西是"明末爱国诗人"，主要是根据孔尚任少年时期受了他的思想影响，并在《桃花扇·余韵》齣中的《哀江南》词，"一字不动地采用贾凫西的《木皮子鼓词》"①。其实，贾凫西的《木皮子鼓词》写的是整个中国自盘古开天辟地以来的历史演义，写到李自成打进北京，崇祯皇帝在煤山上吊为止。这里，他对明王朝的灭亡，固然是满怀着惋惜、悲痛之情，然而他恨的只是李自成打进北京，"彰义门开大事去"，而并非出于民族思想。

至于孔尚任少年时期受到贾凫西的思想影响，那也应具体分析究竟是什么样的思想影响。对此，孔尚任在《木皮散客传》中是这样记载的：

> 予髫年，偶造其庐，让予宾座，享以鱼肉，曰："吾自奉廉，不惜鱼肉啖汝者，为汝慧异凡儿，吾老矣，或有须汝处，非念汝故人子也。"因指墙角一除粪者曰："此亦故人子也，彼奴才，吾直奴之矣。"又曰："汝家客厅后，绿竹可爱，所挂红嘴鹦鹉无恙否？吾梦寐忆之，汝父好请我，我不忘也。"临别，讲《论语》数则，皆翻案语。
>
> 居恒取《论语》为稗词，端坐市坊，击鼓板说之。其大旨谓古今圣贤莫言非利，莫行非势，而违心欺世者乡愿也。木皮之嬉笑怒骂，有愤心矣！

这段记载除反映了贾凫西跟孔尚任的世交情深谊笃之外，也说明了孔尚任从贾凫西那儿所受的影响，并不是什么民族思想，而是对传统的儒家经典《论

---

① 王季思、苏寰中：《桃花扇·前言》。

语》作"翻案语"的叛逆思想和愤世疾俗、嬉笑怒骂的战斗精神。这种思想影响当然是积极的、可取的，但其性质却与民族思想毫不搭界。至于孔尚任是否有民族思想，那又当别论；如果把贾凫西扯上来作证，却是徒劳的。

人们往往把民族思想和爱国思想混为一谈。其实我们的祖国是个多民族的大家庭，无论是汉族或满族，都是我们伟大祖国这个民族大家庭中的兄弟民族。清兵入关，取代明王朝的统治，是满族统治者和汉族地主阶级相互勾结的结果。"民族斗争，说到底，是一个阶级斗争问题。"[1]我们说贾凫西不具备民族思想，并不是要将他一笔抹杀，而是要给他作出实事求是的评价，还他以本来面目。

综观《澹圃诗草》，贾凫西虽然不具备民族思想，但他还是忧国忧民，有一定的进步性的。如在《感遇二首》中，诗人极为愤慨地说："汉魏已禅代，犹疑是秦时。""问天胡不仁，穷苍咽无声。""猛虎食人肉，孤子怒其睛！"在这里，诗人并没有把清王朝代替明王朝的统治，仅仅看作是个民族压迫的问题。他认为这跟历史上的"汉魏禅代"一样，重要的并不在于民族压迫，而是在于"天""不仁"，整个封建统治阶级依然实行"秦时"的暴政，如同"猛虎食人肉"一样无比残暴。

贾凫西的诗，不仅控诉了封建统治阶级在政治上的残酷压迫，而且揭露了他们在经济上对被压迫者的残酷榨取，比虎狼还要凶猛。如在《雨后即事》诗中，诗人写道：

> 婉妇卖新丝，赴官纳秋粮；
> 低头亏长吏，实猛于虎狼！

---

① 毛泽东：《支持美国黑人反对美帝国主义种族歧视的正义斗争的声明》，1963 年 8 月 8 日。

在《古墓征粮》诗中，诗人又写道：

> 无主孤坟还降殃，近来派征夫里布，
>
> 缧拿地邻送牢狱，地邻卖儿代轮赋。

在那个暴秦当政"实猛于虎狼"的时代，就是这样天"不仁"鬼"降殃"，"送牢狱"，卖儿鬻女"代轮赋"，这是一个多么暴戾恣睢、恶贯满盈、人吃人的黑暗社会啊！这些喷射着满腔怒火的诗句，它跟以说唱鼓词来向黑暗的封建社会勇猛挑战的贾凫西那种"悲愤愈甚，佯狂愈甚"[①]，"笑骂不倦"[②]的民间说唱艺术家的面影，是十分和谐合拍的。因此，与其说他是具有民族思想的"爱国诗人"，不如说他是忧国忧民的进步诗人和民间说唱艺术家，更为合乎事实、分寸恰当而又有熠熠光彩。

1982 年 3 月 7 日于合肥

（原载《文史哲》1982 年第 3 期）

---

① 丁叔言：《贾凫西先生事略》，见和记印刷局铅印的《木皮子传》卷首。

② 孔尚任：《木皮散客传》，见《孔尚任诗文集》。

论子弟书

子弟书是我国满族民间曲艺。清代乾隆至光绪年间，它在北京及东北地区盛行达一个半世纪左右。① 其作品甚多，道光年间奕赓曾编成了一个近二百种子弟书的《集锦书目》。从乾隆年间就开始在北京抄卖曲艺、戏曲脚本的"百本堂"②，于同光年间编了本《子弟书目录》，著录达二百九十三种；光宣年间"别野堂"所编的《子弟书目录》也著录有一百六十种。这些还只是子弟书中的一小部分。据杨庆五《大鼓书话》记载，韩小窗一人就写了"脚本五百余支"③，可见子弟书在当时曾盛极一时。据说，当年书场说唱子弟书时，场内"过千人"，"满堂中万籁寂寞鸦雀无闻"，"令诸公一句一夸一字一赞，众心同悦众口同音"，达到了"惊动公卿夸绝调，流传市井效眉颦"的巨大艺术效果④。同时，子弟书的作者和说唱者还有书会，这种组织结社的演艺活动，与宋

---

① 清·顾琳：《书词绪论》，嘉庆二年李铺的序说："辛亥夏，旋都门，得闻所谓子弟书者。"辛亥为乾隆五十六年（1791），子弟书的开始盛行，当在乾隆年间。"子弟书"一名较早的文献记载，即为顾琳所著《书词绪论》。顾琳生平事迹不可考见，据其嘉庆二年自序，知为乾嘉时代子弟书作家和歌唱者，曾任小吏。李铺生平亦不可考，或说为辽东诗人李锴兄弟行。

② 百本堂，即所谓"百本张"的堂号。爱新觉罗·奕赓：《逛护国寺》子弟书说："至东碑亭百本张摆着书戏本，他翻扯了多时望着张大把话云：'我定抄一部《施公案》，还抄一部《绿牡丹》。'亚赛石玉昆。"可知道咸间百本堂的肆主名张大，除抄卖曲艺、戏曲脚本，也抄卖小说。稍后在它出售的钞本上，有戳记说："本堂书戏岔曲，当日挑看明白，言明隔期两不退换，诸公君子莫怪。由乾隆年起至今，少钱不卖。住西直门内高井胡同中间东小胡同、东头路北，张姓行二。"

③ 杨庆五：《大鼓书话》，见《戏杂志》第3期（1922）。韩小窗，子弟书前期的著名作家之一，生平事迹不详。关于他作品的问题，可参见关德栋著《曲艺论集》（中华书局，1958年）和耿瑛《韩小窗和他的子弟书》《韩小窗作品补遗及真伪》及任光伟《也谈韩小窗及其作品》等文（均见1962年《沈阳晚报》《学术研究》）。

④ 见《石玉昆》子弟书。

元时代戏曲兴盛期间的情况十分相像①。然而这么丰富的民族的民间曲艺遗产，后来却逐渐湮没无闻了。

1935 年郑振铎主编《世界文库》，选收了罗松窗、韩小窗的子弟书作品十一篇，作为世界文学名著首次公刊。次年赵景深在所著《大鼓研究》里并加以论述②。限于资料，那毕竟还只是研究的开始。1932 年刘复、李家瑞编《中国俗曲总目稿》著录了部分子弟书目，其后日本书志学会的《书志学》、法国巴黎大学中法汉学研究所的《汉学》等也都刊布过书目。到 1954 年傅惜华编著《子弟书总目》时，已著录公私所藏子弟书四百四十六种，一千数百部，但它们绝大多数均属罕见的手抄本，刻印本较少。因此一般人还是不易充分了解它们的全貌。

由于子弟书传本罕见，资料稀缺，这给研究者全面掌握深入钻研带来了一定困难，这是长期以来对它们的评价存在着分歧的重要原因。新中国成立前，有的研究者认为："所谓'子弟书'，是指八旗子弟的所作。八旗子弟渐浸于汉文化，游手好闲，斗鸡走狗者日多，遂唱而为此种鼓词以自娱娱人。"③有的干脆说，它们是由大鼓书于"乾隆时又被贵族的八旗子弟改造为子弟书"④的。新中国成立后，有的研究者依然认为子弟书是"为贵胄'子弟'（'子弟'是以臣下身份供奉当时宫廷的）所欣赏、提高，以至编写演奏"。"当时的北京，是剥削阶级集中的城市，而'子弟书'又掌握在这一阶层的上层，为要满足他们欣赏的要求，它发展的道路，是不会逐渐接近民间的。"⑤甚至研究说书史的

---

① 子弟书书会事，见顾琳《书词绪论》第八节"立社"。其中说："书虽小技，亦不妨立社"，"立社不过借说书一节，以联朋友之情，并非专以说书为事"。"择清净禅房，每月一社，或一岁八社。其社长按人轮推，至期，同人各解杖头若干，凑交社长，以为壶酒盘蔬之费。喜说者说之，不喜说者听之。其说者之工妙与否，不许讥评。"

② 赵景深：《大鼓研究》，商务印书馆 1937 年版，其下编"分论·第一章子弟书"有专论。

③ 郑振铎：《中国俗文学史》下册，商务印书馆 1938 年版，第 402 页。

④ 叶德均：《宋元明讲唱文学》，上杂出版社 1953 年版，第 67 页。

⑤ 高季安：《"子弟书"的源流》，《文学遗产增刊》一辑，第 337、338、341 页。

专著，也说子弟书"是清代乾隆时满洲贵族就鼓词改造出来供士大夫阶层一种新兴的曲艺"[①]。一句话，认为子弟书根本不是来自民间的艺术，而是满洲贵族文艺；它不仅掌握在剥削阶级手中，而且是"掌握在这一阶级的上层"，是专为"满足他们欣赏的要求"的。照此看来，子弟书似乎该在扫荡之列了。

作品的客观实际，是我们对它进行正确评价的根本依据。实事求是地研究子弟书这宗满族民间文艺遗产，不仅对于我国曲艺、诗歌创作和小说史、戏曲史的研究有直接的帮助，而且对于我国历史学、民俗学和民族文化的研究，也是提供了一份十分珍贵的资料。事实上，只要认真检读子弟书的大量作品，对它作出公正的评价，并不是困难的。收藏子弟书的专家傅惜华，早在1939年写的《子弟书考》一文中就说："子弟书之价值，不在其歌曲音节，而在其文章。词句虽有时近于俚浅，妇孺易晓，然其写情则沁人心脾，写景则在人耳目，述事则如出其口；极其真善美之致。其意境之妙，恐元曲而外殊无能与伦者也。"[②]不过，傅氏的这段评论系套搬王国维对元杂剧的评论而来[③]，对子弟书本身的思想艺术成就，则语焉不详。1959年北京大学中文系1955级集体编著的《中国文学史》，曾盛赞："子弟书在内容上极为丰富多彩。它与弹词、鼓词相比较，在题材范围上要广泛得多。""子弟书就总的倾向说是值得肯定的。无论就其思想和艺术来说，都有很多可取之处。我们还应该更细致地做一些工作，使它很好地为今天服务。"[④]所以，正确地了解和评价子弟书，这是历史早已向我们提出的要求。

子弟书是"满洲贵族文艺"吗？

否。它是道道地地的满族民间文艺。据光绪二十九年（1903）曼殊震钧所

---

① 陈汝衡：《说书史话》，作家出版社1958年版，第225页。
② 傅惜华：《曲艺论丛》，上海文艺出版社1953年版，第98页。
③ 参见王国维《宋元戏曲考》，《王国维戏曲论文集》，中国戏剧出版社1957年版，第104页。
④ 北京大学中文系1955级集体编著《中国文学史》第四册，人民文学出版社1959年版，第37、40页。

著《天咫偶闻》卷七记载："旧日鼓词有所谓子弟书者，始创于八旗子弟。其词雅驯，其声和缓，有东城调、西城调之分。西调尤缓而低，一韵萦纡良久。此等艺，内城士夫多擅场，而瞽人其次也。然瞽人擅此者，如王心远、赵德璧之属，声价极昂，今已顿绝。"这条曾为国内外研究者们反复引述的较早的子弟书史料，除指出它在音乐上的特点之外，主要说明：子弟书是八旗子弟所创造；从事创作的不仅有封建文人，还有民间瞽目艺人。这里所谓"八旗子弟"，并不等于就是"贵族的八旗子弟"即贵族子弟。八旗制度是清代满族的社会组织形式，满族人户皆以八旗编制，分隶于正黄、正白、正红、正蓝、镶黄、镶白、镶红、镶蓝八旗，凡属满族成员毫无例外；满族人在旗内既有民族上层的贵族，也有民族中下层的平民和兵丁。因此，正如我们不能把满族人统称之为满洲贵族一样，我们既不能把分隶于八旗的满族子弟笼统地都说成是贵族子弟，又怎能把这种"创始于八旗子弟"的子弟书说成是"满洲贵族文艺"呢？另外，"子弟"一词的含义不仅指年轻一辈，从子弟书演艺活动的实际情况看，它也是指业余的歌唱家，这是宋元以来谈伎艺的习惯用语。[①]

子弟书跟变文、弹词等其他民间文艺一样，都产生于民间。子弟书的创兴，实受满洲祭祀的巫歌"单鼓词"影响较大，萨满巫歌源于歌谣，这在满洲萨满的巫歌里反映十分明显。据文献记载，16 世纪时满族的伎艺活动已盛行[②]，所以乾隆时代子弟书的出现，是渊源有自，并非偶然。现存四百余种子弟书中，有些作品是"满汉合璧"和"满汉兼"的。子弟书的语言从"满汉合璧""满汉兼"到全用汉语，是有一个过程的。国外的研究者也已注意到这一点，日本著名汉学家波多野太郎认为，子弟书原来是满语和汉语合璧，"以后

---

① 如元代燕南芝庵著《唱论》说："凡歌之所忌：子弟不唱作家歌"，这里"子弟"即指业余的歌唱家。

② 据 tongki fuka sindaha hergen i dangse《满文老档》的记载，满族在 saria（饮宴）时，尝有伎艺表演，演出节目虽无较详的叙述，但是歌舞之外，曲艺也是内容之一；当然这里并不仅限于满族传统的伎艺。

兼用满洲语的唱法渐渐唱不上了，而且汉族作家也渐渐写子弟书，汉族唱书的也讲唱起来，因此满汉合璧的唱本也一年比一年减少了。尤其是到了满族自由讲起汉语来的时候，《三国志演义》《水浒传》《金瓶梅》《西游记》等满汉合璧的小说戏曲的本子就没有了"，到这时候，"子弟书都是汉语的，兼用满语的本子，一本也没有。"①因此，认为子弟书是"八旗子弟渐浸于汉文化"产生出来的，这种看法多少带有一些民族偏见。实际上，它起源于满族民间，而随着满汉民族逐渐自然融合而获得繁荣，这一事实本身生动地说明了汉满本来就是一家人，在文化传统上一贯具有统一性和普遍性，是中华民族光辉灿烂的古代文化的共同开拓者和发扬光大者。

子弟书作者绝大多数是属于无名氏，即使有极少数能够考知姓名的，其生平事迹也都湮没无闻。仅此一点也可证明：子弟书作者的阶级地位是低下的，绝不该一概归之于满洲贵族。今天能考知署名的作者，约三十人，他们的生平，绝大部分已无法考见②，但从所写作品中透露的情况看，充其量不过是从封建统治阶级中分化、跌落下来的，或者本来就是穷愁潦倒的失意文人。他们之中约略可考见其生平的是"鹤侣氏"，在他所写《侍卫论》结尾说："我鹤侣氏也是其中过来人"，说明他当过侍卫。他所作以侍卫生活为题材的子弟书除此而外，还有《老侍卫叹》《少侍卫叹》和《女侍卫叹》等。经考证，他就是清宗室爱新觉罗·奕赓，为庄襄亲王世子，于道光年间曾任侍卫六年，著作有《佳梦轩丛著》。他自然是个贵族子弟，然而即使在他这样的地位也"好景不长"，当他写子弟书作品时，已是过着"柴湿灶冷粟瓶空"的穷愁生活，只能用子弟书一抒胸臆，"解散穷愁"③。其他，如文西园在《先生叹》结尾说："文

---

① 波多野太郎著《满汉合璧子弟书·寻夫曲校证》"序"，日本，1973年，第55、56页。

② 参见傅惜华《子弟书总目》，"子弟书总说"第7页。爱新觉罗·奕赓《逛护国寺》子弟书中，评论子弟书作品时提到的作者有：罗松窗、韩小窗、芸窗、竹轩、文西园、渔材、云崖、西林等人，并说："这些人，俱是编书的国手可称元老。"可知他们多半是道光以前的作家，当是子弟书前期作者。

③ 以上引录曲文见奕赓作《孟子见梁惠王》《集锦书目》等子弟书。

西园窗前闲谱《先生叹》，生感慨，一顶儒巾误少年。"可见他本人只不过是个穷塾师而已。蕉窗在《遣晴雯》诗篇末尾说："蕉窗下，医余兀坐无穷恨，闲消遣，楮洒凄凉冷落文。"作者则是个医生。渔村在《刘阮入天台》开头说："渔村山左疏狂客，子弟书编破寂寥。"他以狂放不羁的"疏狂客"自居，显然也是个不合时宜、不愿跟封建统治阶级同流合污的人。

退一步说，即使有真正的贵族的八旗子弟参与了子弟书的创作，我们也不能仅仅根据个别作者的阶级成分来划分文艺性质，而必须以作品的思想倾向，来判断作品是属于哪个阶级的文艺。曹雪芹可算是道地的贵族的八旗子弟出身，然而他创作的《红楼梦》却是非常富于民主性精华的优秀小说。我们怎么能仅仅因为子弟书"创始于八旗子弟"，就断定它们是"为贵胄'子弟'所欣赏、提高，以至编写演奏"的呢？而且这种"贵胄子弟"据说还仅限于"是以臣下身份供奉当时宫廷的"。显然这种论断是不符合客观实际的。一些封建文人包括一些封建贵族子弟参加了子弟书的创作，这正是在封建社会末期阶级分化异常剧烈的时刻，子弟书这种民间文艺形式特别富有吸引力的反映；他们的参加，可能给子弟书带来不少封建糟粕，但他们那较高的文化素养，对于子弟书的思想和艺术成就，未尝不是个提高。

有些子弟书的作者，往往在篇首或结尾称写此作品是为"聊自慰""闲破闷""消午倦"等。对这些话不可看得太死，更不可据此认为作者写作的目的是"自娱娱人"。从作品的内容看，概括的社会生活相当广阔，有较高的思想性，对生活中美好的和丑恶的事物，或颂扬，或抨击，字里行间充满激情，表现了作者崇高的社会理想和美学观念，决非酒醉饭饱之余的无病呻吟。有些作者明确提出"醒世""劝世"的创作主张，无论是揭露、讽刺还是赞扬，子弟书都是有其不可忽视的社会意图的。

有人认为"子弟书作品大都是历史故事的"，"写不出当时生活中的矛盾来"。实际上，就现存作品看，写历史故事的还不到五分之一，直接取材于现实生活的，倒也有五分之一左右，其余大都是根据戏曲、小说和民间传说改编的。作品题材的沿袭性，是我国文学史上的一个显著特点，如王实甫的《西厢记》之前，有董解元的《西厢记》和唐传奇小说《莺莺传》；汤显祖的《牡丹亭》之前，有宋元话本《杜丽娘慕色还魂记》。描写历史故事也好，改编已有的文学作品也好，能在群众中流传并受到欢迎，必然不是原样照搬而是一种再创造，它是反映现实生活矛盾的一种特殊手段。对此，子弟书的作者也说得很清楚，他们所以要采用历史故事和小说戏曲中的题材进行写作，目的是"借笔生端"，"借题写意"，结果是"旧曲翻新"①，写出了各种尖锐复杂矛盾斗争的时代特点和封建社会末期的社会风貌。

子弟书的思想成就，总的来说，是比较深刻地反映了封建社会处于没落时期的许多特点。可以说，它们是我国封建社会日益走向衰落的一面镜子。在这里，我们可以突出地看到以下几个方面：

第一，对封建统治阶级的罪恶本质，作了比较深刻的揭露。如韩小窗的《草诏敲牙》，描写明代燕王篡位后，强令方孝孺为他草拟诏书，遭到方孝孺的严词拒绝，便下令敲掉他的牙齿，但他坚贞不屈，"断不肯猪狗同眠，与降臣并立"。结果，遭到"十族共灭，祸及师生"，"共斩首八百七十三名口"的惨祸。这对封建暴君的残暴本质，是个多么令人触目惊心的揭露！处于没落时期的反动统治阶级，一方面在政治上实行封建专制统治，另一方面在经济上进行巧取豪夺。题为《大战脱空》的子弟书，就反映了封建社会末期高利贷盘剥的严重和阶级分化的剧烈。作品中写一个"邓通山的真人"，是赫赫有名的财主，"山门内，黄金铺地白玉为砖"，"两边俱种摇钱树"，"聚宝盆放在正中间"。他动用武力为债主逼债，"带领三千讨债鬼"，去围剿"无影寺"内以"脱空"为首的穷光蛋，把一个穷得精光的名叫所谓"无耻者"，压在万千

---

① 以上引文见子弟书《一入荣国府》《刘高手治病》《刘阮入天台》等作品的诗篇。

重的石碑下。作品的情节是离奇的，同情穷苦人的倾向性也是明显的，通过这离奇的情节，使人想到穷人的苦难命运，即使到"脱空教"中去逃脱，也是"逃脱"不了。揭露反动统治阶级罪行的作品，几乎每个时代都有，但像有的子弟书这样尖锐泼辣、淋漓尽致，有时嬉笑怒骂，有时愤恨欲绝，确实并不多见。

第二，对世道人心的险恶，伦理道德的窳败，作了有力的鞭挞。如韩小窗的《樊金定骂城》，写薛仁贵东征荣归，不认受苦二十年的前妻和亲生子，因而遭到樊金定的痛骂："狠心贼！今日身荣不认我，全不想当初患难的根本源流。""贼呀！你把父子夫妻的人伦都丧尽，我合你是欢喜的冤家、恩爱的仇。"薛仁贵与樊金定本是患难夫妻，而薛仁贵却忘本变心，这显然是由于他身居高位，爬上封建统治阶级的阶级地位决定的。继韩小窗之后，又有古香轩的《续骂城》，再次痛骂"忘恩负义"者。此外，如无名氏的《连升三级》，写书生王名芳赶考回乡，途中投宿旅店，因他衣衫褴褛而饱受店主奚落讽刺，百般刁难使居草房。后报录人送来今科王名芳高中的喜报，店主又马上跪在他面前请罪，百般逢迎。作品淋漓酣畅地揭露了封建社会的炎凉世态。

第三，即使是描写爱情婚姻的题材，不少作品也突出了暴露封建统治阶级罪恶的政治内容。子弟书中描写爱情婚姻题材的作品相当多，这类作品常常着重反映爱情婚姻的政治思想基础，揭露封建统治阶级的罪恶，把矛头指向破坏爱情婚姻幸福的封建势力。如《奇逢》《七夕密誓》《惊变埋玉》《闻铃》《锦水祠》等作品，把爱情放在国破家亡的社会背景之中来描写，实际上是以爱情上的悲欢离合，增强人们对国破家亡的愤慨和忧伤之情。而在《百花亭》中，江海俊所以爱上百花公主，是为借她的力量以达到清除祸国奸臣的目的。《桃洞仙缘》《刘阮入天台》等，看上去是描写了人与仙女的自由爱情婚姻，实际上寄托的却是"误入桃源是避秦"，"从此后，把富贵功名皆看破，不作名缰利锁人"的政治理想。《合钵》《祭塔》等揭露的是宗教势力对爱情婚姻的残酷破坏。《僧尼会》通过一对小僧尼的自由恋爱，描绘了他们反对利用宗教进行阶级压迫和剥削的共同斗争和命运。《魂辩》中的李慧娘对自由爱情的热烈追求，实际上是对"奸相欺心施毒计"的血泪控诉和强烈反抗。

特别值得称道的是，子弟书中还塑造了一系列巾帼英雄的形象。作品热烈地讴歌了她们那忧国爱民、不惜献身的崇高精神。如《盗令》中的歌姬张紫艳，她仗义勇为，舍身盗令救秦琼，以自己的牺牲来换得秦琼逃出虎口，目的是"愿将军以苍生为念寻真主，太平旗卷万方兵"，这里张紫艳与秦琼的爱情不过是个表面情节。而在无名氏的《祭姬》里，更盛赞雪艳那种"不惜香躯酬大义"的行为，并借此揭露高官厚禄、厚颜无耻的封建官僚，"堪笑那终日营营流俗辈，半生碌碌利名扬，高爵厚禄夸乡里，象简乌纱立朝廊。太平日居然慷慨谈忠孝，患难时各顾身家尽躲藏。似那样背义忘恩抱头鼠窜，应笑死仗义从容的雪艳娘！""慷慨原是男子气，侠肠偏是女孩家"，《盗令》作者的这句话，反映了子弟书对妇女问题的某种观点，它和封建阶级男尊女卑的传统观点是大相径庭的。

第四，从子弟书一些作品中还可看到，在腐朽衰落的封建社会内部，正在孕育着民主主义思想的萌芽。子弟书的作者大多数是处在封建社会的底层，跟广大被压迫的人民，特别是跟城市市民群众保持着密切的联系，因此，在子弟书中就必然或多或少地反映了广大人民群众的美好的理想和要求愿望，反映了他们要求摆脱封建统治的民主主义思想的萌芽。例如根据《红楼梦》改编的《晴雯撕扇》《品茶栊翠庵》《双玉听琴》《史湘云醉酒》等子弟书中，着重反映了贾宝玉、晴雯、史湘云等追求个性解放，向往自由、民主、平等的思想性格。特别是史湘云，在《红楼梦》中，她的思想倾向既有维护封建正统观念的一面，又有不拘封建礼教豪爽泼辣的一面。在子弟书《史湘云醉酒》里，就是突出了史湘云性格中这一积极的方面。她不顾"那些见不惯的姑娘们笑掉了牙"，不怕人们议论"云姑娘哪象斯文小姐"，只管听任个性自由"大嚼连称快"，追求"真人能本色"，反对"一味的扭扭捏捏""装模作样"。这种民主思想，在有的子弟书中还发展到对农民起义的同情。如《坐楼杀惜》，作者把梁山农民起义的原因，归结为"世乱荒荒民不宁"，"奸臣当道贤臣退"，"臣佞君昏灾祸逢"，认为梁山起义是"天罡地煞降群雄"。尽管子弟书作者不可能从根本上打破封建思想的樊篱，但是，他们寄希望于农民革命的"群雄"。这种思想，在那黑暗腐朽的封建王国中，毕竟能给人们带来一线光明。

第五，对民族间的团结友爱，子弟书也作了由衷的热情赞颂。如竹轩的《查关》，借刘唐建"北行沙漠"，梭罗宴查关的戏曲故事，写蒙族姑娘与刘唐建的纯真的爱慕之情。著名的"满汉兼"《螃蟹段儿》[1]，通过一个屯居的满族青年和汉族妻子的一件日常生活中的喜剧性小故事，热情地歌颂了民族团结友爱。这种在其他文艺作品里鲜少抒写的内容，反映了我国各民族已经自然融合起来的时代特色。

当然，子弟书跟其他民间文艺一样，也存在着不少封建性的糟粕。如对忠孝节义等封建伦理道德的颂扬，对圣君贤相、忠臣孝子、节妇烈女的赞美，对功名富贵的羡慕，对美色甚至色情的追求，在不少地方确实表现了城市小市民和封建文人庸俗低级的情趣。这种封建糟粕，不仅存在于一些基本倾向很坏的作品中，即使在那些基本倾向较好的作品中，也都程度不同地羼杂着。我们必须经过具体分析、严格批判，去芜存菁，才能吸收其带有民主性的精华。

子弟书作为一种曲艺形式，虽然已结束了它的舞台生命，但它作为一宗文艺遗产，不仅在思想内容方面有其认识和教育作用，而且在艺术方面，也颇为值得我们欣赏和借鉴。

叙事委婉曲折，情文并茂，是子弟书艺术的特色之一。就以《凤仪亭》为

---

① 　这书有清文萃堂刻本和几种不同的钞本传世。参见关德栋著《曲艺论集》（中华书局，1958年）。国际间，波多野太郎《子弟书研究》《子弟书研究续》等书有专门研究（日本，1967、1968年）。*W. Simon: Manchu Books in London*（英国，1978年）一书曾予著录。

例，这是根据《三国志演义》第八回再创作的。在小说中突出的是王司徒如何"巧使连环计"，貂蝉不过是他手中的工具，子弟书则是着力塑造了貂蝉的机智卓绝的形象。为借吕布之手杀董卓，貂蝉约吕布相会于凤仪亭，这个情节小说写得比较直接，人物的思想感情并不丰满，而子弟书《凤仪亭》就把貂蝉在凤仪亭与吕布的谈话，写得非常委婉曲折、细腻感人。貂蝉从"可怜我"到"恨只恨"，从"恼的是"到"唯望你"，分别连用了八个排比句，把问题的是非曲直、利害得失说清，感情回旋激荡，撼人心弦。子弟书作者能够把一个本来简单的情节，叙写得如此曲折、丰富，情文并茂，是值得赞叹的。

写景状物富有诗情画意，令人心驰神往，是子弟书艺术的特色之二。我国古典小说、戏曲和民间说唱文艺的短篇作品，一般都善于以故事情节取胜，不太着力于细致地写景状物。而子弟书在这方面，则有所发展。如关汉卿的历史剧《单刀会》，对于景物的描写只是"大江东去浪千叠""水涌山叠"等简单的几句，虽然也衬托着抒发了关羽的壮志豪情，但毕竟失之空泛，不能给人以更具体的实感，而且字句语意明显是从宋词承袭而来。子弟书《单刀会》同样是对于这般景物的描绘，却充分发挥了民间艺术家惊人的创造才能。它写关羽"昂然虎坐船头上"，把青天形容为"碧湛湛"，把太阳形容为"红拂拂"，把"巍耸耸的高山"比作"叠翠的盘"。而从"一望四野天连水"，到"月映长江万丈潭"，描绘得更是异常气势雄伟，景色醉人。写景状物，目的是为写人，子弟书《单刀会》笔锋一转，感慨"青山绿水依然在，千古英雄破土漫"，把那奔腾不息的江水，比作"好似英雄的血一般"，抚今追昔，更加诗意深邃，沁人心脾。光绪年间抄售子弟书的"百本堂"所编《子弟书目录》里，在《单刀会》篇目下特别注明："内有观水"。可见作品对"观水"的景物描写，在当时是相当著名动人的，其吸引力之大，以致书商都要用它以广招徕。

对人物内心世界的刻画妩媚细腻，激情充沛，是子弟书艺术的特色之三。不少子弟书作品对于人物内心世界的刻画，就是如见其人、如闻其声、如历其事、如临其境、如见其肺腑然的。如《合钵》写白娘子的被迫离别，"白娘子正然追诉从前事，哇的一声怀中哭醒了小儿男"之后，对小儿和丈夫畅叙衷肠的描写，确实是一字一泪，字字动人，使人感到这不仅是白娘子一人的悲痛遭遇，也反映了旧社会千家万户被逼得妻离子散的共同心声。

语言的清新明晰，铺陈排比，是子弟书艺术的特色之四。子弟书的语言，基本上都是明白如话的口语，但通俗和典雅并存，既有民间口语的诙谐生动，又有文学语言的流畅醇美。如《访贤》写宋太祖雪夜访问贤相赵普，敲门时与门官张全问答不仅有"赵大郎""莫装佯""体筛糠"等民间生动活泼的口语，而且有描绘门官的倚官仗势，锋利而幽默的语言，令人感到妙趣横生。至于语言的铺陈排比，显然是汲取了我国民歌传统的艺术手法而又有所发展，犹如浓墨重彩的绘画，更使形象突出，感情浓烈，意境深远。

此外，子弟书在语言方面还有以下几个特点：首先是韵律优美动听。子弟书不像弹词、鼓词那样有说白部分，它全用韵文，每两句叶韵，每回限用一韵。闲园的《金台杂俎》说它"词婉韵雅，如乐中琴瑟"。其次是句式自由灵活。虽然以七言为主，但在七言基础上，可以根据文义需要添加衬字，有的句子多达十九个字，因而作者的思想可以得到自由地表达。再次是有些作品间用满语①，既使作品生色，又丰富了汉语的词汇。从篇幅上看，子弟书都是短小精练的，一个作品一般只有一两回或三四回，几十句到三四百句，十回以上的很少，《全彩楼》最长也只有三十二回。从语言形式上也可看出，子弟书并非迎合少数贵族子弟的趣味，而是为了适应广大群众的需要。但是，当它发展到乐曲上字少腔多，走上"曲高和寡"时，它便脱离了群众，艺术的生命力也就枯

----

① 子弟书除"满汉兼"作品外，有些作品也常闻用满语词，如《卖刀试刀》说："老牛苦哈哈可是干棒子骨，小字号地动山摇没毛大虫。"《一入荣国府》说："皮领儿滚园海龙尾，手帕儿，南绣金黄腋下脱落。"《寻梦》说："不早了，咱们也应该赴学堂，别惹的先生哏多我。"等等。这里"哈哈"即满语 haha（男人，汉子）；"海龙"即满语 haiLun（水獭皮）；"脱落"即满语 tuLe（露在外边）；"哏多"即满语 hendu（说，责备）。

竭衰亡了。

　　子弟书在艺术上自然也是有缺点的。主要是有些作品思想和艺术境界不高，往往跳不出封建传统观念的束缚，摆脱不了一些迂腐消极的思想感情和低级腐俗的艺术趣味。子弟书是封建社会的产物，因而不可避免地受着封建统治阶级的思想影响，使民主性的精华和封建性的糟粕相互羼杂，但是只要我们以科学的批判的眼光来对待它，是不难涤除其污垢，显出它熠熠光辉的。

1979 年 6 月 18 日写于合肥

　　（原载《文史哲》1980 年第 2 期，是根据《子弟书丛钞·前言》改写的，该书由上海古籍出版社于 1984 年 12 月出版。原署名关德栋、周中明，系周中明执笔关德栋教授定稿。）

论子弟书对《三国演义》的改编

一

改编《三国演义》的子弟书，共有十三种：

（一）《连环记》，取材于《三国演义》第八回上半回"王司徒巧使连环计"。写司徒王允因董卓专权，以义子吕布为虎伥，便蓄意先将歌妓貂蝉许嫁吕布，然后又将貂蝉献给董卓，以此挑起吕布与董卓为争夺貂蝉而互相火拼。元杂剧有《锦云堂暗定连环计》。明代王济撰有《连环记》传奇。京剧、川剧、秦腔皆有《连环记》剧目。

（二）《凤仪亭》，取材于《三国演义》第八回下半回"董太师大闹凤仪亭"。写董卓已纳貂蝉，吕布乘董卓入朝，又与貂蝉私会于凤仪亭，貂蝉在吕布面前表示爱情，两人偎依在一起，被董卓回府撞见，因愤极而掷戟刺布，结果却是董卓被吕布杀死。京剧、徽剧、豫剧、粤剧、汉剧、秦腔、川剧、河北梆子、同州梆子皆有《凤仪亭》剧目。

（三）《血带诏》，取材于《三国演义》第二十二回下半回"董国舅内庭受诏"及第二十三回下半回"吉太医下毒遭刑"。写汉献帝因曹操专权，在授给国舅董承的衣带中密藏诏书，要董承设法除掉曹操。董承通过太医吉平图谋乘为曹操治病之机，加以毒害，结果被曹操识破，吉平、董承皆被处死。同州梆子也有《血带诏》剧目。

（四）《麋氏托孤》，又题《长坂坡》，取材于《三国演义》第四十一回下半回"赵子龙单骑救主"。写麋夫人怀抱刘备之子阿斗，被曹操军队击伤，赵云前往救护，麋夫人将阿斗交给赵云，为免得因自己负伤而拖累赵云，便主动投井而死，使赵云能顺利救回阿斗。徽剧、京剧、川剧、汉剧、滇剧、湘剧、豫剧、秦腔、河北梆子、同州梆子皆有此剧目。

（五）《草船借箭》，取材于《三国演义》第四十六回上半回"用奇谋孔明借箭"。写孔明用二十只船，船上束草为人，利用深夜五更重雾迷江，擂鼓呐喊，迫近曹操水寨，引诱曹军乱箭射击，箭落孔明船中的束草人上，使孔明不费力气即得十万余箭。京剧也有此剧目。

（六）《赤壁鏖兵》，取材于《三国演义》第四十九回"七星坛诸葛祭风，三江口周瑜纵火"。写赤壁之战中，周瑜利用孔明借得东风，黄盖伪降曹操，逼近曹营后以二十只船闯入水寨，火逐风势，使曹营中船只尽皆起火，曹军几乎全军覆没。据《宝文堂书目》，明代杂剧中有无名氏的《诸葛亮赤壁鏖兵》，剧本已佚。京剧有《火烧战船》。

（七）《华容挡曹》，取材于《三国演义》第五十回"诸葛亮智算华容，关云长义释曹操"。写曹操在赤壁之战惨败后，关羽奉命在华容道伏击，曹操果率十八骑逃窜至华容道，关羽顾念昔日曹操相待的恩义，便予以放行。京剧、川剧、豫剧皆称《华容道》，汉剧称《挡曹操》。

（八）《东吴记》，取材于《三国演义》第五十四回"吴国太佛寺看新郎，刘皇叔洞房续佳偶"。写东吴军师周瑜利用刘备丧妻之机，以孙权妹许嫁，骗取刘备入赘，将其幽囚狱中，使人去讨还荆州，以换刘备。结果诸葛亮识破周瑜的诡计，使刘备依靠诸葛亮的锦囊妙计，达到了既娶东吴孙权妹为妻，又保全荆州的目的。明代无名氏撰有《锦囊记》传奇，现存清乾隆间百本张抄本，别题作《东吴记》。

（九）《东吴招亲》，取材于《三国演义》第五十五回"玄德智激孙夫人，孔明二气周公瑾"。写刘备东吴招亲后，被声色所迷，全不想回荆州，赵云利用诸葛亮授予的第一个锦囊妙计，谎称曹操袭取荆州，使刘备携孙夫人冲破周瑜部将的堵截，被诸葛亮率荆州水军接应而回的故事。京剧有《回荆州》，又名《美人计》，汉剧又名《龙凤配》。

（十）《单刀会》，取材于《三国演义》第六十六回上半回"关云长单刀赴会"。写鲁肃请关羽赴宴，阴谋于宴席间以武力迫使关羽交还荆州，被关羽驳回，并机警地拉住鲁肃，迫使鲁肃的手下不敢动武，让关羽平安返回的故事。据南戏《宦门子弟错立身》剧本第五段【哪吒令】唱词，早在宋代即有《关大王独赴单刀会》南戏流传。元代关汉卿有杂剧《关大王独赴单刀会》。清代皮黄剧有《单刀赴会》。昆剧、徽剧、汉剧、川剧、粤剧、豫剧、同州梆子、河北梆子皆有此剧目。

（十一）《白帝城托孤》，取材于《三国演义》第八十五回上半回"刘先主遗诏托孤儿"。写刘备被东吴打败，驻扎在白帝城，悔恨成疾，命在旦夕，遣使至成都请丞相诸葛亮来，把嗣子刘禅托付给诸葛亮的故事。京剧、川剧、汉剧、徽剧、秦腔皆有《白帝城》剧目。

（十二）《诸葛骂朗》，取材自《三国演义》第九十三回下半回"武乡侯骂死王朗"。写诸葛亮率蜀汉军与曹魏军对垒时，曹魏司徒王朗以老臣的身份于阵前做说客，要"管教孔明服其心"，结果却被诸葛亮骂得当场气死。京剧题作《骂王朗》，湘剧题作《骂朗破羌》，川剧、汉剧、秦腔、河北梆子皆有此剧目。

（十三）《叹武侯》，取材于《三国演义》第一百零四回上半回"陨大星汉丞相归天"，兼及诸葛亮一生的重大事迹。写诸葛亮死后，蜀国军民对他一生功绩的回顾，深情的怀念和哀痛。

在上述改编《三国演义》的子弟书中，比较优秀的是《糜氏托孤》《凤仪亭》《单刀会》《诸葛骂朗》《东吴招亲》等篇，它们突出地塑造了糜夫人和貂蝉这两位妇女形象，关羽和诸葛亮等英雄形象。

二

《麋氏托孤》二回，是子弟书著名作家韩小窗作。在清光绪壬辰会文山房刊印本上，有二凌居士甲戌即清同治十三年（1874）写的序，给予了很高的评价。他说："麋氏托孤，子龙救主，字字金石，句句入骨。写夫人节义无双，表将军忠心不二。作者笔快如刀，观者眼明似镜。通篇看来，会意传真。两回编完，文心巧妙，描写如画，更如神龙见首不见尾。"

子弟书《麋氏托孤》跟《三国演义》第四十一回和京剧《单骑救主》相比，有它独特的成就。

首先，它着力塑造了麋夫人的崇高形象。在《三国演义》第四十一回和京剧等同类剧目中，都是强调"赵子龙单骑救主"，唯独子弟书是突出"麋氏托孤"，把塑造麋氏这个妇女形象放在主导地位。不仅使赵子龙与麋氏在作品中的主次地位起了相反的转化，而且麋氏的思想性格也被大大地丰富和提高了。

在《三国演义》中，原来是这样写的：

> 麋夫人抱着阿斗，坐于墙下枯井之旁啼哭。云急下马伏地而拜，夫人曰："妾得见将军，阿斗有命矣。望将军可怜他父亲飘荡半世，只有这点骨血。将军可护持此子，教他得见父面，妾死无恨。"

这里，麋夫人除了舍己救子、儿女情长以外，我们看不到她还有什么高明的政治头脑，闪光的思想见解，足以使读者为之惊心动魄的。

子弟书同样也写这个情节，可是它却把麋夫人写得见识高超，胸怀宽阔，血肉丰满，肝胆照人。她关心的不只是"阿斗有命矣"，更重要的是自己的丈夫——"皇叔在否？"当赵子龙告诉她，已"闯出重围，奔了正东"。她便兴奋地说："国家之幸，乃天下之幸也！"说明她关心"皇叔"——刘备的安全，不仅因为刘备是她的丈夫，更重要的还在于刘备是蜀汉的首领，关系到国家的命运。还写她从实际斗争中认识到："到今朝，信儿夫所见的明，难为他一双俊眼识人物"，"有翼德相从"，"赵子龙真与儿夫膀臂同"。她当即跪倒在赵子龙面前，说："此一拜非拜将军，是拜你的忠！"君明臣忠，这在封建社会是人们梦寐以求的清明政治的重要保证。子弟书《糜氏托孤》把这种政治理想赋予糜夫人形象的思想性格之中，说明妇女的目光已不再局限于侍奉丈夫、生儿育女，而是关心国家的命运，政治的贤明。

子弟书《糜氏托孤》又不是简单地把糜夫人作为某种政治理想的传声筒，而是把她对待阿斗那种母子情怀，写得更加酣畅淋漓，感人至深，如写她：

> 将阿斗从怀中抱出托掌上，
> 芙蓉面紧对公子心内疼，
> 说："我的儿，咱母子今朝缘分满。
> 小冤家可别想娘亲咧，也别认生，
> 不许哭，孩儿！若把你天伦见，
> 就说为娘的罢了么！冤家你说话又不能。"
> 向忠良说："我今朝将阿斗交付你，
> 大料着，将军不用我细叮咛。
> 但只是马撞人冲，刀枪又无眼，
> 要留神顾公子的性命，保自己的身形。
> 我孩儿气脉微薄，筋骨儿嫩，
> 那掩心里也不可勒紧，也别太松。"

如此叮咛嘱咐，似字字血，声声泪。人非铁石，谁能不为之心恸？更为难能可贵的是，又不仅像《三国演义》中所写的："望将军可怜他父亲飘荡半世，只有这点骨血……"而是始终把母子情长与国家人民的利益联系在一起。糜夫人为不使自己负伤的身体拖累赵子龙，毅然投井自尽，让赵子龙可以义无反顾地怀抱阿斗单骑冲出重围。作者写她继续叮嘱赵子龙道：

　　想人生百年大限终须死，

　　我今朝死为之幸，亡故的分明。

　　你与我多多拜上皇叔驾，

　　叫他体天心，时时念念于苍生。

　　三尺剑净扫烟尘，把国贼尽灭，

　　一只手高托红日，将炎汉重兴！

把托孤救阿斗的母子情长，上升到"时时念念于苍生"，挽救国家兴亡的高度，并且不是概念化的说教，而是把人物刻画得有血有肉，意真情切。这正是子弟书赋予糜氏形象颖异不凡，光彩照人之处。

韩小窗为什么要塑造这样一个"良玉精金，言行并美"的糜氏形象呢？他在《糜氏托孤》结尾写道："闻笔墨，小窗泪洒托孤事；写将来，千古须眉愧玉容。"封建统治是以"须眉"——男子为中心的。作者要以糜氏这样一位勇于为国为民自我牺牲的妇女形象，来使那些"千古须眉"——以男子为中心的封建阶级感到羞愧。这里鲜明地寄寓着作者对男尊女卑的封建传统观念和居于统治地位的"千古须眉"的批判态度。

三

《凤仪亭》四回，无名氏作。如果说《糜氏托孤》中的糜夫人是个爱国的贵族妇女形象的话，那么，《凤仪亭》中的貂蝉身为歌妓，显然属于下层妇女之列。值得称道的是，子弟书作者却把貂蝉这个下层妇女形象，刻画得非常高大、光辉，令人交口赞誉。

在《三国演义》第八回，元代无名氏的《锦云堂暗定连环记》杂剧、明代王济的《连环记》传奇和清代的京剧、滇剧、河北梆子《王允赐环》中，对这个题材的处理，主要是为了歌颂"王司徒巧使连环计"。《曲海总目提要》卷四《连环记》条称："此剧，王允以玉环予貂蝉，授之密策，故曰《连环记》也。"对于貂蝉虽然也有赞美之词，但她主要还是作为司徒王允进行政治斗争的工具罢了。如在这个故事结尾，《三国演义》第九回所颂扬的："司徒妙算托红裙，不用干戈不用兵。三战虎牢徒费力，凯歌却奏凤仪亭。"把功劳皆归于司徒王允，至于貂蝉微不足道，这显然还没有摆脱轻视妇女的封建传统观念的桎梏。

子弟书《凤仪亭》长达四回，却只有一句提到"司徒王允忧汉业，连环巧计用娇娥"。其余所有笔墨，皆用在对貂蝉形象的塑造上。它着力歌颂的不是"司徒妙算托红裙"，而是貂蝉这个"佳人用尽牢笼计，惑住欺君误国贼"的女中豪杰。由司徒王允到歌妓貂蝉，他俩在作品中主次地位的交换，反映了子弟书作者对于传统题材的改编，并不受原著的创作思想所囿，也不只是简单的因袭和移植，而是贯注着自己时代的新气息、新思想，经过别具匠心的再创造，使传统题材重新闪烁出奇光异彩。

具有非凡的智谋，是子弟书《凤仪亭》中貂蝉形象的特点之一。她不仅是王允计谋的执行者，更重要的，貂蝉自身是个"智大的娇娃多机变，聪慧的佳人善诵德。贪欢国贼废政事，违了性的权奸乱智谋"。她一方面利用奸臣董卓"沉沉欲海不能脱"，使他"如漆投胶常相守，重似连城非易得"。另一方面，又利用自己的姿容，"勾引的吕布回头看，魄散魂飞寸步儿难挪"。在董卓"忽然醒"来，发觉吕布私到相府时，作者又写她是"急里变的佳人，又设铺谋"，立即装作"带怒含嗔，低声儿语：'堂堂相府少斟酌，窗外是何人将奴看，外家怎许入内阁？’”貂蝉的这番话，使董卓如“腾腾火起滚油泼”，立即大声怒斥吕布：“匹夫大胆窥吾妾。”董卓与吕布的矛盾，在子弟书中是完全靠貂蝉的智谋挑动起来的。

具有动人的姿容，是子弟书中貂蝉形象的又一特点。在《三国演义》中，对于貂蝉如何勾引吕布，只有“以目传情”四个字。而在子弟书《凤仪亭》中，却对貂蝉的打扮和容貌作了非常具体生动的描绘：

只见他光溜溜的两鬓堆鸦翅，

黑真真的云髻挽盘螺，

白生生的玉簪绾宝纂，

黄澄澄的金钗翠叶托，

荡悠悠的耳环玲珑砌，

香馥馥的鲜花填细窝，

锦层层巧样宫妆飘绣带，

娇艳艳翠袖销金衣素罗，

声细细入耳低闻环佩响，

光闪闪胸前八宝坠鹦哥，

白素素粉妆玉琢银盘脸，

翠湾湾裁成新柳带双蛾，

细艳艳腮衬芙蓉吐艳色，

青冷冷一双杏眼俊秋波，

直咙咙鼻如悬胆难描画，

丰彩彩万种风流出品格，

一点点朱唇红润胭脂冷，

碧莹莹两行皓齿水晶白，

尖生生玉指春葱托粉面，

瘦怯怯一掐蛮腰恰待脱。

恼人怀，下身半掩在月牙窗内，

看不见，那玉笋双湾莲步儿挪。

由于子弟书作者对貂蝉的姿容美作了上述具体细密的描绘，这不仅使"吕布看罢神魂荡"，显得更加有说服力，而且在艺术描写上表现了由抽象到具体，由粗略到细密的现实主义的深化和发展，使之更加具有艺术的感染力。后来吕布在凤仪亭见到貂蝉时，《三国演义》只有"果然如见月宫仙子"一句，而子弟书《凤仪亭》却写吕布——

遥望见貂蝉斜倚着栏杆等，

牙含玉指把腮托。

泪痕娇映芙蓉面，

春山蹙损怔呵呵，

愁态忧容真难画，

就是那巧笔的丹青也枉用机谋。

静幽幽，映日的海棠增红艳，

娇滴滴，带露的梨花架上了嫩白。

颤巍巍，轻摇玉体迎风的柳，

白腻腻，冰肌玉骨透香罗。

亚赛名花能解语，

更比美玉却温和。

这里不仅把貂蝉如"月宫仙子"的陈词滥调，变为情如泉涌、瑰丽多姿的形象描绘,而且写出了吕布对貂蝉的那种无比炽热和神往的感情。它绝不是为写容貌而写容貌,而是通过对人物形象的生动描绘,写出了人物的感情血液推动了故事情节的自然发展,使"吕布一见由不的爱,趑步急行绕过小河",具有势在必行的高度真实性。

富有卓越的艺术才能,是子弟书中貂蝉形象的又一特点。如她会作哑剧表演。在吕布面前,她一会儿"故作愁容把粉面托",一会儿又装作痛苦伤心得"泪似梭","斜视朦胧把温侯看,又瞧了瞧丫鬟与那随伴的婆,指了指自身又指一指吕布,玉手双分往两下里指着。扭回头复对董卓把牙咬,那一种痛恨的形容教人怎学?拍了拍酥胸往天上指,哭的他两行珠泪透衣罗!"在貂蝉的卓越表演下,才达到了挑起吕布与董卓尖锐矛盾的目的,使"吕布一见肝肠断,不由的擦掌把拳磨"。貂蝉与吕布在凤仪亭相会,作者又写貂蝉曾经"把儒业学","求访女师从圣训,吹弹词章舞共歌,通彻九流明三教,也曾览古把今博。"貂蝉之所以能挑唆吕布"誓报冤仇杀董卓",是跟她身为歌妓具有多才多艺的杰出才能分不开的。

善于进行心理战,也是子弟书中貂蝉形象的一个特点。当貂蝉与吕布在凤仪亭相会时,《三国演义》写貂蝉只是以"此身已污,不得复事英雄,愿死于君前,以明妾志",来激起吕布对于董卓的不满。子弟书中的貂蝉则连用了八句"可怜我……",八句"恨只恨……",八句"恼的是……",八句"唯望你……",如"可怜我枉担虚名把英雄嫁,可怜我夫婿虽强缘分薄","恨只恨六眷三亲人耻笑,恨只恨父亲怀污命难活","恼的是他不辨纲常理,恼的是你忍耐贱妾被人夺","唯望你细想良禽择木栖身之处,唯望你赤胆忠心去报国"。最后又说:"今日诉尽心头苦,就将微躯丧此河,奴死一身将君报,夫哇!你好歹替报冤仇,我的二目合。"这种细致的多角度、多层次的描写,明为貂蝉"诉尽心头苦",实则句句皆针对吕布好胜而不甘受辱的心理,激起他对董卓的强烈不满,使他不得不由衷深情地表示:"杀了老贼雪此恨,咱二人齐眉举案永谐和！"

貂蝉的上述性格特征，显然对"男尊女卑""女子无才便是德"等封建传统观念有所突破，具有新的典型意义。尤其值得注意的，作者是把她放在"群奸结党动干戈"的典型环境之中来描写的。貂蝉之所以在吕布与董卓之间巧使连环计，完全是出于政治目的——为国为民清除权奸。吕布、董卓之所以中计，正是由于他们"沉沉欲海不能脱""衣冠之中真禽兽"的腐朽本质决定的。貂蝉只不过看透并利用了他们的这个腐朽本质，挑起并加剧他们之间的矛盾，使他们一个"大骂吕布贼鼠辈，戏吾的爱妾该碎刀割"，一个则要"誓报冤仇杀董卓！"这些描写既有助于人们认识封建军阀罪恶腐朽的本质，又提高和加深了貂蝉形象的典型意义——她不仅是个聪明美丽、机智勇敢的歌妓，更重要的她是个具有强烈爱国心的巾帼豪杰！

子弟书《凤仪亭》对《三国演义》的改编也不是完美无瑕的。如《三国演义》第八回写貂蝉见王允"两眉愁锁，必有国家大事"，便主动提出："倘有用妾之处，万死不辞。"王允一听，极为高兴，以杖击地曰："谁想汉家天下却在汝手中耶！"又跪而言曰："百姓有倒悬之危，君臣有累卵之急，非汝不能救也。""汝于中取便，谋间他父子反颜，令布杀卓，以绝大恶。重扶社稷，再立江山，皆汝之力也。"这些话在客观上对于满朝文武大臣具有讽刺意味——满朝文武对于国家人民的安危皆无能为力，而只有寄希望于貂蝉这个歌妓施展美人计，才能除掉国贼董卓。子弟书《凤仪亭》对这段情节省略未用，令人感到有点可惜。

马克思说："每个了解一点历史的人也都知道，没有妇女的酵素就不可能有伟大的社会变革。社会的进步可以用女性（丑的也包括在内）的社会地位来精确地衡量。"① 子弟书作者把糜夫人、貂蝉等妇女形象描写成那样积极关心和

---

① 《马克思致路德维奇·库格曼》，《马克思恩格斯全集》第 32 卷，第 571 页。

参与国事，塑造得那么崇高可爱、熠熠生辉，绝不是偶然的，而是反映了子弟书作者所处的封建末世，"妇女的酵素"已经给我们透露着"伟大的社会变革"必将到来的信息，这难道还不值得我们给予应有的注意么？

四

《单刀会》五回，无名氏作。主要塑造了关羽的英雄形象。我们中华民族"是酷爱自由、富于革命传统的民族"，"在中华民族的几千年的历史中，产生了很多的民族英雄和革命领袖。"[①] 人民越是处在阶级矛盾、民族矛盾尖锐，苦难深重的年代，越是热烈地盼望着能够英雄辈出。因此，塑造和歌颂英雄人物的形象，成为我国文学艺术的光荣传统；在子弟书等俗文学中，表现得尤为突出。历史上的英雄人物往往具有两面性，即一方面为拯救国家民族免于灾难而英勇斗争，另一方面，其精神动力又往往为封建的忠义思想所囿。关羽在我国是个家喻户晓、妇孺皆知的英雄，封建统治阶级在各地大建关帝庙，妄图利用他的忠义思想，把他当作令人效法和崇拜的偶像，而进步的思想家、文学家和广大人民也把他视为我们民族的光荣和骄傲。如明代的李贽就称关羽为"忠义贯金石，勇烈冠古今"。[②] 并说："我心无所似，只是敬将军。"[③]，子弟书《单刀会》对关羽形象的塑造，不是站在颂扬他的封建忠义思想一边，而是更多地表现了广大人民心目中所向往和喜爱的关羽英雄形象。

智勇双全，是子弟书《单刀会》中关羽形象的一个特点。鲁肃请他赴宴，他一眼即看穿这是阴谋以武力挟持他交还荆州，但他毫不犹豫地表示："明日我独自单刀赴你的会，看一看那个胆大的奴才敢上前。"马良对关羽谏阻说："不可。我看他的来意暗藏奸，分明此是鸿门宴，一定有埋伏在里边。"关羽

---

① 毛泽东：《中国革命与中国共产党》，《毛泽东选集》第 2 卷，1952 年版，第 593 页。
② 《焚书》卷三《关王告文》
③ 《焚书》卷六《谒关圣祠》

却无所畏惧，毫不动摇，他处之泰然地"微冷笑，说：'先生，你只管放心宽。你把那东吴看的英勇，我看他君臣犹如草芥般'"。他的英勇无畏，并不是麻痹轻敌，莽撞蛮干，而是既在战略上藐视对手，又在战术上作了周密的部署。他一方面布置关平加强防守，"你把精壮的儿郎四下里添，白日里巡城拿奸细，夜晚城门要早关"；另一方面又吩咐关平做好应变的准备："明日带领五百枭刀手，你在半江之中接父的船。"宴会开始，关羽又"仔细留神观看，但只见酒席筵前把杀气添"。然而他却遇险不惊，只是"回顾周仓使眼色"，暗示他提高警惕，"手擎着钢刀跟在后边"。当鲁肃提出索取荆州的要求，遭到关羽、周仓的驳斥后，关羽便机智地借口酒醉，"伸手拉住了鲁子敬：'烦公送我到江边。'"他英勇地如"鹰拿燕雀一般样"，"撞出七层围子手，冲开万丈虎狼潭。总有些埋伏谁敢挡，唬退了旁边众将官。"他拉住鲁肃一直送他到江边，使鲁肃的部下不敢对他下毒手。这时又"来了荆州接应的船，带领着五百枭刀手，关平迎接父回还。"就这样，他单刀赴会，以大智大勇胜利粉碎了鲁肃强索荆州的阴谋。

富有政治家的头脑，能够从政治上把鲁肃驳倒，是子弟书《单刀会》中关羽形象的又一特点。如当鲁肃提出"那时暂借荆州住"，如今"何不交还负前言"？《三国演义》第六十六回写此时关羽无话驳斥，只能用推托之词说："此国家之事，筵间不必论之。""此皆吾兄之事，非某所宜与也。"而在子弟书中却写关羽"闻听微含笑"，说："子敬先生听我言，曹操他独把荆州占，我弟兄们立誓整江山，某虽然平了四郡把荆州住，这都是国家的封疆，谁敢自专？"当鲁肃搬出《春秋》礼义，责问关羽："仁义礼智全都有，如何信字不周全？"关羽根本不把这套封建道德放在眼里，他当即愤怒地斥责："子敬你住口莫胡言！"揭穿鲁肃："你江边设宴无别意，只因图谋汉江山。我劝你酒席筵前只讲好，你若有半句言差，岂和你干！"这样描写，使关羽的形象比《三国演义》原来的描写显得既精辟、深刻，又丰富、生动多了。

子弟书《单刀会》虽然侧重写单刀赴会这一个情节，可是它却囊同时括了关羽一生的主要事迹。在鲁肃策划宴请关羽之时，子弟书作者巧妙地增写了一段"乔公谏言说：'不可'"，要鲁肃莫把关羽"当等闲"：

弟兄们桃园三结义，

他也曾大破黄巾灭万千。

虎牢关前战吕布，

立斩华雄酒未寒。

怒刺颜良诛文丑，

挂印封金离了中原。

独行五关斩六将，

蔡阳头落在古城边。

军师孔明多谋略，

子龙勇将住在当山。

马超、黄忠、张飞勇。

关平、廖化将周元。

许多英雄和虎将，

大夫哇，你要想困住关公难上难！

这段描写，不仅把关羽单刀赴会和他一生的英雄事迹相联系，使关羽的形象显得更加丰满、厚实，而且说明了关羽的英雄形象不同于个人英雄主义，他是以蜀汉的英雄群像为后盾的。

同时，子弟书作者还突出了护送关羽单刀赴会的周仓所起的积极作用，写他不仅"手擎着钢刀跟在后边"，而且目光敏锐，口齿锋利，能在宴席上帮助关羽对鲁肃痛加驳斥："……你说是周瑜多谋略，曹贼一名值他万千。城池

541

本是汉家的业，说什么借来说什么还？借你的荆州你就要，借我们的东风咋不还？眼前无有东风在，要想荆州难上难。牙崩半个说不字，管叫你江东热血窜！"周仓的这番话说得是如此生动有趣，豪气逼人，使关羽"闻听心暗喜"，不由得"腹内夸奖"。关羽单刀赴会之所以能胜利完成任务，跟周仓的护卫和帮助，关平率领五百枭刀手接应，都是分不开的。作者这样写，既突出了关羽的英雄形象，又使关羽的形象塑造不致落入个人英雄主义的窠臼。用子弟书《单刀会》中的话来说："众星捧月差多少，杂花儿簇拥有一朵牡丹。"看来作者是很懂得英雄个人与群众的关系，如同月亮需要"众星捧"、牡丹离不开"杂花儿簇拥"一样。

子弟书《单刀会》还写出了关羽的智谋不是天生的，而是他勤奋好学的结果。在夜深人静的时候，他还不肯休息，"吩咐左右：'把银灯秉，你把那《春秋》拿来放在面前，看几篇雷炮分兵的《孙武子》，留下韬略一十三篇；看几篇斩将封神的姜吕望，三洲感应正威严。"

因此，子弟书作者写出了关羽的神威，却一点儿也没有把他神化。

子弟书《单刀会》作者不仅继承和发展了《三国演义》对于关羽形象塑造的经验，而且创造性地吸取了关汉卿的杂剧《关大王独赴单刀会》的成果。如在《三国演义》中，只字未写关羽乘船赴宴所见的景色和抒发的情怀，而在关汉卿的杂剧《单刀会》第四折【驻马听】曲词，对关羽乘船赴宴时面对着滚滚东去的江水所抒发的情怀，却给人以沧桑变迁、豪情益壮之感：

　　水涌山叠，年少周郎何处也？不觉的灰飞烟灭，可怜黄盖转伤嗟。破曹的樯橹一时绝，鏖兵的江水由（犹）然热，好教我情惨切！（云）这也不是江水。（唱）二十年流不尽的英雄血！

子弟书《单刀会》不仅对江水景色的描写更为形象具体："巍耸耸的高

山，叠翠的盘，疏落落的庄村树木攒。""一望四野天连水，波涛滚滚浪花翻。风吹水涌千层浪，月映水江万丈潭。"面对此景，子弟书作者写关羽的"频频嗟叹"：

青山绿水依然在，

千古英雄被土漫。

二十年前争天下，

忘生舍死为江山。

鼎足三分今已定，

可叹那汉室江山火化了盐！

年少的周郎今何在？

勇战的武侯在那边？

此水并不是五湖四海流来的水，

好似那英雄的血一般！

清代百本张《子弟书目录》著录此篇曾注称："内有观水"。可见上述由观水而触景生情的描写，在当时就特别引人注目。它由景及情，情景交融，写得情浓意深，兴会淋漓，仿佛使我们身历其境，如见其人，使关羽的英雄形象显得更加血肉丰盈，豪气倍增！

五

改编《三国演义》的子弟书，以写诸葛亮的为最多。在十三篇中，专写诸葛亮的就占了五篇。有的虽然不是专写诸葛亮，但也以诸葛亮为主要的歌颂对象。如《东吴招亲》，本是写刘备于东吴续婚后，携夫人归荆州的故事，可是作品歌颂的却是"诸葛亮识透奸谋，将机就计"。刘备"成婚忘归志，竟被那温柔乡里困住了豪雄"，是诸葛亮的指点，才使他"通开茅塞，触透心胸"。刘备携孙夫人逃出东吴返回荆州，在《三国演义》第五十五回写的是孙夫人出的主意："推称江边祭祖，不告而去。"子弟书却把它改为诸葛亮的锦囊妙计；"周瑜请赘，是假借为名，其心在以主公为质把荆州取。""招亲后主公千万休留恋，奏明国太，就说拜扫先茔；臣在江边伏兵候驾。"刘备完全是得力于诸葛亮的锦囊妙计，才使周瑜"赔了夫人计不成"的。

《诸葛骂朗》二回，煦园作。这是子弟书写诸葛亮的代表作之一。它写出诸葛亮的性格特点是遇险不惊，临危不惧，足智多谋，用兵如神。曹魏与孙吴联合，利用"目今刘备新亡，西蜀无主"之机，以五十万大军，分兵五路，向西蜀进犯。为此，"西蜀的边报、折奏如雪片，后主闻奏，胆战心惊，慌聚多官，商议国政。"可是诸葛亮却"托病不出相府中"，急得后主亲至丞相府问计，"见孔明手扶竹杖，神清气爽，在小池边观鱼戏水，目不转睛。""孔明说：'陛下请放龙心休多虑，要退敌人谈笑中。'"原来他"非观鱼，是思计策"，对各路来犯的敌人，他皆分别情况提出了不同的对策。使后主一听，"惊喜交加，如梦方醒，说：'相父呀！妙算神机鬼神惊'。"在诸葛亮的统帅下，蜀汉军取得节节胜利，连曹魏的军师王朗都不禁"暗暗喝彩"，说："怪不得人言诸葛用兵如神！"

为了突出表现诸葛亮的大智大勇，子弟书作者还改变了把他的对手简单化的写法。在军事斗争不能奏效的情况下，《三国演义》第九十三回写王朗对曹魏军将领说："来日可严整队伍，大展旌旗，老夫自出，只用一席话，管教诸葛亮拱手而降，蜀兵不战自退。"这就未免把王朗写得太天真了。正如清代评点《三国演义》的著名批评家毛宗岗在这段话后面所评论的："痴老儿真在梦中，可发一笑。"这样一个痴人说梦话的痴老儿，怎么配充当诸葛亮的对手呢？子弟书《诸葛骂朗》中的王朗却不是这样，它把王朗的这段话改为："明日里大展旌旗，摆齐队伍，待老夫一席话，管叫孔明服其心。"并且写"他红袍玉带，乌纱象简，鹤发童颜有精神"。他用什么话来"管教孔明服其心"

呢？一方面用的是封建的天命观，以代表天意自居，说："久闻公自比管乐当今名士，岂不知逆天者亡，顺天者存！"另一方面则用个人名位进行拉拢，要诸葛亮"弃甲抛戈，归降北魏，不失封侯位，做个开国臣！"这些都表现出王朗老奸巨猾的特点。而诸葛亮的"骂"，则不仅是对王朗个人的驳斥，同时也是对整个上层统治阶级的腐败进行声讨。他把"黄巾作乱"，"董卓为强寇，催、汜劫圣驾"，说成"皆因是朝中缺少忠正臣，全是些朽木为官，禽兽食禄，才弄得社稷将危，天下纷纷"。他痛斥王朗"妄称天术"，说："你本是东海之滨，当扶天子，安汉兴刘，致君泽民，为什么反助逆贼同谋篡位？恶罪名，天地岂容你这等贼臣？……老贼呀，你死九泉下，怎见二十四帝君？"诸葛亮的这番"骂"，虽然是从封建忠君思想出发的，但它对于揭露王朗之流的"妄称天术"，"朽木为官，禽兽食禄"，却是具有进步意义的。

当诸葛亮把王朗骂得气得"跌于马下双目瞑"的时候，《三国演义》第九十三回写"孔明以扇指曹真曰：'吾不逼汝，汝可整顿军马，来日决战。'言讫回车"。子弟书《诸葛骂朗》改为"霎时间，曹兵大乱，把贼尸抢，汉武侯微微一笑，大叫：'曹真！吾不逼汝，放心只管把贼尸抬去，明日个重整三军，消停于我把阵临。'"子弟书以曹兵的慌乱和诸葛亮的大度，两相对照，不仅比《三国演义》写得更为生动活泼，而且更加突出了诸葛亮那种气宇不凡的大将风度。

改编《三国演义》的子弟书，为什么以歌颂诸葛亮的篇章最多呢？它反映了广大人民对于贤臣的拥戴和渴望。如《诸葛骂朗》中所说的，因为诸葛亮"匡社稷，治国有方怀忠义，爱百姓，诸事公平，法不枉刑"。"真果是国有贤臣，天下太平。"是贤臣治国，还是"朽木为官，禽兽食禄"，这关系到国家的安危，民族的兴衰，也反映了封建社会广大人民的爱憎。

值得注意的是，子弟书虽然是满族八旗子弟的曲艺作品，但它对当时的满族统治却不持偏袒的态度，相反，它照样歌颂诸葛亮"一心要扭转乾坤，恢复汉室，要把那东吴、北魏一扫平"。在《叹武侯》中，也强调"诸葛先生汉武侯"，说他为"不平汉室凋零尽"，而一心"只要扫灭烟尘成一统"，"万里江山尽属刘"。可见，贤臣当政和国家统一，这是我们整个中华民族共同孜孜以求的政治理想，即使在满族文艺——子弟书中也并不忌讳"要扭转乾坤，恢复汉室"，更不因为诸葛亮是"汉武侯"，就不对他颂扬备致。这也有力地说明，子弟书并不是如有的学者所说的是"满洲贵族"的曲艺（见叶德均的《宋元明讲唱文学》，刘季安的《子弟书的源流》，陈汝衡的《说书史话》），它的作者并不是站在满清贵族统治者的立场上说话的，而是比较能够顺从民意、尊重历史、不抱狭隘民族主义偏见的；包括满族在内，各兄弟民族都是同心同德的整个中华民族大家庭中的一员。

（原载《曲艺讲坛》第 4 期，天津中国北方曲艺学校 1998 年 3 月出版。）

略论子弟书对《红楼梦》的改编

  《红楼梦》的艺术世界之迷人，从它对子弟书的影响亦可见一斑。子弟书是清代乾隆至光绪年间盛行于北方的一种曲艺，因为八旗子弟之所作而得名。子弟书的题材，绝大多数是根据小说、戏曲改编的。其中以改编《红楼梦》的为最多。①这些依据《红楼梦》改编的子弟书，由于改编者非属一人，其思想和艺术成就，是大相径庭的。有的突出甚至发展了原著的精华，有的虽不一定出于恶意，而由于改编者的思想水平所限，则对原著的精华不免有所阉割或歪曲。我们把这些依据《红楼梦》改编的子弟书，跟《红楼梦》原著加以对比分析，不但可以更清楚地看出《红楼梦》的思想艺术成就及其为改编者所难以企及之处，而且对于曲艺如何改编小说名著，也可从中汲取一些有益的经验教训。

一

  改编，不仅要忠实于原著，而且应突出原著具有积极意义的精华。这实际上是一种再创作。子弟书《黛玉悲秋》《湘云醉酒》等，不失为成功的实例。

  《黛玉悲秋》，可以说是以血泪写成的对封建社会的控诉书。它把封建社

---

  ① 据笔者所知，现存改编《红楼梦》的子弟书共有二十八篇，篇目是：《露泪缘》《石头记》《黛玉悲秋》《宝钗代绣》《二玉论心》《葬花》《思玉戏鬟》《双玉听琴》《黛玉埋花》《玉香花语》《宝玉探病》《晴雯撕扇》《晴雯赍恨》《遣晴雯》《探雯换袄》《椿龄画蔷》《湘云醉酒》《一入荣府》《二入荣府》《游亭入馆》《醉卧怡红院》《两宴大观园》《三宣牙牌令》《品茶栊翠庵》《过继巧姐儿》《凤姐儿送行》《双玉埋红》《玉儿送花》。

会所强加于一个女子——林黛玉的悲惨遭遇和精神痛苦，刻画得隽永深沉，哀彻痛极，血透纸背，令人由不得不啧啧称叹。

在《红楼梦》中，真正描写林黛玉悲秋的，只是集中表现为第四十五回，林黛玉作了一首《代别离·秋窗风雨夕》的乐府诗：

> 秋花惨淡秋草黄，耿耿秋灯秋夜长；
> 已觉秋窗秋不尽，那堪风雨助凄凉！
> 助秋风雨来何速？惊破秋窗秋梦绿。
> 抱得秋情不忍眠，自向秋屏移泪烛；
> 泪烛摇摇爇短檠，牵愁照恨动离情。
> 谁家秋院无风入？何处秋窗无雨声？
> 罗衾不奈秋风力，残漏声催秋雨急，
> 连宵霡霂复飕飕，灯前似伴离人泣。
> 寒烟小院转萧条，疏竹虚窗时滴沥。
> 不知风雨几时休，已教泪洒窗纱湿。[①]

这首诗的基调是孤独、寂寞、忧愁、哀怨、低沉的。人们从中只能看出林黛玉个人与社会环境的矛盾，它并没有把林黛玉个人的不幸遭遇和广大妇女的悲惨命运联系起来。因此，它给人们的只是苦闷哀怨之情，而不是斗志昂扬之气。

子弟书《黛玉悲秋》，则把《红楼梦》中有关林黛玉的情节加以集中提炼，写她名为"悲秋"，实则对恶贯满盈的封建社会"一寸眉心恨几重"。她恨的是什么呢？她恨的不仅是个人的不幸，也不仅是封建家长的残酷无情，她

---

① 本文所引《红楼梦》原文，均据俞平伯《红楼梦八十回校本》，人民文学出版社 1958 年版。

恨的是封建社会所强加于妇女的全部悲惨命运，恨的是整个封建社会环境的恶劣：

　　　　为什么潇洒的西风如利剪？

　　　　凭凌的霜气似雄兵？

　　　　务必要秋声儿一起群芳儿落，

　　　　把些个万紫千红一扫空。

　　　　接连着雪花儿飘后坚冰儿冻，

　　　　只弄得地老天荒闭塞不通。

　　　　怨只怨东君一去全不管，

　　　　恨只恨青女飞霜主甚情！①

　　在这里，封建统治阶级摧残的不仅是一个"姿容绝代"的美人林黛玉，更重要的是，这种罪恶统治，"如利剪"，似"霜气"，要把人间一切美好的事物——"万紫千红一扫空"。改编者在这里突出了原著描写宝黛爱情的极为深广的社会意义，它反对的不仅是扼杀男女爱情自由的封建婚姻制度，而且，其矛头所向，主要是对整个的封建统治阶级及其所造成的恶劣社会环境的猛烈抨击。这就使它的思想意义，比一般描写爱情主题或伤春悲秋的作品要高出一筹。

　　林黛玉的痛苦，爱情得不到满足，固然是一个重要的方面。好在改编者的描写并没有停留在这一点上，而是看到了爱情问题和整个社会问题的有机联系，由个人爱情的痛苦，进一步触及到了整个社会人生的痛苦这个更为普遍和更为重要的方面：

---

　　① 本文所引子弟书原文，均据 1975 年日本横滨市立大学波多野太郎影印的《子弟书集》，个别字句据国内藏本作了校订。

他秉性儿孤高，心性儿冷，

举止儿端庄，心地儿聪明，

针凿儿习熟，活计儿巧，

书卷儿博通，诗赋儿能。

可是，就这么一个纯洁、高尚而又多才多艺的青年妇女，在那个黑暗腐朽的封建社会，不但不可能得到发挥聪明才智的机会，而且连生活的权利都要横遭荼毒：

吃亏了模样儿风流，身体儿弱，

心思儿存细，气质儿清，

只落得形容儿瘦怯，情思儿倦，

茶饭儿懒餐，病势儿增。

试问，"模样儿风流""心思儿存细，气质儿清"，这有什么罪过呢？这明明是美好的人品，崇高的德行，可在那个封建社会，她却偏偏要"吃亏"。这该是个多么不合理的黑暗社会啊！

封建社会到了没落时期，阶级分化尤为剧烈。家破人亡，身为寄人篱下的孤女处境，这也是给林黛玉带来巨大痛苦的一个重要原因。

无倚无靠茕茕的女，

一家儿死别生离一散空，

只落得孤身飘泊投亲眷，

到而今无定的形迹似转蓬。

这不只是林黛玉个人的不幸遭遇，也是那整个封建社会处于没落时期阶级分化的一个缩影。像林黛玉那样有亲眷可投，总还算是佼佼者，那些破了产的大批小农，走投无路，那才更是"一家儿死别生离一散空"呢。

林黛玉的痛苦，不仅来自封建社会在政治上和经济上的无情摧残，同时还来自封建礼教在精神上所给予她的沉重压抑。她深深地热恋着贾宝玉，可是当贾宝玉对她表示亲热爱抚的举动时，她却又要"使性子"，发脾气，"登时间姣羞气恼面通红"，"一夕话把宝玉的高兴全扫尽，数落得闷闷低头不作声"。贾宝玉被迫"暂时躲避由他去"，她又"掩面悲啼声哽咽"，怀疑"委果是他的心肠大变更"，埋怨他"怎么一旦之间就这样的薄情"。她这种多心伤感，主要是因为封建礼教在无情地束缚着她的灵魂，封建家长制造的金玉良缘的邪说，又确确实实严重地威胁着要毁灭她的爱情，这叫她怎么能不感到万分的沉痛和抑郁呢？！

由于封建社会的这一切，都只能给她带来摧残和不幸，因此，她无限深情地感叹：

　　　独有这人生斯世无多景，
　　　老去何从转妙龄？
　　　最可叹逝水年华光苒苒，
　　　如梭岁月势匆匆；
　　　青春虚度难留住，
　　　绿鬓消磨去不停，
　　　黄泉一去无归路，
　　　还不如草木逢春枯又荣。

由爱情的痛苦，揭示出整个封建社会人生的痛苦；由爱情的悲剧，反映出整个封建社会人生的悲剧，这就是《黛玉悲秋》的突出成就，也是它在那个时代能够引起广泛共鸣的主要原因。不仅在子弟书中，它是版本最多的作品之一，①而且梨花大鼓、梅花大鼓、莲花落等曲艺，也都从子弟书中移植了这个节目。

大家都知道，史湘云在《红楼梦》中不像林黛玉那么重要。她给人们留下深刻印象的，是她曾跟薛宝钗一样，力劝贾宝玉"也该常会会这些为官作宰的人们，谈谈讲讲些仕途经济的学问；也好将来应酬世务，日后也有个朋友"。为此，她遭到贾宝玉极其难堪的冷遇："姑娘，请别的姊妹屋里坐坐，我这里仔细脏了你知经济学问的。"（第三十二回）可是，史湘云跟薛宝钗又毕竟是两个不同的艺术典型。薛宝钗竭力追求"好风凭借力，送我上青云"（第七十回，薛宝钗作的《临江仙·柳絮》词），是个一心妄图飞黄腾达的封建淑女，而史湘云则已经从封建贵族中衰落下来，她既受封建正统思想的桎梏，又以她那豪爽、放达的性格，向封建礼教的羁绊提出了勇敢的挑战，表现了这个没落的封建贵族少女性格中，还有追求个性自由解放的新思想的萌芽和觉醒的一面。

子弟书《湘云醉酒》，即着重描绘和歌颂了史湘云性格中这个积极的方面。史湘云割腥啖膻，其在《红楼梦》中反封建礼教的意义并不显露，只是写李婶"因问李纨道：'怎么一个带玉的哥儿和那一个挂金麒麟的姐儿，那样干净清秀，又不少吃的，他两个在那里商议着要吃生肉呢，说的有来有去的。我只不信，肉也生吃得的。'"接着，写平儿、探春、宝琴、凤姐，都"凑着一处吃起来"，唯独"黛玉笑道：'那里找这一群花子去！罢了，罢了，今日芦雪庵遭劫，生生被云丫头作践了。我为芦雪庵一大哭。'湘云笑道：'你知道什么！"是真名士自风流"，你们都是假清高，最可厌的。我们这会子腥膻大

---

① 《黛玉悲秋》的版本，据笔者所知，有不分回的清刻本、清钞本，有光绪二十七年（1901）的钞本分二回，有清代会文山房刻本，有民国北平打磨厂泰山堂石印本。这些版本文字略有差异。

吃大嚼，回来却是锦心绣口。'"（第四十九回）

　　子弟书《湘云醉酒》将原著中的这段描写改编为：

　　　　这佳人卷高翠袖当炉坐，

　　　　那宝玉取送奔驰当火家。

　　　　他二人大嚼连称快，

　　　　把那些见不惯的姑娘们笑掉了牙。

　　　　这个说："云姑娘那象斯文小姐。"

　　　　那个说："大观园竟变了口外人家。"

　　　　这个说："唐突煞花姣柳婿。"

　　　　那个说："赖着算沉李浮瓜。"

　　　　湘云说："自古真人能本色，

　　　　一味的扭扭捏捏岂是通家！

　　　　似我这大口吞膻，终不失锦心绣口，

　　　　象你们装模作样，只好是弄嘴嗑牙。

　　　　我看这生鹿脯不亚如羊羔美酒，

　　　　胜似你们冷屋里扫雪烹茶。"

　　子弟书这段描写，跟《红楼梦》原著相比，有三点不同：第一，删去平儿、探春、宝琴、凤姐等也参与割腥啖膻的情节，更加突出了"云姑娘那象斯文小姐"的性格特色；第二，把林黛玉对史湘云行为的讥笑，改成"这个说""那个说"的泛称，更有利于渲染气氛，烘托史湘云与众不同的性格；第三，更重要的是在思想倾向上，把原著强调的"是真名士自风流"，上升为与"装模作样"的封建礼教相对立的"自古真人能本色"。名士风流，不过是恃才放达，不拘小节而已，古已有之，如《后汉书·方术传论》："汉世之所谓名士者，其风流可知矣。虽弛张取舍，时有未纯，于刻情修容，依倚道艺，以就其声价，非所能通物方，弘时务也。"这仍然属于传统的封建统治思想的范畴。而真人本色，则具有反对封建礼教"一味的扭扭捏捏"、扼杀人的本性的进步意义。

子弟书《湘云醉酒》用以说明史湘云性格中叛逆倾向的另一重要情节，即改编《红楼梦》第六十二回上半回"憨湘云醉眠芍药裀"。其实，这在《红楼梦》中写得是很简单的。乘王夫人不在家，大家尽情喝酒之际——"只见一个小丫头笑嘻嘻的走来说：'姑娘们快瞧云姑娘去，吃醉了图凉快，在山子后头一块青板石凳上睡着了。'众人听说，都笑道：'快别吵嚷。'说着，都走来看时，果见湘云坠于山石僻处一个凳子上，业经香梦沉酣。四面芍药花飞了一身，满头脸衣襟上皆是红香散乱。手中的扇子在地下，也半被落花埋了。一群蜂蝶，闹嚷嚷的围着他。又用鲛帕包了一包芍药花瓣枕着。众人看了又是爱，又是笑，忙上来推唤搀扶。……湘云慢起秋波，见了众人，又低头看了一看自己，方知醉了。原是来纳凉避静的，不觉的因多罚了两杯酒，娇娜不胜，便睡着了，心中反觉自愧。"（第六十二回）

这里不过是写史湘云为"纳凉避静"而醉酒失态罢了，至于其有多少反封建的进步意义，则并不显豁，何况连史湘云本人还感到"自愧"呢。子弟书《湘云醉酒》，则删去了史湘云"心中反觉自愧"的话，而侧重突出了史湘云酣睡于芍药丛中的香甜、俊美：

> 衬香肩，别样的锦茵绣褥，
>
> 绾云鬟，天然的翠钿珠花，
>
> 香气儿薰透了冰肌玉骨，
>
> 小梦儿享尽了异彩浓华。
>
> ……

正是四面彩云环落雁，

一天红雨罩堆鸦，

脉脉春愁探月窟，

沉沉香梦到蜂衙，

津津粉黛残英腻，

楚楚罗衫倩影遐。

这是一幅多么瑰丽别致、令人心怡神往的少女花丛酣睡图啊！子弟书改编者不但不让她感到有一点"自愧"，而且由衷地赞美她："公然入醉，独冠群花。"这不仅是对史湘云这个美女外形的崇高赞美，更重要的是对她那不受封建礼教拘束，保持人的自然本色，追求人的个性自由解放的新思想的热烈颂扬。

然而，在那个黑暗的旧社会，像史湘云这样追求个性的自由解放，是不可能得到什么好结果的。摆在她面前的遭遇，只能是残酷的打击，无穷的痛苦和不幸的灾难。按照高鹗的续书，她成了寡妇。按照曹雪芹的原意，她的结局也是"伏白首双星"（第三十一回回目）。即像神话传说中天上隔在银河两岸的牵牛、织女双星那样，虽然没有丧偶为孀，但却不得享受夫妇团圆的天伦之乐，只能永抱白头之叹。但对于这一切，在子弟书《湘云醉酒》中都没有写，它只是在篇末发了两句如泣如诉、动人心魄的感慨：

叹人生如此佳人仍薄命，

可不肠断那连理枝头日影斜！

子弟书改编者用这个含意隽永的结尾，把读者和听众从那无比天真烂漫、陶醉怡人的少女花丛酣睡图的理想境界，拉回到了血泪斑斑、灾难深重的现实社会之中。理想与现实，美好与凶残，如此尖锐的对比，鲜明的衬托，急剧的转换，使人们由不得不对那黑暗腐朽的封建社会发出深恶痛绝的诅咒，从而在内心深深地播下向那黑暗的旧世界开战的火种。

谁说曲艺粗陋浅薄呢？作为曲艺之一的子弟书，虽然是短小、通俗的，然而体裁上的短小，无损于它在思想和艺术上的伟大，形式上的通俗，更不是低级、浅薄的标志；关键取决于作者的思想和艺术水平。如《黛玉悲秋》《湘云醉酒》，在它们所改编的范围内，岂不是可以跟《红楼梦》这样的长篇名著相媲美争辉么？！

改编者具有探幽寻微，见微知著的政治眼力，擅绘意境，青胜于蓝的艺术才能，善于突出原著中具有进步意义的积极因素，这是子弟书《黛玉悲秋》《湘云醉酒》在改编上的一个成功的经验。

二

改编，不仅是要衍述原著的故事情节，更重要的是要体现原著具有进步意义的思想内容。在改编《红楼梦》的子弟书中，有的在故事情节上是忠于原著的，而在思想内容和精神实质上，却作了某种阉割或篡改。如《红楼梦》第三十一回上半回"撕扇子作千金一笑"，曹雪芹强调的是贾宝玉尊重人的个性自由，而子弟书《晴雯撕扇》则改成贾宝玉"多情"。原著写贾宝玉对晴雯说：

> 这些东西原不过是借人所用。你爱这样，我爱那样，各自性情不同。比如那扇子，原是扇的，你要撕着顽也可以使得，只是不可生气时拿他出气。就如杯盘，原是盛东西的，你喜欢听那声响，就故意的碎了，也可以使得，只是别在生气时拿他出气。这就是爱物了。（第三十一回）

子弟书《晴雯撕扇》把宝玉的这段话改编为：

> 宝玉说："这些东西不过供养用，
>
> 比如那扇子炎热为他扇风，
>
> 若要是高兴撕着听他一响，
>
> 却不可拿他杀气，那就不近人情。"

此篇最后写道："这一回晴雯撕扇作千金一笑，可羡那奢华公子甚多情。"改编者的意图，显然是要借此钦羡贾宝玉的"甚多情"。多情与寡情，这是各人在个性上的"量"的差异，而原著强调的要尊重"你爱这样，我爱那样，各自性情不同"，这是提倡个性自由平等的新的民主思想的迸发，它跟"甚多情"的"奢华公子"思想有着"质"的区别。改编者尽管采用了原著的故事情节，却把这个故事情节的灵魂——尊重各人个性自由平等的民主思想阉割了，而既然阉割了这个进步的思想灵魂，那种为"高兴撕着听他一响"，这样的"多情"，岂不成了"奢华公子"恶劣作风的发泄么？

在子弟书《品茶栊翠庵》的改编中，也同样存在这个问题。原著写妙玉给宝钗、黛玉用的茶杯不一样。给宝钗用的茶杯，是"一个旁边有一耳，杯上镌着'瓟斝'三个隶字，后有一行小真字是'晋王恺珍玩'，又有'宋元丰五年四月眉山苏轼见于秘府'一行小字"。给黛玉用的茶杯，"也有三个垂珠篆字，镌着'杏犀䀉。'"唯独给宝玉用的茶杯，却是她"前番自己常日吃茶的那只绿玉斗"。在两相对比之下，"宝玉笑道：'常言"世法平等"，他两个就用那样古玩奇珍，我就是个俗器了。'"（第四十一回）这里曹雪芹显然通过喝茶这件日常琐事，表现了贾宝玉民主平等的光辉思想。而子弟书《品茶栊翠庵》却删去了"常言'世法平等'"的话，只写"宝玉说：'偏他们饮得高茶，使得古盏，独把我这浊物瞧来不奈烦。'"

由此可见，曹雪芹的《红楼梦》，往往于细微之处见精神，在看似日常的闲谈絮语之中，每每闪烁着民主主义思想的光芒；这种民主主义思想的光芒，尽管极其微弱、朦胧，然而它却显得无比的难能可贵。子弟书《晴雯撕扇》和《品茶栊翠庵》的改编者，汲取了《红楼梦》的有关情节，却忽略了它所体现的民主主义的精华。这个事实雄辩地说明，撷取原著的故事情节加以改编，应以不改变原著所体现的进步思想为前提；曹雪芹的《红楼梦》，在封建时代，后人即使依照他原著的故事情节改编，对于他所达到的思想高度，也往往难以企及；高度先进的思想水平，不仅是创作者的灵魂，而且也是改编者必备的条件，离开了先进思想的指导，任何文艺作品就必然失去生命力，就不可能成为引导人们前进的灯火。[①]

当然，改编者不仅要重视体现原著进步的思想内容，即使对于故事情节的改编，也要在忠实于原著的前提下，使之适合于曲艺的特点。在这方面，子弟书《椿龄画蔷》的改编，是相当出色的。

作为曲艺之一的子弟书的特点，是以曲词见长，诉诸于听觉的听的艺术。

由于是听的艺术，重要之处一笔带过，就很容易在听众的耳边一滑而过，不能留下深刻的印象，因此特别需要层层渲染，把听众的心紧紧抓住。

在《红楼梦》中，贾宝玉见到椿龄画蔷前，只是非常简略地交代了一笔：

　　且说那宝玉见王夫人醒来，自己没趣，忙进大观园来。（第三十回）

对此，子弟书《椿龄画蔷》则作了层层引人入胜的具体描绘：

---

　　① 鲁迅在《坟·论睁了眼看》文中说过："文艺是国民精神所发的火光，同时也是引导国民精神的前途的灯火。"

听我说怡红院内的贾宝玉，

这一日只觉静坐无聊无局，

望了望天上红轮方才过午，

对了对房中钟表刚交未时，

看了看晴雯、麝月都酣午睡，

想了想袭人说话又欠投机。

一低头信步出了怡红院，

胡思想欲往东来复往西。

欲待要潇湘馆去把颦儿看，

又恐怕惊了他午梦惹嫌疑；

欲待要往蘅芜院，

宝姐姐心情与我不相宜。

忽又想到园里无人只得寂寞，

想必是处处儿都在垂箔不语时，

倒不如独自园中闲步步，

就与那花鸟相视也遣心思。

这里通过"望了望""对了对""看了看""想了想""欲往东来复向西""欲待要……，又恐怕……""忽又想……，到不如……"等等思想和动作，不仅把贾宝玉为什么"自己没趣，忙进大观园来"，大大地具体化和形象化了，而且把贾宝玉那内心的苦闷、烦恼，处境的艰难、孤独，为人思想性格的温柔多情而又刚正不阿，都细腻入微、委婉动人地刻画出来了。这些描写是为适应曲艺的特点所必需的。因为它不同于长篇原著，作家可以通过许多不同的故事，使他的主人公在读者的脑海中逐步加深印象，他要在《椿龄画蔷》这样一个极其短小、单一的故事中，使听众一听就能对贾宝玉的形象留下难忘的印象，那就不能不联系到贾宝玉的整个思想性格，然而他又不能节外生枝，平铺直叙，那样必然抓不住听众，而会使听众感到累赘乏味。《椿龄画蔷》的改编者利用描写贾宝玉进大观园散步前的思想活动，不仅使贾宝玉的形象血肉丰满，一开始就给听众留下了强烈的印象，而且使他所改编的故事情节不枝不蔓，巧妙地收到了中心突出、抓住听众的效果。

由于是听的艺术，它更需要说得有声有色，绘形传神，使听众不是感到沉寂纳闷，腻味乏人，而是处处如柳暗花明，别开生面。

在《红楼梦》中，对贾宝玉看椿龄画蔷前的景物描写，仅有四句极简洁的文字：

只见赤日当空，树阴合地，满耳蝉声，静无人语。（第三十回）

作者以此有力地烘托了贾宝玉当时那忿郁烦闷的心境。然而它需要读者细心地体会，才能深得其中三昧。至于听众，则不但很容易一听而过，无暇体会，而且即使对这四句本来已经很简洁的景物描写，听起来也会感到累赘乏味。

为此，子弟书《椿龄画蔷》将这四句景物素描改编成：

这公子想到了得意处，
分花拂柳步儿慢移。
只见那垂杨柳深深添苍翠，
碧苔痕冉冉长了绿泥。
瞧一回蜻蜓闹处红莲放，
看一回绿波深处戏游鱼。
最可爱鹤自刷翎，鸳鸯自睡，

百鸟儿无声，花影儿自移。

惟有那绿阴深处蝉声噪，

好似那断续临风一管笛。

这里改编者从植物写到动物，从静中有动写到动中有静，好似一幅五彩缤纷、满目斑斓的画图，给人以如临其境，如见其形，如闻其声，流连忘返的真情实感。

由于是听的艺术，它更需要用词通俗易懂，形象生动，音韵铿锵，悦耳动听。

原来在《红楼梦》中写的是：

伏中阴晴不定，片云可致雨，忽一阵凉风过了，刷刷的落下一阵雨来。宝玉看着那女子头上滴下水来，纱衣裳登时湿了。（第三十回）

子弟书《椿龄画蔷》把它改编为：

他们俩画字的失神，看的也发了怔，

忽然间一阵暴雨来的甚急，

这痴儿见倾盆大雨来如注，

那女子浑身湿透全然不知，

只见他乌云好似方才挽，

粉面犹如汗淋漓，

身上的纱衣全贴了肉，

露出了那肢腻洁白的嫩肤皮。

这里把原著中的"伏中阴晴不定，片云可致雨"，改为"一阵暴雨"，"倾盆大雨"，显然更口语化，也更形象化了。把"看着那女子头上滴下水来"，改为"只见他乌云好似方才挽，粉面犹如汗淋漓"，仿佛给我们活画出了一位大雨滂沱下的妇女头像。用"纱衣全贴了肉"来代替"纱衣裳登时湿了"，也使人感到情境更加具体、逼真。至于其语句朗朗上口，明净流畅，则犹如山间瀑布，奔腾直泻，更令人感到活脱可喜。

既要在思想内容上再现原著的精华，又要在艺术形式上适应曲艺的特点，作出令人耳目一新的独特创造，这是子弟书改编《红楼梦》的又一重要经验。

三

改编，像曲艺这个比较短小的文艺体裁，对于《红楼梦》这样的长篇巨著来说，当然只能取其一点，而不可能面面俱到，囊括无遗。因此，在取其一点的改编过程中，必须减少头绪，突出主要矛盾；然而，详略取舍则必须得当。

在遣晴雯之前，原著写王夫人为绣春囊事审问王熙凤，有近千字的描写。子弟书《遣晴雯》只用"知他是生长公门断无此事，又兼着言和理顺不便追寻"一笔带过。而对王夫人召见晴雯，原著只写"王夫人一见他钗鬟鬓松，衫垂带褪，有春睡捧心之遗风，而且形容面貌，恰是上月的那人，不觉勾起方才的火来"（第七十四回）。子弟书《遣晴雯》对此则作了详细的描绘：

> 夫人举目留神看，
> 正是那上次园中遇见的人。
> 只见他双绽颊红，春山浅淡，
> 朱唇不点，粉面轻匀，
> 星眸乍炯，云鬓半褪，
> 独钟秀气，别样销魂；

562

穿着那洒花顾绣的桃红衫子，

配着那金沿葱绿的六幅湘裙，

小背心缕缎厢边，天蓝玉色，

好似枝崇光泛彩，东风溺溺海棠魂，

站在尘亭亭玉树临风立，

真有倾国的举动，洛浦的精神。

这种对晴雯形象细针密缕的描绘，不仅适合曲艺作为口头演唱，需要通过具体的渲染，以使听众获得强烈印象的艺术特点，而且，更重要的是它为本篇着力描写和歌颂晴雯的主旨所必需。

然而，究竟谁是遣晴雯的罪魁？原著既写了王善保家的挑拨离间，更写了王夫人亲自出马撵晴雯的场面。子弟书《遣晴雯》的改编者，则对王善保家的挑拨离间大肆详写，而对王夫人亲自出马撵晴雯的场面却省略不提，如此详略取舍，显然就反映出改编者世界观上的严重局限了。

请看，在《红楼梦》中，对王善保家的在王夫人面前告晴雯的状，是这样写的：

王善保家的说道："别的都还罢了。太太不知道，头一个宝玉屋里的晴雯，那丫头仗着他生的模样儿比别人标致些，又生了一张巧嘴，天天打扮的像个西施的样子，在人跟前能说惯道，掐尖要强。一句话不投机，他就立起两个骚眼睛来骂人。妖妖趫趫，大不成个体统。"（第七十四回）

子弟书《遣晴雯》对此则添油加醋，作了大肆渲染：

妇人说："更有这二爷屋里的晴雯女，

他不比小姐的丫鬟侍女们，

终日家打扮个狐媚狂样子，

每日里只一张巧嘴惯说人，

香囊儿时常在他胸前挂，

粉扑儿终日何曾离却身，

桃红柳绿妆成西子，

敷粉施脂像是文君。

调逗的公子终朝书不念，

将二爷引作轻狂一类人，

读书心肠全无半点，

调脂高兴倒有十分，

可惜他羞从黄卷青灯事，

爱向红颜绿鬓人。

一任他横眉竖目平欺主，

一任他托懒撒娇又咬群，

见了我们无是生非，鸡争鹅斗，

见了爷们有说有笑，分外的精神。

欲说罢，倒像人家寻他错缝；

不说罢，岂容鳖闷在于人心！

这府中下人那个遵规矩，

教他们背前面后垫舌根。

可是说的咧堂堂公府深如海，

为什么走漏风声远近闻？

常言道：'好事不出门，恶事行千里'。

564

太太呵，诸凡大事莫慈心，

若不要寻个错缝儿将他遣，

有失了大家的体统，贻笑别人。

太太的大事是儿孙重，

下场头望子的荣华化作了尘。"

听话的仆妇丫环暗切齿，

一个个怒气填胸恨妇人。

　　原著王善保家的只是从晴雯的"模样""打扮""骂人"，来说明她"妖妖趫趫，大不成个体统"，而子弟书《遣晴雯》中王善保家的则给晴雯增加了许多罪名：一是"调逗的公子终朝书不念"；二是"将二爷引作轻狂一类人"；三是"横眉竖目平欺主"；四是"托懒撒娇又咬群"。不仅如此，还写她给王夫人直接出谋画策，以"儿孙重"，"莫慈心"，"要寻个错缝儿将他遣"。这样一改编，好像王善保家的成了遣晴雯的主谋和元凶了。

　　子弟书《遣晴雯》，不仅把罪责转嫁到王善保家的头上，而且公然为王夫人掩饰罪行。

　　原著写王夫人见了晴雯——便冷笑道："好个美人！真像个病西施了！你天天作这个轻狂样儿给谁看！你干的事打量我不知道呢。且放着你，自然明儿揭你的皮。——宝玉今日可好些？"（第七十四回）

　　子弟书《遣晴雯》改作：

这夫人真怒攻心微微冷笑，

说："好个捧心的西子，带病的佳人！

呸！没廉耻的东西，不识羞的贱婢，

打量着你作的事儿我不知闻。

我问你：妆成狂样给谁人看？！

且放着，明朝追你贱人的魂。"

复说道："今朝宝玉身康否？"

这段改编，跟原著的语意几乎不相上下，唯独将"明儿揭你的皮"这句凶神恶煞的话改掉了，变成"明朝追你贱人的魂"。"揭你的皮"，其凶残暴虐，是血淋淋的，令人一听就毛骨悚然，怒火中烧；而"追你贱人的魂"，究竟是个什么玩意儿，则令人模糊不解，捉摸不定。这一句之改，使王夫人形象的鲜明、凶狠，便突然为含糊、缥缈所代替了。

在正式遣晴雯的时候，原著写道："王夫人在屋里坐着，一脸怒色，见宝玉也不理。晴雯四五日水米不曾沾牙，恹恹弱息，如今现从炕上拉了下来，蓬头垢面，两个女人搀架起来去了。王夫人吩咐只许把他贴身的衣服撂出去，余者好衣服留下给好丫头们穿。"（第七十七回）这里，曹雪芹把王夫人的狰狞嘴脸，刻画得如锋刃相见，令人恨之入骨。

子弟书《遣晴雯》，对原著中这个正式遣晴雯的场面，照理是非写不可的。然而改编者对此则讳莫如深，只字不提王夫人亲自出马遣晴雯的事儿，把责任一股脑儿都推到贾府的狗腿子王善保家的头上，说什么"这佳人多岐自遇遭谗后，身离荣府回转家门"。"佳人薄命病浮沉，惟恨诼谣贱妇人"。显然，改编者是有意要为王夫人开脱，而把晴雯的被遣，归咎于王善保家的"谗言""诼谣"。这岂不是本末倒置了么？！

可见改编者的详略取舍，既有个如何适应曲艺演唱特点的问题，更有个改编者的立场观点和思想水平问题。尽管改编者对晴雯这样一个被压迫的奴婢，是寄予深切同情的，对于迫害晴雯的行径也是义愤填膺的，然而由于改编者的思想局限，他就认识不到或者有意回避封建主子与奴婢这个主要矛盾，而把封建主子的狗腿子当作"惟恨"的对象。尽管狗腿子也是极其可恶的，然而罪恶的渊薮毕竟不是狗腿子，而是豢养狗腿子的主人。自然，狗腿子的主人，如王夫人之流，总是要摆出一副慈善面孔的。在旧社会，许多人对于反动统治阶级抱有幻想，其中很重要的一个原因，就是由于被他们的伪善面目所迷惑，而识不透他们的罪恶本质。《遣晴雯》的改编者，大概也属于这种人之列吧。这个事实生动地说明，改编者也必须是像曹雪芹这样真正伟大的艺术家，才能在自己的作品中反映出革命的某些本质的方面。[①]

四

改编子弟书，作为一种供演唱的曲艺，它必须要适合听众的趣味。但是，这种适合，不能一味地迎合，而必须以不歪曲作品的主题，不使正面人物形象遭到肆意的丑化为前提。

其实，曹雪芹在创作《红楼梦》时，也是十分注意读者的趣味的。他之所以要创作在当时不登大雅之堂的《红楼梦》，是跟他清楚地看到那时"市井俗人喜看理治之书者甚少，爱看适趣闲文者特多"（第一回）分不开的。因此，他说他的作品既非一般的"理治之书"，也不同于"历来野史皆蹈一辙"，更有别于"千部共出一套"的"佳人才子等书"，他宣称他的作品是"深有趣味"的（第一回）。然而他这种"趣味"，不是庸俗低级的，而是寓有深刻的思想意义的。既要"深有趣味"，又要深有意义，除了像曹雪芹这样伟大的作家，这再不是一般人所能竞相争雄的。

子弟书《两宴大观园》《三宣牙牌令》，是根据《红楼梦》第四十回改编的。在《红楼梦》中，曹雪芹虽然也把刘姥姥写得十分诙谐有趣，但是作者不仅写凤姐等人是有意要"拿他取个笑儿"（第四十回），而且特地点明："那

---

① 列宁在《列夫·托尔斯泰是俄国革命的镜子》文中说过："如果我们看到的是一位真正伟大的艺术家，那末他就一定会在自己的作品中至少反映出革命的某些本质的方面。"见《列宁全集》第 15 卷，第 176 页。

刘姥姥虽是个村野人，却生来的有些见识；况且年纪老了，世情上经历过的。见头一个贾母高兴，第二见这些哥儿姐儿们都爱听，便没了话也编出些话来讲。"（第三十九回）鸳鸯因奉凤姐之命，捉弄、取笑刘姥姥，好让贾母等人开个心，事后鸳鸯特地向刘姥姥"赔个不是"，要求"姥姥别恼"。刘姥姥笑道："姑娘说那里话。咱们哄着老太太开个心儿，可有什么恼的！你先嘱咐我，我就明白了，不过大家取个笑儿。我要心里恼，也就不说了。"（第四十回）所以表面看上去，是贾母、凤姐等人戏弄了刘姥姥，而实际上却是刘姥姥在哄着老太太开个心儿；真正"有些见识"的是刘姥姥，而精神空虚无聊得令人作呕发笑的，却是贾母等封建贵族。

可是，子弟书《两宴大观园》《三宣牙牌令》的改编，跟曹雪芹的原著却大异其趣了。它不仅不提刘姥姥"生来的有些见识"，不提刘姥姥有意要"哄着老太太开个心儿"，而且对刘姥姥的言行乃至人格，都当作笑料进行了庸俗低级的丑化和凌辱。

曹雪芹的原著写道：

那刘姥姥入了坐，拿起筋来，沉甸甸的不伏手。原是凤姐和鸳鸯商议定了，单拿了一双老年四楞象牙镶金的筷子与刘姥姥。刘姥姥见了，说道："这叉爬子比俺那里铁锨还沉，那里犟的过他。"说的众人都笑起来。只见一个媳妇端了一个盒子站在当地，一个丫鬟上来揭去盒盖，里面盛着两碗菜。李纨端了一碗，放在贾母桌上。凤姐儿偏拣了一碗鸽子蛋，放在刘姥姥桌上。贾母这边说声"请"，刘姥姥便站起身来，高声说道："老刘，老刘，食量大似牛，吃个老母猪不抬头。"自己却鼓腮不语。众人先是发怔，后来一听，上上下下都哈哈的大笑起来。……刘姥姥拿起筋来，只觉不听使，又说道："这里的鸡儿也俊，下的蛋也小巧。怪俊的，我且肏攮一个。"众人方住了笑，听见这话，又笑起来。贾母笑的眼泪出来，琥珀在后槌着。贾母笑道："这定是凤丫头促狭鬼儿闹的，快别信他的话了。"那刘姥姥正夸鸡蛋小巧，要肏攮一个。凤姐儿笑道："一两银子一个呢，你快尝尝罢。那冷了就不好吃了。"刘姥姥便伸箸子要夹，那里夹的起来。满碗里闹了一阵，好容易撮起一个来，才伸着脖子要吃，偏又滑下来，滚在地下。忙放下箸子，要亲自去捡，早有地下的人捡了出去了。刘姥姥叹道："一两银子，也没听见响声儿就没了。"众人已没心吃饭，都看着他取笑。（第四十回）

子弟书《两宴大观园》改编道：

> 说话毕大家序齿归坐位，
>
> 桌面上海馔山珍盘碗盛。
>
> 丫头们刚刚的斟完了酒，
>
> 刘姥姥瞅冷子吆呼发了疯，
>
> 说："老刘是我的真名姓，
>
> 量大如牛味口清，
>
> 不抬头一个母猪不够用，
>
> 外号儿人称'母蝗虫'。"
>
> 说的这满堂上下哄然笑，
>
> 笑的个贾母"哎哟"一说："肚肠子疼。"
>
> 史湘云饭入唇中喷了一地，
>
> 林黛玉笑岔了气咧手捶胸。
>
> 刘姥姥离坐出席把排场作，
>
> 你看他鼓起腮帮子瞪眼睛，

招的那大家复又哄堂大笑，

这顿饭要搅个翻江吃不成。

鸳鸯与凤姐儿齐声的说道：

"你安顿着些儿罢，老猴儿精！"

刘姥姥这才归坐吃了口酒，

要夹菜这双筷子手难擎，

原来是赤金三厢十分沉重，

又遇着鸽子蛋溜滑在海碗中，

好容易夹一个又滚在地下，

急的他唏哩哗拉满碗里翻腾。

史太君观瞧刘姥姥被人挫弄，

吆喝道："促掐到底是年轻，

快着把我吃的东西挪过去，

老亲家吃的当了恕他们不恭。"

刘姥姥虎咽狼餐吃了个干净，

一点儿也没剩，盘碗皆空，

笑说道："我的肚腹虽然硬，

再吃点儿翻不过身儿来就活不成。"

站起来伸了个懒腰，说"不好！要漾——"

用巴掌拍打着肚子响膨膨。

又惹的大家一阵笑，

贾母说："咱们走罢，别装疯！"

这段改编跟曹雪芹的原著相比，岂不是大相抵牾的么？第一，曹雪芹原著中刘姥姥的话虽然也令人发笑，但它体现了两个阶级贫富之悬殊，生活之差距，趣味之迥异，在笑声之中却叫人由不得不回味、深思、猛省。而子弟书改编后，留给人们的不过是刘姥姥那庸俗低级、自轻自贱、丑态百出的笑料，毫无更深的思想意义耐人回味。第二，曹雪芹原著中的刘姥姥虽然受凤姐的捉弄，但她却于诙谐之中显得机智玲珑，于笑谈之中露出深沉感慨。而子弟书《两宴大观园》则公然把刘姥姥丑化成个"发了疯"的"老猴儿精"，凌辱为"虎咽狼餐"的"母蝗虫"。第三，在《红楼梦》中，曹雪芹的爱憎是很鲜明的，高尚的，不同凡响的，他称赞的是刘姥姥的"生来的有些见识"，揭露的是贾母、凤姐等人的精神空虚无聊。而《两宴大观园》的改编者，在他的开场诗篇中却说什么"史太君虽有瑕疵许多粉饰，可喜他作戏逢场本来面目。刘姥姥总然直爽也算奉承，休笑他脸厚皮憨燥着不疼"。改编者显然是站在史太君一边，而对刘姥姥则明显地带有鄙视的阶级偏见。

含意隽永的生动有趣和庸俗低级的调笑逗趣，有原则的区别。我们把《红楼梦》第四十回下半回"金鸳鸯三宣牙牌令"，同据以改编的子弟书《三宣牙牌令》加以对照，就会发现这种区别是十分明显的。原著写刘姥姥的语言既风趣而又不庸俗。当鸳鸯跟刘姥姥说酒令时，原著是这样写的：

> 鸳鸯笑道："左边四四是个人。"刘姥姥听了，想了半日，说道："是个庄稼人罢。"众人哄堂笑了。贾母笑道："说的好，就是这样说。"刘姥姥也笑道："我们庄稼人，不过是现成的本色，众位别笑。"鸳鸯道："中间三四绿配红。"刘姥姥道："大火烧了毛毛虫。"众人笑道："这是有的。还说你的本色。"鸳鸯道："右边么四真好看。"刘姥姥道："一个萝卜一头蒜。"众人又笑了。鸳鸯笑道："凑成便是一枝花。"刘姥姥两只手比着说道："花儿落了结个大倭瓜。"众人大笑起来。（第四十回）

这里作者突出的是以庄稼人的本色，来表现出刘姥姥的机灵和风趣，一点也没有以俏皮、献媚、出丑来嘲笑刘姥姥的意思。可是，据此改编的子弟书《三宣牙牌令》却不同了。它写道：

刚刚的令儿行到刘姥姥的位，

吓的他摆手摇头往桌子下爬。

鸳鸯说："你来好好的听我的令，

若不然把你活活拿酒灌杀。"

刘姥姥热汗直流浑身乱战，

说："快些说罢，我的菩萨！"

鸳鸯说："一张人牌如天大。"

姥姥说："是个人都会种庄稼。"

鸳鸯说："三四成七你快着说话。"

姥姥说："七三儿七四儿是小娃娃。"

鸳鸯说："满口胡说全不成话，

暂且相饶不把你罚，

还有张么四成五点儿不大。"

姥姥说："要四称五快把秤拿。"

鸳鸯说："这也不算，还饶你。

你听着，三张成一付一枝花。"

刘姥姥说："这一句我可逮着了，

你可是自己搬砖把脚砸。"

鸳鸯说："快着些将就着完了令罢。"

姥姥说："这一句合该要骗拉骗拉，

你拿这一枝花来难我。"

磕个头儿说:"不告诉姑娘,我告诉大家。

这枝花难道就常开不落,

落了时无非结个老倭瓜。

幸亏这倭瓜二字捞了捞本,

差一点儿挺大的盅儿把我罚。"

说的那满堂之人哈哈笑,

贾母说:"好个难缠的老亲家!……"

　　这里,刘姥姥那庄稼人的本色不见了,剩下的只是"满口胡说"的油滑,插科打诨的肉麻,一会儿"往桌子下爬",一会儿"浑身乱战",一会儿又"磕个头儿",完全成了个令人作呕的"倭瓜",供人哄笑的丑角。

　　是用庄稼人的本色,引人发笑,在笑声中使人感受到庄稼人那清新活泼的生活情趣,还是用丑态百出的动作或语言,来逗人开心,在笑声中使人感到庄稼人的媚俗可鄙,这不仅关系到是用纯朴高尚的情趣,还是用庸俗低级的趣味,来迎合读者或听众的兴趣问题,更重要的,它是作者或改编者的世界观和美学观的反映。曹雪芹的伟大就在于,他使他的《红楼梦》做到了思想上的严肃性、深刻性和艺术上的愉悦性、趣味性的完美结合;而子弟书《两宴大观园》《三宣牙牌令》的改编者,则没有曹雪芹这样深邃的眼力,这样高尚的美学观点,这样惊人的艺术才能。因此他便自觉或不自觉地站到贾母那一边,来把刘姥姥作为真正逗趣取笑的对象,以愚弄人为乐趣,以凌辱人来填补自己精神上的空虚;改编者如此迎合听众的趣味,那就使这两篇子弟书失去了它所应有的进步的积极意义。

五

　　在中国文学史上,民间曲艺和文人创作的小说之间,结下了不解之缘。我国彪炳千古的长篇小说《三国演义》《水浒传》《西游记》，都是在民间说唱文学的基础上加工创作的；而文人创作的小说，又反过来给予民间曲艺以积极的深远的影响。毛泽东同志说："人民要求普及，跟着也就要求提高。""这种提高，为普及所决定，同时又给普及以指导。"①民间曲艺与文人创作的小说之间的关系，仿佛如同这种普及与提高的关系，二者始终是处在互相推动和促进之中。当然，这绝不是说曲艺只能是个普及的东西，它本身同样可以达到高度的思想和艺术成就，例如本文所举的子弟书《黛玉悲秋》《湘云醉酒》等。

过去人们总是喜欢把民间创作说成是完美无瑕的珠玉，而一旦发现其中羼杂有污秽不堪的垃圾，则往往归罪于封建文人的篡改和歪曲。其实，封建文人篡改和歪曲民间创作的情况固然存在，但是，文人创作对于民间文艺的加工、提高和指导作用，也是不可忽视的。即拿《三国演义》《水浒传》《西游记》来说，在它们成书之前，一些描写《三国》《水浒》《西游》题材的民间曲艺、话本、戏曲，其思想和艺术水平，一般地来说都比这些长篇小说要低得多；而当这些长篇小说成书之后，则几乎所有的曲艺或戏曲，无不以这些长篇小说作为改编的蓝本，否则它就根本站不住脚。像《红楼梦》这样完全由文人创作的长篇名著，更是成为各种曲艺竞相取材的艺术宝库。自《红楼梦》问世以后，在清代，各种曲艺取材于《红楼梦》改编的，大多远远超过了改编《三国演义》《水浒传》《西游记》的篇数。不仅子弟书以改编《红楼梦》的篇数为最多，而且梅花大鼓衍述《红楼梦》故事者，竟占其全部流行节目的三分之一强，②清代的《京都竹枝词》称："开谈不说《红楼梦》，读尽诗书是枉然。"由此可以窥见，《红楼梦》对于民间曲艺影响之大，已经成为那个时代的风尚。

---

① 毛泽东：《在延安文艺座谈会上的讲话》。
② 参阅傅惜华《曲艺论丛》，上海文艺联合出版社 1953 年版，第 179 页。

现代我国新创作的长篇小说，包括不少相当杰出的名作，它们在群众中远远不及古典小说的影响那样大。除了由于它们的思想艺术水平还不够理想之外，这跟我们的各种曲艺很少从它们中取材来进行改编、演唱，当是有一定的关系的。在旧社会，文盲很多，大多数人还是从曲艺或戏曲中认识诸葛亮、曹操、李逵、武松、贾宝玉、林黛玉这些小说人物的。现代尽管识字的人多了，但也不是大多数人都真正有时间、有兴趣去读长篇小说的。应该充分发挥各种曲艺在改编和普及长篇小说方面的巨大作用；我国文艺史上这个突出的优良传统，应该发扬光大，而绝不能抛弃或削弱。

从我们上述对改编《红楼梦》的子弟书的探讨来看，这种改编不仅对于长篇小说是个很必要的普及，而且由于长篇小说本身具有较高的思想艺术水平，通过改编，对于曲艺艺术本身必然也是个很大的促进和提高。

做好这种改编工作，除了我们上面所述的需要突出人物性格中有积极意义的方面，需要忠实地表现出原著所蕴含的进步思想，需要详略取舍得当，需要给听众以高尚的情趣，此外，改编者还往往苦恼于以曲艺这种比较短小的体裁，来改编长篇小说，实在是有点像猴子吃大象，无从下口。猴子要一口吃掉大象，那确实是无从下口。但如果把大象分割成各个相对独立的部分，那就没有什么不好下口的了。从众多改编《红楼梦》的子弟书来看，它把《红楼梦》分割开来加以改编，大致有以下几种方法：（1）以表现贾宝玉与林黛玉、薛宝钗的爱情婚姻悲剧为主，撷取悲剧高潮的第九十六、九十七、九十八三回为重点，联系其他有关的故事情节，如《露泪缘》。（2）以着重刻画某个人物一生的性格和遭遇为主，选取有关的故事情节，如《黛玉悲秋》。（3）不是全面刻画整个人物的复杂性格，而是集中突出人物性格有积极意义的某一个方面，如《湘云醉酒》。（4）既不反映全书的主要故事情节，也不描写整个人物性格，而是只衍述某个或几个小故事，如《椿龄画蔷》《晴雯撕扇》《两宴大观园》《三宣牙牌令》《二玉论心》《葬花》等。如果酌情选用这几种方法，那么长篇小说中可以为曲艺改编的题材，实在是取之不尽，用之不竭的。

汲取子弟书改编《红楼梦》的历史经验和教训，愿我们的曲艺，在社会主义新文艺的百花园中，放出更加辉煌灿烂、瑰丽夺目的光彩！

（原载《通俗文学论坛》，北岳文艺出版社 1986 年 8 月出版。）

试论子弟书中描写爱情婚姻题材的思想政治意义

资产阶级把爱情看作文学的永恒主题，宣扬爱情至上主义。"四人帮"则把爱情题材划为创作的"禁区"，这看上去很"革命"，好像是跟资产阶级的爱情至上主义完全"对着干"，实际上却是典型的"假左真右"。因为二者的思想根源都是共同的，都同样是把爱情与政治对立起来，在爱情与政治无关，爱情至上，或者认为爱情于政治有害的烟幕下，贩卖着那一套资产阶级的政治。

毛泽东说："世上决没有无缘无故的爱，也没有无缘无故的恨。"[①] 同样，在文学作品中也从来没有单纯为写爱情而写爱情的；爱情婚姻题材同任何题材一样，总是为体现一定阶级的思想政治要求服务的。

但是，描写爱情婚姻题材究竟有什么样的思想政治意义呢？不以充分的事实阐明这个问题，就很难认清"四人帮"把爱情婚姻题材划为文艺创作"禁区"的荒谬性和反动性。最近，我们有机会对子弟书——清代乾隆至光绪年间（共约一个半世纪之久）盛行于北京和东北地区的说唱文学之一——作了一番研读。子弟书中爱情婚姻题材的作品是极为丰富的，大约占其现存作品总数四百余种的三分之一左右，[②]其在表现爱情与政治的紧密关系方面，颇具特色；

---

① 《毛泽东选集》竖排合订本，第 872 页。
② 据付惜华编的《子弟书总目》，现存子弟书四百余种，约一千百数部。

这对于我们打破"四人帮"设置的爱情"禁区",提倡题材的多样化,使文艺创作更好地为无产阶级政治服务,是有一定的启发和借鉴作用的。

一

把爱情与爱国结合起来,突出宣扬爱情必须符合于国家民族利益,在两者发生矛盾的时候,宁可"为国捐躯",决不纠缠于儿女情长。这是子弟书描写爱情婚姻题材的显著特色之一。

在我国清代,曾经相继出现两部"借离合之情,写兴亡之感"的杰出剧作,这就是洪昇的《长生殿》和孔尚任的《桃花扇》。这两部在历史上发生过重大影响的杰出剧作的出现,决不是偶然的,而是反映了清朝统治,阶级矛盾往往突出地表现为民族矛盾的形式。人生之痛苦,莫过于生离死别;人生之幸福,无不取决于国家民族的前途命运。因此,把爱情上的生离死别与国家民族的存亡兴衰联系起来,既能赋予爱情题材"以崇高的政治生命",又能使思想政治主题造成异常激动人心的艺术效果。这是清代文学在爱情婚姻题材描写上的重大发展和显著的时代特色。子弟书作为清代通俗的说唱文学,跟广大下层人民保持着密切的联系,这种特色表现得尤为明显。

罗松窗作的《七夕密誓》,蛤溪钓叟作的《锦水祠》,无名氏作的《惊变埋玉》《马嵬驿》《闻铃》等子弟书,都是根据洪昇的《长生殿》改编的,描写的是唐明皇和杨贵妃的爱情故事。值得注意的是,在子弟书中把这种皇帝与贵妃的爱情故事,按照人民的利益和愿望,作了某些改造,使之有点平民化和理想化了。如罗松窗的《七夕密誓》,[①] 以民间的牛郎织女传说为基础,突出描写了杨贵妃对未来爱情生活的担心和忧虑。她说:"怕不就奢华去后红颜老,久则生厌另选娇姿。和他人鱼水全偕鸾凤倒,将我的心情弃之如遗。人生钟情

---

① 所引《七夕密誓》的原文,系根据清代别野堂钞本。

难以长久，将来难免长门掩泪啼。"这难道是杨玉环一个人的担心和忧虑吗？不，它反映了封建社会千千万万妇女共同的心声，爱情婚姻得不到保障的无限的痛苦。像传说中的牛郎织女那样，"恩情牵连总如一"，反对"久则生厌另选娇姿"的剥削阶级腐朽的生活方式，这难道是杨玉环一个人的心愿吗？不，这是封建社会广大被压迫妇女共同的愿望和要求。

对于唐明皇，作者根本不以皇帝相称，而是干脆直呼他名李三郎，把他的名字、身份、思想和性格，都平民化了。你看，他对牛郎织女的痛苦是那样地同情："想此时自然诉说别离况，难免伤心泪两啼。还只怕良宵节虚度，叙别离相依无奈又怅别离。可想他盼佳期，眼欲穿心欲断，迎迎一水恨相思。牵牛总不能成争夫怨，织女也还须化望夫石。"他对爱情是那样地坚贞、矢志不移："自今后谁有二心神人共鉴，但愿世世夫妻永不离。"

作者为什么要把这一对皇帝与贵妃的爱情加以平民化、理想化呢？如果仅仅停留在这种卿卿我我的爱情生活的描写上，那就难免有恣意美化皇帝和贵妃之嫌；好在作者的目的根本不是要美化皇帝和贵妃的爱情生活，而是要借用他们的特殊身份，更有利于集中表现叛乱战争造成的国破家亡，给予人们美好幸福生活所带来的惨重的灾难和巨大的痛苦。因此，作品在对李杨爱情作了热烈的赞颂之后，紧接着描写："却不料造物忌完山川缺陷，蓦地间渔阳战鼓起须臾。遍地干戈连塞北，连天旗旛指帝畿。闹得个似玉如花的美儿妃子，马嵬坡下葬香躯。雨淋铃夜将蜀地入，君王长恨掩泪啼。念佳人绝世倾城今何在？真所谓慕伊形容不见伊！"叛乱战争，连皇帝生活都不得不遭到毁灭，只落得"君王长恨掩泪啼"，更何况国破家亡要使一般老百姓遭受到多么不堪忍受的巨大痛苦！

这样，作品的目的和艺术效果，就不仅仅是为了赞扬李杨爱情，更重要的是以李杨美好爱情的被毁灭，来激起人们对于叛乱战争的深仇大恨，不仅使作品的主题由爱情升华到了爱国的崇高境界，而且使整个作品充满了激动人心的艺术魅力。

如果说，罗松窗的《七夕密誓》对于由爱情到爱国这个主题还没有充分地展开的话，那么，清代无名氏的《惊变埋玉》，①则把阶级矛盾与民族矛盾描写得非常错综复杂，把由爱情到爱国的主题表现得十分淋漓尽致了。

《惊变埋玉》一开头就把我们带进了一片国破家亡的悲惨境地："安禄山起兵已把潼关破，堪堪杀奔到长安。明皇无奈携妃子，君臣避难去西川。一路上萧萧讽讽西风紧，惨惨凄凄落日寒。匆匆忙忙离宫殿，奔奔碌碌途路前。马上哀哀怜怜妃子，回首频频望长安。半钩残月从东起，一轮红日坠西山。行过了五六搭残山剩水，又望见两三处草舍茅庵。说不尽一路的凄凉奔波的苦，诉不了满腹的伤感跋涉的难。"皇帝、妃子尚且这样艰难困苦、凄凄惨惨，更何况一般老百姓呢。

如此深重的灾难，归根结底，仍然是阶级矛盾的反映；而民族矛盾的加剧，又必然引起阶级矛盾的激化。正当李杨逃难到马嵬坡，突然"猛听得军声大振，喊叫连天，吓得个明皇无语颜色变，吓得个杨妃抖战在御前，忙问道：此是何处的兵嘶喊？莫不是安贼贪夜窃营盘？"原来不是安禄山叛军，而是唐明皇随驾的军士发动了兵变。高力士前来报告说："杨国忠专权行奸佞，私通土番把圣主瞒。因此上激恼了军兵行杀戮，至使国忠命染泉。军心大变还不退，闹闹轰轰在馆驿前。说：国忠虽死贵妃尚在，他兄妹的心肠是一般，唐家的天下尽被他搞乱，使我等母在长安子在川。不杀了贵妃就反了罢，休想兵丁保驾还！"在洪昇的剧本中是说"不杀贵妃，死不扈驾"。而在子弟书中则干脆响亮地喊出"反了罢"的造反的声音。下层官兵痛恨杨国忠权奸祸国，因而连累到他的妹妹杨贵妃，这是完全可以理解的。然而杨贵妃本人与杨国忠不同，毕竟是无辜的。

---

① 所引《惊变埋玉》的原文，系根据清代百本张钞本。

在《长生殿》以前的一些写"天宝遗事"的作品，多数把杨玉环写成"妖孽"，宣扬的是"女色祸国"的封建传统观点。就连白居易写《长恨歌》，也是为"不但感其事，亦欲惩尤物，窒乱阶，垂于将来也"①。这种把妇女看作"尤物"的观点，显然是错误的。鲁迅就曾特别指出："譬如罢，关于杨妃，禄山之乱以后的文人就都撒着大谎，玄宗逍遥事外，倒说是许多坏事情都由她，敢说'不闻夏殷衰，中自诛褒妲'的有几个。就是妲己、褒姒，也还不是一样的事？女人的替自己和男人伏罪，真是太长远了。"②

《长生殿》的作者洪昇，一反封建的传统观念，不把亡国之罪完全推诿在女人身上，"那里是西子送吴王，错冤做宗周为褒丧。"洪昇的这个观点，正代表了明代之后，在民族国家遭到厄运的现实面前，一部分具有爱国思想的知识分子对社会、历史认识的一个进步。清初，其他作家如王夫之、吴伟业等，在他们的作品中都流露出这种观点，吴伟业在他的《临春阁》杂剧中，竟作了极端的翻案："笑他男儿误国。"

在《惊变埋玉》《锦水祠》等子弟书中，不仅完全继承了洪昇的这个进步观点，而且进一步把杨玉环描写成"为国捐躯"的光辉形象。在军士们杀了杨国忠，又胁迫唐明皇要杀杨贵妃时，《长生殿》中的杨玉环，先是无可奈何地说："是前生事已定，薄命应折罚，望吾皇急切抛奴罢！只一句伤心话！"继又哭哭啼啼地拉着唐明皇的衣服说："痛生生怎地舍官家！""算将来无计解军哗，残生愿甘罢！残生愿甘罢！"钟情的唐明皇起先虽然说："你的捐生，朕虽有九重之尊，四海之富，要他则甚？宁可国破家亡，决不肯抛弃你也。"但后来真的面临生死抉择的关头，他却动摇了，只是"一谜装聋哑"。正是在这种无可奈何的情况下，杨贵妃才不得不表示："望陛下舍妾之身，以保宗社。"这里的杨玉环形象虽然也有为国捐躯的微意，但她自身的宿命论思想和唐明

---

① 引自唐代陈鸿的《长恨传》，见鲁迅校录的《唐宋传奇集》，第114页。
② 《鲁迅全集》第5卷，第346页。

皇对爱情的动摇，大大削弱了杨玉环之死的积极意义。而在子弟书《惊变埋玉》中，杨玉环的死则显得当机立断，为国捐躯，大义凛然。她斩钉截铁地说："军心一变非儿戏，到不如我项横素帕把大事全。望吾皇总以社稷为珍重，爷吓舍了臣奴罢，莫恋我玉环。况臣妃一门爱恩如山重，又系那国忠欺主把事耽。现如今军势危急无可救，小妃就粉身碎骨也报不全。倘若稍迟出不测，反增奴怕死的污名万古传。"她是如此的识大体，顾大局，敷陈利害，晓以大义，又是如此的态度诚恳，言词决绝，粉身碎骨，在所不惜。在蛤溪钩叟作的《锦水祠》①中，更明确地提出："想妃子为国捐躯情最惨，是必要特为旌表慰慰魂灵。"这一切，跟《长生殿》中的杨贵妃对"薄命应折罚"的抱怨和叹息相比，跟她"痛生生怎地舍官家"的啼泪和呼号相比，其形象不是要显得高大、光辉得多么？

　　洪昇反对封建传统的"女色亡国"的论调，这当然是进了一大步。可是他把亡国之罪完全推到杨国忠和安禄山身上，并企图减轻唐明皇的责任，这种观点当然也是很片面的、错误的。实际上这是"逆藩奸相亡国"论，仍然没有超出封建统治阶级的思想范畴。而清代无名氏作的子弟书《闻铃》②，却对唐明皇进行了一定程度的批判。说他："泪落不因家国伤，魂飞只为美人倾。李三郎真真到此无聊赖，你看他数落着悲啼哭雨铃。"当听到那"如泣如诉"的"雨点铃声"，高力士说，这"字眼儿分明是三郎嘟当"。唐明皇说："无怪苍天笑朕当"，"这雨合铃触人心腑痛人肠，道寡人昔年浪荡今飘荡。"作者有意把唐明皇的"今飘荡"，跟他的"昔年浪荡"相联系，连雨点铃声好像都在对他进行讽刺和谴责，这岂不是说明他自作自受、罪有应得么？！当然，我们也应该看到，这种对唐皇的批判，仍然是极为委婉和肤浅的，并没有触及以唐明皇为头子的封建统治阶级进行残酷的阶级压迫剥削，造成阶级矛盾极为尖锐，

---

　　① 所引《锦水祠》的原文，系根据清代光绪年间小西山房刻本。
　　② 所引《闻铃》的原文，系根据清代精钞本。

这个导致国破家亡的根本性原因，正如鲁迅所说的："奢侈和淫靡只是一种社会崩溃腐化的现象，决不是原因。"① 把现象当成原因，这种批判当然也就很难深刻了。不过在封建时代能够对作为最高统治者的皇帝进行一定的批判，仅仅这一点，也已经是很可贵的了。

当然，改编《长生殿》的子弟书并非都是好的。在清代无名氏作的《马嵬驿》② 中，杨玉环把"那要反的军兵"诬蔑成"似虎狼"，她怨天尤人，责怪三军："我杨家并未欺人把众伤。难道说仁慈的天子无恩惠，就借着这流离颠沛肆强梁？"不仅满嘴怨恨、诬蔑之词，而且对腐朽的宫廷生活怀着无限留恋、欣赏之情，说什么"再不能芙蓉帐里听莲漏，再不能玳瑁筵边捧玉觞，再不能金笼日永调鹦鹉，再不能清华水暖浴鸳鸯，再不能自按宫商翻旧谱，再不能亲调脂粉试新妆，再不能题红咏绿在花阴儿下，只剩下小魂灵怨雨啼风在古驿旁"。她不但毫无为国捐躯的思想，而且坚持"莫轻生"，要"且待官家作主张"。结果，还是高力士"手擎着一条素绢眼看屋梁，说有诏赐气堵咽喉"，"江山为重，皇爷无奈，难救娘娘"。"杨太真一闻此语香魂散，软怯怯似风雨春寒落后棠。"这个杨贵妃，对为国为民而哗变的三军将士是那样的仇恨，说明她的立场是很反动的；对腐朽的宫廷生活是那样地留恋，反映她的灵魂是很肮脏的；面临生死关头，她简直是个懦弱的胆小鬼。这不仅跟《惊变埋玉》《锦水祠》中的杨玉环形象判若两人，而且比起《长生殿》中的杨玉环形象，也倒退了一大截。

可见，即使写同样的爱情题材，由于作者的立场世界观不同，所创造的人物形象就迥然不同。这个活生生的事实，对于"四人帮"散布的"题材决定论"，不是个有力的驳斥吗？历史证明，还是鲁迅说得对："我以为根本问题是在作者可是一个'革命人'，倘是的，则无论写的是什么事件，用的是什

---

① 《鲁迅全集》第 4 卷，第 396 页。
② 所引《马嵬驿》的原文，系根据清代旧钞本。

么材料，即都是'革命文学'。从喷泉里出来的都是水，从血管里出来的都是血。"①

二

恩格斯曾经指出，对于封建阶级来说，"结婚是一种政治行为，是一种借新的联姻来扩大自己势力的机会，起决定作用的是家世的利益，而决不是个人的意愿。"②通过生动的艺术形象，来揭露封建社会爱情婚姻的阶级实质，这是子弟书描写爱情婚姻题材的显著特色之一。

曹雪芹的《红楼梦》本来就是一部反封建的政治倾向极为强烈的伟大作品，然而清代无名氏作的子弟书《石头记》③，却根据原著的精神，结合民间说唱文学的特点和需要，把《红楼梦》小说的政治倾向在某些方面更进一步明朗化了。如按照封建家族的利益，贾府必须坚决反对贾宝玉与林黛玉的自由爱情和自主婚姻，必须选定薛宝钗做贾宝玉的妻子，这不但是加强和巩固贾、史、王、薛四大家族联盟的要求，同时也是贾府必须有薛宝钗这样能干的封建淑女，来撑持这个岌岌可危的封建大家庭，以弥补和挽救这个封建贵族之家日趋衰落，男子"一代不如一代"的需要。但是，在《红楼梦》中直接决定这个婚姻的只是贾母，至于贾元妃，只是在赠送礼品时，特意把送给贾宝玉和薛宝钗的礼品相同配搭，算是隐晦曲折地表示她有意于要他们俩能够婚配。不过这只是暗示而已，并没有行使她作为皇帝贵妃的特权，来直接决定贾宝玉与薛宝钗的婚姻。而在子弟书《石头记》中却不同了，她特地派了夏太监来到贾府。夏太监说："娘娘命我来传密旨，狠惦着宝二爷的青春已长成，急欲给他联配偶。"说："林姑娘到好呢，又碍着中表的俗传不便行，惟有宝姑娘端谨大方

---

① 《鲁迅全集》第3卷，第408页。
② 《马克思恩格斯选集》第4卷，第74页。
③ 所引《石头记》原文，系根据清代百本张钞本。

真淑女，必能够举案齐眉赛孟鸿。"他将那项圈如意恭呈上，说："请太太即刻去求亲莫暂停。"作者接着写道："贾母听罢心中喜，怎么娘娘的圣意就合着我这愚衷？"忙回首说："太太你还不快去。"命丫环们在耳房款待夏公公。不多时王夫人回来说："姨太太概允。这贾母随心恰意乐无穷。"

这桩封建婚姻，是通过皇帝"娘娘的圣意"来决定的，因此造成这个悲剧的罪魁祸首，不只是封建家长个人的问题，更重要的是整个封建统治阶级的"圣意"。其阶级性质和政治倾向，该是何等的鲜明啊！这是子弟书的改编者在原作基础上的一个发展，它说明改编者对问题的认识相当深刻，他决不是要单纯地写爱情婚姻问题，而是要通过这个题材突出其反封建的政治倾向，使他的作品成为团结、教育人民，揭露、打击敌人的有力武器。

可不是么？你看对"娘娘的圣意"，一方面是"这贾母随心恰意乐无穷"；另一方面它却给林黛玉和贾宝玉带来了无穷的痛苦和无情的折磨："林黛玉她默默无言缓步儿行，慢慢的回到自己潇湘馆，她斜倚着牙床不作声。紫鹃款款将茶献，这黛玉勉强接来吃了半盅。可怜她好事无成芳心失望，向紫鹃纵有那万句衷肠也难话明。他依旧的假作安闲强滠茶饭，见宝玉时倒添了些笑语共欢容。宝玉他见此神情更添了愁闷，渐渐的积成忧郁似癫疯。终朝只在怡红院，呆獃獃一腔心事倩谁凭。有一时颠狂花畔环香久，有一时寂静窗前待月明。到后来咄咄书室无人敢问，更兼着心里儿紊乱脾气儿纵横。他一味的觅事寻非损伤器皿，找丫环的嫌隙闹的人都头疼。麝月袭人也都无了主意，一个个藏藏躲躲往各处里潜形。他找不见人时就大声的哭喊，将一个怡红院顿然变作了怨愁城。"

本来在小说《红楼梦》中，贾宝玉的疯疯癫癫，直接的原因主要是由于他和林黛玉之间反反复复的爱情试探造成的。这种矛盾和苦恼，归根结底当然也反映了封建统治阶级，特别是封建的思想意识对于他们精神上的残酷折磨。而贾宝玉与丫环们之间的斗气，则一方面与贾宝玉在爱情上的心情不愉快有关系，另一方面也是他作为贵族公子的阶级劣根性的反映。子弟书作为说唱文学不可能像小说那样对人物性格作非常深入细致的描写，可是好在子弟书《石头记》的作者并没有简单地把这些情节一笔勾销，而是把这些次要矛盾都归结为叛逆者与封建统治者之间这一对主要矛盾所决定，贾宝玉的疯疯癫癫，贾宝玉与丫环们的怄气，统统都是由于"娘娘的圣意"一手造成的。一方面是"这贾母随心恰意乐无穷"，另一方面则是贾宝玉"将一个怡红院顿然变作了怨愁城"，这是多么强烈的对照，多么尖锐的对立！尽管子弟书改编者写的几乎是纯粹的爱情婚姻题材，然而它展示在人们面前的却不是卿卿我我的谈情说爱，更不是甜甜蜜蜜的美满婚姻，而是尖锐激烈的封建与反封建的阶级斗争。

可惜的是，子弟书《石头记》虽然对林黛玉的含愤而死作了详尽的描写，对封建礼教的罪恶作了血泪的控诉，然而我们终究感到这个人物形象缺乏应有的政治思想上的光彩。这主要是她只看到了自己与贾宝玉的爱情以悲剧而结束，却没有看到封建统治阶级包办的贾宝玉与薛玉钗的婚姻也必然要以悲剧而告终。作者相反地说她"细思量宝姐姐今朝成大礼，她自然是得意佳章赋彩苹，洞房中对对银杯倾绿蚁，双双红烛剪金虫，裴航恰是云英侣，他两个一对仙姿画不能。我薄命今夜欲辞尘世，羞从那罗浮梦里觅相逢"。这就把林黛玉反对封建礼教的政治斗争，庸俗化为谁能与贾宝玉结成美满婚姻的问题从而大大冲淡了林黛玉含恨而死的积极意义，仅使这个人物形象显得非常可怜，而不像原小说那样更显得她的反抗斗争的骨气殊可钦敬。可见政治思想上的正确与否，始终是任何艺术描写的灵魂；作品题材的价值，在很大程度上要取决于作者通过它宣扬的是哪个阶级的思想政治观点。

皇帝娘娘和贾母为什么不顾林妹妹的死活，而硬要强迫贾宝玉与薛宝钗成婚呢？这显然是由贾府的"家世利益"决定的，目的是"借这种新的联姻"，来"作为扩大自己努力的机会"。这不只是皇帝娘娘和贾母个人的意愿，更重要的它是整个封建统治阶级的婚姻标准。俗话说"门当户对"，所谓"门"和

"户"，不外乎是阶级地位的高低和财产的多寡。林黛玉是个寄人篱下的孤儿，本人的政治思想又是离经叛道的，她怎么能与封建统治阶级的地位和利益相容呢？因此林黛玉之成为封建统治阶级的牺牲品，是阶级斗争规律必然性的反映。子弟书《石头记》虽然不及曹雪芹的小说写得细致感人，但在这个主要问题上却是反映得十分突出和相当深刻的。

在子弟书中还有一些是直接反对以阶级地位的贫富婚姻标准的。如无名氏作的《宫花报喜》①，其中写的刘小姐就是不顾富贵父亲刘丞相的反对，坚决要嫁给穷居于破窑中的吕蒙正。你看她不惜过着那样穷困不堪的生活："到晓来水照残妆盆作镜，到晚来光筛破壁月为灯"，"对着那一捆湿柴堆破灶，半铺土炕冷如冰。身边磨破了衣两件，眼看吃完了米数升。门掩蓬蒿空落落，人居旷野冷清清。一个儿活脱孤鬼儿样，满窑中真如冰井儿同。"而她的父亲对于自己亲生的女儿过着如此穷困的生活，却不闻不问。"这贤人伤心只把天伦叫，悲声惨惨泪盈盈。难道说我不是你的亲生自养，你怎么一些儿也就不把奴疼？你那里是相爷的荣耀无穷的富，我这里比花子也不堪这样的穷。许多时连然也不然把孩子竟忘了，我那傲性子的爹爹哎，你也太狠情！"这里作者以生动的形象说明了人与人之间的关系，包括父亲与亲生女儿的关系，本质上都是阶级关系，"亲不亲，阶级分"。那笼罩在封建"天伦"关系之上的一层温情脉脉的纱幕撕开了，暴露在我们面前的是赤裸裸的"太狠情"的以穷富为标准的阶级关系。这当然不是她爹爹个人"傲性子"的问题，而是封建统治阶级本质的反映。

由于作者只看到了这种嫌贫爱富的社会现象，而对这种社会现象的阶级本质缺乏认识，因此作者揭露和抨击这种社会弊病，并没有超出封建主义的思想范畴。而是采用了由吕蒙正应举发迹变泰，通过提高了自己的阶级地位，来对

---

① 所引《宫花报喜》的原文，系根据清代百本张钞本。

嫌贫爱富的父亲刘丞相进行揭露和批判。当刘丞相一看到他女婿中了状元，马上就派奴婢来道喜，并迎接女儿回门。那奴婢说："老相爷朱门扫径迎金辇，老诰命喜宴悬花设玉堂，请小姐贵体屈尊到家中走走，好夫人不必推托你赐个光。"可是饱经世态炎凉的刘小姐，对父亲这种突然变化的态度极为反感。她生气地回答说："你与我多多拜上心慈的宰相，就说奴不劳他这样黑心肠。任凭他锦衣玉食、红楼翠院，自有我裙布荆钗、菽水糟糠。别管奴死也罢来活也罢，常言道：自家做事自家当。岂不闻嫁出去的女儿是泼出去的水，就便是爹娘疼爱女，怎奈那爱女倒忘了爹娘！他既不留去年阶下的寒儒婿，他怎认得今春榜上的状元郎？既有当初又何必今日？难为他还顶冠束带立朝纲，只当是这破瓦窑中把奴饿死，从今后别想千金转画堂。"她对不认"寒儒婿"而对"状元郎"的父亲深恶痛绝，尽管作者未能从阶级本质上认识这个问题，然而这毕竟是对"门当户对"的封建婚姻制度的有力揭露和批判。

"任凭他锦衣玉食、红楼翠院，自有我裙布荆钗、菽水糟糠。"刘小姐这种弃富惜贫的爱情婚姻理想，跟封建统治阶级的嫌贫爱富、"门当户对"的爱情婚姻制度，不恰恰是针锋相对的吗？作品热烈赞扬"贤良女甘受贫穷不贪富贵，美名儿动地惊天无有不闻"。作者写的虽然是爱情婚姻题材，但反映的却是处于封建社会末期贫富两个阶级的尖锐对立，揭露和谴责的是封建的天伦丧尽，赞美和颂扬的是"裙布荆钗、菽水糟糠"式的以真正的爱情为基础的贫贱夫妻；作者为我们描绘的是一幅多么绝妙的封建末世社会风俗人情的政治讽刺画！这样的爱情婚姻题材的作品，谁又能小看或低估它的思想政治意义呢！

三

封建社会末期，阶级分化极为剧烈。人与人之间的关系，本质上是阶级关系，包括爱情婚姻、亲属血缘关系在内，一概没有例外。贫富阶级地位变化了，不但父女之间可以断绝往来，夫妻之间也会忘恩负义。有一些本来是同甘苦共患难的恩爱夫妻，可是当丈夫通过科举爬上新贵族的地位后，随着阶级地位的变化，马上就忘本变质，抛弃原来的贫贱妻子，另求豪门贵族小姐作新欢。表面上看，这是个人夫妻关系的变化，实质上却是封建社会末期阶级关系急剧分化的一种反映。通过爱情婚姻题材，来对这种社会现象进行无情的揭露和有力的痛斥，也是子弟书中描写爱情婚姻题材的又一显著特色。

我国宋代著名诗人陆游，在他的题为《小舟游近村，舍舟步归》第三首诗中写道：

　　斜阳古柳赵家庄，负鼓盲翁正作场。

　　身后是非谁管得？满村听说蔡中郎。

这说明，早在宋代，我国民间就有说鼓书的艺人，说唱蔡伯喈中状元之后，忘恩负义，遗弃赵五娘的故事。所谓"身后是非谁管得"，乃是诗人对《后汉书》本传中的这个"性笃孝，三世不分财，居议郎敢谏"的蔡伯喈，竟成了民间传说中不忠不孝之人的一种感慨。可是不管历史事实如何，这个民间传说却一直世代相传。徐渭的《南词叙录》在宋元旧篇中录入"蔡二郎赵贞女"，条下注有："即旧伯喈弃亲背妇，为暴雷震死，里俗妄作也。"为"暴雷震死"，固属迷信荒诞之说，然而它却反映了人民群众对蔡伯喈这种"弃亲背妇"行为的强烈愤恨。

到了元代末年，高明的《琵琶记》传奇作了个翻案文章。他主张"不关风化体，纵好也徒然"，把蔡伯喈的不忠不孝改为"全忠全孝"，把悲剧结局改为大团圆的喜剧结局，别有用心地让读者"只看子孝共妻贤"。因而深得封建统治阶级的赞赏，明太祖甚至把它视"如珍羞百味"，说什么"五经四书为五谷，家家不可缺。高明《琵琶记》如珍羞百味，富贵家岂可缺耶？"^① 从此，关于赵五娘与蔡伯喈的故事，基本上就都以高明的《琵琶记》为蓝本了。

清代无名氏作子弟书《廊会》^②，基本上也是根据《琵琶记》第三十四出"寺中遗像"、第三十五出"两贤相进"改编的。不同的是，在《琵琶记》中写赵五娘在弥陀寺，为祭祀亡灵，特挂遗像于檐下跪拜，忽有高官降临，其随从人员皆高喝回避，赵五娘来不及取下父母遗像，急避去。这个高官就是蔡伯喈。在子弟书《廊会》中则说赵五娘"见状元威势马头昂，贤人不肯当场认，怕临期伯喈含愧变了心肠。无奈心中生一计，我何不把公婆的遗像挂在东廊。祝赞道：苍天若念奴家苦，使伯喈收取真容到画堂"。不久，伯喈拜完佛像，果然散步到东廊，见到遗像便叫"童儿拿去暂收藏"。这里赵五娘"怕临期伯喈含愧变了心肠"，仍然透露了原来民间传说中蔡伯喈"变了心肠"的信息。但作者不是正面揭露和谴责蔡伯喈的忘恩负义，而是突出了赵五娘对蔡伯喈的体贴入微。接着，装扮成道姑的赵五娘又到牛相府超化，被蔡伯喈新婚牛小姐收留。牛小姐为洗刷"我这里夫贵妻把伦理伤"，"情愿下气虚心作二房"。尽管作者力图调和矛盾，既颂扬赵五娘的"孝义双全"，又回护蔡伯喈的忘恩负义，但作品的客观效果却描绘了赵五娘的"满纸酸辛惹断肠"，从侧面反映了"夫贵妻荣把伦理伤"的封建伦理道德的虚伪和窳败。从关于蔡伯喈、赵五娘的民间说唱故事，在高明的《琵琶记》以前和以后的内容演变，可以清楚地看出，不同的思想政治倾向，对于爱情婚姻题材的处理是多么截然不同！

如果说，《廊会》的基本倾向还是受封建正统思想的支配，跟《琵琶记》本质上一样，宣扬的是阶级调和论和矛盾融合论的话，那么，在韩小窗的《樊金定骂城》和古香轩作的《续骂城》等子弟书中，则对忘本变质、忘恩负义的丈夫展开了坚决的斗争和无情的痛斥。

---

① 转引自明代徐渭的《南词叙录》。
② 所引《廊会》的原文，系根据清代别野堂钞本。

《樊金定骂城》①写薛仁贵东征荣归，爬上东晋王的宝座，为他受苦二十年的妻子，带着他的儿子前来找薛仁贵，并向唐太宗报告："臣妾樊金定，是薛礼之妻拜圣明"，唐太宗问薛仁贵："此妇之言将军可听见？"而他竟"紧咬银牙心一横，说：'启陛下，臣有嫡妻迎春柳氏，并不曾在邦君店把婚成。看起来此乃西凉的红粉计，这妇人冒认为臣是贼来诈城。'"他不但不认结发夫妻，相反地对为他吃尽千辛万苦的妻子竭尽诬陷之能事。后来樊金定拿出他"亲笔的离书作证明"，这虽然吓得薛仁贵"面似金"，然而，他仍装得一本正经地说："愿吾皇莫信西梁的野妇人。欲诈孤城无妙策，故将诡计乱军心。听去言词都是假，看来笔迹也非真。"他"一壁里说着将离书扯碎"，而昏庸的皇帝竟"素信将军是个忠义的人"。薛仁贵更加有恃无恐，"抽弓拔箭威唬贤人"，使樊金定终于看清"你是真不认了"，"烈贤人抖抖征袍站了身，伸玉腕向城头一指薛仁贵，说：'好狠哪！白袍你是铁打的心！'"她气得战兢兢的玉体，手指着城头，把忘本变质的薛仁贵痛骂："若不亏我樊氏家中生了芽子的米，早就饿杀你这忘恩的鼠辈，负义的贼囚！你这厮像救月儿的一般围着门子转，我那心软的爹爹才把你收留。乍相逢，认不透你这衣冠中的禽兽，因此叫花子得占凤莺俦。""贼呀，你扶养若不亏我樊金定，早扔了你一把如柴的外丧骨头。""狠心贼！你今日身荣不认我，全不想当初患难的根本源流。""贼呀！你把父子夫妻的人伦都丧尽，我和你是欢喜的冤家，恩爱的仇！"最后，樊金定气愤得"咬崩了皓齿瞪破了星眸，千行血泪哭神鬼，一片冰心射斗牛，大叫道：'狠心的薛礼！狠心的薛礼！'这贤人全节尽义自刎咽喉"。其实，这当然不只是薛礼个人的"狠心"，而是封建统治阶级罪恶本质的必然反映。

　　樊金定骂得是那样的痛快淋漓，愤慨欲绝！为什么昨日还是忍饥挨饿的

---

　　①　所引《樊金定骂城》的原文，系根据清代刻本。

"叫花子"，今日却"身荣"不认妻和子呢？为什么在患难之中全靠妻子的"扶养"，"身荣"后却"全不想当初患难的根本源流"呢？为什么身居"东晋王"的高位却连"父子夫妻的人伦都丧尽"呢？为什么这样一个"忘恩的鼠辈，负义的贼囚"，"衣冠中的禽兽"，却被皇帝"素信将军是个忠义的人"呢？这一连串的问题，不得不引起人们的深思、猛省！作者写的是薛仁贵身荣不认前妻的题材，反映的却是整个封建社会阶级分化之剧烈，人与人之间的关系，包括夫妻、父子关系，由于阶级地位变了，什么忘恩负义、丧尽天伦的事情都能干得出来；阶级压迫就是那样残酷无情和极端不合理，即使对于跟自己共患难的结发妻子，也要诬陷、迫害，即使是自己的救命恩人，也要如冤家、仇敌一样对待。作者把封建社会末期的阶级关系，反映得如此真实、深刻，叫人看了真不寒而栗，从而不可避免地引起对于现存秩序的永世长存的怀疑。

事实的确就是如此，韩小窗的《樊金当骂城》在当时是那样地激动人心，以致古香轩不得不作《续骂城》^①。他情不自禁地说："芳魂泣血千年恨，玉骨尘埋万古香。欲续小窗惭句俚，不平事教人难顾话荒唐。"他对这种"不平事"十分愤慨，以致连"惭句俚""话荒唐"都顾不得了。他确实感到那样黑暗而极端不合理的旧社会的"现存秩序"，就是必须加以打破。因此他写道："樊金定三尺龙泉归地府，薛景山一心孝母不投唐。又搭着随来众将人人不忿，乱烘烘齐声大叫要顺西凉。齐说道：我们千山万水非容易，闯重围，忘生舍死苦战疆场，不承忘恩负义逼死了我主母，打今日报仇雪恨以慰贤良。"薛景山竟然要以武力推翻唐王朝，来为他的母亲报仇雪恨了，这就是《樊金定骂城》所产生的巨大的政治影响。

然而由于作者受时代和阶级的局限，他支持薛景山为他母亲报仇雪恨的正义要求，却又不赞成薛景山以武力推翻唐王朝的革命行动。因此，竟"荒唐"

---

① 所引《续骂城》原文，系根据清代曲厂钞本。

地叫唐天子来处罚薛仁贵，"免死重责四十棍，仍命他追回小将去认儿郎"。当年骄横不可一世，天伦丧尽，狠心无比的薛仁贵，如今在儿子面前却"悲切切说：苦命娇儿快来认，我是你无义的爹爹东晋王。儿呵！你既是英雄明大理，须看那天伦义重父子情常"。既然自称是个"无义的爹爹"，不认亲生的儿子，如今又有什么脸面要求你的儿子"须看那天伦义重父子情常"呢？这简直是一幅绝妙的自我讽刺画像！！难怪"旁边里恼了一干众将，五百儿郎怒冲冲一齐大叫：谁人认你：谁信你诡计奸谋把我们诓！你怎不站立城头雄威抖抖？你怎不抽箭拔弓虎眈昂昂？一边说，一齐围住了薛仁贵，恶狠狠，怒目横眉把兵刃扬"。众多官兵怒不可遏，而作者却让"小景山摆手摇头忙歇住"，通过薛仁贵的进一步悔过求情，让他们父子相认，"爷儿俩悲声惊塞雁，泪血染衣裳。众好汉上前劝解一双父子，薛仁贵含悲携爱子，挥泪拜妻房。众英雄一同见礼通名姓，领人马邦军好汉去见唐王。圣天子封官赐宴人心定，褒封樊氏赐奠贤良"。作品最后以这种阶级调和论来解决矛盾，显然是不可取的。但是，作者目的还是积极的，是想要通过处罚、奚落薛仁贵，来"唤醒那千古忘恩负义郎"；整个作品的基调，表现了可贵的为伸张正义而战斗的精神。

四

毛泽东指出："地主政权，是一切权力的基干。"[①]通过爱情婚姻题材，反映地主政权对青年男女，特别是对青年妇女的残酷迫害，这是子弟书描写爱情婚姻题材的又一显著特色。

无名氏作的《红叶题诗》[②]，把封建地主政权对青春少女的无情摧残，不仅刻画得相当深刻、感人，而且揭露和批判的矛头直指封建政权的心脏——宫廷。"深宫抱恨闷恹恹，拘泥深宫不自然，提心在口举止内，吊胆离肝魂梦

① 毛泽东：《湖南农民运动考察报告》，见《毛泽东选集》第1卷，第33页。
② 所引《红叶题诗》原文，系根据清代别野堂钞本。

间。"这就是作者对宫女韩翠琼痛苦生活的写照。尽管她是"宫娥的领袖彩女中魁元，眉目聪明心伶透，举止温柔性格儿贤，知书识字通翰墨骨泪格儿不俗模样儿不凡"，可是她被关在皇宫中却白白地被糟蹋了青春。她"对景伤心泪暗含，说：终身至死那是个出头日？""只从被选将宫进，掐指算去有三四年，终日里谨言慎行又要急理便，眼观六路耳听八方还把惊恐来耽。想双亲那讨个回家的梦，思父母一腔是泪把心淹。小佳人思前想后千般恨，翠黛双鬟万种烦。"她看到"满空萧萧飞红叶"，便"一声长叹泪双流"，感慨"人生青春能几春秋"？她"手颠着红叶儿道：人世花开能几日？人过了中年就似这草木逢秋！想奴家不能安乐蓬门静，只落得终年幽困在禁宫囚，埋没了琴棋书画，消灭了红颜绿鬓，辜负了风花雪月，虚度了春夏秋冬。有其这无用的聪明埋没者，不如从小生来就是个傻丫头。奴何不题一首诗儿于红叶上，付与河以泄奴胸中万种愁"。于是，她就用簪挺儿把一首诗刺在红叶上："流水何事流太紧？尽日深宫尽日愁！殷勤拜谢嘱红叶，好去人间自在游。"宫女制度就是这样无情地摧残着少女的才能、智慧和青春，残酷地束缚着这个少女的身心自然和自由。她是多么痛苦、悲伤和忧愁，又是多么向往摆脱"禁宫囚"，"好去人间自在游"！

这首红叶题诗顺水流出御沟后，恰好被一个叫于晋的书生拾到，他一眼看穿："此必是宫中才女逢秋怨，这诗儿却是有意付清流。"可是他有什么办法呢？他只能"宫墙高似青天如何好，那是个好消息儿到心头？空叫我围着宫墙打磨磨，神思颠倒满腹愁"。这一对青年男女对自由爱情的热烈追求，就这样被封建政权的一道宫墙无情地隔开，给他们带来了满腔恨、满腹愁。那书生不可耐，只得也在红叶上题诗一首，顺水流进御园。

韩翠琼"瞧见红叶漂回转，魄散魂飞身软滩。慌慌张张探玉体，不顾宫鞋湿半边，伸手捞来藏袖内，意乱心忙不敢观"。直到无人之处，才借着灯光偷偷看。红叶一般诗两样，使她感到"此事蹊跷真罕然，未知何人题新句，此子一定不非凡，有意回诗作下韵，定然妄想美良缘。可叹不得见一面，今世相逢只怕难。他那里画饼充饥把佳期想，我这里望梅止渴盼团圆"。是谁使他们"不得见一面"？是那个代表皇权的一道宫墙。是什么力量使他想佳期的火热心肠成为"画饼充饥"？又是什么力量使他们盼团圆的甜蜜情意只能"望梅止渴"？是封建皇权摧残青春少女的宫女制度，是封建政权荒淫腐朽的残暴统治。它该是给多少青春少女带来了无穷的痛苦和残酷的精神折磨啊！

韩翠琼朝思暮想，连睡梦中都"梦见书生进院头"。她想佳期、盼团圆，可是当她在梦中与书生会面时，她却又"只唬得面色发黄气儿揉：你是何人来到此？擅撞宫帏罪不休！内使巡宫拿住你，性命残生倾刻丢！"这该是多么残暴可怕的黑暗统治啊！就是这一梦，使"韩翠琼恍惚似油煎"，"一夜何曾眠一眠"。她这种"似油煎"的精神痛苦，不但得不到一点同情和怜悯，相反地却引起"长孙娘娘"的"动怒骂一番"，说："翠琼无知胆似天，夜巡的宫官来启奏，说是你昨宿一夜未安眠，初更哭到五鼓后，赴床搂枕暗伤残。此时见驾不梳洗，未搽脂粉主何缘？"她不但没有想佳期、盼团圆的权利，连暗中哭泣的自由都没有，夜间睡眠都要受夜巡宫官的严密监视，明明是悲恸伤残不已，却偏偏要涂脂抹粉，为皇帝、娘娘强作欢笑，否则就要"难脱一命休"。这种肉体和精神囚徒的生活，叫人该是多么难以忍受，即使再难以忍受的痛苦，也不能讲出来。韩翠琼只有诬称是由于想念父母，"望乞国母开恩饶奴婢，从今后再不敢思家把泪流。小姐奏罢连叩首，首震金砖碰响头。翠琼讨赦腮落泪，把那些彩女嫔妃心恸揉，人人眼内流痛泪。"这说明，翠琼的痛苦决不是她一个人的，而是反映了所有圈禁宫披的彩女嫔妃共同的痛苦。

作品结尾说，经国母要求皇帝改革宫女制度，"从今后三年一换选彩女，免的你等思家心内愁"。这使韩翠琼得以回家与父母团聚，并跟新科状元即过去与她红叶题诗的于晋结婚，终于"红叶为媒成夫妇，直到如今佳话留"。这种大团圆结局，显然只不过是一种精神安慰罢了，韩翠琼所实际经受的无穷痛苦和残酷折磨，则是对封建政权，特别是对反映封建皇权的宫女制度的强烈控诉。

五

族权，这是封建宗法思想和制度的重要基础，是直接破坏自由爱情和自主婚姻的一个大敌。控诉封建族权破坏爱情婚姻的罪行，暴露封建宗法思想和制度本身的极端不合理及其虚伪性和脆弱性，这是子弟书描写爱情婚姻题材的另一个重要特色。

无名氏根据王实甫《西厢记》改编的《拷红》①，是一篇暴露封建宗法思想和制度并取得了反对封建族权的胜利，使张生和莺莺得以实现自主婚姻的喜剧式的杰作。莺莺和张生由自由恋爱发展到私相幽会，而莺莺的母亲老夫人却行使其封建家长的特权，以"相国家谱"为由，坚决反对这桩婚事。当她风闻莺莺与张生热恋曾私下幽会，便怒气冲冲地把丫环红娘叫到面前，说她"真是个调唆风月的小牵头"，"老夫人怒挥家法把红娘打"，可是机智勇敢的红娘却针对老夫人的封建宗法思想，单刀直入地提出："一味的声张闹不休，出乖露丑夫人想，关系何人脸上头？"老夫人说："巧嘴贱人行的好事，今朝我岂肯善干休。有伤闺秀把家风坏，辱没门庭把相国羞。引诱莺莺何处去？从实招认诉缘由！"红娘就乘机把莺莺与张生私下约会的事儿说了出来，并且把责任完全归结到老夫人身上。说莺莺"为遵母命花前立，所以才提到张生病上头"。又说："况又是夫人的台命为兄妹，看一看待死的哥哥也不算诌。"这时，"夫人复自扬家法，说我今朝活活打死这贱丫头！"但红娘却无所畏惧地"哭躲家法掷于地"，理直气壮地说："并非是我三人的过，怨夫人总无决断太优柔！"接着，红娘便历数老夫人的过失，指出她不该"失信把婚姻赖，叫张生一场空喜化为忧"；既赖婚，又"绝不该认为兄妹把祸根留"。同时，又抓

---

① 所引《拷红》原文，系根据清代嘉庆年间北京刻本。

596

住她有严重的封建宗法思想的弱点，晓以利害，义正词严地指出："夫人反不思遮掩，倒拷红娘向细处究。岂不怕红娘原是个小孩儿口，老夫人欲把谁家的体面丢？""分明与相国出乖露丑，那里是和张生作对头？""我再说，生儿长女因何故？也不过老来有靠卧床头。除小姐请问夫人还有几个，老相国一滴骨血留为谁？祖宗香火无人续，残碑斜日冷荒垅。留小姐怎肯枯干坟上的土，煞强如绝祭的孤魂泪对流。"成全莺莺与张生婚事的好处如此，而反之呢？红娘说："夫人若不纳红娘的话，滔天的祸事自临头！一来把相国的家声辱没，二来与张生恩反变为仇，三来总告到了当官去，请问夫人如何启齿诉缘由？先有治家不严的罪，落得人家往艳处究。那时节犯了王法身无主，况有那白马将军作对头。"红娘就是这样巧妙地揭露和利用了封建宗法思想和制度本身的自相矛盾，迫使老夫人只好接受红娘的主意，"恕其小过成其大事，人不知鬼不觉正好干休。"

这里，红娘不仅帮助莺莺和张生取得了反对封建族权的斗争的胜利，使莺莺和张生终于争得了爱情自由和婚姻自主的权利，更重要的是通过这场斗争，作品向人们揭示了封建宗法思想和制度本身的极端不合理及其虚伪性和脆弱性。如当日兵围普救寺，既然"夫人有语在前头，若有英雄能文善武，救我孤孀母女忧，愿将小姐为婚配"，那么，当张生修书使贼兵退，为什么夫人又"失信把婚姻赖，叫张生一场空喜化为忧"？这不是自食其言，哪还有一点信义可言呢？既然为保持相国家风，把女儿管得严严的，免得"出乖露丑"，那么，当"丑事"已经干出来之后，又怎么能够"反不思遮掩"呢？因此，老夫人对于红娘要她"遮掩"的建议，恰恰是正中下怀，它有力地说明了封建礼教的虚伪性。封建族权要求"祖宗香火"有人续，而如果严格执行封建家法，把莺莺逼死，那么，"老相国一滴骨血"又"为谁留"呢？因此，封建家长为了自身的利益，面对刚烈的反抗也只好让步。封建宗法思想和制度的这种种矛盾，都说明了它既有凶狠、残暴的一面，又有虚伪、脆弱的一面，关键是只要敢于斗争，善于斗争，就一定能取得胜利。这里写的虽然是爱情婚姻题材，但作品提供给我们的却是极为丰富和宝贵的斗争经验，对于人们认识封建宗法思想和制度的丑恶本质，汲取阶级斗争的历史经验，有着普遍的深远的意义。

在改编《西厢记》的子弟书中，突出地刻画了红娘的形象。《红娘寄柬》《拷红》等篇都是以红娘为主人公的。在莺莺与张生争取爱情自由、婚姻自主的斗争中，红娘起了关键性的作用。她是那样富有正义感，敢于仗义执言。面临老夫人的审问，莺莺又愧又惧，而她却理直气壮、胸有成竹地说："明媒正娶何须愧，负义忘恩才是羞！谁不说夫人肯惠把婚姻赖，怎怨我不忿的红娘往一处里构？放心罢小姐无妨碍，奴要在四角台儿上逞风流，说什么苏秦的舌头张仪的口齿，管叫你把风月的愁肠一笔勾。破着奴今朝闯他个鸿门宴，妾自有樊哙的英雄子房的谋。"这就难怪莺莺称赞她"言无不应，计无不成"，"真是奴得力的好丫头！一条儿为我的痴肠子，是处儿亏他的好智谋！"莺莺和张生对自由爱情的追求，虽然是大胆、执着的，但他们在与封建家长面对面的斗争上却表现出很大的软弱性。可以说，如果没有红娘的热情帮助，如果不是依靠红娘跟老夫人作机智勇敢的斗争，只靠莺莺和张生的力量，那就根本不可能取得这场斗争的胜利。《红娘寄柬》《拷红》等子弟书，以生动的艺术形象令人信服地说明，像红娘这样的卑贱者是最聪明、最有力量的，是反封建斗争的主力军；她在斗争中所表现出来的主动、热情、积极、勇敢、乐观、豪迈的进取精神，充分反映了作为被压迫者改造世界、推动社会前进的历史主动性。作者把我国历史上著名的"苏秦的舌头张仪的口齿""樊哙的英雄子房的谋"，都集中在红娘这个卑贱的奴婢身上，这是王实甫的《西厢记》中所没有的；让她充当历史的主角，斗争的英雄，胜利的希望，这在那个黑暗的封建社会，是极为难能可贵的民主主义思想的体现。它对那些视卑贱者为草芥的人，是个有力的鞭挞，而对广大的被压迫者却是个巨大的鼓舞。因此，红娘的形象为我国人民家喻户晓，交口称赞，绝不是偶然的。在这当中，子弟书对于红娘形象的再创造和广泛宣传，自然也是起了一定作用的。

六

神权，这是维护封建统治的一个重要的精神支柱，是麻痹人们斗志的精神鸦片，是破坏爱情自由、婚姻自主的又一个大敌。对宗教神权的反动本质进行深刻的揭露和愤怒的控诉，是子弟书中描写爱情婚姻题材的又一重要特色。

无名氏作的《合钵》①，写许宣与白娘子的爱情婚姻故事。他们原是通过自由恋爱结婚的恩爱夫妻，只因许宣受"那狠心的和尚调唆"，将如来佛亲赐给禅师法海的钵盂，"双手接过高擎在手"，利用这个所谓"佛门的法宝"，使白娘子"这遭儿残生性命定难全"。这时，面对神权与夫权相结合的重重迫害，白娘子进行了血泪斑斑的控诉：

> 郎君吓，你的心肠真太狠，空与你恩爱相随这几年。且休提锦衣玉食常供奉，也休提堆金积玉有银钱，也休提颠鸾倒凤房中乐，也休提对酌高歌月下欢。我为你费尽心机同患难，我为你招灾惹祸讨人嫌，我为你破死忘生求丹药，我为你受怕耽惊性命连。只图个白头相随无更变，再不料半途而废起波澜。纵是奴命中注定难逃避，亏了你毒心辣手太难堆。纵然异类你也该疼爱，既是夫妻岂不见怜？就是那狠心的和尚调唆你，你也该代我央求把他苦缠。你不但袖手旁边观成败，更还要促旁加势往死里蹿。难为你眼睁睁的看着奴死，就不想想避雨相逢一段缘。

白娘子是那样的贤惠、善良，为了"图个白头相随无更变"，她不仅"费

---

① 所引《合钵》原文，系根据清代别野堂钞本。

尽心机同患难"，而且不惜"受怕耽惊性命连"。她怨恨自己丈夫"心肠真太狠"，谴责他把她"促旁加势往死里蹲"。这里，人们总以为此作也不过是斥责丈夫的忘恩复义罢了。其实不然，作者写白娘子这一大段生离死别的哀怨和痛苦，原来是为了进一步加强她控诉宗教神权的道义力量。你看，当那青儿在一旁"不由的恨气冲天似火燃，走向前意欲行凶把许官害"的时候，"白娘子连忙摆手往死里拦，说：这也不干官人事，都是那和尚把他蹲。"因此，与其说白娘子是在痛恨她的丈夫，不如说归根结底她还是在控诉代表宗教神权的和尚。这就使《合钵》这篇作品不是停留在对一个忘恩复义的丈夫的谴责上，而是把揭露和批判的矛头指向了整个封建社会的宗教制度，反映了封建社会的某些本质的方面，从而使作品具有了更为广泛深刻的社会意义。

无名氏作的《祭塔》①是《合钵》的姊妹篇。当白娘子被和尚的钵盂迫害，"一霎时法宝当头压泰山"，被压在雷峰塔下之后，她的儿子长大成人中了状元，前来塔下祭母。"只见稠云密锁将塔顶儿罩，黑雾周遭把塔座儿漫"，"万树松涛密密浓荫难见日，千竿竹叶萧萧暗影不观天"，"塔尖上，怪禽悲噪象呼冤"。在这种极为凄凉的景况下，小状元在塔前哭母："想当初，生下孩儿才满月，我的娘亲，你遭了天谴受奇冤。那时节，不知娘流了多少泪，抱着儿割肉挖心戳肺肝。生生在怀中夺去亲亲的肉，随着那凶神恶鬼到阴山。""自古道：慈悲佛祖行方便，怎么就是我的娘亲你不见怜？使孩儿空望着塔儿无法儿救，怎叫儿不一寸心中万苦攒！"不是说佛祖为人类消灾造福吗？可是他却使白娘子"受奇冤"！不是说佛祖大慈大悲吗？可是他却"生生在怀中夺去亲亲的肉"！这是什么样的"佛祖"？这是压在人民头上的"凶神恶鬼"！那压在白娘子身上的雷峰塔，就是宗教神权统治的象征，就是压在人民头上的一座大山。因此，小状元"恨不能拘五丁力士将塔推倒，恨不能请六甲神灵把塔打

---

① 所引《祭塔》原文，系根据清代百本张钞本。

翻"，表现了对于封建统治的强烈不满和极端愤慨。这不仅是小状元个人的不满和愤慨，更重要的它反映了广大人民共同的心声。鲁迅就说过，他从小听到祖父讲雷峰塔的故事，"那时我唯一的希望，就在这雷峰塔的倒掉。"①

当然，子弟书的作者们不可能都对宗教神权有完全正确的认识。无名氏作的《出塔》②，就是一篇与《合钵》《祭塔》唱反调的作品。它不是揭露和尚的凶狠残暴，不是坚持同有杀母之仇的封建神权作斗争，而是鼓吹阶级调和论。它说什么小状元通过"秉虔诚苦苦哀怜求法海，他的那孝心一片就感动了禅僧，遂应许本月中旬来越地，慈悲方便使母子相逢"。那白娘子"虽然说身被幽囚十数载，那玉精神仍然还是旧芳容"。她不但没有感到"身被幽囚十数载"的痛苦，不但不愤恨把她"幽囚十数载"的仇人，相反地，她竟"向法海躬身稽首尊师傅，多谢你点化愚蒙再造的情"，这不是典型的宣扬阶级投降主义吗？小状元要"请娘亲就此归家同聚首，容孩儿朝夕孝养共乐家庭"。这本来是属于人之常情的合理要求，可是白娘子却突然变得那么丧失起码的人情，说："我自从被难忽觉悟，已把这俗世牵缠看作空。说什么紫绶金章得儿计，说什么凤披珠冠受子荣，说什么承欢戏彩依膝下，说什么五鼎三波列宴中，总有那千般孝养无穷乐，到身后也不过三尺墙头马鬣封！"这种看破红尘的虚无主义思想，不仅完全消磨了白娘子反抗的斗志，而且使她连最起码的求生欲望都失去了。她完全沉醉在宗教家所散布的那虚幻、荒诞的神仙世界里去了，说什么"何如我大道修成无阻碍，青霄碧落任纵横。或向那仙山境里觅琼英，诸姐妹诗酒淘情三岛外，旧家乡朝夕相伴万花丛。更可以采芝锄药闲消遣，任去来知在蓬莱第几峰。似这般无拘无束的消遥乐，不强似尝尽甜酸在世中"。这种逃避现实的消极的佛家出世思想，不仅完全是虚幻的、自欺欺人的，而且也是完全违背人之常情的、矫揉造作的。因此连她的儿子都郁郁不解地说："好容

---

① 《鲁迅全集》第1卷，第280页。
② 所引《出塔》原文，系根据清代百本张钞本。

易骨肉团圆天伦之乐，为什么又将儿抛弃各西东？"她的丈夫许宣也恳切地说："望贤妻因子及夫将吾恕宥，同归家下共享安荣。"可是，那白娘子不仅今后抱定消极遁世的宗旨，而且否定了她自己过去对自由爱情的追求。她说什么"自别后净里参玄其心如镜，深悔那当年堕落着误了前程"。"叹当年迷途自入浑不解，明亮亮一片冰心被痴念蒙。惹牵缠无端学做春蚕类，分明是自己丝将自己笼。可叹奴未生受尽痴情累，险些儿身化黄沙气化风。好容易一朝顿醒当年梦，翻金斗跳出人间万丈坑。这正是孽债已完尘丝已断，从今撒手尽属空空。"难道作者真的只是要宣扬"尽属空空"的虚无主义思想吗？不，反动统治阶级宣扬虚无主义，从来只是要将人民的反抗斗争"虚无"，至于他们统治和压迫人民的暴行，那是一点也不"虚无"的。就是这个声称"尘丝已断""尽属空空"的白娘子，却紧接着要她儿子"切记着侍君朝内必须忠"，"若果能治国齐家光前裕后，不枉我许门为妇一世之名"，她不是还在为效忠封建统治阶级而沽名钓誉吗？由此可见，所谓消极遁世，不过是纯属麻痹人民斗志，作为掩护封建统治阶级积极进攻的一种手段罢了。

同样是神话传说中的爱情婚姻题材，小状元的形象，由《祭塔》中发狠要"将塔推倒"，"把塔打翻"的英雄，到《出塔》里则变成了哀求神佛怜悯的可怜虫；白娘子的形象，由《合钵》中满腔愤恨的复仇者，恋恋不舍的贤妻，柔肠寸断的慈母，到了《出塔》里则变成了"深悔当年"的遁世者，"一朝顿醒"的教徒，绝情无义，抛弃丈夫和儿子，缥缈而去的仙人。人物形象这种质的变化，反映了两种根本对立的政治倾向，截然相反的主题思想。这说明要害问题不在于是否写了爱情婚姻题材，更重要的是在于怎么样写——作者坚持什么样的世界观和创作道路，作品为哪个阶级的政治服务。

列宁说："宗教是麻醉人民的鸦片。"① 然而在无名氏作的《僧尼会》② 中，

---

① 《列宁全集》第 10 卷，第 63 页。
② 所引《僧尼会》原文，系根据清代百本张钞本。

却通过一对小僧尼的争自由求爱情，反映了身受宗教鸦片麻醉的小僧尼的觉醒。那些宣扬宗教神权的寺院庙宇，不是鼓吹"佛法平等"吗？而在《僧尼会》中小和尚却谴责"老和尚性最悭贪心更毒"；《出塔》中的白娘子不是还赞赏"何如我大道修成无阻碍，青霄碧落任纵横"吗？可是《僧尼会》中的小和尚却深感这种"修道"生活的痛苦不堪："好好的衣衫换了件破衲，漆黑的头发剃了个葫芦。不离手的鱼儿累的我苦楚，甚么是摩诃萨更教我糊涂。到清晨扫地焚香收拾佛殿，日高后拣菜还要造厨。到晚来不能睡个安稳觉，老和尚魔人他不管我困的迷糊。除什么三荤受什么五戒，蒲团一个佛号千呼。粗衣稀粥充美味，盐水豆腐赛肥猪。熬的我牙黄口臭肠子细，累的我筋酥力尽手皮儿粗。年节下虽有馒首吃不够，炒些个摆样子的素菜五味俱无。好容易师父下山募化，瞅空儿逃走出来把气舒。"老和尚与小和尚的这种关系，不就是压迫与被压迫的关系吗？无尚超逸、无比神圣的修道生活，原来却是这样把人压得透不过气来，这还不值得令人深思猛醒吗？

人们本来是因为不堪忍受现实社会的痛苦，才到宗教生活中去求得精神解脱的，哪晓得宗教生活却比现实社会更加苦不堪言，这就难怪小和尚要私逃下山，"找一个清闲幽僻安身的处，养起头发再还俗。娶一个姣姣滴滴如花的女，陪伴我朝朝日日有情的夫。养一个白白胖胖的小娃子，过两年嘟嘟喃喃将父呼。"小和尚就是这样坚决逃脱宗教寺庙的苦难生活，热烈地追求着爱情自由婚姻自主的家庭幸福生活。就在小和尚私逃下山的途中，恰好又遇到个同样私逃下山的小尼姑。"溶溶二目情似火，两心相应意迷惚。"两人走到一个空庙内，小和尚说："四野无人空庙宇，双双正好拜花烛。天然配偶男女合，前因注定妇和夫。"不料"假怒的尼姑眉倒竖"，使"情急的和尚泪如珠"。于是小和尚"双膝跪倒将头磞"，小尼姑不忍瞧他用手扶，说："你既有心我岂无意，人非草木瞬息枯。仔细行人来撞见，两条性命莫轻忽。"原来他们的爱情要冒着生命的危险，因此她要小和尚"从长计议，想一个安身去处再作别图"。这时小和尚非常兴奋地说:"俏心肝! 虑远思深我不如。"于是两人"约定夕阳西下会,有心妻遇有心夫"。

我们从《僧尼会》中感受到的,绝不只是一对小僧尼对自由爱情的大胆追求,更重要的是,它撕毁了僧尼绝情寡欲的虚伪面纱,控诉了宗教寺院"清净"生活的灭绝人性和不堪忍受的痛苦,揭露了宗教统治进行残酷的阶级压迫和剥削的反动本质。这对于唤起人们的觉醒,摆脱对宗教神圣的迷信,打破对神仙世界天堂生活的幻想,激动人们通过自己的斗争来争得自由、解放和幸福,岂不都有着一定的积极意义么?

七

中国封建社会的女子,除受政权、族权、神权的压迫外,还要受夫权的压迫。而这四种权力又往往是结合为一体的。因此中国妇女总是处于受封建压迫的最底层。她们不但没有一点人身的自由,而且连生命都毫无保障。反映中国妇女受封建夫权的残酷迫害,以她们的悲惨命运来控诉整个封建制度的罪恶,这是子弟书中描写爱情婚姻题材的另一重要特色。

无名氏作的《魂辩》[①],描写奸相贾似道不仅姬妾成群,而且竟有对姬妾动辄处死之权。他的侍妾李慧娘,"经十几岁屈身相府陪奸相,终日里受怕耽惊那是个自由"。但这时候她并没有想到要反抗;她对生活的要求是那样的低,只期望有一个最起码的生存的权利,宁可"无奈何忍辱含羞挨岁月,提心吊胆度春秋"。可是,就是这样一个甘愿忍辱求生的妇女,仍然"天不从人祸暗投":"只因为游赏西湖酌节令,追随奸相泛蒲舟,无心偶遇读书子,奴见他有英雄的气概名士的风流。我二人彼此留心相顾盼,不提防奸贼在暗地把神留。谁料他心怀嫉妒将我害,可怜奴一条小命儿丧吴钩。又遭家丁诓秀士,把

---

① 所引《魂辩》原文,系根据清代聚卷堂钞本。

裴生在花园里幽禁似宋玉悲秋。"只因为在路上跟偶然相遇的男子彼此顾盼了一下，就要遭受到杀身之祸。夫权的封建统治竟然严酷残忍到如此骇人听闻的地步，怎能叫人不痛恨欲绝、奋起搏斗呢？

如果说生前的李慧娘，还力求忍气吞声地渴望最起码的生活权利的话，那么，这无名的杀身之祸，就迫使她丢掉幻想，起来斗争。她在肉体上被消灭了，然而她的魂灵依然要反抗，要斗争。你连顾盼一眼都不容许吗？现在竟然"奴和他在书房私会意绸缪"；你要囚禁、谋害裴生吗？她就"私放了裴生把恩怨攸"。这使奸相老羞成怒，下令家丁毒打众姬妾，审问她们是谁私把裴生放。李慧娘是那样地敢作敢当，为了"免得无辜的姊妹受怕耽忧"，她的魂灵便在奸相面前勇敢地申辩："那一晚奴偶至西廊闲步月，方晓得书生受难被幽囚。也是奴一点痴情心未死，奴和他在书房私会两情投。又谁知恩相不容差刺客，所以奴私放裴生暗泄谋。我二人美满恩情虽未久，奴和他已把平生志愿酬。此事儿依奴看去不过针尖儿大，劝相爷不必谆谆往死处里究。似这般任意而行倚威仗势，要知道善恶昭张自有个到头。"李慧娘的这一席魂辩，既是对他"依威仗势"的有力揭露，又是对他"善恶昭张"的严厉警告。因此，他吓得"老贼只觉寒毛乍，一阵迷离把凉气抽"。

《魂辩》的结尾说："李慧娘芳魂一点成佳话，贾似道朽名千载至今留。"作者的爱憎感情和政治倾向是十分鲜明的。他向人们提出的，绝不仅仅是封建夫权对妇女的迫害问题，而是由此启发人们：对于反动统治阶级忍辱退让，只有死路一条，要过自由幸福的生活，唯一的出路只有跟反动统治阶级作针锋相对的斗争；而反动统治阶级越是残暴镇压，则越是给他自己增添了掘墓人，即使像李慧娘那样本来想忍辱求生的人，当她求生不得的时候，必然也是要起来投入反抗斗争的。这个历史的辩证法是谁也改变不了的。

在《魂辩》等描写爱情婚姻题材的子弟书中，追求爱情婚姻的自由幸福和揭露以封建宗法思想和制度为特征的封建政治的黑暗，总是结合在一起的。贾似道之所以能随意处死李慧娘，随便囚禁并准备谋害裴生，这跟他身为相国，可以"倚威仗势"是分不开的。因此，这不仅是对封建夫权的揭露，更重要的也是对封建政治黑暗的控诉。

子弟书的作者们通过写爱情婚姻题材，使作品为政治服务，是比较自觉的。这并不是由于子弟书的作者特别高明，而是封建社会已处于末期，各方面的矛盾日益激化，整个封建统治正面临着总崩溃的时代特点的深刻反映。它跟以前的一些描写爱情婚姻题材的作品，有着明显的不同。如元代四大爱情剧之一的白朴的《墙头马上》，写李千金与裴少俊为追求自由爱情，李私奔到裴家，藏身于后花园中，私自同居达七年，并生了两个孩子，后被裴少俊的父亲裴尚书发现，将李千金赶出家门，等裴少俊中了状元才又完婚。作者通过李千金说："恁父亲偏生嫉妒，治国忠直，操守严能，可怎生做事糊突？幸得个鸾凤交，琴瑟谐，夫妻和睦，不似你裴尚书替儿嫌妇。"这里作者有意把爱情婚姻问题与政治分割开来，一方面谴责裴尚书破坏了他儿子和媳妇的爱情婚姻，另一方面则又赞扬裴尚书"治国忠直""操守严能"，把他对爱情婚姻的破坏，仅仅归结为"偏生嫉妒""做事糊突"，这就大大缩小和贬低了此作所写的爱情婚姻题材的思想政治意义。依靠男子中状元，升官发财，来解决爱情婚姻问题上的矛盾，求得大团圆，这也是以前很多写爱情题材作品共同的特点。这一方面，是人们的善良愿望的反映；另一方面，也不能不指出，这里面包含了人们对封建统治阶级还存在着某些幻想。然而，这种把爱情与政治分割开来，散布对封建统治阶级的幻想，把中状元获得功名富贵，作为解决爱情婚姻矛盾的唯一出路，在反映封建社会末期阶级斗争特点的子弟书中，却有了明显的改变。如《魂辩》就干脆把李慧娘的丈夫写成是"奸相"，并指责他是"倚威仗势"，李慧娘对自由爱情的追求遭到了血腥镇压，只能落个极为悲惨的悲剧结局。其他如《七夕密誓》《惊变埋玉》《锦水祠》《石头记》《樊金定骂城》《合钵》等等，不仅政治色彩很浓，而且也都是悲剧结局。《红叶题诗》《僧尼会》

《拷红》等虽然是喜剧结局，但它们都不是通过男人中状元获得功名富贵来实现的，而是突出地刻画了依靠人物自身机智勇敢的斗争。《宫花喜报》的喜剧结局，虽然是通过吕蒙正的中状元，但那不是作为解决爱情婚姻问题的出路来写的，而是出于对嫌贫爱富的岳父刘丞相进行讽刺、鞭挞的需要。清代的子弟书在爱情婚姻题材处理上的这种明显的变化，可以看出包括爱情题材的作品在内，任何文艺总是受产生它的时代和政治制约的。正如鲁迅所说："各种文学，都是应环境而产生的，推崇文艺的人，虽喜欢说文艺足以煽起风波来，但在事实上，却是政治先行，文艺后变。"① 尽管子弟书中写爱情婚姻题材的作品，有许多是根据前人小说戏曲改编的，我们也只有把它放在改编它的时代政治背景下，才能正确理解作者为什么要改编这个而不改编那个，为什么要这样改编而不那样改编，才能正确了解作品的思想政治意义。

八

在封建社会，郎才女貌是选配偶的一条重要标准。因此，许多描写爱情婚姻题材的作品，往往跳不出才子佳人的俗套。而在子弟书中这种情况却有明显的改变。以"情痴""知己"和共同的政治理想，作为男女相爱的基础，这是子弟书中描写爱情婚姻题材的又一重要特色。

无名氏作的子弟书《葛巾传》②，那里面就写了个常生，他看中了葛巾，葛巾家的老妪要考验他，手捧着一碗香汤，说是葛巾"教我送君鸩酒治书淫"，可是常生不怕被鸩酒毒死，却说："想人生能为情死是三生幸，我常某就作鬼风流也感玉人。"第二天老妪就把他引进门。葛巾说："赠君鸩酒心还不死，到闯入闺门戏弄人。"常生说"似我痴情天下少，你就是打着灯笼无处寻"。就是凭着这种"能为情死是三幸"的"知情"精神，使葛巾终于"感君知己托

---

① 《鲁迅全集》第 4 卷，第 107 页。
② 所引《葛巾传》原文，系根据清代曲厂钞本。

芳体，遂作了解语花儿配与君"。这种以"能为情死""感君知己"作为爱情的标准，比起那些根据郎才女貌一见钟情式的爱情，其思想基础当然要牢固得多。因为其思想基础牢固，他们的反封建斗争自然也就更富有坚定性和彻底性。常生的所谓"想人生能为情死是三生幸"，往积极的方向发展，就有舍生忘死地向阻碍自由爱情的封建势力作坚决斗争的精神；往积极的方向发展，就是资产阶级的至上主义，为了个人爱情而置国家、集体利益于不顾。而在子弟书中所宣扬的还是以积极的方面占主导地位。

罗松窗的《百花亭》^①，则对才子佳人式的爱情标准，直接地给予了批驳。它写江右花对百花女说："奴婢时常的笑古人，那相如不过貌美情深惟画翰墨，并不能拨天张地只会弹琴，因文君不辨英雄托大事，姑向个懦弱的书生错寄了身。"司马相如和卓文君的爱情故事，在封建社会曾为许多青年男女奉为楷模，包括王实甫的《西厢记》中的张生和崔莺莺也不例外。而在这里却成了讥笑和非议的对象。江右花给百花女介绍江海俊，说他"便是诗书中的壮烈，将帅里斯文，武库词宗学成盖世，身威貌秀别样的超群，况且那老练深沉，光明磊落，今年至大有二旬"。百花女当即表示："他是当世的英雄奴敢许。"百花女也不是个弱不禁风的"佳人"，而是个"性格几姣烈眉皱就杀人"的武将。她把能够"拨天转地"的英雄，作为选择爱人的标准，这绝不是出于她个人的好恶，而是反映了那个时代提出了"拨天转地"的要求。

百花女与江海俊的相遇和相爱，也是直接建立在以政治斗争的需要为基础的。江海俊所以能与百花女相会，是因为"有个疤癞铁头一点儿不服他作将，满心里只要自为王，每每的争功偏落后，遭遭儿夺宠不能强。因此他晓夜寻思要杀海俊，这一日诡计谋成要害栋梁。为赏花筵前灌醉了参谋将，令人抬于百花亭上放在宫主的牙床"。图谋以此陷害江海俊，借百花女之手来将他杀害。

---

① 所引《百花亭》原文，系根据清代旧钞本。

幸被他姐姐、宫娥江右花发现，没等百花女进房，江海俊即藏身于床下。经过江右花对百花女的试探，知道百花女有爱江海俊的意思，江海俊才从床底下出来。百花女审问他："你夜闯宫帏何事也？"他跪下叙述"屈情"："疤癞铁头累累欺臣，蒙皇姑作主，是千岁隆重微臣他无限不平。赏花汁醉臣多半是蒙汗酒，他令人不知怎样送进我花亭。天怜念宫主来时臣唬醒，无奈何躲在飞龙床下兰麝香中。今奏明不但陷臣连皇姑都陷矣，臣便死也作个形端影正的小魂灵。"百花女说："原来这等，赦卿无罪。"当他们两人自己做主，定下"百岁的姻缘"后，百花女便"寻事先杀了疤癞太监"。跟"诡计谋成要害栋梁"的疤癞太监的政治斗争，成了他俩建立爱情婚姻的共同的政治思想基础。

当然，江海俊、百花女与疤癞太监的政治斗争，是属于统治阶级的内部矛盾；在爱情婚姻方面，他们反封建的精神也不够彻底，最后还是通过皇帝的降诏，才正式成婚。但他们以共同的政治斗争的需要作为爱情的基础，以有"拨天转地"的本领作为选择配偶的标准，这却是带有鲜明的时代特色的。是那个阶级斗争日益尖锐的时代，要求爱情婚姻更加赤裸裸地直接为政治斗争服务，在封建统治阶级内部，尤其需要借新的联姻来巩固和维持自己的统治地位。

如果说《百花亭》只是封建统治阶级内部的政治斗争在爱情婚姻问题上的反映，那么，无名氏作的《盗令》《雪艳刺汤》等子弟书，则着重歌颂了下层妇女以反封建专制统治的政治斗争，作为爱情婚姻的政治基础。《盗令》描写的是杨龄的歌姬张紫艳，盗令义释他的未婚夫秦琼的故事。作者把歌姬张紫艳写得既非常富有机智勇敢的斗争精神，又非常富有为了共同的政治理想而舍生忘我救情人的自我牺牲精神。她与秦琼不仅是爱情关系，更重要的是战友关系。匈牙利近代资产阶级诗人斐多裴在一首诗中说："生命诚可贵，爱情价更高；若为自由故，二者皆可抛！"张紫艳虽然还是生活在封建时代，但她却同样具有这种难能可贵的斗争精神和牺牲精神。《盗令》对爱情婚姻题材的描写，确实可以说，在某种意义上达到了近代爱情理想的高度。你看，她对于王爷"杨龄威权硬娶奴为妾"，不但毫不屈服，而且用"裙刀儿一把防着身体"，使杨龄"无奈何把我充作歌妓才把身子儿保全"。她爱上了"美名儿晃动乾坤"的秦琼，"老王爷为拢络英雄"，也答应把她许配给秦琼。眼看着这桩婚事将成的时候，有个丫环来偷偷地告诉她，说刚才窃听到东方望在向王爷进谗言，"他说秦爷是反叛，要处篡江山，说万岁是昏君，王爷是癞犬，交结的是山林盗寇湖海儿男，两肋插刀把贼放走，惯买人心起祸端。倒不如明日先将他杀死，免得那八方盗寇里外勾连。这都是那东方望谗害将军的话。"张紫艳得到丫环的这个情报，非常镇定地说："夜深了，你我二人也该睡也。"等到丫环睡熟，她便以向王爷谢恩为名，"悄步花阴到王寝处"，摸了王爷的令箭，然后女扮男装闯出王府，去会见秦琼，要他"早到天涯离虎穴，再若捱迟就难脱身"。她这种机智勇敢、舍生忘我的精神，该是多少令人肃然起敬！

　　张紫艳追求的并不是个人的爱情幸福，而是正义的斗争和国家、人民的利益。在从"虎穴"盗令救出秦琼后，她便被迫自刎了。临终前，她说："夫哇！从人莫以奴为念，努力国家早立功。丈夫自有四方志，回首浮生万事空。愿将军以苍生为念寻真主，太平旗卷万方兵。"她的未婚夫秦琼表示："不如同归泉下两个灵魂。""好佳人怒碎冰心柳眉一立，嗔零铁胆杏眼双红，说：这般言语出男儿口，辜负奴家心至诚！"为了"救得将军存烈胆，顾不得花残月冷损身躯"。她这种"以苍生为念"的思想境界是多么崇高，见义而为的品德是多么高尚，舍己救人的情操是多么优美！面对张紫艳这个闪耀着我国劳动人民思想光辉的形象，人非铁石，谁能不为之激动不已呢？她这种勇敢斗争和自我牺牲精神，显然已经远远超出了爱情的范畴，而具有了极为广泛深刻的教育意义。

　　令人感到遗憾的是《盗令》的结尾，张紫艳的魂灵出现，一方面肯定她"见义而为捐贱躯，私偷令箭把秦琼救，裙刀儿自刎含屈"；另一方面却又让她跪下来，"望王爷恕奴的罪孽，这是女孩儿的愚"，并使王爷也忏悔："算来总是孤杀了你，超度亡魂葬你的玉躯"。这种结尾，不仅与张紫艳的反抗性格完全相背，而且还使作品的政治倾向，由坚决反抗斗争转向矛盾融合。这主要是由于作者只反对奸臣、不反对王爷的阶级局限性的反映，因此，张紫艳说："都是东方望谗言惑我王爷把好人屈。"而把一切罪责都推到奸臣东方望的头上去了。其实这也是自相矛盾的，难道"杨龄威权硬娶奴为妾"，也是"东方望谗言惑我王爷"的结果吗？这种自相矛盾，说明由于作者的思想局限，使得他在反映现实的深刻性和彻底性上受到了一定的限制，使张紫艳这个本来闪耀着光辉的形象被人为地蒙上了一层灰尘。

无名氏作的《雪艳刺汤》《祭姬》中的主人公雪艳，跟《盗令》中的张紫艳很相似。《雪艳刺汤》中的汤勤，"诬陷慕公身被害，图谋佳人雪艳娘"。可是，"这雪姬一腔节烈横铁胆"，表面上同意与汤贼成婚，内心里却"恨苍天祸及清门无察照，思恩主怎将鼠辈作贤良，至使今官无禄去倾家破产，至使今夫离妻散业覆人亡"。她利用新婚之夜将汤贼灌醉，"见恶贼酩酊醉入迷离梦，这佳人银牙紧咬眼圆睁，说：可恨你负义忘恩心特歹"，"可恨你为趋奉严贼施毒计"，"可恨你谋害恩主阴毒使尽，还逼奴今夜与你把婚成"。于是她下定决心"横铁胆"，手提钢刀将汤贼杀死。随后自己走进衙门，"把恩夫被害的屈情辩明，也诉诉奸贼的万恶情种种，也摘一摘无辜的旁人带累的情"，"大事毕，响当当，我，刎于堂上"。这个雪艳就是这样"有侠肠"，为锄奸除恶舍生忘死，赴汤蹈火在所不辞，难怪《祭姬》[①]中赞扬她："不惜香躯酹大义"，"珠沉玉碎万古流芳"。

子弟书的作者满怀激情地塑造和歌颂张紫艳、雪艳等妇女形象绝不是偶然的，而是反映了封建社会没落时期的特征。封建宗法思想和制度，本来是以男子为中心的，《礼仪》上就明确规定："妇人有三从之义，无专制之道，故未嫁

---

① 所引《祭姬》原文，系根据清代百本张钞本。

从父，既嫁从夫，夫死从子。"丈夫死了，连母亲都得所从儿子的。然而，随着封建社会的没落，在封建统治阶级中出现了"一代不如一代"、后继无人的政治危机，凶狠残暴、荒淫无耻、腐朽堕落，许多坏事、丑事都集中反映在那些男子身上。因此，作者通过塑造和歌颂张紫艳、雪艳等妇女形象，来"堪笑那终日营营流俗辈，半生碌碌利名场，高爵厚禄夸乡里，象简乌纱立朝廊。太平日居然慷慨谈忠孝，患难时各到身家尽躲藏。似那样背义忘恩抱头鼠蹿，应笑死仗义从容的雪艳娘"。当然这不只是女人该笑死男人的问题，而是反映了男尊女卑的封建传统观念的破产，以男子为中心的封建宗法思想和制度已陷于穷途末路的绝境。《盗令》《雪艳刺汤》等子弟书的作者，就是这样使我们从平常的爱情婚姻题材，看到了惊心动魄的阶级斗争，看到了封建社会必然没落的历史趋势。

九

描写爱情婚姻题材，不仅其本身有重大的思想政治意义，而且它与写重大政治题材也并不是对立的。这种以提倡写重大政治题材为借口，而来反对写爱情婚姻题材，在理论上是荒谬的，在事实上也是站不住脚的。利用爱情婚姻问题作为重大政治斗争的一种手段，本来是历史上和现实生活中常见的一种现象，是阶级斗争复杂性的一种表现。通过爱情婚姻题材来表现历史上重大的政治斗争，这恰恰是子弟书的重要特色之一。《凤仪亭》和《东吴招亲》就是这方面相当成功的作品。

无名氏作的《凤仪亭》[①]，是根据罗贯中的《三国志演义》第八回"董太师大闹凤仪亭"改编的。宋元南戏《貂蝉女》，元代无名氏的杂剧《锦云堂暗定连环记》，明代王济的传奇《连环记》，清代皮黄剧《凤仪亭》，都是写的

---

① 所引《凤仪亭》原文，系根据清代精钞本。

这个题材，说明这个故事在我国人民群众中有着极为广泛深远的影响。在子弟书《凤仪亭》中，写汉朝的司徒王允利用歌姬貂蝉作连环记，先是许给董卓手下的猛将吕布为妾，复又将貂蝉送给董卓为妾，通过貂蝉挑拨董卓与吕布的关系，唆使他们互相火并。作品以此歌颂貂蝉是"智大的娇娃多机变，聪慧的佳人善诵德"。她一会儿把董卓诱骗得"贪欢国贼废政事，迷了性的权奸乱智谋"，一会儿又"勾引吕布回头看，魄散魂飞寸步难挪"。未等董卓发觉，"急里变的佳人又设计铺谋"，"带怒含嗔"地主动问董卓："窗外是何人将奴看，外家怎许入内阁？"董卓一看是吕布，马上"怪眼圆睁把脸气白"，大声叱责说："匹夫大胆窥吾妾，私闯萧墙却为何？不看平日称父子，家法无情难想活。从今后若非呼唤休乱走，再犯了家规把皮定剥！"这使吕布非常气愤，他"咬牙切齿骂义父，霸占了貂蝉你的心太浊，衣冠之中真禽兽，娇滴滴的鲜花被你夺。立誓定把老贼斩，就死在黄泉我的二目合！"董卓与吕布本来以父子相称，情同骨肉的亲密关系，就这样被貂蝉弄得势不两立，如同仇敌。

接叙，一天，吕布乘董卓赴朝内饮宴的机会，闯入貂蝉的寝室。貂蝉不仅以笑脸相迎，而且以"此处仆妇丫环耳目多"为由，叫他："你快到凤仪亭内去将奴等，我把那一段的屈情要对你说。"在凤仪亭内，貂蝉连说了八句"可怜我"如何如何遭董卓之害，连说了八句"恨只恨"如何如何受董卓蹂躏之苦，连说八句"恼的是"吕布如何如何狠心不把她来救，又连说了八句"唯望你"如何如何"恩情仇怨要斟酌"，说罢，她又欲投河自尽，激起吕布再三表示要"誓报冤仇杀董卓"。正在这时，董卓却赶了回来，经过一阵厮杀后吕布逃走了。貂蝉又巧于随机应变，在董卓面前说吕布如何如何调戏她，她"着了急破口将她骂，微躯情愿付流波。若非恩相将奴救，一步来迟丧此河"。她这番花言巧语，说得董卓发狠："明日定将吕布斩。"实际上，他没能杀死吕布，却是"到后来血溅长安杀董卓"。

在这里，跟"女人亡国论"的传统观念相反，貂蝉成了"佳人用尽牢笼计，惑住欺君误国贼"的功臣；爱情婚姻题材成了挑动军阀之间互相厮杀进行政治斗争的策略手段，成了揭露封建军阀丑恶本质的有力武器。当然，我们绝不是说，所有重大政治题材都可以或应该通过爱情婚姻题材来表现；我们只是想以此证明，那种把描写重大政治题材与描写爱情婚姻题材对立起来的观点，是完全不符合文学发展的历史事实的。

根据《三国志演义》第五十四、五十五回改编的无名氏的《东吴招亲》①，也是通过爱情婚姻题材来反映蜀、吴两国之间的政治斗争的。周公瑾"赚玄德东吴入赘愿两国合兵，诸葛亮识透奸谋将计就计"。不料那刘玄德"竟被那温柔乡里困住了豪雄"，使前去保驾的赵子龙"独居馆驿生烦闷"，"如此耽延怎生是好"？这时他想到临行时军师曾给他一个锦囊，叫他"如逢急难即便拆封"，他拆封后拿着诸葛亮锦囊中的书信去见刘玄德。诸葛亮的信上说："周瑜请赘是假借为名，其心在以主公为赘把荆州取"。"招亲后主公千万休留恋，奏明国太就说拜扫先茔，臣在江边伏兵候驾。"刘玄德被这"一封通开茅塞触透心胸"，便"同夫人商议与国太说通"，使"老国太并不疑心欢然依允"，"他夫妻拜别国太即日行程"。"周瑜忿怒把玄德赶，到江边被诸葛亮接住笑语从容，向周瑜说，结亲的劳顿还未得致谢，为主公又劳远送，我何以为情？这先生话未说完返舟而去。"结果是周瑜"陪了夫人计不成"，"把个好胜的周郎脸气红"。在这里，爱情婚姻问题，不仅成了政治斗争的策略手段，而且表现了诸葛亮的多谋善断，刘玄德的钟情憨厚，周瑜的奸险愚蠢；作品为我们展现了历史上一系列著名政治家的生动形象。

综上所述，清代子弟书中爱情婚姻题材的作品是相当丰富的，它所表现的社会内容和思想政治意义也是十分广泛而复杂的。本文所涉及的，只是其中比较有代表性的一部分作品。然而，就从我们上面所分析的这一部分作品来看，

---

① 所引《东吴招亲》原文，系根据清代曲厂钞本。

它却可以使我们进一步看出，"四人帮"把爱情婚姻题材划为文艺创作"禁区"的荒谬和反动，可以给我们很多有益的启示。

"四人帮"公开宣称："题材问题上不能百花齐放。"然而，子弟书的创作实践证明，不仅写什么题材可以百花齐放，即使写同样爱情婚姻题材，也有极其广阔的创造余地，可以说，几乎没有什么社会问题和思想政治内容是爱情婚姻题材所不能触及的。

"四人帮"鼓吹"题材决定论"，然而，子弟书中同样写爱情婚姻题材的作品，如《惊变埋玉》和《马嵬驿》，《祭塔》和《出塔》，《廊会》和《樊金定骂城》，由于作者的立场世界观不同，却表现了完全相反的思想政治倾向。

"四人帮"把描写爱情婚姻题材与宣扬资产阶级的思想情调等同起来，然而，子弟书的大量作品证明，爱情婚姻题材的多数作品主流是好的，基调是健康的，思想感情是积极的，政治倾向是进步的。处于封建时代，尚且能够出现这么多好作品，为什么我们今天社会主义时代写爱情婚姻题材就一定会宣扬资产阶级的思想情调呢？难道无产阶级就不要恋爱、结婚吗？就没有无产阶级的思想情调值得歌颂吗？写爱情婚姻题材与宣扬资产阶级思想情调，这两者并没有必然的联系，问题不是决定于题材，而是决定于作家的立场世界观。作家的立场世界观是地主资产阶级的，那么，不管他写什么题材，他的地主资产阶级的思想情调总是要顽强地表现出来的。人类社会中既然有男人和女人的存在，那么就不可能没有爱情婚姻问题；人类社会中既然有阶级和阶级斗争存在，那么它就不可能不在爱情婚姻问题上反映出来。把爱情婚姻题材划为"禁区"，岂不是要扼杀社会生活这个文艺的唯一源泉吗？岂不是要文艺放弃在这个领域内的战斗，听任资产阶级思想利用爱情婚姻问题向无产阶级进攻吗？

"四人帮"借口提倡写重大政治题材，反对写爱情婚姻题材，然而，子弟书的创作实践证明，爱情婚姻题材与重大政治题材并不是对立的，写重大政治题材，完全可以穿插写爱情婚姻问题；写爱情婚姻题材，也完全可以表现出重大的政治主题。

我们充分肯定子弟书中爱情婚姻题材的作品的重大思想政治意义，反对"四人帮"把爱情婚姻题材划为文艺创作的"禁区"，并不是提倡大家都来写爱情婚姻题材的作品，更不是要求每篇作品都要写爱情婚姻问题。我们反对"题材决定论"，也反对"题材无差别论"。我们的目的绝不仅仅是要为爱情婚姻题材争个一席之地，更重要的，我们捍卫的是马克思主义的文艺路线，是文艺必须以社会生活为唯一源泉，是文艺必须为无产阶级政治服务的党性原则。"四人帮"把爱情婚姻题材列为"禁区"，其罪恶目的，也绝不仅仅是反对写爱情婚姻题材。他们的根本目的是要实行资产阶级的文化专制主义，强迫人们按照"四人帮"的"从路线出发""主题先行"的模式，来歪曲社会的生活，使社会主义文艺蜕变为他们篡党夺权的阴谋文艺。他们所谓的"题材问题上不能百花齐放"，说穿了，不过是只准他们鼓吹的所谓"写走资派"的阴谋文艺独霸文坛罢了。然而，文艺必须反映社会生活的客观法则，绝不是任何人划个"禁区"所能改变得了的。违背客观法则的人，必定要遭到客观法则的无情审判。

我们对于子弟书中爱情婚姻题材作品的探讨，如果对于深入批判和彻底打破"四人帮"所设置的"禁区"，繁荣社会主义文艺创作，有一定的启发和借鉴作用，那就是我最大的心愿了。

一九七九年初稿

（原载《中国满族文学史编委会学术年会材料之九》，1980 年 11 月 14 日编印，该文系周中明执笔，关德栋教授定稿。）

《中国历代民歌鉴赏辞典》前言

为什么要编写这本《中国历代民歌鉴赏辞典》呢？是为了赶"辞书热"的时髦么？不。是为了实现早在 1922 年北京大学创办的《歌谣》周刊《发刊词》中即已提出的："本会搜集歌谣的目的共有两种：一是学术的，一是文艺的。"要"编成一部国民心声的选集"。"这种工作不仅是在表彰现在隐藏着的光辉，还在引起将来的民族的诗的发展。"① 这已经是几十年前的老话了，可惜迄今并未兑现。新中国建立以来，虽然十分重视民歌，但是仍未出版过一本比较完整的中国民歌选集，由郭沫若题字的《中国歌谣选》，实际上只出了一本"近代歌谣"。这不能不说是个极为令人遗憾的空白。我们不揣譾陋，企图抛砖引玉，使这个"空白"有得到填补之望。

编写这本《中国历代民歌鉴赏辞典》，我们还有一些现实的考虑：

现在很强调要了解中国的国情，办事情，想问题，都要从中国的国情出发。可是，究竟什么是中国的国情呢？怎样才能了解中国的国情呢？这当然是多方面的，但有一点绝不能忽略，即中国的民心民情民风民俗，中华民族的民族性格、民族心理、民族传统和民族精神。民为国之本。民歌"是人民灵魂的忠实、率真和自发的表现形式"。② 连封建统治者都知道，从民歌中可以"观风俗，知得失"（《汉书·艺文志》）。甚至不惜设立专门的"乐府"机关，去

---

① 见《歌谣》周刊创刊号，1922 年 12 月 17 日
② 拉法格：《关于婚姻的民间歌谣和礼俗》，《文论集》，第 8 页

"采诗"，"以观民风"。①我们今天的当政者乃至每个干部，既然以"为人民服务"作为自己一切活动的宗旨，那就更应从民歌中对我们的服务对象——人民大众的灵魂有更多的体察和了解。我们这里所选入并加以赏析的，虽然只限于中国古代和近代的民歌，但是只有了解中国的昨天，才能使我们更深切地了解中国的今天和明天。因此，我们这本辞书并不只是给某些专业人员看的，它首先是给那些一切想了解中国民情的人看的。我们希望它能成为进行国情教育的一部难得的有用的生动的参考教材。

民歌，实质上是一部百科全书。用高尔基的话来说："民间文学是劳动人民从其劳动和社会经验中抽取出来的知识总汇。"②它为历史学、哲学、社会学、民族学、民俗学、教育学、语言学等社会科学，以及天文、地理等自然科学，都提供了极为珍贵的资料，很值得社会科学和自然科学工作者们去探讨。由于旧社会广大劳动人民处于被压迫被剥削的地位，他们在民歌中所体现出的丰富的知识和智慧，往往得不到应有的重视。如同一座未发掘的宝藏，有待人们去开采。我们期望这本《中国历代民歌鉴赏辞典》能为各个相关学科的学术研究助一臂之力，提供一些资料和线索。

本书既然名为《鉴赏辞典》，当然主要是把民歌作为艺术作品来进行赏析的。这种鉴赏，既是面向广大群众，为每个普通读者提高对健康的朴素的民歌作品的艺术鉴赏能力服务的，同时也是为了弘扬中华民族的优秀传统文化，推动中国新诗乃至整个中国文学，沿着为中国老百姓所喜闻乐见的民族形式，得到更加坚实和光辉的发展。有人认为，民歌的语言，都是通俗易懂的，民歌的风格，都是清新质朴的，不像唐宋诗词那样蕴藉深厚，有加以仔细赏析的必要。其实不然。且不说古代民歌语言，已非今人一看就懂，即拿清新质朴的民歌风格来说，要能够欣赏这种清新质朴之美，又谈何容易！认为对民歌

---

① 《礼记·王制》
② 《谈〈文学小组纲要草案〉》，见《民间文学》1963 年第 2 期。

无仔细赏析的必要，不过是反映了对民歌艺术价值的一种轻视罢了。实际上，如同高尔基所说："人民总是第一个哲学家和诗人：他们创作了一切伟大的诗歌……"①世界著名美学家车尔尼雪夫斯基也说："民歌中有很多新鲜和纯朴的地方，而这就足够供我们的美感来欣赏。"②高尔基还盛赞民间英雄史诗"具有至今仍然不可超越的、思想与形式完全和谐的高度的美"③。我国明代以拟古主义者著称的诗人李梦阳，在编辑自己的诗集时也深有感慨地说："真诗乃在民间。"④

我们反对贬低民歌的艺术成就，绝无意于抹杀唐宋诗词等文人作品的艺术价值。不过我们认为，只有充分了解民歌的艺术成就，才有助于我们更好地认识文人诗词的艺术价值，才能使文人诗词的创作获得更加健康的发展。我国诗歌，无论四言诗，五、七言诗及后来的词、曲，皆起源于民间。如鲁迅所说："歌、诗、词、曲，我以为原是民间物，文人取为己有。"⑤我国文学史上第一部诗歌总集——《诗经》中的绝大部分是民歌。我国第一个伟大诗人屈原的《九歌》《天问》《离骚》《九章》等作品，都深受楚地民歌、神话的影响。汉魏六朝乐府民歌，直接哺育了建安文学和李白、杜甫、白居易等唐代伟大诗人。如黄侃的《诗品疏》中指出曹植的诗"文彩缤纷，而不离间巷歌谣之质"。陈琳的《饮马长城窟行》更是直接受到秦代的《长城谣》和乐府《十五从军征》的影响而创作的。李白所作的乐府古题，在他的九百多首诗中占有约六分之一的比重，在思想内容上也深得民间题旨。从李白脍炙人口的《静夜思》"床前明月光"，可以看出受南朝子夜歌《秋歌》影响的痕迹。《长干行》中所刻画的思妇形象，从"十四为君妇"到"十六送君行"，也可看出它受了古乐府

---

① 《个性的毁灭》，《论文学》续集，第 54 页。
② 《车尔尼雪夫斯基选集》上卷，第 40 页。
③ 《论文学》续集，第 55 页。
④ 《李空同全集》卷五十。
⑤ 《鲁迅书信集》，第 492 页

《孔雀东南飞》的影响。杜甫的《兵车行》《丽人行》《自京赴奉先县咏怀五百字》及"三吏""三别"等光辉诗篇，也皆从乐府叙事诗中得到了直接的熏陶。白居易、元稹等诗人更竭力提倡新乐府运动。白居易的《秦中吟》和《卖炭翁》《新丰折臂翁》《杜陵叟》等数十篇优秀的新乐府诗篇，无论在思想和艺术上，无不深得乐府民歌的真髓。可见研究民歌，学习民歌，是我国诗歌创作的历史经验，是诗歌发展的一条重要规律。毛泽东在给陈毅谈诗的信中曾预言："将来趋势，很可能从民歌中吸收养料和形式，发展成为一套吸引广大读者的新体诗歌。"因此，我们这本民歌鉴赏辞书，不仅有助于我们鉴赏民歌所特有的美，而且对于我们深入了解文人创作的诗、词、曲的艺术渊源，对于探索新诗发展的道路，也会有所裨益和启迪。

当然这一切只是我们对于编写这本民歌鉴赏辞书的主观设想和期望，至于客观效果究竟如何，那还有待于专家、读者的评判和指教。

列入本书鉴赏的民歌，在思想内容和艺术形式上皆颇为丰富多彩。归纳起来，主要可以分为以下几类：

（一）反映社会斗争的，包括反映阶级矛盾和民族矛盾，阶级斗争和民族斗争的。这类民歌主要是揭露和控诉统治阶级对劳动人民的残酷压迫和剥削，反映劳动人民的悲惨生活和理想愿望，也有歌颂清官的。在艺术手法上，多以赤裸裸的揭露、尖锐的批判和幽默的讽刺为特色，充分表现出了劳动人民透过现象洞察本质的眼力，和敢于斗争、善于斗争，坚信正义必定战胜邪恶的乐观主义精神。

（二）反映生产斗争的。除了通过民歌总结和传播生产知识、智慧和经验以外，主要是颂扬人类征服大自然的英雄气概。其艺术手法，大多充满着神奇的幻想和优美的想象，在看似荒诞的叙述中，充分表现了人的力量的伟大。

（三）反映爱情、婚姻生活的。这类民歌的数量最多。它不仅具有反抗封建礼教、追求自由爱情的意义，而且往往还极为深入细致地刻画出我们民族的心理结构，表现出我们中华民族追求个性自由、民主、平等的民族精神。其艺术手法，大多运用隐喻、谐音、比兴，把人物的心理和感情描绘得十分细腻复杂，达到惟妙惟肖的境地。

（四）反映一般日常生活的。如风俗节令，景物古迹，启智逗趣，等等。这类民歌既具有社会教育、认识意义，又是研究民俗民风的重要资料。其艺术手法，主要是运用鲜明的对比和巧妙的比喻。

（五）歌颂创世和英雄的史诗。这在各少数民族的民歌中占据最为突出的地位。创世史诗，又称"原始性"史诗或神话史诗。它给我们留下了一个民族在社会发展的最初阶段的生活图景，如天地日月的形成，人类的产生，家畜和各种农作物的来源，等等。它的基本特点是既十分真切地反映了"人类社会的童年"所特有的"天真"，又是对劳动人民征服自然、创世立业的丰功伟绩和英雄主义精神的热烈赞美。英雄史诗则是以民族英雄的斗争故事为题材，主要反映民族之间的战争和迁徙。它描绘的虽然是某个英雄个人，但实际上却是民族集体智慧的结晶，是民族精神的化身。这类史诗的艺术特色，是运用幻想与现实的巧妙结合，人神相混，半人半神，英雄行为和神话传说常常扭结在一起，重叠复沓，一唱三叹，规模博大恢宏，情节纷繁复杂。如藏族的格萨尔英雄史诗，长达一万多行。对于这类长诗，因本书为篇幅所限，我们只能选录其中精彩的片段加以鉴赏。

最后我们将本书的编辑体例作如下说明：

（一）本书只限于对中国古代和近代有代表性的优秀民歌的鉴赏，即自上古至 1919 年五四运动为止。大致分为七编，上古至秦汉民歌，魏晋南北朝至隋唐五代民歌，宋元民歌，明代民歌，清代民歌，近代民歌，少数民族民歌。由于民歌具有口头性、集体性、变异性、传承性等特征，它的每篇作品的创作年代很难坐实，只能根据其内容和形式特点，及其传唱、记录整理的年代，作大致的划分。汉族以外的各少数民族的民歌，大部分为新中国建立以后搜集整理，其创作年代更难分辨，只能把明显属于古代和近代的少数民族优秀民歌，酌情选录，单独列为一编，其先后次序的排列，是按各民族居住的主要地区，从东北到西南。

（二）列入本书鉴赏的民歌，以在思想内容和艺术形式上具有一定代表性的优秀民歌为主，尽可能把一切有代表性的优秀民歌皆搜罗入选。读者有这一本书在手，对整个中国古代和近代优秀民歌，即使不能完全尽收眼底，那至少也可窥一斑而知全豹。限于我们的鉴赏水平不高、见闻不广和搜集资料的困难，肯定仍有不少优秀民歌未能入选；对已选的民歌，我们的赏析文字也难免会有谬误和不当之处。这一切皆祈望专家、读者能提供宝贵意见和有关资料，使之能够得到修订和完善。

（三）本书鉴赏的民歌，一律忠实于原来的文字记载。只是对原来没有题目的，我们借用作品的第一句加了题目；原来没有标点的，我们加了标点。原来有搜集、编辑、记录、整理人姓名的，我们也都一一加以注明。我们的鉴赏，实际上是建立在他们劳动成果的基础之上的，没有他们的辑录、整理，许多民歌很难保存至今。有些篇的鉴赏文字，也吸收了他人的研究成果。在此，我们谨向他们表示敬意和谢忱。

本书的编写工作，是在北京大学吴小如、段宝林，中国人民大学吴小林，苏州大学李泉，厦门大学庄克华，安徽大学王祖献、张器友等教授、副教授和所有参加撰稿人的通力协作之下完成的。北京师范大学钟敬文教授为本书题写了书名。在此谨向上述师友及陈肖人等为本书的编辑、出版出过力的同志，表示衷心的感谢。

周中明

1990 年 2 月 10 日于安徽大学中文系

（原载《中国历代民歌鉴赏辞典》，广西教育出版社 1993 年 6 月出版。）

清新、活泼、动人的清代俗曲

——谈《霓裳续谱》《白雪遗音》

> 弹的是琵琶筝，弦子共月琴。唱的是《寄生草》《劈破玉》《万年青》《剪剪花儿》，甚是精。引动了奴的心，再不想回程。
>
> ——《剪靛花·姐儿无事》

这首俗曲就是《霓裳续谱》辑录的。它反映了清代《寄生草》等各种俗曲广泛传唱，极为清新、活泼、动人，乃至具有"引动了奴的心，再不想回程"的强大艺术魅力。

过去由于封建统治阶级的排斥，这些俗曲被认为是不登大雅之堂的，因而它主要流传于民间的口头传唱之中，随着历史的变迁，大量的作品已经散佚，只有少数作品被辑录了下来。《霓裳续谱》和《白雪遗音》就是辑录清代中叶的两部俗曲总集。《霓裳续谱》出版于清代乾隆六十年（1795），天津三和堂曲师颜自德辑录，王廷绍（字善述，号楷堂）编订。《白雪遗音》编者华广生的自序作于清代嘉庆甲子即1804年，刊印于道光八年即1828年。两书的出版时间间隔三十三年，后者的编订时间与前者的出版只相距九年。因此，两书所辑录的都是清代中叶以前或清代中叶民间流传的俗曲。前者辑录有《西调》《寄生草》《剪靛花》《劈破玉》等三十种曲调，共六百四十二首。后者辑录有《马头调》《岭儿调》等十种曲调，共七百三十三首。这些俗曲，虽然不免也羼杂有封建的糟粕，但是其中多数作品却以极为清新、活泼的形式，反映了那个黑暗社会民众的苦难和呼声，抗争和追求，在思想和艺术上都不愧为我们民族文化宝库中一份极为可贵的珍品。今天时代不同了，过去被斥责为"不登大雅之堂"的民间俗曲，完全有资格进入"名作"之林，供大家尽情欣赏。

一

《霓裳续谱》和《白雪遗音》所收的俗曲皆以情歌占多数。男女爱情本来是人类生活中不可缺少的重要组成部分。特别是在封建社会，统治阶级以封建礼教来扼杀人的正当的情欲。明代中叶以后，由于资本主义经济的萌芽，以个性解放的"情"来反对封建道学的"理"，便成为那个黑暗时代给人们带来一线光明的新思潮的重要特征。因此，如果我们不是孤立地看待这些情歌，那么就不难从这些情歌中看到它所反映的深刻的社会内容和鲜明的时代特色。

要求自由、平等，是这些情歌的重要思想内容之一。在封建社会，广大妇女处于受压迫的最底层。她们"有拘有管"，深深感到封建的枷锁使她们失去自由的痛苦。如《霓裳续谱·平岔忒也不识顽》所描写的：

> 忒也不识顽儿，你也不害羞。犯不着一言半语记在心头，动不动的伤心两泪流。不过是当着人的眼目将你闪，口儿不厚，我心儿里和你厚。细思想想，作女孩人儿有拘有管，不得能够任着意儿施为。咳！我怎得自由？

也许有人会说，这个女孩儿对情人心口不一，未免太缺乏反封建的勇气了。但是，如果我们设身处地地想一想，在那样一个"有拘有管，不得能够任着意儿施为"的封建黑暗统治时代，她能够以"当着人的眼目将你闪"打掩护，实际上是"口儿不厚，我心儿里和你厚"，坚决为实现自己的自由爱情理想而斗争。这岂不是更加显示了她那种争自由、反封建精神的难能可贵么？

她们所追求的爱情，是建立在互敬互爱的平等基础之上的，如《白雪遗音·马头调·你敬我来》所写的：

你敬我来我也将你敬，谁能无情？你疼我来我分外把你疼，不是假奉承。你给我捎达缠，我也给你个胡答应，言不由衷。常言说：哄杀人来不偿命。我该照着行。你有真心，才能换我的实情，不可朦胧，你叫我碰钉子，我也给你个钉子碰，照样往上盛。碰重了，休怪我的言语重，那时别脸红。

这种"你敬我来我也将你敬"，"你疼我来我分外把你疼"，以互敬互爱为基础的爱情，跟封建礼教只要求女子"三从四德"充当丈夫的附庸，显然是针锋相对的。如果没有民主、平等的新思想，是不可能提出、更不可能实现这种互敬互爱的新型爱情关系的。

要求爱情的真挚、专一，反对男子负心，反对以钱财、名利来破坏爱情，是这些情歌的又一重要思想内容。如《白雪遗音·马头调·我想你来》：

我想你来你不信，当作假温存。我想你来是我的真心，虚情无半分。我想你，想你不来我好恨，各处留神。我想你，相思害的无投奔，减了精神。我想你来，如同你想你那心上的人，忘餐废寝。就是你那心上的人，你想他，他不想你，你恨不恨？将心比心。说实话，别要糊里糊涂将人混，人外有人。

为了做到爱情的真挚、专一，她们提出："交情交义莫交财，为了交财情拆开……我今非是贪淫欲，只爱你腹内妙文才，又爱你，品竹丝弦般般晓，才得知心合我怀。我道你，多情多义风流子，那知你不重恩情只重财。"(《白雪遗音·南词·交情交义》)"恨那负了心的人，你只图蝇头微利，蜗角虚名，把情抛弃"(《白雪遗音·岭儿调·焦心事儿》)。封建婚姻讲求"门当户对"，它是以家产的穷富、门第的贵贱为前提的。而在这些情歌中则把"情"作为爱情的唯一基础，反对"不重恩情只重财"，反对为图名利而破坏爱情的真挚、专一，这显然是与要求"门当户对"的封建婚姻关系相对立的，是一种带有民主主义性质的新思想，尽管这种新思想还处于朦胧的萌芽状态。

在这些情歌中，更多的是反映了广大妇女由于得不到爱情婚姻的自由幸福而遭受的莫大痛苦。如《白雪遗音·岭儿调·减芳容》：

> 减芳容，奴的忧恨千层。人说是病，我说是病，虽然是病，我可何常（尝）是病？自己个心里明。随心的好事，成何用？中何用？魂想不能，我可梦想也是想不能，空叫我盼多情。曾记得当日的离别情分，欲要送，懒待送；携手送，我可挽手送，哭的眼睛红。到而今，丢个净，撇个净，闪个净，你可忘个净，心肠冷如冰。自叹我这红颜薄命怕做梦，偏做梦；日里梦，我可夜里还是梦，终日睡朦胧。这相思害得我，没了命，忘了命。恨你几声，我可骂你几声，恨的我牙根疼。从今后，要无情，就无情，硬着心肠我把心肠硬，一笔勾个清！

这首情歌中的女主人公，虽然说"硬着心肠我把心肠硬，一笔勾个清"，可是这该使她承受多少"相思害的我没了命，忘了命"的巨大痛苦啊！此外，如《恨锁深闺》《恨别后纤腰瘦损》《柳丝儿如人瘦》《红颜薄命》《情深病重》《相思害的我活受罪》《相思害的我实可叹》《朝思暮想》《兰房寂寞我的思春病儿魔》等等，仅从这些题目，人们就不难看出，在那个封建社会，为了爱情婚姻的自由幸福，青年男女，尤其是妇女们，遭受了多么巨大的精神折磨和多么无情的肉体摧残啊！今天重读这些情歌，使我们更加热爱我们伟大的社会主义时代，更加珍惜我们今天已经得到的自由爱情的甜蜜和美满婚姻的幸福。

二

政治歌谣在两书中也占有相当突出的地位。值得注意的，首先是反对赃官，歌颂暴力反抗。如《白雪遗音·马头调·李毓昌案》：

> 江苏有个山阳县，水灾奏君前。当今圣主赈济涂炭，恩旨到江南。督抚委员查户口，遇着赃官王伸汉，有心把赈瞒。好一个委员李县主，不肯依从。赃官定计，买嘱李祥，暗使毒药，遂把忠良陷，一命染黄泉。委员李爷，死的可怜，令人心酸。上天念忠义，敕封城隍在栖霞县，显圣到家园。路遇旧友叙苦情，因此破案，奏闻帝主，龙颜大怒，拿问赃官，立正典刑。从人李祥，摘心活祭，追封李爷，才把冤枉辩，万古把名传。

这首歌谣对赃官王伸汉和他的爪牙李祥狼狈为奸，贪赃枉法，陷害忠良的罪行，进行了有力的揭露。还有一首《白雪遗音·马头调·不认的粮船》：

> 不认的粮船呵呵笑，谁家的棺材在水面上飘？引魂幡，飘飘摇摇在空中吊；上写着，钦命江西督粮道。孝子贤孙，手打着哀篙。送殡的人，个个都是麻绳套；齐举哀，不见那个把眼泪掉。

赵景深说："这首小曲是全部《白雪遗音》中较好的一首，它表现了人民对'钦命江西督粮道'刻骨的仇恨。据我的看法，棺材并不是指督粮道真的死了，而是把他的粮船比作'棺材在水面上飘'，把钦命的旗帜比作'引魂幡，飘飘摇摇在空中吊'，把一些拍马屁的下属官员比作'孝子贤孙，手打着哀篙'，而那些被锁拿的欠了粮的老百姓比作'送殡的人'，却又被'麻绳套'着，他们'齐举哀，不见那个把泪掉'，只是愤恨自己所受的压榨。即使江西粮道真的死了，他们拍手称快还来不及，也决不会掉眼泪的。"（《白雪遗音序》）这首歌谣，赵先生分析得很精辟。封建统治阶级虽然还在穷凶极恶地搜刮民脂民膏，但在人民眼里，他们已是必定要被送进棺材的政治僵尸；这是对那个封建腐朽没落时代的生动写照。

当然，人民也完全懂得，反动统治阶级这个人间祸根是决不会自动退出历史舞台的，是必须靠人民自己起来把它除掉的。如《白雪遗音·八角鼓·睡卧秋林下》所描写的：

> 睡卧秋林下，蛩声唤醒了咱。猛抬头，见一轮明月在当空悬挂。万籁无声，鸦鸟乏，向左肋，轻轻用手将佩剑拔。舞一回，将脚步煞，将剑撅湾，崩响当啷啷，神鬼惊，处处怕。挺身独立在明月下，弹剑作歌对着月华。他说道：置名不在春秋夏，欲除人间祸根牙！

诗人要以"崩响当啷啷"的舞剑，使"鬼神惊，处处怕"，"欲除人间祸根芽"，这岂不是表现了暴力反抗的光辉思想么？

其次，在这些政治歌谣中，有的还反映了人民的生活疾苦。如《白雪遗音·马头调·讨饭》：

> 世界上最苦苦不过的难挨饿，眼看着断顿无米下锅。是怎的，说不饿来偏要饿。论住处，两间房子倒有半间破。欲待揭借，没人给我。要饭吃，暂且充饥不挨饿。怕只怕，阴天下雨狗咬着。

还有一首《白雪遗音·马头调·祭灶》：

　　腊月二十三日，家家户户多祭灶，好不心焦。苦命的人儿又把香烧，佛前跪着，烧罢香，苦言苦语苦祷告，这苦怎熬？灶王爷，俺的苦处你知道，不用说了。俺也买不起糖瓜，俺也蒸不起年糕，虔心一条。又到了三十日，手里无钱干发燥，没有去处找。初一过新春，人家拜年俺睡觉，慢慢熬着。

　　俗话说：饱汉不知饿汉饥。"世界上最苦苦不过的难挨饿，眼看着断顿无米下锅"，这只能是发自贫困的饥饿者的歌声。"苦言苦语苦祷告，这苦怎熬？""慢慢熬着"，它使我们仿佛听到了旧社会挣扎在饥饿、死亡线上的千万人痛苦的呻吟。

　　反映妓女生活的痛苦，尤为引人注目。如《白雪遗音·马调·穷妓》：

　　清晨起来门边站，身上无衣怨着天寒。这几天，何曾见个嫖客面？遇一人，一把拉到勾栏院，不当你是调情，只当你是可怜。可怜我，三天吃了一顿饭。叫爷们，给我八个大钱吃碗面。

　　妓女是劳动人民极端贫困化的产物。她们的卖淫，不仅为生活所迫，更伤心的是还不得不忍受着无穷无尽的精神折磨。如《白雪遗音·马头调·伤心最怕》所描写的：

　　伤心最怕黄昏后，似这等风月无情，何日方休？在人前，强玩笑来强讲究；无人时，凄凄凉凉实难受。朝朝暮暮，岁月如流。对菱花，谁是保奴的容颜常照旧？恨只恨，花残叶落，要想回头不能够。

反映当时城市工商业的繁荣，是这些歌谣中的又一新的特色。如《霓裳续谱·数岔·贩货求财》：

贩货求财，呀呀哟！你卖的是什么东西拿出来，你把箱子打开，我卖的是茶钟儿酒钟儿，瓶儿罐儿，簪儿棒儿，钮儿扣儿，池儿筷儿，刷牙抿子，九江篦子，描金钻子，凤头冠子，大红汗巾，垂金扇子，扎花裤腿，包头钿子，江南带来的花花红线带，还有金造的玻璃珠的抱头莲。

《白雪遗音·马头调·货郎儿》：

货郎儿，背着柜子遥街串，鼓儿摇得欢。生意虽小，件件都全，听我声喊：喊一声，杂色带子花红线，博山琉璃簪，还有那，桃花宫粉胭脂片，软翠花冠。红绿梭布，杭州线纂，玛瑙小耳圈。有的是，木梳墨篦，大朝钮扣，玉容香皂擦粉面，头绳似血鲜。新添的，白铜顶指，上鞋锥子，广条金针，时样高低梅花瓣，并州柳叶剪。

从上列商品名目之众多，出产和流通地域之广泛，使我们可以想见当时工商业繁盛之一斑。

在这些歌谣中，还有不少是根据当时流行的戏曲、小说题材改编的，其中尤以改编《西厢记》的为最多。它们不仅具有独特的思想和艺术价值，而且给我们提供了生动的戏曲史料。如《关云长华容道义释曹操》，自《三国志演义》以来，许多戏曲、说唱节目传统的主题，都是歌颂关羽敌我不分的义，可是在《白雪遗音·马头调·挡曹》中描写的却与此相反：

猛然一声轰天炮，一心去挡曹。大红彩旗，空中飘摇，遮定绿袍。上写着，汉寿亭关某到，盖世英豪。此番来，要拿你这奸曹操，定斩不饶。我国军师，神算最高，不差分毫。他算你兵将必走华容道。怎能脱逃！这才是：狭路相逢冤家到，谁认故旧交？

不是以个人义气代替国家人民的利益在战场上公然放跑了敌人，而是以国家人民利益为重，不讲私人情谊，"要拿你这奸曹操，定斩不饶"，这种道德观念和英雄气概该是多么不同凡俗、光彩照人啊！

有些歌谣对我们了解清中叶的历史和民俗，提供了可贵的资料。如《白雪遗音·马头调·鸦片烟》，就对鸦片烟的危害作了生动的描写：

鸦片烟儿真奇怪，土里熬出来。吃烟的人儿，脸上挂着一个送命的招牌，丢又丢不开。引（按：应作"瘾"）来了，鼻子眼泪往下盖，叫人好难挨。没奈何，把那心爱的东西，拿了去卖，忙把灯来开。过了一刻，他的身子爽快，又过这一灾。想当初，那样的精神今何在，身子瘦如柴。早知道这害人的东西，何必将他爱，实在顽不开。

按照通常流行的说法，"乾隆年间封建统治机构加强了，资本主义的因素，还没有得到像明末一样的迅速滋长。"[①] 其实，历史的发展尽管有曲折，但总的趋势还是向前发展的，封建统治的加强也是有限度的，而其日趋腐朽没落则是不可抗拒的。如封建社会一般的妇女总是受夫权的压迫，然而在这时却出现了《怕老婆》的歌谣，如《白雪遗音·马头调·怕老婆》：

---

① 路工：《明清民歌选》甲集《序》。

天不怕来地不怕，怕只怕的小子他妈，一进门，不是打来就是骂。无奈何，双膝跪在床沿下，头顶着尿盆，手执着家法，哀告小子他妈。哎哟！哀告老婆妈：从今再不敢犯你家法。哎哟，任凭你随便打俺几百下，从今后，你要怎么便怎么。

由此可见，当时至少在一部分劳动妇女中已经挣脱了夫权的压迫。封建礼教的统治绝不是日益加强，而是日趋削弱，乃至濒临瓦解。

清代统治者以八股科举取士，对一部分封建文人实行收买利诱的政策。在有的歌谣中，也反映了封建文人对这种反动政策的失望和不满，如《霓裳续谱·西调·冰天冻地》：

冰天冻地，云雾迷离，江城一望如粉砌。长空飞柳絮，恰似碎琼灰，稀奇！片片舞，朵朵催，千千落，万万垂，霏积腊梅，青山似玉堆。笑杀长安古道，名利呆痴，身披玉搓手空回。（叠）总不如一醉方休，任凭那天花乱坠。（叠）

这种"一醉方休"的思想固然是消极的，但作者能够认识到"名利呆痴"，而不愿接受统治者说得"天花乱坠"的欺骗，拒绝继续走封建科举道路，这不能不说是一种觉醒的表现。

总之，这些歌谣所反映的内容是十分广泛的，思想是极为清新的。它对于我国传统的诗词歌赋来说，不愧为是自然奇警，别开生面。从中我们不难看出那个社会的风貌，触摸到那个时代的脉搏，感受到旧中国人民的苦难和爱憎，获得思想上的启迪和教益。

三

在艺术上，这些歌谣也有其鲜明的特色。

首先，语言质朴，感情真挚。如《霓裳续谱·剪靛花·送郎送在大路西》：

> 送郎送在大路西，手扯着手舍不的，懒怠分离。老天下大雨，左手与郎撑起伞，右手与他拽拽衣，恐怕溅上泥，谁来与你洗？身上冷，多穿几件衣。在外的人儿要小心，谁来疼顾你？那一个照看你？

这里没有一个艰涩的典故，没有一句生僻的词语，句句皆是家常絮语，但却把一位妻子送别丈夫时依恋不舍、关怀备至的情景，描绘得真切自然，情深意浓。

第二，善用比喻，形象生动。如《白雪遗音·剪靛花·小金刀》：

> 小小金刀，带在奴的腰里，又削甘蔗，又削梨，又削南荸荠，哎哟！又削南荸荠。削一段甘蔗，递在郎的手，削一个荸荠，送在郎的口里，甜如蜂蜜，哎哟！甜如蜂蜜。郎问姐儿：因何不把秋梨削？你我的相与，忌一个字，梨字儿不要提，哎哟，怕的是分离！

这里通过"又削甘蔗，又削梨"，不仅使诗中带着泥土的芳香，以浓厚、纯朴的生活情趣，描绘了女青年对恋人的炽热感情，而且以甘蔗、荸荠的"甜如蜂蜜"，形象地表现了他们爱情的美满甜蜜。诗中两句"甜如蜂蜜"，看似重复，实际上却是以此喻彼，迤逦盘旋，韵味无穷。最后以"梨"和"离"的谐音，来比喻他们"怕的是分离"，使全诗在甜蜜的情意绵绵之中，流露出一种模糊的、不祥的预感，有一层那个时代所特有的深刻的难以排遣的郁悒弥漫在心头。

又如《白雪遗音·满江红·变一面》：

> 变一面青铜镜，常对姐儿照，变一条汗巾儿，常系姐儿腰。变一个竹夫人，常被姐儿抱。变一根紫竹箫，常对姐樱桃，到晚来品一曲，才把相思了，才把相思了。

诗中一连用了四句排比，把诗人对那位"姐儿"的热恋和追求，如重岚叠翠，表现得意惬情舒。所用的种种比喻，看似信口雌黄，实则丰厚富赡，显露而不浅薄，狂热而不淫秽，既有画的风情，又有诗的神趣。

第三，前后映衬，构思奇妙。如《霓裳续谱·马头调·朔风儿透屋》：

> 朔风儿透屋。雪花儿飘舞。郎君在外面享受福，贪花恋酒不嫌俗。你在外辜负了奴，恨情人心忒毒。奴把香茶美酒预备的停停当当，你为何把奴的情事负？无义的郎啊！你为何哄奴，将急等候，音信全无？丫鬟说：姑娘啊！你这里凄凉还好受，可怜我这小丫鬟，十冬腊月里怪冷的，忽搭忽搭，白扇了一夜水火壶。

这首歌的结尾出人意外，犹如奇峰突起，把人们引到了一个发人深省的新境界。它以两个阶级的思想和生活的鲜明对比，启发人们不仅要看到贪花恋酒、忘恩负义的郎君给女子带来了极大的精神痛苦，更重要的还应看到，阶级的区分给劳动妇女造成的极为艰难的生活痛苦。这里构思的"奇"，是为反映生活的"真"服务的，是以新奇的构思，更巧妙更深刻地表达了生活本质的真实，使人读了不禁思绪萦怀，既血泪汇涌，又胸臆顿开。

第四，心理描写，细腻入微。如《白雪遗音·岭儿调·独坐黄昏谁是伴》：

> 独坐黄昏谁是伴？默默无言。手掐着指头算一算，离别了几天，长夜如小年。念情人，纵有书信不如人见面，一阵痛心酸。走入罗帏难成梦，欲待要梦见，偏又梦不见，后会岂无缘？倒枕翻身，想起了前言，句句在心间。嗳！我想迷了心，恨不能变一只宾鸿雁，飞到你跟前。辗转睡朦胧，梦见情人将手攒，醒来是空拳。

诗中把一个妇女对丈夫离别后的心酸和思念，描绘得摇曳腾挪，情如泉涌，激荡回环，它不是静止地作心理解剖，而是从"手掐着指头算一算"，到"一阵痛心酸"，从"走入罗帏难成梦"，到"梦见情人将手攒，醒来是空拳"，化静为动，以形传神，使诗中女主人公情愫的袒露，犹如银瓶乍破，悬泉陡落，荡漾着一股强劲的韵味和盈盈的诗意。

第五，不拘一格，形式多样。其中有短小的抒情诗，也有长篇的叙事诗；有只唱不说，也有说唱相间；有独立的支曲，也有几支曲子组合在一起的套曲。根据需要，可以加衬字、衬句，字数多少，篇幅长短，基本上皆不受限制。可以说，它们不愧为光芒四射地反映了当时诗体的自由解放和百花争艳的局面。

在我国古典诗词逐渐趋向定型而缺乏旺盛生命力的明清时代，这些民间俗曲以它那多彩多姿、生动活泼的内容和形式，不仅"能够给我们以艺术享受，而且就某方面说还是一种规范和高不可及的范本"。①它对我们今天新诗的发展，仍然可以起到借鉴作用。

---

① 马克思对希腊神话的评价，见《〈政治经济学批判〉导言》。

由于时代和阶级的局限，在这些民间俗曲中，不免仍存在着封建的糟粕。如有些调子比较低沉，存在宿命论的思想，有一些低级甚至色情的描写。不过就其基本倾向来看，民主性的精华还是主要的，值得我们珍惜。

（原载《俗文学论》，黑龙江人民出版社 1987 年 9 月出版。）

真切自然　情深意浓

——《霓裳续谱》《白雪遗音》中的情歌赏析

　　《霓裳续谱》《白雪遗音》是清代中叶由王延绍、华广生编订的两部民间俗曲集。前者辑录有《西调》《寄生草》等三十种曲调，共六百四十二首。后者辑录有《马头调》《岭儿调》等十种曲调，共七百三十三首。这些俗曲，虽然不免也羼杂有封建的糟粕，但是其中多数作品却以极为清新、活泼的形式，反映了那个黑暗社会民众的苦难和呼声，抗争和追求，在思想和艺术上都不愧为我们民族文化宝库中一份极为可贵的珍品。

　　跟历代民歌一样，辑录在《霓裳续谱》和《白雪遗音》中的俗曲，也以情歌居多数。下面我们就辑录其中的几首情歌，略加赏析。

一

　　善用比喻，这是民歌的共同特点。不同的是，辑录在《霓裳续谱》《白雪遗音》中的情歌，在运用比喻方面也带有自己时代的特色。即在那个封建社会已面临没落的时代，人们已能冲破封建礼教的樊篱，对男女爱情大胆、泼辣地进行热烈的追求。如《白雪遗音》中的《满江红·变一面》：

　　　　变一面青铜镜，常对姐儿照。变一条汗巾儿，常系姐儿腰。变一个竹夫人，常被姐儿抱。变一根紫竹箫，常对姐樱桃，到晚来品一曲，才把相思了，才把相思了。

在这首情歌中，我们嗅不到一点羞涩之气，看不出丝毫忸怩之态。他要爱，就尽情地爱，无所顾忌地爱，充满美好想象地爱个意惬情舒。只有这样，他才感到能够了却胸中的相思情怀。

曲中一连用了四句排比，把情人对那位"姐儿"的热恋和追求，如重岚叠翠，表现得情真意切，多姿多彩。所用的种种比喻，看似信口雌黄，实则丰厚富赡，生动贴切，显露而不浅薄，狂热而不淫秽，既有画的风情，又有诗的神趣。

如果说男方对女方的追求，所用的比喻以大胆、泼辣为特色的话，那么，女方对于男子的炽爱，所用的比喻就显得特别曲折、委婉了。如《白雪遗音》中的《剪靛花·小金刀》：

小小金刀，带在奴的腰里，又削甘蔗，又削梨，又削南荸荠，哎哟！又削南荸荠。削一段甘蔗，递在郎的手，削一个荸荠，送在郎的口里，甜如蜂蜜，哎哟！甜如蜂蜜。郎问姐儿：因何不把秋梨削？你我的相与，忌一个字，梨字儿不要提，哎哟，怕的是分离！

这是通过"又削甘蔗，又削梨"，不仅使曲中散发着泥土的芳香，以浓厚、纯朴的生活情趣，表达了女青年对恋人的炽热感情，而且以甘蔗、荸荠的"甜如蜂蜜"，形象地描绘了他们爱情的美满甜蜜。曲中两句"甜如蜂蜜"，看似重复，实际却是以此喻彼，迤逦盘旋，引人咀嚼，耐人回味，使读者仿佛也如吃了甘蔗、荸荠一样，念在嘴里，甜在心中，跟歌手一起享受到了诚挚、温馨爱情的无比幸福。最后以"梨"和"离"的谐音，来比喻她"怕的是分离",使全曲在甜蜜的情意绵绵之中,流露出有一层深刻的难以排遣的郁悒弥漫在心头。这并不是女方的过虑,而是真切地反映了那个时代女子所特有的心理。由于长期男尊女卑的封建思想统治,这就必然造成封建社会的有些男子在爱情上不专一,一旦分离,便忘情负心。因此,女方在热恋中适时地对男方提出自己的担心和忠告,这不仅有社会典型意义,而且使得"甜如蜂蜜"之情更加激荡回环,摇曳隽永。其所用的比喻虽然曲折、委婉,但感情的真切、强烈,却不亚于前一首《满江红·变一面》。

二

语言质朴,感情真挚,是这些情歌的又一特色。如《霓裳续谱》中的《剪靛花·送郎送在大路西》:

> 送郎送在大路西,手扯着手舍不的,懒怠分离。老天下大雨,左手与郎撑起伞,右手与他拽拽衣,恐怕溅上泥,谁来与你洗?身上冷,多穿几件衣。在外的人儿要小心,谁来疼顾你?那一个照看你?

这里没有一个艰涩的典故,没有一句生僻的词语,没有一点特意的形容和描绘,句句皆是夫妻家常的举止和言谈,但却把一位妻子送别丈夫时那种依恋不舍、关怀备至、再三叮咛的情景,描绘得质朴浑厚,剔透玲珑,使读者由不得要长萦于怀,沉浸在诗情浓郁的感染之中。

在《霓裳续谱》中还有一首《平岔·忒也不识顽》:

> 忒也不识顽儿,你也不害羞。犯不着一言半语记在心头,动不动的伤心两泪流。不过是当着人的眼目将你闪,口儿不厚,我心儿里和你厚。细思想想,作女孩人儿有拘有管,不得能够任着意儿施为。

咳！我怎得自由？

这支曲词如同日常口语，质朴无华。然而它所表达的思想感情，却深邃激越，如狂澜怒涛，回旋作势，撼人心弦。第一、二句，看似批评、责怪，实际却是倾诉衷曲，开导劝解，纵情驰骋。第三、四句是直言相劝，而怜爱之情却蜿蜒流泻。当中三句，方情愫袒露："口儿不厚，我心儿里和你厚。"为什么要心口不一呢？这是因为在那个封建礼教统治的黑暗社会里，妇女们"有拘有管，不得能够任着意儿施为"。面对自己心爱的情人，她们却被剥夺了表达爱情的自由。"咳！我怎得自由？"这不仅是对情人的表白，更重要的它是对封建专制黑暗时代的愤怒控诉和强烈抗议！它是妇女们反封建、争自由，代表历史新潮流的一声伟大的呼唤！尽管封建礼教的枷锁，使妇女们失去了公开表达爱情的自由，然而她们那正在青春觉醒的心，恰如奔腾的野马，是任何封建礼教的绳索也束缚不住的。她们有种种掩人耳目的计谋，"当着人的眼目将你闪，口儿不厚，我心儿里和你厚"，就是她们突破封建礼教的壁垒，争取自由爱情的计谋之一。一个女孩儿，能为此用尽心计，坚决为实现自己的自由爱情理想而斗争，这岂不更加显示了她那种争自由、反封建精神的难能可贵么？岂不更加证明了她对情人的真挚爱情如同沧海横流、势不可挡么？因此，这支曲词的语言虽然质朴、浅显如同日常口语，但它所表达的思想感情之真挚、深邃，却如长江、黄河，汹涌澎湃，令人赞叹不已。

在这些情歌中，不仅反映了对自由爱情的热烈追求，而且表现了她们所追求的爱情，是建立在互敬互爱的民主、平等思想的基础之上的。如《白雪遗音》中的《马头调·你敬我来》：

你敬我来我也将你敬，谁能无情？你疼我来我分外把你疼，不是假奉承。你给我捎达缠，我也给你个胡答应，言不由衷。常言说：哄杀人来不偿命。我该照着行。你有真心，才能换我的实情，不可朦胧。你叫我碰钉子，我也给你个钉子碰，照样往上盛。碰重了，休怪我的言语重，那时别脸红。

这支曲词不仅所用的语言明白如话，毫无雕琢，而且所表达的思想感情，也是直来直去，干脆利索。其令人可喜可爱之处，就在于它极为真挚、坦率地表述了民主、平等的新思想："你敬我来我也将你敬"，"你疼我来我分外把你疼"。这种以互敬互爱为基础的爱情，跟封建礼教之要求女子"三从四德"，充当丈夫的附庸，显然是针锋相对的。如果没有民主、平等的新思想，是不可能提出、更不可能实现这种互敬互爱的新型爱情关系的。为了实现这种民主、平等的爱情，曲词中的主人公不是祈求任何人的恩赐，而是敢于作针锋相对的斗争；同时在斗争方式上，又不是板着面孔训人，而是晓之以理，动之以情，言必有征，语无虚发，使人感到情真意切，神解妙语。读者读了这首曲词，仿佛看到有个爱憎强烈，是非分明，容不得半点虚情假意，玩不得任何花招，除了真诚相爱别无他途的理想情人迎面而来，令人拍手称快，由衷喜爱。

三

构思奇特，立意新颖，也是这些情歌的一个特色。如《霓裳续谱》中的《马头调·朔风儿透屋》：

朔风儿透屋，雪花儿飘舞。郎君在外面享受福，贪花恋酒不嫌俗。你在外辜负了奴，恨情人心忒毒。奴把香茶美酒预备的停停当当，你为何把奴的情辜负？无义的郎啊！你为何哄奴，将急等候，音信全无？丫鬟说：姑娘啊！你这里凄凉还好受，可怜我这小丫鬟，十冬腊月里怪冷的，忽搭忽搭，白扇了一夜水火壶。

在封建社会，妇女是处于受压迫的最底层。尽管是家有"香茶美酒"的富贵女子，仍旧不免要遭到"心忒毒"的"无义的郎"的抛弃，而感到如朔风劲吹、雪花飞舞那样地凄凉悲苦。这种思妇谴责负义郎君的情歌，本是屡见不鲜的。然而这首歌却以结尾出人意外的尖新，犹如奇峰突起，把人引到了刮目相看、深思猛省的崭新境界。它以两个阶级不同的生活处境和感受的鲜明对比，启迪人们不仅要看到贪花恋酒、忘恩负义的郎君给女子带来了极大的精神痛苦，更重要的还应看到，由于阶级的区分给劳动妇女造成的极为艰苦的生活处境。这里构思的"奇"，是为反映生活的"真"和表现立意的"新"服务的。是以奇特的构思，巧妙地反映了社会生活的本质——阶级压迫的真实，自觉或不自觉地揭示了妇女受压迫最深重的是阶级的压迫。它使人读了不禁思绪萦怀，胸臆顿开。

同样是写谴责负义的郎君，《白雪遗音》中的《马头调·露水珠》的构思和意境，又别具一格：

露水珠儿在荷叶转，颗颗滚圆。姐儿一见忙用线穿，喜上眉尖。恨不能，一颗一颗穿成串，排成连环。要成串，谁知水珠也会变，不似从前。这边散了，那边去团圆，改变心田。闪杀奴，偏偏又被风吹散，落在河中间。后悔迟，当初错把宝贝看，叫人心寒。

这支曲词，它把负义的情人想象成如露水珠儿一般，看上去滴溜滚圆，晶莹可爱，姐儿对他一见钟情，"喜上眉尖"，可是当真的要跟他"连环""成串"，喜结良缘的时候，他却会"改变心田"，"这边散了，那边去团圆"。男子爱情不专一，这并不完全如前一首《朔风儿透屋》所说的"恨情人心忒毒"的问题，而是封建制度允许一夫多妻制，讲求门当户对的封建包办婚姻造成的。因此，在这首情歌中并不把罪责归咎于个别男子的"心忒毒"，而是强调："闪杀奴，偏偏又被风吹散，落在河中间。"这吹散他们爱情的"风"，颇为耐人寻味，它显然不只是指个别人的罪孽，而是包括整个封建社会世俗居于统治地位的恶风俗气。"后悔迟，当初错把宝贝看，叫人心寒。"这既有对心上人负义的抱怨和谴责，更有对自己一见钟情、看错人的懊悔和感叹。俗话说：吃一堑，长一智。它启发人们，选择情人不能只看外表"滚圆"——好看，更重要的是要看他的"心田"。

尤其令人欣喜的是，这支曲词所蕴藏的丰富的思想意义和社会内容，都不是通过作者的明言直说，更不是借助于艰深晦涩的隐语典故，而是把全部幽深复杂的思想感情，皆寄托在姐儿穿水珠的过程之中，叫人感到既充满着生活的情趣，又余味曲包，旨深寄远，既忍俊不禁，解颐开颜，又如泣如诉，令人伤神。它真正做到了寓深刻的思想性于优美的艺术性之中，云蒸霞蔚，奇观天成。

四

心理描写，细腻入微，是这些情歌的又一特色。如《白雪遗音》中的《岭儿调·独坐黄昏谁是伴》：

独坐黄昏谁是伴？默默无言。手掐着指头算一算，离别了几天，长夜如小年。念情人，纵有书信不如人见面，一阵痛心酸。走入罗帐难成梦，欲待要梦见，偏又梦不见，后会岂无缘？倒枕翻身，想起了前言，句句在心间。嗳！我想迷了心，恨不能变一只宾鸿雁，飞到你跟前。辗转睡朦胧，梦见情人将手攒，醒来是空拳。

这首情歌把一个妇女对丈夫离别后的心酸和思念，描绘得缠扰不休，一筹莫展。其心神不定，如行云流水，无法羁绊。一会儿"手掐着指头算一算，离别了几天"，一会儿"欲待梦见，偏又梦不见"，一会儿"倒枕翻身，想起了前言"，一会儿又"恨不能变一只宾鸿雁，飞到你跟前"，最后"梦见情人将手攒，醒来是空拳"。妙在作者对这一切隐微曲折的心理变化，皆不是作静止的剖析，而是化静为动，绘形传神，使诗中女主人公心理的曲折变化，犹如银瓶乍破，悬泉陡落，荡漾着一股强劲的韵味和盈盈的诗意，使读者仿佛既感受到了大提琴的深沉、凝思，单簧管的流丽、亲近，又听到了巴松的悠远、奇诡，吉他的温柔、谐趣，情丝缱绻，左右盘旋，魂牵梦绕，美不胜收。

同样是写思妇曲折微妙的心理，《白雪遗音》中的《岭儿调·减芳容》又独辟蹊径：

减芳容，奴的忧恨千层。人说是病，我说是病，虽然是病，我可何尝是病？自己个心里明。随心的好事，成何用？中何用？魂想不能，我可梦想也是想不能，空叫我盼多情。曾记得当日的离别情分，欲要送，懒待送，携手送，我可挽手送，哭的眼睛红。到而今，丢个净，撇个净，闪个净，你可忘个净，心肠冷如冰。自叹我这红颜薄命怕做梦，偏做梦；日里梦，我可夜里还是梦，终日睡朦胧。这相思害得我，没了命，忘了命。恨你几声，我可骂你几声，恨的我牙根疼。从今后，要无情，就无情，硬着心肠我把心肠硬，一笔勾个清！

这首情歌中的女主人公，虽然说要"硬着心肠我把心肠硬，一笔勾个清"，可是这该使她的内心承受多少"这相思害得我没了命，忘了命"的巨大痛苦啊！"奴的忧恨千层"，如果说一层两层，或三层五层，还好表现，那么这"千层"心曲又怎么表现呢？作者采用了纵横交错、层见叠出，搜索枯肠，左盘右旋的手法，如"人说是病，我说是病"，这看上去是异口同声，肯定无疑，实则"人说"的只是表象，"我说"的只不过是掩饰，而实情是："虽然是病，我可何尝是病？自己个心里明。"这在语义上是前后矛盾的，而对于表现"忧恨千层"的心理，却是准确无误的。接着写这忧恨而得相思病的原因，是"随心的好事"不得成功，"空叫我盼多情"！这里作者也是用了"成何用，中何用"，"魂想不能"，"梦想也是想不能"的层层递进的重叠排比句法，给人以相续相延、层出不穷的感受。然后又回忆"当日的离别情分"，如何难舍难分；"到而今"，"你可忘个净，心肠冷如冰"。两相对照，差别之大，如天悬地隔，叫人怎么忍受得了！这里前者连用四句"送"字结尾，后者连用四句"净"字结尾，更给人以穷形尽相、无限凄怆之感。既然对方已经"忘个净，心肠冷如冰"，那么还想他干什么呢？可是情人的心理就是这么身不由己，微妙复杂。她"怕做梦，偏做梦；日里梦，我可夜里还是梦，终日睡朦胧"。她深受相思之苦，苦到"没了命，忘了命"的地步，苦到对负心人又骂又恨，"恨的我牙根疼"，这"忧恨千层"，该是对造成妇女"红颜薄命"的封建社会多么强烈而又沉痛的控诉啊！尽管她已被相思害得"没了命，忘了命"，可是她绝不消极、轻生。她决心要振作起来，"从今后，要无情，就无情"，跟那个负心人一刀两断，"一笔勾个清！"这结尾一笔，忧恨中带有感奋，感奋中又露出雄健，使整支曲词好比浓云密布，忽经电闪雷鸣，化为倾盆大雨，使读者的心田得到了欣喜的滋润。

《霓裳续谱》和《白雪遗音》中的情歌，虽然也不免有些庸俗甚至淫秽之作，但是其中的多数作品皆真切自然，情深意浓，思想内容清新、健康，艺术形式生动、活泼。过去被封建统治阶级排斥为正统文学之外，贬为不登大雅之作。今天时代不同了，这些跟下层人民声息相通的优秀俗文学作品，也理应有资格进入"名作"之林，供广大读者阅读、欣赏。从中不难看出，在那个封建专制时代，为了爱情婚姻的自由幸福，青年男女，尤其是妇女们，遭受了多么巨大的精神折磨和多么无情的肉体摧残啊！今天重读这些情歌，不仅给我们以艺术的享受，同时还使我们由衷地更加热爱我们伟大的社会主义时代，更加珍惜我们今天已经得到的自由爱情的甜蜜和美满婚姻的幸福。

（原载《名作欣赏》1985 年第 3 期）

论寓言的基本特征和积极意义

一

寓言，是通过简短的故事来寄寓某个道理，以具有哲理性、激励性、警世性、幽默性见长的一种文学体裁。

它起源于劳动人民的口头创作。据笔者初步统计，在先秦寓言中，至少超过十分之三是分别见于两种书以上的，有的一则寓言被七八种书引用。如《越王好士勇》，即分别见于《墨子·兼爱中》《墨子·兼爱下》《尸子·处道》《韩非子·内储说上》《管子·七臣七主》《晏子春秋·离俗览·民用》等。这是它来源于民间创作的有力证明。

早在战国时代，民间寓言已引起上层社会的关注，以致在先秦诸子的著作中，也往往引用寓言来寄寓所要说明的道理。《史记·庄子列传》即指出："其著书十余万言，大抵率寓言也。"据陈蒲清《中国古代寓言史》[①]统计，诸子著作中引用寓言之多，《庄子》一百八十一则，《列子》九十九则，《韩非子》三百二十三则，《吕氏春秋》二百八十三则，《战国策》五十四则。可见寓言在当时影响之大，地位之突出和重要。

我国的寓言创作，兴盛于战国时期。此后虽时衰时盛，但总还是处在不断的发展之中。在始终与民间创作保持密切联系的同时，刘安、刘向、王充、葛

---

① 湖南教育出版社 1983 年版。

洪、柳宗元、欧阳修、苏轼、陆游、宋濂、刘基、冯梦龙、唐甄、蒲松龄、龚自珍等历代名家，也多有寓言精品问世。元末宋濂的《燕书》，刘基的《郁离子》，更是著名的寓言专集。明代马中锡的《中山狼传》、清代蒲松龄的《聊斋志异》中的寓言，则把我国寓言创作提升到了崭新的水平。

不过，由于寓言"好像是卑微的东西"①，且本来就分布在先秦诸子著作之中，后来虽独立成篇，但又往往与笑话、散文、小说合流，所以它作为独立的文体，一直未受到足够的重视和专门的研究。进入 20 世纪 80 年代以来，虽然有些研究成果陆续出现，但总的来看，尚处在起步的阶段，以致连什么是寓言，学术界迄今都未取得共识。

二

要正确认识寓言，我们必须了解它的基本特征。

（一）哲理性。通过一定的故事为比喻，寄寓和说明某个道理，具有强烈的哲理性，这是我国古代寓言的首要特征。

它总是以对客观规律的深刻认识和理性思考，启迪读者的智慧，使之起到益智的作用。如《庄子》中的《庖丁解牛》，启发人们只要自觉地按客观规律办事，就可使杀牛操作的手工笨重劳动，仿佛成为音乐、舞蹈表演那样轻松和优美。《淮南子》中的《一目之罗》，要人们认清客观事物的整体性。《列子》中的《九方皋相马》，要人们透过表象去看清本质；《施氏与孟氏》说明一切都依时间、地点、条件为转移。《孟子》中的《沧浪之水》，要人们认清外因只是条件，内因才起决定性的作用。《吕氏春秋》中的《公孙绰起死人》，说明把握质胜于量的必要性。林防《田间书》中的《墨鱼自蔽》，要人们认清事物的两面性和矛盾可以转化的规律性。《韩非子》中的《自相矛盾》，要人们

---

① 鲁迅：《且介亭杂文二集·徐懋庸作〈打杂集〉序》："寓言和演说，好像是卑微的东西，但伊索和契开罗，不是坐在希腊罗马文学史上吗？"

树立正确的思维方式，不能陷于自相矛盾。欧阳修的《钟莛说》说明，事物的属性是由多种因素决定的，抓住一点，进行简单类比，就必然陷于诡辩，不可能得出正确的结论。《按图索骥》《好处难学》《错死了人》，皆可见教条主义的荒谬可笑。《假人》《越人穿鼠》等，皆说明经验主义的危害。

无数事实证明，古代寓言是我们中华民族智慧的光辉结晶，进行哲理教育的生动教材，我国智力资源的丰富宝库，开发智力的金钥匙，具有不可估量的价值。

（二）激励性。以中华民族的优良传统和民族精神，给人以莫大的激励，具有强烈的激励性，这是我国古代寓言的又一显著特征。

例如《列子》中的《愚公移山》，激励我们发扬自强不息、艰苦奋斗的拼搏精神；《韩非子》中的《和氏之璧》，激励我们弘扬不屈不挠、无私奉献的爱国精神；林防《田间书》中的《义鹊》，提倡同类相怜相爱相助，崇尚仁义的博爱精神；《狐假虎威》《猱说》《螳螂捕蛇》《蜘蛛与蛇》《蜈蚣与蚓》等篇，都是要人们学习和发扬以弱胜强、以小胜大，不畏强敌，勇于并善于斗争的精神；《桑中李》《人鬼可畏》等篇，则要我们发扬不怕鬼、不信邪，正视和尊重客观实际的求实精神；《塞翁失马》以祸福相依、因祸得福的达观精神，给横遭祸害、处于逆境中的人们，以莫大的安慰、激励和鼓舞。

许多事实说明，我国古代寓言不愧为我们民族精神的集中体现，是我们进行民族传统和民族精神教育的生动教材，是鼓舞和激励我们民族不断开拓前进的力量源泉。

（三）警世性。善于从具体事实中提炼出警世骇俗的至理名言，足以发人深省，具有鲜明的警世性，是我国古代寓言的又一显著特征。

例如《礼记》中的《苛政猛于虎》，成为世世代代人们认识和揭露反动统治的锐利武器。冯梦龙《广笑府》中的《有钱者生》，以"有钱者生，无钱者死"的警句，深刻揭示了阶级社会的本质。江盈科《雪涛阁集》中的《医驼》，以"世之为令者，但管钱粮完，不管百姓死"的警句，使所谓"父母官"的凶残本相暴露无遗。《吕氏春秋》中的《燕雀相乐》，把"人臣"说成是只顾个人眼前享乐的"燕雀之智"，《郁离子·卖柑者言》更进一步把朝廷的文臣武将统统斥责为"金玉其外，败絮其中"，这对于人们不被统治者显赫的表象所蒙蔽，而看清其内里的腐败不堪，显然是有惊醒作用和巨大震撼力的！

许多寓言使人们深切感受到，它仿佛是警世钟，足以有力地促使人们从浑浑噩噩中清醒过来；它又仿佛是照妖镜，能透过种种伪装和假象，使人们看清封建统治者的丑恶灵魂和凶残、腐朽的本质。

（四）幽默性。既不是以绘声绘色的具体描写感动人，也不是以空洞的说教教训人，而是以幽默诙谐的笔法，揭露社会现实的种种荒唐愚蠢和滑稽可笑，具有浓烈的幽默性，足以起到使"闻之者解颐"①"泄其胸中郁结"②的愉悦作用，这是我国古代寓言最为显著的艺术特色。

例如《孟子》中的《揠苗助长》，寓荒唐于正经，以动机和效果的适得其反，使"揠苗者"显得既可笑又可悲。方孝孺的《越巫》，寓虚妄于真实，使以"善治鬼"骗人的越巫，恰恰为人所骗，把"假鬼"当作"真鬼"，以致吓破了胆而死，显得可笑可悲之至。欧阳修的《钟莛说》，寓愚昧于聪明，使一个自以为聪明，能说明钟声起源的人，越说越前后自相矛盾，暴露出不懂却偏要装懂的可笑可悲。马中锡的《中山狼传》，寓滑稽于严肃，以老杏树、老母牛抱怨主人忘恩负义的滑稽可笑，严肃地批判了东郭先生对中山狼讲仁爱，要求本性吃人的狼不忘恩负义的荒谬，极富幽默情趣地使他成为既可笑又可悲的寓言人物。石成金的《笑得好·让鼠蜂》，寓诙谐于庄重，以老鼠头尖会钻，马蜂嘴尖会刺，比喻会钻营、刺探的小人，显得既诙谐有趣，又借此庄重地指

---

① 清·小石道人：《〈嘻谈录〉自序》。
② 清·粲然叟：《〈嘻谈录〉序》。

出："不会钻刺的才是真秀才！"使读者从笑的愉悦中不禁深感那个社会现实的丑恶。

诸如此类，不仅显得妙趣横生，而且"在每一种幽默里，都包含笑和悲哀"[①]，使之不愧为高超的幽默艺术。

认清上述"四性"特征，不仅有助于我们对每篇寓言的丰富内涵和艺术特色的理解和欣赏，而且可以使我们克服把寓言看成"好像是卑微的东西"的传统偏见，提高对于寓言在整个古代文化遗产中的重要价值和地位的认识，以便于充分发挥其应有的积极作用。

三

读点古代寓言，对于我们当前的社会主义精神文明建设，颇有多方面的积极意义。

第一，它有助于我们解放思想，树立开放的、面向世界的海洋意识。曾经鼓噪一时的《河殇》，不是把近代中国的落后归咎于我们民族黄河文化的内陆意识，而主张全盘学习西方的海洋意识么？其实，我们伟大的祖国不仅拥有纵深的内陆，更拥有辽阔的海洋；我们中华文化，也绝不是只有内陆意识而缺乏海洋意识。《庄子》寓言《坎井之蛙》，赞赏"东海之鳖"所享有的"千里之远，不足以举其大；千仞之高，不足以极其深"，"不为顷久推移，不以多少进退"的"东海之大乐"，而嘲笑"坎井之蛙"的坐井观天，眼光狭窄。苻朗《苻子》中的《海鳖与群蚁》，赞美海龟如"冠蓬莱而浮游于沧海，腾跃而上则干于云，没而下潜于重泉"，能掀起"长风激浪，崇涛万里"，使"海水沸，地雷震"。仿佛它本身就是大海的主人，海中的仙山琼阁和惊涛骇浪，无不在它的主宰之下。而嘲笑群蚁以"归伏乎窟穴"为满足，显得渺小、保守之极。

---

① 辛未艾译：《车尔尼雪夫斯基论文学》中卷《论崇高与滑稽》，上海译文出版社 1979 年版，第96 页。

这一切难道不足以证明，我们中华民族早就崇尚海洋意识而摈弃内陆意识么？它使人读后，不禁深感我们今天的改革开放，就如同在享受"东海之大乐"一样，而回首从前的闭关自守，则仿佛犹如"坎井之蛙""穴中群蚁"一般保守落后，可悲可怜。这对于我们今天坚持以解放思想为前提的改革开放，岂不是大有裨益么？

第二，它有助于激励我们发扬实事求是和勇于创造，不断开拓进取的精神。如《吕氏春秋》中的《刻舟求剑》，以"舟已行矣，而剑不行，求剑若此，不亦惑乎？"来说明"以此故法为其国，与此同。时已徙（变迁）矣，而法不徙，以此为治，岂不难哉？"这就是要求实事求是，治国之法必须随着时代的变化而变化。《庄子·逍遥游》中的《不龟手之药》，写同样是使手不冻裂的药，却有小用与大用之别，发明此药的人只知靠它来漂洗棉絮，而买到此药方的人，则把它用于率领吴军跟越军进行寒冬水战，大败越军而获得封地犒赏。这对于人们发扬创造性，不断开拓、进取，岂不是有很大的激励作用么？

第三，它有助于促进我们的法制建设。依法治国，就必须不徇私情。《吕氏春秋·去私》中的《腹䵍杀子》，写有个叫腹䵍的墨家学派巨子，他的儿子杀了人，秦惠王鉴于他年长、无他子，便下令不要杀其子，而腹䵍则坚持要"行墨子之法"："杀人者死，伤人者刑。""不许惠王，而遂杀子。"以其不徇私情、大义灭亲的行为，体现了法立刑必、在法律面前人人平等的思想。这对确保人类社会的健康发展，岂不至今仍有其普遍的现实意义？宋濂的《变易是非》，揭露以权势作为判断是非的标准，显然也是对以"权"代法的讽刺和批判。如今封建专制的权势虽然早已被推翻，但是以权势作为判断真假、是非标准的封建余毒，至今不是仍在肆虐么？读读这类寓言，岂不大大有利于促进我们加强法制建设么？

第四，它有助于推动我们的廉政建设。如韩婴《韩诗外传》中的《公仪休嗜鱼》，写鲁国宰相公仪休特别嗜好吃鱼，但人家给他献鱼，他却拒收。其弟问何故，他说："夫欲嗜鱼，故不受也，受鱼而免于相，则不能自给鱼；无受而不免于相，长自给于鱼也。"这就从"受"与"无受"相互依存和转化的哲理上，使人领悟到：受贿，势必失去官职，那就没有俸禄自己买鱼吃；只有不受贿，才能保住官职，长久有俸禄自己买鱼吃。人们又何必冒着失去官职的危险，去受贿呢？受贿，轻则被罢官，重则家破人亡。刘基《郁离子·麝抉其脐》，以猎人为了得麝香而追杀麝，麝为逃命便不惜自己把麝香投于草莽。作者以此寄寓："以贿亡其身以及其家，何其知（智）之不如麝耶！"贪小失大，利令智昏到连野兽都不如，这对那些不顾家破人亡而以身试法的贪污犯来说，岂不恰恰是击中其要害么？

第五，它有助于我们吸取在市场经济条件下容易上当受骗的许多教训。如方孝孺的《越车》，写越国从晋、楚引进已经破损"无所可用"的车子，加以夸耀和仿造。结果，越国用这种车子抵御外敌入侵，因"车坏"而"大败"。这对于我们避免盲目引进，岂不大有教益？重视商品包装，这是市场经济的特点。然而过分注重包装的华美，则未免本末倒置，有蒙骗之嫌。《韩非子》中的《买椟还珠》，即指出："此可谓善卖椟（匣子）矣，未可谓善鬻（卖）珠也。"更有甚者，是蓄意造假骗人。宋濂的《角象龙鸣》，就是揭露一个"制角以象龙鸣"者，"子之角固伪也，今子又以能（指三足鳖）为龙，益伪矣！"读读这类寓言，可知造假骗人，由来已久；识假、打假，任重道远。

第六，它有助于我们尊重人才和正确选拔人才。如《淮南子》中《齐庄公出猎》，写"螳螂举足，将搏其轮"，齐庄公赞赏"此为人，必为天下勇士矣"，"于是回车避之"。庄公如此尊重勇士，就使天下"勇武闻之，知所尽死矣。"韩婴在《韩诗外传》中把这两句改为"勇士归之"。两者皆说明，庄公尊重勇士的精神，具有多么强大的感召力！这对于我们提倡尊重人才，岂不颇具教益么？

怎样正确识别和选拔人才？《列子》的《九方皋相马》，要人们"得其精而忘其粗，在其内而忘其外"，避免像秦穆公那样，仅因为九方皋未弄清马的颜色和雌雄，即断言这位胜过伯乐千万倍的九方皋不识千里马，差点儿使相马奇才和真正的千里马皆得而复失。刘昼的《公输刻凤》，要人们不能只看人才的局部。当公输班（又称鲁班）雕刻凤仅雕成凤身、凤首时，"皆訾其丑而笑其拙"，这就是仅看个别或局部，所造成的谬误；当他把凤雕刻成功之后，人们再从其整体上全面观赏，便皆"赞其奇而称其巧"了。如果仅从其雕刻的凤身或凤首来判断其技艺，岂不连公输班这样的能工巧匠也要被诬为蠢才而横遭扼杀么？《管子》中的《傅马栈最难》，则说明选好领头人最为重要。因为如同编扎养马的栅栏，总是"曲木又求曲木"，"直木又求直木"，关键就看你究竟选的是"曲木"或"直木"领头。所有这一切都是可贵的历史经验，足以给我们以有益的启示。

四

本书所选一百一十九篇寓言，大体上可以堪称从先秦到清末的寓言精品荟萃。由于受出版社规定的字数所限，还有不少寓言精品，尤其是篇幅较长的，只能割爱了。好在本书对所选的作家作品皆作了扼要介绍，读者有兴趣的话，可以进一步阅读他们的原著。

有的寓言见于多种书籍或多种版本，情节和文字皆略有出入。本书选录时，尽可能选较早出现的一种，如果较后出现的思想和艺术更精，则舍先而取后。对所根据的书籍及不同书籍记载的重大差异，已尽笔者所知作了说明。至于具体文字的异同，则一般不作校勘。每篇的标题，多数原来没有，系由笔者所加；凡原来有标题的，则照录不误。

对每篇寓言中难懂的字、词、句，笔者皆作了注解。但以读懂文字为限，不作烦琐考证。寓言中的人名、地名，不论实有或杜撰，皆属作者的假托；笔者对其中实有的其人其地作了注释，仅为了说明其假托的由来，并非说它写的真是某人某地。

对每篇寓言的寓意，题材来源和影响，思想和艺术特色，笔者皆作了简要的介绍和评析，以对读者提高理解和鉴赏能力有所帮助。但是由于寓言有其多义性，往往可以作多种理解，笔者的评析只是说明其原意和个人的领会，不可能面面俱到，也未必都是正确无误的，仅供读者参考而已。

本书的编选、注释和评析，皆对学术界已有的研究成果有所借鉴和吸取，恕不一一注明，在此谨表谢忱。由于笔者的水平所限，对本书存在的缺点和谬误，尚祈专家和读者不吝赐教。

2001 年 9 月 30 日校订于合肥安大寓所

（此文原为《寓言精华评析·前言》，解放军出版社 2003 年 1 月出版。台北华正书局于 2007 年出版增订本，并改书名为《寓言精品评析》。）

公元四世纪国人对海洋意识的呼唤

——对《苻子》中一则寓言的赏析

在当今改革开放的时代，我们尤其需要克服封闭、保守的内陆意识，树立和强化面向世界的海洋意识。这看来是个新课题，而其实却不然。早在公元前 3 世纪，《庄子·秋水》已经有《海鳖与井蛙》的寓言，这是众所熟悉的。鲜为人知的是，公元 4 世纪十六国时期前秦文学家苻朗的《苻子》（原书已佚，现传有清代马国翰辑本，见于《玉函山房辑佚书》）中，有一则《海鳖与群蚁》的寓言：

> 东海有鳖焉，①冠蓬莱而浮游于沧海，②腾跃而上则干云，③没而下潜于重泉。④
>
> 有红蚁者，闻而悦之，与群蚁相要乎海畔，⑤欲观鳖焉。月余日，⑥鳖潜未出。群蚁将反，⑦遇长风激浪，崇涛万仞，⑧海水沸，⑨地雷震。⑩群

---

① 鳖（áo）：古时传说为东海中的大龟。东海，即渤海，又称沧海、北海。
② 冠：帽子，这里作动词用，戴的意思。蓬莱：传说中的海上仙山。浮游，漂浮游动。
③ 干：冲犯。
④ 重（chóng）泉：深水。
⑤ 要（yāo）：同"邀"，约请。
⑥ 月余日：一个月多些日子。
⑦ 反：同"返"，返回，归去。
⑧ 崇涛：高大的浪头。仞，每仞周制八尺，汉制七尺，东汉末五尺六寸。这里以"万仞"极言其高。
⑨ 沸：沸腾，形容波浪翻滚。
⑩ 地雷震：形容惊涛拍岸发出的声音像打雷一样震动大地。

蚁曰："此将鳌之作也！"①

　　数日，风止雷默，②海中隐如岳，③其高椠天，④或游而西。群蚁曰："彼之冠山，⑤何异我之戴粒？⑥逍遥封壤之巅，⑦归伏乎窟穴也。⑧此乃物我之适，⑨自已而然，⑩我何用数百里劳形而观之乎？⑪"

在这则寓言中，海鳌与群蚁之间，形成了鲜明的形象对比：

海鳌的形象显得高大、雄伟。它能够"冠蓬莱而浮游于沧海，腾跃而上则干云，没而下潜于重泉"。（意谓它头顶着蓬莱仙岛，在辽阔的海洋里任意漫游，它腾跃上升可以触到云彩，沉没下潜可以深入海底。）面对如此高大、神奇的形象，一股令人惊喜、崇敬之情，不禁油然而生。而与此形成强烈反差的是，群蚁的形象则显得渺小、卑劣、可笑之至。它们竟然认为："彼之冠山，何异我之戴粒？逍遥封壤之巅，归伏乎窟穴也。"（意谓海鳌头顶着大山，和我们头顶着米粒有什么不同呢？它的作为，和我们在蚁冢的顶端优游自得地爬行，回家去潜伏在洞穴之中，是完全一样的。）群蚁如此自甘渺小，自满自足，甚至公然否认伟大和渺小、先进和落后的差别，陶醉于主观唯心主义的自欺欺人，自我安慰，这岂不显得太卑劣、可笑么？

海鳌的形象富有奋力拼搏、排山倒海的气概，堪当主宰大海的主人。所以当"群蚁将反，遇长风激浪，崇涛万里，海水沸，地雷震。群蚁曰：'此将

---

① 将：当是。作，兴起。
② 默：没有声音。
③ 岳：高大的山。
④ 椠：同"概"，指平、齐。
⑤ 冠山：头顶着山。
⑥ 戴粒：头顶着小米粒。
⑦ 逍遥：优游自得的样子。封壤，蚂蚁窝外隆起的土堆，即蚁冢。巅，顶端。
⑧ 窟穴：蚂蚁窝洞。
⑨ 物我之适：指客观条件与我相适应。
⑩ 自已而然：自来就是这个样子的。
⑪ 何用：何以、为什么。形，形体、身体。

鳌之作也。'"（意谓"这该当是海鳌的兴风作浪吧！"）也就是说，海鳌的兴风作浪，有足以"崇涛万里"，使"海水沸，地雷震"的巨大力量。而群蚁则以爬行在蚁冢隆起的土堆之上，潜伏于蚁窝的洞穴之中，而感到逍遥自在，还美其名曰这就是"物我之适"（主客观条件彼此相适应）了。显然，海鳌所追求的是甘冒风险，勇于充当改造世界、主宰世界的主人，而群蚁却只是安于现状，以使自己的主观世界适应于客观世界为满足。两相对照，岂不如同珠穆朗玛峰与蚁冢一样，有着高下之别么？

海鳌的形象还富有不断开拓、进取的精神。它不是满足于在海中兴风作浪，把浪头掀得有万丈高，使海水沸腾，连海岸都被震动得轰轰作响，当风停雷止的时候，它还能在"海中隐如岳（像座大山），其高樊天（它高到跟天一样齐），或游而西（时而向西游动着）"。这说明它绝不固步自封，苟且偷安，而总是在不断地开拓、进取、创造新的境界。与此形成鲜明对照的群蚁，则以"自已而然（自来就是这个样子），我何用数百里劳形而观之乎？"向后看，固守着已有的老样子，并以此为借口而不愿为新的开拓进取付出巨大的劳动和牺牲，这正是保守、落后的内陆意识的反映。

如果说公元前3世纪的《庄子·秋水》中的"东海之鳌"，还只是为它所生活的"东海之大乐"的环境，而感到无比自豪和骄傲的话，那么，公元4世纪《符子》中的"海鳌"，其本身则已经是大海的主人，海中的惊涛骇浪和仙山琼阁，仿佛都是在它的主宰之下。其形象之崇高，力量之伟大，思想之解放，性格之豪迈，该是令人多么赞叹不已、称赏不绝啊！

这则寓言说明，我们的祖先早已对海洋意识进行热烈呼唤和深情憧憬。如同唐代大诗人李白的《行路难》所热切期待的："长风破浪会有时，直挂云帆济沧海！"明初郑和下西洋所乘的船，最大的即已长达四十四点四丈，阔十八丈，可容纳千人。至于今天我们航行于世界各大洋的海轮之多之大，那就更加惊人了。这一切，岂不恰如《符子》中这则寓言所形容的："冠蓬莱而浮游于沧海，腾跃而上则干云"，"隐如岳，其高槃天"么？由此可见，现在我们所需要的，绝不是鄙弃我们民族悠久的文化传统，而是应如何使之发扬光大，更好地为建设现代化的社会主义强国服务。

（原载《名作欣赏》2000 年第 1 期）

公元前国人的海洋意识

——读《庄子·秋水》中的一则寓言

在我国传统文化中，是否只有内陆意识而缺乏海洋意识呢？其实，早在公元之前，已经有了国人海洋意识的颂歌。《庄子·秋水》中引用的一则寓言这样写道：

> 子独不闻夫坎井之蛙乎？谓东海之鳖曰："吾乐与！出跳梁乎井干之上，入休乎缺甃之崖；赴水则接腋持颐，蹶泥则没足灭跗。还虷蟹与科斗，莫吾能若也！且夫擅一壑之水，而跨跱坎井之乐，此亦至矣。夫子奚不时来入观乎？"
>
> 东海之鳖，左足未入，而右膝已絷矣。于是逡巡而却，告之海，曰："夫千里之远，不足以举其大；千仞之高，不足以极其深。禹之时，十年九潦，而水弗为加益；汤之时，八年七旱，而崖不为加损。夫不为顷久推移，不以多少进退者，此亦东海之大乐也。"于是坎井之蛙闻之，适适然惊，规规然自失也。

作者庄子生活在公元前369—公元前286年。这则寓言，是以"坎井之蛙"喻战国时的赵国诡辩家公孙龙，以"东海之鳖"喻庄子。前者只满足于"跨跱坎井之乐"，而后者则追求"不为顷久推移，不以多少进退"的"东海之大乐"。它通过井蛙与海鳖两者的鲜明对比，表现了对内陆意识的竭力贬责，对海洋意识的热烈褒扬。

首先，在空间上，井蛙与海鳖的视野存在着狭窄与辽阔、浅薄与深邃之别。井蛙只不过"出跳梁乎井干之上，入休乎缺甃之崖；赴水则接腋持颐，蹶泥则没足灭跗"，即感到快乐不已。而海鳖则追求"夫千里之远，不足以举其大；千仞之高，不足以极其深"。如此既大又深的空间，自然就养成了它那远大、深邃的目光，博大、开放的胸怀，英勇、豪迈的精神气概。两相对比，更显得井蛙的"坎井之乐"实在太渺小了！

其次，在时间上，井蛙只顾眼前有"井干"可跳，有"缺甃之崖"可供休息，而不考虑井栏终有损坏之时；所谓"缺甃之崖"，即残破的井壁，随时有坍塌之虞，而它竟还浑然不觉地在那儿酣息，多么危险！多么愚昧！而海鳖则不满足于眼前的安乐，凭借熟稔久远的历史经验，它深知大海在"禹之时，十年九潦（涝），而水弗为加益；汤之时，八年七旱，而崖不为加损"。如此洞察历史，把握现实，就必然养成了它那海纳百川的宽容雅量，深谋远虑的精妙思绪，沉着应变的必胜信念。

最后，在价值取向上，井蛙只满足于向后看，回头跟过去比，跟比自己弱小者比，沉湎于"还虷蟹与科斗，莫吾能若也！"而海鳖所追求的，则是无限量的"大乐"境界，用它的话来说："夫不为顷久推移，不以多少进退者，此亦东海之大乐也。"正是这种不为"顷久""多少"所局限的"大乐"境界，就必然养成了它那永不满足、勇往直前的气度，奋力拼搏、不断进取的精神。

上述三点可见，"坎井之蛙"与"东海之鳖"是两个颇具象征意义的形象：前者具有封闭、保守、自满自足的特征，是内陆意识的典型；后者具有胸怀博大、见解精深、追求开放、进取的特性，是海洋意识的代表。其共同点是，作者皆强调地写出它们所生活的客观环境，对于它们的主观意识所起的决定作用。如同《庄子·秋水》所指出的："井蛙不可以语于海者，拘于虚也。"拘，即拘束、局限。虚,同"墟",指所居之处。局限于狭窄的浅井之中,这就难免使它养成鼠目寸光、安于现状、自得其乐的特性。而"东海之鳖"则截然不同,它所生活的"千里之远,不足以举其大;千仞之高,不足以极其深"的大海,使它养成了胸怀开阔、高瞻远瞩、永不满足的特性。它以追求"不为顷久推移,不以多少进退"为"大乐",这该是多么博大、精深、令人神往的思想境界啊!难怪"坎井之蛙闻之",要"适适然惊,规规然自失"了,也难怪人们无不以"坎井之蛙"为嘲讽的对象,而以"东海之鳖"——我国伟大的思想家庄子的化身,作为国人世世代代敬重和学习的楷模了。

在长期遭受封建专制统治,小农经济占主导地位,深受封闭、保守的内陆意识影响的中国,为什么会出现上述寓言那样强烈地赞美和呼唤开放、进取的海洋意识呢?这绝不是偶然的、孤立的现象,而是中华文化自古就有海纳百川、博大精深的传统的反映。

我们伟大的祖国不只有纵深的内陆,还有从渤海、东海到南海漫长的海岸线,以及包括台湾、西沙和南沙群岛在内的众多海岛和辽阔海域,因此国人早就有海洋意识,是一点也不奇怪的。我国的传统文化,从来不是单一的、封闭的、僵化的,从先秦时期就有诸子百家,后来影响最大的也有儒、释、道三家,老、庄即属道家的创始人。据说早在三四千年之前,殷商人即远征北美、南美,有关专家考证,"印加",即"殷家"的音译(见何光岳《商源流史》)。墨西哥人至今仍称中国人为"拔山拿",意即"同乡"(据1999年2月18日《参考消息》转载董永武:《美洲的原住民》)。由殷商人所开创的海洋意识的文化传统,在我国一直绵延不绝。据史书记载,齐威王、燕昭王、秦始皇、汉武帝,皆曾屡次派大船入海求仙。在文学作品中,除《庄子》中的上述寓言外,还有南北朝前秦文学家苻朗《苻子》中的《海鳖与群蚁》寓言,曹操的《观沧海》诗,李白的《行路难》,即使写内陆,亦不忘憧憬:"长风破浪会有时,直挂云帆济沧海。"《西游记》中孙悟空那七十二变的神奇本领,就是渡过两重海洋拜师学到的,他手中的"如意金箍棒",原是东海龙王定江海深浅的"一块神铁"。如果说这一切只是理想追求和美好憧憬的话,那么,明初郑和率领庞大的船队七次下西洋,则是付诸行动。他们所乘的船,最大的长四十四点四丈,阔十八丈,可容纳千人;最远航行到非洲东岸、红海和伊斯兰教圣地麦加。郑和的航行,比西方哥伦布、达·伽马等人的航行,要早半个世纪以上;船只之大和船队规模,都超过他们几倍。可见我们中国人不只早就具有海洋意识,而且渡海冒险、勇于开拓进取的实际业绩,也绝不在西洋人之下。郑和们不就是如《庄子·秋水》寓言所说的,有着"千里之远,不足以举其大;千仞之高,不足以极其深"的海洋般的博大胸怀和宏伟气魄么?

今天,辽阔的海洋,早已不再是隔绝我们的天然屏障,而成为我们与地球村各色人群密切交往的桥梁与纽带。试看从祖国的渤海、东海到南海这一漫长的海岸线上,何处没有穿梭往返的大小船舶,通向世界几乎所有的港口?"千里之远,不足以举其大;千仞之高,不足以极其深"的博大胸怀和宏伟气魄,正是 21 世纪的中国人所应具备的。

(原载中华书局《文史知识》2000 年第 2 期)

读寓言悟用人

寓言是智慧的结晶，精心研读，往往会使我们顿开茅塞。以下几则寓言耐人寻味，有助于我们把握用人的真谛。

齐庄公出猎

> 齐庄公出猎，有螳螂举足，将搏其轮。问其御曰："此何虫也？"御曰："此是螳螂也。其为虫，知进而不知退，不量力而轻就敌。"庄公曰："此为人，必为天下勇士矣。"于是回车避之，而勇士归之。
>
> ——西汉·韩婴《韩诗外传》卷八

这则寓言又见于《庄子·人间世》，只不过所要说明的寓意与此并不相同。《庄子》是说："汝不知夫螳螂乎，怒其臂以当车辙，不知其不胜任也。"后人喻作"螳臂当车"，比喻不自量力，必然失败。

《韩诗外传》引此寓言，其讽喻的对象主要不在"螳螂"或"勇士"，而在于当权者要像齐庄公那样真诚地处处尊重和珍爱勇士。螳螂因为有勇于进取、不怕牺牲的拼搏精神，齐庄公立刻就想到，有这种精神的人，必定会成为天下勇士，于是他立即对螳螂珍爱有加，赞赏备至，屈尊地"回车避之"。齐庄公既然有如此尊重和珍惜勇士的精神，那么，天下的勇士纷纷来归附于他、为他效力，也就是势所必然的了。对于今天的领导者来说，既然强调尊重知识、尊重人才，除像齐庄公那样时时处处注意进行精神激励外，是不是更应该拿出切实的行动来呢？

齐桓公设庭燎

　　齐桓公设庭燎，为士之欲造见者，期年而士不至。于是东野鄙人有以"九九"之术求见者，桓公曰，"'九九'何足以见乎？"鄙人对曰："臣非以'九九'为足以见也。臣闻主君设庭燎以待士，期年而士不至。夫士之所以不至者，君，天下贤君也，四方之士皆以论而不及君，故不至也。夫'九九'薄能耳，而君犹礼之，况贤于'九九'乎？夫太山不辞壤石，江海不逆小流，所以成大也。诗云：'先民有言，询于刍荛。'言博谋也。"桓公曰："善！"乃因礼之。期月，四方之士，相携而并至。

——西汉·刘向《说苑·尊贤》

　　庭燎，是庭中用以照明的火炬，表明君王不安于寝，勤于政事。这则寓言说明，求贤应不拘一格，只要有一技之长，就应以礼相待；即使是"刍荛"（割草打柴）之人，也有值得向他们请教之处。这样以实际行动广纳贤才，才能使群贤毕至，人才荟萃。

　　此篇中当"东野鄙人"以"九九"之术（古代算法的一种）求见时，他受到的待遇是齐桓公的不屑一顾，说："'九九'何足以见乎？"但他并不因此而泄气，而是依然不折不挠地对齐桓公进行劝说。他一方面称赞齐桓公是"贤君"，向他指出"设庭燎以待士，期年而士不至"的原因，另一方面，以"'九九'薄能耳，而君犹礼之，况贤于'九九'乎"来说明，接纳他这个"薄能"者，必有助于吸引更大的贤人。这一席话，终于使齐桓公茅塞顿开，当即说："善！"不仅对东野鄙人以礼相待，而且使齐国也果真因此而"四方之士，相携而并至"。

现在我们的许多领导者，不是也跟齐桓公一样标榜要广纳贤才吗？可是他们往往只看重院士、博士，对他们愿出高薪招纳，而对于只懂得"九九"之术登门求见的"东野鄙人"，却不屑一顾。这种领导者用贤，不是"不拘一格"，而是"只拘一格"。可见其并不是真正的尊重人才，或许只是以标榜重才为幌子，为自己沽名钓誉。作为领导，不应只把目光盯着几个顶尖级的人才，而是要广纳人才，并调动各类人才的积极性，这才是真正的尊重人才，实施人才战略的有效途径。

公输刻凤

公输之刻凤也，冠距（凤冠和脚爪）未成，翠羽未树。人见其身者，谓之"鹲鸱"（méng chì，鸟名，似鹰而白色）；见其首者，名曰"鹀鶙"（wū zé，鸟名，即鹈鹕）。皆訾其丑而笑其拙。及凤之成，翠冠云耸，朱距电摇（红色的脚爪像电一样闪光），锦身霞散，绮翮焱发（绮丽的翅膀展开来像火花一样灿烂），翙（huì）然一翥（翙的一声飞举），翻翔云栋，三日而不集（三天而不与群鸟一起栖落集合）。然后赞其奇而称其巧。

——北齐·刘昼《刘子·知人》

公输，又称公输般，即鲁班，是春秋时期鲁国著名的能工巧匠。刻凤，是指在木头上雕刻凤凰的形态。此则寓言是说，人才的才智被认识和肯定，如同鲁班的刻凤一样，有个渐进的过程，当这个过程尚未最后完成时，人们只看到局部现象即横加非议，往往会得出错误的结论。因此，如果只看其局部，"皆訾其丑而笑其拙"，即据此而断定其人为不堪用的蠢才，那么即使像鲁班那样著名的能工巧匠，岂不也同样要遭扼杀吗？只见局部，不见整体，陷入这个误

666

区，那要埋没多少卓越的人才啊！

傅马栈最难

桓公观于厩（jiù，马棚），问厩吏曰："厩何事最难？"厩吏未对，管仲对曰："夷吾尝为圉人（养马的人）矣，傅马栈（编扎养马的棚栏）最难：先傅曲木，曲木又求曲木；曲木已傅，直木无所施矣。先傅直木，直木又求直木；直木已傅，曲木亦无所施矣。"

——春秋齐·管仲《管子·小问》

管仲是春秋初期著名的政治家。这则写寓言展现了管仲的人才思想和用人战略。它以曲木、直木喻人，意在说明：用不肖者必然引致不肖者，用贤明者必然引致贤明者。如俗话所说：物以类聚，人以群分，曲直不相容而相斥。所以，用人之道，贵在选好领头人，如同编扎养马的栅栏一样，领头的是"曲木"，必然"曲木又求曲木"，使"直木"遭到排斥，毫无用武之地；反之，领头的是"直木"，那就必然"直木又求直木"，使"曲木"受到遗弃，全无立足之地。

贵在选好领头人，这真是道出了我们要正确实施人才战略的精髓！

（原载《领导科学》2002 年第 3 期）

读寓言悟廉洁自律

我国古代有不少寓言，堪称是对国家工作人员进行廉洁自律教育的好教材。兹选录三则，并略加评析。

公仪休嗜鱼

公仪休相鲁而嗜鱼。一国人献鱼而不受。其弟谏曰："嗜鱼不受，何也？"曰："夫欲嗜鱼，故不受也。受鱼而免（被罢免）于相，则不能自给鱼（靠自己的薪金供给鱼）；无受而不免于相，长自给于鱼。"

此明于鱼为己者也（这是明白鱼怎样才能为自己吃的人呀）！

——西汉·韩婴《韩侍外传》卷三

此篇又见于《韩非子·外储说右下》《新序·节士》。它告诉人们，为官必须奉公守法，廉洁自律，绝不能因为个人嗜好吃鱼，就接受人家馈赠的鱼，那样会因受贿而被罢免官职，失去俸禄就没有钱自己买鱼吃；不受贿便不会被罢官，就长期能自己买鱼吃。这不仅对那些贪赃枉法之徒，必然"搬起石头砸自己的脚"，是个有力的正面教育，而且它还从"受"与"不受"相互依存和转化的哲理上，使人领悟到：只有不受不正当的财物，才能保证长期获得应有的待遇和享受个人的嗜好。这就不只适用于为官，也适用于一切人。

公仪休身为相国,嗜好吃鱼,却又不肯接受人家给他送的鱼,作品就从这样一件小事入手,既写出了公仪休廉洁自律的优秀品格,又一点也没有把他"拔高":原来他不受"献鱼",是从他个人免于被罢免相国的官职,可以长久买鱼自给着想的。从中不仅阐明了"受"与"不受"的辩证法,而且又更进一步显示出公仪休毕竟是个明白人的形象;他不同于那些贪官昏官,为了眼前一时的快活,而不惜以身试法,听任自己的私欲膨胀,终于毁了自己。

既有哲理的说服力,又有形象的感染力,不能做糊涂人,而要做公仪休那样的明白人!这就是这篇寓言所特有的艺术魅力。

打草惊蛇

> 王鲁为当涂宰(当涂县令),渎物为务(以贪污财物作为任务)。会(适逢)郭民连状诉立簿(管理文书簿册的官职)贪,鲁乃判曰:"汝虽打草,吾已惊蛇。"
>
> ——五代宋·郑文宝《南唐近事·书说》

这则寓言是说,郭民虽是控告王鲁的下属主簿贪污,却已使专门从事贪污财物勾当的县令王鲁受到惊骇。可见贪污犯不只贪欲难以满足,且必然时刻要遭受提心吊胆、胆战心惊的精神折磨。此寓言流传久远,在晚唐段成式的《酉阳杂俎》、五代王仁裕的《开元天宝遗事》及明代郎瑛《七修书稿》卷二十四中,皆有类似记载。"打草惊蛇",演变为成语之后,其含义也变异为指做事不密,反使对手有所警戒,预作防备。

这则寓言之所以具有深远的影响,主要在于它不仅文笔简洁,而且有着强烈的揭露性和形象的生动性。身为县令的王鲁,竟以贪污财物为己任;县令带头贪污,其下属主簿等官吏自然也上行下效。由此可见封建官僚的本质是多么腐朽!其揭露性该是多么强烈啊!王鲁在接到所辖地区的居民对主簿贪污的控告后，竟然在状子上批道："你们虽然打的是草，但已使我这伏在草丛里的蛇惊恐不已了！"初看这种不打自招，未免令人难以置信，但细想其人，"作贼心虚"，完全在情理之中；更重要的是，《打草惊蛇》，这语言，这情景，皆可谓形象生动之极，使人一看就仿佛身临其境，难以忘怀。

麝抉其脐

> 东南之美，有荆山之麝脐马。荆人有逐麝者，麝急，则抉其脐投诸莽（抛掷在草木丛中）。逐者趋马（急速奔去），麝因得以逸（逃跑掉）。

——元·刘基《郁离子·玄豹》

麝（shè 社），即香獐，鹿类动物。雄麝的肚脐和生殖孔之间有麝盲香腺，分泌的麝香可作香料或药材。这则寓言以麝的急中生智，当机立断，主动挖出肚脐的麝香，并把它投掷于杂草丛中，以摆脱追逐麝者的猎人，说明为保全整体，宁可牺牲局部，绝不能因小失大。古往今来，为贪图小利而弄得身败名裂、家破人亡的教训，难道还少吗？正如作者在此篇末所慨叹的，世上那些"以贿亡其身以及其家"的人，是"智之不如麝"者。为受贿而弄得家破人亡，如此因小失大，其智力之低下，确实连麝这样的禽兽都不如。

其实，荆人的目的只是要得麝香，他们根据自己的实践经验，深知只要对麝穷追不舍，"麝急，则抉其脐投诸莽"，这样即可达到获取麝香的目的。因此，他们对麝只采取追逐的办法，绝不轻易加以射杀。因为这样可以不断地索取，而射杀，则如同杀鸡取卵，自断其源。

所以此篇写麝之智和荆人之智，可谓珠联璧合，相得益彰。但愿所有的贪污受贿犯，要学习麝之智，切勿存侥幸逃脱的心理；须知荆人之智更高，何况你的智尚不及麝呢。

上述寓言可见，廉洁自律，不只是国家人民利益的要求，而且也是每个为官者自身利益的需要。古人尚且懂得这个道理，今人岂能欲令智昏，愚不可及？

（原载《新疆党建》2003 年第 11 期）

图书在版编目（CIP）数据

中国的小说艺术　戏曲曲艺民歌寓言研究 / 周中明
著 . -- 北京 : 北京联合出版公司 , 2019.2
（周中明文集）
ISBN 978-7-5596-2324-9

Ⅰ . ①中… Ⅱ . ①周… Ⅲ . ①古典小说－小说研究－
中国－文集 Ⅳ . ① I207.41-53

中国版本图书馆 CIP 数据核字（2018）第 151568 号

中国的小说艺术　戏曲曲艺民歌寓言研究

作　　者：周中明
总 发 行：北京华景时代文化传媒有限公司
责任编辑：宋延涛
封面设计：张　敏
版式设计：柳淑燕

北京联合出版公司出版
（北京市西城区德外大街 83 号楼 9 层 100088）
北京中科印刷有限公司印刷　　新华书店经销
字数 578 千字　　690 毫米 ×980 毫米　　1/16　　42.5 印张
2019 年 2 月第 1 版　　2019 年 2 月第 1 次印刷
ISBN 978-7-5596-2324-9
定价：698.00 元（全四册）
